U0939139

2014年国家社科基金项目“维多利亚时期的英国文学与基督教传统研究”（14BWW044）资助

维多利亚文学与基督教传统研究

张静波◎著

中国社会科学出版社

图书在版编目（CIP）数据

维多利亚文学与基督教传统研究/张静波著．—北京：
中国社会科学出版社，2019.11
ISBN 978-7-5203-5562-9

Ⅰ.①维…　Ⅱ.①张…　Ⅲ.①英国文学—文学研究—
1837-1901　Ⅳ.①I561.064

中国版本图书馆 CIP 数据核字（2019）第 238361 号

出 版 人　赵剑英
责任编辑　郭晓鸿
特约编辑　王　潇
责任校对　冯英爽
责任印制　戴　宽

出　　版　中国社会科学出版社
社　　址　北京鼓楼西大街甲 158 号
邮　　编　100720
网　　址　http://www.csspw.cn
发 行 部　010-84083685
门 市 部　010-84029450
经　　销　新华书店及其他书店

印　　刷　北京明恒达印务有限公司
装　　订　廊坊市广阳区广增装订厂
版　　次　2019 年 11 月第 1 版
印　　次　2019 年 11 月第 1 次印刷

开　　本　710×1000　1/16
印　　张　25
插　　页　2
字　　数　368 千字
定　　价　128.00 元

凡购买中国社会科学出版社图书，如有质量问题请与本社营销中心联系调换
电话：010-84083683

目　录

导　论

马修·阿诺德（Matthew Arnold，1822 – 1888）在《希伯来思想和希腊精神》（“Hebraism and Hellenism”，1869）的结尾处写道，“我们想要明确的秩序和权威。只有如此，我们才能恢复并联系原有的本能和力量，来掌控生活和扩大视野，增强对生活的统辖”。[①] 阿诺德的主旨是引导维多利亚教徒的信仰问题。此时的维多利亚民众处于信仰迷茫之中，迫切需求新的信仰指引力量。

阿诺德指出，社会已经被“实用本能和力量”控制，必须寻找新的意识形态来抗衡。因此他号召复兴文化和诗歌，寻求“宗教主旨”的重新转型。[②] 事实上，阿诺德并不是摒弃宗教，在其散文和专著中，宗教始终是阿诺德的关注焦点。如果不了解维多利亚时期的宗教教派，如长老会教义（Presbyterianism）、唯一神教派教义（Unitarianism）、英国国教教义（Anglicanism）、牛津运动（the Oxford Movement）和罗马天主教（Roman Catholicism）显然难以理解阿诺德的著作《文化与无政府主义》（*Culture and Anarchy*，1867）的内涵。对阿诺德而言，宗教是“人类精神体验的最深呼声”，向内指导人类的精神内省和道德评判，向外则指向人类“神性的躯体”。[③] 个人内心经历的撕裂

---

① M. Arnold，“Hebraism and Hellenism”，*Culture and Anarchy*，ed. J. D. Wilson，Cambridge：Cambridge University Press，1990，p. 144.

② M. Arnold，“Sweetness and Light”，*Culture and Anarchy*，p. 54.

③ Ibid.，p. 47 – 8.

挣扎——表现为内心渴盼大有作为和内心沉思的自省评价，被阿诺德定义为“希腊精神”和“希伯来思想”。“希伯来思想”指犹太基督教（Judaic Christianity）的教义和教规，阿诺德定义为“自我征服，自我献身，顺从上帝旨意”。[①] 希伯来思想重视精神自省，警惕“恶”之诱惑，提升自我，趋近完美。“希腊精神”则鼓励通过激情的思想和活力的行动踏入完美境地；去繁就简，直击事物本身的内在美和简洁美。[②] 步苏格拉底之后尘，信服“希腊精神”的个人不只是努力完善自我，同时也关注人生进程中的个人体验，但这种体验不同于希伯来思想中的天路历程。在本论著中，以犹太基督教主导的“希伯来思想”指道德意识和正行（正当行为）；而“希腊精神”则指柏拉图的遗产——“人类绵亘的思绪”。[③]

阿诺德以这种局限的方式，分析犹太基督教传统也是颇具争议，对于维多利亚的读者而言，他们的疑议是两种文化相互交融影响的问题。阿诺德认为，大多数读者认为希腊精神在某些方面吸取了希伯来的文化精神，并不是互不交融、平行直行的两种思潮。由于基督教出现在希腊并成为主流，希腊精神逐渐退场。但16世纪欧洲宗教改革后，希伯来文化重回《圣经》文本，使得希腊精神重新焕发光彩，但受到清教徒的遏制。阿诺德描绘两种文化的史实，目的在于论证：无论是希伯来文化的宗教运动还是希腊精神的世俗文化，目标是一致的，即：人类的“奴役”还是“解放”，共通情感的和谐秩序。[④] 基于此，阿诺德在《文学与教条》（*Literature and Dogma*，1873）中重新定义了“宗教”：

> 如果允许我们以人类思想和语言来定义宗教的话，它就是提升的伦理，情感被点燃；在此过程中，当道德诉诸情感之时，就完成了道德到宗教的转变。宗教的真正含义并不是简单的道德，而是触动情感的道德。

---

① M. Arnold, “Hebraism and Hellenism”, *Culture and Anarchy*, ed. J. D. Wilson, p. 132.

② Ibid., p. 131.

③ Ibid., p. 132.

④ Ibid., p. 131.

> 这种全新的道德提升和顿悟的标志是“正义”。准则是普通生活的别称，道德是哲学研究的别称，而正义则是宗教的别称。①

在此段阐释中，希腊精神和希伯来文化结合，受感情激发和规诫的正义行为和直觉情感，既是生活规范也是阅读模式。《文学和教条》的写作目的是为了读者能够以最佳的方式来理解《圣经》。正如戴维·德拉如（David Delaura）在《英国维多利亚时期的希伯来人和希腊人：纽曼·阿诺德和佩特》（*Hebrew and Hellene in Victorian England*：*Newman*，*Arnold*，*Pater*，*Austin*）所评论，阿诺德提出的辩证方式，是在直觉或情感之间的和谐唯理主义，遏制读者在希伯来文化和希腊精神的左倾右摆，平衡理性和信仰之间的道德情感。②

这种辩证方式特别适用于当代的世俗读者——他们往往区分地看待宗教问题和世俗进程。英国的18世纪末期和19世纪中，民众从哲学、科学、医学、历史学和政治学等各个领域对神学展开辩论。从18世纪起，为了严格区分神圣和世俗的界限，思想家以狭隘和误导的方式界定了宗教领域。本论著的一个中心议题为：在英国维多利亚时期，神圣和世俗之间不断交会和重叠，本论著打破了神圣和世俗的严格区分界限，体现两种思想的交融，具体体现在19世纪小说家的作品之中。

本论著的议题是维多利亚时期的英国文学与基督教传统的研究，尽管维多利亚时期的英国存在诸多外来教派，如犹太教和伊斯兰教，但英国的主流宗教传统为基督教。尽管基督教各派教义和仪式有所不同，但是19世纪的英国民众主要信仰基督教。诸多19世纪英国思想家关注的问题——此时期的英国基督教状况如何，以及如何影响民众生活。在以下的各个章节的研究中，将逐一阐释各个基督教教派如何信仰和理解上帝。他们或通过个人的强烈情

① M. Arnold，*Literature and Dogma*：*An Essay Towards a Better Apprehension of the Bible*，London：Smith，Elder and Co.，1873，pp. 20－21.

② D. J. Delaura，*Hebrew and Hellene in Victorian England*：*Newman*，*Arnold*，*Pater*，*Austin*，Tex.：University of Texas Press，1969，p. 38.

感诉求；或通过理性思考；或通过传统政治和激进政治传播；或通过个人严格遵守教义并付诸实际行动，传播福音。例如，亨利·曼索尔（Henry Mansel，1820－1871）对基督教的贡献在于强调超越和来生；而对于莫里斯（F. D. Maurice，1805－1872）而言，天国显示在《福音书》中——象征基督徒的皈依和献身。

不可否认，评论家对于维多利亚时期的基督教派，有着个人的偏好和偏见，本论著则查阅客观史实，客观评述各种教派。基督教的信仰中心是基督，即：基督教信仰是指上帝之子基督对人类的启示，这些启示体现在历史事件中，通过教堂传播。基督教的教义并不严密、晦涩，以喻言和象征等方式记录在《圣经》中，2000多年来通过教堂阐释《圣经》的文本含义。由于理解差异，各教派常常争执并各执一词。基督教教义是可阐释的，但也绝不是不受限定、无条件阐释的。

19世纪的公认教义是英国国教会的《三十九条信纲》（*the Thirty－nine Articles*），为国教和其他所有圣公会关于神学教义的综述。《三十九条信纲》接受洗礼和圣餐礼，表达对"三位一体"的信奉，宣称《圣经》在宗教争辩中为最终权威。该信纲于1563年起草，1571年确立最终形式。19世纪的牧师和剑桥、牛津的学生要求遵守此纲领，国教是基督教教义的权威阐释者。这些史实表明国教在19世纪各教派中占统领地位。本论著的随后章节阐释国教之外的非国教教派，19世纪末期的宗教世俗化其实是国教权力的削减，而并非基督教思想传统的削弱。

对于19世纪的民众而言，基督教教义的错综复杂并不在教堂的布道中，而是体现在赞美诗、宗教小册子、诗歌和小说之中。例如19世纪的家庭并不只有一部《圣经》，还有国教《公祷书》（*The Book of Common Prayer*，1662），1549年为英国国教正式采用，延续到19世纪。然而阿诺德关于文学不能成为传播宗教思想工具的言论，目的在于将文学从宗教教条主义中解放出来，此观点恰恰成为现代大学划分宗教和文学界线的依据和催化剂。《圣经》的经文和文学的进化关系，促进了圣经诠释学和圣经批评理论的发展。戴维·阿斯珀（David Jasper）在《浪漫主义中的神圣和世俗准则》（*The Sarcred and Secular Canon in Romanticism*）中指出，浪漫主义诗人华兹华斯（William Wordsworth，1770－1850）和柯勒律治（Samuel Taylor Coleridge，1772－1834）认为权威只存在于《圣经》中，而评论家如约翰·罗斯金（John Ruskin，1819－1900）、约翰·亨利·纽曼（John Henry Newman，1801－1890）和卡莱尔（Thomas Carlyle，1795－1881）却发现经文中诸多自相矛盾的段落。因此，随着圣经诠释理论的更新，教派也在不断演变。英国非国教创始人和圣经诠释学者，如约翰·卫斯理（John Wesley，1703－1791）、约翰·基布尔（John Keble，1792－1866）和切斯特顿（G. K. Chesterton，1874－1936）通过揭露宗教成为统治阶级维稳和控制的工具，另辟蹊径阐释经文，曾一度复兴和点燃了基督徒的热情。而玛丽·沃斯通克拉夫特（Mary Wollstonecraft，1759－1797）也批驳了维多利亚宗教传统对于女性的限制和伤害。神学家克里斯多夫·罗伦德（Christopher Rowland）在《激进的基督教》（*Radical Christianity*）一书中，通过宗教顿悟和启示，激发了民众信仰和希望。本论著研究的诸多作家借用宗教的目的其中之一为：借古讽今，针砭时弊。非国教教派，尤其是卫斯理教派重新书写激情赞美诗，替代干瘪枯燥的国教圣歌，激发民众信教热情，使得民众重回教堂之中，抚慰了处于宗教迷茫和焦虑的维多利亚底层民众。

持有多种基督教观点的19世纪的作家们，他们在文学和宗教的议题上，提出了诸多大胆的挑战。19世纪的英国，宗教深入社会、政治和家庭的点点滴滴——包括运动体育、工作劳动、教堂建筑和慈善活动等。在漫长的19世纪，尽管很多作家表面反对基督教，但是内心却又矛盾地深陷于宗教之中。例如乔治·艾略特①（George Eliot，1819－1880）和约翰·罗斯金两人，他们皆因童年时期灌输的负面福音主义（Evangelicalism）在心理烙印而留下阴影，成年后在两个极端游移不定。华兹华斯和柯勒律治则因为英国社会和政治环

① 艾略特：英国小说家。自小受宗教影响很深，为虔诚的福音派信仰者。但在20多岁时与宗教断然决裂。她专心从事翻译、评论和小说创作。

境的动荡，引发了宗教体系的变革而心神不宁。而主张功利主义的约翰·斯图尔特·密尔（John Stuart Mill，1806－1872）则认为宗教可以提升人们的道德责任感和公共职责感，抚慰处于物质社会中精神信仰迷茫的民众。在19世纪，宗教不只是引发了民众对于世俗事务的讨论，基督教也成为国家统治的基石，因为19世纪的基督教是由英国国教和政府共同支持的。政府对于国教的支持意味着：如果国教教义、礼拜仪式或教堂结构有任何变动，须经议会批准并监督。因此路易·阿尔都塞（Louis Althusser，1918－1990）认为宗教就是国家机器，这种机构意识形态的影响无处不在，从出生洗礼到婚丧嫁娶中的宗教仪式，渗透到民众社会生活的方方面面。此外米歇尔·福柯（Michel Foucault，1926－1984）的"逆转话语"（reverse discourse）对于分析英国19世纪宗教状况同样适用，英国基督教关注"谁"在教堂体系中，激发了性别、阶级和种族等议题的讨论，[①] 本论著在如下章节中也要论证。但是不可否认的是，英国的基督教传统也培育了敢于逆言、批判腐朽宗教教条的作家，如克里斯多夫·斯马特（Christopher Smart，1722－1771）、布莱克（Willam Blake，1757－1827）和克里斯蒂娜·罗塞蒂（Christina Rossetti，1830－1894），他们以个人宗教色彩浓烈和激进的创作而著称。显然信仰基督教激发了作家的创新、变革甚至革命的能力。

如上所述，从宗教角度对维多利亚时期英国文学的研究由来已久，但19世纪研究的主导倾向是考察文学中的宗教因素是否符合维多利亚的道德规范，而20世纪的研究则主要考察那一时代文学中的宗教因素如何压抑了人性。但实际上，维多利亚时期的基督教传统对当时文学的影响是极为深入而复杂的，可以说，那一时代英国文学的繁荣与经典化，都与基督教传统的渗透密切相关。而揭示这两者之间的关系，由此考察维多利亚时期英国文学的经典特性，正是本论著的研究内容。

---

① M. Foucault, *The History of Sexuality*: *An Introduction*, trans. R. Hurley, London: Penguin, 1990, p. 101.

第一节 维多利亚时期英国文学与基督教传统的研究现状

国外进入20世纪后，英国维多利亚时期宗教和文学的研究空前繁荣，方向为全新的“三位一体”（性别、种族和阶级），使得此领域熠熠发光，代表作为桑德拉·吉尔伯特（Sandra Gilbert）和苏珊·M. 古芭（Susan M. Gubar）合作撰写的《阁楼上的疯女人》（*The Madwoman in the Attic*, 1979）。创新之处在于将维多利亚宗教视为压抑人性尤其是女性之工具，导致女性的疯癫，并遏制自由和激进思想的产生。以目前研究再审视此观点，不免偏颇。吉尔伯特和古芭认为宗教属于哲学范畴，激发评论家重视并发掘宗教对维多利亚各方面思想的影响。目前国外评论家视维多利亚宗教为文化的一部分，可从美学、政治和思潮等各方面来重新解析宗教之功能。

19世纪宗教和文学关系的批评方式与目前不同。文学批判作为一种门类，从英国杂志开始，一本是《爱丁堡评论》（*The Edinburgh Review*），创刊于1802年。另一本是《评论季刊》（*The Quarterly Review*），创刊于1809年。两款竞争，“批判”于是诞生。其后，《伦敦杂志》（*The London Magazine*）于1820年正式创刊后，评论界自此百家争鸣。维多利亚的批评家主要从宗教角度，评论文学中的宗教因素是否符合维多利亚道德和宗教规范，由于时代限制，因此视野不免落入一定的苑囿。以勃朗特姐妹为例，《简·爱》（*Jane Eyre*）在1847年出版时，遭到《评论季刊》编辑埃莉诺·里格比（Eleanor Rigby）抨击，认为《简·爱》是一部“人性顽固不化……完全是异教思想的作品”①。而《呼啸山庄》（*Wuthering Heights*）同年出版后，也遭到《爱丁堡评论》的讽刺，“本部小说强烈地描述了邪恶，书中的主人公也有‘道德

① Margaret Howard Blom, *Charlotte Bronte*, MA: Twayne Publishers, 1977, p. 102.

感'——撒旦面对继承法时的所作所为"①。时至20世纪初，勃朗特姐妹的作品从默默无闻到声名鹊起，原因在于宗教和文学关系的批评方式发生了巨大转变。

从20世纪初至中叶，研究文学和宗教关系的评论家更关注维多利亚二流作家的宗教写作倾向，并且对基督教教义进行细化分类。第一波研究聚焦于德国神学思想对于作家的影响，学者们以文化学背景展示维多利亚神学的神秘之处。同时，值得关注的是：此时的评论家也信仰基督教，身处维多利亚神学和文化影响之中，因此忽略了维多利亚本土的历史背景。此时期的重要评论作品为霍克西·尼勒·菲尔查尔德（Hoxie Neale Fairchild）撰写的《英国诗歌的宗教倾向：1830－1880》（*Religious Trends in English Poetry*：1830－1880，1957），此著作详细地论证了德国浪漫主义对于英国维多利亚诗人的宗教影响；玛格利特·梅森（Margaret Maison）创作的《维多利亚视角——宗教小说研究》（*The Victorian Vision*：*Studies in the Religious Novel*，1962），此专著第一次界定了维多利亚小说的宗教传统，但是很多观点已经过时。美国评论家希利斯·米勒（J. Hillis Miller）出版的《上帝的消失——19世纪的五位作家》（*The Disappearance of God*：*Five Nineteenth－Century Writers*，1963）是研究维多利亚作家宗教写作的里程碑式的专著，本书以德·昆西（Thomas De Quincey，1785－1859）、罗伯特·勃朗宁（Robert Browning，1812－1889）、艾米莉·勃朗特（Emily Brontë，1818－1848）、阿诺德和吉拉德·曼利·霍普金斯（Gerard Manley Hopkins，1844－1889）等五位作家为例，论证了由于维多利亚时期物质和才智的提升，使得作家开始逐渐远离传统宗教中的上帝，但是作家发展了个人宗教体验，重新构建了个人和上帝的联系。

20世纪中叶至今，国外维多利亚宗教和文学关系的研究喜忧参半。"忧"在于多数评论家已经失去宗教背景的孕育和熏陶，也不是教徒，因此对于维多利亚作家宗教写作的敏锐度下降。但是"忧"中有"喜"，由于评论家不属于任何宗教教派，因此更易发觉之前评论家忽视的议题。此阶段评论家更

① Anonymous, *The Edinburgh Review*, Feb., 1848, p. 138.

重视维多利亚的宗教历史背景，试图展示维多利亚世界的宗教画面。此阶段的研究领域分为三类。

一 宗教教派和教义思想在维多利亚文学中的体现

1.《维多利亚文学和神学中的死亡和来世》（Wheeler，Michael. *Death & The Future Life in Victorian Literature & Theology*. Cambridge，1990）；2.《得与失——英国维多利亚小说中的信仰和疑惑》（Wolff，Robert Lee. *Gains and Losses：Novels of Faith and Doubt in Victorian England*. Garland，1977）；3.《反天主教和19世纪小说》（Griffin，Susan M. *Anti – Catholicism and Nineteenth – Century Fiction*. Cambridge，2004）；4.《心灵的宗教——国教福音主义和19世纪小说》（Jay，Elisabeth. *The Religion of the Heart：Anglican Evangelicalism and the Nineteenth – Century Novel*. Oxford，1979）。

二 女性主义宗教研究

1.《阁楼里的疯女人——女性作家和19世纪文学想象》（Gilbert，Sandra M. & Susan Gubar. *The Madwoman in the Attic：The Woman Writer and the Nineteenth – Century Literary Imagination*. New Haven and London，1979）；2.《维多利亚女性主义中的女性——安娜·詹姆森、玛格丽特·福勒和乔治·艾略特作品中的圣母玛利亚》（Adams，Kimberly Vanesveld. *Our Lady of Victorian Feminism：The Madonna in the Work of Anna Jameson，Margaret Fuller，and George Eliot*. Ohio，2001）；3.《现代犹太女性作家起源——英国维多利亚的传奇文学和变革》（Galchinsky，Michael. *The Origin of the Modern Jewish Woman Writer：Romance and Reform in Victorian England*. Wayne State，1996）；4.《读者的忏悔——女牧师、女作家和19世纪社会进程》（Krueger，Christine L. *The Reader's Repentance：Women Preachers，Women Writers，and Nineteenth – Century Social Discourse*. Chicago，1992）；5.《维多利亚进程中的性别和宗教》（Maynard，John. *Victorian Discourses on Sexuality and Religion*. Cambridge，1993）；

6.《英国19世纪中的女性神学——提升父辈的信仰》（Melnyk，Julie. *Women's Theology in Nineteenth - Century Britain：Transfiguring the Faith of Their Fathers*. Garland，1997）；7.《英国维多利亚时期的女性诗歌和宗教——犹太身份和基督教传统》（Scheinberg，Cynthia. *Women's Poetry and Religion in Victorian England：Jewish Identity and Christian Culture*. Cambridge，2002）。

三 维多利亚作家神学思想研究

1.《乔治·艾略特和时代背景——叙事形式和新教启示史》（Carpenter，Mary Wilson. *George Eliot and the Landscape of Time：Narrative Form and Protestant Apcalyptic History*. North Carolina，1986）；2.《勃朗特姐妹和宗教》（Thormahlen，Marianne. *The Brontës and Religion*. Cambridge，1999）。

19世纪的英国，宗教深入社会、政治和家庭的点点滴滴——包括运动体育、工作劳动、教堂建筑和慈善活动等，对于作家的影响更为深刻。从以上的研究论著可以看出，评论家以各教派和教义、女性主义神学作为作家神学思想等方面，研究维多利亚宗教和文学的关系。但是，此领域缺乏的则是——维多利亚各个宗教教派和宗教运动对于作家个人思想和写作的影响，而本部论著的研究意义则体现如下。

第一，基督教对于维多利亚作家的写作和思想影响深刻。在漫长的19世纪，尽管很多维多利亚作家表面反对基督教，如乔治·艾略特和约翰·罗斯金，但是内心却又矛盾地深陷其中。通过宗教反思，基督教传统激发了维多利亚作家的创新、变革甚至革命的能力。

第二，进一步解析维多利亚文学和宗教的关系。维多利亚著名评论家马修·阿诺德在《文学与教条》提出——文学不能成为传播宗教思想工具的言论，其目的在于将文学从宗教教条主义中解放出来。诸多19世纪作家对于宗教的反思和借用宗教的目的为：借古讽今，针砭时弊。批判压抑人性之传统体制宗教，开启了个人宗教思考的平台。

第三，梳理维多利亚宗教运动和宗教教派对作家的影响。本论著的主旨是探讨基督教教派和宗教运动对于作家的写作影响，围绕维多利亚重大的宗教运动和宗教传统来研讨。以重大宗教运动和宗教思想为构架，可以梳理和剖析不同教派运动的神学思想以及对作家的创作影响。

第二节　维多利亚时期宗教历程的建构

宗教和宗教信仰是维多利亚时期的代表性标签，对于19世纪英国民族身份的形成和内涵意义重大。“维多利亚时期的话语中心是宗教，它涉及所有的问题，以及精神指引的路径。”① 理查德·赫尔姆施塔特（Richard Helmstadter）认为，英国人意识形态的重要特征之一，是培养了“对教皇和教廷的不信任，甚至是仇恨”的意识和思想。19世纪，反天主教主义与爱尔兰问题密切相关，“英国政党中的新教教徒、英国其他教派教徒和英国的自由意识，共同确立了反对天主教的恶意”②。英国人，尤其是英格兰人，将宗教信仰（尤其是新教），纳入了国家的民族性。琳达·科莱（Linda Colley）写道：“新教是大不列颠帝国发明和创造的基石。”在研究英国新教的过程中，科莱注意到，使得国家巩固的并不是地理位置，也不是种族身份，而是新教，“这是一种宗教效忠……这让英国人有一种民族认同感。例如，英国对于法国的防范和恐惧，与法国是一个天主教国家有很大关系”③。弗兰克·特纳（Frank Turner）认为：

---

① Dorothy Mermin, *Godiva's Ride: Women of Letters in England*, 1830 – 1880, Bloomington: Indiana University Press, 1993, p. 107.

② Richard J. Helmstadter, "Orthodox Nonconformity," *Nineteenth – Century English Religious Traditions: Retrospect and Prospect*, ed. D. G. Paz, Westport, Connecticut: Greenwood Press, 1995, p. 73.

③ Linda Colley, *Britons: Forging the Nation, 1707 – 1837*, New Haven: Yale University Press, 1992, pp. 18, 25.

首先，英国国教文化是基于文化认同和政治前景的定义。英国国教在与天主教垄断的抗争并复辟后，圣公会代表已经定义了其垄断的政治和社会文化的双重特性，即反对罗马天主教和新教异教徒。圣公会认为罗马天主教是专制的，由国外势力、迷信、偶像崇拜，和爱尔兰操纵的潜在威胁。①

英国19世纪的诸多文学作品都反映了“新教反抗罗马天主教的影响”②。英国人构成了英国国教，英国性包含一种特殊的个性和性格。英国的民族认同感和维多利亚时期的话语权类似，是通过排斥其他宗教，广泛推崇和扩展而来。

因为英国性意识的确立意味着对于经文正典（英国宗教文本）的熟捻，被异端或异端的文本所吸引则被认为是异端教徒。对于女性教徒而言，也要根据个人性别，选择适合自己的《圣经》文本。在《简·爱》中，勃洛克赫斯特牧师诋毁简·爱对于某些《圣经》章节的偏爱——她喜欢《启示录》《但以理书》《创世记》《撒母耳记》《出埃及记》《列王记》《历代志》《约伯记》和《约拿书》，对“《诗篇》没有兴趣”③。维多利亚时期宗教组织的目标为：如果出现引发社会动荡、威胁教区父权管理的苗头或趋向，立刻镇压，其目的是让妇女在社会和家庭中隶属男人，居于二等地位。因此，勃洛克赫斯特牧师让简·爱墨守“《儿童必读》……并讲述了一个名叫玛莎·吉——一个惯于说谎和欺骗的淘气女孩的暴死经过”④，来恐吓简·爱。萝西·梅民（Dorothy Mermin）认为，简·爱对于某些《圣经》经文的偏爱，显然不符合维多利亚时期“以男性为中心的基督教教义”⑤，将男性从居高临下的宗教权

---

① Frank Turner, *Contesting Cultural Authority*: *Essays in Victorian Intellectual Life*, New York: Cambridge University Press, 1993, p. 46.

② A. D. Nuttall, *Dead From the Waist Down*: *Scholars and Scholarship in Literature and Popular Imagination*, New Haven: Yale University Press, 2003, p. 36.

③ ［英］夏洛蒂·勃朗特：《简·爱》，《勃朗特两姐妹全集》，宋兆霖译，河北教育出版社1996年版，第39页。

④ 同上书，第42页。

⑤ Mermin, *Godiva's Ride*: *Women of Letters in England*, *1830–1880*, p. 118.

位上撕扯下来。在艾略特的《弗洛斯河上的磨坊》(*The Mill on the Floss*, 1860)中,麦琪·图尔列佛(Maggie Tulliver)也频繁列举了——维多利亚时期传统道德观念中不适合女性(尤其青春期的女孩子)阅读的宗教书籍,如笛福的《魔鬼的历史》(*The History of the Devil*)和杰里米·泰勒(Jeremy Taylor)的《神圣生活和死亡》(*Holy Living and Dying*)。麦琪在阅读新教经典书籍——班扬(John Bunyan, 1628 – 1688)的《天路历程》(*Pilgrim's Progress*, 1678)之时,还注意到小说中"有许多地方是讲魔鬼的"[①]。事实上,维多利亚时期的福音主义教派,已经开启并默许了个人对于《圣经》的阐释。这种趋势,对于女性至关重要,开启了妇女广泛阅读文本以及个人阐释经文的机会。

在这部小说中,艾略特重点描述了《天路历程》中魔鬼和基督徒的战斗,实则体现在麦琪的早期宗教教育中。事实上,艾略特迷恋《圣经》中的先知传统,特别钟情于早期的贵族和经院学者。《弗洛斯河上的磨坊》从"大洪水"和"约拿"中引用了大量典故;而且,麦琪对于班扬的文本了如指掌,喜欢贤人和诗人:

> 她认为如果她学过"像伟人所知道的那些真正的学问和智慧",那她就能掌握生命的秘密。只要她有书本,她就能依靠自修来学会贤人所知道的东西!圣人和殉难者从来没有像贤人和诗人那样引起麦琪的兴趣。对于圣人和殉难者她只知道一点儿,从她的教育中所得出的总的印象是:他们只是反对传播天主教的临时工具,而且都已经死在史密斯菲尔德[②]了。[③]

之后,麦琪遭遇到一次信仰危机,她即刻抛弃了维吉尔(Virgil)、欧几里得(Euclid)和奥尔德里奇(Aldrich),认为他们都是"智慧树上的落果"。

---

① [英]乔治·艾略特:《弗洛斯河上的磨坊》,祝庆英、郑淑贞、方乐颜译,上海译文出版社2008年版,第14页。

② 伦敦西北部一地区,以肉市著称。1555年许多新教殉教者在该地区被以火刑处死。

③ [英]乔治·艾略特:《弗洛斯河上的磨坊》,第263页。

她即刻又开始阅读《圣经》、托马斯·肯皮斯（Thomas à Kempis，1380－1471）的《效仿基督》（*Imitation of Christ*）以及约翰·基布尔的《基督教年纪》（*The Christian Year*，1827），这些作品"使她心里充满着川流不息的、有节奏的记忆"，教导她"迫切地学习如何运用新的信念去观察自然和生活"①。在狄更斯（Charles Dickens，1812－1870）的《远大前程》（*Great Expectations*，1860）中，皮普在归途中，一路迷失方向，步入地狱之旅，比拟于"基督徒在死亡幽谷中的朝圣之旅"。之后，皮普遇到了恶魔奥立克（the Apollyon，Orlick）。事实上，狄更斯的这段描述，无异于重现班扬的《天路历程》中的场景——对基督徒虔诚信仰的考验。②

此外，维多利亚时期的宗教话语，也定义了英国的国家意识，这种意识与英国的男性气概、种族和帝国主义密切相关。基特森·克拉克（Kitson Clark）认为，"除去12世纪和17世纪，维多利亚时期的英国思想意识的构成，宗教话语在国家构成中占据了较大部分"③。另外，辛西娅·沙因伯格（Cynthia Scheinberg）认为，"参与宗教议题，被视为英国男性基督教作家的经典中心原则"④。19世纪维多利亚时期的文学和文化中，宗教情感尤为显著，读者需要审慎思考和评判。弗兰克·特纳认为，在维多利亚时期的科学领域体现的严肃、审慎和目标，实则为维多利亚时期的宗教原则的体现，也影响了维多利亚的世俗社会。特纳特别强调19世纪的信仰危机的问题，此问题超越了一切神学和思潮。特纳认为，"维多利亚时期的信仰危机并不是基督教遭受攻击所造成的，反而是在最狂热的宗教运动期间……恰恰是在所有教派竭尽全力，使英国全国基督教化的过程中"⑤。

维多利亚时期的真实状况为，如果对19世纪的宗教思想和宗教话语不甚了解，就极难理解阿尔弗雷德·丁尼生（Alfred Tennyson，1809－1892）、勃

---

① ［英］乔治·艾略特：《弗洛斯河上的磨坊》，第270页。

② F. R. Leavis and Q. D. Leavis, *Dickens: The Novelist*, London: Chatto & Windus, 1970, pp. 320－323.

③ Richard D. Altick, *Victorian People and Ideas*, New York: W. W. Norton, 1973, p. 203.

④ Cynthia Scheinberg, *Women's Poetry and Religion in Victorian England: Jewish Identity and Christian Culture*, New York: Cambridge University Press, 2002, p. 2.

⑤ Frank Turner, *Contesting Cultural Authority*, p. 75.

朗宁、阿诺德、罗赛蒂、霍普金斯和史文朋（Algernon Charles Swinburne Swinburne，1837－1909）的作品内涵；同样，宗教内涵丰富的维多利亚散文家则包括卡莱尔、纽曼、罗斯金、阿诺德和沃尔特·佩特（Walter Pater，1839－1894）；作品浸润宗教思想的维多利亚的女性小说家则有勃朗特姐妹、盖斯凯尔夫人（Elizabeth Gaskell，1810－1865）和艾略特，她们的小说实则是19世纪的宗教和宗教话语思想的体现。再则，维多利亚时期的自传体作品，可以说是19世纪最具代表性的文学形式，属于信仰危机的类型，文体上模仿奥古斯丁（Augustine）和保罗（Paul），结构上采用了宗教皈依的模式。换而言之，维多利亚时期文学作品的主旨是个人成长（bildungsromanis），其形式是宗教的顿悟或皈依，即“消极基督徒在上帝感召下的积极转变……集结上帝的完美统一，转变为个人的独特的自我发展”[①]。狄更斯在《大卫·科波菲尔》（*David Copperfield*，1850）的精彩开场白，“我出生”的字里行间中，就透露出《创世记》中的微妙的工作原则：“我的这篇评传便从我降临到这个世上的时候开始写起。”[②] 在作品的言语之间，都可以看出狄更斯含蓄地运用《圣经》典故，有时是出于讽刺的目的，提出对福音主义的微妙质疑。然而，宗教思想和宗教话语对于狄更斯的创作影响，仍然是难以捉摸和晦涩的。苏·泽卡（Sue Zemka）则认为，狄更斯《耶稣的故事》（*The Life of Our Lord*，1846）一书不仅见证了“维多利亚时期的文化大趋势”，同时也“见证了其宗教影响深刻的童年，狄更斯的信仰力量”。[③] 狄更斯的《大卫·科波菲尔》对霍尔曼·亨特（Holman Hunt）的《世界之光》（*The Light of the World*，1854）的影响，引人入胜。约翰·斯图亚特·密尔公认的怀疑主义，罗斯金对于福音主义的否认，纽曼与所谓自由派的宗教争辩，以及之后的宗教信仰重生和对于天主教的皈依，卡莱尔徘徊在信与不信的边缘犹豫，史文朋的宗

① Todd Kontje，*The German Bildungsroman：History of a National Genre*，Columbia，South Carolina：Camden House，1993，pp. 1－2.

② ［英］查尔斯·狄更斯：《大卫·科波菲尔》，张俊萍译，百花洲文艺出版社2014年版，第1页。

③ Sue Zemka，*Victorian Testaments：The Bible，Christology，and Literary Authority in Early－Nineteenth－Century British Culture*，California：Stanford University Press，1997，p. 120.

教政治观，佩特的宗教唯美主义，如上这些维多利亚时期重要作家的宗教思想，如果对于维多利亚时期的主流基督教及其宗教背景不了解，显然无法理解其作品的真正内涵。[①]

乔治·艾略特对于19世纪的宗教思潮和宗教话语的影响是不可估量的。大卫·施特劳斯（David Strauss，1808－1874）和路德维格·费尔巴哈（Ludwig Feuerbach，1804－1872）的高等考证（Higher Criticism）[②] 对她的创作产生了巨大的影响，尤其反映在传奇和启示录小说《罗莫拉》（*Romola*，1863）和《米德尔马契》（*Middlemarch*，1872）中。此外，她的小说主题思想反映了人类皆受难的信仰，伟大之人替别人受难的思想（狄更斯也认同），其宗教背景展示出英格兰各郡中新兴福音主义的戏剧化表现。在小说结构上，艾略特选取《圣经》章节或宗教小说作为目录，如《弗洛斯河上的磨坊》中，其章节包括："屈辱的幽谷"（选自班扬的《天路历程》），"小麦和稗子"（《马太福音》：13），和"巨大的诱惑"（弥尔顿的《失乐园》）。在艾略特的小说中，幻想破灭的麦琪在托马斯·肯普斯的《效仿基督》找到了禁欲、虔诚的精神原型。麦琪和多萝西娅（Dorothea）都体验到了类似班扬式的基督徒的精神朝圣。另外在小说中，也可见到启示录般的洪水意象。评论家玛丽·威尔逊·卡彭特（Mary Wilson Carpenter）在对艾略特的研究中认为，理解"传统意义上对《圣经》预言的新教解读"，帮助我们"更好地理解乔治·艾略特的作为一名历史学家的'创作'"。卡彭特认为《亚当·比德》（*Adam Bede*，1859）的行文符合英国圣公会的经文，而《弗洛斯河上的磨坊》则模仿《圣经》的启示录。因此，卡彭特认为，艾略特的启蒙教育深受"先知学校"的影响，因此，她的创作兴趣在于《圣经》中的预言，尤其是千禧年的预言观。这种创作方向，使得艾略特在"维多利亚时期，她的学术发展和通俗趣味上，达到了新的高度"。[③] 艾略特的宗教小说《亚当·比德》，以托马斯·卡莱尔

---

① John Ruskin, *Praeterita*, New York: Oxford University Press, 1989, p. 455.

② 高级批判学是指对文学作品、尤指对《圣经》的科学研究（参较 lower criticism）。

③ Mary Wilson Carpenter, *George Eliot and the Landscape of Time: Narrative Form and Protestant Apocalyptic History*, Chapel Hill: University of North Carolina Press, 1986, pp. 3－4.

的作品为开场，之后以戴娜·莫里斯（Dinah Morris）的布道来进展，最后以亚当和巴特尔·梅西（Bartle Massey）的最后晚餐而结束。这部小说试图将英国国教和开明的卫斯理教宗联姻，对于维多利亚时期新兴的中产阶级而言，这是至关重要的政治联盟。

露丝·詹金斯（Ruth Y. Jenkins）认为，夏洛蒂·勃朗特（Charlotte Brontë，1816－1855）的《谢莉》（*Shelley*，1849）是“修正女性主义的寓言”，是“女性在男权文化中寻找个人位置”的“最充分的表述”①。《谢莉》一书深刻地反映了19世纪宗教的诸多普遍问题，包括维多利亚时期《圣经》诠释学对于女性的偏见问题。吉亚尼·瓦蒂莫（Gianni Vattimo）则认为，“圣·奥古斯丁对三位一体的反思，基督教神学的深深植根于《圣经》诠释学，包括结构阐释、传播途径和媒介等等”②。在小说中，卡罗琳·赫尔斯通如此评论道：

> 如果我能读希腊文原著，我准能发现许多词句是译错的，也许完全是理解错误。我丝毫不怀疑，只要运用一点技巧，我可把这段话译成截然相反的意思——比如说，“女人觉得该怎样提出反对意见，都可坦率地说出来”，——“应该充分允许女人讲道，行使权利，而且，男人不如缄口不说”等等。③

和勃朗特笔下的卡罗琳·赫尔斯通一样，乔治·艾略特笔下的莉丝贝·比德（Lisbeth Bede），同样对父权视角下的《圣经》解读提出了质疑，并号召对于《圣经》经文进行多角度的阐释。

小说《谢莉》的情节主要是关于教区牧师，形式上也运用了《圣经》的典故，因此这部小说是关于维多利亚时期的宗教。书中包括“利未人”“诺亚

① Ruth Y. Jenkins, *Reclaiming Myths of Power*: *Women Writers and the Victorian Spiritual Crisis*, Lewisburg, Pennsylvania: Bucknell University Press, 1995, p. 72.

② Gianni Vattimo, “The Trace of the Trace”, *Religion*: *Cultural Memory in the Present*, ed. Jacques Derrida and Gianni Vattimo, California: Stanford University Press, 1998, p. 88.

③ ［英］夏洛蒂·勃朗特：《谢莉》，《勃朗特两姐妹全集》，徐望藩、邱顺林译，河北教育出版社1996年版，第358页。

和摩西”“死阴的幽谷”“菲比”“家庭迫害实录——虔诚地坚持执行教职的奇案”等章节。詹金斯认为，“勃朗特把基督教的意象嫁接在她的世俗叙事上，这表明在阅读《谢莉》时，要注意小说的基督教背景”①。同时，瓦伦丁·坎宁安（Valentine Cunningham）注意到，维多利亚时期的小说是关于异教徒（Dissenters）的小说，讲述个人在宗派中的格格不入，离群形成新的教派。② 在《达尔文的大教堂：进化论、宗教和社会本质》（*Darwin's Cathedral*：*Evolution*，*Religion*，*and the Nature of Society*）一书中，戴维·斯隆·威尔逊（David Sloan Wilson）研究了宗教团体认同感与达尔文思想的关系，这是19世纪小说发展的一个关键因素，它与新兴的达尔文科学主义共生。维多利亚的19世纪见证了各种宗教团体的兴衰和新兴宗教团体的形成，与之伴随的则是进化论的兴起和科学的蓬勃，这并非巧合。维多利亚时期的宗教话语和思潮完全地覆盖了19世纪文学和文化主流，换言之，维多利亚时期文学的主旨是否为宗教值得商榷，但是宗教话语和思潮确实使得维多利亚文学合法化。

在维多利亚小说的家庭中，处处可见《圣经》和新教版本的《圣经》经文。特纳认为：“在研究维多利亚时期文化的历史方法时，维多利亚时期著名作家收集的整套作品对后代的影响同样不可低估。”③ 如此，在维多利亚时期，构成英国家庭身份的特殊宗教传统就此而形成。在维多利亚时期的家庭中，其宗教传统回避女性问题，将女性排除在主流话语之外。勃朗宁夫人（Elizabeth Barret Browning）的带有自传性质的长篇叙事诗《奥罗拉·李》（*Aurora Leigh*，1856），扛起女权主义的大旗。作者通过奥罗拉之口，认为这些所谓的“进步教义”不过是“逆时代的宗教小册子”。④ 在《呼啸山庄》中，女主角凯瑟琳书房的“古董卷”藏书包括《新约》《旧约》和杰别斯·伯兰德罕牧师印刷出版的布道书，这些古董书卷皆为陈腐的宗教影响。艾米莉·勃朗特是一

① Jenkins，*Reclaiming Myths of Power*，p. 89.

② Valentine Cunningham，*Everywhere Spoken Against*：*Dissent in the Victorian Novel*，Oxford：Clarendon Press，1975，p. 78.

③ Turner，*Contesting Cultural Authority*，p. 41.

④ Elizabeth Barrett Browning，*Aurora Leigh*，New York：W. W. Norton，1996，pp. 391 – 394.

位英国国教牧师的女儿，于她而言，体制宗教中的布道文本令她感到困扰、阴森。① 在她姐姐的小说《谢莉》中，亦有类似的表述，“教堂情况并不好”②。

另外，在戴娜·克雷克（Dinah Craik）创作的小说《橄榄树》（*Olive*，1850）中，书中的哈罗德·格温（Harold Gwynne）牧师是一位世俗之人。他有一份布满灰尘的艾萨克·牛顿爵士（Sir Isaac Newton，1642－1727））撰写的布道书，还有一个“巨大的没有打开的、标记着‘宗教社会，小册子”，作为他望远镜的支架。这一切似乎表明哈罗德对科学更为好奇，忽视了他的牧师职责。维多利亚时期的宗教逐渐不合时宜且走入世俗化，对宗教兴趣渐渐演变为怀古之情，而《圣经》位置的摆放，也在哈罗德的书架的最远处。哈罗德·格温的世俗布道，模仿了洛克或培根的文体，更适合给教授宣讲而不是普通教民。这表明，英国传统经典作品对于教民的影响也是巨大的。③ 同样的，盖伯瑞尔·奥克（Gabriel Oak）的书房里有不同版本的《失乐园》和《天路历程》，以及约翰·佛克塞（John Foxe，1516－1587）的《殉道者史传》（*Book of Martyrs*，1559），戴维·亨普顿（David Hempton）认为这是“英国最广泛流传的虔诚作品”。④ 托马斯·哈代（Thomas Hardy，1840－1928）中《远离尘嚣》（*Far From the Madding Crowd*，1874）的约瑟夫·普格拉斯是一位虔诚的福音教徒，他个人喜爱的经典作品也是《天路历程》和《失乐园》。

卡洛琳·鲍尔斯·骚赛（Caroline Bowles Southey，1786－1854）是桂冠诗人骚赛（Robert Southey，1774－1843）的妻子，生活的时代早于哈代和其他维多利亚时期的信徒。其诗歌自传体《出生日》（*The Birthday*，1836）中，体现了她的诗意人格，她回忆了维多利亚的正统宗教（宗教书籍）对于英国家庭起着核心的重要作用。在她的书房里，存放着《圣经》《英国国教祈祷

① ［英］艾米莉·勃朗特：《呼啸山庄》，《勃朗特两姐妹全集》，宋兆霖译，河北教育出版社1989年版，第22—23页。

② ［英］夏洛蒂·勃朗特：《谢莉》，《勃朗特两姐妹全集》，徐望藩、邱顺林译，河北教育出版社1996年版，第91页。

③ Dinah Craik，*Olive*，Oxford World's Classic，New York：Oxford University Press，1996，pp. 170－172.

④ David Hempton，*Religion and Political Culture in Britain and Ireland*，New York：Cambridge University Press，1996，p. 146，

书》《天路历程》和《殉道者史传》等宗教经典书籍。[1]

事实上，基督教宗教文本的流行，构成了维多利亚时期文学作品的主题、情节和结构，尤其在维多利亚的小说中，宗教实则占据了意识形态的中心。另外，诗歌，尤其是女作家的诗歌，对维多利亚时期的宗教话语尤为重要。沙因伯格低估了19世纪小说对主流宗教话语的微妙且深远的影响，她认为，“在英国文学传统中，小说和诗歌与宗教从未有过深刻的联系”[2]。事实上，19世纪的小说和诗歌，尤其是女性作家所创作的，宗教在维多利亚时期的文化中扮演了复杂的角色。事实上，小说是宗教最具表演性的载体。

的确，宗教确实是19世纪“文化结构的不可分割的一部分”[3]。正如希利斯·米勒所言：“以这种或那种方式，上帝是起点和前提。”[4] 在安妮·勃朗特（Anne Brontë，1820－1849）的小说《女房客》（*The Tenant of Wildfell Hall*，1847）中，男主角亚瑟·亨廷顿是一位宗教怀疑论者、挥霍无度的享乐主义者，但是在教堂做祷告时，也是努力地一本正经。因此，如果不认可宗教文化或宗教象征主义，诸多读者则“无法理解和误读许多作品”，并“忽视维多利亚时期作品的宗教背景”。[5] 哈代笔下的裘德认为，“裘德感到如见其人的莫如号称讲册派的创始人，响当当的三位大人物：热心派、诗人、公式派，他们的教诲哪怕在他住过的穷乡僻壤也响起了回应，对他发生过影响”。在裘德之后表述的不可知论中，他们成了“牛津运动的影子…… 我好像瞧见他们了，好像听见他们窸窸窣窣的声音了。不过我现在可不像从前崇拜他们那帮子了。什么神学家、护教派、他们的近亲玄学派、强悍的政治家等等，再也引不起我的兴趣来。严酷的现实这块磨盘替我把所有这些人物都碾碎了”。在牛津，裘德看到了纽曼，并详细地引用了他的话语。哈代的基督教信

① Virginia Blain, *Caroline Bowles Southey*, 1786－1854: *The Making of Woman Writer*, Aldershot: Ashgate, 1998, p. 193.

② Scheinberg, *Women's Poetry*, p. 4.

③ Altick, *Victorian People*, p. 203.

④ J. Hillis Miller, *The Disappearance of God*: *Five Nineteenth－Century Writers*, Cambridge, Massachusetts: Harvard University Press, 1981, p. 15.

⑤ Landow, *Victorian Types*, p. 3.

仰实则类似牛津运动，“在他的历史中，像纽曼、普西、沃德和基布尔这样的人物，显得如此伟大”。“裘德在阿尔德布里姆的共同改善小组包括各个教派的年轻人，包括牧师、公理会教徒、浸信会教徒、唯一神教徒、实证主义者和其他人。”[①] 在哈代的笔下，体制宗教在衰落，新的宗教团体难以替代旧宗教团体的自发性和活力。哈代用建筑作喻，展示了这种衰落：

> 特别值得一提的是，原来那座风格独特的教堂，驼峰屋顶、木构塔楼。形状古怪的斜脊，无不拆得一干二净，拆下来的东西全都敲碎了，一堆堆的，不是给小巷当铺路石，就是给猪圈砌围墙，做园子里的椅凳，当路边隔篱的护脚石，要么是给街坊的花坛堆了假山。取老教堂而代之的是某位历史遗迹摧毁者在新址上，按英国人看不惯的现代哥特式风格设计，鸠工建起的一座高大的新建筑，为此他曾天天从伦敦到马利格林打个来回。原来久已耸立的供奉基督教神祇的圣殿的原址，哪怕是在历经沧桑的教堂墓地改成的青葱平整的草坪上，也休想找到半点痕迹。剩下的只是在荡然无存的坟墓前竖过的十八个便士一个、保用五年的铸铁十字架，聊供凭吊而已。[②]

哈代的另一部小说《远离尘嚣》，对宗教有着深入的探讨。事实上，哈代的宗教话语在本部小说中尤为凸显——他频繁地引用《圣经》、《圣经》中的名字和但丁的《神曲》。哈代的宗教无处不在，甚至席卷、吞没了读者。女主人公芭丝谢芭（Bathsheba）不断引用旧约全书的《路得记》，甚至还扮演了救赎者波阿斯（kinsman redeemer）。“没落的宗教教条”，在小说中处处可见。加布里埃尔唱诗班吟唱的是纽曼的赞美诗《指引我，仁慈的灯光》（“Lead, kindly Light”），激发了芭丝谢芭对于逝去的精神情感的重新思考。哈代甚至嘲笑在这个国家里并行的“现在全国有两个教派——高教会派和高非国教

① ［英］托马斯·哈代：《无名的裘德》，张谷若译，人民文学出版社 1995 年版，第 82—83、387、105、300 页。

② 同上书，第 6 页。

派”，前者“他们祈祷的时候唱歌，崇拜彩虹的所有色彩”，后者“他们在布道的时候祈祷，只崇拜黄褐色和白色”。①

同样，玛丽·汉弗莱·沃德（Mary Humphry Ward）夫人笔下和蔼可亲的罗伯特·埃尔斯米尔（Robert Elsmere）牧师，也经常从但丁、维吉尔和弥尔顿之处，寻求精神食粮；并因此而认识了凯瑟琳，两人“在爱与信仰中迷失，上帝温暖着他们，永恒伴随他们”。但是，在遭遇到信仰危机后，罗伯特开始质疑《圣经》的真实性。即使约翰·基布尔的《基督教年纪》，虽然有其广泛的精神魅力和人气，也只能给凯瑟琳提供信心的保障。② 新教的宗教圣典，主要包括《圣经》、《经文选》（*The lectionary*）、《时论册集》（*Tracts for the Times*，1833－1841）、《基督教年纪》、《天路历程》、《圣洁生死》（*Holy Living and Dying*），这些宗教经典成为维多利亚文学的互文交融之处，极其重要。融入前后文的语境之中，被重新定义，重新解释，这些神圣文本发挥了完全不同的作用，并被赋予了不同的价值。尤其在维多利亚时期女性的作品，女作家运用类似的宗教话语来质疑、扩展、修改或拒绝当时的男性宗教传统。对她们而言，“父权统治的话语并不等同于整体控制”③。琳达·科莱指出，“通过阅读或听别人朗读新教出版物，如班扬或福克斯（William Johnson Fox，1786－1864）的作品；通过学习《圣经》，或者聆听布道、或翻阅布道书，信奉新教的英国人认识到特定类型的考验，不同类型的敌人，这是上帝选民的命运和最终救赎。”④ 这样的巨著使得民众信仰基督教更为合法化，并增强了他们的意识形态和实践性，包括向国外传教，“福音派信仰被转化为国际商业资本主义的某种话语权”⑤。维多利亚时期的宗教总是和资本主义、帝国主义和军国主义紧密相连。这些“维多利亚时期的先知们，开始以他们的政党政

① ［英］托马斯·哈代：《远离尘嚣》，陈亦君、曾胡译，花山文艺出版社 1982 年版，第 255 页。

② Mary Humphry Ward，*Robert Elsmere*，New York：Oxford University Press，1987，pp. 269，315－317.

③ Christine L. Krueger，*The Reader's Repentance：Women Preachers，Women Writers，and Nineteenth－Century Social Discourse*，Chicago：The University of Chicago Press，1992，p. 6.

④ Colley，*Britons：Forging the Nation，1707－1837*，p. 28.

⑤ Sue Zemka，*Victorian Testaments*，p. 190.

治来确定神圣的计划”，其中，“英格兰被委任向世界各地传播新教”①。因此，“宗教问题必然是政治问题，而政治问题则彰显着宗教意义”②。通过无数的传教士社团，英国宗教与国家的工业和帝国计划严丝合缝、携手并进。灵魂拯救和国家富有是其共同目标。“基督教社会为19世纪的帝国意识形态做出了贡献，通过新教和英国的一体化，融入世界。它所产生的历史遗迹主要是书籍（诗歌、小说和散文），其主题是受《圣经》启示和构建的帝国。”③雅克·德里达（Jacques Derrida，1930－2004）认为，“宗教”一词具有“双层性”或“双重根”——“宗教指谨慎关注、尊重、耐心甚至是谦虚、羞耻或虔诚”；“把宗教与义务、纽带和责任联系起来”。④

对维多利亚时期宗教话语进行划分，无论是从宗教主题还是宗教实践方面，必须从不同的宗教信仰中汲取经验，这一点在19世纪至关重要。绝不是仅仅一种批判性的文本或诗学，就限定了维多利亚时期的宗教话语。丹尼斯·泰勒（Dennis Taylor）认为，“我们这个时代的评论的紧迫之处在于——在文学作品中讨论宗教或精神层面的方式问题”。特别要注意的是，宗教不能孤立来讨论，而要和文本联系，以整体来阐释和理解。换言之，女权主义、马克思主义和后殖民主义，对于阐释维多利亚时期文学中的宗教和父权因素，是不完整且单一的方法。泰勒还认为，“在我们的时代里，宗教阐释是坚实可行的，足以与主流的批判方式产生一种富有成效的竞争关系”⑤。乔纳森·卡尔勒（Jonathan Culler）注意到，宗教文学批评方法的缺失，使文学作品中出现了巨大的阐释空白。卡尔勒认为，比较文学的批判中，缺失的是宗教批判，他“呼吁读者的关注，因为宗教使得意识形态的合法化”。⑥

---

① Mary Wilson Carpenter, *George Eliot and the Landscape of Time*, p. 62.

② Mermin, *Godiva's Ride: Women of Letters in England, 1830－1880*, p. 107.

③ Sue Zemka, *Victorian Testaments*, p. 221.

④ Jacques Derrida, "Faith and Knowledge: The Two Sources of 'Religion' at the Limits of Reason Alone", *Religion: Cultural Memory in the Present*, ed. Jacques Derrida and Gianni Vattimo, California: Stanford University Press, 1998, pp. 34－41.

⑤ Dennis Taylor, "The Need for a Religious Literary Criticism," *Seeing Into the Life of Things: Essays on Literature and Religious Experience*, ed. John L. Mahoney, New York: Fordham University Press, 1998, p. 3.

⑥ Jonathan Culler, "Comparative Literature and the Pieties", *Profession*, 1986, pp. 30－32.

特里·伊格尔顿（Terry Eagleton）也表达了同样的观点——对宗教批判缺失的重视，换言之："在人类历史上，宗教一直是人类生活中最珍贵的组成部分，然而几乎所有流行文化的理论家都尴尬地忽略了它。"[①]

事实上，许多批评作品都曾注意过《圣经》和宗教对维多利亚时期作家和作品的影响。最近的颇有价值的研究，注意到维多利亚时期的女性作家们，意图重申维多利亚时期的父权话语，例如琳达·帕拉佐（Lynda Palazzo）所著的《克里斯蒂娜·罗塞蒂的女权主义神学》（*Christina Rossetti's Feminist Theology*，2002）。帕拉佐对罗塞蒂的作品进行了研究，特别关注"父权制宗教体系对妇女造成的伤害"，罗塞蒂试图"用隐喻，特别是经文，来重建女性主义的上帝语言，以此来讨论妇女与上帝的关系"。帕拉佐发现，罗塞蒂"试图用一种明显女性化的方式，来创建一种解读方法……发展一种专门针对女性学习《圣经》的方法"。帕拉佐认为，"现代女性主义的历史根源在于基督教的性别问题，其质疑起源于 19 世纪"[②]。克里斯汀·克鲁格（Christine L. Krueger）在《读者的忏悔》（*The Reader's Repentance*，1992）中谈到，对乔治·艾略特而言，她之所以获得"伟大作家"的地位，"在很大程度上，是因为她的小说忽略了女性先驱者，达成了和男权主导的传统价值观的调和"。克鲁格继续论述道，"18 世纪的福音主义催生了杰出的女性演说家和作家的出现"，"在维多利亚时期，福音主义的遗产塑造了社会话语，促使女性小说家成为社会批评家"。克鲁格以盖斯凯尔夫人和艾略特为研究中心，考察了福音派传统对于女性的权力的增强，而且"在女性传教的传统议题上，重新审视了女性社会写作的历史"。[③]

希利斯·米勒在众所周知的《上帝的消失》一书中，研究了维多利亚时期的五位作家，"生活在没有上帝的世界中"。米勒确信，上帝正在消失，"上帝从昔日之地溜走，隐藏在无限的寂静空间之后"，这是一次重大的危机。在

① Terry Eagleton, *After Theory*, New York: Basic Books, 2003, p. 99.

② Lynda Palazzo, *Christina Rossetti's Feminist Theology*, New York: Palgrave, 2002, p. 21.

③ Krueger, *The Reader's Repentance*, pp. 3 – 6.

另外一部重要作品中，乔治·兰道（George Landow）在《维多利亚模式和维多利亚阴影》（*Victorian Types*，*Victorian Shadows*，1980）提出，在维多利亚时期的文学、艺术和文化中，圣经象征主义和圣经结构体处处可见。在约翰·霍洛威（John Holloway）的《维多利亚时期的圣人》（*The Victorian Sage*，1953）、乔治·兰道的《优雅的耶利米》（*Elegant Jeremiahs*，1986）和泰伊·摩根（Thaïs E. Morgan）的《维多利亚圣人和文化话语》（*Victorian Sages and Cultural Discourse*，1990）三部作品中，分别探讨了维多利亚时期的圣人及其性别关系——“性别和性别权力的力量”。同时，各种批判方法，如“新历史主义、读者接受理论、精神分析、马克思主义、符号学、解构学”应用于话语的性别分析之中。“因为维多利亚的父权在两性关系中，占有重要地位，所以在19世纪时，圣典写作为分析女性和男性在文化权力的建立和竞争关系中，使用何种策略提供了一个典范实例。”①

同样的，露丝·詹金斯在《重申权力的神话》（*Reclaiming Myths of Power*，1995）中，对“四位维多利亚时期女性作家——弗洛伦斯·南丁格尔（Florence Nightingale）、夏洛蒂·勃朗特、盖斯凯尔夫人和乔治·艾略特以及她们的文化、道德信仰以及限制她们信仰的冲突进行了分析”。詹金斯认为，“无论是世俗或精神的意识形态，都剥夺和限制了女性的权力，这些权力本能够引发本质性的变革。”通过“将女性作家（以及女性经验）从这一质疑中删除，并假立一个独特视角，学者们曲解了维多利亚时期精神的全部范围”。因此，他们没有认识到“许多妇女的精神危机和相关著述，逐渐远离上帝的原因在于男性对于神圣的集权占有，迫使妇女成为男权霸权下的基督教殉道者”。“这四名女性作家，以及诸多女性同辈，重新调整了犹太—基督教叙事的结构和语言，授权她们颠覆父权制度。”②

乔治·丁尼生（George Tennyson）的《维多利亚时期的虔诚诗歌》（*Vic-*

① Thaïs E. Morgan，“Victorian Sage Discourse and the Feminine：An Introduction，” *Victorian Sages and Cultural Discourse*：*Renegotiating Gender and Power*，ed. Thaïs E Morgan，New Brunswick：Rutgers University Press，1990，p. 18.

② Jenkins，*Reclaiming Myths of Power*，pp. 18 – 19，25.

torian Devotional Poetry，1981），追溯了牛津运动遗产在19世纪的虔诚诗歌中的表征和体现；约翰·梅纳德（John Maynard）的《维多利亚进程中的性别和宗教》（*Victorian Discourses on Sexuality and Religion*，1993），探讨了维多利亚的男性作家——尤其是克拉夫（Clough）、帕特莫尔（Patmore）和哈代是如何思考性别议题的。梅纳德总结到，“性别话语实则和宗教议题密切相关”[①]。在安德鲁·布拉德斯托克（Andrew Bradstock）等编辑的《维多利亚文化中的男性气概和精神性》（*Masculinity and Spirituality in Victorian Culture*，2000）中，讨论了宗教、性别、男子气概和精神性，且认为，“在维多利亚时期，宗教与性别的相互关系错综复杂”，社会历史学家“没有足够重视正统宗教或非正统宗教信仰对人们生活的影响”。[②] 在《词罪》（*Word Crimes*，1998）中，乔斯·马什（Joss Marsh）讨论了在维多利亚文学和文化中，通过讽刺和幽默，所表达的渎神现象。在薇思·瓦纳珊（Gauri Viswanathan）的《排斥在外》（*Outside the Fold*，1998）中认为，皈依是英国性（Englishness）的核心：“从内部成员的离开，一个社区的凝聚力受到了有力的冲击威胁，正如其信仰变成异端一样。”瓦纳珊认为，在一个日益世俗和多元化的社会中，英国努力将少数宗教团体纳入国家的理想之中，“异教，就像同化一样，是国家容忍范围内必要的破坏性机制”[③]。安妮·霍根（Anne Hogan）和安德鲁·布拉德斯托克在论著《维多利亚文化的女性信仰》（*Women of Faith in Victorian Culture*，1998）中，论证了维多利亚时期的“房中天使”（the domesticated Victorian Angel）的复杂文化形象，特别是此形象变得强大或衰弱之时的表征。论著还考察了女性的传教活动、女性赞美诗作家以及那些被忽视的非国教女教徒的逸事。[④] 更为特别的是，迈克尔·惠勒（Michael Wheeler）在《罗斯金的上

① Maynard，*Victorian Discourses*，p. 3.

② Andrew Bradstock，Sean Gill，Anne Hogan，and Sue Morgan，eds，*Masculinity and Spirituality in Victorian Culture*，New York：St，Martin's Press，2000，pp. 1 – 2.

③ Joss Marsh，*Word Crimes*：*Blasphemy*，*Culture*，*and Literature in Nineteenth – Century England*，Chicago：The University of Chicago Press，1998，p. 17.

④ Anne Hogan and Andrew Bradstock，eds，*Women of Faith in Victorian Culture*，New York：St，Martin's Press，1998.

帝》（*Ruskin's God*，1999）中，论述了基督教对罗斯金的影响，惠勒发现，罗斯金“对《圣经》有着非凡的理解，辅之于批评手段，被应用于宗教艺术中”。[①] 在另外两部被广泛认可的论著——诺斯罗·弗莱（Northrop Frye）的《批评的解剖》（*Anatomy of Criticism*，1957）和弗兰克·科莫德（Frank Kermode）的《终结的意义》（*The Sense of an Ending*，1966）中，探讨了启示录的神话在维多利亚文学的广泛应用，正如彼得·林乃肯（Peter Lineham）所指出的，“普遍启示论”已经成为“此时期宗教社会功能的一个非常重要的因素”。[②] 泰伊·摩根和玛丽·威尔逊·卡彭特深入探讨了和女性相关的启示痕迹。

对于维多利亚时期宗教的论述，其论证方式有很大的不同。事实上，论证方式的差异揭示了宗教在19世纪的表述方式的差异性。因此，以扁平化的武断方式阐释维多利亚时期的宗教，显然是片面和不妥当的。维多利亚时期宗教话语中具有复杂的美学维度，表现在维多利亚时期的艺术作品中，也彰显着宗教话语。例如，拉菲尔前派的艺术（Pre - Raphaelite art）的代表油画作品，如亨特的《世界之光》、《死亡阴影 》（The Shadow of Death）、《牧羊人》（The Hireling Shepherd）、《替罪羊》（The Scapegoat）、《麦基洗德》（Melchizedek）等等。罗斯金认为拉斐尔前派中的类型（圣经）象征主义，可以认定他们为最重要的理论家。乔治·兰道在《威廉·霍尔曼·亨特和类型学象征主义》（*William Holman Hunt and Typological Symbolism*，1979年）一书中，展示了拉斐尔前派的画家们如何运用了类型化象征主义——即艺术具有象征意义和代表性。换言之，拉斐尔前派式的宗教类型学是隐喻的、也是转喻的。事实上，问题在于，拉斐尔前派艺术的画作中的宗教程度如何。兰多评论道，“无数的布道，小册子和赞美诗，教授维多利亚时期所有教派的教义，阅读《圣经》以寻找不同类型的象征主义”[③]。在霍普金斯创作的关于圣

① Michael Wheeler，*Ruskin's God*，New York：Cambridge University Press，1999，pp. 71 - 72.

② Peter Lineham，"The Protestant 'Sects'，" *Nineteenth - Century English Religious Traditions*：*Retrospect and Prospect*，ed. D. G. Paz，Westport，Connecticut：Greenwood Press，1995，p. 154.

③ George P. Landow，*William Holman Hunt and Typological Symbolism*，New Haven：Yale University Press，1979，p. 7.

母玛利亚的诗歌中，也表明在维多利亚文学中，有着对于圣母玛利亚的类型学描述，但是“对于英国人而言，这一形象过于天主教化、太过母性，缺乏本土化”。[1] 然而，玛利亚的意象广泛存在，“在维多利亚时期的英国，玛利亚的意象是象征性的、高度可见的”[2]。玛利亚圣母形象，在维多利亚时期的英国，类化为理想妇女。在夏洛蒂·勃朗特的《谢莉》、克雷克的《橄榄树》、盖斯凯尔夫人的《露丝》（*Ruth*，1853）、勃朗宁的《指环与书》（*The Ring and the Book*，*1868－1869*）、艾略特的《罗莫拉》和《弗洛斯河上的磨坊》中，有着类型化理想妇女——圣母玛利亚的集中体现。最后，“话语”一词来自海登·怀特（Hayden White），是理解宗教的一种方式，即在特定的领域里，从字面和领域的角度，通过话语，来阐述整个文化环境的构成。怀特认为，话语涉及“有问题的经验领域”，并且“作为一种模型，在一般的文化实践中，意识会影响到与它的环境的关系”。[3] 因此，“宗教与艺术之间的关系”必然是一个“大有前途的研究领域”。[4] 维多利亚文学作为艺术的一种表现形式，其作家思想、内容和内涵均深刻地反映了时代的主流思想意识形态，而于维多利亚时期而言，这一主流思想，显然是——基督教思想。

第三节　维多利亚时期的文学与基督教的研究框架

本论著的主旨是通过探讨维多利亚时期的宗教生活，论述宗教对于此时代文学作品的影响和体现。本论著并不以编年史，来论证宗教和文学的关系，

---

① Mermin，*Godiva's Ride*：*Women of Letters in England*，1830－1880，p. 123.

② Carol Marie Engelhardt，“The Paradigmatic Angel in the House：The Virgin Mary and Victorian Anglicans，” *Women of Faith in Victorian Culture*，p. 159.

③ Hayden White，*Tropics of Discourse*：*Essays in Cultural Criticism*，Baltimore：The Johns Hopkins University Press，1978，pp. 2－10.

④ Ed. D. G. Paz，“Introduction，” *Nineteenth－Century English Religious Traditions*：*Retrospect and Prospect*，Westport，Connecticut：Greenwood Press，1995，p. 58.

而是围绕维多利亚重大的宗教运动和宗教传统来研讨。事实上，对于维多利亚时期而言，其宗教根源以及某些重要的宗教运动，并不是起源于19世纪，如福音主义开始于18世纪，复兴于19世纪，对维多利亚的社会，以及民众生活和思想产生了重要、深远的影响。另外，英国的天主教问题并不是维多利亚时期的孤立问题，从16世纪后，天主教一直与英国国教有所冲突。再者，非国教教派与国教的矛盾并不是只发生在维多利亚时期。以重大宗教运动和宗教思想为构架，可以清晰梳理和剖析各种不同教派运动的神学思想。此外，本论著的章节构架为，依据时间顺序，论述英国从18世纪末期至20世纪之初的重大的宗教运动，共分为6个章节。在每一个章节中，简述宗教运动对于此时期英国作家们思想和作品的影响。同时选取本时期阶段，具有代表性和重大影响力的作家，详述其宗教思想，以及宗教运动对其思想和作品的影响和体现。当然，每一章节并不是只关注于一位作家的宗教意识形态。以布莱克为例，评论家致力于将他定位为标准的基督徒、人文学者、世俗政治家等等，其实他的作品很难以圣经辞格学、圣·保罗神学思想和社会激进主义等主义来定义，体现和融合了诸多宗教教派和思想对他的影响。

由于英国19世纪的宗教传统和18世纪密切相关，本论著第一章阐释了18世纪中的非国教宗教传统、宗教起源和宗教信仰，18世纪英国非国教教派/异教徒（Nonconformist）主要包括：长老会教派，公理会教派（Congregationalist）和浸理会教派（Baptist），三教派既有联系也有区别。为了更好地理解这些宗教运动的意义，第一章同时分析福音主义复兴运动对于基督教发展和作家创作的重大意义——激发并启示了浪漫主义诗人的想象力，创作出激情充沛的诗句。福音主义创始人艾查克·瓦茨（Isaac Watts，1674－1748）和约翰·卫斯理的赞美诗，对克里斯托夫·斯马特和布莱克的激情写作影响至深，两者都以非正统宗教写作而著称。汉娜·莫尔（Hannah More，1745－1833）和艾米莉·勃朗特受此激情的影响，将宗教情感表现得生气勃勃、栩栩如生。对于安娜·巴波尔德（Anna Barbauld，1743－1825）和约瑟夫·普里斯特利（Joseph Priestley，1733－1804）而言，他们认为福音主义复兴运动激活了基督徒的心灵：即以心灵而非理性来感知上帝。在此之前国教视以心理和科学等角度研究宗教为异端邪说，但非国教教派开启了研究基督教的多扇窗户。

第一部分的代表人物以非国教教派——摩拉维亚教徒（Moravian）、再洗礼教徒（Anabaptist）和唯信仰论者（Antinomian）等宗教运动和思想者，来讨论布莱克，较为清晰地解析布莱克的宗教观。如果以欧洲的这些宗教运动来解析布莱克，其作品思想是充满先知预言、富含天启录思想、宗教布道的诗意的，处处以基督为意象。布莱克认为，基督是一位艺术家，因为他对人类的苦难做出了创造性和充满激情的回应。他认为简单地论辩人类的救赎并不是基督徒。在《最后审判的幻想》（*A Vision of the Last Judgment*，1810）一书中，布莱克写道："那些纠结于善与恶、是否该吃智慧果的人们，其实阻碍了他们对于上帝的认知，最后的审判都会抛弃他们。"布莱克认为，那些混淆并误解上帝以基督作为人类救赎的民众，将此问题降低为道德议题或固有律法，其实犯了以理性论断的毛病，并且将此问题僵固化。

第二章的研究重点为唯一神教派教义，此非国教教派拥护18世纪末期的理性主义、自由资本主义和启蒙文化；在优雅舒适的小教堂内，向中产阶级教徒宣讲布道。唯一神教派教徒否认基督的神性、虚幻天堂和地狱的存在、凭个人经验难以理解的教义：如圣母无原罪始胎（Immaculate Conception）和耶稣复活（Resurrection）。此倾向使得唯一神教派教徒更为关注社会中的世俗宗教问题，如教育、女性权利和贫困者生存问题。维多利亚作家——玛丽·沃斯通克拉夫特、华兹华斯、柯勒律治、理查德·普赖斯（Richard Price，1723－1791）、弗莉西亚·海曼斯（Felicia Hemans，1793－1835）和盖斯凯尔夫人都信奉唯一神教派。作为非国教教派的分支，唯一神教派强调人类的感知力，同时对姊妹教派贵格会教派（Quakerism）也深有影响。由于唯一神教派摒弃了基督教的神秘主义和启示论，由宗教学家威廉·约翰逊·福克斯倡导，但是詹姆斯·马蒂诺（James Martineau，1805－1900）哀叹这种神秘主义的消失，此问题在维多利亚时期引起了论战。

此时期最为典型的代表人物为安东尼·特罗洛普（Anthony Trollope，1815－1882），其最知名的作品为《巴彻斯特传》（*Barchester Chronicles*，1857）。特罗洛普的这部宗教小说，详尽地讲述了英国国教，主要描述国教的政治制度和神职人员的社会角色。特罗洛普清醒地意识到教堂中的自由趋势。在小说《伯特伦》（*The Bertrams*，1859）中，特罗洛普审视、反省了个人的心理因素，塑造了个人的宗教观点。

第三章将进入维多利亚时期，在维多利亚时期的初期，最为知名的宗教运动当属牛津运动，此次运动涉及诸多宗教学家和人文学者。1833—1841 年期间，牛津大学发行一系列九十本宣传小册子，名曰《时论册集》，表达其宗教意见及创始人的原则，反对新教教义，而倾向于支持高教派教理，其立场与天主教颇接近。此教义和美学思想令华兹华斯、罗塞蒂和吉拉德·曼利·霍普金斯等诗人着迷。牛津运动者鼓励公开讨论圣餐、忏悔、基督的道成肉身（Incarnation）和宗教喻义，禁止以文学手段来探讨上帝，尽管这是和上帝交流的最佳方式。基布尔的《诗歌论》（*Lectures on Poetry*，1832－41）是宗教教导的诗歌宣言，目的在于教育读者如何信仰宗教。类似诗人如艾查克·威廉姆斯（Isaac Williams，1802－1865）和弗雷德里克·威廉·费伯（Frederick William Faber，1814－1863），以类似方式教导教徒如何写诗。牛津运动者认为，诗歌可引导焦虑和信仰迷失的民众重回上帝的怀抱。牛津运动在文学上的目的是：以宗教道德为目标而写作，以此教导民众。最后讨论的是牛津运动对作家的美学影响，如沃尔特·佩特，他认为维多利亚时期的感伤文学等同于异教主义和享乐主义，应当警惕并摒弃。

在维多利亚初期的牛津运动中，最有成就的小说家之一为夏洛特·玛丽·杨格（Charlotte Mary Yonge，1823－1901），她将浪漫主义的自然传统，和谐地融入她的牛津运动的小说中。夏洛特·杨格的《雷德克莱夫的继承人》（*The Heir of Redclyffe*，1853）是描述维多利亚时期的最受欢迎的小说，评论家认定这部小说为“神学浪漫史”——此术语来自启蒙运动流派。遗憾的是，由于其政治观较为保守，尤其是她对维多利亚女性在社会和家庭地位的理解，掩盖和削弱了其作品的神话虚构力量。

第四章论证反对牛津运动的福音主义教派。福音主义教派超越英国国教和非国教教派的繁杂划分，强调基督教信仰，如救赎、皈依以及《圣经》是人类获得启示的唯一源泉。福音主义不属于严格的教派，信仰圣经教义的绝对权威，只有悔改才能获得个人拯救和灵魂救赎。由于福音主义强调个人和上帝的无中介交流，因此打开了个人宗教体验的通道。维多利亚时期的经典小说，如《简·爱》、《大卫·科波菲尔》、《荒凉山庄》（*Bleak House*，1853）和《月亮宝石》（*The Moonstone*，1868）都以福音主义为基调。尽管后两部小说以刻画宗教反面人物而著称，但是小说也细致地刻画了处于19世纪中期文化背景之中的福音主义教徒的宗教思考和体验。以历史和科学为依据的圣经诠释学运动，带给教徒宗教焦虑和信仰迷失，但是他们在福音主义雄辩的布道、宗教奋兴运动和个人皈依的感人事例中，逐渐找到了抚慰和平静。本章最后探讨的则是艾略特的《米德尔马契》和哈代的《德伯家的苔丝》（*Tess of the D'Urbervilles*，1891），涉及两位作家对人类的最后审判，女性的诱惑和堕落等宗教议题的观点。小说家的笔端揭示了福音主义信徒不同的神学观点。

在漫长的维多利亚时期，福音运动的影响最为持久和长远，尤其对于维多利亚女性的影响，表现为女性通过个人对于宗教和《圣经》的思考，直接和上帝交流，获得宗教体验，引发了女性对于社会和家庭的深刻思考，成为社会、家庭改良的潜在力量，进而成为中流砥柱。不可否认，维多利亚时期为典型的父权社会，而女性借助宗教思考和宗教力量，积极反抗父权，也是女性作家作品的内容和意义所在。维多利亚时期，女性作家的杰出代表为夏洛蒂·勃朗特，她是福音主义的忠实的笃信者，同时，她也认为英国国教需要进行猛烈的改革。她对牛津运动中的神学和教会思想的反对，表述在她的小说《谢莉》中，也蕴含了女权主义神学的雏形。在《谢莉》中，勃朗特对于性别政治和工业关系的描述，潜藏着宗教角度的思考。通过当代文学的视野，来审视《谢莉》以及维多利亚时期各种宗教争议小说，正是维多利亚时期的文化思想框架和内容的重要组成部分。

艾略特的创作手法类似，在她早期的作品中，她重新改写了圣经故事，以展示人类的真理。在她最著名的小说《丹尼尔的半生缘》（*Daniel Deronda*，*1874－76*）中，她试图从维多利亚时期普通人的生活中，创造出替代神话的另一种愿景。在她的作品中，她暗示到——在犹太教（非基督教）中找寻到真理。对于艾略特宗教思想的探讨，将专注于她的首部长篇小说《亚当·比德》，之后简要论述《丹尼尔的半生缘》中的犹太教思想。

第五章探讨维多利亚时期的宗教世俗化。19 世纪的后半叶经历了工业革命爆发和现代主义萌芽，科学思想和进化论的普及，对维多利亚教民有着显著的影响，基督教遭受了沉重的打击。细读狄更斯的《圣诞颂歌》（*A Christmas Carol*，1843），处处可见世俗化的影响。有些教徒在来世寻找上帝，有些教徒在现实的点滴中找寻。在维多利亚的小说中，表现在文学家对于城市的态度中。有些基督徒消极敌视地看待城市的崛起，而其他教徒开始重新界定基督教和文化的关系，发现其中的意义。以乔治·吉辛（George Gissing，1857－1903）为例，在其以宗教慈善机构救世军（the Salvation Army）为题材的作品中，主体思想是 19 世纪城镇化恢复了教堂的预言位置。非国教教徒也更容易成为国教教堂的牧师，并且在社会政治机构中获得一席之地。但是由于非国教领袖获得了部分统治权力，批判文化现状就难以启齿。不可避免的是，由于基督教遭受到维多利亚的诸多力量——科学和哲学的质疑和攻击，以及物质主义的蔓延，逐渐削弱了英国教会的地位和国民的宗教性。然而，这种趋向并不表明基督教传统随之消沉。19 世纪末期对于渎神和自由思想的论辩，表明了作家对宗教的自由思考。哈代的《无名的裘德》（*Jude the Obscure*，1895）表面中伤传统基督教宗教，本质却是基督教传统的更新和蜕变，哈代构建了基督教传统延续的新平台。哈代作为 19 世纪末期的著名作家，其代表作《无名的裘德》则是对 19 世纪后半叶基督教的深刻沉思——对于基督教陈年痼疾和缺陷的黑暗且矛盾的抨击。小说的主题是灵与肉的冲突，每一次，肉皆胜出。然而，哈代对教会和神学的熟稔，意味着他的批评是来自内部。他的讽刺彰显出基督教是如何被伪善所玷污的。因此在某些情况下，其作品指名并确认了基督教的某些残渣和痼疾。哈代对于神学的思考，表明其小说中的鲜明的神学色彩。

第六章探讨了19世纪末期天主教，以及其他宗教思想如神秘主义对作家的影响。作家于斯曼（J. K. Huysmans，1848 - 1907）如同王尔德（Oscar Wilde，1854 - 1900），重新皈依天主教，引起评论家热议。在19世纪末期，英国长期反对天主教的传统酝酿了作家们的怀疑主义，这种倾向表现在布莱姆·斯托克（Bram Stoker，1847 - 1912）的《德拉库拉》（*Dracula*，1897）之中。诸多天主教作家在天主教中找寻到了灵感和智慧，如迈克尔·菲尔德（Michael Field，1846 - 1914）的诗歌深受天主教神话的影响。在王尔德和艾丽斯·梅内尔（Alice Meynell，1847 - 1922）的作品中，两人在物质世界中重新审视宗教，重点描述天主教圣礼，将天主教仪式和美学重新联系起来。本章最后讨论20世纪初最伟大的诗人叶芝，神秘主义和天主教神话成为其诗歌意象的源泉。总之，维多利亚时期是宗教思想浓郁的时代。本论著按照重大宗教运动来划分框架章节，并在每部分的章节后，详尽地论述代表此时期宗教运动的一位典型性作家的宗教思想和代表作品。

不可否认的是，维多利亚时期的作家们，其思想意识形态或潜意识的笔触之中，或多或少都体现出神学思想。笔者在分析这些作家以及其代表作品中，将思考和论述小说家是如何表现个人宗教情感的来源，他们如何使用《圣经》，他们对圣礼神学的态度，以及他们如何处理宗教怀疑。挖掘出维多利亚作品中被世人和现代读者所忽略的神学思考和宗教部分，以期展示维多利亚小说的神学问题的复杂性，深入展示文学与灵性的关系。

第一章　非国教教派：从卫斯理到布莱克

1791年7月14日，伯明翰政府举办了盛大的晚宴，来庆祝解放巴士底监狱周年纪念日。反革命的热情依然高涨，这次庆祝直接引发一名有组织的暴徒，对几名非国教教徒的居住地发动了袭击。这几名非国教教徒中包括科学家约瑟夫·普里斯特利，他的教堂、住所、图书馆和实验馆都在顷刻间毁于一旦。对于这次事件的评述，普里斯特利这样写道：

> 在所有的报纸和大多数的期刊出版物中，我在革命中所代表的是一名异教徒，更确切地说是一名无神论者……在房屋的墙壁上，尤其是我经常前往的地方，“……该死的普里斯特利；抵制长老会教派；该死的长老会教员们等等”，诸如此类的巨大的标语随处可见。①

普里斯特利曾公开地抵制长老会教派，他自己首先是一名阿里乌斯派信徒（Arian），后来皈依为索齐尼派教徒（Socinian）。他的宗教立场使得他的反对者感到困惑不已，同样也使得21世纪的读者感到无所适从。想要了解这些暴徒和英国国教等这些教民的困惑，读者必须在根本上深入了解“非国教教徒”或“异教徒”的内涵。从字面意义上看来，“非国教”意指其教派的宗教立场，不同于秉持都铎王朝的信仰原则的英国国教徒。按这个意义说来，

---

① T. H. Huxley, “Joseph Priestley,” *Science and Education: Essays by Thomas H. Huxley*, London: Macmillan and Co., 1899, pp. 1－37.

罗马天主教和犹太教也都同属异教，但是本章主要涉及的是新教的异教徒；以及如何将它与英国国教的主要机构区分开来。英国国教附属机构的建立，不仅要依据《圣经》，还要遵从由教父（Patristic Fathers）、三大信经（Creeds）（尼亚西信经、使徒信经、亚他那修信经）（Nicene，Apostolic，Athanasian），《三十九条信纲》和《公祷书》所制定的教会传统。无论如何，非国教教徒或异教徒被认为是背弃以《圣经》为基础的传统基督教派的教民。作为一名福音派牧师，查尔斯·西缅（Charles Simeon，1759 – 1836）对于非国教有如下见解，"神从未按图索骥般地将他的信仰公之于众，同样地，《圣经》也并非条修叶贯。冲破凡俗礼节的束缚，打破经文的约束……成为真正的遵循《圣经》，而不是墨守成规的基督教徒"①。

国教教徒和非国教教徒基于不同的信仰理念，建立他们的信条，在践行他们的信仰历程之中，教派之间产生了较大的摩擦和碰撞。国教教徒的一系列宗教仪式，皆遵从严格的中世纪之传统的礼拜仪式；教会所代表的权力和作用，等同于拥有政权的国家机构；一系列的礼拜仪式以含蓄、高贵、秩序井然而著称。然而，非国教教徒，他们崇尚简明的圣经经文，摒弃烦琐复杂的礼拜仪式。他们认为，礼拜仪式是教民自发聚集到当地教堂，发自虔诚地向上帝祈祷，并且将公众祷告当作是隐秘的、自发的、特别和直接的和上帝交流的形式。然而这些迂腐的教条仪式的差别，却在国教教徒和各类非国教教徒之间，引起了较大的冲突和争议。同时，非国教教徒的信仰，较多地影响着个人的日常生活：包括个人的政治观点、道德品行的认知、审美艺术的评判和文学素养的品评。18 世纪末期的非国教教徒（即"新型"非国教教徒），显然在文学方面更胜一筹，例如弥尔顿（John Milton，1608 – 1674）的宗教文学作品，要比他们的先辈（即"旧型"非国教教徒），更具有忧虑意识。本章将会区别地来讨论"新型"和"旧型"非国教教徒的宗教信仰；同时探讨英国 18 世纪三大主要的非国教教派：即长老会教派、公理会教派和浸

---

① W. R. Ward, *Religion and Society in England 1790 – 1850*, London: B. T., Batsford, 1972, p. 18.

理会教派，对于英国浪漫主义时期的宗教诗歌、散文和授道传经等发展的重要成就和影响。

事实上，在18世纪由于教派众多，教派的教义修改以及教徒教派的转变，是时常发生的。例如，安娜·巴波尔德曾经认为，18世纪末期的长老教派教徒，其对于教义的理解，显然不同于18世纪初期的长老教派教徒。18世纪末期，英国的宗教教派的发展，渐渐不再拘泥于教义和形式，允许多元化信条的出现。由此，许多人改变了他们的信仰教派。例如，牧师约书亚·图尔明（Joshua Toulmin）从最初的长老会教派，转向浸理会教派，而最终皈依唯一神教派（Unitarian）。而在其去世后，甚至要求由六名不同教派的牧师抬着他的灵柩，到达墓地。①非国教教派为了进行自由、反抗和专注的宗教改革，不可避免地要在不同时期进行彻底的政治变革，笔者将在第二章，着重论述唯一神教派教徒和教友派信徒的改革。在本章中，笔者首先综述“旧型”非国教教派，进而论述福音派（Evangelical）的复兴——对圣歌和宗教抒情诗的影响，以及它对非国教教派传统和教徒信仰的重大影响。笔者将在本章末，结合对于18世纪和19世纪的比较，研究某些在18世纪极为重要的宗教变革和学术辩论。例如，先知宗教诗人威廉·布莱克的信仰辩论的小册子和诗歌，为现代非国教教徒的宗教信仰奠定了指引基础；同时，布莱克的宗教小册了，也为非国教教派和教徒提供了最为简明有力的指引和启示。

第一节　传统的非国教教派

18世纪早期的非国教教派，或者说是“传统的非国教教派”，其教派主要关注两个问题：神和信徒之间的关系，以及基督教教会的组成。而非国教

① D. E. White, "Anna Barbauld and Dissenting Devotion: Extempore, Particular, Experimental," *Enlightenment, Gender and Religion Colloquium*, London: University of London, 2004, p. 109.

教徒则认为，这两个问题都发生了较大的变革。1662，查理二世（Charles Ⅱ，1630－1685）着手改革英格兰教会，颁布了《统一法案》（*Act of Uniformity*，1662），该法令要求所有的仪式和典礼，都要遵从《公祷书》中的宗教活动的规定。法令还规定，每个牧师都必须由主教指定，强迫每个牧师要向会众公开表示，同意英国国教公祷文中所写的一切；法案规定每个牧师必须由英国的国教按立，结果约有2000位牧师拒绝服从《统一法案》而被革职。这些被革职的牧师，若想进入牛津大学和剑桥大学，似乎也成为一道不可逾越的天堑，同时也难以在政府或军队占有一席之地。1689年，英国议会通过了给予非国教教徒以信仰自由的《宽容法案》（*Act of Toleration*，1689），这是英国历史上第一部关于宗教宽容的成文法案。该法案不仅确立了基于耶稣信仰基础上的宗教自由权利，而且以法律的形式明定：以敌意语言对待他人宗教信仰的行为将构成犯罪。《宽容法案》对于教民宗教信仰的自由性、人文精神和个人人格，产生了重要的奠基作用。1702年，安妮女王（Queen Anne，1665－1714）发动了一系列打压国教教徒及其权力的事件。在此期间，有诸多反对改革的英国国教的牧师，牛津教区的主教亨利·西特维尔（Henry Sacheverell，1674－1724）则是此保守思想的代表人物。高傲伪善的西特维尔主教被认作是令人闻之作呕的反面人物，丹尼尔·笛福（Daniel Defoe，1660－1731）在小说《消灭不同教派的捷径》（*The Shortest Way with Dissenters*，1702）中，对他极尽挖苦和讽刺。在此期间，非国教教徒的全部权利并没有完全恢复，直至1828年，威灵顿公爵（the Duck of Wellington，1769－1852）实施了全民宪法。当时，信奉自由主义的牧师迫于压力，屈从于他们颁布的法令；而反抗英国国教规定的牧师，被当作堕落和邪恶的化身。信奉循道宗教派/卫理公会（Methodism）的伦敦主教托马斯·柯克（Thomas Coke，1674－1727）坚持认为，那些沉溺于“纸牌、网球、赛马、歌剧和其他令人纸醉金迷的娱乐场所”的邪恶国教牧师们，树立了令人讨厌的反面的典型实例，他们仅在礼拜日布道时，才能流露出一丝残存的人性和自律。① 正如诗人约翰·克莱尔（John

① S. Drew, *The Life of Thomas Coke*, London, 1817, pp. 289, 293.

Clare，1793－1864）在《教区》（“The Parish”）中所哀悼的那般：

如此高贵的宗教在她们这群人眼中显得高不可攀，
低下高贵的头颅苟延残喘于破旧矮小的茅草屋中，
如此光景亘古难以改变，
还有比这更谦卑的身影吗？①

当然，克莱尔在田园乡村间不懈追寻，寻找灵感和抚慰；同时声援那些遭受压迫和打压的中产阶级牧师。与此同时，信仰宗教复兴运动和非国教教派的非国教牧师，开始逐渐摆脱了国教牧师的控制。这种宗教上的冲突和反抗，恰恰也是保护某种社会阶层和势力的一种方式。18 世纪的非国教教徒，普遍坚信个人正是激进改革的拥趸。凭借宗教的笃信，他们强调指出，上帝的宽容和人类的责任感，正是上帝感召世间芸芸众生的核心信仰。上帝赐予人类的无价之宝，正是宽容，这显示了上帝对人类的仁慈，人类通过基督的受难，从罪恶的深渊中获得救赎。正如每个人都拥有潜藏的油膏，上帝和基督的神性光芒，使得个人如同火种，将能量瞬间激发。从神学观点而言，关系到个人在俗世生活中，如何与上帝建立一种神圣和有意义的联系和交流的方式。早在此之前，意大利神学家托马斯·阿奎纳（Thomas Aquinas，1225－1274）认为，基督徒凭借笃信，可以通过两种方式，即“自然”或“智慧”（理性），凭借情感或超自然的力量（信仰）与上帝建立神性联系。在 17 世纪末期，一场被称作自然神论的运动更为强调前者的做法。此运动认为虽然上帝创造了宇宙，但之后上帝并不再对世界的发展给予启示、授意和神性干预，理性主义者则认为，上帝要让世界按照它本身的规律和存在发展下去；自然神论者则认为，基督教规范了个人道德品行和慈善事业的准则。然而，这一观点在许多非国教信徒眼中，显得冰冷木讷、匮乏感情或神圣的灵感。尽管在此期间，英国主要的非国教教派：长老会教派、公理会教派（或独立教

① John Clare，*John Clare*：*A Critical Edition of the Major Works*，ed. E. Robinson and D，Powell，Oxford：Oxford University Press，1984.

派)、浸理会教派和贵格会教派，各自持有截然不同的神学理念，但他们都一致认为，“灵感”在虔诚的信仰中，起着至关重要的作用。

18世纪初期，即便这两个因素已经发生了变化，但是所有非国教教派信徒依然将思考和信仰的重心集中于人类与上帝的情感和人类之理性的关系的讨论上。长老会教派和公理会教派人士都致力于加尔文主义神学理论如何在教会中实施的问题，而这两个宗教教派，被认为是在这一时期尖锐对立的两个代表。自伊丽莎白女王一世以来，英国圣公会成为主教制，就是由女王直接委任主教，来治理地方教会，并在公共崇拜中遗传许多天主教的礼仪，此举引起许多改革的新教徒的不满，这群忠于改革的人就是当时的清教徒。1643年，查理士（Charles）当政之时（1625－1649），当时议院的议员以清教徒居多，他们期盼以清教徒改革原则重整英国教会，于是在威斯敏斯特大教堂召开了一个大型的议会，与会人士有121位牧师、30位议院的议员及8位列席的苏格兰代表。对于教会应采取的体制，人人看法不同，而以赞成长老制者居多；在神学的立场上，大家则一致认同加尔文的观点，否定阿里乌斯派及罗马天主教。经过三年的讨论，议会于1646年12月完成了《威斯敏斯特信条》(the Westminster Confession)，供日后议院及议会之用。信条的内容完整、精确、简洁、平衡，每一个句子都经过小组的讨论及公开的辩论，参与者阵容之强大也属罕见。信条于数月后加入《圣经》的章节引证，是年6月得到议院的批准。虽然在英国此信条所获得的公认只到1660年，但它深受清教徒的爱戴，在苏格兰也为议会及议院所接纳；后来伴随新大陆的移民而传入北美洲，是在英、美的长老会及北美的公理会与浸信会中最具影响力之信条。

长老会教派的名称起源于单词长老“presbyteros”，或长者“elder”，暗示其成员位高权重，皆为金字塔顶部的拥有领导神职人员能力的人物。1560年长老会教义被加尔文教徒约翰·诺克斯（John Knox，1514－1572）传入苏格兰，然后于1572年秘密地传入英国。1642年英国内战爆发时，议会举日四望，环顾并寻找各个阵营的盟友。为得到长老会教派的有力支持，承诺采纳长老会教派认定的教会秩序——教会内部等级森严，且由神职人员严格控制。几年之后，长老会信徒已然逐步建立了完整的宗教体系。1646 年，在威斯敏斯特神学会议（Westminster Assembly of Divines）上，通过了《信仰告白》（the Confession of Faith），此声明成为他们的主要宪法依据。作为对圣公会高派教会（High Church Anglicanism）的书面回应，该文件强调承认上帝的主权和《圣经》作为律法的重要性。长老们不断研究《圣经》，以提高自身的神学造诣，将推广神学著作为己任，这些人受命监管教会纪律，负责当地教会的日常布道。然而，针对《威斯敏斯特信条》神职人员之职责，与会者产生了激烈的辩论。其中一些人认为长老会制度过于严酷，着重强调推出一个更加宽容的信条的必要性。在 1719 年举行的著名的索尔特公会大厅会议（Salter's Hall Synod）上，此信条发生了决定性的突破。事件的缘由在于：许多长老会长老拒绝签署"三位一体"的教理。虽然大多数长老会成员是信仰三位一体教理的教徒；而更加年轻、宽容的一代信徒则认为，签订一个备受争议的信条是不道德的，因此从旧的长老会教派中分离出去。[①]这些产生分歧从宗教议会中分离出来的教徒，成立了公理会（也称为独立派），其中包括一些认为长老会过于迂腐的小教派和部分清教徒。

信仰独立的教徒通常被称为公理会教徒，他们不同于长老会教徒，赞成非教徒也能享受公共权力，允许每个地方教会拥有自治的教会管理体系。如此宽容的教规表明，信徒们会因笃信而自发地聚集在一起学习《圣经》，组织慈善事业，并支持他们所在的社会团体。事实上，公理会的主教们在教区内的权威不高，表现在非教徒代表也可以通过审核并参加选举。对此，公理会教派声称，权力不会集中在某一种统治机构上，信徒对信仰的言论相对自由，不必担心被纠正或嘲弄。这些想法同样也被浸理会教派所提倡，浸理会教徒推崇《圣经》的权威，主张地方教会的独立性，以及所有信徒的神职趋向中心地位。浸理会还支持教会从国家机构中分离出来，主要是担心君主或政府

① R. E. Schofield, *The Enlightenment of Joseph Priestley: A Study of his Life and Work from* 1733 *to* 1773, University Park, Pa.: Pennsylvania State University Press, 1997, p. 167.

在宗教事务上的干预，会妨碍信徒对《圣经》权威性的笃信与忠诚。浸理会教派坚持“为信仰辩护”的理念制定法律，以确保个人信仰不被外界因素动摇或干扰。因为当君主获得权力或力量，会按捺不住权力的诱惑，重新动摇圣公会的教会秩序，因此无怪乎浸理会教派，会像公理会教派一样，从长老会教派中分裂出来。一些长老会教徒对教会领袖不断妥协的新立场感到失望，因而寻求与独立派合作，建立共同联盟，于 1691 年建立了“快乐联盟”(Happy Union)。英国 17 世纪至 18 世纪初期，不同教派之间在不断地碰撞和磨合，教派之间的分分合合屡见不鲜。但是一条分界线清晰可见，泾渭分明——即渴望重新加入国教的教派，以及认为脱离国教会更为安全的教派的冲突，皆围绕教会统一还是分裂的问题。

第二节　非国教教派之福音主义教派

如果以国教作为各个教派分分合合的分界线，深入考察 18 世纪的各个教派，可以看出，非国教教派的信仰和宣教理念，对于国教统一存在着潜在的威胁。传统非国教教派一直尝试去理解其他宗教的观点，但当它分裂成多个部门和教派时，理性主义者从福音派中分离出去，威胁着非国教教派的核心。伊莎贝尔·里弗斯（Isabel Rivers）认为，否定自身的宗教政治立场，动摇了坚定的信仰，理性的非国教本身，反而成为非国教教派发展的威胁。[①] 宗教体验或感受一直是非国教教派之福音派最为强调的一点，虔诚的福音派始终坚持将信徒个人的宗教体验置于首位。福音派谈到信仰，首先强调基督是世间的救世主，并向世界传递“福音”，继而诞生了《福音书》。最初，理性主义者和福音派这两个非国教教派都继承了部分清教徒的传统。福音派最初从 17

① Isabel Rivers, *Reason*, *Grace and Sentiment*: *A Study of the Language of Religion and Ethics in England* 1660 - 1780, i, *Whichcote to Wesley*, Cambridge: Cambridge University Press, 1991, p. 167.

世纪的清教主义（Puritanism）汲取了灵感，福音派认为心灵和情感是意志和理解的导向；而理性主义者，倾向于宗教心理学和人性的考察等哲学因素的探索，借此来考察人类的宗教信仰。福音派倾向于通过宗教辩论、强烈的宗教个人体验等方式，来驳斥和推翻日益茁壮的理性主义。即：宗教理性主义者倾向于以理性和客观来分析人类宗教之心理；而福音派则以笃信为基石，强调个人宗教情感为首。

艾查克·瓦茨和菲利普·多德里奇（Philip Doddridge，1702－1751）是宗教辩论中，最为活跃的两位宣教者。前者是传统的加尔文主义者，但表现得像是公理会信徒；后者偏向加尔文主义，但也反对冰冷机械的信仰体系中宣扬以正统和理性自居的非国教教派。两人都担心非国教教派已经丧失或者迷离立教的初衷，所以更为强调充满活力的、实用的宗教复兴，因为两者在信徒的道德行为准则方面，起到至关重要的作用。理性仍然重要，因为它决定个人检验并接受宗教启示的能力，但是瓦茨认为，个人如果没有强烈的宗教情感，人类将仍将在“在黑暗中，可悲地迷惑不解”，无法掌握知识或满怀动力地做好工作。[①] 两个传教士皆用“情感”这个词，以此表述宗教信仰中理性和感性之间的关系。安娜·巴波尔德在她的文章中——《对虔诚的信仰、教派以及国教的思虑》（*Thoughts on the Devotional Taste*，*on Sects*，*and on Establishments*，1775）对于虔诚的情感表露心迹。同时，瓦茨谨慎地限定情感的意义，反对那些过于冲动或狂乱的宗教情感，在《激情教义的解释和改进》（*The Doctrine of the Passions Explained and Improved*，1729）一书中，作者认为，宗教情感主要表现在“肉体与血液”中。[②] 情感，一方面，显示了一种平稳的感情状态，能激发和撼动一个人，使得他或她的“仁慈或善念”发生改变，但需要理性为其找到合理的制衡点。[③] 另一方面，情感也被认为是至关重要

① Isaac Watts，“Rational Defence of the Gospel，” *The Works of the Rev. Isaac Watts D.*，ed. E. Parsons，7 vols，Leeds：Edward Bains，1800，i，p. 192.

② Isaac Watts，*The Doctrine of the Passions Explained and Improved*，London：J. Buckland and T. Longman，1770，p. 7.

③ Ibid.，p. 35.

的，因为情感涉及——能否使信徒们平和、友爱地团结在一起，决定了上帝和芸芸众生之间的关系，激发了“施爱者和被爱者之间美好感情的交流”，最终“无私的上帝，施予最为崇高的爱”。①

信徒之间要保持良好的关系，宗教情感是教会的基础。公众投入感至关重要，也保证了非国教信徒之间保持着良好亲密的关系。18 世纪初期，诗人开始用诗歌表述，作为交流事情和表达情感的一种特殊方式。在这个意义上来说，瓦茨是一名早期浪漫主义诗人，他将写诗作为抒发个人感情的一种方式，同时也蕴藏着宗教思想。深情浪漫的诗句，成为 18 世纪的非国教教派赞美诗的典型特征，然而这种温柔缱绻的抒情诗并不是消极怠慢的。瓦茨的赞美诗中，认为坚持不懈、绝不动摇的信仰只能因个人内心的彷徨而动摇，而内心的不安则是上帝考验个人的体现。沃森（J. R. Watson）认为，赞美诗属于“诠释学的行为”，它凝聚了个人对《圣经》和神学理论的重新解读，是抒发宗教的重要性和上帝创造世界的神圣平台。②例如《永恒的智慧！我们赞美它》（“Eternal Wisdom! thee we praise”）一诗，就被卫斯理收录在《赞美诗合集》（*A Collection of Hymns*，1742）之中。瓦茨同时指出，当信徒感到恐惧时，渴望感知上帝的真实存在，此时要进入一种宗教的状态中，需要个人充分发挥想象力，去理解上帝话语的要义：

圣光普照大地，
击破黎明前的黑暗，
怀着忐忑和喜悦，
照耀着天空、大海和土地。

光芒无处不在，
给人无尽的力

---

① Isaac Watts, *The Doctrine of the Passions Explained and Improved*, London: J. Buckland and T. Longman, 1770, p. 35.

② J. R. Watson, *The English Hymn: A Critical and Historical Study*, Oxford: Clarendon Press, 1997, pp. 19 – 20.

使我们的灵魂充满了无尽的喜悦。

感谢万能的主。

瓦茨笔下的这些诗句，通过赞美诗，以温柔的告知，将信徒的恐惧消退，打破了上帝庄严冷漠的形象，使得上帝变得温柔可亲，拉近了个人与万能之主的距离：

上帝发出柔和的圣光，
激动的心稍稍恢复平静；
在耶稣满怀怜悯的脸上，
我们看到了崇拜和爱慕。

瓦茨简单易懂的赞美诗，却能表达出复杂深刻的思想，成为传播宗教理念的理想载体。一时之间，瓦茨的赞美诗取代了沉闷枯燥的圣歌，在教会中盛行起来。瓦茨认为赞美诗不应只是简单虔诚的诗句，而是用最简洁、最具有号召力的诗句，来表达《福音书》中的真谛。《来吧，让我爱》（“Come, let me love”）这首诗，通过简单但富有激情的诗句，演绎了信徒和上帝之间奇妙的邂逅：

思想可以熔化磐石，
也可以熔化铁一般的心，
那些甜蜜的嘴唇，天使般的容颜
寻求、希冀着凡人的爱恋！

礼拜者将这些赞美诗在教堂神圣地唱响，这些诗句使得人类与上帝在精神上相通，感受上帝给予人类之爱，在心灵中接受基督的“裸露的手臂”的洗礼一般。

对于卫斯理兄弟而言，赞美诗是福音派向广大人民群众传播教义的至关重要的载体；同时也可成为信徒建立与上帝自由联系和交流的一种方式。循道宗的赞美诗以清晰、准确和简洁的语言，为礼拜者提供沉思和爱抚，遵循心的指引，学习《圣经》中简明的启示。[①] 但是，也有诸多文学评论家认为，这些赞美诗全无审美之优点，并没有按照合理和深刻的方式，完美地解读《圣经》的律法；这些赞美诗的曲调格律在精神和情感上使信徒感到振奋，其浮夸的说教方式与许多神职人员布道时的氛围相去甚远。[②] 戴维·贝宾顿（David Bebbington）认为，赞美诗是福音派复兴时最流行的文学类型，原因在于，卫斯理认为，以赞美诗来表达宗教精神，具有“简明、纯洁，礼貌，有力”的效果；而不是如克里斯托夫·斯马特旨在以神秘为特征的抒情诗。[③] 同样地，卫斯理兄弟与斯马特都旨在宣扬和鞭策信徒，进入和上帝通灵的状态。之后，卫斯理兄弟一起编撰了《赞美诗合集》。查理·卫斯理（Charles Wesley）的《我想在公理中》（“I Want a Principle Within”，1749）中，暗示了循道宗信徒与上帝的情感关系：

> 我想要公理
> 警惕和敬虔的恐惧，
> 识别罪恶，
> 感知痛苦的来临。
> 我想首先感到骄傲或错误的欲望，
> 抓住游荡的灵魂，
> 压抑燃烧的火焰。
>
> 真理和爱的万能的主啊，
> 请赐予我力量吧；
> 从我的灵魂深处，

① D. W. Bebbington, *Evangelicalism in Modern Britain: A History from the 1730s to the 1980s*, London: Routledge, 1988, pp. 67 – 69.

② G. R. Balleine, *A History of the Evangelical Party in the Church of England*, London: Church Book Room Press, 1908, p. 29.

③ J. Wesley, “Letter to S. Furley,” 15 July 1764. in Bebbington, *Evangelicalism*, p. 67.

从我的内心深处，

哪怕是最细微的痛苦

重新唤醒我的灵魂，

让我的血液重新流动，

让伤口不再流血。

像这样的赞美诗有时也被称为“皈依赞美诗”（“conversion hymns”），这种类型的宗教诗歌在基督徒朝圣的旅途中广为流传。查理·卫斯理被视为此类诗歌体裁的鼻祖，部分原因在于，他巧妙地运用疑问句，表明他在顿悟和皈依之时，所感受到的极致的喜悦：

我是否应该感激救世主的血液？

为了我，他死去了，是谁造成他的痛苦？

为了我吗？他的死是为了追求什么？

奇妙的爱啊！怎么可以是你，

我的上帝，你怎能为我而逝？①

查理的赞美诗之所以广为流传，在于他的诗歌不仅仅是个人的宗教喜悦和体验的写照；同时，在那个年代，查理改写了许多《圣经》经文来反映社会现状：例如，在《仁慈的主接收罪人》（“Sinners my gracious Lord receives”）之中，正是借用《马可福音》的第二章第十七节（“Mark”，2：17），其中讲述了那些不配出现在上帝面前的人。查理列举出这样的罪人，不仅仅只有软弱者和不虔诚者，他更为详尽地列举了如“妓女、税吏和小偷”②。另外，循道宗的赞美诗还特别关注到，在社会中存在的一些普遍的社会问题，如卖淫、暴力犯罪和财产剥削等，这些赞美诗，使得信徒重读《圣

① C. Wesley，“And can it be，that I should gain?”，*A Collection of Psalms and Hymns*，London：W. Strahan，1744.

② C. Wesley，*Hymns for those that Seek*，*and those that have Redemption in The Blood of Jesus Christ*，Bristol：Felix Farley，1747.

经》，以便内心从道德层面上，获得信心。

然而循道宗的赞美诗，却时常因其对政治的颠覆性的危险倾向，而受到各种抨击。其危险性表现在：和诗歌以及宗教密切相关的赞美诗，总是能够唤醒信徒内心的情感和狂热。正如威廉·黑兹利特（William Hazlitt，1778－1830）所言，这种宗教情感先是熔化，继而点燃了内心。①宗教评论家约翰·丹尼斯（John Dennis）认为，这种热情与单纯感情的不同之处在于，前者主要是对复杂的神学问题的深思而产生，是可以自我调节而不为失控的。②丹尼斯认为，这种类型的狂热激情，能够转化为诗意，通过宗教塑造心灵，使信徒更具人性化。这样的诗歌诞生于“沉思之余”的思想激情，而不是像“凡俗的激情”源于“事物本身”；这是一种潜在的心智活动，而不是单纯的遵循本能。③许多人认为狂热本身就是庸俗的；而且对于启蒙运动（Enlightenment）而言，也是一种危险的遏制。正如第三任沙夫茨伯里伯爵（Earl of Shaftesbury）所指出的，狂热就像是“不断发展的恶作剧”或“疾病”，就像红肿的疥癣一样四处传染。④ 尽管戴维·休谟（David Hume，1711－1776）在他的文章《迷信和狂热》（“Of Superstition and Enthusiasm”，1741）中，谨慎地区分了这两个词语，但是依然有部分人认为，对于迷信的罗马天主教徒来说，狂热是一个代号。狂热意味着“狂喜、忘我和难以置信的新奇”，迷信则在某种程度上，贬抑了个人的精神能力——即人类与上帝交流的能力；认为只有通过中介者牧师，个人才能与上帝取得联系。狂热者倾向于“摆脱教规的枷锁”，体验一种“暴怒”，如同“狂风暴雨过后，筋疲力尽，之后恢复心平气和”。⑤

---

① S. Tucker, *Enthusiasm: A Study of Semantic Change*, Cambridge: Cambridge University Press, 1972, p. 92.

② J. Dennis, “he Advancement and Reformation of Modern Poetry,” A. Ashfield and P. de Bolla eds, *The Sublime: A Reader in British Eighteenth – Century Aesthetic Theory*, Cambridge: Cambridge University Press, 1996, pp. 32 – 34.

③ J. Dennis, “The Grounds of Criticism in Poetry,” Ashfield and de Bolla eds, *Sublime*, pp. 35 – 39.

④ Earl of Shaftesbury, “On Enthusiasm,” *Characteristics of Men, Manners, Opinions, Times, etc*, I. Kramnick ed., *The Portable Enlightenment Reader*, London: Penguin, 1995, pp. 90 – 96.

⑤ D. Hume, “Of Superstition and Enthusiasm,” *Essays: Moral and Political*, Antony Flew ed., *David Hume: Writings on Religion*, Chicago: Open Court, 1992, pp. 3 – 9.

然而，即使是休谟也担心，狂热一经释放，就会像病毒一样肆虐。圣公会牧师，如正直诗人爱德华·杨（Edward Young，1683－1765），能够调节和抑制他的演讲热情；然而，像克里斯托夫·斯马特这样精神错乱的街头传教士，则难以控制其布道之时的狂乱情绪。

杨的成功，源于他的诗歌《对生命、死亡和不朽的夜思》（*Night Thoughts on life*，*Death*，*and Immortality*，1742－1745），诗歌集盛行的原因在于它的字里行间，将史诗般的宏伟博大与静谧庄严的情怀，完美地融合在了对死亡和信仰的阐释之中。在这首长诗中，叙事者以九个不眠之夜，10000 行诗，竭力抚慰读者，将基督教描述为一位善变和堕落的洛伦佐（Lorenzo），时而无神论者，时而自然神论者，但这位洛伦佐却难以富有感情、真诚地表述个人信仰。对于洛伦佐而言，诗歌“极为狂烈”和“过于热情”，然而，正是这种情感的力量，指引叙事者在广袤的宇宙中寻求安慰，以此映衬人类之渺小和微不足道：

> 每个星系的行星都是一个亲切的邻居；
> 彼此间亲密无间地存在着
> 五彩斑斓的光线交织缠绕；
> 闪烁着，闪烁啊！
> 无穷宇宙，都被吸引着，吸引了！
> 就像爱国者，不会侵犯人们的福祉，
> 他们不图回报，无私的援助，
> 象征着亘古不变的爱。①

这样的诗文——即笃信者寻求上帝之存在的问题上，成就了杨在历史长河中，成为像牛顿一样的人物，这些诗文标志着——人类自我探寻的境界。艾萨克·牛顿则认为，信徒们需要共同合作，摒弃敬畏，以谦卑的心态、科

① E. Young, *The Complaint*: *or Night Thoughts on Life*, *Death*, *and Immortality*, London: George Bell, 1906, Ⅳ, p. 631.

学的观念和被神学思想控制的世界作斗争。[①] 然而，这种思想并未开启读者的心灵沉思之门，从启蒙而言，是不及《对生命、死亡和不朽的夜思》，并且使得读者湮没于对信仰和磨难的无休止的评论中，搅动信徒的思绪——参与到感性与理性的斗争中。相比之下，作为一名诗人，斯马特的问题在于——他被认为是缺乏理性束缚，狂热地传播宗教信念的信徒；他在公共场合，情绪激动地大声祈祷，并且强迫路人一起加入。因此原因，他后来被关押在圣卢克收容所（St Luke's asylum）。他的同时代人把这位聪慧的剑桥诗人看作被狂热宗教引入歧途的迷途者。这种观点在斯马特的作品《致戴维之歌》（*Song to David*，1763），以及他死后出版的《朱庇雷特·安格诺》（*Jubilate Agno*，1758－1763）这两部作品里得到体现，都印证了他的精神疾病。然而，这两首诗为《圣经》带来了革命性的阐释，为非国教礼拜仪式替代标准的圣公会礼仪提供了契机；同时也含蓄地批评了以“自我冥想”为特征的诗歌《对生命、死亡和不朽的夜思》。斯马特更新了传统守旧的写作手法，创造了一种新奇的文体，如运用对句法，将《圣经》与个人生活相结合，吸引了更多的读者，而不仅仅是虔诚的信徒。[②] 例如《朱庇雷特·安格诺》中的对唱结构（即以“我”或“因为”作为每行的开头），创造了一语双关式的幽默的人际对话，倡导语言游戏而不是说教式的教诲。[③] 正如杰弗里·哈特曼（Geoffrey Hartman）所指出的，斯马特所创作的那些奇特、话题家常，却抚慰人心兼具力量的诗句，让那些饱受折磨的疑虑者获得信心和安心：

因为我会想我的猫杰弗瑞。
因为他是活着的上帝的仆人，夜以继日地服侍着上帝。
因为上帝在东方投来神圣的目光，信徒踏上了朝圣之路。

---

① Morris, *Religious Sublime*, p. 2.

② D. Norton, *A History of the English Bible as Literature*, Cambridge: Cambridge University Press, 2000, p. 273.

③ G. Hartman, "Christopher Smart's 'Magnificat': Toward a Theory of Representation," *The Geoffrey Hartman Reader*, ed. Geoffrey Hartman and Daniel T. O'Hara, Edinburgh: Edinburgh University Press, 2004, p. 41.

因为圣光在他身上做了七次优雅的旋转。

因为那时他举足叩拜祈祷神的祝福。

因为他整装待发焕然一新。

因为他恪尽职守获得祝福进而思考人生。

因为已经思考过上帝和他自己，他开始考虑他的邻居。

如果他遇到另一只猫，他会亲切地吻它。

他祈祷有与它共同玩耍的机会。

看着它是如何将一只老鼠玩弄于股掌之间。

（Ⅱ. 695 – 701；713 – 716）

斯马特认为信徒不应该只是仰望上帝，也应该专注于个人身边彰显上帝的创造力和怜悯心的普通琐事，如猫故意让老鼠逃跑这样的事情。事实上，这种宗教情怀算不上积极、热情，但评论家们对于斯马特的诗歌和信仰，确实存有疑虑。不幸的是，福音派诗人和圣歌作者威廉·考珀（William Cowper，1731 – 1800）[①] 与他有着类似的注定命运。斯马特的诗歌积极、乐观，然而考珀的诗歌中，则时常流露出悲惨和不幸，被认为比简·奥斯丁（Jane Austen，1775 – 1817）的《理智与情感》（*Sensc and Sensibility*，1811）颇为理性的女主角埃莉诺（Elinor）更加消极冷淡，其作品总是透露出对信仰的焦虑和不安。考珀的诗作《被抛弃的人》（*The Castaway*，1799）或许最能表达这种不安，叙事者苦苦追寻，却难以寻求到上帝的支持：“暴风雨无声地袭来，/ 没有一丝圣光的指引，/ 当获取一切有效的援助，/ 我们渐渐消亡，每个人皆为孤独。”（Ⅱ. 61 – 4）

“激情”在不同程度上影响着布道文和宗教小册子，以及文学评论和诗

① 考珀：英国诗人，由于精神状态不稳定和对宗教的疑惧，一生受尽折磨。他经常描写农村的日常生活，给 18 世纪描写自然的诗带来一种新的直率气氛和博爱精神，被视为是浪漫主义的先行者。1779 年与白金汉郡奥尔尼教区长牛顿合写宗教诗集《奥尔尼赞美诗》，其中有些赞美诗在英国新教中至今仍受欢迎。1785 年发表长诗《任务》，这是一首推论的长诗，诗人写来“推荐农村的悠闲”，立刻获得成功。他还写了许多旋律优美、幽默、简洁的抒情诗，被认为是英国最好的书信作家之一。

歌。甚至以理性和冷静而著称的乔治·艾略特，她曾经公开谴责《对生命、死亡和不朽的夜思》诗文中的语调狂热，行文拖沓且抽象。然而，她声称也被此诗文深深感化，借此写出了小说《亚当·比德》中循道宗牧师的布道文。[①] 艾略特以自己的姑母伊丽莎白·埃文斯（Elizabeth Evans）为原型，创作了女性布道者戴娜·莫里斯，她的布道极具热情洋溢的风格，真诚且感性，专注于信徒与基督的个人交流，而不是刻板的教义。正如艾略特所言："多么奇怪啊，在我看来，人们应该想想戴娜的布道，祈祷和演讲都被复制——当热泪盈眶写着这些宗教诗文时，它们涌现在我的脑海之中！"[②] 虽然霍勒斯·沃波尔（Horace Walpole，1717－1797）认为，他发现卫斯理的说教其实是一种"非常丑陋的热情"，但是显然，卫斯理的布道似乎已经在他的大部分听众中，产生了热情积极的影响。然而，循道宗派教徒约翰·尼尔森（John Nelson）的评论，也许更具当时代表性的普遍意见，即：

> 一旦触碰到他的立场，他会抚摸他的头发，把他的脸对着我，将目光对准站着的我。在他开始说话前，他先是恶狠狠地盯着我，这使我的心脏跳得像钟摆一样；当他说话时，我觉得他的整个说话内容就是为了抨击我。[③]

对于像尼尔森这样的信徒，卫斯理能够以自己的个人激情，对此晓之以理，动之以情，给予说教；大多数皈依于卫斯理的教徒，对此深有同感。卫斯理在私人及露天布道方面，都取得了极大的成功。从卫斯理到乔治·怀特菲尔德（George Whitefield，1714－1770），都熟知露天布道或"以群众传福音"的方法，并且两人都清楚地知道，凭借热情的力量，能够创造一个异常兴奋、激荡的气氛。凭借这种力量，能够瞬间使一个信徒涕零交加地皈依。

---

① G. Eliot, "Worldliness and Otherworldliness," *Westminster Review*, 67, Jan, 1857, p. 27.

② George Eliot, *The George Eliot Letters*, ed. Gordon S. Haight, 9vols, New Haven: Yale University Press, 1954－78, Vol. 3, p. 176.

③ R. A. Knox, *Enthusiasm: A Chapter in the History of Religion*, Oxford: Clarendon Press, 1950, p. 513.

卫斯理和怀特菲尔德建立的这种“心灵的宗教”，正是循道宗教派教义主旨；这个信条最终将福音派从理性非国教教派中分离开来，并推动后者发展成为唯一神教派。

第三节　循道宗

简单而深沉的激情是循道宗信仰的中心，虽然卫斯理最终否决了这种狂热的激情，声称他的宗教蓝图与英国国教并无二致。事实上，循道宗与非国教教派存在着复杂而又矛盾的关系，因为它发挥双刃剑的作用——循道宗既复活了正统的英国国教（福音派或新教复兴），同时又点燃了非国教教徒的宗教热情。然而，在18和19世纪，人们往往会混淆福音派，直到卫斯理明确表示，循道宗更热衷于个人的皈依和基督的赎罪（the Atonement of Christ）（通过基督，让世界与上帝和解）。[①] 它的主要目的在于辨明信仰——基督为使世人得到救赎，而被钉死在十字架上，因此人们要消除内心的恶念，对犯下的过错和自身的罪恶进行忏悔，以此净化心灵。承诺坚守信仰，视为被上帝接受的唯一条件，而且仅仅在工作中表现良好，以此表达对上帝的忠诚是不够的。基于此，这种对于信仰的热诚宣扬，被其他教派认定是极为狂热的，容易联想到长老会教派和英国国教加尔文主义者，他们笃定地确信，万能上帝固若金汤的教义统领一切，人性时时刻刻在这种统辖权力之下。

加尔文主义者信奉预选论，认为只有上帝的选民，才能得到救赎，这一观点在某种程度上影响了18世纪福音派的复兴。福音派的许多信条，都具有系统化的教条主义的特点，表征最为显著的是威尔士（Wales）的加尔文循道宗（Calvinist－Methodists）。然而，这种信念遭到反对加尔文主义的阿米尼乌

① E. Jay, *The Evangelical and Oxford Movements*, Cambridge: Cambridge University Press, 1983, p. 3.

斯派教徒（Arminians）的直接反对，其教徒认为所有世人皆可得到救赎；摩拉维亚教徒则强调，个人的宗教体验对于笃信起着不可估量的重要作用。[①] 卫斯理最初是国教高教会派教徒，18 世纪 20 年代期间，他在牛津大学基督教堂学院的世俗生活，反而铸造了他对于宗教的笃信。卫斯理和其兄查尔斯，对于在牛津大学所见到的轻浮颓唐，感到极度沮丧。1725 年，卫斯理一怒之下返回家中，成为他父亲的助理牧师。三年后，当他返回牛津大学后，发现其兄查尔斯已经洗心革面，起因则是受到循道宗的感召。查尔斯定期做礼拜，并参加教会的祷告。[②] 两兄弟和他们的朋友威廉·摩根（William Morgan）和罗伯特·柯卡姆（Robert Kirkham）共同建立了"圣洁会"（Holy Club），怀特菲尔德（当时英国国教的执事）也出席了开场仪式，该俱乐部致力于宣扬个人的宗教信仰和情感的重要性。

1738 年 5 月 24 日，是卫斯理的个人皈依之日，视为其传教生涯中至关重要的事件。据他描述，他以往的宗教思想幻灭了，取而代之则是一种鲜活而坚定的笃信，即个人对救世主的爱。[③]他的第一个冲动，就是去传播他的宗教经验，继而，这一决定激励他投身于民众的宗教皈依运动之中，之后在 1740 年至 1840 年间，这一壮举影响了英国超过五十万的人们。[④]尼尔森曾经印证过，卫斯理的重要遗产之一就是他热切的信念：作为一个传教士，他是一位魅力非凡的典范，他鼓舞人心，传播上帝的圣言（Word of God）。对于卫斯理而言，传经布道不仅仅是局限于诗人和传教士进行的文化活动，他认为所有信徒都有此权利；循道宗的宗教领袖们，应严格遵守 1689 年的《宽容法案》[⑤]（即，允许合理或制度化的神学理论的宣传）。循道宗的礼拜被认为是虔诚的仪式，参加者可以直接与上帝交流，他们被告诫不要叫传教士"主教大人"，以避免所有对教会权威的暗指。但是，依然有许多神职人员，无法从国教的

---

① Bebbington，*Evangelicalism*，pp. 22，27.

② S. Andrews，*Methodism and Society*，London：Seminar Studies in History，Longman，1970，p. 25.

③ Jay，*Evangelical*，p. 3.

④ D. Hempton，*Methodism and Politics in British Society 1750 – 1850*，London：Hutchinson，1984，p. 12.

⑤ 1689 年，英国议会通过的给予不从国教者以信仰自由的宽容法案。

传统模式中解放出来。而卫斯理的非神职牧师似乎都是身心健康、品德高尚的穷人，他们一心致力于他们的信仰，并且异常严格地要求自己。[①]保罗·兰福德（Paul Langford）指出："循道宗的魅力在于，它不仅保持人们谦卑的家世，践行教育经历的清白，而且要求他们对别人提供同样的保证。"[②]在此期间，传教士作为一种职业，普遍保持着清贫的状态；但是循道宗教徒把贫穷当作一种美德。同时，奥利弗·哥德史密斯（Oliver Goldsmith，1730－1774）的《威克菲尔德的牧师》（*The Vicar of Wakefield*，1766），以及埃文·劳亚德（Evan Lloyd，1734－1776）的《助理牧师》（*The Curate*，1766）中，描述了生活窘迫的牧师受到剥削的现象。正如劳亚德在《助理牧师》中指出的，从国教中沿袭下来的牧师等级制度，需要重点指出并批判：

> 所有可鄙的人都出现在委托人的名单上，
> 那些肆意横行、剥削穷人的坏蛋；
> 所有受难的穷人都是继承者，
> 助理牧师的份额是最艰苦的部分。
>
> （Ⅱ.189－192）

经历了一场有组织的、彻底的教会人员变革后，循道宗实实在在地成了非国教教派。1808年，《爱丁堡评论》正式宣称：福音派、卫理宗和加尔文教派皆应归属于"循道宗的名下"[③]。卫斯理承认，有时循道宗的教义稍显混乱，会造成与英国国教的矛盾关系，并且坦承：很难统计冠名为循道宗教徒的数量。同时，他们中的大多数人，与爱尔兰的优雅绅士所传递的宗教真理相距甚远。然而卫斯理坚持，循道宗既不是教堂也不是教派，他偏向于"协会"（Society）的说法，将循道宗定义为公众的论坛，信徒被鼓励与上帝建立

---

① P. Langford, *A Polite and Commercial People*: *England 1727－1783*, Oxford: Oxford University Press, 1989, pp. 266, 272.

② Ibid., p, 273.

③ R. P. Heitzenrater, *Wesley and the People called Methodists*, Nashville, Tenn.: Abingdon Press, p. 208.

私人的交流和联系。然而，循道宗的问题在于：缺乏统一的形式、连贯和牢靠的教理。卫斯理对此批判并不以为然，他以不同于正统国教派而深感骄傲。他只要求——信徒申明拯救个人灵魂的强烈愿望，以及渴盼逃离“即到的暴怒”的愿望。①

另外，循道宗也从刻板、严苛、以男性为主导的英国国教的传统观念中解放出来。早期的循道宗教派乐意接收女信徒；其中一些女信徒被鼓励，宣讲个人被上帝的恩典所照耀的经历。卫斯理的母亲苏珊娜（Susanna），是一位非国教牧师的女儿，她接受了完整的神学理论和教义的教育，最终成为一名不拘泥于传统的基督教徒。苏珊娜在他们所在的爱华（Epworth）教区，主持了数次宗教仪式，而属于高教派保守党的卫斯理的父亲，对此感到十分恐惧，在仪式典礼上避而不现。②只是后来，卫斯理似乎站在了和其父一致的保守宗教立场上。但卫斯理年轻、意气风发之时，曾经如此质问：

> 难道不仅是男人，女人也可以完成这样神圣的使命吗？毫无疑问，她们是可以的；不仅如此，她们应该这样做，她们能够完成自己权利和义不容辞的责任。的确，在基督·耶稣的眼中不分男女……你和男人皆为理性的动物。你和他们一样，是以上帝的意象而生；你也同样可以成为不朽的代表；你也收到上帝使命的召唤。因为你有时间，对人类完成善事。遵从来自天国的使命召唤吧。③

18世纪，循道宗在教众人数上的迅猛上升，部分原因是公开地、大量地接纳了女性。在那个时期，英国循道宗一半以上为女性，她们中的许多女人

---

① F. Dreyer, “A ‘Religious Society under Heaven’: John Wesley and the Identity of Methodism,” *Journal of British Studies*, 25 (1986), pp. 65, 66.

② C. Cupples, “Pious Ladies and Methodist Madams: Sex and Gender in Anti – Methodist Writings of Eighteenth – Century England,” *Critical Matrix*, 5, 1990, p. 37.

③ J. Wesley, “Sermon 98: On Visiting the Sick,” *The Works of John Wesley*, iii, *Sermons III*: 71 – 114, ed. A. C. Outler, 26 vols, Oxford: Clarendon Press, 1986, p. 396.

是未婚，最终选择了信仰基督，而不是寻找潜在的丈夫。[1] 18 世纪末期，在兰开夏郡（Lancashire）和柴郡（Cheshire），循道宗的成员中平均 55% 是女性；在中心城市如曼彻斯特、斯托克波特（Stockport）和伦敦，女性比例则上升到了 70%。[2]循道宗的教义树立了一个全新的女性形象，强调了“她”作为道德标准和虔诚守护者的角色，而并不再是放荡的夏娃（Eve）。[3]“她”被授予了诸多权利和机会——自我表达、男女平等，妇女独立甚至是经济力量的中坚者。例如，卫斯理最重要的资助人之一，即为世俗女性传教士玛丽·鲍赞克特（Mary Bosanquet）。同时，循道宗对于阶层系统，表现为：拣选十二个人，各自支持个人的信仰、教育的进步和个人的幸福；摒弃了性别歧视，女性也可以成为体系中的领袖，这些构成了组织的兼容性的基础。[4]妇女作为阶层领袖的重要性，同样体现在：她们可以担任主日学校的老师、当地循道宗牧师等方方面面。而这些，预示着在维多利亚时期及此后，女性逐渐担负起社会道德以及宗教教育的核心作用。

宗教信仰较为保守的汉娜·莫尔和相对激进的艾米莉·勃朗特，这两位女性皆深深受益于循道宗的女性主义思想。莫尔是一位心怀抱负的中产阶级，还是基督教慈善家的代表。莫尔符合那个时代——福音派对于虔诚的“良善女人”的全部定义。[5]莫尔出生在长老会教派家庭，后来笃信英国国教。后来，莫尔受到多德里奇和威廉·威尔伯福斯（William Wilberforce，1759－1833）的影响，经历了至关重要的宗教皈依。威尔伯福斯对福音派的笃信，影响到很多教民转信福音教派，例如英国首相威廉·皮特（William Pitt，1708－1778）[6]，

---

① L. Davidoff and C. Hall, *Family Fortunes: Men and Women of the English Middle Class, 1780－1850*, London: Hutchinson, 1987, p. 107.

② Hempton, *Methodism and Politics*, p. 13.

③ Cupples, "Pious Ladies," pp. 14, 31.

④ Dale A. Johnson, *Women in English Religion, 1700－1925*, New York: Edwin Mellen Press, 1983, p. 63.

⑤ M. G. Jones, *Hannah More*, Cambridge: Cambridge University Press, 1952, pp. 77－81.

⑥ 英国政治家和演说家，两次担任事实上的首相（1756－1761，1766－1768）。1735 年进入国会，其处女演说批评了沃波尔的内阁而引起争议。由于七年战争爆发，他被指定为国务大臣，成为事实上的首相。他的领导才能带给英国许多次胜利，极大地扩大了英帝国的版图。他备受欢迎的吸引力使他获得“伟大平民”的绰号。

他在1785年，皈依为福音派。自此，他以严格的福音教徒的身份，奠定了皮特成为一位中坚、虔诚的国会议员的地位。他建立了“圣经学会”（the Bible Society）和“改善贫困状况协会”（the Society for Bettering the Condition of the Poor），在他撰写的书籍《以实践的眼光看待不断发展的基督教宗教系统》（*A Practical View of the Prevailing Religious System of Progressed Christians*，1797）中，他鼓励读者在精神上自我革新，进而论及社会的进步、社会的教育、卫生、监狱系统等。莫尔的思想也像威尔伯福斯，她发现以信仰为基础，不断提升道德、精神的进步，将会改善穷人的地位。莫尔积极参与到以贫困为主题的议会讨论，并且出版了为低收入人群提供解决方法的书籍。然而，莫尔坚持认为，底层人群应该首先遵循清醒、谦虚和实干的行业美德。在无数的出版物中，她极为出色地体现了这一观点，如《寻找妻子的克莱伯斯》（*Coelebs in Search of a Wife*，1808），《实践的虔诚》（*Practical Piety*，1811），《基督教道德》（*Christian Morals*，1813）和《关于圣·保罗人格和实践写作的札记》（*Essay on the Character and Practical Writings of St Paul*，1815）。甚至连卫斯理都艳羡——她如此出色、轻松地完成了福音派的使命。她的系列短篇小说《简易知识宝库小册子》（*Cheap Repository Tracts*，1795－1798），包括圣经故事、寓言故事、宗教诗歌和教学故事等，呼应了卫斯理所坚持的神学理论——通过思考人类宗教体验，是学习神学的最好方法。这些小册子一经出版，在第一年就卖出了惊人的200万册。这种形式的宗教小册子，瞬时名声大噪。莫尔书籍的畅销，得益于她的战略性的营销手段。小册子以吸引眼球的标题，配以木版画，简明扼要，一目了然，颇有煽动性。虽然当代评论家认为，这些小册子内容保守，说教过多，但这些小册子至少在劳动阶层中，提升了他们的教育水平。例如，以小册子中的《主日学校》（“The Sunday School”）的故事为例，讲述了一个愤世嫉俗的农民，通过琼斯太太的劝导，最终成为一名兼具美德的基督徒。借此启示读者，穷人要读书和学习，以此提升社会地位。

莫尔给予穷人的教育和指引作用，甚至打动了一些批评家，这些评论家之前谴责她是狂热的宗教徒，担心她狂热地陷入支持废除黑奴主义的狂潮中。[1]莫尔作为“影响非洲黑奴贸易协会”（the Society for Effecting the Abolition of the African Slave Trade）极具影响力的成员，多次以热烈的言辞，热切地谈到了奴隶制的问题，以便吸引公众的注意。莫尔在《奴隶制——一首诗》（“Slavery：A Poem”，1788）中写道：“奇异的力量之歌！那温暖内心的张力”（Ⅰ.43），借此提醒读者，上帝赐予所有人感召和尊严的能力：

> 不朽的原则会因肤色发生改变吗？
> 精神能被统治吗？
> 思想能被分等级吗？
> 不：他们有头脑去思考，有心灵去感受，
> 有灵魂去改变，带着强烈的热情；
> 因为他们有敏锐的感情，迫切的意愿，
> 爱意如死亡一般强烈，如熊熊的爱国烈火；
> 所有狂野的能量，炽热的火焰，
> 高尚的热情和正直的羞愧：
> 强壮但华丽的美德大胆地射击
> 来自原始的野蛮的活力。
>
> （Ⅱ.63－74）

如同她的宗教小册子，莫尔的诗歌也打动了日益政治化的公众群体。民众们逐渐接受了威尔伯福斯和托马斯·克拉克森（Thomas Clarkson，1760－1846）对于废奴主义的支持，奴隶制最终于1807年在英国被废除。莫尔追随卫斯理的指引，也与激情主义脱离联系，在《实践的忠诚》中声称，“疯狂的狂热宗教者”是“积极的美德”的敌人。[2] 同时，她通过宗教诗歌的形式，

① J. Mee, *Romanticism, Enthusiasm and Regulation: Poetics and the Policing of Culture in the Romantic Period*, Oxford: Oxford University Press, 2003, p. 62.

② H. More, *Practical Piety; or, The Influence of the Religion of the Heart on the Conduct of Life*, Vol. Ⅰ, London: T. Cadell and W. Davies, p. 13.

将福音主义和废奴主义联系到一起；并将这些思想，逐渐渗透到英国国教和非国教的教义之中。

另外，艾米莉·勃朗特的作品特征，表现为她的幻想诗歌和充满激情的小说《呼啸山庄》，这些作品正是激烈情感的典型代表。[①]勃朗特出生于霍沃斯（Haworth），从小就在循道宗沁润的家庭氛围中成长。威廉·格里姆肖（William Grimshaw，1812 - 1897）是一位以情感炽烈而著称的传教士，而勃朗特的父亲也继承了循道宗的此传统，是一名虔诚的牧师。格里姆肖“全身心痴迷于传经布道，一谈起宗教教义便滔滔不绝、夸夸其谈，这对勃朗特姐妹的成长产生了重大的影响”。[②]格里姆肖的某些性格特征，甚至幻化为《呼啸山庄》中希思克利夫（Heathcliff）的原型，在与凯西（Cathy）的恋爱中，投入了全部的热忱，深深痴迷，至死不悔，这种表征与循道宗的理念不谋而合。勃朗特的诗歌也涉及循道宗的理念，肯·布罗斯（Ken Burrows）指出，她的诗中融入了“瓦茨、卫斯理兄弟和考珀常用的长、短节拍（common measures）[③]”。[④]同时，布罗斯也指出，勃朗特以这种方式，反过来攻击循道宗。在勃朗特看来，各种形式的有组织的宗教的表征都是一致的：僵化和压抑。布罗斯据此认为，她创建了“反赞歌”（anti - hymn）来实现这种攻击，颠覆了赞美诗常见的措辞、语法、章节和充满张力的修辞，表达了对理想的宗教模式的不屑。有鉴于此，读者可以阅读勃朗特在去世之前，未曾公开发表的诗歌，《用鲜血的枝叶来赎罪》（“There let thy bleeding branch atone”），诗的开头模仿卫斯理的赞美诗，“被诅咒树的枝丫伸向/他所有的赎罪之血!”[⑤] 布罗斯认为，在勃朗特的诗歌中，她将诗歌的叙述者描绘为一位疏离、

① E. Mason，“Some god of wild enthusiast's dreams：Methodist Enthusiasm and the Poetry of Emily Bronte”，*Victorian Literature and Culture*，Vol. 31，2003，pp. 263 - 277.

② F. Baker，*William Grimshaw：1708 - 1763*，London：The Epworth Press，1963，p. 267.

③ 普通拍子：以短长格韵律形成的民歌的节，常在轮换的对句中押韵，以许多教堂赞美诗为典型也使用，在此意义上也可称作 hymnal stanza。

④ K. C. Burrows，“Some Remembered Strain：Methodism and the Anti - Hymns of Emily Bronte?”，*West Virginia University Philological Papers*，Vol. 24，1977，p. 49.

⑤ S. Wesley，Jr.，*John Wesley's First Hymn - Book：A Collection of Psalms and Hymns*，ed. F. Baker and G. W. Williams，Charleston，SC：Dalcho Historical Society，1964，p. 44.

孤独的游离者，认为上帝之名受到了“诅咒”，戏谑地模仿并讽刺了教徒集体膜拜的景象。[①]“十字架形象”的荣耀，从原本的宽容仁慈转变成愤怒、报复。[②]上帝化身为愤怒的暴君，他的暴怒如同“荒野一般的迷宫”，叙述者穷尽疯狂和无效的时间，试图突出重围。基于此，布罗斯称其为“对伪善福音主义崇拜的强迫和疯癫”（Ⅱ.9，10）。[③]

第四节 非国教教派院校

由于出现了许多有思想的信徒，循道宗教徒过于激情的传教方式受到了争论，正如乔恩·梅伊（Jon Mee）所评论的：一旦他们踏上了狂热的旅途，就无法保证返程的航票。[④]瓦茨和多德里奇担心，理性的非国教教派已经削弱了信仰的力量和诚心，许多有才智的非国教教徒都渴望在信仰方面一抒己见，强调个人对于信仰的深思熟虑的思考，这个因素实际上逐渐削弱了“非国教教派院校”的确立和重要性。教育对于所有非国教教徒至关重要，这种方式——被当作是改革宗教文化的最佳方式，也是塑造人类感情和社会关系的理想方法。布道内容不仅仅涉及圣经律法，也关注礼仪、伦理、品行和美德等等。1660 年，查理二世复位（Restoration of Charles Ⅱ）后，解除了原先的界定——不允许非国教牧师接受礼拜仪式等方面的教育。此后，非国教教派学院在 18 世纪之后逐渐兴起。学院教授多种不同学科，主旨是培养非国教教派神职人员，以及其他人员的职业和商业生活。最有影响力的学院，是长老会教派于 1757 年在沃灵顿（Warrington）建立的，直至 1786 年，它一直作为一个独立的学术机构运行。此学院得到了非国教教徒和富商的私人资助，投

① Burrows, “Some Remembered Strain,” p. 53.

② Ibid., p. 52.

③ Ibid., p. 57.

④ Mee, *Romanticism, Enthusiasm and Regulation*, p. 82.

资于行业和商业等学科的提升建设。牛津大学和剑桥大学被认为是过于传统、过度精英化的教育，只是面向新型中产阶级的“通识教育”——为入职于法律、医学、商业或内阁等行业而准备。在此方面，“非国教教派学院”呼应20世纪60年代的英国红砖大学（the Red－Brick Universities）[①] 的办学宗旨，旨在寻求将教育从被政治绑架、教学落后的传统束缚中解脱出来。巴波尔德的侄女露西·艾金（Lucy Aikin，1791－1864）[②] 回忆道：

> 我常常羡慕那样的社会。在文学或科学上，无论是牛津大学还是剑桥大学，都没有那些显赫的名字——能够和非国教教派院校的教师相比拟。他们尽管工资微薄，都能在一个不起眼的小镇上，虚心教学，将知识传授给冉冉升起的一代，这些精神的需求和道德的优良传统，皆为视为对自己的勉励。他们和学生住在一起，就像一个大家族，在与学生交流的过程中，他们发现了比金钱和财富，更丰富的心灵慰藉。[③]

当然，沃灵顿大学的教学大纲是革命性的，提供了广泛的学科——从语言、西方经典、天文学、民事法律、哲学和历史，到气动力学、天文学，电磁学和会计，无一不涵盖。一些人认为，沃灵顿大学的做法有点过于激进，加尔文教派的牧师也曾指出，沃灵顿主修神学的学生，他们的布道往往过于学术和晦涩，语言干瘪，字里行间充斥着哲学的意味，不像真正的牧师那样贴近群众。诺丁汉（Nottingham）的牧师、地方政治家乔治·沃克（George Walker，1803－1879）指出，“世俗化”的课程设置和神学学科之间具有积极且正面的联系。沃克指出，政治就像宗教一样，是“道德的一

① 红砖大学是指早在维多利亚时代，创立于英国英格兰的主要工业城市，并于第一次世界大战前得到英国皇家特许的六所著名大学：布里斯托大学、谢菲尔德大学、伯明翰大学、利兹大学、曼彻斯特大学和利物浦大学。这六所大学的创立之初均为科学或工程技术类院校，与英国工业革命有着极其密切的关系。红砖大学是英国最顶尖的老牌名校。这六所红砖大学均为英国顶尖大学联盟罗素大学集团的重要成员。区别于剑桥和牛津大学，红砖大学均是以英格兰六大重要工业城市名称而命名的英国最著名大学。

② 维多利亚时代女作家，不同于同时期女性作家，她还是一位多产的教育及历史作家。

③ L. Aikin, *Memoir of Mrs Barbauld including Letters and Notices of her Family and Friends*, London: George Bell and Sons, 1874, p. 33.

个分支，它涉及一个人的性格和幸福，按照它正确地思考和行动，永远是人们的行为准则”。[①]在沃灵顿，学生更加专注于学术研究——甚至能够学习犹太教（Judaism）的历史，以及如教会历史和神学更为传统的学科；他们可以自己组建神学小组，成员囊括了长老会、浸理会、公理会和国教等教徒。

学生通过学习小组，了解到不同教派的教义。18 世纪中后期，沃灵顿的教育体系成为非国教教派界线变得越来越模糊的部分原因。例如，巴波尔德出生于长老会某分支的家庭，后来此教派追逐自由、理性、宽容的信条，此后，巴波尔德发现自己，在神学观念上，她纠结于传统非国教教派和唯一神论的神学斗争中。巴波尔德出生于同时信奉公理会和长老会的家庭，这使她同时接受了两个教派的神学理论和文化传承，在 18 世纪晚期，和许多人一样成了非国教教徒。丹尼尔·E. 怀特（Daniel E. White）则认为，巴波尔德的祖父约翰·詹宁斯（John Jennings）和其兄戴维·詹宁斯（David Jennings），曾经培养了许多优秀的非国教教徒，其中包括菲利普·多德里奇、约书亚·图尔明和亚伯拉罕·瑞斯（Abraham Rees，1743－1825）。她在嫁给长老会牧师罗什蒙特·巴波尔德（Rochemont Barbauld）之前，巴波尔德（此后为安娜·艾金）是阿里乌斯派的长老，也认同索齐尼教义（Socinianism）；之后，对于被誉为“高寒地带的基督教”的唯一神论教义，也深有影响。[②] 她崇尚位于汉普斯特德（Hampstead）和纽因顿格林（Newington Green）的罗什蒙特教区（Rochemont's parishes）的布道，并在学术期刊上作为长老教派教徒发表评述，并间接地在沃灵顿学院接受教育。

对于巴波尔德而言，对她至关重要的并不仅仅是教派间的联系，还有内心虔诚的理论和实践。旧派长老会很反感她，因为她的信仰的建立是以黑暗的加尔文主义为框架，通过严酷的体验摸索出来的。然而之后，长老会教派

① G. Walker, “The Duty and Character of a National Soldier,” *Sermons*, London, 1790, p. 437.

② White, “Anna Barbauld and Dissenting Devotion,” p. 42.

被瓦茨和多德里奇的深情思想所感动，逐渐强调温和的信仰，付诸仁慈，在人类和上帝之间建立爱的关系。正如巴波尔德所言：

> 这是一个捣毁地牢，拒绝酷刑，并考虑到公平的原则，而废除罪恶的奴隶交易的时代，不能长期信奉困惑和阴郁的加尔文主义，以及残酷、无休止、使内心枯萎的惩罚论的教义。①

在巴波尔德看来，基督教不应专注于人类的无能和罪恶，而应该通过上帝之爱，在社会中宣扬情感，紧密联系社会团体。针对个人或私人的信仰，要使他们“丢弃倦怠，重拾信心”，积极地投身于公共礼拜中，重新树立良好的信仰，“倾慕、爱和喜悦向你敞开怀抱，在交流中获得情绪的释放并建立新的友谊”。②盛行的福音派则认同与神建立亲密的联系；事实上，这种热情更像是宣示个人主权，不利于信徒与上帝建立亲密的联系，并且在如何与上帝建立联系这个问题上，使得人们陷入了无休止的神学争论。而巴波尔德更关心的则是：人类如何从实际生活出发，丰富基督徒的实际体验。她在《牧歌课业》（*Pastoral Lessons*，1803）中声称，上帝赋予了我们——以独特方式去感知世界的能力，“人类神奇的构造是由谁赋予的？无数的静脉、动脉和神经，巧妙地构成了人体的框架，又是谁，给予他欣赏和崇拜的能力？”③ 从这个意义上而言，信徒与上帝如同朋友或父母般的亲密情感，在《致神祇》（“An Address to the Deity”，1773）显露无遗，人类的想象力和体验并不是来自刹那间的顿悟，而是在日常生活中，和上帝的细致相处之中获得的：

> 我的上帝啊！我生活的篇章！

---

① A. L. Barbauld, *Remarks on Mr Gilbert Wakefield's Enquiry into the Expediency and Propriety of Public or Social Worship*, London: Johnson, 1792, pp. 75 – 76.

② Ibid., p. 76.

③ A. L. Barbauld, *Pastoral Lessons and Parental Conversations, intended as a Companion to Hymns in Prose*, London: Darton and Harvey, 1803, pp. 86 – 87.

请允许我用微弱的声音，口齿不清地倾诉我的仰慕；
……
如果没有朋友，我将泪流满面，
荆棘缠绕，阻碍了我前行的步伐，
将我的灵魂毫无保留地展示给仁慈的主，
我是那样强烈地信任着你；
……
我走的路人迹罕至，
我与你在繁忙拥挤的城市中说话，
每个生物都有其与生俱来的能力，
这都是上帝赐予的爱和恩赐。

（Ⅱ.1－2，49－52，63－66）

巴波尔德认为，信徒通过在教区中学习和阅读书籍后，能够不断地进行深入思考，可以渐渐地形成这种坚定的信仰。

例如，她在《对虔诚的信仰、教派以及国教的思虑》一书中，道出了自己的担心——因为许多非国教教徒都无法区分圣歌和祈祷，旨在指导和完善信徒的布道，以及旨在缺乏辨识力的读者群的简单的文学作品。对于巴波尔德来说，文学作品真挚性的试金石，就在于它能否激发恰当的宗教感情，这种情感是狂热的激情主义还是冰冷的理性主义，抑或在两者之间摇摆不定。巴波尔德把真正的宗教情感称为“虔诚”，这个词被她形容为“一种情感和感觉上的品位”，“它（宗教情感）代表着一种想象力和激情，它的妙不可言在于对壮美、辽阔、和美丽的追求，使我们能够品味诗歌的魅力；使我们的精神感到愉悦”①。

“奉献”显示的是一种精神上的力量，沃特森（Wattsian）认为这种奉献

① A. L. Barbauld, *Devotional Pieces, Compiled from the Psalms and the Book of Job: to Which are Prefixed. Thoughts on the Devotional Taste, on Sects, and on Establishments*, London: J. Johnson, 1775, p. 211.

的“宗教情感”，是个人情感得到满足的状态。[①]巴波尔德则认为，信徒一个极端为过度的“激情”，另一个极端则是内心的幻灭感，成为18世纪末期的灾祸，导致信徒“虔诚”精神的削弱，内心情感中“精神”的枯竭。因此，信徒已经变得过于依赖外界环境，而这个外界环境指的就是“教派”（非国教教派）和“机构”（国家支持的教会）。教派最初是“备受迫害的团体”，但是之后，教派则由于“追随者投入全部的激情，无私的奉献，新奇的精力，同情的神奇力量”，而蓬勃成长，所有这些都“有助于珍爱这种虔诚精神”。[②]受到爱情和友情的激励，这些社会团体立场坚定，不为批评所动摇；但是当他们的热情燃尽，必然会陷入“理性和检测”的斗争中。[③]经过一段时间的争论，这些追随者“疲于争论，最终所有激情都归于平淡”；因此他们转过头来，去寻求国教机构的支持，最终将完全陷入失败的旋涡中。[④]巴波尔德指出，这些机构通过“神秘的、扣人心弦的宗教仪式，以特殊的命令、习俗和标榜的神圣，将自身与古老的习俗联系在一起”，以此方式来鼓舞信徒，而不是通过教会学校。[⑤]拥有从历史传统遗留下来的庄严和神圣，这些机构被迫在细枝末节中，追寻过去的传统习俗，使他们最终沦落成一种“迷信”。[⑥]非国教教派和国教机构，同样受到巴波尔德的诟病，因为他们都吸引信徒关注宗教的广阔前景，而不是引导信徒梳理宗教信仰的具体意义。巴波尔德写道，信徒只有在“虔诚”信仰的带领下坚持无私奉献，才能发现上帝创造的世界是“温暖而又美丽的”；虔诚的人独自前行，他的叹息声中，充满对上帝的感恩，满怀真诚的渴望。[⑦]

---

① A. L. Barbauld, *Devotional Pieces*, *Compiled from the Psalms and the Book of Job*: *to Which are Prefixed. Thoughts on the Devotional Taste*, *on Sects*, *and on Establishments*, London: J. Johnson, 1775, p. 212.

② Ibid., p. 223.

③ Ibid., p. 224.

④ Ibid., pp. 224 – 225.

⑤ Ibid., p. 226.

⑥ Ibid., p. 227.

⑦ Ibid., p. 217.

虔诚，就像控制热情的激进主义的安全阀门，以免信徒成为激情主义的牺牲者；但是虔敬之意，又可以让信徒全心全意地与上帝进行密切交流。批评者则认为巴波尔德以“虔诚”作为信徒“品位”的理论有所缺陷，容易受到外界因素的限制。乔恩·梅伊认为，甚至巴波尔德的朋友约瑟夫·普里斯特利[①]也认为，“品位”的解读挫伤了信徒的宗教感情；而巴波尔德则担心普里斯特利的观点浮躁且危险，甚至其信仰也是激进且无礼的。[②]对于巴波尔德而言，他的信仰太过异化，他将剑桥柏拉图主义（Platonism）和荷兰阿米尼乌斯主义（Arminianism）合并，并融入英格兰长老会。[③] 普里斯特利则声称，将“理性视为解决任何异端问题的方法”，这样的观点使他获得了无数的科学发现，此后，他将此不寻常的创新试用到神学讨论之中。例如，普里斯特利通过阅读戴维·哈特利（David Hartley，1705－1757）的《对人的观察》一书（*Observations on Man*，1749），重拾兴趣；于1775年将此书重新出版，允许基督教徒在不步入自然神论或无神论的前提下，学习生理学、神经学、心理学和玄学等新兴的学科。同时，哈特利还出席了在达文特里（Daventry）举办的非国教教派学术研讨会，他的想法刺激了普里斯特利，因为他长期忽视宗教情感重要性的观点。阅读完《对人的观察》一书后，普里斯特利写道：“在我看来，纵观一生，这本书对我产生了非比寻常且极其有益的转折影响。”[④]

> 它极大地提高了我对虔诚的认知，而我会把这一思想带到学院里，将这种严谨治学的风气发扬下去。事实上，我并不知道哈特利博士的理论是否有利于启迪或是改善更多的心灵；它带来了这样无与伦比杰

---

① 约瑟夫·普里斯特利，发现氧气的伟大英国化学家。1733年3月13日生于利兹城附近的菲尔德黑德，1804年2月6日卒于美国宾夕法尼亚州诺森伯兰。1765年获爱丁堡大学法学博士学位。他的职业是牧师，化学只是他的业余爱好。1766年当选为英国皇家学会会员。1782年当选为巴黎皇家科学院的外国院士。

② Mee，*Romanticism*，*Enthusiasm and Regulation*，pp. 180，182.

③ Schofield，*Enlightenment of Joseph Priestley*，p. 50.

④ J. Priestley，*Autobiography of Joseph Priestley*，*Contains Memoirs of Dr Joseph Priestley*，Bath：Adams and Dart，1970，p. 76.

出的影响。[①]

对普里斯特利产生了重大的影响的，正是哈特利由“关联”（association）而激发的人类心理现象的理论。作为人类，我们通过接收神经系统传来的信号，感知快乐或痛苦；我们把这样的情绪，与我们所看、所听、所触、所嗅的世界关联在一起；这些联系可以让我们去思考和感受世界。然后我们用语言表达这些想法，而我们的体系（价值观）将会揭示我们的喜恶。[②]然而，在哈特利看来，这个过程在发展过程中，我们的价值观被“虔诚的意念”（theopathy）所指导，也就是人与上帝之间的联系。个人可能无法发展这种关系，因而成为无神论者，但这仅仅意味着上帝的信念正处于休眠状态，直到他们决定激活这种意念。[③] 作为一种情感的体验，那么上帝就成了科学事实，即身体和灵魂即为理性和感性的融合。哈特利认为，我们的感官不是经验主义得出的证据，而是由上帝所证明的。人们能够吸收宇宙无穷的波动力量，并使得他们的身体，获得由内而外的洗礼。无怪乎哈特利对布莱克[④]产生如此巨大的影响，1791 年，布莱克在再版的《对人的观察》中，雕刻了哈特利的肖像，并从哈特利的观念中，得到上帝赐予人类的精神能量，使布莱克坚定了非国教的立场，并将非国教的思想发扬到极致。

---

① J. Priestley, *An Examination of Dr Reid's Inquiry into the Human Mind on the Principles of Common Sense*, *Dr Beattie's Essay on the Nature and Immutability of Truth*, *and Dr Oswald's Appeal to Common Sense in Behalf of Religion*, London: J, Johnson, 1774, p. xix.

② R. C. Allen, *David Hartley on Human Nature*, New York: State University of New York, 1999, p. 6.

③ Allen, *David Hartley on Human Nature*, pp. 8 – 9.

④ 英国诗人、画家、雕刻师和空想家。虽然没有进过学校，但在皇家学会学雕刻，1784 年在伦敦开了一家版画店。他以创新的技巧制作彩色雕刻，并用他的“插画印刷”为自己制作带插画的诗集，包括《天真之歌》（1789）、《天堂与地狱的婚姻》（1793）和《经验之歌》（1794）。他的第三部大型史诗《耶路撒冷》（1804 – 1820）写的是人性的堕落与拯救，是他装饰最丰富的书籍。其他主要著作包括《四个生物》（1795 – 1804）和《弥尔顿》（1804 – 1808）。在《乔布记》的启发下，后来创作了 22 幅水系列彩画，其中包括了他的一些最有名的画作。由于对人率真，不善言语，而被人称为疯子；其一生贫困，死时默默无闻。在西方文化传统上，他的作品具有惊人的原创性和独立性。他同时代的人不予理睬，而现在布莱克被誉为最早和最伟大的浪漫主义人物之一。

第五节 布莱克——叛逆的异教诗人

一 布莱克的宗教信仰起源

评论家普遍认为，布莱克的宗教立场是极端的，但是，就本质而言，他依然是一位基督徒，内心遵从以基督为中心的教义。他的个人宗教经验主义的提升，更多的来自对非国教教派思想的兴趣：例如，摩拉维亚派强调爱世人；再洗礼派使基督得到了升华；斯韦登伯格派（Swedenborgian）信奉神秘主义。摩拉维亚派的教徒，出生于15世纪的牧师约翰·胡斯（John Hus, 1372 –1415），参加过布莱克的母亲的第一次婚礼，并将她吸纳为摩拉维亚派教徒。胡斯试图重归波希米亚罗马天主教（Roman Catholic Bohemia），以及摩拉维亚早期形式的基督教。他的计划是重视早期教会的激进方面，鼓励教徒用自己的语言做礼拜，将教徒从天主教规定的牧师等级制度中解放出来。其中一些向罗马教会妥协的胡斯派信徒，形成了一个独立的教派——饼酒同领派（Utraquists）。之后，那些依然团结在胡斯周围的信徒，遭受到了极大的迫害。1415年，胡斯作为异教徒被烧死在火刑柱上，其余的摩拉维亚派教徒在18世纪初迁往德国。1722年，这些移民在尼古拉斯·辛生铎夫伯爵（Nicholas Zinzendorf）统治的地区，建立了一个村庄，信奉摩拉维亚派的教徒在此生活。它成功地将宗教思想传播到格鲁吉亚（Georgia），吸引了约翰·卫斯理前来访问。摩拉维亚教徒喜欢集会，在集会中，他们宣讲基本信仰，以《福音书》中的感染力量，而并不是刻板的教条和教义。摩拉维亚派教徒在公共活动宣讲个人信仰的方式，极大地影响了循道宗。

摩拉维亚派在1525年是新教改革的激进派，他们注重谦逊的生活，将基督的话语传播给穷人，使人联想到再洗礼派。再洗礼派认为，个人应该在成年后再接受洗礼，而不是把它强加在婴儿身上，让每个人都获得了“重生”的经历；信徒应该在感知到圣经教义的感化后，重塑伦理道德观。再洗礼派声称，将自己的全部精力投入那些边缘化的贫困地方，特别是太平洋边缘地区，帮助那些失败的农民起义（the Peasants’ Revolt，1524－1526）的后裔。再洗礼派教徒唾弃私有财产，他们不在华丽的教堂集会，而是在田野、树林或他们社区的房子做礼拜。像摩拉维亚派一样，再洗礼派教徒信奉基督，阅读《福音书》，通过不断地阅读经文，信徒获得精神的指引。同样地，布莱克的作品不断地复述和诠释圣经经文，把基督作为理解和笃信的基石。当然，布莱克如何塑造基督的个人形象，是一个较为复杂的议题；而对此问题的疑惑，伊曼纽·斯韦登伯格（Emanuel Swedenborg，1688－1772）[①] 在个人论著中进行了最终的阐释。

布莱克带有批判意识地去阅读作品，而这种倾向也是成为他非国教教徒身份的标志。汤普森（E. P. Thompson）则把他称为“唯信仰论者（antinomian，或道德律废弃论者）”，即一个人的立场“反对律法教条”，特别是那些虚伪的极权者制定的律法。[②]从宗教传统而言，反律法主义可以追溯到圣·保罗写给罗马人和加拉太人的书信，圣·保罗反驳了机械地遵从《摩西律法》（*Mosaic Law*），且哀叹他的信徒未能遵从基督的道德戒律。像圣·保罗一样，布莱克的宗教以基督为尊，而不是以教会为首，诗人主要关注的是基督对于权力、贫穷、苦难和不公的解读和指引。同样，布莱克的作品也受到了极大的争议，因为它颠覆了意图限制这种解读的权威和制度，且引发了对于宗教

① 斯韦登伯格：瑞典科学家、神学家、神秘主义者。从乌普萨拉大学毕业后，他在国外待了5年学习自然科学。回国后开始出版瑞典的第一种科学杂志《北极代达罗斯》，国王查理十三世任命他为皇家矿务局顾问。由于他开始相信宇宙有一种基本的精神结构，他的著作逐渐转向自然哲学和形而上学。1744年他在幻想中见到耶稣，1745年接到放弃世俗学说的命令，余生主要致力于翻译圣经以及叙述关于他在幻境中的所见。他坚持认为，上帝是所有生物的力量和生命，基督教的三位一体代表了上帝的3种基本品质：仁爱、智慧和活力。他相信赎罪存在于通过耶稣的光辉重新按照上帝的形象创造的人类中。他发表了30多部著作，包括《真正的基督教》（1771）。后来他又成立了宣传其泛神论的组织，尤其是1787年在伦敦建立的新耶路撒冷教会。18世纪90年代斯维登堡派传到美国。

② E. P. Thompson, *Witness Against the Beast: William Blake and Moral Law*, Cambridge: Cambridge University Press, 1993, p. 10.

文本的戏谑的解构，如斯韦登伯格的《天堂和地狱》（*Heaven and Hell*，1758）。斯韦登伯格用对照的方式，帮助读者部分地解读了布莱克：斯韦登伯格声称体验过极为深远的精神世界，他侵入了神界，看见了人的灵魂、天使，甚至是基督。斯韦登伯格作为一名牧师和神学教授的儿子，最初只是瑞典政府的一名工程师，在他的信念里，宇宙中所有的物质都被融入了一种神圣的力量。受到德国神学家和神秘主义者雅各布·伯麦（Jacob Boehme，1575－1624）的直接影响，且呼应哈特利，他写了大量关于物质和能量，上帝与人类，大脑和心理学关系的小册子，并在1743年皈依。1787年，以罗伯特·海因德马什（Robert Hindmarsh）在伦敦建立的新耶路撒冷第一教堂为基石，他的宗教思想在英国产生了极大的影响。在伦敦，斯韦登伯格的《天堂和地狱》和《最后的审判》（*The Last Judgement*，1758）受到热烈地欢迎。他在书中指出，每个人都能够通过虔诚的信仰进入神界，也可以通过内心精神之力量，解读《圣经》中隐匿的信息和情感。对于斯韦登伯格而言，以爱和情感理解并感召基督，才是对于信徒的启示。这种启示预示着基督复活的意义，而且是崭新时代——即建立在爱、友情、超越死亡的精神感知的新时代。

毫无疑问，布莱克在作品中，着重刻画了《福音书》中仁爱基督的形象。然而，斯韦登伯格只是注重人类的精神世界，而布莱克也关注于现实世界中爱的化身，而不是只是精神境界的虚影。1790年，布莱克重写了斯韦登伯格的《天堂和地狱》，取名为《天堂与地狱的婚姻》（*The Marriage of Heaven and Hell*，1790）中。其中，布莱克用“难忘的幻想”（Memorable Fancies）替代了斯韦登伯格“难忘的关系”（Memorable Relations）一词。布莱克和天使和魔鬼讨论神学思想，和先知以赛亚（Isaiah）与以西结（Ezekiel）吃过晚宴。这首诗中出现的人类，更像是基督，有着矛盾和对立的两面性。布莱克认为，没有两面性，人类将永远被错误的制度或机制所束缚，“没有对立就没有进步。吸引和排斥，理性与活力，爱与恨，对人类的生存而言是必要的。这些对立，宗教称之为天使与恶魔”①。

① ［英］布莱克：《布莱克诗集》，张炽恒译，第189页。

布莱克并不是完全认同斯韦登伯格的某些著作，他认为这些文字就像“叠起来的亚麻衣服”。他的诗行整洁、条理地分析了宗教思想中的爱、同情和美德因素等，应以“永恒的喜悦”，而不是自觉、自发地阅读。①如果按照布莱克的对立逻辑，诗中出现的“坏”的声音，如魔鬼，也突然值得一听；甚至基督都被塑造成异端和反叛的形象，使读者关注他的行为。魔鬼提醒读者，基督打破了福音书的十诫，与此同时“一切美德，都服从于冲动，而不是规则”。②

在布莱克的基督教思想中，基督受到冲动和欲望的驱动，是通过感觉和思维存在的鲜活个体。乔纳森·罗伯茨（Jonathan Roberts）认为，布莱克支持个人和政治的解放，提倡情感和感知的觉醒，认为这些都是神性在肉身的体现。这个神性之体的本质则是人类的想象力，“不由个人使用或占有，但每个人都能够参与其中”③。布莱克在《拉奥孔》（*The Laocoon*，*1826 – 1827*）中写道：

在想象中，人类的躯体是不朽的，
神性之体是上帝自己。
耶稣：我们是他的成员。
表现在他的艺术作品（永恒的视角）。④

布莱克曾在《拉奥孔》中忧虑地写道。艺术通过“消融明显的表层，揭示隐藏的无限”，将个人从物质主义和极端自我的倾向中，解放了幻想，释放了自我；如果，“艺术被降级，想象力被否认，战争则统治国家”⑤。对于布莱克而言，基督徒都是艺术家，能够将社会从紧张和反对人类的错误以及不

---

① ［英］布莱克：《布莱克诗集》，张炽恒译，上海三联书店1999年版，第192页。

② 同上书，第195页。

③ J. Roberts, “St Paul’s Gifts to Blake’s Aesthetic: ‘O Human Imagination, O Divine Body’,” *The Glass*, Vol. 15, 2003, p. 10.

④ ［英］布莱克：《布莱克诗集》，第212页。

⑤ 同上。

当的行为斗争中解救出来。布莱克将“基督徒的明确性质”定义为宽恕罪恶，在维多利亚后期，他成为一个激进的、慈善的、有远见的非国教教徒，试图以新耶路撒冷的名义，重建一个打破资本主义的新型国家。①

同时，布莱克倾心于古典或古代文学。玛格丽特·J. 多恩斯（Margaret J. Downes）指出，“虽然布莱克对古希腊人的崇拜是否值得颂扬，但他相当推崇他们的文学根源”②。在《最后审判的幻想》中，布莱克自己评论道：“希腊寓言起源于精神的神秘性和真实的幻影……我的著作富有幻想或想象；致力复兴古人所称的黄金时代。”③ 他以其幻想诗人的身份而广获赞誉，并博得后世的赞赏；而一些评论家则认为他富有革命精神，他专注改变当时的保守政治和宗教机构的保守状况。“布莱克的作品打破了‘禁锢心灵的手铐’——这些法令由压迫人民的教会颁布，由议会庇护。”④

二 “蒙冤”的诗人

布莱克的诗歌，借助宗教信仰和情感，感怀民生疾苦、忧百姓之忧。欧文·海克斯海姆（Irving Hexham）如此定义信仰，即“个人所相信的观点，信念、信仰或理智的认可，一种基于或不基于事实的知识。宗教信仰通常指遵循某种生活方式，接纳宗教社会的教条”。⑤ 但并非所有评论家都认为布莱克是幻想派诗人。雪莉·邓特（Shirley Dent）认为布莱克“是一位迷惘的失败者和伟大的人道主义者”。⑥ 布莱克明显的混沌状态，使他赢得了“狂人”的声名。一些批评家认为，布莱克的“疯狂”表现在公然反抗上帝或阐释

---

① C. Rowland, *Radical Christianity: A Reading of Recovery*, Oxford: Polity Press, 1988, p. 113.

② Margaret J. Downes, "Benediction of Metaphor at Colonus: William Blake and the Vision of the Ancients", *Colby Quarterly*, Vol. 27, No. 3, September 1991, p. 174.

③ Mary Lynn Johnson and John E. Grant eds., *Blake's Poetry and Designs*, New York: Norton & Company, Inc., 1979, p. xxiv.

④ Timothy Vines, "An Analysis of William Blake's Songs of Innocence and of Experience as a Response to the Collapse of Values," *Cross – Sections*: Vol. Ⅰ, 2005, p. 115.

⑤ Irving Hexham, *The Concise Dictionary of Religion*, Vancouver: Regent College Press, 1999, p. 32.

⑥ Shirley Dent, "William Blake was a confused failure but a great humanist," *New Humanist*, Vol. 122, No. 6, Nov. Dec. 2007, p. 13.

《圣经》中，他剖析《圣经》经文，赋予个人色彩。另一些评论者则把他矛盾重重的世界观，归咎于其光怪陆离的灵感源泉，这包含：德国神秘主义者雅各布·伯麦，斯韦登伯格主义（Swedenborgianism）和布莱克的个人梦境。从四岁起，布莱克的脑海中就萦绕着幽灵般的僧侣和天使的幻象。他看见加百列大天使（the angel Gabriel）、圣母玛利亚（the Virgin Mary）等人，并同他们对话。由此，瑞切·加尔文（Rachel Galvin）得出结论："我个人认为，精神分裂症是折磨他的根源……他晚年不以诗人自居，声称自己不过是拾人牙慧。"① 爱德华·弗瑞德兰得（Edward Friedlander）则认为，"威廉·布莱克过于偏信脑海中的幻象和声音，但它们不是超自然真理的正确导向"②。蒂姆西·凡斯（Timothy Vines）一脉传承了此观点，他认为，布莱克在神学和神话的玄虚上极度疯狂、登峰造极，某些评论家"对他神经质的夸夸其谈，嗤之以鼻"③。

布莱克步下传统宗教神坛，踱入个人苍穹。他认为，"我必须缔造全新体系，否则就会任由他人思想的摆布"。他难以认同人神分离的说法，特意强调，"人类完全是想象的结晶。上帝即人类，并存在于我们体内，我们也同他一体……每个人都拥有想象或不朽……想象是个体躯壳下的神圣内质"④。对布莱克而言，上帝和想象同在。也就是说，上帝是人类的创造力和灵魂源泉，人类一旦与之分离，上帝的意义全无。当他谈及神明时，指的是上帝的万能力量而非任何独立、外在的神格。他不仅离当时的正统教派相去万里，还抨击了传统基督教价值观。在《天堂与地狱的婚姻》中，他撰写了一系列模仿圣经预言体的文章，其"反动观念"彰显得淋漓尽致，其中包括诸多地狱格言：

---

① Rachel Galvin, "William Blake: Visions and Verses," *Humanities*, May /June 2004, p. 17.

② Edward Friedlander, "William Blake's Milton: Meaning and Madness," undergraduate thesis, Brown University, 1973, p. 6.

③ Timothy Vines, "An Analysis of William Blake's Songs of Innocence and of Experience as a Response to the Collapse of Values", p. 115.

④ Peter Walmsley, *The Rhetoric of Berkeley's Philosophy*, New York: Cambridge University Press, 1990, p. 28.

法律的基石筑就典狱长，宗教的砖瓦垒成烟柳巷。

毛虫拣叶而殖，牧师择欢而咒。

在永恒的福音中，布莱克把耶稣塑造成超越教条、逻辑甚至道德的至高无上的创世者，而不是哲人或传统的救世主形象：

如果他反对基督，恐惧耶稣，他会不惜一切取悦我们：

偷偷溜进犹太教堂

不会大摇大摆地差遣长老和牧师，而是如羊羔和驴子般谦卑，对大祭司该亚法（Caiaphas）唯命是从。

上帝不愿人类妄自菲薄。①

布莱克在他自己的苍穹中精心营造，以神话织就预言之书。他在作品中缔造了一系列人物，包括“尤里森”（Urizen）、“艾妮沙蒙”（Enitharmon）、“布洛米翁”（Bromion）和“鲁瓦”（Luvah）。这部神话似乎从《圣经》和希腊神话基础上衍生而来，包含着他对永恒福音的见解。

他摒弃正统基督教的部分原因在于，他认为其中的教义大兴灭人欲之道，堪为俗世欢愉的囚牢。布莱克在《最后审判的幻想》中写道：“人类得以步入天堂，并非压抑七情六欲或无欲无求的缘故，而是因为他们的思想得到升华。天堂的可贵之处不在于遏制激情，而是智慧结晶——所有情感均源于此，至真至纯，光辉永驻。”②

除此之外，他还在《天堂与地狱的婚姻》里主张，《圣经》或宗教典籍是如下谬误的始作俑者：“人有两个真正的生存本原，即：一个肉体和一个灵魂。/力，叫做恶，仅来自肉体；而理性，叫做善，仅来自灵魂。”③ 但与上述相悖的下列观点是正确的。

1. 人的肉体与灵魂交融，因为肉体是灵魂的一部分。

2. 精神是唯一的生命载体，源自肉体，而理性是边界或精神的外围环境。

---

① ［英］布莱克：《布莱克诗集》，第205页。

② Mary Lynn Johnson and John E Grant eds.，*Blake's Poetry and Designs*，p. xxiv.

③ ［英］布莱克：《布莱克诗集》，第186—187页。

3. 精神是外表显现的快乐。

值得注意的是，布莱克不认同肉体和灵魂分离的看法。相反，他将肉体视为灵魂的延伸，是发乎感官的“辨识”。因此，建立在否认生理渴求的传统观念或主观臆断是致命之伤，由对肉体和灵魂关系的曲解所导致。此外，他将撒旦形容为“错误状态”，且已无可救药。

从基督教的神学教义而言，布莱克无疑是异端邪说的代表，因他对神学观点的诡辩持反对意见，该观点为苦难开脱，为邪恶正名，为不公道歉。他驳斥虔诚或克己，断定宗教压迫，尤其是性压迫与之不无干系，并说道：“谨慎是一个奇丑无比的老富婆，而无能是她忠实的拥趸。/人若不将欲求诉诸行动，瘟疫将取而代之。”他把“罪孽”定义为剥夺人们欲望的手段，并坚信，勒令民众向强加的道德准则低头，实则违背生命真谛：“禁欲使黄沙掩埋赤红之躯，如焰之发/但欲望让树木硕果累累，重焕美丽。”[①]

布莱克也否认将上帝比作主的说教，这令上帝与人类割裂开来，高高在上。他关于基督的评论就是上好的佐证：“他是唯一的上帝……我也是，你也是。”在《天堂与地狱的婚姻》中，布莱克认为“人类忘却了，所有神祇长存于心”[②]，揭示了他笃信社会和两性的自由平等。总之，布莱克对地狱的见解，同传统教条或弥尔顿和但丁大相径庭；他更愿意将之视作感情宣泄、创造力喷涌和灵魂净化的渠道，而非某种惩罚。

在《天真之歌》（“Songs of Innocence”）里的《迷失的孩童》（“The Little Boy Lost”）与《回家的孩童》（“The Little Boy Found”），以及《经验之歌》（“Songs of Experience”）里的《一个迷失的孩子》（“A Little Boy Lost”）中，布莱克批判了体制宗教对孩童的误导和欺压。他主张从所有生灵的自然神性中，来探寻上帝和宗教的意义。在《一个迷失的孩子》中，充分诠释了宗教组织不容异心的态度：一位青年因其反叛不羁的思想，而遭受烈火的炙烤。在《经验之歌》的《一个迷失的孩子》（“The Chimney Sweeper”）中，诗中

---

① ［英］布莱克：《布莱克诗集》，第229页，

② 同上书，第208页。

的男孩并未期望被仁慈善良的天使所拯救，反过来诘问上帝、教会和国王，为何降苦难于己。他甚至对天堂心存疑虑，不像《天真之歌》里“扫烟囱的孩子”，对天堂怀揣幸福、无邪的幻想。他认为，是上帝、教会和国王，包括父母和其他社会成员，“创建了充斥穷困疾苦的天堂”。宗教的沉闷和卑劣令布莱克几近窒息，这种感悟贯穿在《经验之歌》的字里行间，成人使得童年的美好回忆支离破碎。残酷的现实击溃了如梦似幻的理想，在幸存者身上烙下疤痕。布莱克在《老虎》（“The Tyger”）中质问道：“羔羊的造物主，是否也创造了你?”布莱克难以认可体制宗教宣扬的传统教义，而是结合《圣经》、希腊神话和大自然的框架，编织了属于个人的神话。他自成一派的宗教，汲取了人类与自然的乐趣，坚信上帝的形象因此更加神圣光辉。

三 布莱克对基督信仰的悦纳

布莱克的宗教矛盾心理是出人意料的，因为《天堂与地狱的婚姻》和《天真与经验之歌》让读者误以为他不是无神论者。蒂姆西·凡斯注意到，“《天真与经验之歌》代表了布莱克神学和神话的发展，在激进又深邃的信仰体系中达到巅峰，某些评论家将他作品贬为疯癫发狂的叫嚣”[①]。但是，布莱克的基督教信仰和神学观念起源于《圣经》经文。尽管他努力将个人独到的见解从广义的诠释中抽离，他的文字仍然勾勒出《圣经》和基督的忠实信徒的形象。罗伯特·瑞克斯（Robert Rix）提出，“相对而言，关于布莱克宗教背景成长的史实有所空缺。我们了解到，1757年12月11日，他在皮卡迪利广场的圣詹姆士教堂（St. Jame's Church，Piccadilly）受洗。这寓示着他皈依英国国教，故可推知他父母或许信奉国教”[②]。麦克·法瑞尔（Michael Farrell）的看法与之不谋而合，他说，“布莱克深信，《圣经》是灵感之源，为悟圣之道扫清障碍，唤醒艺术家和读者体会到他诗意、前瞻的幻想中富含的诗

---

① Timothy Vines，“An Analysis of William Blake's Songs of Innocence and of Experience as a Response to the Collapse of Values”，p. 116，

② Robert Rix，*William Blake and the Cultures of Radical Christianity*，Burlington：Ashgate Publishing Company，2007，p. 2.

意和预言"[①]。实际上，作为一部启迪文典或生命之书，《圣经》的价值并不拘泥于艺术领域，还能促使人类乐善好施。"我们原是他的工作，在基督·耶稣里造成的，为要叫我们行善，就是神所预备叫我们行的。"（《以弗所书》，2：10）布莱克是一名莫拉维亚教徒，瑞克斯称"莫拉维亚派信条的第一要义即神并非虚体，基督是神性的完美展现"[②]。雪莉·邓特进一步阐述道，"布莱克是一个基督徒"，"这个论断不容辩驳。他根据自我意志再三承认，自己就是一个基督徒"[③]。在他光芒万丈的史诗《耶路撒冷》（"Jerusalem"）的末尾，基督被凸显为包罗万象的实体：

> 宏宇之家，仅此一人；我们称他
> 耶稣基督；他心系我们，我们牵挂他
> 在伊甸园的乐土上和睦相处，生根发芽。[④]

布莱克从《新约》中获得灵感："你们要常在我里面，我也常在你们里面。"（《约翰福音》，15：4）就布莱克之死，萨缪尔·帕尔默（Samuel Palmer，1805－1881）评论道，"他说他将毕生朝着向往的国度出发，沉浸在幸福中，希望借由耶稣·基督，获得救赎"[⑤]。凭经验而论，只有直面生死的时刻，人才能找回本真。想要看透物质世界，渴望极乐永生，必须对上帝怀有一颗虔敬之心。因此，若认定布莱克不是基督徒，或者说他对基督教的上帝不抱期望，是十分不公平的。同理，瑞安（Raine）解释称，布莱克信仰的基本原则包括"知识，认同所有人类均为上帝之子，由此存在'人类神化'的可能"[⑥]。上帝之子的身份赋予我们神性，因为我们是上帝神圣意象的影射。如

---

① Farrell, Michael, *Blake and the Methodists*, University of Oxford, 2010, pp. 616－617.

② Robert Rix, *William Blake and the Cultures of Radical Christianity*, p. 11.

③ Shirley Dent, "William Blake was a confused failure but a great humanist," p. 1.

④ ［英］布莱克：《布莱克诗集》，第215页。

⑤ Edwin J. Ellis, *The Real Blake: A Portrait Biography*, University Press of the Pacific, 2005, p. 271.

⑥ Kathleen Raine, *The Human Face of God: William Blake and the Book of Job*, New York: Thames and Hudson, 1982, p. 2.

丁尼生一样，布莱克意识到，难以通过理性接近上帝、感知世界，上帝存在于日常的幻想之中。确实，上帝的处事方式与我们相异，不为常人所理解。“你要专心依赖耶和华，不可倚靠自己的聪明，在你一切所行的事上都要认定他，他必指引你的路。”（《箴言》，3：5）所以布莱克主张，“如果有人确信‘一花一天堂’”，他必须领会“万物无极限”。[①] 如此，他走近上帝，受其感召。

布莱克的代表诗歌《老虎》正是众生神性论的佐证。在诗中，布莱克颇为赞叹一点——“羔羊”的和令人望而生畏、雄壮如虎般的生物，竟出自同一神作之手：“怎样的神手和神眼/构成你可畏的美健?”[②] 如果上帝体现在这两种矛盾的动物中——羔羊和老虎，他就无所不在。老虎和羔羊没有区别，因为上帝与它们同在。在《孩童之得》里，布莱克摒弃了非传统的上帝理念（即上帝不在天堂，而是存于人间），转向传统观点，即他是一个单独实体。诗歌中的上帝拯救了迷路的男孩。是以，他不是不可捉摸的，而是体察入微、关怀世人的角色——是以人形展示、拯救世人的救世主。

小男孩迷失在孤寂的沼泽里，
向摇曳的灯光走去，
他哭着：但永在的上帝出现了
像父亲，穿着白衣。

上帝的“每一次靠近”，指代了时间和地点，扮作父亲，身披白袍。诗中有三个人：低声啜泣的男孩，绝望如焚的母亲和出面让母子重逢的父亲（上帝）。布莱克承认并坚信上帝是父亲，而不是他在其他作品中宣扬的鼓舞力量。这恰好又是布莱克人格分裂和混合信仰的力证。《孩童之失》与《孩童之得》殊途同归，点出了父亲为何化身超自然，拯救男孩的原因：

---

① ［英］布莱克：《布莱克诗集》，第219页。

② 同上书，第70页。

爸爸，爸爸，你去哪儿呀？

你别走这么快啊。

讲话呀爸爸，和你的儿讲话，

要不我会迷失啦。①

在诗歌中，布莱克揭示出，工业革命期间家长对孩子疏于照料，而且无助者应相信和倚仗万能的上帝——他不会对处于困境的普罗大众置之不理，特别是对毫无安全感的孩童。

具体而言，布莱克相信，“神性意象”的上帝以自己为参照物，创造了人，因此人是上帝特质的反映，也就是“仁慈”“怜悯”“和谐”和“仁爱”。所有人类祈求“上帝”的品质。“宽恕、同情、和平和爱护，/上帝是我们敬爱的天父”，人类体现了这些品质，因为我们拥有上帝的形象。

宽恕、同情、和平和爱护，

上帝是我们敬爱的天父；

而宽恕、同情、和平和仁爱，

是人类，他的子民，用心看顾。②

在诗歌中，布莱克对上帝的构想与《创世记》紧密相关，其中讲到“神就照着自己的形象造人、乃是照着他的形象造男造女”。（《创世记》1：27）。他在诗中显得更加权威正统，因为他纯粹地依据《圣经》经文，厘清上帝与人类的关系。

此外，“羔羊”寓意着天真无邪，也是年轻人和神祇关系的缩影。他用羔羊隐喻上帝之子——耶稣·基督。诗中的孩子问道：“是谁造就了你，小羊羔？”当得知创造羊羔的人，也就是孩子的缔造者时，“人类本身，自然界与天国”的统一感油然而生。这种“一体性”同样也是圣父、圣子和圣灵的三

① ［英］布莱克：《布莱克诗集》，第13页。

② 同上书，第45页。

位一体。以同一标尺衡量孩子和上帝的创造，都被称作“羔羊”，孩童和基督同等重要，孩子获得了庇佑感。

小羊羔儿，我来告诉你，
小羊羔儿，我来告诉你：
他的名字和你的一样，
因为他叫自己羊羔羔儿。①

诗歌如《圣经》故事一样，“他见耶稣行走，就说，看哪，这是神的羔羊。”（《约翰福音》，1：36）可见，布莱克对上帝的解读，从抽象的信仰概念过渡到天地的创世者。

在《天堂与地狱的婚姻》的第一部(“Book the First”）一文中，收录了一首诗中诗——《吟游诗人的预言歌》（“Bard's Prophetic Song”）。诗歌的高潮发生在诗人忽然看见了“上帝的圣子”的幻象：“荣耀！荣耀！献给上帝的羔羊：/我触碰天堂，仿佛拨动歌颂上帝的弦丝。”“上帝的羔羊（圣子)”（“Lamb of God”）的幻象在启示文学中很常见。在这种情况下，诗人幻觉的最终爆发意义深刻，其内容和在诗中的位置都耐人寻味。诗人对上帝的圣子的瞬间幻象，证实了人类不必“圈禁在思维的枷锁中”。在《爱之花园》（“The Garden of Love”）里，布莱克补充了这一看法，由于对上帝的确信，他对当时唯物胜于唯心的教会进行抨击。布莱克的“牧羊人”（“The Shepherd”）象征着基督和教徒间的关系。约翰·霍华德（John Howard）认为，“用放牧人对羊群的含蓄守护，比拟上帝对人类的庇护，牧者看守牧群的场景，为此平添几分画面感”②。安妮·科斯塔勒内兹·梅勒（Anne Kostalenetz Mellor）也得出了类似的研究结论，“凡俗的牧人召唤出《诗篇》中天国的牧者。正如母羊回应‘羊羔纯真的呼唤’，牧人对他的牧群有求必应，上帝也答

① ［英］布莱克：《布莱克诗集》，第39页。

② John Howard, *Internal Poetics*: *Poetic Structure in Blake's Lambeth Prophecies*, Rutherford: Farleigh Dickinson UP, 1984. p. 48.

复人类的祷告”[①]。

布莱克在个人创作的诗歌中，精心雕琢了一处自我的存在世界，置身其间，难觅知音。安德鲁·M. 库珀（Andrew M. Cooper）评论道，“布莱克总是徘徊于两种状态之间：神启赐予的狂热，和徒劳无功所滋长的邪魔，即冲动、奴役和暴食的疯癫，左右摇摆，犹豫不决”[②]。简言之，布莱克是否笃信基督教，实难盖棺定论，因为他倾向于用个人体验渲染神性。布莱克穿梭于精神王国，言称和天使攀谈。他杜绝以传统眼光探讨《圣经》和上帝，让读者和评论家雾里看花。对于布莱克，难以定义他的宗教立场。布莱克对于上帝以及任何超验体验是否存在的命题，苦苦追寻，答案无从知晓。综上所述，难以评判布莱克是否为忠诚的基督徒，或为无神论者。综述而言，布莱克的宗教思想中的天马行空的不可知论的奇思幻想，验证了英国19世纪文学史中，基督教对于个人奇幻创作的启示性影响。

① Anne Kostelanetz Mellor, *Blake's Human Form Divine*, Berkeley: University of California Press, 1974, p. 4.

② Andrew M. Cooper, “Blake and Madness: The World Turned Inside Out,” *ELH*, Vol. 57, 1990, p. 585.

第二章　唯一神教教派：从普利斯特莱到盖斯凯尔夫人

18世纪末期，唯一神教教派牧师理查德·普赖斯表示担忧——非国教教派最具价值的教义，很可能在过度狂热和追求奢侈流行的宗教趋向中，走向灭亡。[①] 正如第一章所说，宗教狂热主义者威胁要把宗教变成一种单纯的情绪高涨的神秘体验；上一届长老教教徒似乎只关注高雅、净化的信仰，因为该信仰服务于追求时髦、居于都市的中产阶级。理性（新型）的非国教教徒与质朴的循道宗教徒（卫理公会教徒）或国教（Anglican）神职人员截然相反，他们则关注于奢侈的生活，认可资本积累以及资本所带来的享受乐趣。非国教的教堂看上去典雅且舒服，于非国教教徒而言，跳舞、玩纸牌游戏、看戏剧、读文学作品都可以接受，他们的会众博学多才，家境富裕，事业成功。[②] 然而，不是所有人都能与这些新型非国教教徒和睦相处。一位加尔文教派（Calvinist）牧师曾经失望地感叹道，“一般说来，他们性情懒散，耽于享乐，相聚于寻欢作乐的社交圈，遵循世俗的习俗和习惯”[③]。当然，新型非国教教派，尤其是唯一神教派，是建立在自由资本主义政治学说基础上的，该学说

---

① R. Price, *A Sermon*, *Delivered to a Congregation of Protestant Dissenters*, *at Hackney*, *on the 10th of February last*, London, 1779, p. 28.

② H. Davies, *Worship and Theology in England*: *From Watts to Wesley to Martineau 1690 – 1900*, Cambridge: W. B. Erdmans, 1996, p. 48.

③ J. Seed, "Gentlemen Dissenters: The Social and Political Meanings of Rational Dissent in the 1770s and 1780s," *The Historical Journal*, Vol. 28, No. 2, 1985, pp. 314 – 315.

支持有教养的专业精神，摒弃了不谙世事的专注奉献的信仰模式。它们在商业中心招募新成员，而不是在卫斯理专注的农村。新型非国教教派的趋势转变——从以加尔文主义为主教义的长老会制，到更加理性的非国教教会，最后发展成唯一神教派，这种变化显而易见得益于许多传统基督思想的覆灭。约翰·斯特（John Seed）认为，“由于荒谬的迷信，人们否认基督的神性，否定地域和撒旦的存在，抛弃原罪、无原罪始胎等教义”①。虽然如此，三位一体（the Trinity）在该时期仍然是基督教教义的核心教义，拒绝承认耶稣是上帝之子属于刑事犯罪，该项法律直到1813年才废除。但基督终有一死，就算他被钉死在十字架上，义无反顾地为人类抵罪，也不能替人类赎罪，尽管此时他身负神圣使命。② 该逻辑激怒了很多信徒，卫斯理在赞美诗《致伊斯兰教徒》中，证实了信徒的这一暴怒，“三位一体的上帝呀！伸出你的手/将唯一神教派的恶魔和他的教义一同驱逐回地狱吧！”③

在威廉·佩利（William Paley）等其他人看来，上帝不热衷于追逐惩戒任何人，而是作为道德标杆，支撑屹立不倒，确保人类幸福。佩利在《自然神学——神存在的证据及其特性》（*Natural Theology*：*Evidences of the Existence and Attributes of the Deity*，1802）中认为，上帝为了使人类体会自己以及他人的喜悦，已经给予他们感受喜悦的能力。这使我们彼此都负有道义上的义务，同时也使我们感到幸福。对于唯一神教派信徒来说，一直以来最为重要的是，能够享有争辩等诸如此类问题的自由。强调该自由，是因为他们要用理性问询的权利，以得出一系列个人结论。教育也很重要，在19世纪早期，唯一神教派信徒逐渐试行新的中等教育的新方案，该中等教育在黑兹尔伍德市和布鲁斯堡的学校成效显著。本章将逐一列举“新型非国教教义”的提纲，重点介绍唯一神教教派。首先介绍此教派在18世纪的起源，最后分析其对早期维多利亚浪漫主义的影响。许多力图将宗教思想付诸实践的作家，例如塞缪尔

---

① Seed，“Gentlemen Dissenters”，p. 301.

② D. Hedley，*Coleridge*，*Philosophy and Religion*：Aids to Reflection *and the Mirror of the Spirit*，Cambridge：Cambridge University Press，2000，p. 36.

③ J. Wesley，*The Works of John Wesley*，vii，p. 608.

·泰勒·柯勒律治（Samuel Taylor Coleridge，1772－1834），玛丽·沃斯通克拉夫特[①]以及海曼斯等作家，深受唯一神教教义吸引，尤其是他们著作的激进出版商约瑟夫·约翰逊（Joseph Johnson），也属于唯一神教教派。之后，诸多在是否皈依为非国教教徒这一问题上摇摆不定的人，包括某些贵格会教徒则在18世纪末期，为应对日益分化的宗教思想文化这一问题，这些人最后都选择了信奉理性的唯一神教派教义。但是，正如之前分析的，唯一神教派的教义和思想较为理性，这种理性使得信徒更为缅怀宗教信仰的神秘性和启示性的渐渐消逝。因此，这种矛盾引发了对于宗教至为关键的两个因素，即理性或神秘的辩论。而这一辩论，在两位宗教领袖威廉·约翰逊·福克斯和詹姆斯·马蒂诺之间展开。本章的最后将介绍伊丽莎白·盖斯凯尔夫人，她在小说中对非国教教义的阐述，总体是较为温和的，这是由于她对于怀有强烈笃信的教派，皆持有同情之心，而这本身也是唯一神教派的鲜明特征。

第一节 反三一论（Anti－trinitarianism）

如果说旧的非国教教派，制定了以个人信仰和政治为基础的宗教体系，那么新的非国教教派，则以宗教体系为基础，建立了新的宗教政治。非国教人士创办的很多学院，对众多基督教徒进行说教，基督徒变得激进，促使他们的宗教信仰转变成某种纲领。在该纲领下，人们能够讨论奴隶、妇女权利以及工人阶级地位等政治和道德问题。许多非国教派的教徒，渐渐接受人文主义思想，其中最为广泛的则是自由意识的觉醒。基于此，旧派的非国教教徒，同时也参加唯一神教派的聚会，这在当时很常见。例如，理查德·普赖

---

① 英国作家。曾任教职、女家庭教师及为伦敦出版商工作。1797年与戈德温结婚。38岁生下第二个女儿玛丽数日后去世。以热诚争取妇女平等的教育机会和社会地位而闻名。早期著作《论妇女教育》（1787）为其论述妇女在社会中的地位的成熟作品《为女权辩护》（1792）的先声。

斯和约书亚·图尔明各自主持长老派会和浸礼会的集会，但同时在唯一神教教会占据一席之地。只有在19世纪，人们才有可能出生在信仰唯一神教派的家庭中，此时也正酝酿和预示着宗教信仰转变的时期。提阿非罗·林西（Theophilus Lindsey）、约翰·迪斯尼（John Disney）、威廉姆·弗伦德（William Frend）、罗伯特·骚赛以及柯勒律治等，都先后脱离英国国教，转投唯一神教派。那些对自己宗教信仰徘徊不定之人，如沃斯通克拉夫特、戈德温（Godwin）以及海曼斯，则发现唯一神教派是温和包容的自由主义（latitudinarianism）的一个分支。然而，它并不是兼容所有宗教信仰体系，如同阿米尼乌斯派教义，两种教义都坚决反对加尔文主义。18世纪末，该情绪已发展成“加尔文主义恐惧症”（Calvinophobia），这是唯一神教教派的一种偏见。该偏见和恐惧是由加尔文教派处决激进的反三位一体主义者——迈克尔·塞尔维特（Michael Servetus）的各种描述而激发的。塞尔维特于1546年被火刑烧死，他拒绝认可三位一体的信仰，并坚持声称耶稣是上帝之子，不能永生，也不具神性。因此，唯一神教派将他视为此教派的第一位殉道者。而后，许多人追随塞尔维特的脚步，勇敢地走上火刑架，爱德华·怀特曼（Edward Wightman）也在其中。由于怀特曼的死刑执行者错误地将这位在烈火中的谩骂，理解成宗教异端者的最后的幡然醒悟，因此他被处以两次火刑从而成名。

1648年，通过了一条法令，该法令规定信仰否定三位一体异端邪说的异教徒会处以死刑；但拉里斯（Laelius）和苏西尼（Faustus Socinus）的宗教思想的日益流行，使该法令的效力在一定程度上受到削弱。拉里斯和苏西尼反对耶稣神性，并据此在一个世纪前就建立了尼教派。拉里斯的侄子苏西尼，将其叔叔的反三位一体学说发展成系统理论，该理论声称认识上帝，只能通过研读《圣经》的启示文字。例如，通过研究天赋观念或探索自然来认识上帝，这种观点是错误的。苏西尼主义认为，信仰是基督教的本旨所在。但是如果所有宗教信仰都是合乎道德的，那人们如何区分各种宗教信仰的好坏？苏西尼宣称，基督教教义之所以是一种合乎道德的行为标准，并不是因为它毫无争议，而是因为其背后蕴藏了“合乎道德的”承诺，是一种救赎和慰藉。

在现代初期，苏西尼教的著作主要由约翰·比德尔（John Biddle）重印和翻译。托马斯·菲尔曼（Thomas Firmin）一直赞助比德尔；1687 年，他因首次使用“唯一神教派”一词而得名。[①] 至此，唯一神教派包括苏西尼教和阿米尼乌斯教，而在伦敦牧师托马斯·埃姆林（Thomas Emlyn）撰写的《基于唯一神教原则证明对耶稣的崇拜》（*Vindication of the Worship of the Lord Jesus Christ on Unitarian Principles*，1706）的书籍中，细致地勾画出轮廓。此外，更值得一提的是，在阿米尼乌斯教牧师塞缪尔·克拉克（Samuel Clarke）献给安妮女王的一书《三位一体圣经论》（*Scripture Doctrine of the Trinity*，1706）中也曾提及。克拉克于 1706 年，翻译了《光学》（*The Optics*），他作为信仰牛顿学说（Newtonian）的教徒，反对托马斯·霍布斯（Thomas Hobbes）的唯物主义，斯宾诺莎（Spinoza）的泛神论，约翰·洛克（John Locke）的经验主义。他还认为上帝是不朽的、无偏见的，拥有不可改变的权力，凡人不能理解上帝。尽管如此，克拉克认为人类应该相信，上帝是独一无二的，充满着智慧，他的存在包含时间与空间。那么包括耶稣在内的一切都属于上帝，否定了后者具有神性的一切学说。克拉克在《圣经论》（*Scripture Doctrine*）中断言，只有上帝是独立存在的，该论断于 1791 年在索尔特大厅受到热烈讨论，并最终被否定。此时，不信奉国教者主要致力于反对加尔文主义的学说，该学说认为只有被上帝遴选的人才能获得救赎，而《三十九条信纲》中的第十七条“论宿命论与上帝预选论”（Of Predestination and Election）是其理论支撑。[②] 不信奉国教者面临的困难是，毫无疑问，三十九条信条都是三位一体学说。这激起他们挑战国教权威的斗志，且所有的信徒都赞成他们的做法。在提阿非罗·林西的领导下，该运动在 18 世纪 70 年代愈演愈烈。林西召集了威尔伯福斯和西缅等一批剑桥大学的知名教派领袖，以及诸多国教教徒，寻求法定的救济。林西将他们的想法汇编成《简要请愿书》（Feathers Tavern

---

① A. Gordon, *Heads of English Unitarian History*, Bath: Cedric Chivers, 1970, p. 23.

② S. Andrews, *Unitarian Radicalism: Political Rhetoric 1770 – 1814*, Basingstoke: Palgrave, 2003, p. 2.

Petition)，并于1772年呈递给议会。议会拒绝了该请愿，林西因此退出国教圣公会；并于1774年在伦敦的埃塞克斯街（Essex Street）开设了唯一神教派教堂。

虽然林西在其教堂内使用“唯一神教派”的名字，但是却幸而免于起诉，尽管该行为违反了《宗教宽容法案》(Toleration Act，1689）和《亵渎神明法案》(Blasphemy Act，1698)。因此，林西大受鼓舞，决定创立一套新的基督论宗教理论，该理论宣称基督教必须成为真正的宗教，因为这是认识基督的内在要求；并且其他的宗教信仰体系，显然无法让一个凡人统一社会，创造奇迹，最后复活。在林西的朋友普利斯特莱（Priestley）看来，唯一神教派的信仰能够做到强调了基督教的仁慈和博爱，使所有的人和事一统于“庞大的幸福快乐的体系”中。他写道：

> 该体系的伟大作者，让我们在舒适的光明中注视所有人，所有事。我们都生活在一个大家庭中，我们有着共同的上帝和圣父，他对我们的爱是深厚的，公正的，持久的。他尊重他创造的一切，以我们未知的、甚至是最无望的方式，他供给我们最好之物。我们都在同一学校接受相同的道德纪律教育，我们是上帝的共同之子，我们都受到福音的启示。①

此人道主义学说，得到许多住在埃塞克斯街的人认同，这其中包括约翰·迪斯尼以及他的继任者托马斯·贝尔舍姆（Thomas Belsham)。贝尔舍姆是唯一神教社群负责传播基督知识的第一位干事，也是达文特里和哈克尼(Hackney）非国教神学院的教师。在这些人看来，人道主义基督教中的物质主义，仁爱以及道德方面，会永远受三位一体学说的威胁，因为三位一体学说来源于柏拉图的精神哲学，而不是来自经文。柏拉图的形而上学思想体系认为，人类世界可以分成“实物”（things）和“意识”（ideas)。我们在自身

① J. Priestley，*The doctrine of philosophic necessity illustrated an appendix to the Disquisitions relating to matter and spirit*，*To which is added an answer to the Letters on materialism and on Hartley's Theory of the mind*，London，1782，p. 123.

周围看到的实物，是更为庞大的、不可改变的概念（意识）的仿品。普利斯特莱认为，这将二元论哲学融进了造物主学说，并将柏拉图主义变成了三位一体学说。以上不过是巫术的分支，毫无其他意义，在该分支中，圣灵、圣子、教义等等都被随意地认为是“具有神性的”：

> 提及柏拉图学说，奥斯汀（Austin）表示，“改几个词或几句话，柏拉图主义者就会变成基督教徒，后来他们当中的许多人确实这样做了”……但不幸的是，柏拉图的拥护者崇拜过度，尤其只是关注于该体系的某一部分，即：意识学说和神圣智慧。[①]

普利斯特莱认为，思想和理念并不是行动，这其实意味着耶稣在拿撒勒（Nazareth）的道德学说和指示，鼓励物质上的善行，而不是投机的善行，这是一种强调现代“解放”或“实用”神学的信念。[②] 那么，基督教的正统教义只不过是对柏拉图主义的模仿。国教神父非常欣赏柏拉图的哲学，而且也喜欢其他的非知性的哲学思想。因为当时其他盛行的哲学，如严苛的斯多葛学派哲学（Stoicism），过于世俗的亚里士多德派哲学（Aristotelianism），或伊壁鸠鲁哲学（Epicureanism）等，这些哲学整体来说知识性不强。[③] 而三位一体学说不过是伪装的柏拉图主义。

尽管普利斯特莱持有各种不同的反国教主张，并且柯勒律治也像其他反国教教徒一样，将普利斯特莱视为“现代唯一神教派的创始人”。但是，作为一名哲学诗人，由于对柏拉图主义兴趣极浓，最后他再次回归到三位一体主义。[④] 最初，柯勒律治在父亲约翰·柯勒律治（John Coleridge）——一位圣经学者和德文郡奥特里圣玛丽（Ottery St Mary）教区的牧师——的指导下，而

---

① J. Priestley, *Theological and Miscellaneous Works*, ed. John Towill Rutt, 25 vols, London: George Smallfield, 1817 – 1831, p. 199.

② Ibid., p. 128.

③ Hedley, *Coleridge*, *Philosophy and Religion*, p. 54.

④ S. T. Coleridge, *Table Talk*, *recorded by Henry Nelson Coleridge and John Taylor Coleridge*, ed. Carl Woodring, London: Routledge, 1990, i, p. 448.

柯勒律治在受训成为国教牧师的过程中，受到威廉姆·弗伦德和罗伯特·骚赛影响，他在剑桥求学时，被普利斯特莱的一神论吸引。弗伦德的一神论带有明显的政治色彩，由于他的反战思想与法国的共和主义背道而驰，再加上他不信奉国教，因此他受到大学理事会的审判。但柯勒律治组织抗议者，扰乱了该审判。柯勒律治和骚赛一起，提出构建理想的平等社会（Pantisocracy）的想法，这是人们在宾夕法尼亚（Pennsylvania）建立的一种乌托邦式社会模式，教友派信徒威廉姆·佩恩（William Penn）于1861年建立了乌托邦社会。普利斯特莱曾经在伯明翰（Birmingham）暴乱后，逃往该地。该社会是建立在平等思想基础上的，男人和女人享有相同的体力和脑力劳动时间，开创了与耶稣和其门徒相同的生存方式。作为一种典型社会，平等社会依靠共同情感维系，这种情感作为一种新生力量，最终会渗透到世界的每个角落。① 柯勒律治认为，平等的大同社会预示着未来的前景，他在写给骚赛的信中，表明这宣告着“神奇般的千禧年”的到来，这将会动摇正统观念和将普利斯特莱驱逐出境的一系列偏见。② 后来，即使该方案由于经济原因，不得不放弃的时候，柯勒律治则以信徒对他的信服，继续发展这种启示性社会思想。在该思想中，人自身完全屈服于神圣权威。正如他在《宗教沉思》（“Religious Musings”，1794）的诗歌中所言：

> 只能看见，认识，感知上帝，
> 直到通过独有的自我毁灭的上帝意识，
> 才能认清上帝的身份：上帝是一切！
> 我们和圣父一体！
>
> （Ⅱ.41－45）

诗歌以预言的方式呈现，让读者受到鼓舞，摆脱了自身的个体想象，获

① N. Roe, *Wordsworth and Coleridge: The Radical Years*, Oxford: Clarendon Press, 1988, p. 113.

② M. D. Paley, “Apocalypse and Millennium in the Poetry of Coleridge,” *The Wordsworth Circle*, Vol. 23, No. 1, 1992, p. 24.

得更为广泛的普世和仁慈的意识。柯勒律治否认非国教教徒对于过度紧张的宗教政治化的看法。毁灭自我后，接着沉浸于此种迷失，信徒被解放，不再有利己欲望，仁爱向外付出，首先是上帝，接下来是个人社交圈，最后是整个社会：

> 个人感情依属的热情使仁爱成为本能。我爱我的朋友——例如他是，所有的人可能都是我的朋友！该推论是有理有据的——。仁爱（事实上其他所有的美德）都是事物的具体化——一些生来固有的情感是该具体物的核心，在生活中不断增强，汇集吸收每种同性质的情感。①

戴维·哈特利赞成永驻在信徒心中的神权，柯勒律治在《宗教沉思》（“Religious Musings”）写道，上帝存在于一切之中，这奠定了一神论的基本主张，该主张贯穿于《午夜的霜露》（“Frost at Midnight”）中，更多的是体现在《古舟子咏》（“The Ancient Mariner”）中。他在其笔记中发表了评论，“基督教最强有力的理论支撑，却是其最弱的理论，却使众人信服，因为正合民众的心意”②。

唯一神论让柯勒律治将其政治学说基督教化，并使其信仰具有实际意义。例如，《寂寞的恐惧》（“Fears in Solitude”，1798）从一开始就抨击了某些人——他们固执己见地援引基督教的规定和法律，而不考虑内容对人们生活的影响。这一类人嘴中低吟着“基督教诺言中的亲切话语”，本身却过于懒散，根本难辨话语的真伪；有时道貌岸然的说教者的嘴中蹦出，“叽里咕噜地说着他们打算违背的誓言”（Ⅱ.63－72）。和普利斯特莱一样，柯勒律治实则认为，耶稣告诫信徒要用充满爱的心灵来感受世界，而不是用疑惑的眼光看待世界。并且柯勒律治批判诺斯底主义（Gnostics）将创造出伪善的唯一神教派主义，并讲述给世人，如同“他们秘密行事，欺世惑人，迫害教徒，使基

---

① S. T. Coleridge，*The Collected Letters of Samuel Taylor Coleridge*，ed. E. L. Griggs，6 Vols，Oxford：Oxford University Press，1956－1971. i，p. 86.

② S. Perry ed.，*Coleridge's Notebooks：A Selection*，Oxford：Oxford University Press，2002，p. 24.

督教社团蒙羞一样”①。

最终，柯勒律治在威廉·黑兹利特和约书亚·韦奇伍德（Josiah Wedgwood）的支持下，出任唯一神教派的牧师一职。但他的任期非常短暂，因为他发现唯一神论不能让人找到精神寄托和情感归宿，他写道，“阳光是要汇聚光和热的!”他在阅读德国唯心主义哲学之后，再次信仰了关于上帝的三位一体的学说。② 唯一神教派对柯勒律治与巴波尔德来说，突然变得空洞且毫无意义，唯一神教派的教徒就像受困于“信念日渐衰退、将至枯竭的缪斯神殿”，“赤身裸体的哲学家——英国的唯一神教派教徒就如同寄居蟹”。③ 到1805年，唯一神教派的运动对于柯勒律治来说，不过是“盲目崇拜”，此时，他认为唯一神教派的支持者，都难以相信自己对上帝的理解，这是极其危险的。柯勒律治开始谴责普利斯特莱的无神论，安娜·巴波尔德的世俗冷漠。④ 柯勒律治与巴波尔德在巴波尔德的朋友——约翰·普瑞尔·伊斯特林（John Prior Estlin）的家中见面，他是沃林顿神学院的博学牧师和哲学家。起初，柯勒律治深深被巴波尔德吸引，后来在给伊斯特林的信中写道：“巴波尔德女士见得次数越多，我对其的倾慕之情也更深——她充满智慧，举止优雅，美丽动人……她的思想充满了实践的理性，不越雷池半步。”然而，在同一封信中，他深表后悔，由于自己过于谨小慎微，以至落入到陌生的、短暂的、偏僻的岛礁中。如同有翅的蜘蛛，困在了新的网中，预示着他不安定的未来，意识到自己是个愚蠢的唯一神教派教徒。⑤ 之后，柯勒律治因巴波尔德越发冷漠而抨击她；而巴波尔德在写给柯勒律治的诗中，批判他困于迷宫之中。无疑，他的三位一体学说著作《拯救沉思》（*Aids to Reflection*，1825）抨击了贝尔舍姆、佩利以及普利斯特莱，认为他们使牧师失去个性，从而达到了完全抹杀的作用，迫使信徒只是在表面上模仿基督的行为，而不是内心虔诚地思

① S. T. Coleridge, “Lectures 1795 On Politics and Religion,” *The Collected Works of Samuel Taylor Coleridge*, ed. K. Coburn, 16 vols, Princeton: Princeton University Press, 1971, i, p. 199.

② Perry ed., *Coleridge's Notebooks: A Selection*, p. 26,

③ Ibid., p. 114.

④ Ibid., p. 81.

⑤ Coleridge, *Collected Letters*, i, p. 578.

索——这些行为的真正意蕴。卢梭（Rousseau）认为的“内在情感”（*sentiment interieur*），也就是与生俱来的优秀情感，对于柯勒律治的信仰至关重要，因为它加强了作为意识或感知情感的个人思想，这些意识或感知，使得牧师个性逐渐多样化。该种新柏拉图派的宗教体验是基于爱，即使不是沃斯通克拉夫特推崇的两性之爱，也是类似柯勒律治所说的“为他人带来欢乐、善待他人”的博爱。即使他的信仰处于最正统的时期，也是柏拉图式的，因为该信仰激发人类的爱的行动，看作是上帝崇高之爱以及神性的镜子。①

第二节　贵格会（Society of Friends）

柯勒律治痴迷于友情和人际关系的形而上学的意义，而对人际关系这一问题激进的非国教教派，如贵格会或公谊会，和柯勒律治的态度一致。柯勒律治对公谊会的了解，是通过贵格会的公然支持者爱德华·福克斯而逐渐深入。爱德华·福克斯由于温和地对待精神病患者，以及柯勒律治宣传他为反抗既定教规的坚定努力，而广受支持和赞赏。贵格会教徒在诸多方面，与早期的浪漫主义者有着共同点，他们都强调个人情感的重要性（赞成个人直接解读基督教的教义）；支持激进的改革——他们煽动了废奴主义运动，拒绝在宗教集会中实施任何等级体系；排斥偏狭的、约束个人的旧正统思想。正如米歇尔·马利特（Michael Mullett）所认为的那样，早在17世纪，“教友派就是最激进的有组织的群体”，对正统思想与其余反国教群体构成了威胁，并且在17世纪50年代招募了将近6万教徒。② 贵格会教徒为促进男女平等所做的努力同样是卓越的，他们主张圣灵认为两性之间没有优劣，并且也是这样做

① S. T. Coleridge, *The Friend*, ed. B. E. Rooke, 2 vols, London: Routledge, 1969, i, p. 401.

② M. Mullett, “Radical Sects and Dissenting Churches 1600 – 1750,” S. Gilley and W. J. Sheils eds., *A History of Religion in Britain: Practice and Belief from Pre – Roman Times to the Present*, Oxford: Blackwell, 1994, p. 201.

的。女性被授权组织自己的集会，创建自己的部门，自主决定婚姻，在当时，只有11%的妇女会写自己的名字，而在贵格会中66%的妇女却有读写能力。[①]从贵格会成立初期，贵格会教徒就反对既存于其他宗教中的偏见，如妇女处于下等地位，支持战争或冲突，由天定命运论或原罪归与所造成的恐惧。甚至认为罪行本身不是触犯伪善的法律准则的不良行为或不道德行为，而是腐朽思想施加在个人身上的负担，他们可以通过无杂念的信仰避免这种腐朽的思想。[②] 他们的创始人乔治·福克斯（George Fox）和唯一的“神学者”罗伯特·巴克利（Robert Barclay）不断地强调，这种信仰是个人能够获得的宗教真理，且不需要通过教堂的指定牧师，能够直接与上帝对话。对于信徒与上帝之间树立的私人关系的强调，也降低了《圣经》的地位，低于个人信仰的情感经历，贵格会鼓励个人在每周集会时，自然地表达作为“证言”的情感经历而不是保持沉默。对于作为改革者以及贵格会教徒的约翰·沃尔曼（John Woolman）来说，这种经历是用来阐明：

> 这是一种纯粹的，植根于人类思想中的原则，它在不同的地方、不同的时代，有着不同的名字。然而，它是纯粹的，源于上帝的。它是一种深邃的，精神上的原则。不只存在于宗教形式中，也不排斥任何宗教，人的内心是至诚的。它在每个人心中生根发芽，不论这些人来自哪个国家，他们都变成了兄弟手足。[③]

和浪漫主义者一样，贵格会教徒试图打破任何固定他们议程的限制。沃尔曼在此暗示，在对所有教派一视同仁的上帝面前，任何拘谨的宗教惯例都是错误的，因此，他们反对这些宗教惯例。他们试图以自然的、朴素的方式，明确有力地表达他们的信仰，演说的目标不是故弄玄虚而是使教民明白。读者可以将此原则，与华兹华斯在《抒情歌谣集》（*Lyrical Ballads*，1798）序言

---

① A. Davies, *The Quakers in English Society* 1655 – 1725. Oxford: Clarendon Press, 2000, pp. 118 – 120.

② J. Punshon, *Portrait in Grey: A Short History of the Quakers*, London: QHS, 1986, p. 123.

③ A. Mott ed., *The Journal and Essays of John Woolman*, London: Macmillan, 1922, p. 180.

中对诗歌主题的阐释相比较，华兹华斯如此描述：

> 我通常都选择微贱的田园生活作题材，因为在这种生活里，人们心中主要的热情找着了更好的土壤，能够达到成熟境地，少受一些拘束，并且说出一种更淳朴和有力的语言；因为在这种生活里，我们的各种基本情感共同存在于一种更单纯的状态之下，因此能让我们更确切地对它们加以思考。更有力地把它们表达出来。①

佩恩和华兹华斯两人都试图通过简单的语言，传播宗教和政治讯息。而贵格会教徒则建立了一栋图书馆，专门储藏宣传册以赢得更多的皈依者，巩固已有教徒的信念。虽然贵格会教徒并不是非常相信艺术，他们认为戏剧是一种反复无常的、虚假的艺术，但是他们会时常提及文学作品，尤其是伊丽莎白·盖斯凯尔夫人的《西尔维娅的爱人》（*Sylvia's Lovers*，1863）和安东尼·特罗洛普的《玛丽安仙女》（*Marion Fay*，1871 – 1872）。在国外，约翰·格林里夫·惠蒂尔（John Greenleaf Whittier）所著的《新英格兰传说》（*Legends of New England*，1831）和斯托夫人（Harriet Beecher Stowe）撰写的《汤姆叔叔的小屋》（*Uncle Tom's Cabin*，1852），很快成为美国传统贵格会的流行读物。然而，许多作者还是有所疑虑和怀疑，可能是察觉出贵格会证言中危险的狂热情感。例如，查尔斯·兰姆（Charles Lamb）曾经向柯勒律治承认，“我想过要成为一名贵格会教徒”，但在一次集会上：

> 我看到一个人完全沉浸于自己的幻想中，他坚持认为自己受到某个“必定存在的幽灵”的控制，这让我打消了成为贵格派信徒的决定：我喜欢存在于潘恩和伍曼书中的贵格派，却讨厌某个人认为自己说着某个幽灵要说的话时的虚荣。其实他说的那些话，平常人可能不用像他那样又颤抖又哆嗦就能说出来。②

---

① ［英］威廉·华兹华斯：《抒情歌谣集》序言，曹葆华译，选自《十九世纪英国诗人论诗》，刘若端编，人民文学出版社 1984 年版，第 5 页。

② ［英］查尔斯·兰姆：《兰姆书信精粹》，谭少茹译，江苏教育出版社 2006 年版，第 105 页。

兰姆在之后的一篇散文中，承认了“福克斯式狂热”（the Foxian orgasm）的吸引力，但这种狂热，势必与某种宗教体验的理性截然对立，后者的体验则是信徒必须用简单、明了、清晰的语言交流情感。①

情感与表达的质朴性，恰恰是华兹华斯宗教诗篇的中心元素。转而言之，华兹华斯的宗教特征和元素则是泛神论（pantheism），在《丁登寺》（*Tintern Abbey*，1798）的诗行有所体现；也是唯一神教派的一神论的上帝，在《序曲》（*The Prelude*，1805）的诸多诗行都有例证。简而言之，华兹华斯和柯勒律治都曾受泛神论的吸引。泛神论认为物质世界是唯一神性的存在，物质世界的每种存在，不论是现存的还是死去的，都是上帝的一部分（“pan”就是所有，“theos”就是上帝）。“泛神论者”一词的首次使用，出现在迪斯特·约翰·托兰（Deist John Toland）的《索齐尼主义的真正阐述》（*Socinianism Truly Stated*，1705）一书中，这表明了托兰不仅反对正统宗教思想，也反对任何形式的权威，即使君主政权也不例外。② 18世纪末，和泛神论密切联系的宗教和政治观点，对年青的华兹华斯产生了强大的吸引力。在亲眼看到了巴黎和布鲁瓦（Blois）触目惊心的贫困景象，华兹华斯投身于法国大革命的民主事业。然而，由于革命日益腐败，发展形势越发令人恐惧，民主人士渐渐不再支持法国大革命。不论是泛神论还是唯一神教思想，华兹华斯对统一的宗教体系的信任日渐减少，这种思绪体现在《丁登寺》。起初，该诗由于成功地解读了泛神论的主旨思想——鼓励个人和自然建立亲密的情感关系，享有声望。对于泛神论信仰者而言，上帝如同：

> 崇高思想的欢乐，一种超脱之感，
> 像是有高度融合的东西
> 来自落日的余晖，
> 来自大洋和清新的空气，

---

① C. Lamb, “A Quaker's Meeting,” *Essays of Elia*, London: Nabu Press, 2010, p. 44.

② I. McCalman, *Radical Underworld: Prophets, Revolutionaries, and Pornographers in London 1795 - 1840*. Oxford: Clarendon Press, 1988, pp. 78 - 79.

来自蓝天和人的心灵，
一种动力和精神，推动
一切有思想的东西，一切思想的对象，
穿过一切事物而运行。

（Ⅱ. 95 – 102）

在如上引文中，精神上的体验将观者和世界融为一体，因此使他或她能够更容易地找出“自然形态的宗教意义!”（Ⅰ. 24）这种思绪和柯勒律治在《孤独的恐惧》（“Fears in Solitude”）中的表述是一致的。对于柯勒律治来说，自然给了信徒一把钥匙，让他们能随时了解上帝的奥秘，该奥秘是一种顿悟。城里人要想获得顿悟，只能通过仔细研读《圣经》，因为城里人深受各种存在于城市的诡计所累，需要通过基督，而获得上帝的启示。然而，华兹华斯则认为“令人愉悦的信仰”，并不依赖于个人处境，而是人际情感——即与上帝或同伴的人际情感。尼古拉斯·罗（Nicholas Roe）提醒读者，《丁登寺》一诗充满着不确定性，并且有所保留，这使华兹华斯能“不断地表达信仰”。正如诗歌所暗示的，自然类同于法国革命所处的实情，不可避免地会受到侵蚀而不断改变。[①] 然而，华兹华斯信仰的宗教，则是以人类情感为基础，且以两种方式呈现。首先，《丁登寺》一诗列于《抒情歌谣集》的最后，与之前的描述人类苦难、悲伤和贫穷的诗歌形成了鲜明对比。读者读完之前的诗行——发疯的母亲、跛脚的流浪者、背信弃义的爱人和孤独的乞丐等令人震惊和恐怖的故事后，必然会心生愤慨、愤愤不平；但是，看到《丁登寺》，读者愤慨的戾气，却被诗歌中的宗教情感而涤荡和救赎。这正是华兹华斯所坚持和希冀的——阅读的精神历程从不满到挚爱。其次，这首诗是以华兹华斯的妹妹多萝西（Dorothy）而演述的，她象征着能够抚慰心灵的同情心，娓娓道来这些轻柔的回忆，如“更亲爱的”，“为了你”（Ⅰ. 160）。这首诗的真正含义在于：无论个人如何感知物质或精神世界，人类间的情感实则是具体化的信仰。

① Roe, *Wordsworth and Coleridge*, pp. 268 – 269.

第三节　大同社会（A Common Good）

华兹华斯和柯勒律治认为：人与人之间的交流和友谊是实践宗教信仰的一种方式，而这种观点则起源于18世纪，人们致力于建立统一社区和大同社会。同时，许多哲学家深深迷恋于人与人之间的仁爱和挚爱的情感因素。圣·保罗和阿奎纳都强调信徒之间的关系，对其所在社区的影响意义深远。阿奎纳直接引用了《哥林多前书》（12：24－26），坚持认为：

> 生活在任何社区的人，作为整个社区的一部分与整个社区息息相关，部分影响着整体。因此，每个人的善行都会直接影响整个社区的善行……因为每个人都是这个国家一部分，如果一个人与大同社会格格不入，那么他也就没有善行。①

正如彼得·N. 米勒（Peter N. Miller）所提醒的，18世纪的宗教宽容和多元化倾向，质疑了宗教改革之后由民族和国家驱动的宗教统一感，尤其是当许多欧洲和美国的非国教教徒——开始从事超出国家范围的高尚事业。② 社区不再是志趣相投的人的团体；相反，它是由追求代表权和公民权利的个人所组成，是个体自由、备受欢迎的社会。对此阐释清晰的是亚当·斯密（Adam Smith）的《道德情操论》（*The Theory of Moral Sentiments*，1759），该书论证了人类的同情心和仁爱心，不是来源于内心的是非感　与沙夫茨伯里和休姆的主张一致，而是来源于由得体、审慎以及仁慈所构成的道德本性和情感。亚当·斯密的理论表明，我们皆有创造性、想象力的行为，并且根据对他人

---

① A. Black，*Political Thought in Europe 1250－1450*，Cambridge：Cambridge University Press，1992，p. 32.

② P. N. Miller，*Defining the Common Good*：*Empire*，*Religion and Philosophy in Eighteenth－Century Britain*，Cambridge：Cambridge University Press，1994，p. 17.

的评价，来调整自己的行为，我们的内在自我努力与外在观察者的期望保持一致。同时，斯密主张——个人仁善、忠实的行为来源于社会否定个人行为的恐慌。他的理论表明，每个人都力求理解他人的情感倾向，并与之保持一致，来维系彼此的良好关系。此种道德同情的动机则是“宗教信仰”，我们“与生俱来的义务感”和仁慈的“人类之爱”，实则由某种意识驱动——上帝要求我们如此施行。[①] 进一步而言，如果“在上帝的直接关怀和保护下，因为上帝掌控着自然界的所有运动；他通过自己尽善尽美，在普遍存在的仁慈中，保证幸福的质量”。因此，“普遍存在的仁慈”会成为“所有人虚无缥缈的幸福来源”。[②]

斯密的观点，得到了伦敦北部以纽因顿格林为基地的唯一神教派的认可。纽因顿格林是宣传宗教和政治激进主义的中心，由牧师理查德·普赖斯掌管。普赖斯是非国教牧师威尔士（Welsh）的儿子，在政治上是典型的非国教者，同时也是一名作家，他撰写了无数价格低廉的社会学的小册子，其内容涉及如何提升穷人的生活水平、国债和美国独立战争等。他撰写的关于战争的小册子，对美国的影响巨大，因此他后来成为本杰明·富兰克林（Benjamin Franklin）的密友。1778 年，富兰克林邀请他加入美国国会，而普赖斯以绝对忠诚于本国会众的理由，毅然地拒绝了这一邀请。普赖斯不像他的朋友普利斯特莱那样，极力倡导苏西尼主义；相反，他更加青睐保守的阿里乌主义，因为该主义让他意识到——基督兼具神性和人性。同时，和普利斯特莱一样，普赖斯更为关注道德问题和人类的自由选择权。在其个人论著《反思道德方面的原则问题》（*Review of the Principle Questions in Morals*，1757）中，普赖斯建议个人须倚重于推理和洞察力，以此判别正确和错误的行为。然而，人们对此做出的正确判断，是依赖于情感审慎而培养的理性精神。例如，幸福不是来源于神性，而是来源于正直和正派的品行。从该层面上说，普赖斯宣扬

---

① A. Smith，*The Theory of Moral Sentiments*，ed. Knud Haakonssen，Cambridge：Cambridge University Press，2002，p. 199.

② Ibid.，p. 277.

的不是内心的宗教信仰，而是亲切、共善的道德情操，这与布莱克以个人为中心的宗教学说相似，也正是非唯一神教派教徒在其教堂里感到愉悦的原因。本杰明·富兰克林和亚当·斯密经常到教堂拜访普赖斯；而且玛丽·沃斯通克拉夫特在纽因顿格林建立一所女子学校后，也定期参加他在周日举行的集会。正如约翰·布鲁尔（John Brewer）所言，普赖斯所组建的团体似乎是一个“微小、温暖且舒适的非国教小团体”，其成员彼此保护，以此免受正统宗教的攻击。①

由于普赖斯在一次激烈辩论的布道中，公然为法国国民议会（French National Assembly）辩护，因此而受到了当权派的严厉批评。该布道发生于1789年，地点在老犹太区的礼拜堂，布道对象则是伦敦革命协会（London Revolution Society）。在以《论爱我们的国家》（“On the Love of our Country”）为题目的布道中，普赖斯宣称法国大革命（the French Revolution）是一场推翻腐败君主政权的运动，是理性的，而不是疯狂的。普赖斯强烈支持美国《独立宣言》（“Declaration of Independence”，1776），因为其直接鼓舞了法国国民议会制定了《人权法案》（*Declaration of the Rights of Man and of the Citizen*）。该场讲道引起了保守的辉格党党员（Whig）埃德蒙·伯克（Edmund Burke）的强烈抨击，他在《法国大革命的沉思》（*Reflections on the Revolution in France*，1790）宣称，普赖斯利用讲坛宣扬政治革命。同时，伯克坚持认为，“牧师轻率、自负的讲道必然会引发一场全面疯狂的暴动，普赖斯完完全全就是个现代的修·彼得斯（Hugh Peters）——修是曾主管处死查尔斯一世（Charles I）的清教徒牧师”②。伯克进一步抨击普赖斯，批评他计划提出的任何“良好的道德和宗教情操”，“都掺杂了各种各样的政治观点”，他对法国大革命的不明智的拥护，则是他

---

① J. Brewer，‘English Radicalism in the age of George III’，ed. J，G. A. Pocock，*Three British Revolutions*：1641. 1688. 1776，Princeton：Princeton University Press，1980，pp. 342 – 343.

② E. Burke，*Reflections on the Revolution in France*，*and on the proceedings in certain societies in London relative to that event*，*in a letter intended to have been sent to a gentleman in Paris*，*Edmund Burke*：*On Taste*，*On the Sublime and Beautiful*，*Reflections on the French Revolution*，*A Letter to aNoble Lord*，ed. Charles W. Eliot，New York：P. F. Collier，1909，p. 177.

的“核心政治观点”。[1] 伯克还认为，普赖斯还与文学激进主义有着千丝万缕的联系：

> 我认为那场讲道是某人（普赖斯）的公开宣言，此人与国内外的文学阴谋家、神秘的哲学家、政治神学家以及神学政治家关系密切。我知道这些人尊他为权威使他洋洋得意。因为，他怀着世界上最野心勃勃的企图，与这些人齐唱他的预言之歌。[2]

尽管普赖斯认为，理性使他在讲道时一直很克制。但伯克认为他是一名狂热的预言家，他使个人观点激情并特权化，忽视他的会众或大众的利益。乔恩·梅伊评论道，“伯克认为，普赖斯的讲道不仅使得非国教信仰丧失责任感且轻率、自大地认为应该政教分离；而且也促使那些不受正统宗教思想束缚的人，极易在宗教、政治或性上沦为渎神的狂妄者”[3]。

伯克同样相信，汤姆·潘恩（Tom Paine）和玛丽·沃斯通克拉夫特也成为这样的狂妄者。因为他们在回击政治家们的个人论著——《人权》（*The Rights of Man*，1791）和《对人权的辩护》（*A Vindication of the Rights of Men*，1790）中，都明确表明已成为“阴谋家”普赖斯门下的决心。潘恩支持法国大革命，因为它承诺所有人的自由、平等的权利，使得个人摆脱体制或教条的束缚，去了解社会和上帝。潘恩因这些带有煽动性的观点和文字而受到控诉，他逃亡到法国。在法国，潘恩作为一名和平主义者，抨击路易十六（Louis XVI）执行的死刑制度，最后落得被捕入狱的下场。在狱中，他开始撰写一神论的小册子，即：自然神论著作《理性时代》（*The Age of Reason*，1794）的部分章节。事实上，他对正统思想的反对甚至远比普赖斯更为强烈。潘恩说道，

---

① E. Burke, *Reflections on the Revolution in France, and on the proceedings in certain societies in London relative to that event, in a letter intended to have been sent to a gentleman in Paris, Edmund Burke: On Taste, On the Sublime and Beautiful, Reflections on the French Revolution, A Letter to aNoble Lord*, ed. Charles W. Eliot, New York: P. F. Collier, 1909, p. 159.

② Ibid..

③ Mee, *Romanticism, Enthusiasm and Regulation*, p. 90.

“我的思想就是我所建立的宗教”，他的“宗教信仰”由“秉持公正，博爱慈悲，以及为我们同伴的快乐而奋斗”组成。潘恩痛惜道，组织性的宗教充满着腐败的教士权术，固化的教条，以及扭曲的垄断；《圣经》本身就是“残酷的，痛苦的文本，充满着骄奢淫逸，道德败坏以及冷酷无情的报复”。①

沃斯通克拉夫特也信奉个人的宗教，戈德温将这种宗教称为“完全是她自己的创作物”。然而，即使是无神论者戈德温也认为，她对“可被人接纳的”宗教的兴趣，是一种建立在灵修“体验”和坚信的“想象”之上，而不是某种制度体系的信仰。② 继戈德温之后，许多评论家在评析其代表作小说《玛丽——虚构之人》（*Mary*：*a Fiction*，1788）女主人公玛丽情感丰富的一生后，普遍认为沃斯通克拉夫特的信仰是一种强烈的女性个体情感。正如芭芭拉·泰勒（Barbara Taylor）所说，玛丽对上帝的理解映射着青春期的沃斯通克拉夫特对上帝的理解——她在理性的、智性的理解上帝和狂热的、性欲化的神秘主义之间游走不定。③ 最终玛丽受到自由、宽容、理性的非国教者的启发，认识到非国教者和女性都深受压迫，两者都在为个人理性理解宗教和社会而不懈努力。沃斯通克拉夫特在《人权》中描写的玛丽思想的转变过程，借此在政治上为普赖斯辩护：

> 一颗善良的心，充满着人情味，在有力地跳动——我畏惧上帝……我畏惧他至高无上的权威，他创造出我的动机是明智的，赢得赞许的；我遵守道德法，该道德法是我的理性治愈对上帝的倚赖中推断出来的。——我畏惧的不是他的力量，我遵守的不是恣意的意志，而是绝对的真理。④

---

① T. Paine, *The Age of Reason*: *Being an Investigation of True and of Fabulous Theology*: *Part I*, ed. B. Kuklick, Cambridge: Cambridge University Press, 2000, p. 268.

② W. Godwin, Memoirs of the Author of A Vindication of the Rights of Woman, London: Penguin, 1987, p. 215.

③ B. Taylor, *Mary Wollstonecraft and the Feminist Imagination*, Cambridge: Cambridge University Press, 2003, p. 98.

④ M. Wollstonecraft, *A Vindication of the Rights of Men*, *The Works of Mary Wollstonecraft*, ed. J. Todd and M. Butler, 7 vols, London: Pickering and Chatto, 1989, v, p. 8.

对于沃斯通克拉夫特来说，上帝代表着众人渴求的理性和启示准则，他与生俱来的正直。他是一个可以依靠的人，保护性善之人，避免堕落或触犯法律。普赖斯对该理性信仰举例说明，“一个人，他的习惯因虔诚和理性而始终如一；但他仍宣扬情感的信仰，该信仰与沃斯通克拉夫特植根于内心和思想的理智是一致的”[①]。沃斯通克拉夫特与柯勒律治一致，她认为我们热爱和崇拜上帝，是因为他使我们的判断更为感性化和理智化；通过基督，上帝给了人类效仿的典范，赋予人类自爱和自尊。泰勒持这种观点：是美德而不是权利，赢得了上帝的仁慈和尊重——而此观点则强调了沃斯通克拉夫特男女平等的观点。认为人与人之间关系的关键所在，是人与人之间平等。[②] 一旦人们在彼此之间或上帝面前，感受到平等对待，人类之爱就会触发天国的爱，这让妇女能强烈要求男女平等，无须害怕被嘲笑。沃斯通克拉夫特认为感性是理性的一部分，因为感性能够增强信仰，触发泰勒所说的“性欲想象”（erotic imagination）。[③] 上帝将这种想象力灌输给每个人，使得他们彼此互爱，以此引导他们正确地热爱上帝。由此，沃斯通克拉夫特的信徒的心理渐变——个人培养了自尊，道德得到了提升，变得更加善良是唯一理性的抉择，意识到人与人首要的是付出爱，因为爱能够改变个人，以此最终改变社会。

这种认为爱是一种改变社会的政治催化剂的观点，既展望了未来又回顾了历史。它预示着基克格德（Kierkegaard）在《恐惧与战兢》（*Fear and Trembling*，1843）中的宣言：即整个社会都是由上帝的爱所组成；也意指了普利斯特莱极力贬低的新柏拉图主义的宗教性欲。从战略意义上而言，作为女性，沃斯通克拉夫特宗教立场的模糊性，也使其免受严厉的批判；而同为女性的非国教者，如安娜·巴波尔德和玛丽·海斯（Mary Hays）则饱受诘难。例如，吉尔伯特·韦克菲尔德（Gilbert Wakefield）就因巴波尔德推崇独居的宗教冥想而抨击她，将她称为“柏拉图哲学的空想

① Wollstonecraft, *A Vindication of the Rights of Men*, p. 34.

② Taylor, *Mary Wollstonecraft*, p. 108.

③ Ibid., p. 113.

家"（Platonic visionary）。之后，他又以更加敌意的态度奚落玛丽·海斯，因她更为激进的反国教思想。① 海斯是戈德温的密友，创作了《爱玛·考特尼传》（*Memoirs of Emma Courtney*，1796）一书，因其文笔激情，被世人谨记。主人公是一位热情、奔放的激进女性，但最终却难以遏制地与奥古斯都·哈利（Augustus Harley）坠入爱河，以令人惊恐的热情崇拜着她的爱人。正如泰勒所指出的，海斯的这部作品，警示了无节制的思想自由和性行为的危害；同时，该作品女主人公直率的布道，也反映了她的勇敢。② 这类主题中类似的模糊性和矛盾性，也反映在巴波尔德的诗歌《八百一十一》（*Eighteen Hundred and Eleven*，1812）之中。由于该诗的主题，表达了预言的特质不适用于女性；同时也持续不断地以近乎煽动性语言，攻击了英国社会和政治腐败，遭到各界的严厉批判。诗歌首行为"为亡者而击打的洪亮鼓声"，表明了在"暴君"统治下（1.9）的一位英国人的死亡；以及当"日益衰败的奢华和令人恐怖的贫穷"（1.64）弥漫着整个社会，"无助的农民在等死"（1.20）。就此，约翰·威尔逊·克罗科（John Wilson Croker）在《评论季刊》中失望地写道：

> 我们的老熟人巴波尔德女士变成了讽刺作家！这是我们最不愿见到的事情。既然我们已经读了她的讽刺作品，我们最渴望得到的东西是……事实上，我们希望我们的帝国能够扭转局面，而不需要一位女性作家的干预：……我们必须用剥夺其自由，警告她结束她的讽刺，事实上是对她自身的讽刺；并且以最大的诚意恳求她，为了这忘恩负义的一代人的利益，再也不要以诗歌的形式撰写政治小册子，而使她自己置于麻烦境地。③

亨利·克拉布·罗宾森（Henry Crabb Robinson）则如此报道，我们可

① G. Wakefield, *A General Reply to the Arguments Against the Enquiry into Public Worship*, London, 1792, p. 20.

② Taylor, *Mary Wollstonecraft*, p. 187 – 188.

③ *The Quarterly Review*, No. 7, 1812.

能希望保守主义者克罗科“充满对巴波尔德女士新诗的严厉批评……他称巴波尔德女士为胆小的、随波逐流的长老会教友”，同时戈德温也如此期望。[①] 戈德温对该诗的厌恶，显露出戈德温是巴波尔德和普赖斯中的胆小者。1802 年，普赖斯在巴波尔德的丈夫里什蒙特的帮助下，成为他所在教堂的牧师，该教堂位于纽因顿格林；她（他）们三人都坚持唯一神教派的神性观。笔者在前一节提及过的巴波尔德的长老会派的信仰，同样影响了她为埃斯特林（Estlin）编撰的回忆录。该回忆录作为埃斯特林的《道德哲学的通晓教义》（*Familiar Lectures on Moral Philosophy*，1818）的序言，而得以发表。人们往往认为，巴波尔德发表《八百一十一》之后，很难再出版著作；然而，为埃斯特林所著的回忆录，则表明巴波尔德仍然致力于推广有效的、来自经验的、植根于政治行为的信仰。巴波尔德写道，埃斯特林的信仰过于理想化，因为他声称要通过“全面的、崇高的以及充满激情的思想”，缓和他对宗教议题的狂热关注，“上帝的美德和基督教的实际职责是他最喜欢的主题。他对不同信仰的人一直都非常坦白。狂热的宗教情感不会让他变得偏执，他的宽容也不致使他变成怀疑主义者”[②]。巴波尔德自身曾因偏执和怀疑而受到批评，她与克罗科的争吵，以及对他报复性的回击也证实了这一点。另外，她撰写的回忆录也表明，她对埃斯特林的理解，是建立在近乎完全错误的诠释学上。正如安妮·雅诺维兹（Anne Janowitz）所表明的，该首诗表达了一种明显的颓败和迷失之感，这种感受与解放的政治学说相关。在该学说中，失败的无望感被浪漫主义解放运动的新生感所抵消。[③] 可能正是巴波尔德对神性、救赎和感性重燃希望的暗示，使得曾经满腹狐疑的戈德温心烦意乱。该诗清楚地表明，“宗教之光和自由圣火！”

---

① Henry Crabb Robinson, *Henry Crabb Robinson on Books and Their Writers*, ed. E. J. Morley, 3 vols, London: J. M. Dent, 1938, i, pp. 63 – 64.

② J. P. Estlin, *Familiar Lectures on Moral Philosophy*, 2 vols, London: Longman, Hurst, Rees, Orne, and Brown, 1818, pp. xi – xxxi.

③ A. Janowitz, "Amiable and radical sociability: Anna Barbauld's 'free familiar conversation'", eds. G. Russell and C. Tuite, *Romantic Sociability: Social Networks and Literary Culture in Britain 1770 – 1840*, Cambridge: Cambridge University Press, 2002, p. 78.

是一体的，因为二者都由“科学”（引自普利斯特莱）和“艺术”（Ⅱ.70，74，78）的助推而熊熊燃烧。

第四节 “新”唯一神教派主义

巴波尔德将信仰解释为——由自由、艺术和科学组成的系统性信念，该理解来源于“新”长老会主义，但该阐释也为“新”唯一神教主义建立了基本的思想体系。巴波尔德和柯勒律治一样，担忧唯一神教派主义趋于平淡枯燥。因为许多19世纪的早期信徒认为，普利斯特莱的干预耗尽了教徒们的信仰情感，产生了抵触宗教情感的个人主义观。① 巴波尔德的诗歌曾告诫社会，警惕对民权和宗教自由的日益侵害；而贝尔舍姆等牧师也为唯一神教派教徒支持法国革命一事，感到懊悔不已，因为对法国大革命的支持，在欧洲引起了无以数计对启示性宗教的攻击。唯一神教派的宗教信仰变得日渐衰败，唯一神教派的新领导者试图转变这种趋势。于此，威廉·约翰逊·福克斯认为应重新发动一次运动，变革和改造团体。然而，詹姆斯·马蒂诺则认为，唯一神教派应该更多地赞同情感信仰和神秘信仰的积极力量。之后，这两人都利用迅速发展的期刊，传播他们的进步思想。普利斯特莱是领路人，他创办了《神学丛报》（*Theological Repository*）。随后，威廉姆·维德勒（William Vidler）创办了《宇宙神教派丛报》（*Universalist's Miscellany*），在1802年更名为《世界神学杂志》（*Universal Theological Magazine*）。1805年，罗伯特·斯普蓝（Robert Aspland）再次改组了该杂志，使其转身为政治和文学类期刊，更名为《每月记事》（*Monthly Repository*）；后来还出版了《每月记事》的接近民粹主义性质的增刊，名为《基督教改革者》（*The Christian Reformer*）；1831

① C. G. Bolam et al., *The English Presbyterians: From Elizabethan Puritanism to Modern Unitarianism*, London: Allen and Unwin, 1968, p. 235.

年，罗伯特将该期刊转让给了福克斯。约翰·爱德华·泰勒创办的《曼彻斯特卫报》(*Manchester Guardian*)以及爱德华·贝恩(Edward Baine)创办的《利兹使者》(*The Leeds Mercury*)，也都致力于积极宣传反对国教的思想与政见。1813 年，由于《三位一体亵渎法》(the Trinitarian Blasphemy)被废除，之后，唯一神教派教徒能够更加自由地传播他们的思想。1825 年，斯普蓝和福克斯创办了“英国国内和国外的唯一神教派协会”(the British and Foreign Unitarian Association)，以共同的使命为口号，将“旧派”唯一神教派教徒与“新派”唯一神教派教徒团结起来。① 然而一些“旧派”唯一神教派教徒，并不想与激进的“新派”团体联合起来，因为后者的激进团体势必会疏远英国国教的拥护者，阻滞已取得的进步。修雷夫人(Lady Hewley)所创建的慈善团体，恰恰正是极好的例证。修雷夫人是一位富有的约克郡长老会教友，1704 年，她建立了一个慈善基金会，用于培养和教育贫穷的长老会牧师。自从唯一神教派教徒接管此基金会后，对其财产的分配争论不休，最后演变成一起诉讼案件，法庭宣判修雷夫人从未授权并支持“新派”唯一神教派。为确保年轻的一代能从他们前任的投资中获利，要求对 1813 年的裁定进行重新裁决，但直到 1844 年《反国教者的教堂法》(*The Dissenters' Chapels Act*)的颁布，该要求才得到满足。

然而，这种抗争也令许多国教教徒感到困惑，同时，该状况也变得更加令人忧虑。因为福克斯背叛了他的妻子，与他的女看护重建家庭，并试图倚仗其信仰，证明其个人行为的正当性。凯瑟琳·格列道(Kathryn Gleadle)将福克斯称为“激进的”唯一神教派教徒，认为他致力于成为效仿基督的榜样，为妇女和男士的宗教信仰和民权争取权利。② 激进的唯一神教派教徒，一般都来自福克斯创办的唯一神教的南普雷斯教堂(Unitarian South Place Chapel)，该教堂位于芬斯伯里(Finsbury)，与斯普蓝在哈克尼创办的教堂类似，招揽

---

① Bolam et al., *The English Presbyterians*, pp. 239 - 240.

② Kathryn Gleadle, *The Early Feminists: Radical Unitarians and the Emergence of the Women's Rights Movement 1831 - 1851*, Basingstoke: Macmillan, 1995, p. 4.

了一批混杂人员汇集于教堂内，令他们团结一致的是——他们拥有相同的政治和社会观点，而不是相同的宗教信仰。正如 W. J. 林顿（W. J. Linton）所言，福克斯实际上是英国激进主义学派的创始人，该主义比法国大革命的信仰还要超前，更加富有诗意，且摆脱了上帝一位论的狭隘。[①] 格列道则认为，将刊物转变为“智慧政客”讨论政治时事的论坛，实则“区分出激进唯一神论者和女权主义者的界限”。[②] 巴波尔德的朋友约翰·埃斯特林也持类同观点，并宣称唯一神论是“女性的宗教”，促进女性的投票权、婚姻自由和成人教育的权利，强调女性在宪章运动和日益严重的卖淫问题方面的重要性。[③] 当福克斯在南普雷斯教堂对这些观点进行布道说教时，很多会众都直接退席。最终，观点的分歧导致他与“旧派”唯一神论正式割裂，开始寻求新的领导阶层。

然而，詹姆斯·马蒂诺却吸取福克斯失败教训，因此获得了成功。由于福克斯的政见和信仰过于死板，不给信徒留有自由余地，思考超自然启示、神迹和神学思想。马蒂诺是阿尔弗雷德·丁尼生“超自然学派”（Metaphysical Society）的成员，也是“自由基督教徒联盟”（the Free Christian Union, 1868－1870）的创始人之一，该联盟试图将非国教教徒、国教教徒和拥有个人信仰的信众，统一于共同的基督教机构。马蒂诺吸引了许多作家参加过他的布道，1859 年之后，在小波特兰街（Little Portland Street）的唯一神教派教堂，曾向狄更斯、查尔斯·莱伊尔（Charles Lyell）和法兰西思·科布（Frances Power Cobbe）等布道。马蒂诺赞同激发情感和本能的信仰，出版《基督教会和基督教家庭赞美诗》（*Hymns for the Christian Church and Home*, 1840），以鼓励人们重归充满诗意和情感的宗教，而不是理性的宗教；这与“新派”唯一神教派背道而驰。他在该书的“序言”中写道，“崇拜是个人受本性之驱使，不是为了目的，而是来源于情感”：

> 神圣悲思的感叹，忏悔的呼喊声，职责的誓言，赞美之词的光辉，

① W. J. Linton, *James Watson: A Memoir*, New York: A. M. Kelley, 1971, p. 58.

② Gleadle, *Early Feminists*, p. 34.

③ Ibid., p. 21.

向外喷涌，犹如婴儿的笑声与啼哭声……那些呼吁理性主义和外在虔诚正名的教堂，已经丧失了内心的虔诚……显然，感性的祈祷，不过是创作诗歌的一种方式；然而理性的祈祷，难以到达这种高度。前者的自然情感的流露，形成律动、悦耳的节奏，最后变成一首圣歌。①

马蒂诺认为，礼拜者吟诵的理性、迂腐和说教的圣歌，实则与“押韵的神学”——与赞美诗迥然不同。马蒂诺所谈的赞美诗集，包括安娜·巴波尔德、考珀、雷金纳德·希伯（Reginald Heber）、海曼斯、华兹华斯、威廉姆·盖斯凯尔（William Gaskell）、卫斯理兄弟和瓦茨等作家创作的赞美诗，这些赞美诗能够激发读者，进入一种虔诚的宗教冥思状态。

马蒂诺的观点，基于他对两种传统的理解之上，分别为：德国的圣经理论和超验主义，二者都为“唯一神教派”阐述其内涵提供了方法。一般而言，英国的唯一神教派作家能够接触到德国文学，尤其是柯勒律治和研究歌德的学者威廉姆·泰勒（William Taylor）。圣经诠释的关联理论则认为，读者应该以怀疑的精神理解《圣经》，试图消除《福音书》中将“历史上的耶稣”（historical Jesus）神秘化的阐释。例如，哈勒大学的神学教授约翰姆·撒罗满·赛姆勒（Johann Salomo Semler）认为，因为释经与文化相关联，因此某些时代的特定书籍似乎更为重要，该论点打破了《圣经》被冠称的统一性或权威性的原则。伊曼努尔·康德（Immanuel Kant，1724－1804）也持有类似观点，即：所有的宗教信仰，仅仅是某个特定时期的某种道德情感的反映，个人必须从《圣经》之类的经文中，创造出属于个人的阅读体验，而不受权威机构或牧师的干涉。② 这种观点对于许多浪漫主义诗人产生了深远的影响，这些诗人将类似《圣经》的古代权威文本，看作是逝去事件的片段记忆。因此，《圣经》这种文体则类似于诗歌或散文，是对过去事件的再创造的文本而

① J. Martineau, “Preface,” *Hymns for the Christian Church and Home*, London: John Greenwell, 1840. pp. v, vii.

② I. Kant, “An Answer to the question ‘What is Enlightenment?’,” *Kant's Political Writings*, ed. H. Reiss, trans, H. B. Nisbet, Cambridge: Cambridge University Press, 1996, pp. 54－60.

已；对于之后的作家的功能，则是一种参考文献。例如，雪莱是一位无神论者，但作为诗人，他把《圣经》当作文学参考文献，认为耶稣与自己是一位志同道合的诗人和改革家。雪莱在《赞智力之美》（“Hymn to Intellectual Beauty”，1817）一诗中写道：“上帝、天国和魔怪的名声，/依然是‘徒然之力’的证明，不过是以我们的青春哺育的恶毒名字。”（Ⅱ.27－8，53）雪莱感受到超自然、仁爱的神灵牵引，但该神灵却不是基督：

崇高的幻影，无形的力量
虽不可见却在人间飘荡，
造访多变尘世，羽翼无常
疑似夏天在花丛中寻芳，
恰似山间的松林洒满月光，
不断地扫视以示探望
俯瞰每一颗人心和脸庞

（Ⅱ.1－7）

雪莱不同于同时期许多作家的地方，就在于他拒绝将宗教情感与上帝的绝对真理直接联系起来。然而，对于像柯勒律治和马蒂诺等思想者而言，则将个人对《圣经》的阐释建立在完全的理性释经学上。

从逻辑视角诠释《圣经》，获得情感体验的能力，是马蒂诺第一本书《宗教探究的理论基础》（*Rationale of Religious Enquiry*，1836）的主题思想。此书受到德国虔信派教徒弗里德里希·施莱尔马赫（Friedrich Schleiermacher，1768－1834）的影响，施莱尔马赫如康德一样，认为阅读过程实则是创作艺术。施莱尔马赫也是哈勒大学（Halle）的教授，并且是柏林夏里特（Charité）地区的牧师，他认为任何《圣经》阐释者，都必须要区分：在不同的历史时刻阅读该文本时，个人或心理的理解，以及语言学角度阅读该文本时的理解，他的理论是圣经诠释学的里程碑。和马蒂诺一致，施莱尔马赫在《论宗教：对轻视圣经文化者的演讲》（*On Religion：Speeches to its Cultural De-*

spisers，1799）中断言，应该从认知学角度，根据体验去理解宗教，宗教的本质是“直觉和情感分离”之前的“神秘时刻”，而不是“狂热的体系”。教条和宗教法规只能产生“冰冷或极度热情”的刻板信仰，然而个人的宗教沉思能得出“深刻意义和适度判断”，“上帝依赖于想象力的方向”。[①] 施莱尔马赫认为，这种想象是自发的，信徒自主选择与上帝缔结无限期或超自然的关系。他的学生异端哲学家大卫·施特劳斯认为，想象力则无意识地创造了宗教神话和故事，帮助解读基督对世界的影响；而且《福音书》中“超自然”元素也是基督传达个人神圣使命的一种方式。在《耶稣传》（*Leben Jesu*，1835）中，施特劳斯将耶稣的神性理解为一种虚构或“神话”，结果他的书被定义为“背叛主义”（Iscariotism）的当代典例。马蒂诺一直致力于宣传该书，之后乔治·艾略特将该书译成英文。在圣经诠释学盛行的时代背景下，施特劳斯宣称要想谨慎、批判地阐释《福音书》，必须要削弱正统基督教的地位，其目的在于重新发现《福音书》的体系，实则是一种合法的、先进的哲学体系。

马蒂诺所追求的第二种传统——试图将宗教重新创造，变为一种哲学，并且融入其新型上帝一位论中，这种哲学倾向受到康德的反经验主义理论（anti－empiricist argument）的影响，该理论是指个人能够获得内心的特定情感和体验，统称为“超验主义”（the transcendental）。直觉，是一种先验真理和良善，凌驾于思想经验之上，皆受爱默生所称的“超灵”（universal soul）的指引。[②] 超验主义虽然反对受洛克和休谟所影响的理性上帝一位论，但其仍然与马蒂诺的信仰论有相似之处，如乌托邦、唯心主义以及轻视信条和教规。超验主义者的观点——神性存在于人内心，由唯一神教者威廉姆·艾勒里·钱宁（William Ellery Channing）提出，他自1803年以来就担任波士顿联邦街公理会（Federal Street Congregation Church）的牧师。钱宁关于《唯一神教派

---

① F. Schleiermacher，*On Religion*：*Speeches to its Cultured Despisers*，trans. and ed. R. Crouter，Cambridge：Cambridge University Press，2003，pp. 28，31，32，53.

② R. W. Emerson，“Nature”，*Ralph Waldo Emerson*：*Selected Essays*，ed. Larzer Ziff，London：Penguin，1982，p. 49.

的基督信仰》（“Unitarian Christianity”，1819）的布道广为流传，批判了新英格兰的三位一体学说（New England Trinitarian Christianity），提出了宗教容忍理论将成为1820年贝里街研讨会（Berry Street Conference）的根据。最终，该研讨会发展成为美国一神论协会（American Unitarian Association）。钱宁作为一名和平主义者、废奴主义者和女权主义者，结识了许多英国唯一神教派的教徒，并与巴波尔德的侄女露西·艾金有着长期的通信联系，后来钱宁承认其宗教情感和宗教研究方向都深受她姑姑巴波尔德的影响。

钱宁将个人的信仰力量归因于巴波尔德时，诗人费莉西亚·海曼斯则宣称，个人对于信仰的理解来自钱宁的影响。关于海曼斯的宗教立场，存在着诸多的推测。她的宗教立场类似于华兹华斯，即在接触到启示性、神秘的信仰体系之后，最后又回归到唯一神教的信仰。在她的一生中，她邂逅了几种基督教信仰。居于利物浦（Liverpool）时，她信仰政治化的英国国教；18世纪20年代居住于威尔士的罗哈伦（Rhyllon），她信仰非国教的低教会派；1831年之后，居住于爱尔兰（Ireland）期间，她转而信仰了罗马的天主教。纳莫拉·斯威特（Nanora Sweet）在《迷信与启示》（“Superstition and Revelation”）和《圣母的善良》（“Our Lady's Well”）的诗歌中，甚至提出一种融合的基督信仰，该信仰的本质上是雪莱式的，但对确立的正统信仰更为崇敬。海曼斯与雷金纳德·希伯的友谊也是其信仰的关键所在，希伯是国教牧师，加尔各答的大主教，赞美诗诗人，以及《评论季刊》的主编。他最知名的赞美诗包括《圣哉，圣哉，圣哉!》（“Holy，Holy，Holy”）、《晨星歌》（“Brightest and best of the Sons of the Morning”）和《要便传福音》（“From Greenland's Icy Mountains”），是牛津运动的早期成员之一。西伯支持海曼斯对于德鲁伊教派（Druidism）、希腊主义（Hellenism）以及拜火教（Zoroastrianism）的热情关注。

那么，是什么激励海曼斯创作宗教诗歌呢？答案则是在第一节中论证的反国教情感，它依赖于信仰的情感体验，通过抒情性的诗歌表现出来。在福克斯和马蒂诺的情感芥蒂加深后，海曼斯作为盛行一时的诗人，创作了数卷宗教诗歌，其中包括《情感之歌》（*Songs of the Affections*，1830），《圣经中的女性形象》（*Female Characters of Scripture*，1833），《自然杰作的赞歌》（*Hymns on the Works of Nature*，1833）以及《生活场景和生命赞歌》（*Scenes and Hymns of Life*，1834）。这些诗歌的主旨是打动读者，营造一种温暖的宗教情感的社会氛围。正如《雅典娜神庙》（*Athenaeum*）中所宣称的，“她灵感的源泉和信条”来源于“由宗教而深化和神圣化的道义”。海曼斯在《竖琴的哀歌》（“The Lyre's Lamnet”，1828）中阐述到，“上帝之灵”使得“竖琴之歌”重获“先知时代的古老胜利乐章”（Ⅱ.1－2）。[①] 当唯一神教逐渐使得宗教走向世俗化时，海曼斯则试图将重回纯正的基督教。她努力将宗教诗歌的主题，与个人情感和富有想象力的日常生活乐趣联系起来，并在她的赞美诗集《场景与赞歌》（*Scenes and Hymns*）的序言中加以详尽阐述。这些诗歌将“日常生活”升华为宗教信仰本身，一种随处可见的家庭信仰。在该信仰下，信徒纯真地发现，上帝原来无处不在：道路上盛开的花中（《林荫小道和赞歌》“Wood Walk and Hymn”）；孩童翻阅〈圣经〉的幻想（《读〈圣经〉的小孩》“The Child Reading the Bible”）；海浪的波涛里（《海上夜歌》“Night Hymn at Sea”）；妈妈爱护生病的孩子（《妈妈的连祷文》“Mother's Litany”）等。每　首诗歌，都表明了　种超自然的思想。该思想不只存在于内心，也存在于周界之中，是一种无形的存在，只是以最奇妙的自然形式表现出来。例如，在《孤独小孩的祷告》中（“Prayer of the Lonely Student”），海曼斯描绘了听完威廉姆·汉密尔顿（William IIamilton）关于天文学的讲座之后的感受。该讲座于1832年在都柏林圣三一学院（Trinity College）召开，在该讲座上，威廉姆将星星描述成迷人的宗教之光，在黑暗中指引信仰。鉴于此，海曼斯重新定义了18世纪的天文学学说，认为它是认识上帝的途径之一，这种思想显然迥异于同时代对星星的理解，他们认为星星是爆炸式的气态力量。诗歌中的叙事者（孤独的男孩）则暗示，这仅仅是个人信仰的动摇，而不是

① F. Hemans, *The Works of Mrs Hemans with a Memoir by Her Sister*, ed. H. Hughes, 7 Vols, Edinburgh: William Blackwood and Sons, 1839, i, pp. 28－29.

动摇真理的实据：

这是为何？——我看见夜空群星闪耀。
来自天堂雄伟庙宇的熊熊烈火——
他们的光芒愈发闪耀——我精神的伴侣，灵魂的指引者，
决定我内心潮汐起伏的光明之物；
他们光芒耀眼——却显微弱，透过摇曳的薄雾——
哦！是我心中的阴郁遮挡了那些光吗？

（Ⅱ.11－16）

1835年，海曼斯与世长辞，之后被授予“维多利亚时期的文学纪念碑”的称号。圣阿萨弗大教堂（St Asaph's Cathedral）为她坚立了一座纪念碑，无数诗人和评论者皆致以虔诚的颂词。唯一神教派的社会改革家和诗人玛丽·威尔逊·卡朋特，宣称海曼斯的抒情诗歌，使得读者成为更虔诚的基督教徒，将他们凝聚在情感同盟中。这种情景，与海曼斯的最后一首诗歌《安息日的十四行诗》（“Sabbath Sonnet”，1835）中的预料一致，“你仍然在叙说，来自墓穴的低声，叙说着热切的情感，在公正的心中如何飞扬”[①]。在这首诗中，她重申了她的愿望，希望在共同的宗教情感下，将英国再次团结一致，“多少神圣的团体，此刻正聚集起来，走过英国樱花遍地的小道，通往高耸的尖塔，向尖塔大声呼喊”（Ⅱ.1－3）。对于福克斯来说，这种维多利亚时期安息日和善解人意的教民，其乐融融的理想化画面，是她一直为之奋斗的目标。然而，她主要是以性别或阶级的政治学说，来达成此目标，这种学说保证了在社会和上帝面前，所有教徒人人平等。

① M. Carpenter, "On the Death of Mrs Hemans," *Voices of the Spirit and Spirit Pictures*, *Felicia Hemans*: *Selected Poems*, *Prose and Letters*, ed. G. Kelly, Peterborough, Ontario: Broadview Press, 2002, p. 80.

第五节　早期的女权主义者

19 世纪，支持福克斯、反对马蒂诺的唯一神教派教徒，发起了一场重要的政治和文学运动，运动由米尔倡导。格列道认为，女权主义运动是从福克斯倡导的宗教运动中分裂出来的，唯一神论是其中“最重要的主线，将早期的女权主义者复杂激进的思想凝聚起来”。[①] 此外，18 世纪 90 年代期间，社会主义改革者和女权主义者罗伯特·欧文（Robert Owen）以曼彻斯特为基地，和唯一神教派联系密切；并与文学和哲学学会的成员（Literary and Philosophical Society）和曼彻斯特学派一起共事，该学派的主营阵地是沃灵顿神学院（Warrington Academy）。欧文主义（Owenism）也包括社会主义中的天启录思想（socialist apocalypse）。该思想中，任何形式的社会等级制度都被废除，各个阶层的男女都从资本主义的心理和经济枷锁中解放出来。而对于部分人而言，这种主义过于激进、范围太广，然而，正是欧文哲学中富有智慧之光，吸引了如福克斯和某些文学团体等大批唯一神教派教徒。该文学小团体的组织人员较为混杂，包括米尔、哈丽特·泰勒（Harriet Taylor）、戈德温、萨拉·弗劳尔·亚当斯（Sarah Flower Adams）、爱德华·布尔沃·利顿（Edward Bulwer Lytton）、利·亨特（Leigh Hunt）、乔治·亨利·刘易斯（George Henry Lewes）、罗伯特·勃朗宁以及安娜·詹姆森（Anna Jameson）。此外，还有一位作家玛丽·莱曼·格林斯通（Mary Leman Grimstone），她所著的《家庭生活札记》（“Sketches of Domestic Life”，1835），发表于《每月记事》上，为读者讲述了一系列的故事。包括从反面讲述女性的故事，以此突出抵制女权主义运动所带来的不良后果。格林斯通笔下的女性，注重外在美丽而非教育，强调浪漫而不爱理性，这使女性最终成为男人的玩物，受他们

① Gleadle, *Early Feminists*, p. 8.

控制、驯化，甚至欺凌。她的文章为妇女教育的重要性，提供了据理力争的理由。格林斯通利用散文、故事和小说这些文学体裁，创造性地推动了女权主义事业，厘清了女权主义事业与宗教价值观念的关系。

伊丽莎白·盖斯凯尔夫人则赞同这些策略。自小盖斯凯尔夫人就接受唯一神教派教育，学习《圣经》、经典著作以及几门语言。在丈夫威廉姆·盖斯凯尔的帮助支持下，她完成了格林斯通式的诗歌《穷人札记》（“Sketches of the Poor”），发表在《布莱克伍德爱丁堡杂志》（*Blackwood's Edinburgh Magazine*，1837）。在诗歌中，她阐明了宗教与小说中社会政治之间的关系。盖斯凯尔夫人是曼彻斯特十字街教堂（Cross Street Chapel）的唯一神教派教徒，威廉姆担任该教堂牧师。她借助个人的小说，宣扬介于福克斯和马蒂诺之间的宗教信仰思想。这种宗教思想重视理性和进步，认可虔诚宗教热情的重要性。表面上，这种介于两者的求同和折中，似乎找到了福克斯和马蒂诺宗教立场之间的和解之道。但事实是，盖斯凯尔不断遭遇到紧张局面，在她写给自己的密友——福克斯的女儿伊莉莎（Eliza）的信件中，可以寻到蛛丝马迹。她向伊莉莎吐露，发现丈夫在宗教信仰问题上十分激进，在政治倾向上强势，掌控家中的财政大权，并且希望她做个好妻子、好母亲。由此，导致了盖斯凯尔夫人处于进退两难的境地——她在意作为妻子和母亲的角色，同时也重视自己作为小说家和传记作者的身份。她向伊莉莎袒露：“我该如何协调这些稍显对立的角色呢？我试图麻痹和告诫自己，威廉姆有权决定大大小小的事情；如果他的看法是对的，就该是我的行事准则。”① 盖斯凯尔夫人撰写的小说《南方与北方》（*North and South*，1855），女主人公玛格丽特·海尔也面临这样进退两难的境地，备受煎熬。玛格丽特徘徊于：父亲海尔牧师理性的非国教思想和感性的纺织厂主桑顿先生之间，犹豫不决，终与桑顿坠入爱河。盖斯凯尔夫人通过对玛格丽特和其父海尔牧师的描写，展现“完美典范的教区牧师”的宗教信仰发生转变时，不信奉国教教民的惊愕之情，微妙地呈现海尔牧师的宗教立场。海尔无法“正大光明地宣称，难以遵从礼拜仪式”，只

---

① E. Gaskell, *The Letters of Mrs, Gaskell*, Manchester: Manchester University Press, 1966, p. 108.

能怯懦地向他的女儿坦白他对国教感到怀疑：

> “怀疑，爸爸！对宗教感到怀疑吗?”玛格丽特问，心头觉得更为震惊。
>
> “不是！不是对宗教感到怀疑，丝毫都不危害到这方面。”
>
> 他停住。玛格丽特叹了一口气，仿佛即将面临到某种新的恐怖事件似的。[①]

为了解答她的疑惑，海尔先生引用了一位17世纪非国教教徒的告白。这位非国教者厘清了他的关注和疑虑，他认为“当你无法继续做你的工作而不辱没上帝的荣誉……你必须——相信，上帝将使你的沉默、停止工作、罢免以及离职成为他的荣耀”[②]。这种个人责任的观念，反映了福克斯式的唯一神论，该思想也影响了桑顿的宗教信仰，借此摆脱了教条和焦虑；最终更为深远地影响了玛格丽特，“但是尽管他在自己犯下的种种错误中全固执己见，内心里他却有一种极为深厚的信仰，使他信奉上帝，这是黑尔先生做梦也没有想到的”[③]。盖斯凯尔夫人的笔下，提升了这些人的地位，他们对上帝表达了超越宗派界限的大爱，这些笔调清晰地表明了她的宗教观念。在小说中，她含蓄地描绘了一个场景，在该场景中有玛格丽特、她的父亲和赤贫的纺织工人尼古拉斯·希金斯（Nicholas Higgins），各人信奉不同的教义则无足轻重，“于是国教女教徒玛格丽特、不信奉国教的她的父亲，以及不信上帝的希金斯，一块儿跪下。这对他们并没有什么害处”[④]。

神秘的宗教信仰与理性的宗教信仰间的具体差距，在盖斯凯尔夫人的小说《妻子与女儿》（*Wives and Daughters*，1866）中进一步阐明。该书围绕两个家庭展开，分别是吉布森一家（the Gibsons）和哈姆利一家（the Hamleys），两家人在宗教信仰上存在一定的分歧。在小说中，吉布森先生的科学

① ［英］伊丽莎白·盖斯凯尔：《南方与北方》，柯艾略译，现代出版社2018年版，第26页。
② 同上书，第27页。
③ 同上书，第220页。
④ 同上书，第186页。

理性主义，似乎和稚气但具有艺术气息的莫莉（Molly）关联在一起。最初，莫莉深深迷恋着善良的诗人奥斯本·哈姆利（Osbourne Hamley），他也是海曼斯的忠实效仿者。以他为傲的母亲对莫莉坦诉道：

> “啊！我觉得哪一天必须给你读几首奥斯本写的诗。记着这事要保密。不过我的确以为他的诗差不多和赫门斯夫人的一样好。”“差不多和赫门斯夫人的诗一样好”是当年对年轻女士说的话，就像如今说诗好就说“差不多和丁尼生的诗一样好”。莫莉饶有兴趣地抬起头。[①]

然而，盖斯凯尔夫人通过奥斯本诗歌风格的改变——从海曼斯式变成仿效肤浅的浪漫主义情诗，揭露了他的情感堕落和身体羸弱。更糟糕的是，这些诗歌是写给他的妻子艾米（Aimee），一位法国的罗马天主教徒，他们秘密结婚，哈姆利乡绅对此大发雷霆。

> 有些政客已经谈论起天主教要获得解放云云，英国人中的大多数。一想起这等事就发出了愤怒的吼声，扬言要来个你死我活，其势如波涛汹涌，日益高涨。在这样的情况下，把他妻子是天主教徒的事在老乡绅面前提起，奥斯本非常清楚，无异于公牛面前抖红旗——激它发怒。[②]

奥斯本的弟弟罗杰非常明智，最终变成了一位更为温和的吉布森先生（Mr. Gibson）式的人。罗杰是一位自然科学家，他将吉布森的希望拟人化，即“在科学中”涌现出“许多新思想”。[③] 然而，盖斯凯尔夫人的描述提醒读者，社会变革的运动使得这些“新思想”得以涌现出来。更为重要的是，这些运动是建立在唯一神论和贵格教派等非国教的宗教信仰上的。另外，这些新型的非国教的神学思想，在牛津运动中影响最为显著。然而，牛津运动否定这些神学思想的影响，认为非国教不过是将宗教淡化为世俗的政治学。牛

---

① ［英］盖斯凯尔夫人：《妻子与女儿》，秭佩、逢珍译，上海译文出版社1998年版，第33页。

② 同上书，第117页。

③ 同上书，第580页。

津运动的倡导者，旗帜鲜明地反对非国教教徒的宗教信仰散漫化、宗教思想教条化和仪式化，以及致力于恢复早期基督教领袖的信仰，两个教派处于对立状态。然而，牛津运动不仅批判非国教教徒，也批评英国国教，认为二者试图使英国国教回到天主教的伪善，他们虽然告知基督徒感知信仰，但却极力克制信仰的激情。这种信仰如同一位极富教养的公民，彬彬有礼，端庄稳重，但却披着伪善的外衣。

第六节　特罗洛普的《伯特伦》——时代信仰的记录

特罗洛普一生勤奋写作，共写了 47 部小说和一些游记、传记等。前期的主要作品是 6 部一组的“巴塞特郡小说”（Barchester novels）——其中以《养老院院长》（*The Warden*，1855）、《巴塞特寺院》（*Barchester Towers*，1857）两部小说最为著名。特罗洛普的作品以维多利亚时期的教堂和牧师为主题，集中描写乡镇牧师和中产阶级的日常生活，含蓄地揭发了教会中人事倾轧和尔虞我诈。对于特罗洛普而言，他以先见之明的虚构心理学和社会学角度，来分析宗教的发展趋势，见解独树一帜。在特罗洛普最著名的小说《伯特伦》中，一个年轻的英国人考虑以教会作为自己的职业生涯，之后游历中东，寻找他的英国外交官的父亲。而此次历程的实质，实则是找寻天父上帝。

《伯特伦》是一本非常有趣的小说，将特罗洛普平缓的政治主题和其巴彻斯特小说的宗教题材相结合，被认为是特罗洛普的 47 部小说“最具智慧的”的一部。[①] 尽管特罗洛普的小说对伦理思想有过不少研究，但他本人并不是一位思想家。与此同时，特罗洛普的小说，尤其是《伯特伦》，具有更多的神学含义。

在如下的论证中，重点研究特罗洛普作为维多利亚中期最为著名的宗教

---

① Mullen, Richard, and James Munson, *The Penguin Companion to Trollope*, London: Penguin, 1996, p. 42.

小说家，在一神教背景之中，他在《伯特伦》中展示的神学态度，特别是对《圣经》的批评及对其影响的处理。特罗洛普的《英国教会的牧师》（*Clergymen of the Church of England*，1866），提供了另一个有用的参考点。特罗洛普极其了解维多利亚初期宗派运动（国教和非国教之争）和圣经批评对维多利亚时期教会的影响，在《伯特伦》中，他揭示了期待非国教为代表的自由主义，来解决这些困境的脆弱性。另外，《伯特伦》作为一部朝拜耶路撒冷的现实小说，可以看作是对本杰明·迪斯雷利（Benjamin Disraeli）的《坦克雷德》（*Tancred*）的中东浪漫史的评论和佐证。

《伯特伦》对维多利亚社会的竞争和职业极为关注。与特罗洛普的其他小说比较，作者对比了在伦敦的富有人性和骑士精神的英格兰乡村地区的生存斗争。在1859年出版的另一部小说，乔治·艾略特的《亚当·比德》中，也有类似的对比，关系到宗教信仰的基础。当然，在艾略特的笔下，1799—1800年的英国乡村中，卫理公会和圣公会虔诚派内有着潜藏的人文主义。笔者将在第四章的福音主义，讨论艾略特对神学的思考。

特罗洛普以“Vae Victis”（悲叹所失）的散文式前言，开启《伯特伦》的故事。在书中，他认为，尽管维多利亚时期的英格兰表面上是一个“人文时代”，但在中产阶级竞争激烈的生活中，人性被忽视，而“成功则是唯一的价值标准”。在前言中，作者使用了大量的《圣经》典故来增强论点。在这个世界上，《圣经》于他而言，是“因为凡有的、还要加给他，叫他有余；没有的，连他所有的，也要夺过来”[①]。这是一种字面和物质的阐释。这种竞争理念颠覆了《圣经》的智慧。而特罗洛普在如下叙事中，重写了《传道书》“我又转念，见日光之下，快跑的未必能赢，力战的未必得胜，智慧的未必得粮食，明哲的未必得资财，灵巧的未必得喜悦”（9：11）。书中如此评论，“让我们摆脱过去时代的错误。和我们在一起，让竞赛永远属于快者，胜利永远属于强者。让我们永远处于比赛中，使我们永葆敏捷和坚强”[②]。“永垂不

① 《马太福音》25：29。

② Anthony Trollope，*The Bertrams*，Oxford：Oxford University Press，1991，p. 2.

朽的皇冠”比赛，最终演变为一场激烈的竞赛。特罗洛普对于《圣经》典故与世俗活动的结合描述，暗示了区分世俗和宗教因素的困难性，这也是小说反复出现的主题。除了作为主题，赛马的比喻还暗示了机会在生活中的重要性。乔治·伯特伦（George Bertram）在小说中追寻的问题是，尽管他对永不腐朽的皇冠持怀疑态度，并未全心追求；也并不像他的朋友亨利·哈考特（Henry Harcourt）那样，一心一意追求世俗的成功。就像萨克雷（Thackeray）在《名利场》（*Vanity Fair*）运用拉撒路的寓言一样，特罗洛普的圣经典故突出了“人性时代”中慈善精神的匮乏。同时在小说中，运用《圣经》的反讽，来暗示乔治，若以社会对财富价值和宗教理性作为评判标准，按照基督教的价值观生活是困难的。

《伯特伦》的主题是年轻人的财富，主人公则是乔治·伯特伦和亚瑟·威尔金森（Arthur Wilkinson），如其名所示，这两位都是近代的英国骑士。在小说中第一章结尾，他们收到了大学考试成绩：威尔金森只是获得了二等奖，伯特伦却获得双重荣誉，并考虑是进入教会，还是做一名作家。最终在议会中谋求一个职位，是他的长期目标之一。最后，他的未来是由他的中东之行决定的。在讨论特罗洛普的耶路撒冷章节之前，笔者将首先介绍本杰明·迪斯雷利的《坦克雷德》的中东之旅。露丝·阿普罗伯特（Ruth Aproberts）指出，《坦克雷德》是一种流行的“宗教的比较方法”①，对读者有启发意义。对比而言，特罗洛普则以一种更为温和、质疑的方式，在《伯特伦》中进行了部分尝试。

《塔克雷德》是浪漫而非现实主义的小说。他没有将宗教问题予以保留，而是结合讽刺喜剧和严肃笔触，来重新叙述宗教问题。年轻的蒙塔克特勋爵到圣地朝圣，他的祖先曾作为十字军战士远征于此。之前，坦克雷德·蒙塔克特（Tancred Montacute）在遇到英国国教牧师后，失望至极，宗教抱负落空。他决定去中东旅行，他认为，只有在此，上帝曾经发声。他告诉他的父

---

① Ruth Apboberts, *Arnold and God*, Berkeley and Los Angeles: University of California Press, 1983, p. 175.

亲他想参观圣墓的愿望，他说："是时候恢复和改变我们与上帝的联系了。我也会跪在那个坟墓上，我也会被圣山和耶路撒冷的圣林所环绕，我的灵魂束缚中得以解脱；将我的呼声升至天堂，追问，什么是责任，什么是信仰？我该怎么做，我该相信什么？"①

坦克雷德在神圣的坟墓里，度过了一个肃穆的夜晚，但毫无启示。而在西奈山上，他被获得了一种神性的幻象，这种"强大的形式"，"化身为棕榈树的权杖"，并把自己幻化为"阿拉伯的天使"。② 天使致坦克里德的告别词是："停止，然后，寻求一种虚荣的哲学，解决困扰你的社会问题。宣扬神权平等的崇高和神圣原则。不要害怕，不要灰心，不要畏缩。听从你自己的精神的指引，在每一个人身上，寻求现成的工具。"③ 小说的其他部分与政治阴谋和冒险有关，对读者而言，远不如《夺宝奇兵》（*Indiana Jones*）的遭遇丰富多彩。鉴于他的启示，坦克雷德似乎并没有被赋予新的精神目标，反而参与到复杂的种族、政治阴谋中。然而，迪斯雷利确实在这部小说中提出了一些神学观点。由坦克雷德所代表的英格兰教会，散落在地中海的各种教堂之中，亦可看作是中东一神论的宗教背景。特别是在基督教和犹太教的分裂背景下，迪斯雷利强调了两种信仰之间的连续合作性。

乔治·伯特伦的朝圣之旅则是世俗的，而所谓的信仰之旅，稍显讽刺意味。特罗洛普像迪斯雷利一样，介绍了中东是信仰之地，皆为年轻的英国勇士们在度假时需要面对和思考的圣地。两位小说家都利用中东的多元文化，来展示和折射英国教会，但是特罗洛普笔下的《伯特伦》和巴塞特郡系列小说截然不同。

在《伯特伦》中，最明确的宗教章节是描述耶路撒冷，其中包括讽刺不敬的英国游客，他们在犹太人墓前，约沙法谷吃火腿，举止大为不敬。在耶路撒冷，教堂和圣地已经存在了数个世纪，当游客行走其中，"一切皆难以置

---

① Benjamin Disraeli, *Tancred. or The New Crusade*, London: Longmans, 1878, p. 55.

② Disraeli, *Tancred*, p. 290.

③ Ibid., p. 291.

信、奇妙异常，除了亵渎神明”①。另一方面，自然景观则是英国新教徒的虔诚。另外，值得注意的是：特罗洛普将“奇迹”与“难以置信”和“亵渎”并列。阿诺德则认为，“我们目前流行的宗教认为，基督的诞生、神职和死亡处处皆为神圣和奇迹，然而奇迹没有发生。”②

乔治对耶路撒冷的反感是有美学基础的，这个神圣之所不符合他的英伦品位，因其被肮脏且不适的城市所包围。“伯特伦曾向自己保证，他第一次看到耶路撒冷时，那一刻的心理应该是极度兴奋的。”但是，他却发现很不舒服地走在一条“陡峭、狭窄、铺满路面的小巷里，中间有一条半成形的沟壑，非常滑，有橙皮和腐烂的蔬菜，到处都是中东的头巾”③。因此，他在圣城做的第一件事就是对他的马发誓。相比之下，迪斯雷利的《坦克雷德》并未将自然美景认定是宗教体验。当他从耶路撒冷前往伯大尼（Bethany）时，他反思道，“公平而言，在这样的场景中，自然就是如此，所见并不是英雄主义、神圣和难以忘怀的”④。

特罗洛普在《伯特伦》中展示的宗教情感，可以通过两个不同的神圣地点来对比说明。其一是耶路撒冷的圣墓教堂（the Holy Sepulchre），不同教派争战的圣所；其二是橄榄山（the Mount of Olives），这是乔治宗教体验的场所，在此，他萌发了加入教会的短暂决心。他不喜参观圣墓教堂，特罗洛普在细节中描述过。这是乔治第一次看到各种各样、宏伟壮观的罗马和东方教堂，都有祭坛，但未有一所教堂保留给英格兰教会。迪斯雷利在《坦克雷德》中也有过同样的描述：描述主人公在圣墓教堂守夜时，叙事者评论道，“朝圣者并没有与拉丁教会交流，他不属于美尼亚教会、希腊教会、马龙派、科普特或阿比西尼亚”⑤。

在19世纪40年代，成立了一所新的国教教会，是由英国国教、德国路

---

① Trollope, *The Bertrams*, p. 83.

② Matthew Arnold, *The Complete Prose Works of Matthew Arnold*, Vol. 6, ed. R. H. Super, Ann Arbor: University of Michigan Press, 1960 - 77, p. 146.

③ Trollope, *The Bertrams*, p. 67.

④ Disraeli, *Tancred*, p. 183.

⑤ Ibid., p. 169.

德教会，和托马斯·阿诺德的朋友克里斯蒂安·邦森（Christian Bunsen）共同完成的一项事业。邦森曾在罗马和伦敦担任普鲁士外交官，是一位多产的圣经学者和神学家。虽然它体现了阿诺德新教的国家帝国主义，但耶路撒冷主教的建立，成为约翰·亨利·纽曼皈依罗马教会的重要事件之一。① 此观点认为，英格兰教会是天主教会的分支，因为在耶路撒冷已经有一个本土东正教会。② 首位创建者迈克尔·所罗门·亚历山大博士（Dr Michael Solomon Alexander，1799－1845）是一名犹太人，他于1841年担任圣职。耶路撒冷主教的历史表明，教会的创立是因为英国渴望影响土耳其，以及福音派神职人员的千禧年希望；还有部分原因是普鲁士君主旨在向德国教会引进主教制度。特罗洛普认为，耶路撒冷的国教在“皈依”阿拉伯基督徒的方面，比犹太教和穆斯林教派更为成功。爱德华·赛义德（Edward Said）讨论过这段极具讽刺意味的历史，在20世纪，这助长了家庭教会的权威，对于巴勒斯坦的国教教徒和其他阿拉伯新教徒而言，这是有利的，可以重新加入东正教，否定既定的历史。③

不同于迪斯雷利笔下的英雄人物——有为圣墓教堂单独守夜的特权，乔治·贝特伦对坟墓的造访是在不同的朝圣者的陪伴下进行的。在行程中，乔治见到了耶路撒冷的各色朝圣者，贫穷、邋遢、肮脏，令英国人感到不适。然而，他们的信仰虔诚，少有杂念，亲吻虔诚的大理石墓板，令贝特伦感动。

乔治的行程之旅情感复杂，一方面夹杂着英国的种族优越感，另一方面他也认识到正统朝圣者的虔诚。“世界的弃儿”，正是福音主义最初所传教的那些人。此外，乔治羡慕他们简单、狂热的宗教信仰，自己却无法感同。信仰的本质是神秘的，与世界的理性认识不兼容。特罗洛普的读者据此得出结论：信仰能够被文明所超越。当然，按照乔治的理解，信仰是“不文明的”表现。乔治也许会羡慕朝圣者的简单信仰，但不过是艳羡——对逝去的信仰时代的怀念。

---

① John Henry Newman，*Apologia Pro Vita Sua：Being a History of His Religious Opinions*，ed. Martin J. Svaglic，Oxford：Clarendon Press，1967，p. 133.

② Newman，*Apologia Pro Vita Sua*，pp. 72－73.

③ Edward Said，*Culture and Imperialism*，NewYork：Knopf，1995，pp. 39－41.

特罗洛普在描述另一种宗教体验之时，某种程度上解决了这个僵局，这种体验更适合一位受过教育的英国绅士。事件发生在橄榄山上，在浪漫、孤独的自然环境中，乔治感悟、体验到一种自由新教的顿悟，这是类似于华兹华斯的启示，特罗洛普难以详细描述。最为直接的描述则是对于橄榄山的感受，“如果在奇妙的记忆里，有一个地方，带着笃信的基督教徒回去，见到基督，感受那尘世朝圣，这当然就是橄榄山啦”[①]。小说的叙事者阐释了这座山形成宗教氛围的原因。特罗洛普在这部小说中，详尽阐释和描绘橄榄山的陶冶和教化气氛。A. P. 斯坦利（A. P. Stanley）是《西奈和巴勒斯坦与相关历史》（*Sinai and Palestine in Connection with Their History*，1858）的作者，斯坦利是托马斯·阿诺德的弟子和传记作者，他对比了特罗洛普描述的两个圣所，即耶路撒冷的街巷中，“难寻基督存在的迹象”，以及“橄榄山的自由之地”，在此“难以循迹到他们”。[②] 在斯坦利描述其巴勒斯坦之旅，以及特罗洛普虚构年轻英国人的宗教狂热的描述中，读者可以发现华兹华斯式的福音书的解读。在橄榄山的自然环境中，宗教情感迸发，确认了基督故事的真实性。

乔治·伯特伦游览橄榄山后，“立志成为一名牧师……他将是最小的一个，是最不愿意战斗的一员。但是，尽管他最小，但他会以诚挚的态度来完成”[③]。然而与之相反，叙事者告知：“读者！你们也许已经猜到，乔治·伯特伦并未成为牧师，这是真的。”其原因在于他爱上了一名年轻女子，她是启蒙精神的化身：“她可以用一种嘲弄的精神来谈论神圣的东西，嘲笑哲学；尽管心中有足够的热情，表面并未表现丝毫；她不受先验主义的影响，在诗意的灵感中未曾感召：在她的气场中，没有玫瑰的色彩；她喜欢机智热衷诗歌；她的微笑是愤世嫉俗的，而不是欢乐的。”[④] 面对卡洛琳·沃丁顿（Caroline Waddington）的微笑，乔治浪漫的虔诚开始枯萎了。正如露丝·阿普罗伯特

---

① Anthony Trollope, *The Bertrams*, pp. 76 – 77.

② Arthur Penrhyn Stanley, *Sinai and Palestine in Connection with Their History*, London: John Murray, 1858, p. 189.

③ Trollope, *The Bertrams*, p. 81.

④ Ibid., p. 99.

(Ruth apRoberts) 所指出的，特罗洛普阐释了乔治信心丧失的心理根源："他没有能力嘲笑她的描述。他要么憎恨她所说的，要么就放声大笑，要么被它所统治。他或者告诉她，她对牧师的甜蜜希望一无所知，或者屈从于她所暗示的轻蔑。"①

因为乔治的职业意识植根于对于圣地的情感，而卡洛琳对此持有异议。对于一个情感丰富的人来说，虔诚的女人是优雅的通道；而持怀疑态度的女人，通过情欲吸引和精神影响的魔力，会对宗教信仰有破坏性的影响。乔治被卡洛琳的嘲笑巧妙地说服了，特罗洛普又一次运用了《圣经》的隐喻："他想到了货币兑换商的桌子，他只给穷人兑换了一半的货币。在自己的店里，他也有一个独立兑换货币的桌子。如果可能的话，他就会在两处圣地朝拜；但如不能，他就在财神面前拜倒。"② 最初乔治为研究而读书，但当卡洛琳把他们的订婚推迟，乔治就忽略了他的研究。相反，他写了一篇关于圣经批评的文章，此文章沿袭了施特劳斯、费尔巴哈和乔治·艾略特的传统，题目为《圣经的浪漫》("The Romance of Scripture")。特罗洛普对信仰和疑虑的议题极有兴趣：

> 想通过规劝方式使人诚实；但不是每个人都知道他到底相信什么。每一个人！有人会问，有人有这样的知识吗？我们都相信肉体的复活；至少我们这么说，但我们相信什么呢？男性可能是坚定的信仰者，但会怀疑《圣经》的某些说法。但坚定的信徒不会口头上表达他们的怀疑。③

特罗洛普在1866年的一篇文章中提到了这个问题，他写了一篇题为《向科伦索捐款的牧师》("The Clergyman Who Subscribes to Colenso") 的文章，这篇文章成为小说《英国教会的牧师》的最后一章。他回应了《伯特伦》的这段话："要想真正相信任何人，是非常困难的。事实上，当我们发现自己很难

---

① Ruth apRoberts, *The Moral Trollope*, Athens: Ohio University Press, 1971, pp. 115 –116.

② Trollope, *The Bertrams*, p. 123.

③ Ibid., pp. 221 –222.

做到这一点时，我们希望怎么做呢?”① 在这篇文章中，特罗洛普承认，自由神学创造了一个新世界，个人必须生活在此世界中。

> 如果你能留下来，在此问题上只有一个选择，如果真的相信古老的海岸是好的，谁会离开？如果知道安全在哪，谁不希望去呢？但是这位新老师，带着模糊的教义和热情的微笑，来到我们中间，使我们不可能留下。将手伸向旧址，以悲伤的心，割断绳索，乘上小船，寻找一片全新的土地。如果有可能，谁不会留下来呢?②

乔治·伯特伦的朋友阿瑟·威尔金森（Arthur Wilkinson）则认为，根本无须此种探索。正如特罗洛普的叙事者所言，“威尔金森满足于独处，满足于个人的思想、信仰和希望”③。然而，特罗洛普的小说作为一个整体，可能会被认为是一种预言，尝试建立阿诺德式的褪去神秘色彩的基督教。对于特罗洛普来说，有一个难题，即这种信仰似乎是一种非理性迷信。他展现出这种宗教的缺陷，视为是“提升的、点燃的情感……渲染着道德情感，”特罗洛普认为个人应该保持绅士传统，同时遵循传统的圣公会高教派的作风。阿瑟·威尔金森作为普通人，机械地履行他的神职职责，并获得了一定程度的快乐和收获，而乔治却对此予以否认。乔治是一个极端主义者，他认为真正的信仰是人类经验中最为崇高的体验，稍加欠缺就是可鄙的伪善。因此，特罗洛普似乎承认，人们应该理智地承认自由主义批判带来的挑战，同时在神学问题的演讲中，尽量减少破坏性的影响。在政治领域，特罗洛普也是采用同种策略，他曾经宣称，“我认为自己很进步，但仍然是一个保守的自由主义者”④。乔治的理性逻辑摧毁了信仰的可能性，期望人类以完全一致的方式行事。乔治对于民众不虔诚的信

① Anthony Trollope, *Clergymen of the Church of England*, Leicester: Leicester University Press, 1974, p. 124.

② Trollope, *Clergymen of the Church of England*, p. 128.

③ Trollope, *The Bertrams*, p. 333.

④ Anthony Trollope, *An Autobiography*, ed. Michael Sadleir and Frederick Page, Oxford: Oxford University Press, 1980, p. 291.

仰，感到极其愤怒，他对亚瑟说：“你的信徒不信，不祷告，不听你的。他们毫无虔诚可言！”①

特罗洛普对待信仰的诚挚较为谨慎，在他对乔治有一段描述，描述了他那短暂且失败的宗教信仰，展示了自由主义基督教的局限性。一定程度上，这无疑是特罗洛普谨慎、保守的态度的展示。《伯特伦》的第一章，对维多利亚时期的英格兰是否真正代表了人性的时代，表示怀疑，且为整部小说奠定了基调。那些根据竞赛规则的参赛之人，只寻求世俗的成功，最终落落寡欢。亨利·哈考特被逼自杀，卡罗琳承受着负疚感的谴责。显然，除去文明的进步，特罗洛普的基督教尚有其他思想。同时，特罗洛普在那个时代有着很大的影响力，他与维多利亚时期的其他小说家不同，他通常不会把个人小说设置于更早的年代，其小说中的文化典故和政治文献，在维多利亚时期极具代表性。特罗洛普的图书馆里有几本神学书，其中一本是《散文和评论》。特罗洛普在《向科伦索捐款的牧师》中认为，特罗洛普知晓圣经批评的结果。他认为，如果我们有选择，我们将继续留在原地。然而，我们“割断绳索，乘坐小船出去”②。

《伯特伦》对维多利亚时期的信仰和疑虑有着有趣的描述。这种对于历史和信仰的记录，伴随着19世纪40年代——特罗洛普敏锐的历史感，包括：国教宗派（国教和非国教）的反复纠葛和争斗，对于教义的争端，基督神性与人性的争斗——反映在之后艾略特翻译大卫·施特劳斯的《审慎考究下的耶稣平生》（*Life of Jesus Critically Examined*，1846）的译著之中，以及J.A.弗鲁德（J.A.Froude）的《信仰之死》（*Nemesis of Faith*），而逐渐建立和体现其中。在他对信仰和疑虑的深刻理解中，特罗洛普留给读者的印象是——在特定的历史时刻，个人对于宗教疑虑的挣扎和反思，让读者和作者一起体验到——维多利亚时期的神奇精神，对小说主人公所造成的信仰烙印和精神影响。

---

① Trollope，*The Bertrams*，p. 335.

② Trollope，*Clergymen of the Church of England*，p. 128.

第三章　牛津运动：从华兹华斯到霍普金斯

维多利亚时期的19世纪，文学色彩和气息最为浓郁的宗教运动，当属牛津运动。牛津运动大概始于19世纪30年代学术氛围深厚的牛津大学，此运动因其学术化和略显守旧的倾向而获得了“不列颠博物馆宗教”这一绰号。[①] 运动中的主要人物包括诗人和传教士，其学说体系也是建立在诗学和神学基础之上。本章将讨论这一运动的主要领导人，包括约翰·基布尔，约翰·亨利·纽曼，爱德华·布弗利·蒲赛（Edward Bouverie Pusey），以及艾查克·威廉姆斯。此外，本章主要讨论由于因为神学和美学的革新，对心灵和思想造成较大冲击和思考的诗人，这些诗人包括：华兹华斯，朵拉·格林沃尔（Dora Greenwall），阿德莱德·安妮·普科特（Adelaide Anne Procter），克里斯蒂娜·罗塞蒂和纽曼。在牛津运动中，其中的重要的宗教思想往往充满矛盾，例如缄默/克制（reserve）、圣餐（the Eucharist）、忏悔（confession）、道成肉身以及类比（analogy）等等。这些教义上的矛盾，使得完全地理解牛津运动格外困难。幸好，牛津运动的成员结集出版的《时论册集》，是一系列论述牛津运动共同理念的小册子，较为全面地阐述了他们的思想。事实上，牛津运动最初起源于英国国教宗教改革中的例行礼拜，之后得到了著名的反加尔文教徒，在1633年上任的坎特伯雷大主教威廉·

① N. Yates, *Buildings*, *Faith and Worship*: *The Liturgical Arrangement of Anglican Churches 1600 - 1900*, Oxford: Clarendon Press, 1991, pp. 144 - 145.

劳德（William Laud）的支持，牛津运动因此逐渐发展和兴盛起来。牛津运动一直持续到19世纪末期，其宗教理念逐渐倾向于恢复奢华繁复的中世纪“礼制”——即在教堂内倡导复杂的礼拜仪式或华丽仪式；同时劳德所支持的仪式改革，也逐步走向了极端。晚期牛津运动的中世纪倾向，拉斐尔前派对于英国骑士的迷恋，牛津运动中的神学思想，以及牛津运动的代表作家沃尔特·佩特，其所倡导的思想逐步推动着宗教走向世俗化。同时，由杰拉德·曼利·霍普金斯为代表的诗人，其宗教倾向则走向了罗马天主教化。

相反地，牛津运动并没有过度要求非牛津运动者陈述其口号。诗歌运动的核心人物华兹华斯，逐渐对个人诗歌进行了一系列基督教化的改革，一直持续到19世纪40年代。对评论家而言，华兹华斯仅仅是在浅层的表面上，在诗歌中树立其个人宗教信仰。约翰·威尔森（John Wilson）曾批评华兹华斯，他在诗歌中融入了模糊的宗教概念，而《折衷评论》（*Eclectic Review*）也同样指责华兹华斯的泛神论和其暗藏的罗马天主教教义。[①] 由于诸多理由，华兹华斯被冠名为以强调情感而知名的高教会派的桂冠诗人（Laureate），由牛津运动者弗雷德里克·威廉·费伯为他冠名，费伯是安布尔赛德（Ambleside）的助理牧师，之后成为华兹华斯侄女桃乐茜·哈里森（Dorothy Harrison）的家庭教师。华兹华斯的朋友亨利·克拉布·罗宾森则担心，审慎的华兹华斯会因为费伯“极端蒲赛主义的高教会派”（ultra – Puseyite High Churchman）倾向，导致他误入歧途。而玛丽·华兹华斯（Mary Wordsworth）则坚信，那位笃信且魅力超凡的费伯是“教会执事的完美楷模，……他的诗歌是最优雅的”[②]。克拉布·罗宾森对于费伯的疑问，主要体现在费伯其个人的含蓄诗歌中，激发了敏感、热情和以男性为中心的虔诚倾向。“极端蒲赛主义者”则是对费伯作为受虐狂的批判。后来，“受虐狂”这个称呼则是指阴郁且傲气的爱德华·蒲赛，他体现出了牛津运动中更为阴暗的一面。笔者将在

---

① J. Wilson, “Was Margaret a Christian?”, *The Eclectic Review*, No. 12, 1842, pp. 568 – 579.

② J. Baker, *Wordsworth: A Life*, London: Viking, 2000, p. 726,

下文再来讨论。

玛丽将费伯视作一位优雅的诗人；同时，费伯也直言不讳，认为牛津运动的宗教信仰，蕴含着“诗意”的真理——抒情而隐晦。1839 年，华兹华斯在牛津被授予荣誉博士学位；阐明诗歌与牛津运动的关系一直处于首要地位。同时，牛津运动的创始人、牛津诗学教授约翰·基布尔牧师发表了演讲，将华兹华斯称为虔诚的基督教诗人、沉默的牛津运动者，以及贫困阶级的优胜者。[①] 基布尔牧师进一步阐述，华兹华斯的基督教诗歌，实则奠定了人道主义教育的基石，这种人道主义教育要求大学——为穷人提供教育机会和场所，免除富人的特权机会。[②]

这种教育思想理念，也体现了高教会派的理想，在诗歌中体现得最为充分。斯蒂芬·普里科特（Stephen Prickett）认为：“牛津运动中的英语诗歌，是继莎士比亚之后，最为成功的。”例如，基布尔的《基督教年纪》在 1827 年出版后的 55 年间，每年售出超过一万册。[③] 因此，作为牛津运动的参与人，华兹华斯也是沾沾自喜。在访问牛津大学期间，他频繁和基布尔和纽曼往来，在费伯的推动下，华兹华斯按照牛津主义的信条，修改了早期作品。费伯也为华兹华斯的诗集《阿夸彭登旁的沉思》（*Musings Near Aquapendente*，1841）增添了大量的脚注。高教会派期刊《基督教杂录》（*Christian Miscellany*）的编辑塞缪尔·威尔金森（Samuel Wilkinson），则为华兹华斯编纂了一本诗册，名曰《威廉·华兹华斯对天主教真理复兴的贡献》（*Contributions of William Wordsworth to the Revival of Catholic Truths*，1842）。华兹华斯甚至邀请费伯为其专著——《就外国教堂和外国民族的观点与见解》（*Sights and Thoughts in Foreign Churches and Among Foreign Peoples*，1842）拟题，这一标题也暗示了罗马天主教中的危险趣味。华兹华斯在费伯的影响下，开始联系罗马天主教

---

① J. T. Coleridge，*Memoir of the Rev. John Keble*，Oxford and London：James Parker，1869，p. 249.

② S. Prickett，“Keble's Crewian Oration”，ed. K. Blair，*John Keble and his Contexts*，London：AMS，2004.

③ S. Prickett，“Tractarian Poetry”，eds. R. Cronin，A. Chapman，and A. H，Harrison，*A Companion to Victorian Poetry*，Oxford：Blackwell，2002，p. 279.

的举动，刺激了威尔森，并向他发起了攻击。早在 1812 年，华兹华斯就提出，他将以其血肉之躯捍卫英国国教，使之免受罗马天主教的威胁。华兹华斯对 1829 年《天主教徒解禁法》（the Catholic Emancipation Act）的激烈反抗，源于此欧洲宗教将最终使得英国臣服于罗马教皇的恐惧中；尽管牛津运动曾承诺，基督教将在整个国家得以巩固。[①] 正如乔治·赫林（George Herring）指出，牛津运动凭借其自身的创造力以及天主教对于英国国教教义[②]的再创造，最终使得 19 世纪的基督教得以复兴。当然在这一过程中，教条式和学说式的创造占据着重要的地位。但是，许多牛津运动者，如基布尔、纽曼、艾查克·威廉姆斯等，密切关注如何将个人审美经验和上帝的信仰相结合，将神学和他们的诗歌理论相融合。

基布尔是牛津运动和此文学运动中的出发点。基布尔创立了诸多诗学和神学的关键理论，对许多诗人如霍普金斯、费伯和罗塞蒂等，产生了深刻影响。他牧师般的慈悲，学术式的见解，以及对古典传统的深刻理解，赋予他神圣和创造力的光环，得到维多利亚人民的拥戴。维多利亚时期的民众，广泛地阅读《基督教年纪》，并深受影响。基布尔同时也意识到，牛津运动是动态运动，而非静态。之后，他由牛津撤回利蔔摩尔（Littlemore）教区，使进程免受其他领袖的影响。正当这一运动发展到牛津之外的伦敦时，运动核心已然变革为强化教堂仪式和礼拜，不再是教条式的条条框框。因此，这一运动向美学家如佩特和虔诚的天主教徒们发出热切的呼吁。从这一角度来看，牛津运动推翻了对运动本身的普遍误解。误解普遍认为，只有大学传教士能够就宗教法令进行争论。笔者在本章的开端部分将要论证，牛津运动对诗歌的激情投入，是以基布尔的声明展开的。基布尔表示，只有诗歌，能够为那些虔诚信徒的宗教情感提供充足的宣泄。若诗歌为信仰提供了过多的情感，那么教堂仪式则能够再度点亮信仰。本章节将以牛津运动对仪式主义的偏爱结束。笔者不仅讨论那些投身于牛津运动的人物，例如霍普金斯；还将讨论

① Barker, *Wordsworth*, p. 545.

② G. Herring, *What was the Oxford Movement*? London: Continuum, 2002, p. 1.

牛津运动的末期代表人物的特征——以哥特式的堕落和异教徒的多愁善感而衰亡为表征，例如佩特和王尔德。

第一节　牛津运动的开端

确切而言，牛津运动是伴随基布尔的“法令”（Assize）的颁布；以及1833年7月14日，基布尔在牛津大学教堂发表演说《国家的背教》（“National Apostasy”），宣传立法布道而展开的。[①] 在此，基布尔主要攻击了1829年《天主教徒解禁法》的通过，以及政府对于爱尔兰教会十个高位的废止，这一行为削弱了英国国教在本国和国外的独立性和特权。牛津运动的另一领袖纽曼将牛津运动视为全新、改良的英国国教，基布尔不仅是这一运动的首领，更是英国国教辩护者卡罗琳神学家（Caroline）遗产的拥趸，这些神学家在《时论册集》中被反复提及。《时论册集》的文章写于1833年至1841年间，这些牛津作家包括基布尔、纽曼、蒲赛和威廉姆斯。而牛津运动（Tractarianism）[②] 这一名称亦来源于《时论册集》。亚瑟·韦斯特·哈顿（Arthur West Hadden）阐释，《时论册集》的出版，是在主教劳德引入的中世纪礼制的基础上，将国教提升为“一个更为充实的正统宗教”。总的来说，他们将牛津运动定义为一个崭新而杰出的动力，这一动力不仅带领英国国教走出了乔治亚时代（Georgian）的惰性，也避开了激化异教徒的过度热忱。[③] 研究牛津

---

① Newman, *Apologia pro Vita Sua*, p. 50.

② 在1833年至1841年，共著有90册的《时论册集》，其中纽曼占29册，基布尔占8册，蒲赛7册，还有很多由其他的牛津大学的作者如弗劳德及威廉姆斯等所著。一部分书册中含有对过去作者（大多数为17世纪的作家）所写的文章的再版，其范围从《圣经》系列交易评论的专业丛书延伸到英国国教所著的《圣经》评论。只有纽曼在1841年的《时论册集》第90期中“对《三十九条信纲》在部分文章中进行了评述”，通过宣称《三十九条信纲》并未反对罗马天主教义，推动了教会和公众观点的进一步发展。这一观点被解读为推动英国国教罗马化的诡秘企图。

③ A. W. Hadden, “On Party Spirit in the English Church,” ed. P. B. Nockles, *The Oxford Movement in Context: Anglican High Churchmanship 1760 – 1857*. Cambridge: Cambridge University Press, 1944, p. 322.

运动的早期历史学家肯定牛津运动的正面启示。S. L. 奥莱（S. L. Ollard）宣称："自公元597年奥古斯丁之后，英国国教的历史中，没有能像牛津运动更为辉煌的历史。牛津运动涉及各个方面，它富有激情，洋溢着浪漫主义和骑士精神，如同'十字军东征'（the Crusade）"。[①] 奥莱的评论打破了将牛津运动视作英国国教所幻想的英雄救世主的固有观念，使得被诋毁的非宗教机构得以重返传统。

对基布尔而言，不列颠正在"增强对英国国教的敌意"。尽管他可能有所夸大，但这些评论却在同时期的诗人和历史学家中久久回荡。威廉·格莱斯通（William Gladstone）表示，国教目前的状态是"与所经历或了解的同时期教会相比，可谓是最差的"。[②] 这一论述也与克里斯蒂娜·罗塞蒂在著作《深渊之面》（*The Face of the Deep*，1892）对"天启"（Revelation）的评论，产生了情感上的共鸣：

> 目前在英国（我们先不谈其他国家），这一时代的标志是不详的：星期天被部分人用作商业，而一部分人则用于寻欢作乐；教堂集会频繁，但是服务消沉。我们庄严的节日日益憔悴，而我们的斋戒又何去何从？[③]

正如格莱斯通和罗塞蒂所呼吁，此时的英国国教急需注入新鲜、充满生气的事物。前拉斐尔派的成员们，则由于现实俗世的理由，被吸引到了中世纪礼制和感官的氛围之中。牛津运动提出恢复六项宗教惯例，强调宗教仪式，其中包括：国教内部倡导圣餐；主教制度，或由主教对国教进行管理；推行国教作为基督教中"主体"的概念；遵循每日祈祷和斋戒；恢复教堂的装潢；以及中世纪礼制的推广。[④] 在查理一世（Charles Ⅰ）统治下，牛津运动的宗

---

① S. L. Ollard, "A Short History of the Oxford Movement," ed. G. Herring, *What was the Oxford Movement?* London: Continuum, 2002, p. 98.

② W. Gladstone, "The Church of England and Ritualism", *Contemporary Review*, No. 24, 1874, pp. 398 – 399.

③ C. Rossetti, *The Face of the Deep*, London: S. P. C. K., 1892, p. 243.

④ O. Chadwick, *The Mind of the Oxford Movement*, London: Adam and Charles Black, 1960, p. 51.

教理念，成为劳德实行高派教会改革的核心。但是与之相反的是，剑桥大学则走上了信奉福音教派的另一条道路。对福音教派而言，牛津运动莫过于伪装的恶魔，他们宗教理念的代表书籍——《时论册集》则是隐秘的天主教文件，其目的是将信徒由信仰上帝而引向“黑暗之境”。①

第二节 牛津运动的信仰和观点

为什么有不少教徒诽谤攻击牛津运动呢？实则是因为牛津运动的信仰系统中，最令教徒感到焦虑的是牛津运动对于“使徒传统”（Apostolic Succession）的强调，纽曼则称这一传统是牛津运动的基石。“使徒传统”是耶稣首次将神圣权利，转交给他的使徒们（神圣权利包括赎罪、忏悔、圣礼和圣餐等）。之后，这一权利又传递到当前的主教们。牛津运动将耶稣使徒们的神圣权力，授予给牛津运动者们，赋予他们强大的权威性，保证他们圣礼的真实性和可信性。正如杰弗利·罗威尔（Geoffrey Rowell）在时论《天主教教堂》（*The Catholic Church*，1833）所指出的——纽曼宣称牛津运动是对早期基督教义的传承。

罗威尔认为，纽曼这一论述，无论对于社会政治，还是神学思想，其影响都是巨大的，因为他暗示了主教或传教士的权力，显然是高于政府或统治者，从而将教会和国家割裂开来。而剑桥大学所信奉的福音教派则笃信——只有信仰上帝，才是穿越有形的教堂，进入无形的教堂（天堂）的通行证。同时许多高教会派的成员则走向了另一个极端，认为在一种共同的信仰体系中，教会和国家将融为一体。抛开这两种观点，纽曼汲取早期基督教教义，再造了英国国教，他重视宗教中奇迹的超自然元素。换言之，纽曼是极为武断地坚持：基督教教徒不仅要遵循教义，同时也需要教义让教徒付诸感情之

① Herring，*Oxford Movement*，p. 27.

中。纽曼宣称，“人类并不是理性动物；他是一种能感受、能沉思、能行动的情感动物”①。

这种将情感驾驭在理性之上的论调，使得纽曼将浪漫主义联系在一起，而这一诗学运动是牛津运动在文学中的重要表征之一。虽然古代宗教是牛津运动礼拜和精神生活的依照，然而运动过程却由布道和唱诗所实现，布道和唱诗则是建立在华兹华斯和柯勒律治构想的情感精神中。正如艾查克·威廉姆斯所评论的：“宗教中关于信仰的信条和文章，只能由内心的真情而感受”，他同时提出，信仰不过是情感的一种表现。1828 年，纽曼在写给约瑟夫·布兰科·怀特（Joseph Blanco White）的信中，同意此观点。他坚持知识分子是“在这个苟延残喘、不见天日的国家里，仅存的富有正义、存有道义的参与者和服从者。他们不仅阐述，同时还能在不太好的情况下，向他人说明”②。这种情感与思想的融合，被认为是浪漫主义的基础。同时，许多牛津运动中的教条，唯有在此视角下解读方能理解其含义。以教父传统作为基准，同样被认为鼓舞人心、富有远见。牛津运动者以浪漫主义来解读顿悟，将顿悟视为圣人的指引和启示。华兹华斯赋予“成年的孩子”以特权，对于纽曼也十分重要，因其将信徒带回了对上帝的感召，保持纯真而敏感的状态，同时也促进了信徒对“崇高原则和情感”的“哲学沉思”的构建。③

牛津运动对纽曼而言，“并非只是一次运动，而是精神的传播。它与我们同在，于我们心中升腾”。正如普里科特所言，这一运动由“无所不在”（immanence）转为“超然存在”（transcendence），并因此唤醒了华兹华斯诗学思考的另一个层面。④ 对华兹华斯而言，上帝无处不在，他存在于宇宙，并由此存在于自然世界，无形的自然和宗教之中。上帝赋予信徒在地球上超脱世俗

① J. H. Newman, “Tamworth Reading Room,” *Discussions and Arguments on Various Subjects*, London: Longmans and Green, 1911, pp. 293 – 295.

② J. H. Newman, letter to J. B. White, 1 Mar, 1828, in D, Newsome, *The Parting of Friends*: *A Study of the Wilberforces and Henry Manning*, London: John Murray, 1966, p. 89.

③ Newman, *Apologia*, p. 100.

④ S. Prickett, *Romanticism and Religion*: *The Tradition of Coleridge and Wordsworth in the Victorian Church*, Cambridge: Cambridge University Press, 1976, p. 87.

的体验，并以一种暗藏的迹象，让信徒们感知到他的存在。在《丁登寺》中，这一迹象被具象化为“情感”和“精神”。它们穿梭在这个世界中，就如个人和自然界的情感交流时闪现的精神力量。华兹华斯在18世纪90年代撰写的自传体诗歌《序曲》中无数次提及，在这种体验中，自然成为核心，因为它已然成为信徒觐见上帝时的舞台。对叙事者而言，“感知”被认为是这一世界中同上帝的邂逅。“我很满意，”他说，“我感到恰到好处的愉悦，并且我生活在这里，能够同上帝还有自然亲密交谈”。他的关注只放在“上帝能够洞察人心”，上帝的视野不仅能看到人们生活的世界，也能看到人类自身，即“自然或人类”。华兹华斯称：

我频繁地从同一个来源获取
一种愉悦，它宁静而深远，
一种感知，它被永恒和宇宙所统治
以及那至高无上的信仰；
在此，我认出了在有限的自然中的一种类别，
它是最高的存在，有着最为卓越的生活
它跨越了时间和空间的界限
它存在于忧郁的空间和悲伤的时间，
它高高在上却又无力改变，
它不被情感的翻滚所触碰——是的，
它有着上帝之名。①

人们获得热情的能力，是感受到了上帝的存在。对华兹华斯和牛津运动者而言，这一过程就是从理智的牢笼，即布莱克所提到的，“心灵铸成的镣铐”中所解放的情感。②宗教感知的培养依赖于真实地看待世界，这一观点在

① William Wordsworth, *The Prelude*, ed. J. Wordsworth, M. H. Abrams, and S. Gill, London: W. W. Norton, 1979, p. 129.

② ［英］威廉·布莱克：《天真与经验之歌》，杨苡译，译林出版社2004年版，第115页。

华兹华斯的《作于一个出奇美丽而壮观的夜晚》（“Composed Upon an Evening of Extraordinary Beauty and Splendour”，1815）中反复提及：

此处无声无息——除了那深沉
而又庄重的融洽遍布
那寂寥的河谷在峭壁间倾泻
穿透沼泽。
远处的画面悄然接近，
奇妙的力量被唤起
那是束束光辉，感染着
肆意撞击着，让万物都弥漫着宝石般的色泽
在视野中是如此精致地清晰①

在此，上帝所赐予的光辉是如此耀眼而夺目，叙事者被现实世界的光辉所征服。这使得精神与物质得以联合，它们共同反映了道成肉身的实质——基督是完全的圣人，完全的人类，是两者的完美体现。这是牛津运动中关键的信仰，华兹华斯诗歌中道成肉身的宗教理念又兼具神秘而浪漫的色彩，加强了人们对其诗歌的广泛阅读。另外，在某种程度上，道成肉身也促使了牛津运动者中圣餐的复兴。

在浪漫主义赋予教徒融合内心和现实、感知和情绪的特权时，在基督体内，圣餐也发挥着同等作用：一种无形而有形的元素永存，并转移到信徒中。牛津运动认为，每一个早期的基督教徒都享用圣餐，基督赐予信徒面包和红酒。这一运动起源于早期基督教神学中，耶稣在最后的晚餐中，享用的面包和红酒被用于礼拜日的庆典。但是鹤林认为，关于圣餐的解释，和其他三种观念存在分歧。领受论（receptionism）不承认基督和面包、红酒之间存在联系；虚拟主义（virtualism）则认为，神圣的面包和红酒体现着耶稣的精神和

① William Wordsworth, *Wordsworth*: *Poems*, ed. J. O. Hayden, 2 vols, London: Penguin, 1977, p. 21.

影响；纪念说（memorialism）则认为，面包和红酒是对耶稣的纪念。然而，牛津运动者在界定圣餐的超自然性质时，认为耶稣是即刻道成肉身；同时耶稣在他的信徒中预示了他真实的存在。这一立场最佳的阐述由传教士罗伯特·威尔伯福斯（Robert Wilberforce）（第一章中所提到的废奴主义者威廉·威尔伯福斯之子），在《圣餐教义》（*The Doctrine of the Holy Eucharist*，1853）中提出。在书中，他强调了圣餐中献祭的元素。对威尔伯福斯而言，基督的血肉之躯是真实、也有其象征意义，这一观点由蒲赛在《圣餐：对忏悔者的安慰》（*The Eucharist a Comfort to the Penitent*，1843）中进行了解释。随后，基布尔在《论圣餐崇拜》（*On Eucharistical Adoration*，1859）中进行了总结。然而，这三本著作，使得福音教派——笃信耶稣是上帝信任的唯一者，感到出离愤怒。

此时期的福音派教徒，对于蒲赛有着普遍的厌恶之情，因为他是罗马教派的最为可疑的代表。他可疑的宗教趋向，是由于他在自我声明中，对精神纪律（spiritual discipline）和禁欲（mortification）的强烈兴趣，越发可疑。蒲赛在阅读了牛津运动者理查德·赫雷尔·弗鲁德（Richard Hurrell Froude）的作品后，1838 年发表个人作品《遗骸》（*Remains*）后，逐步彰显了他的宗教信念。这本书使福音教派和高教会派胆寒，因其极其推崇中世纪圣人如托马斯·贝克特（Thomas à Becket），以及模仿罗马教派的各种极端忏悔形式，而备受诟病。之后，蒲赛开始效仿弗鲁德的天主教姿态，随后“禁欲”也被打上了“蒲赛主义”的标签，不仅为福音教派所嘲笑，同时也被大众媒体所讥讽。在《猛击》（*Punch*）一书中，将教士们对天主教的狂热，比喻为飞蛾扑火。特罗洛普也在《巴塞特寺院》中嘲笑蒲赛，书中脆弱的斯洛普先生（Mr. Slope），由于“蒲赛主义的邪恶，而在痛苦中不住得战栗”；蒲赛主义者都穿着邪恶的“黑丝绸质地的马甲”，拿着“用红色字体印刷，封底装饰着十字架”的祈祷书。[1] 1853 年，威廉·柯尼比尔（William Conybeare）在《爱丁

---

① A. Trollope, *Barchester Towers*, ed. John Sutherland, Oxford: Oxford University Press, 1998, p. 28.

堡评论》发表了类似评论，敬告读者小心那些穿着蒲赛主义服装的教徒，他们的穿着“没有衬衫领，戴着呆板无领带的领巾，穿着印有‘野兽印记’的外套，内搭教士服马甲，留着狗啃似的头发，没有胡须。”①

许多牛津运动的传教士，对于这类评论不甚在意，他们用白色短衣和四角帽强化了教士服，看上去更像天主教的牧师。蒲赛时不时穿上刚毛衬衣，并对自己施以鞭打和禁食。② 他认为信徒们应当强化净化自身的强烈信念，在他个人1838年推行私下忏悔（auricular confession）时便早已显现。他的信念就是通过揭示信徒的罪行，深化忏悔，个人重生。③ 蒲赛深信，忏悔应占据宗教信念中的绝对的统治地位。蒲赛在《对忏悔的完全宽恕》（*The Entire Absolution of the Penitent*，1846）中提到，在英国国教中系统地建立忏悔机制，得到了改革派和卡罗琳神学家们的一致同意。除此之外，和忏悔信念联系最为紧密的是罗马教，忏悔的践行被视为牛津运动者们的隐秘特权，使他们沉溺于对天主教的实践中。更糟糕的是，沃尔特·沃尔什（Walter Walsh）在《牛津运动的隐秘历史》（*Secret History of the Oxford Movement*，1898）中，率先将牛津运动刻画为恶毒、荒谬，有着严重瑕疵的礼拜运动。沃尔什通过复述修女丘萨克小姐（Miss Cusack）的故事，攻击性地斥责了忏悔。除了蒲赛作为颓废的懦夫而臭名昭著，他依旧是“人”，就像一位牛津运动者宣称的：对蒲赛的评论旨在攻击他，他还是破坏异性恋的恶棍和女性化的懦夫。

伦敦的主教查尔斯·詹姆斯·布洛姆菲尔德（Charles James Blomfield）宣称，忏悔是“难以言说的憎恶的起源”。而蒲赛的事例则表明，忏悔的再建立不仅激起了性别问题，同时也激化了反对天主教的紧张情绪。④ 这些“憎恶”

① W. J. Conybeare，“Church Parties”，*The Edinburgh Review*，98（1853），273 – 342. in J. S. Reed. *Glorious Battle*：*The Cultural Politics of Victorian Anglo – Catholicism*，Nashville，Tenn：Vanderbilt University Press，1996，p. 80.

② G. Rowell，*The Vision Glorious*：*Themes and Personalities of the Catholic Revival in Anglicanism*，Oxford：Oxford University Press，1983，p. 86，

③ Reed. *Glorious Battle*，p. 477.

④ C. J. Blomfield，*A Charge to the Clergy of London*，in J. Bentley，*Ritualism and Politics in Victorian Britain*：*The Attempt to Legislate for Belief*，Oxford：Oxford University Press，1978，p. 30.

被认为破坏了19世纪两大统治地位的制度：首先，英国国教遭受了天主教神学扩散带来的威胁；其次，维多利亚式的家庭单位，莫名地被喋喋不休的传教士所侵扰。[①] 将一个人的罪行通过一种人类代理的媒介，在一个自白的忏悔室里，向上帝进行告罪，这让维多利亚时期民众的精神，遭受了极大的压力，因为这种形式逼迫个人在家庭之外的地方，向一个扮演着不耐烦而又显得热切的传教士，将个人罪行进行宣告。罗马天主教在英国社会各个角落的渗入，被认为对女性会更具威胁。查尔斯·莫里斯·戴维斯在以描述牛津运动的爱情故事《菲利普·佩特诺斯特》（*Philip Paternoster*，1858）中，通过叙事者谈论道："如果英格兰的妻子们和女儿们，被引导着向一个隐秘的空间忏悔，而不是向她们的家庭忏悔的话，这对英格兰而言，将是决定生死存亡的时刻。"[②] 哄骗女性忏悔，祷告她们的罪责和个人性的秘密，激发了天主教的政治宣传，进一步证实了——传教士们想要篡夺丈夫或父亲在家中对女性控制权的恐慌。这种趋向引发了许多逸事，例如威廉·哈考特爵士曾在写给《泰晤士报》（*The Times*）的一封信中，引用了信奉天主教西班牙国王的告白，这位国王在忏悔中吹嘘道："我将上帝牢牢地控制在我的手中，而你的妻子则被我踩在脚下。"[③] 而丘萨克小姐在同蒲赛的信件联络中证实"极少有男人"同"神父进行忏悔"。沃尔什在《固守仪式的姐妹》的章节中，暗示蒲赛是一个阴险的好管闲事者，蒲赛的目的是——通过诱导妇女建立修道院，从而使天主教在英国进一步散播。[④]

这类丑闻将牛津运动同哥特式的奇异风格和超自然联系在一起，纽曼甚至坦言，他关于罗马天主教的早期体验，就是通过安·拉德克利夫（Ann Radcliffe）的小说获得的。[⑤] 正如爱玛·克里利在论述《意大利式或自白式的

---

① Bentley, *Ritualism*, pp. 30 – 31.

② C. M. Davis, *Philip Paternoster: A Tractarian Love Story by an Ex – Puseyite*, 2 vols, London: Richard Bentley, 1858. ii, p. 65.

③ W. Harcourt, letter to *The Times*, 30 July 1874. in Bentley, *Ritualism*, p. 34.

④ W. Walsh, *The Secret History of the Oxford Movement*, London: Swan Sonnenschein and Co., 1898, p. 87.

⑤ Newman, *Apologia*, p. 24.

邪恶忏悔者》（*The Italian or the Confessional of the Black Penitents*，1797）中所评论的，“在拉德克利夫的标题中，忏悔占据了主要地位，而其本质是邪恶的”。她警告她的读者们，需要“做好充足准备，来面对天主教神职人员带来的黑暗影响”。[①] 大众媒体对蒲赛略带耸人听闻的描述，的确将蒲赛变为了英国式神父斯契多尼（Father Schedoni）——拉德克利夫笔下邪恶的传教士，一位可怕的忏悔论者和妇女团体的拥护者。然而，在英国国教中建立妇女团体这一想法，毫无疑问地对一些妇女造成了直接、彻底的影响。例如克里斯蒂娜的妹妹——玛丽亚·罗塞蒂（Maria Rossetti）于 1873 年加入了万圣妇女会（All Saints sisterhood）。万圣妇女会始建于 1845 年，是牛津运动中首个英国国教的妇女团体，坐落于罗塞蒂家到公园村西部（Park Village West）中的一个角落。公园村离奥尔巴尼街（Albany Street）的基督教堂（Christ Church）很近，这个教堂是布洛姆菲尔德在伦敦建立的 55 座新牛津运动教堂计划中的一部分，并且部分资金来源于蒲赛。1837 年，基督教堂被神圣化后出现，正如教堂第二任领圣俸者亨利·威廉·布罗斯（Henry William Burrows）承认的，“这是一个对宣教宗旨充满热情和复兴的时代，而且毫不夸张地说，基督教堂已然成为运动中的主导教堂”。[②] 基督教堂占据的重要地位，由它显著的集会得以彰显，这一集会中包括罗塞蒂家的女人们——克里斯蒂娜、玛丽亚以及她们的母亲萨拉·科勒律治（Sara Coleridge），塞缪尔·泰勒（Samuel Taylor）的女儿，以及玛格丽特·奥利芬特（Margaret Oliphant）；同时还有那些著名的传教士们，包括蒲赛、曼宁（Manning）、布洛斯以及威廉·道兹沃斯（William Dodsworth）。[③]

蒲赛利用民众的热忱，在忏悔中为这种狂热提供了宣泄的途径。正如浪漫主义能够让教民感受如同圣餐意指的超自然现象，忏悔强调使人“获得治

① E. Clery，“Introduction”，in Ann Radcliffe，*The Italian or the Confessional of the Black Penitents：A Romance*，ed. F. Garber，Oxford：Oxford University Press，1998，p. xiii.

② H. W. Burrows，*The Half - Century of Christ Church*，*Albany Street*，*St. Pancras*，London：Skeffington and Son，1887，p. 14.

③ Burrows，*The Half - Century of Christ Church*，*Albany Street*，*St. Pancras*，p. 16.

愈”的能力。然而自我忏悔倾向于使信徒们确信，个人都是有着深受创伤的灵魂，忏悔可以在上帝面前洗刷个人的虚弱意志及罪恶。蒲赛在基布尔面前的著名忏悔中，曾经表述过如此的想法：

> 我感到十分恐惧，罪恶在我的身上留下了痕迹。对于自身而言，我感到像个怪物般的存在，我讨厌我自己。我感到自己从头到脚都像得了麻风病的人。为了保护自己，我同每个人比较，发现我比他们每个人都要差劲。①

同时，临死的丹特·加布里埃尔（Dante Gabriel）在写给克里斯蒂娜·罗塞蒂的信中，流露出类似的语气。加布里埃尔如此描述个人的感受：

> 我向你保证，无论记忆让你困扰或是使你焦虑，在此之前，我都曾或多或少地经历过相同的折磨。在无法忍受自己之前，试图努力包容自己，然后我发现了忏悔、赦免、精神引导和不可言传的解脱对我带来了帮助。②

罗塞蒂持续地布道，使她获得了无比的慰藉，而她作为诗人和信徒的心性，使得她更易受到伤害。正当华兹华斯在自然中寻求安慰时，罗塞蒂则认为，物质世界既是天生的，又是人为干预的，物质世界成为实现宗教成就的阻碍，因此宗教成就只能在死亡时获得。这种黑暗的倾向可能被解读为病态的。此后，这一倾向植根在她坚定的基督教信仰中，并可以此论证罗塞蒂的作品，其作品由《圣经》的引用和典故而构成。然而她不只是对《圣经》单纯的引用，她写作中的源泉，源于她对《旧约》作为《新约》的对比类型（anti－type）的熟稔的理解和运用；同时她机灵地将个人的精神生活和《圣

① H. P. Liddon, *Life of Edward Bouverie Pusey*, ed. Rev. J. O. Johnston and the Rev. R. J. Wilson, 4 vol, London: Longmans and Co., 1893－1897, p. 119.

② C. Rossetti, letter to D. G. Rossetti, 2 Dec. 1881, in J. Marsh, *Christina Rossetti: A Literary Biography*, London: Pimlico, 1995, p. 60.

经》的主旨联系在一起。[1] 她在十四行诗《七个持有你愤怒的小瓶》（“Seven vials hold thy wrath”，1893）中证明了这一技巧：

七个持有你愤怒的小瓶：但是什么能够持有
你的慈悲，来保护你那无穷的
没有边境的，溢出的善意，
所有亲爱的善意，所有愉悦，是否难以数清？
你爱每一个创造爱意的模具；
你自己，则充满了空虚的丰盈；
在埃弗拉塔聆听，在丛林中搜寻，
总是那一个，同一个东西的不同方面。
上帝，请赐予我们恩惠，让我们因那鸽子而战栗
那只被方舟禁锢的鸽子，孤独地飞跃
并在有一天胜过了泛滥的洪水，
诺亚用他的手拉住我们，并给予我们安慰
因为我们靠你的爱在坚持
将你的庇佑视为你的功勋。[2]

罗塞蒂在诗中对《新约》和《旧约》的引用不断地进行切换，凯瑟琳·默瑟罗·坎塔卢波（Catherin Musello Cantalupo）在其对诗歌类型的解析中，曾经如此论证。她指出，罗塞蒂是如何从“天启”（“七个瓶子”）展开，转入到保罗将上帝比喻为溢出的爱意（“充满了空虚的丰盈”），以及回归到戴维作为诗人的典型，将上帝塑造为存在于方舟之中的意象。

《圣经》中的事件，不管是物质存在还是自然存在，都是上帝的彰显，也

① C. M. Cantalupo, “Christina Rossetti: The Devotional Poet and the Rejection of Romantic Nature”, in D. A. Kent, *The Achievement of Christina Rossetti*, Ithaca, N. Y., and London: Cornell University Press, 1987, p. 275 – 276.

② Christina Rossetti, *Christina Rossetti: The Complete Poems*, ed. R. W. Crump and B. S. Flowers, London: Penguin, 2001, p. 289.

就是纽曼所称的“神圣的体系”，或是“不可见的真实存在”。[①] 显然使得读者回想起圣·保罗（St. Paul）的宣言，即上帝所拥有的“自从造天地以来，神的永能和神性是明明可知的，虽是眼不能见，但借着所造之物就可以晓得，叫人无可推诿”（《罗马书》，1：20）。然而对罗塞蒂而言，这些有形的事物应当被尽早丢弃，以此拥抱完整的精神世界。例如，《一种更好的复兴》（“A Better Resurrection”，1857）强烈地提倡，为了感知基督，应该抛弃所有的依恋和分心：

> 我没有智慧，没有文字，没有眼泪；
> 我的心若磐石
> 因奢求太多希望和恐惧而变得麻木；
> 向右看，向左看，唯我独居；
> 我抬起眼，却悲伤地难以看清
> 我看不见永恒的山川；
> 我的人生存在于一片落叶之中：
> 耶稣，请赐予我力量。[②]

《一种更好的复兴》回顾了将重生与春天联系在一起的事实，然而在这里，重生与秋天的落叶联系在一起，而冬天则是作为死亡和天堂的意象出现的。[③] 杰罗姆·麦甘（Jerome McGann）所认为的，罗塞蒂希望世间事物，能够超越俗世而进入天堂。“存在于落叶中的生命”，实则是根植于一种精神能量之中。当华兹华斯作为一个外部观察者，将上帝赋予在落叶的“移动”中时，罗塞蒂却让自己，完全沉浸于这个“移动”之中。因此，读者不免思索一个问题：为什么如此之多的牛津运动作家，将诗歌作为个人探索信仰和教义的方式？

---

① Newman, *Apologia*, p. 37.

② Christina Rossetti, *The Complete Poems*, p. 305.

③ E. Mason, “Christina Rossetti and the Doctrine of Reserve”, *The Journal of Victorian Culture*, Vol. 7, No. 2, 2002, pp. 196–219.

第三节　牛津运动的诗歌

罗塞蒂选择诗歌，表述她的基督教信仰，实则并不能完全地反映她和牛津运动的联系。对牛津运动而言，诗歌等同于宗教真理，为信徒们提供了交流和理解信仰的最佳方式。浪漫主义的诗学理论暗示出，诗歌这种体裁包含抽象、超自然，和神圣的方方面面。基布尔通过将感情自发流露的宗教化，进而上升到精神层面的过程，从而扩展了这一理论。基布尔也认为，诗意的情感更像是压力或紧张情绪的表露，以宗教的内涵展现出来。他在1832年写给柯勒律治的信中陈述道："我的想法是——将诗歌视为过度感情、或是丰富想象力的宣泄口。不同的诗歌类型，实则是诗人类型的不同体现。"①

对于诗歌不同类别的界定，基布尔在他的《诗歌论》中进行了概述。"初级"诗人"不由自主地受到了冲动的驱使，诉诸写作，以使焦虑的思想得到救济与安慰"；而"中级"诗人则"模仿前人的思想、表达形式和写作方法"。② 在第一类群体中，这些诗人包括维吉尔，贺拉斯（Horace）以及但丁（Dante）。在第二类群体中则包含了更为现代的诗人，例如拜伦（Byron）和雪莱（Shelley），他们的诗歌中承载着治愈的力量，从而被联系在了一起。诗歌并不简单地提供慰藉，它实际上被定义为一种慰藉。通过在读者心中创造一种柔和的情感，引导、激发个人的思想，谱写出崇敬与祈祷，诗歌令焦虑不安的个人得以舒缓。③ 在这一观念上，《公祷书》和《福音书》的本质是诗意的，它们都充满了治愈的真理，就像诗人、先知、信徒，提示了人类本性中潜在的神圣本质。如果初级诗人使读者沉淀下来，那么中级诗人则创造了

---

① Prickett, "Tractarian Poetry", p. 281.

② J. Keble, *Lectures on Poetry* 1832 - 1841. Trans. E. K. Francis, 2 vols, Oxford: Clarendon Press, 1912, i, pp. 53 - 54.

③ Keble, *Lectures on Poetry* 1832 - 1841, ii, pp. 482 - 483.

一个空间，在这个空间中能够获得镇静，书写教会和国教的传统。后者的思想在基布尔的作品中，以暗喻的形式出现，为信徒们提供了联想的空间。在诗歌中，对情绪的锻造和表达弥漫于信徒之间，并且由教堂礼拜仪式中体现出来。乔治·赫伯特（George Herbert）的《寺院》（*The Temple*）、艾查克·威廉姆斯、费利西亚·赫曼斯和华兹华斯等诗人，将诗歌的模式重塑为宗教本质和宗教体裁。

1912 年之前，《诗歌论》始终没有翻译，在此期间，基布尔却以此理论广泛传播。1838 年，在对 J. G. 洛克哈特（J. G. Lockhart）所著的《沃尔特·司各特爵士的生平》（“Life of Sir Walter Scott”）的评论中，基布尔将此理论阐释出来。他讨论道：“诗歌是用文字进行间接的表达。对一些压倒性的情感、流行的品味或情感，当纵情表达被压制时，则用有韵律的文字表现最佳。”① 在此，读者需要关注的一个词是“间接”，在诗歌中流溢的情绪含蓄地暗示了一个神圣状态，即“诗意”，并最终表现为真理所彰显的“宗教性”。在诗歌中解读宗教含义的理论，被牛津运动者们视为“有所保留”，认为这是他们教义中的核心层面，表明上帝的法令仅对那些虔诚之士所感知。有关信仰的著作和对《圣经》的注解，都应当运用暗喻和典故的方法，只让被接纳入会的信徒，理解其中的宗教真理。这一保留同样能够防止那些受过教育的宗教以外的读者们，接触到圣经法令，同时能够降低上帝的某些信条，超越人类理解范畴这一事实，最终仅向那些信仰来世的信徒们展示出来。诗歌以一种有所保留的方式，将宗教信息进行传递，并且是一种感知上帝的隐晦而敏感的极佳体裁；而福音教派的写作和表述方式，与牛津运动者相比，显然过于直率，甚至时时充满攻击性。因此，福音教派的写作方式，被牛津运动者们谴责为——野蛮地将宗教秘密外泄。由于牛津运动者对宗教主张以柔和、拘谨、颇有女性化的方式处理，这种“保留派”的牛津男性追随者，

① J. Keble, “Life of Sir Walter Scott”, *British Critic* (1838), *Keble*, *Occasional Papers and Reviews*, Oxford and London: James Parker and Co., 1877, p. 6.

甚至被批评者烙上了“女人气”和“纤弱”的标签。① 当牛津运动中的男性们，开始以“亲爱的”彼此相称，且这一趋势渐趋流行时，这种指责更为激烈。纽曼和朋友安布罗斯·圣·约翰（Ambrose St John），手牵手漫步在牛津，以及纽曼在前往利蔔摩尔之前，二人含泪惜别的画面，成为牛津运动中真挚情感的神话般的场景。②

这种女性化的审美，也为女性作为沉默的神学观察者，选择诗人作为职业身份，进行了有力的辩护。同时，这一审美倾向，也摆脱了宗教学习只适合男性这种炫耀的特权。这种含蓄、保留的释经方法，同样使得女性，强调她们作为信徒和诗人所具备的沉思本性，并因此让她们扮演同牧师和神学家几近相同的传教角色。例如，朵拉·格林沃尔就证明，和其兄艾伦（Alan）——在兰开夏郡的古尔博尼教区（Golbourne Rectory）的牛津运动者相比较，她是位更为伟大的神学思想家。事实上，她的宗教论文和诗论都围绕着一个主题——神学研究并非不适合女性，而是个人不能同时承担诗人和信徒两种角色。在她的诗歌《诗歌的精神》（“The Spirit of Poetry”，1875）中，格林沃尔写道，“诗歌似乎是基督教的同盟军”，她既说到“（诗歌是）受到束缚的灵魂的翅膀”，又表明“对人类而言，诗歌超越了他们（的理解范畴）”。③ 然而，她依然担忧，诗歌能使灵魂沉浸其中，迫使“想要宣泄的情感，最终被束缚住”，并为“黑暗的狂喜”寻求食粮。④ 她和罗塞蒂一致认为，基督压抑了天性，基督“作为园丁，作为净化器”，同天性“进行交战”，净化天性中催眠果实的“藤蔓”；而与此同时，诗歌则危险地鼓励着“成群的”“野葡萄”不受驯服地萌芽。⑤ 不仅如此，宗教“以命令和发号施令为生；它的目的在于压抑天性，镇压激情”，而诗歌则“仅存于情绪化的氛

① D. Hilliard, “UnEnglish and UnManly: Anglo – Catholicism and Homosexuality”, *Victorian Studies*, 25: 2 (1982), pp. 181 – 210.

② Prickett, “Tractarian Poetry”, p. 280.

③ D. Greenwell, “The Spirit of Poetry”, *Liber Humanitatis: A Series of Essays on Various Aspects of Spiritual and Social Life*, London: Daldy, Isbister and Co., 1875, p. 119.

④ Ibid., p. 123.

⑤ Ibid., p. 124.

围中，如果没能找到这样的气氛，它便偏离原有的道路进行创作”。[①]

此后，格林沃尔对自己成为诗人这一愿望变得格外紧张，她同时感到惊恐，因为诗歌有着更加“病态的精神状态”，被称为“光辉的疾病”。[②] 同基布尔一样，她意识到，诗歌本身是由诗人寻求慰藉的情感所定义的，这种慰藉则是通过含蓄表达而实现的。正如她在诗歌《保留》（“Reserve”，1861）所传达的：

现在我能否向研究一些高深的任务一样研究你
这些任务按劳支付；我会发现
你的灵魂中真实的统治者，并因此揭开
它深处，稀少的和谐，这些则要求
有所解释；如一个雅致的面具
是你的冷静，宁静的包容；而藏在面具后面的
则是你的灵魂和你阳光般善良的笑意，
还有那充实的愉悦，让人沐浴其中。
难道你要把障碍放置在
情感与未知世界间的潮流中
你不知道它的力量；你在人群中用自尊包裹着自己，
“因而遭遇着；你们也无法走远；”
但我不同，亲爱的朋友，我的心是如此广阔
它愿饮下所有你们溢出的情感。[③]

在格林沃尔的诗中，将上帝比喻为渴望理解、并揭开圣人深不可测的秘密的叙述者，探究“它深处，稀少的和谐”。她承认，她所寻觅的事物隐藏在

① D. Greenwell, “The Spirit of Poetry”, *Liber Humanitatis: A Series of Essays on Various Aspects of Spiritual and Social Life*, p. 127.

② D. Greenwell, “Stray Leaves”, in W. Dorling, *Memoirs of Dora Greenwell*, London: James Clarke and Co., 1885, pp. 20 - 21.

③ D. Greenwell, “The Spirit of Poetry”, p. 135.

善行的面纱之后，即有着“一个雅致的面具”。同罗塞蒂的叙述者一样，格林沃尔的宣讲者相信，真理是可以被感知的，即一种“充实”或“情感的涌动”准备充分时，能让人沐浴其中或畅饮释然。然而体验这种经历，则是充满阻碍的，不仅因为“保留”会阻止其散布，人们很难得到所求；同时因为人的本性，即这种“保留”会拖延到生命最后一刻。“众人”很难理解这一点，因此拒绝通往真理的大门。然而对于牛津运动者而言，他们也会被局限在赎罪中，直至他们真正做好准备。一旦做好了充足的准备，正如如上的叙述者一样，这些信徒会变回上帝广袤的身体的一部分，这是“华兹华斯的追随者”所体悟到的一种共鸣的宗教情感。

在基督教的诗歌中，人们很难清晰地表达个人的愿望或是对上帝的感受。但是，作为诗歌这种体裁，其长处在于能够重复、回顾《圣经》和祷告文中的诗句。德洛丽丝·罗森布拉姆（Dolores Rosenblum）认为，“在哀求者不能反复地诉说同一件事，或是无法倾诉过多时”，吟唱的祈祷者和虔诚的诉说者却是“无穷无尽的”：有所节制的表述能够避免危险地畅所欲言，而祈祷者的祷告则可以使信徒洋溢着虔诚的情感。[①] 阿德莱德·安妮·普科特是维多利亚女王时期最受欢迎的畅销作家，她同样探究了有所节制的叙述。在她的诗歌中，她时时将宗教信念模糊化遮掩。例如，在诗歌《私语》（“Murmurs”，1856）中，她将对圣母的期望以低语来传播，而不是主流的发声。沉默低调的叙述者，祈求读者们能够“听着，我将要告诉你们，天地万物吟唱的歌声”。然而事实上，诗歌却并没得到想要的简洁，反而成为名副其实的折磨：

> 难道你不想创造一些明快的音乐
> 为伤痛发出一丝声音？
> 难道你不想编织一些美丽的花

---

① D. Rosenblum，“Christina Rossetti and Poetic Sequence”，in Kent，*Achievement of Christina Rossetti*，p. 152.

将疲倦的链条缠绕？①

这首诗被称为《圣洁之歌》，柔和地暗示了这首诗的宗教本质。诗人将她的深意，隐匿在虚无的隐喻中：他们回响，泛起涟漪，并在试图放大信徒“微小的声音”，使之闪闪发光。这首诗和“节制、保留”的原则一致，将其自身的音量调低。诗歌《不必明说》（“Unexpressed”，1858）同样揭示了信徒们所拥有的安静的灵魂，直至他们升入天堂。这首诗尝试以不同的方式，揭示“居住在每个艺术家的灵魂中”的秘密，然而这些尝试，最终皆以失败告终。同布莱克一样，普科特也使用“艺术家”这一称呼，所指宣称有信仰的人，这一过程则体现了一种美学的创造。然而创造与生俱来的美感，却总是令“凡人的眼睛”视而不见，只有上帝能够和这些形式上有所节制和保留的艺术家们，产生共振：

真正的诗人难以借数量编织
他所有的梦想；但是那些神圣的部分，
他们藏匿于全世界中，只对自己言说那些
心中无声的安宁。②

因此，诗人最神圣的吟诉，对于凡人的世界而言，显得过于明晰。这些隐秘被局限在人们心中，限制了强烈情感的述说，直到这些情感在更为神圣的领域爆发。诗人所说的“数量”，所指的是释放情感的诗节单元，这些数量不能完全地将诗人的梦想或情感流泻而出。然而神圣的部分，即他们诗意的天性，则深深烙印在祈祷者内心，以至于上帝能够倾听到这些诗人的信仰，即便他们保持着沉默。正如基布尔在他的《诗歌论》中所述，“诗人（诗节）数量的多样性，在引导我们理解他的个人情感和性情方面，极其重要；就像

---

① Adelaide Anne Procter, *Religion versus Empire*: *British Protestant Missionaries and Overseas Expansion*, *1700 - 1914*, Manchester: Manchester University Press, 2004, p. 158.

② Procter, *Religion versus Empire*, p. 172.

一个人走路的方式，正是他思维运动的指引”。①

对许多19世纪的读者而言，基布尔诗学理论的应用，体现在纽曼的赞美诗《引路慈光》（“Lead Kindly Light”，1833）之中，这首诗刻画了从黑暗走向光明的宗教历程：

> 黑暗之中，恳求慈光引领，引我前行！
> 黑夜漫漫，我又远离家庭，引我前行！
> 我不求知前路是何情景，
> 只恳求主一步一步引领。②

这并不是简单的宗教“启蒙”诗，这首诗表白了一种对无人了解的上帝，心怀坚定信任和绝对依赖的信仰。然而这种“罪证”，在本质上暗藏着纽曼和普科特的堕落：他们在诗歌中长期对宗教的模糊化处理，是他们将罗马天主教视为固执的“真”基督教的结果，他们认为罗马天主教为所有的谜底，提供了牢不可破的答案。相反，牛津运动在济慈式不确定性的诗歌领域下前行，为信徒们提供了纽曼所称的“中间道路”（via media），即便纽曼最终也认为“中间道路”存在缺陷。他在著作《自我辩护》（*Apologia Pro Vita Sua*，1864）中宣告，在皈依之时：

> 感受到了完美的平和与满足。我从没有过任何疑问。我并没有意识到，我的皈依是否由思想的不同，或是我的性情所引起的。我同样也并未意识到，我对天启或自制中的基本真理是否有着坚定的信仰；我没有多少热情；但是就像在狂野的大海流向港湾一样，我的幸福将坚定地保存至今。③

对纽曼而言，这一皈依使得他在以下几个方面的宗教信仰更为坚定：“圣

---

① Keble, *Lectures*, p. 106.

② Newman, *Discussions and Arguments on Various Subjects*, p. 256.

③ Newman, *Apologia*, p. 214.

餐变体论”（Eucharistic transubstantiation）、“无沾成胎说”（the immaculate conception）、上帝的“无过失论”（God's infallibility）、强调对身体训练（身体需要“救赎、净化以及修复”）的需求和对普世信仰的必要性。很快，牛津运动变得像一个所有规则都保持神秘的社团，其标志为“折衷办法”（half - measures）和“合理储备”（economical reserve）。相反的是，纽曼认为，罗马天主教已经创造了一种“绝对的思想”，从而使他从未知和禁锢中解脱出来。他在感到自由的同时，也充满了负疚感，因为他将他曾作为结构性角色所属的宗教抛弃。由纽曼所写，之后由埃尔加（Elgar）谱为音乐的《杰罗休斯之梦》（*The Dream of Gerontius*，1865）中吟唱道：

(耶稣，请怜惜我！玛丽，请为我祈祷！)
这是一种全新的感受，在此之前我从未感受过，
(请与我同在，上帝，在我身处绝境之时！)
我将要远行，我将要不在。
是这陌生的来自内心的抛弃。①

这种诗歌的力量，至少给牛津运动造成了某种困扰，被这种皈依所毁灭的不仅有纽曼，还有亨利·曼宁以及费伯。更糟糕的是，紧接着发生的“戈勒姆审判”（Gorham Judgement），这一事件由超过 50 名牛津运动者领导，直接指向罗马天主教会。“戈勒姆审判”一名的由来：埃塞克特高教会主教亨利·菲尔伯茨因福音教派传教士戈勒姆（G. C. Gorham）拒绝接受洗礼新生（baptismal regeneration）的学说，从而被提出公诉这一事件而命名。这一学说规定，洗礼标志着信徒进入教会的开始，许多枢密院审判委员会推翻了菲尔伯茨的指控，导致牛津运动者备感震惊，之后许多牛津运动者转向罗马教，这一行动摧毁了许多坚定的国教信徒，如基布尔和威廉姆斯，这些国教信徒将这一行动视为对英国国教和上帝的深深背叛。另外，所有在英国工作的牛

① Newman, *Discussions and Arguments on Various Subjects*, p. 275.

津运动的在职者，在 1845 年至 1850 年的事件余波中，数量实际是增长的，有着这一信仰的人，开始更为关注宗教仪式的实践而非教义的争辩。[①] 正当对于神学的辩论，从基布尔的“巡回布道”转移到“戈勒姆审判”时，在 19 世纪 60 年代期间，英国基督教见证了教徒对圣餐仪式和礼制关注的复兴。这一教条的细节在各种讲道坛和出版物中被讨论和概述，但是在一个大众文化程度较低的社会，“仪式主义”（Ritualism）作为这类观点的象征和表征，则表现得更具基础性和代表性。

第四节　牛津运动的仪式主义

19 世纪 60 年代，关于仪式庆典的辩论成为英国宗教的焦点时，其表征体现在新建的牛津运动教堂中，以及教堂的装饰物品和多彩装潢中。早在 19 世纪 30 年代，一场绚丽的中世纪礼制的庆典便出现在罗塞蒂的基督教堂中，然而在 19 世纪中期之后，大多数的牛津运动教堂逐步走向平庸，无论这些教堂建于牛津地区内或是牛津地区外。例如，本杰明·周伊特（Benjamin Jowett）在他 1865 年写给朋友的信中，表达出了他对伦敦地区仪式主义程度的惊讶之情，“如果你走在国外，你将被伦敦教堂发生的巨大变化所震惊。在这里，一种美学的天主教复兴正在进行着”[②]。大多数牛津运动者将仪式主义理解为一种巴洛克式、罗德派的庆典的践行，然而它同样使用祭坛的灯光、蜡烛和面罩，在献祭集会时下跪，为死者祈祷，燃烧香薰，在圣餐杯中混合水和酒，提升圣餐的地位，皆表明为哥特式的礼制。一些牧师穿着十字褡提供圣餐，这种古老传统的衣服是罗马贵族在中世纪后期所着，源于佩奴拉（paenula），

---

① Herring, *Oxford Movement*, p. 71.

② P. Thureau - Dangin, *The English Catholic Revival in the Nineteenth - Century*, 2 vols, New York: E. P. Dutton and Co. , pp. 60 - 61.

或是户外大袍。[①] 仪式主义的其他标志包括圣歌服务，一列庄严的牧师和来自教区委员会的合唱团，在庆祝圣餐仪式时，以背光十字架装饰圣坛，使其展示出季节性的不同色彩。[②] 少部分牧师甚至在耶稣受难日（Good Fridays），进行三小时祈祷式（Three Hours Devotion），这是罗马天主教仪式的明确标志。当霍尔本的圣奥尔本斯教区的传教士亚历山大·马科夫斯基（Alexander Mackonochie）决定实践如上仪式时，他被教会协会（Church Association）指控为"罗马天主教"（Popery）。

协会指控宗教仪式中的天主教倾向，得到了这一时期许多牛津运动的评论家的回应。沙夫茨伯里伯爵七世（the seventh Earl of Shaftesbury）便是一个例证。1866 年，他在加入圣奥尔本斯后，在日记中记录道："这种场景融合了戏剧体操、吟唱、尖叫和卑躬屈膝于一体，执行这一系列奇怪动作的，则是那些传教士们。他们总是背对他人，这一点，即使是在罗马天主教堂中，我都没见过。"而对于教堂，沙夫茨伯里抱怨更甚，标志性的饰物和十字架四处乱放，教堂里的氛围被"一朵接一朵、冉冉升起的香薰云"所阻塞，"亲吻着勺子的大祭司，不停地换着香炉。在他翻弄着神圣的香灰时，他不停地摇晃着香炉，直到露出银色的链子"。他所称的仪式般的"情景剧"，伴随着"轻音乐"的鸣响和掩藏在高高祭坛后面的可怕的"铁质高格栅"（tall iron grille）的出现，被进一步强化。换言之，这种高格窗是一种高坛或圣坛屏，其作用是保护教堂内部最神秘部分的私密性。[③] 然而，这种仪式也有着众多的热烈的拥护者。罗塞蒂的忏悔者，理查德·弗莱德里克·利特达尔（Richard Frederick Littledale）便争辩道，仪式从未被宣称是非法的，事实上，仪式可以直接满足国教圣徒的誓言。同样，布罗斯在他的著作《半世纪的基督教堂》（*The Half-Century of Christ Church*，1887）中为仪式主义作辩护。[④] 布罗斯用

---

① Herring, *Oxford Movement*, p. 90.

② Rowell, *Vision Glorious*, p. 128.

③ E. Hodder, *The Life and Work of the Seventh Earl of Shaftesbury*, 3 vols, London: Cassell, 1886, iii, p. 213.

④ Burrows, *Half-Century*, pp. 10-11.

固定的资金，用于购买华丽的艺术品、精美的洗礼盘、宝石装扮的圣餐拼盘、橡木长凳、大理石地板和彩色玻璃窗，以便装点教堂。①

在这些装饰物的影响下进行冥想和祈祷，似乎对罗塞蒂产生了影响，她的诗歌也激发了萨拉·科勒律治，她将基督教堂的宗教氛围描写为一种促进“学习和祈祷于一体的感受，有着文学和文艺的品位”②。罗塞蒂的许多诗歌，都使得读者进入了诗歌的精神空间，佩特称之为一种“遁世的避难所”。③ 例如在《降临节主日》（“Advent Sunday”）中，作者就以“点亮的灯和花环”来描述教堂；而在《眼中的光芒》（“Light in all eyes”）则描述了主持仪式，“带着主教冠的传教士”；《圣诞颂歌》（“Christmas Carols”）描绘了祈祷者的铃铛；在《抬起眼寻觅那无形的事物》（“Lift up thine eyes to seek the invisible”）中，则描绘了“金竖琴”和充满喜乐的圣徒。香薰几乎要让信徒们湮没于《你可爱的圣徒带给你的爱》（“Thy lovely saints do bring Thee love”）中。珍贵的各种石头——红宝石，钻石，珍珠——遍布在诗行之间，例如《以爱为旗在我之上》（“His Banner over me was Love”），《死亡消逝如流沙》（“Whence death has vanished like a shifting sand”）和《因环境而美丽》（“Beautiful for situation”）。这些虔诚诗歌的意象，创造出一种明亮的氛围，并通过提及温柔地飘在戴着宏伟的皇冠、穿着长袍的耶稣身旁的天使撒拉弗（Seraph）和小天使，使得这一氛围得以增强。

罗塞蒂诗歌中仪式主义的主题，为揭示上帝的秘密提供了一条炽热的通道。正如仪式主义所倡导的：昏沉而阴暗的教堂中，传教士的长袍、水晶般的圣餐杯、彩色的玻璃窗格和无数的蜡烛的光芒，为神秘主义提供了一种途径。在黑暗中摇曳的烛光，是一种常见的宗教隐喻，代表着正义战胜邪恶，而仪式主义则生动地推动了这一观点的发展。仪式主义在诗歌中的这种倾向，使得牛津运动的诗歌方向发生改变，不再趋向于威廉姆斯和费伯所代表的哥

---

① Burrows, *Half-Century*, pp. 21, 31, 47, 50, 66.

② Ibid., p. 67.

③ W. Pater, “Style”, *Appreciations: With an Essay on Style*, London: Macmillan, 1889, p. 14.

特式写作；传统哥特式写作的固有模式，是通过对基督之死，进行残酷、饱受折磨的改编，从而传递血腥的欧洲大陆所秉持的虔诚。[①] 例如，在威廉姆斯的《滴血的十字架》（*The Cross Dripping Blood*）中，通篇描述“从他手上流下的血”“一滴一滴坠落，从他的太阳穴滴下”，他拖着“苍白的躯体”。[②] 这些对刑罚的可怕叙事手法，之后被仪式主义诗歌中弥漫的轻柔方式所取代。仪式主义将主题关注点，聚焦于神圣的精神上，将个人的宗教体验从经验主义和物质主义的攻击中摆脱出来，开始探索苍穹之间，光亮重燃和天使启示的瞬间。

将早期以威廉姆斯为代表的牛津主义诗歌，同晚期以霍普金斯为代表的仪式主义诗歌相对比，读者可以看出此时期诗歌的改变。后者极富魅力的诗歌，在闪光的金箔或蜻蜓的嗡嗡声中，在蛛丝马迹中循迹上帝的踪影，而并非像早期诗歌一般，将读者湮没在基督的血泊之中。对威廉姆斯而言，正如基布尔所称，一种名为“类比”的方式，构筑了解读上帝的方法，而这种观点则是来自大主教约瑟夫·巴特勒（Joseph Butler）的《宗教类比》（*The Analogy of Religion*，1736）一书中。19世纪初期，这本书为圣职候选人的必读书目。类比意味着信仰在自然和超自然，或与道德世界达到一致，使得宗教和上帝的本质或影像，让教徒在感知的事物中被体现或揭示出来。纽曼将这一观点描述为“物质现象，既是看不见的真实事物的种类又是其工具的教义”，“信仰的奥秘”存在于实物之中。[③] 然而霍普金斯认为，巴特勒式的类比稍显目光短浅，不能抓住自然世界中固有的现象：物质现象不能算为类别，它和构成分子检测数据的拼图不一样。霍普金斯将这一观点称为“内在的特性”，这个定义表示他所认为的物体的能量，这种能量通过“内力”，不断地保持着生命力，同时“内力”又可以防止这一言论过时。

---

① G. B. Tennyson, *Victorian Devotional Poetry*: *The Tractarian Mode*, Cambridge, Mass.: Harvard University Press, 1981, p. 168.

② I. Williams, *The Altar*: *Or*, *Meditations in Verse on the Great Christian Sacrifice*, London: James Burns, 1847, XXII, pp. 1-4.

③ Tennyson, *Victorian Devotional Poetry*, pp. 52, 143.

这种理论化的诗学观点在一种无形的世界中浮现，它认为宗教并没有隐藏在自然物体之后，而是存在于这些自然物体之中。1870 年，霍普金斯在个人记录中暗示了这一点，他描写这一过程，几乎等于在风信子所创造的催眠般、虔诚的气氛中，个人逐渐丧失自我。

> 我从未见过比风信子还要美丽的事物。我通过它，了解到上帝之美。它像白蜡树一般，融合了力量和优雅并存的内在特性。它的头部向后低下，就像船头破浪时，从船的龙骨处拉回时的拱形一般。一排排风信子的铃铛不断敲打并躺着，有些并不对称地散布着，而有些则平行地铺开。它们看上去锋利地能划破纸张。在铃铛间的阴影和翘起的花瓣尖投射出的阴影，显示出它们的细微区别，花瓣尖散发出精致的光芒。[①]

J. R. 沃森让读者意识到，这篇文章是多么“精致且细腻”，并且“充满爱意”。它以谨慎的美学洞察力，揭示了对于世界生机的无穷探索，而非对逝世圣人之生活的关注。[②] 霍普金斯创造了一种复兴宗教的类比形式，这种形式启发教徒对于事物的普遍认知，而不会描绘浑身鲜血的基督，强调洞察事物的枝节等细节的观察和反思。

两种类型的诗歌，其共有的特性是——对宇宙和自然的奥秘的情感有所保留与迂回。然而霍普金斯相信，这种奥秘是可以破解的，但并不是通过学习罗马仪式或复杂教义，而是从信仰出发、观察事物，这是更为机警的过程。正如他在日记中所哀悼的：“我为内在特性之美充满了未知，并向普通人隐藏而感到难过；如果人们能够发现它，或是它可以发出个体声音，那么这种美近在咫尺。”[③] 霍普金斯的美学，实则融合了牛津运动的教义，并保留了将自然视为艺术的强烈见解，不仅反映出他同佩特和史文朋的友谊——这两人均

---

① Gerard Manley Hopkins, *The Journals and Papers of Gerard Manley Hopkins*, ed. H. House and G. Storey, Oxford and London: Oxford University Press, 1959. P. 199.

② J. R. Watson, *The Poetry of Gerard Manley Hopkins*, London: Penguin, 1987, p. 18.

③ Gerard Manley Hopkins, *Poems and Prose of Gerard Manley Hopkins*, ed. W. H. Gardner, London: Penguin, 1953, p. xxi.

被自然的图案和设计所吸引，还反映出他在牛津的求学经历。在牛津，他成为贝列尔学院（Balliol）的仪式主义者，深深被蒲赛和纽曼所吸引，致力于创新出仪式主义下高派教会的神奇领域——这一领域是他通过个人经验，而进入到的超自然世界的体验。然而作为罗马教的皈依者，并最终在 1868 年转信为耶稣会成员，这位诗人在禁欲主义中，也投入了大量的精力。他基于忏悔的目的，沉迷地记录了自己的“罪孽”，并对这些罪孽的描写，就像对风信子的描写那样详细。霍普金斯极端自律，驱使他焚烧了个人的早期诗歌。在他成为耶稣会信徒的过程中，他“决定不再写诗，因为这并不是我的职业，除非来自我上级的意愿”。[①]

然而知名的是，他的上级确实鼓励他继续写诗。霍普金斯所在的北威尔士圣布诺耶斯（St Beuno's）的教区牧师，鼓励他对其在《时论册集》中所读的《德意志》（Deutschland）之沦陷的文章，进行回应，这一事件由一群被普鲁士（Prussia）驱逐的修女领导。[②] 他从报纸中获得了真实细节，与他从这件事中认识到的教义启示紧密相连，让他意识到，诗歌能够完美地平衡语意、表述、韵律和情感。[③] 正如霍普金斯在诗歌《茶隼：致我们的主耶稣》（“The Windhover：To Christ our Lord”，1877）的第一段中所表述的：

> 我捕捉到了这最初的清晨的宠臣，白昼
> 之王的太子，这黎明勾勒其斑纹的鹰隼，它骑乘
> 在那被稳定的空气托举的旋转的平面，在高处大步
> 前行，看吧，它那折叠起翼翅之缰的陶醉
> 忘我的盘旋！接着向前，飘荡，飘荡在秋千上，
> 就像冰鞋的后跟滑出一道弯曲的弧线：在俯冲与滑行中
> 抗拒着大风。我的心被那只鸟儿

---

① Hopins，Hopkins's letters to R. W. Dixon of 12 – 17 Oct.，23 – 5，in *The Correspondence of Gerard Manley Hopkins and Richard Watson Dixon*，ed. C. C. Abbott，Oxford and London：Oxford University Press，1935.

② N. White，*Hopkins：A Literary Biography*，Oxford：Clarendon Press，1992，p. 250.

③ White，*Hopkins：A Literary Biography*，p. 283.

暗暗激动——去掌握那事物的秘密，去把一切完成！

(Ⅱ.1－10)①

“事物的秘密”传达了上帝的内力，存在于自然之中。在诗歌中，这种内力由鸟来指代，上帝通过鸟，将这一种宗教感受通过“内部施力”传达给了诗人。诗人隐藏的内心，在保留中等待，直到被茶隼在圣礼的鼓翼，重新唤醒。这种鸟类在圣餐仪式中，实则是上帝的实体代表。霍普金斯很少在他的诗歌中提及教会年历，而是依靠对神秘教义的领悟。他同很多牛津运动者一样，对圣餐持有热情，将圣餐视为典型的内力体现。《盗贼的第一次恳谈》(*The Bugler's First Communion*)，《清晨，正午和夜晚的祭品》(*Morning, Mid-day and Evening Sacrifice*)，《复活节恳谈》(*Easter Communion*)和《恳谈》(*Communion*)，都描绘出圣餐是上帝转变为实物的表现，并巩固了一种看似缥缈的信仰。事实上，就像对他有着直接影响的前辈罗塞蒂一样，他们皆强调神圣之爱，圣礼独特的超验性和对“内力”形象化的表现。

纵观19世纪，在阅读牛津运动诗歌时，如何区分神圣的情感和人类欲望的感官享受，是让人费解的问题。霍普金斯刺痛神经的诗歌，或许唤起了更多类似祈祷者的情感。类似的问题也让仪式主义者大伤脑筋，他们将其归咎于爱德华·门罗（Edward Monro）所称的“中空唯美主义”（hollow aestheticism)。在1850年于政府部门布道时，门罗警告他同期的传教士们并谈到，仪式主义的装饰物“仅仅是虫茧，其中不朽的灵魂正亟待破茧而出。我们不应当将时间浪费于此”，而应当专注于“众人”之“心”。② 霍普金斯的导师，沃尔特·佩特在艺术至上的宣言《文艺复兴》(*The Renaissance*, 1873）中，将“经验的果实”排在经验自身之上。因书中涵盖的一系列有关意大利艺术的印象派的文章，以及读者被佩特在书中的言论所激怒，佩特被冠名为享乐主义者。佩特认为，存在是理想化的对“学术兴趣”(intellectual excitement)

---

① Watson, *The Poetry of Gerard Manley Hopkins*, p. 28.

② E. Monro, *Sermons Principally on the Responsibilities of the Ministerial Office*, London: J. H. Parker, 1850, pp. 105－107.

和“高雅热爱”（exquisite passion）的恒久忍耐，“燃烧着持续的、似宝石般的火焰，来保持着这种狂喜，便是生命的成功”。[①] 这种建议被许多评论视为极度危险的存在，会造成艺术与宗教，真理与美之间的迷惑。在他关于柯勒律治的论文中，佩特坚持认为“现代思想”应当是“相对的”，而非“绝对的”。这一令人震惊的前提，则是信徒们所坚信的上帝的纯真概念。[②] 与此同时，奥斯卡·王尔德华丽地嘲弄神学家和科学家纷纷陷落的困境，王尔德转而追求和谐、感官与热情的希腊式思想。

佩特在《文艺复兴》中，表述了个人的异教徒观点和宗教系统改革思想，暗示所有的信仰都是情感的体现。这一想法对部分人而言，显然十分冒犯，但对于依仗自身情感而不是神秘的拉丁文本来感知上帝，显然解放了信徒的思想，使信徒更为自由。然而这种宗教情感中，并不是属于非国教教义的分支；其具体原因在于佩特是以高教会的仪式主义为基础，并以此阐释其中的宗教美学。[③] 当然，年轻的佩特就如霍普金斯一样，是牛津的仪式主义者，并短暂地反抗过他的信仰。汉弗莱·沃德夫人在读完《文艺复兴》近50年之后，曾经如此评论，佩特努力地从“牛津的基督传统”中发出“完全超然”的声音。她认为，佩特在其位时，赞扬了“更崇高、更强烈的愉悦审美的模式”，以对抗“基督教义所宣扬的自我否定与克己”。[④] 佩特中和了牛津运动的严格管教，并保持了对其神秘教义的渴望。同基布尔一致，佩特在诗学方面的文章，模糊化了对宗教的讨论，诗歌在宗教的层面上，被奉为崇高、光怪陆离和极乐的。正如约翰·谢尔顿·里德（John Shelton Reed）争论的，19世纪“在进步的国教思想与世俗的前卫派之间，存在很多的重合和或多或少的交流”，这两种思想均同奢靡、倦怠和反复无常的年青一代的毫无节制相关联。[⑤]

---

① W. Pater, *The Renaissance*, ed. Adam Phillips, Oxford: Oxford University Press, 1986, p. 152.

② Pater, “Coleridge”, *Appreciations*, p. 65.

③ Pater, *Renaissance*, pp. 129 – 130.

④ M. A. Ward, *A Writer's Recollections 1856 – 1900*, London: W. Collins Sons and Co. Ltd., 1918, pp. 120 – 121.

⑤ Reed, *Glorious Battle*, p. 218.

最后，本节的焦点转向牛津运动的负面影响。无论在宗教或世俗层面，牛津运动中的罗马天主教倾向，也因此引发了福音教派对牛津运动的成见和批判。笔者将在下一章的福音主义中讨论。在此，笔者总结如下：正当诸多福音教派成员，质疑牛津运动过于超凡脱俗，对于社会事件毫不关注之时，仪式主义在不列颠的主要城市中，开启了一系列的慈善行为。霍普金斯在利物浦郊区讲道时，情绪一度崩溃；而很多拥护仪式主义的“贫民窟的牧师”，将精力投入对穷人们物质与精神上的慰藉之中。仪式主义者的“花团任务”（flower missions）包括：安置无家可归的人，教育贫困的底层，向贫穷的人们施以恩惠等行为，在这一任务中，志愿者们在街道上洒满花卉，以提示上帝在世界的存在与生机。此外，自律的仪式主义则要求信徒们，努力成为辛勤劳作和自我牺牲的个体；鉴于之前教会工作的失败，仪式主义者再次鼓励以崇拜上帝的形式，吸引那些未受教育的人民。[①] 正如罗塞蒂的朋友——利特达尔所拥护的：“仪式主义就像是在礼拜日进行的远足训练，将穷人们从阴郁、污秽的日常生活中，带到一个充满了美、色彩、光明与歌声的乐土。”利特达尔认为，仪式主义的批判者并没有看到仪式主义的作用，“它（仪式主义）有着丰富的画面、音乐的起伏、宽大的空间和窗幔，自由翱翔”。[②] 狄更斯对这种观点深有同感，但他也认为，仪式主义对信徒感官和视觉上的过度强调，引导信徒们走向罗马教的行为，而令人感到懊恼。笔者将在第六章中，进一步探究这种焦虑情绪，探索教众对唯心论、神秘学和神秘主义复兴的兴趣。同时，不可否认的是：牛津运动给社会、教义和美学等方面，留下了文化遗产，这种遗产为现代英国国教在英国和海外的发展奠定了基础。[③]

---

① Reed，*Glorious Battle*，p. 149.

② R. F. Littledale，“The First Report of the Ritual Commission”，ed. O. Shipley，*The Church and the World*：*Essays on Questions of the Day in* 1868，London：Longmans，Green，Reader and Dyer，1868，p. 24.

③ 牛津运动在美国以及北美广受欢迎，并且鼓励了向非洲、新西兰、澳大利亚以及亚洲进行传教的活动。

第五节　夏洛特·玛丽·杨格的牛津运动诗学

自《雷德克莱夫的继承人》一书出版后，夏洛特·玛丽·杨格在读者群中引起了强烈的反响，一跃成为著名小说家，而读者们的反应也大相径庭。杨格的文学生涯显然与维多利亚时期的牛津运动密切相关，她通过个人的小说、儿童故事、文章和小册子等，来广泛传播牛津运动的理想与价值。不同于19世纪其他宗教小说家，杨格吸引了众多读者，甚至著名作家查尔斯·金斯利（Charles Kingsley，1819—1875）、阿尔弗雷德·丁尼生和乔治·艾略特也认真拜读过她的知名作品。人们充分认识到了她在历史上的重要地位，但是在21世纪初期，她的关键地位并未明朗。尽管她是维多利亚时期最著名的女性作家之一，但是其作品并未引起读者关注，只是引起了女性主义学者、历史学家和宗教小说家的注意。原因可能在于，就意识形态而言，与现代研究的焦点偏离较多，但是她的出版数量令人生畏。杨格的社会、政治和宗教价值观，与后现代主义稍有差异，但是她仍具代表性和纪念性。

无论读者如何评价杨格，不可否认的是：她的文学作品比维多利亚时期的多数宗教小说更具文学价值。她的小说精心雕琢，沃尔特·艾伦（Walter Allen）如此评价，其作品在创造人物方面，技巧性高超。[①] 因此，鉴赏杨格的小说，来展示意识形态与文学批评的交互融合，实则趣味盎然。

笔者选择《雷德克莱夫的继承人》作为牛津运动的研究对象，基于多种原因。这本书一经出版，十分畅销，一举奠定了她在维多利亚时期作家的重要地位。她忠实的仰慕者们更喜欢其冗长的家庭编年史，最著名的便是《雏菊花环》（*The Daisy Chain*）。《雷德克莱夫的继承人》这本书情节简单且浪

---

① Walter Allen, *The English Novel*: *A Short Critical History*, Harmondsworth: Penguin, 1958, p. 199.

漫，内容神秘，正是这些元素，使其不同于她的其他作品。它结合了浪漫主义和现实主义，同时融合了基布尔的牛津运动的思想和教导。实际上，杨格重新勾勒了维多利亚家庭世界的中世纪骑士精神，这也是丁尼生在诗歌总集《国王叙事诗》（*Idylls of the King*）致力描绘的世界，而拉斐尔前派则以油画形式，完成了这项任务。

《雷德克莱夫的继承人》于1853年出版，29岁的夏洛特·杨格已经出版了大量作品。但是，凯瑟琳·蒂洛森（Kathleen Tillotson）认为，"《雷德克莱夫的继承人》无论在题材、还是读者反响等方面，都是杨格的全新起点。凭借此书，她超越那些不为人知的在主日学校的教师们，并与《维莱特》和盖斯凯尔夫人的《露丝》一起而名声大噪"。伊丽莎白·华兹华斯（Elizabeth Wordsworth）是杨格的朋友，她评价道，"《雷德克莱夫的继承人》持续畅销，不仅是学校里的女孩们爱看，连成年男性、学者、艺术家都爱看"。[①] 当读者对这本书赞誉有加时，反对牛津运动的人们则对这本书持反对观点。威尔基·柯林斯（Wilkie Collins，1824—1889）在狄更斯1858年每周出版的《家庭词汇》（*Household Words*）中，对读者的热情和喜爱进行了讥讽。

柯林斯的反对意识愈见清晰。他写道："纵观全书，在他最后一次生病的场景中，盖伊爵士和受蒲赛影响的作家们一样，他们喜爱宗教、道德、文学和艺术，实则是了无生气的体现。"[②] 有趣的是，在《雷德克莱夫的继承人》的早期文稿中，两个埃德蒙斯顿姐妹经常会被拿来比较，比较她们二人对《董贝父子》（*Dombey and Son*，1848）中，对于保罗·董贝（Paul Dombey）之死的反应。艾米（Amy）在温室里哭泣，尽管劳拉（Laura）不会像奥斯卡·王尔德那样——在小内尔（Little Nell）死时放声大笑，但她对保罗·董贝的死活漠不关心。

一方面亨利·詹姆斯（Henry James）是夏洛特·杨格的狂热崇拜者，大

---

① Army Cruse，*The Victorians and Their Books*，London：G. Allen & Unwin Limited，1935，p. 50.

② Wilkie Collins and Charles Dickens，"Doctor Dulcamara，M. P."，*Household Words*（18 December 1858），in Charles Dickens，*Charles Dickens' Uncollected Writings from Household Words 1850 – 1859*，2vols，ed. Harry Stone，Vol. 2，Bloomington and London：Indiana University Press，1968，p. 624.

力赞扬她撰写的关于主教约翰·柯勒律治·派特森（Bishop John Coleridge Patteson）的传记。尽管詹姆斯不甚欣赏她的写作体裁，却极力赞扬了其才能——擅长创作富有教化意义的作品，适宜家庭阅读。詹姆斯认为，“否认这些半成品小说的魅力是不公平的。有时，就像《雷德克莱夫的继承人》这本书一样，它们通过天才的力量证明着自己，只有一流的头脑才能完成这件事”①。另一方面，理查德·霍尔特·赫顿（Richard Holt Hutton），就小说与教条之间的关系，提出了一系列问题。赫顿是乔治·艾略特的仰慕者，认为她作为一名小说家，是个人小说诗学的最好例证。他在1861年的《全国评论》（*The National Review*）的文章中，评论了杨格的大量作品。他认为，杨格的伦理小说（*Ethical Fiction*）超越了萨克雷和特罗洛普的现实主义小说，认为杨格对于“道德理想主义的自由发挥，只能限定在教条规则之内”。② 她对于成长于此的“社会等级秩序”极其崇尚和尊敬。③ 赫顿认为，杨格不愿意去探究教条社会和道德教义的局限性，对于同时代阶级的某些价值观，以及正统的基督教信仰感到困惑。基督教真理进入社会习俗领域时，存在着一个灰色区域。赫顿强调探索的能力和道德理想主义的“自由发挥”，这说明他认为道德小说家的任务就是去探索这一灰色区域。

几年前，赫顿在《前瞻评论》（*Prospective Review*）中，谈论了杨格的三部作品，他赞扬了杨格在塑造男性角色方面的才能。④ 他将《雷德克莱夫的继承人》与《三色堇》（*Heartsease*），以及刚刚出版的《兄弟的生命》（*The Brother's Life*，1854）相对照，发现由于《三色堇》在叙事元素方面有缺陷，它“明显不如《继承人》这本书”⑤。这种对比凸显了《继承人》的品质，让

---

① Henry James, *Essays on Literature*, *American Writers*, *English Writers*, Vol. 1, NewYork: Library of America, 1984, p. 826.

② Richard Holt Hutton, “Ethical and Dogmatic Fiction: Miss Yonge”, *National Review* 12 (1861), p. 214.

③ Hutton, “Ethical and Dogmatic Fiction: Miss Yonge”, p. 216.

④ Richard Holt Hutton, “The Author of Heartsease and Modern Schools of Fiction”, *Prospective Review*, No. 10, November 1854, pp. 462 – 463.

⑤ Hutton, “The Author of Heartsease and Modern Schools of Fiction”, p. 463.

它大获成功。它以浪漫主义的结构来承载宗教主题，将福音的原型形态故事与哥特式的情节相结合。有时，这些被现实主义所掩盖；有时在盖伊英勇的海上救援的叙事中，作品更像是纯正的浪漫主义文学。正如弗莱一再强调的，作为整体的基督教的经文，有着浪漫主义的结构。鉴于杨格鲜明的牛津运动的观点，《继承人》一书可被解读为神学浪漫主义（theological romance）与启蒙流派的“哲学浪漫主义”（philosophical romance）的融合。

在杨格的后半生，其受欢迎程度有所下降，其主要读者应该是圣公会女子学校中的女孩们。到了20世纪，她被认为是一个小作家，历史影响值得关注，但吸引力有限。沃尔特·艾伦在评论英国小说历史中，给出清晰性的总结，这也是部分批评家的共识。这些批评家们对她的宗教观点有各种论断：“每个时代都有自己的小说家，这些小说家真实地描绘着这个时代。杨格小姐，带着她对圣公会的虔诚，在众多小说中，为维多利亚时期的民众描绘了理想化的家庭生活。《雏菊》《雷德克莱夫的继承人》《三色堇》这些书，作为维多利亚中期概念的启示录，相当有趣。”①

牛津运动的影响力一直持续到20世纪，而罗马天主教复兴也发生这一时期，并且互相联系。约翰·亨利·纽曼以《第二春》（“The Second Spring”）作为一篇著名布道的题目。天主教复兴对于20世纪上半叶的文学创作，产生过相当大的影响；在文学界吸引了诸多名人皈依天主教，T. S. 艾略特和伊芙琳·沃（Evelyn Waugh）是两位著名代表作家。因此，夏洛特·杨格的作品找到了新的读者和辩护者。乔治娜·巴蒂斯康柏（Georgina Battiscombe）、马格瑞特·玛尔（Margaret Mare）以及爱丽丝·珀西瓦尔（Alice Percival）创作出关于杨格的传记和批判研究，广泛推广。英国天主教会历史学家欧文·查德威克（Owen Chadwick）在他的经典著作《维多利亚时期的教会》（*The Victorian Church*）一书中，认为传统基督教对杨格的回应是正面积极的。他写道：“《继承人》一书……为知识阶层构建了道德理想主义……作为19世纪最富有创造力的小说家之一，她的两三部小说，在任何时代都能跻身最佳基督

① Allen, *The English Novel: A Short Critical History*, p. 199.

教小说之列。因为她有着巨大的影响力，约翰·基布尔在维多利亚教堂中就运用了这一点。”[①] 虽然查德威克并未给出基督教小说的定义，但他和仰慕者一起，对杨格大加赞赏。

批评家 Q. D. 利维斯（Q. D. Leavis）则反对查德威克的观点。在《审查》（*Scrutiny*，1944）的春季刊中，利维斯参考了多种书籍，这些书籍大多来自天主教复兴时期，包括了乔治娜·巴蒂斯康柏的传记。基督教批评家为意识形态感到困惑，这些意识形态涉及文学价值，利维斯对批评家们进行了抨击，并且指责了杨格的“反生命理论”。[②] 不像“狂热的班扬、奥斯汀小姐（Miss Austen）和艾齐沃斯小姐（Miss Edgeworth）”，夏洛特·杨格缺乏“同情心，甚至不认可健康生活里的自然元素”[③]。《审查》谩骂式的口吻，使其吸引力降低，但利维斯提出了需要解答的问题——她迫使读者去思考意识形态与艺术的关系，即基督教的艺术性的问题。宗教批评家经常陷入审美判断和对正统教义的评价之间的苑囿。利维斯的观点如此：只要宗教批评家的观点类似，那就是可以接受的。事后看来，可以说，利维斯处于思想意识的强大控制之下，这一理论的先驱者是 D. H. 劳伦斯（D. H. Lawrence）。此篇文章的假设是：身体健康和性活跃的人要优于残疾人和奉行禁欲主义之人。利维斯的理论可以说是杨格理论的镜像。对杨格而言，“教会是生活的替代品，而不是生活的指明灯”。[④] 她的小说仅包含了许多主日学校的简单故事，而不是对生活的真实反映。笔者将在之后章节讨论此问题，因为此议题关乎小说本质的问题，以及宗教和小说的关系。

杨格并没有在女性主要批评中占据突出地位，她的小说《聪明的家庭女人》（*The Clever Woman of the Family*，1865）十分有趣，而这则是杨格运用虚构方式解决女性问题的鲜明体现。然而，总体而言，杨格的作品没能动摇维

① Owen Chadwick, *The Victorian Church*, *Vol 2. Part One* 1829 – 1859. *Part Two*1860 – 1901, London: scm, 1971, p. 215.

② Q. D. Leavis, “Charlotte Yonge and ‘Christian Discrimination’”, *The Novel of Religious Controversy*, Vol. 3, ed. G. Singh, Cambridge: Cambridge University Press, 1989, p. 236.

③ Ibid., p. 235.

④ Ibid., p. 236.

多利亚时期的社会根基，抑或改变传统中产阶级家庭中的性别角色。但是她的作品如此崇尚这些规则，即使像 R. H. 赫顿这样的维多利亚时期主流批评家，也开始研究她。她保留了对保守党和封建社会的态度，尽管她活到了世纪之交，此时国教教徒也开始认可圣经批评和基督教社会主义，她依然保留了牛津运动第一代对神学确定性的认识。这也影响了《勒克斯的描摹》（*Lux Mundi*，1889）一书的主编——查尔斯·戈尔（Charles Gore，1853—1932）的思想。这让牛津运动的资深成员感到沮丧，这一运动标志着国教教徒在自由原则上的和解。在杨格未完成的《为什么我是天主教徒而不是罗马天主教徒》（*Reasons Why I Am a Catholic and Not a Roman Catholic*，1901）一书中，她对英国国教的理解是天主教式的。尽管在 19 世纪末期，天主教在国教中发展迅速，但是没有迹象表明天主教信仰愈受同情。

《她们自己的文学》（*A Literature of Their Own*，1977）一书，是女性主义在学术研究中最有影响力的作品之一。伊莱恩·肖瓦尔特（Elaine Showalter）以粗略的方式谈论了杨格。她忽略了《继承人》一书中基督教的观点，把盖伊之死视为被动还击，使他能有效地惩罚菲利普。[①] 此外，她还自信地断言，杨格和她的一位牛津同道费利西亚·斯基恩（Felicia Skene）和伊丽莎白·米辛·希维尔（Elizabeth Missing Sewell）一样，想要成为一名牧师。无论是以写作的方式、传教的方式，还是以教学的方式，杨格致力于为英国国教奉献终生。

凯瑟琳·桑德巴赫·达斯特罗姆（Catherine Sandbach - Dahlström）在《成为甜蜜的女佣：夏洛特·杨格的家庭小说》（*Be Good Sweet Maid*：*Charlotte Yonge's Domestic Fiction*，1984）中，对杨格进行了女性主义的学术分析。此专著强调了杨格小说间不同文学体裁的交互作用，尤其是浪漫主义与现实主义之间的联系。作者认为，“杨格的小说在展现堕落世界时，有着强大的戏剧张力，而堕落世界的感觉则主要依靠经验现实来实现，这一经验现实遵循着人

---

① Elaine Showalter，*A Literature of Their Own*：*British Women Novelists from Brontë to Lessing*，Princeton：Princeton University Press，1977，p. 138.

类的律法；暗含着作者对这个世界的信仰，而这个世界是由神圣内在精神所统治”。[①] 桑德巴赫·达斯特罗姆认为，要理解杨格的小说，就要理解杨格对教条的信仰。她承认由于现实主义和教条主义的不和谐，使得现代批评家们无法接受杨格个人的信仰。然而，她在阅读杨格的数本小说后，发现“在叛逆女英雄的职业生涯中，有一种无声的抗议”[②]。琼·斯特罗克（June Sturrock）也运用了类似方法，结合广泛的相关材料研究杨格的作品。斯特罗克发现，尽管杨格绝不是一个女权主义者，但她的小说反映了民众的担忧，这种担忧反映了维多利亚时期自1850年至1870年兴起的女性运动，议题集中于教育改革、女性工作，以及女性的政治和法律地位。同桑德巴赫·达斯特罗姆一样，斯特罗克也发现了杨格“无声的抗议”。例如，在《聪明的家庭女人》一书中，“庆祝了女性的家庭和宗教生活，也探索和证明了她们对有用工作的强烈又沮丧的渴望”。[③]

斯特罗克的研究，展现出杨格的小说不仅涉及维多利亚时期的宗教政治，也涉及了时代的性别政治。其他对杨格小说的学术研究，集中于牛津运动的神学影响。还有一些评论家从文学理论和维多利亚时期研究的角度分析杨格。然而，约瑟夫·贝克（Joseph Baker）和雷蒙德·查普曼（Raymond Chapman）的落伍的批判方法，使其研究专著稍显过时。艾略特·恩格尔（Elliot Engel）对于《继承人》的分析论文，着重强调了牛津运动的联系，但是在此议题并未花费太多笔墨。加文·巴奇（Gavin Budge）最近的一篇文章极具洞察力，但主要涉及哲学背景，并对20世纪文学批评的现实主义理论进行了论证。芭芭拉·丹尼斯（Barbara Dennis）在《夏洛特·杨格：牛津运动时期的小说家》（*Charlotte Yonge: Novelist of the Oxford Movement*，1992）中，认为“杨格

---

① Catherine Sandbach – Dahlström, *Be Good Sweet Maid: Charlotte Yonge's Domestic Fiction: A Study in Dogmatic Purpose and Fictional Form*, Stockholm: Alm quist and Wiksell, 1984, p. 21.

② Dahlström, *Be Good Sweet Maid*, p. 172.

③ June Sturrock, *"Heaven and Home": Charlotte M. Yonge's Domestic Fiction and the Victorian Debate Over Women*, Victoria: University of Victoria English Literary Studies, 1995, p. 48.

是牛津运动中的一位新型小说家”。[1] 杨格确实是一名牛津运动的小说家，以下对《继承人》的论证，综合对杨格小说的不同观点，论证这部小说确实是牛津运动小说的典范。

一　杨格和基布尔与牛津运动

杨格和约翰·基布尔以及牛津运动之间的联系密切相关。她的《〈基督教年纪〉思考》（*Musings over the* “*Christian Year*”）和《约翰·基布尔的教区》（*John Keble's Parishes*），都是关于基布尔所在教区牧师的重要信息资源。在《思考》一书开始，杨格描绘了基布尔到达教区的场景：“他受任成为胡斯利牧师时，我那时十二三岁，并且开始学习《基督教年纪》。从我见到他的第一面起，就对生命中遇到的第一个诗人充满了敬畏和尊敬。”[2] 她生命的转折点便由此开始：

> 十五岁时，我成为基布尔先生的新信徒，我认为这对我的生命有着重要影响，我觉得这一切都很值得。我相信，除了我自己的父亲以外，没有人有能对我的思想产生如此重大的影响。
>
> 欧特保密（Otterbourne）教区与胡斯利教区连在一起，所以一个地区的校长就是另一个地区的牧师。但是我们有着一个共有的教堂。1838年，我就像一只偏远地区的绵羊，时刻为他的到来而准备着。从八月到十月间，我每周去找他两次。起初我对他心怀敬畏，接着在他的家里，他那种温柔体贴的态度，使我在他家中非常自在。我猜想我是他的第一个年轻的女学者，他很喜欢自己的方式……这就是我生命中的一切。从孩童时期就熟知《圣经》和教义问答书，但是不加选择阅读，使我感到困惑。他为我打开了教会理论、圣礼和基础观点的大门，并准备让我学

---

① Barbara Dennis, *Charlotte Yonge* (1823 - 1901): *Novelist of the Oxford Movement*: *A Literature of Victorian Culture and Society*, Lewiston: Edwin Mellen, 1992, p. 5.

② Charlotte Mary Yonge, *Musings over the* “*Christian Year*” *and* “*Lyra Innocentium*”, *Together with a Few Gleanings of Recollections of the Rev*, *John Keble*, *Gathered by Several Friend*, Oxford and London: James Parker, 1872, pp. i - ii.

习经文的典型教学。

他给予我了两个忠告，它对我的教诲和激励是显而易见的。这两个忠告是：第一是少说闲话，不要过多地谈论宗教事务，尤其是不要讨论教义。第二是不要因为它们的美和诗意就爱上它们，这是非常危险的。①

在1831年至1841年间，基布尔在牛津大学担任诗歌教授，他的著作都是以拉丁文编写和传播的。这一方式直到1857年马修·阿诺德被选入教授领导层才被改变，M. H. 艾布拉姆斯（M. H. Abrams）是细致研究基布尔作品的一名学者。他在《镜子和灯》（*The Mirror and the Lamp*，1953）中评论道，“他们没有受到过多关注”。在艾布拉姆斯的指导下，很多学者都开始探索牛津运动诗歌的本质和影响，最为著名的是斯蒂芬·普里科特、G. B. 丁尼生、杰弗利·罗威尔。笔者在此列举与《继承人》相关的重要论点，此书一再强调“诗歌的治愈能力”。

基布尔的《讲演》（*Lectures*）一书中，蕴含着对威廉·华兹华斯的溢美之词：

真正的哲学家和有灵感的诗人
是万能的上帝的特殊礼物
不论他歌唱人还是自然
不用把人的心抬到圣物上
穷人和简单的人
也开始拥护这一事业
因此，在危险的时期，他被抚养长大
成为牧师
不仅是最甜蜜的诗歌

---

① Charlotte Mary Yonge, *Musings over the "Christian Year" and "Lyra Innocentium", Together with a Few Gleanings of Recollections of the Rev*, *John Keble*, *Gathered by Several Friend*, Oxford and London: James Parker, 1872, p. iiv.

还有崇高而神圣的真理①

《讲演》一书的主要目的是为诗歌构建一个神圣理论，这一理论将华兹华斯的浪漫主义和牛津运动神学结合起来，将华兹华斯转变成了一名牛津运动诗人。在他最狂热的段落中，基布尔高度赞赏诗歌。在序言中，他将华兹华斯视为一名有灵感的先知。

在《讲演》中最瞩目的事情，就是基布尔对诗歌影响的描述，这些诗歌主要是神学上关于忏悔圣礼的叙述。正如 G. B. 丁尼生所认为的，艾布拉姆斯比较了基布尔和弗洛伊德的相似之处，但忽视了一个事实，那就是基布尔不断重复的负担并不是心理上的重负："篇章中的内容和之前牛津运动的作品已经证明，诗人对上帝的渴望，促使诗人采用了艺术表现形式。"② 对基布尔而言，诗歌能够表达"任何强烈的思潮或感觉"，从而为人们提供慰藉，而这也是诗人的表现。③ 因为文明限制了那些能够进入人类脑海的东西，它们通常是直接表达。"对那些人来说，从重负中解放出来的表达极为重要的，并不羞耻，而是自然且高尚的。"④ 就像罪恶的宽恕一样，诗歌早已被万能的神给定义为"对受难者的安慰"。诗歌在"在抚慰人类的情感和平衡思想方面，表现得非常出色"。⑤ "抚慰"一词非常重要，在基布尔《基督教年纪》一书中，以此代指"《公祷书》中的抚慰倾向，这也是此书尽量展示的目标"。⑥ 斯蒂芬·普里科特认为，基布尔在使用"抚慰"这个词时，所蕴含的情感强度远胜于今天，因为它保留了旧含义的阴影"证明或展示是真实的；维护或维护真理……给予支持、鼓励或确认"。⑦ "安慰"一词在意思上有通用之意，在

---

① John Keble, *Keble's Lectures on Poetry 1832 – 1841*, Vol. 1, Oxford: Clarendon Press, 1912, p. 9.

② Tennyson, *Victorian Devotional Poetry*, p. 60.

③ Keble, *Keble's Lectures on Poetry 1832 – 1841*, Vol. 1, p. 19.

④ Ibid., p. 20.

⑤ Ibid., p. 21.

⑥ John Keble, "Advertisement", *The Christian Year: Thoughts in Verse for the Sundays and Holydays Throughout the Yea*, vi, London: Frederick Warne, p. 14.

⑦ Stephen Prickett, *Romanticism and Religion: The Tradition of Wordsworth and Coleridge in the Victorian Church*, Cambridge: Cambridge University Press, 1976, pp. 112 – 113.

《公祷书》内有着“抚慰的意义”。它再一次强调了诗歌与忏悔之间的类似，因为安慰的话语能给予人们安慰、宽恕罪恶。例如：“我小子们哪、我将这些话写给你们、是要叫你们不犯罪。若有人犯罪、在父那里我们有一位中保、就是那义者耶稣·基督。”（《约翰一书》，2：1）事实上，安慰性话语是《公祷书》的一部分。基布尔对诗歌目的的看法，都显现在他的此书中：“如果有人能在书中获得帮助，能把他自己的想法和感觉，与《公祷书》推介和展示的例证，完整地融合在一起，那么出版这本书的目的就达到了。”①

要理解牛津运动诗学的关键之处在于，诗歌之间是间接类比的。保留主义在艾萨克·威廉斯（Isaac Williams，1802—1865）的两本小册子中体现得淋漓尽致，这也是牛津运动中神学和美学理论的重要概念。就诗学而言，它基本上是指作者含蓄表达困扰诗人的事情，如果直接表述，违背诗歌礼仪，礼仪中蕴含着神圣。另外的部分原因，在于诗人只能以间接的方式抒发情感，读者透过世俗经验的面纱来感知它们。基于此原因，基布尔在诗歌和直接启示间找寻类比，他讨论的主要是前基督教作家的诗歌，而直接启示则来自《圣经》中的神圣真理。与之相似的是，在《基督教年纪》的诗歌中，基布尔在本质和启示中也运用了类比，此类比遵循了约瑟夫·巴特勒的《宗教类比》中的逻辑。

《基督教年纪》中《七旬斋》（“Septuagesima Sunday”）这一诗歌，简洁地解释了这一学说的诗意含义，大自然以一本书的形式呈现，读者们怀着一颗“基督的心”便可体会其中奥妙。在《雷德克莱夫的继承人》一书中，大自然常常被视为上帝旨意的启示，对于盖伊和艾米而言，意义更是非凡。

基布尔学的影响之一，就是诗人自己都尚未意识到个人作品的全部意义。他以个人方式阅读荷马、埃斯库罗斯（Aeschylus schylus）以及其他古代作家，他写道，“它总是要取悦神圣力量，最沉重、最真实的神谕应由人之口来传达，他们是宗教的敌人，他们完全没有意识到他们的话语的全部

① John Keble，“Advertisement”，pp. v – vi.

力量"[①]。诗歌意境和形式结构与人们的精神生活密切相关。这两种方式都超脱于纷扰的日常生活，以此来感知神圣的秩序；专心阅读诗歌与"不变、虔诚的祈祷联系在一起"，正是对待体验的态度。

基布尔的对罗伯特·骚赛的诗歌《塔拉巴》（*Thalaba*，1801）有一些个人观点，这些观点以案例来论证诗歌作品深受牛津运动的影响。在《讲演》中，基布尔零星地引用了现代文学的案例，包括骚赛的文章。他指出，《塔拉巴》的表面意思是，"向我们推荐奥斯曼帝国的信仰和穆罕默德的残暴"。然而，这首诗也给我们带来了乐趣，"对那些虔诚尊崇纯洁和神圣真理的人：如果我是对的，那么出于比较的原因，读者的灵感会自然而然地迸发"[②]。基督教信徒阅读古典文学作品，同样，他们也应该阅读《塔拉巴》。"真正的宗教信仰是受到认真保护的：真正的虔诚并不会显现在人们眼中，也不会显现在公众面前，它通常会躲在面纱之后，曾一度遮掩于崇拜古希腊的面纱之后。"[③]夏洛特·杨格在1850年的一封信中，对《塔拉巴》大加赞赏，但她对骚赛的天主教信仰表达了自己的保留意见，认为："他缺乏诚意。"[④] 在《继承人》一书中，盖伊在第一次读《塔拉巴》时，就被这本书迷住了。在其中，他"找到了各种各样的深刻含义，姐妹们都在惊奇和高兴地聆听着"。[⑤]

在《讲演》的结尾处，基布尔对诗歌和宗教的关系做出了最大胆的说明，展示它们之间是如何相互影响的：

> 正如我说的那样，宗教在语言上，在任何发挥语言作用的事物上，都在寻求帮助，换而言之，宗教在各个方面都在寻求帮助，从而帮助它直抒胸臆。诗歌的出现无疑是最为令人激动的，它带领着人们探索自然

① Keble, *Keble's Lectures on Poetry* 1832 – 1841, Vol. 1, p. 400.

② Ibid., p. 314.

③ Ibid..

④ Christabel Coleridge, *Charlotte Mary Yonge: Her Life and Letters*, London: Mac millan, 1903, p. 161.

⑤ Charlotte Mary Yonge, *The Heir of Redclyffe*, ed. Barbara Dennis, Oxford: Oxford University Press, 1997, p. 116.

的奥秘，提供丰富的比喻，丰富和修缮虔诚的思想，但是某种程度上，它在演讲方面的确是无能为力的；诗歌能将事物表现得更生动，更严肃，更庄严。没有诗歌的帮助，这些事情都是不可能的。反过来说，我们应当知道，最杰出的“是荣誉，是先知的吟游诗人和他们的诗”。而这一切多亏了宗教。一旦让那文章像魔杖一样自由挥动，去触摸大自然的任何区域，它会用一种全新的光芒去照亮这些区域，而在那之前，一切似乎都是世俗的：人们开始认识到了各种各样的情景和事物，还有其他的诗情画意，这不仅仅是一个聪明头脑的游戏，也不是一个空洞的幻想，他们以温柔的提示和确定的符号来引导我们，去探求自然本质的重要性，或者我们可以更真实地说，去了解大自然的创造者。因此，伟大和卓越的诗人几乎被列为宗教的代表，他们在文学领域受到了宗教的崇敬。简而言之，诗歌为宗教提供了丰富的符号和比喻，宗教将这些重新恢复为诗歌，环绕着如此灿烂的光芒，他们似乎不再仅仅是象征，而是为了融入圣礼的本质。①

如上大意为，诗歌必须被认真对待。基布尔在开始他的长篇演讲时，使用特别精准的词语。基布尔认为，“因为话题严肃，对宗教十分崇敬，我几乎说得太过神圣”②。宗教对我们的影响是诗意的，我们不应该从美学角度来对待宗教问题。因为基布尔警告说，不同于之后的盎格鲁天主教徒，他们对仪式不感兴趣，在某种意义上，宗教和诗歌都是抚慰和安慰的，这两者都揭示了堕落人性中所具有的神性。诗歌可能是宗教的陪衬，但宗教也为诗歌提供了极为丰富的意义。因此，诗歌实质上是圣礼，是神圣恩典的源泉。

基布尔的诗学理论和背景阐明了《雷德克莱夫的继承人》的诸多意义。杨格对世俗与文学和神性启示关系的观点，在其《关于教义问答的对话》（*Conversations on the Catechism*，1859—1863）的序言中，有很好的阐述。提及

① Keble, *Keble's Lectures on Poetry* 1832 – 1841, Vol. 1, p. 481.

② Ibid., p. 13.

文学的“无意识的寓言”时，她回应了基布尔：

> 这是试图展示的，至少是通过暗示，以真正的真理，来说明世俗研究的所有分支是如何真正地屈从于一个伟大的理论。因此，就作者所允许的空间和有限的知识而言，人们为了真理，为了插图上的寓言，为了选中者和上帝的神圣契约，为了好和坏的例子，而对神话和历史进行了检验。因此，材料科学和现代发现的出现，都是为了解决他们对怀疑论，对永恒真理，对全能上帝的曲解。通俗文学有时会被提及，要么是为了阐释，要么是为了突显那些无意识的寓言，而这些寓言浸染着所有真正美好的东西。①

因此，艺术和学习通常被认为是从属于神圣真理的，但在利维斯看来，这并不意味着杨格的文化是偏执而狭隘的。凯瑟琳·蒂洛森展示了杨格的阅读范围以及杨格作为文学评论家的素养。在阅读《雷德克莱夫的继承人》一书时，文学、艺术和音乐文化的多样性给读者留下了深刻的印象，这些艺术在埃德蒙斯通的家乡和年轻人之中十分盛行。曼佐尼（Manzoni）和德·福克（de Fouqué）作为文学家，地位显著，同时也涉及塞万提斯、莎士比亚、主教巴特勒、拜伦、基布尔、狄更斯、丁尼生等等。

杨格和基布尔一样，试图将浪漫主义传统渗透到《雷德克莱夫的继承人》之中，并融入华兹华斯的思想，以服务于英国国教；同时杨格摒弃了浪漫主义运动中拜伦的影响。乔治娜·巴蒂斯康柏总结了《雷德克莱夫的继承人》一书的影响：“日常生活是平淡而艰苦，然而，浪漫主义仍然是主流的文学方式，浪漫主义有时会与邪恶的拜伦、无神论的雪莱相关联。简而言之，浪漫主义是不好的。夏洛特开始着手改革，在盖伊这一角色中，她将浪漫主义变成了受人尊敬的教会信条。1853 年之前，没有人像夏洛特那样，将浪漫主义

① Charlotte Mary Yonge, *Conversations on the Catechism*, 3vols, London: Mozley, 1859 - 1863, p. 1.

与日常生活结合在一起。”①

在某种程度上，盖伊·莫维尔（Guy Morville）是拜伦式英雄的翻版。他住在一座摇摇欲坠的哥特式建筑里，俯瞰着一个危险的港口，菲利普早年间在这部小说中这样描述，“这更像是一个浪漫的场景，而不是真实的东西”，这有一个“太阳从不照耀的方形院落”。② 此外，他是摩维尔性情的继承者，这种性情所指复辟时代的一位邪恶的祖先的特征。在杨格的《基督教姓名史》（*History of Christian Names*，1884）中，杨格指出，盖伊爵士是圆桌骑士之一，并且“盖伊”一名很受欢迎。然而“火药阴谋给了圭多·福克斯（Guido Fawkes）带来了一种不祥的声音联想。在 11 月 5 日的永久庆祝活动中，盖伊·福克斯（Guy Fawkes）的雕像在熊熊燃烧着，赋予了盖伊一词新的意义，可能在最后一桶炸药爆炸后，还会持续很长时间，最后一个爆竹昭示了他的厄运”。③ 为了确保读者知道他是反对教会和政府的臭名昭著的反叛者，查尔斯·埃德蒙斯通（Charles Edmonstone）在看到他之前，就以他的名字写了一个双关语，他建议他的妹妹夏洛特（Charlotte）在见到他时，应该惊呼“一个男人”！不久，他就说他“厌倦了他的名字”！④ 盖伊有雨果·莫维尔（Hugo Morville）的姓，是杀害托马斯·贝克特的四名骑士之一，在 1170 年时也是坎特伯雷（Canterbury）的大主教。杨格在一本儿童版的历史书中叙述了这一事件，杨格描述了谋杀犯撤退到坎伯兰郡（Cumberland）的莫维尔城堡后的状态：“他们发现自己受到普遍的诅咒，他们的仆人见到他们就后退，按照传统的夸张说法，据说狗都不会接近它们。”⑤她还描述了这位殉道圣人的幸福表情，他看起来“好像平静地睡着了”。⑥ 重要的是，七个世纪以后，诅咒已

---

① Georgina Battiscombe，*Charlotte Mary Yonge*：*The Story of an Uneventful Life*，London：Constable，1943，p. 73.

② Yonge，*The Heir of Redclyffe*，p. 10.

③ Ibid.，p. 228.

④ Ibid.，p. 21.

⑤ Charlotte Mary Yonge，*Cameos from English History from Rollo to Edward II*，London：Macmillan，1868，p. 156.

⑥ Yonge，*Cameos from English History*，p. 155.

经被解除后，盖伊死得如此美丽，这是他圣洁的标志。

在《继承人》一书中，尽管愤怒符合情理，但是盖伊的脾气还是被反复强调。盖伊宣称他酷似“家中休老先生的肖像”。[①] 休老先生是查理二世统治时期的朝臣，犯有伪造罪，并向杰弗瑞法官行贿，将他的死敌判为死刑。他巴结奥兰治的威廉，共同犯下这些罪行。盖伊以哥特式英雄人物的方式，讲述了埃德蒙斯通的故事，“我坚信，罪恶和死亡的诅咒，就像在斯塔拉姆（Sintram）身上的那样，会在那个可怜人的子孙上继续延续下去”。[②] 当盖伊得知他父亲因他的祖父而死，他更坚定这一想法。然而，就像劳拉告诉他的那样，盖伊继承的拜伦式的脾气和厄运并不是不可逆转的命运：“罪和死的厄运都在我们身上，但你应该记住，如果你是一个摩维尔人，你也是一个基督徒。”[③] 世袭的污点与原罪的诅咒有关，盖伊的浪漫之旅成为他的朝圣之旅，他完全有意识并接受了基督救赎，荡涤罪恶，服从于上帝的意志。在与罪恶的斗争中，另一幅画赋予他灵感，他对拉斐尔的《圣母像》（Madonna）如此描述：“思索着那个孩童，比人类更伟大。像威严的君主，坐在圣母像的臂膀上。请注意神之恩典的表征，他热情的眼睛，他的精神，他的面容。然而，他与他的母亲非常相像，足以说明他和我们一样，且关心我们。”[④] 这种诗意再现的艺术形式提醒着盖伊，因为上帝成为肉身，意味着人人可得救赎。小说同时讲述了周边的其他人物，皆深刻地意识到救赎承诺的重要性。

二 《继承人》中的牛津运动传统

盖伊是维多利亚时期的加拉哈德爵士（Sir Galahad），他是一名骑士，通过掌控自己来完成他的神圣使命。读者从一封信中得知，夏洛特·杨格给朋友玛丽安·戴森（Marianne Dyson）写信，玛丽安·戴森开办了一所女子寄宿学校，盖伊·莫维尔这个角色让夏洛特的母亲想起了最浪漫的牛津运动

① Yonge, *The Heir of Redclyffe*, p. 55.

② Ibid., p. 71.

③ Ibid., p. 72.

④ Ibid., p. 45.

者——赫雷尔·弗鲁德（Hurrell Froude，1803—1836）。弗鲁德是位耀眼人物，他的早逝促使他的朋友们出版了他的作品《遗书》（*Remains*，1838），作品中对新教的敌意助长了反对牛津运动的火焰。一位早期的牛津运动历史学家如此描述弗鲁德："弗鲁德是一名保守党人，他对英国绅士的超验观念形成了托利主义（Toryism）的基础。他是保守学校的高级教士，很早就与安塞尔姆、贝克特、劳德和不矢忠派（Nonjurors）站在一起。哀悼那些在黑暗时代、迷信、偏见、私人审判、启蒙、思想或进步思潮中放弃的人。"[①] 盖伊不是牧师，也不是神学领域的博学之人，确切地说，他是一位信奉基督教的骑士，他的职责是尽忠职守，而杨格看来则是封建制度使然。他对查尔斯一世和对托马斯·马洛里爵士的浪漫之情表示崇敬，这与弗鲁德的道德观念极为相似。不同的是，盖伊在精神上更为成熟，他能够在不过分苛责自己的情况下，履行个人职责。

盖伊和堂兄菲利普·莫维尔（Philip Morville）的父母均已不在，他们认为每个人都在经受考验，在上帝的帮助下，如何自食其力，面对这个世界。这本小说的焦点在于两人的比较，凯瑟琳·威尔斯·科尔（Catherine Wells - Cole）认为，杨格对菲利普的刻画，实则展示了《继承人》一书对维多利亚时期的"大男子主义"的批判。[②] 就像许多维多利亚时期的小说一样，书里缺乏年长的权威人物。埃德蒙斯通先生是一个软弱无能的长辈，左右摇摆。因此，菲利普承担了这一权威，他的父亲曾经指责他缺少基督教的谦逊，这是他垮台的原因。另一方面，盖伊选择埃德蒙斯通夫人作为他的精神导师。她教导他，仅仅自我否定是不够的，他必须考虑别人想要他做什么，以及他在社会中所要承担的社会职责。当她让他意识到，他不去参加舞会而让别人失望时，她的精神教导与基布尔相似——基布尔认为，要认识到家庭要求和社会责任的重要性，注重精神和伦理的和谐。

---

① Thomas Mozley, *Reminiscences Chiefly of Oriel College and the Oxford Movement*, vols 1, Boston: Houghton Mifflin, 1882, p. 227.

② Catherine Wells - Cole, "Angry Yonge Men: Anger and Masculinity in the Novels of Charlotte M. Yonge", *Masculinity and Spirituality in Victorian Culture*, ed. Andrew Bradstock et al. , p. 77.

盖伊对艾米的骑士般的爱情，也是他精神朝圣之旅的一部分。在他们对弗里德里希·莫特·福凯（Friedrich de la Motte Fouqué）的著作《桑塔拉姆和他的同伴》（*Sintram and His Companions*，1814）的狂热阅读后，他把她称为维丽娜（Verena）。1820 年，弗里德里希的著作由朱利叶斯·海尔（Julius Hare）翻译成英语，是最受牛津运动者们喜爱的一本书。芭芭拉·丹尼斯在她的《牛津世界经典著作》（*Oxford World's Classics*）的序言中，讨论了它对《继承人》的影响。维丽娜是桑塔拉姆（Sintram）的圣洁的母亲，桑塔拉姆是被诅咒的英雄，他在蒙德费森荒原上的一个城堡里经受了一次考验，最终赢得了救赎。盖伊从埃德蒙斯通的家里被驱逐，然后改名叫霍尼韦尔（Hollywell），这正是骑士或浪漫主义原型的一部分。更重要的是，盖伊的荣誉感使他不愿对赌博这一指控进行澄清，他不想透露他叔叔的恶习，也不愿透露韦尔伍德（Wellwoods）小姐的秘密，她正试图找到英国国教的姐妹。结果，盖伊被流放到雷德克莱夫，他开始思考在这个被疏忽教区的社会责任。之后，他营救了一艘失事船只的船员，这也正是夏洛特·杨格的浪漫主义英雄故事的典型表现。当他与埃德蒙斯通的家人和解时，盖伊已经向世人证明，自己正是英格兰乡绅的年轻典范。

夏洛特·杨格的评论家注意到，她甚少公开引用宗教教条，言述基督之名和教会圣礼，以及引发争议的内容，这些在牛津和反牛津的小说中处处可见。芭芭拉·丹尼斯如此评论《继承者》，“从未言称教条，也未见明晰的牛津运动的参考文献”①。然而，正如丹尼斯的讨论中所表明的，小说却处处可见文化偏好、伦理价值观和教会践行，即：有关牛津运动的全民族精神。事实上，杨格的保守原则使之寓意深刻，圣礼主义实则是《雷德克莱夫的继承人》的脉络内涵。

在叙事层面上，小说中穿插了对教会圣礼的引用。莱弗斯夫人（Mrs Lavers）是旅馆的女房东，盖伊的母亲正是在此难产去世。她让盖伊接收洗礼，

① Barbara Dennis, *Charlotte Yonge*（1823 - 1901）: *Novelist of the Oxford Movement*: *A Literature of Victorian Culture and Society*, p. 56.

保留一件瓷器，据说是圣物。盖伊和艾米（Amy）在婚礼接收圣餐，在去世前，盖伊忏悔并接受了赦免。在他经受考验时，教堂的日常活动和圣餐都给予盖伊抚慰。纵观整部小说，杨格都在强调基布尔提及的《公祷书》中的“安抚倾向”。此外，小说中的人物根据教会的教历生活，在天主教的传统中，基督教的节日和斋戒，日期是圣洁的。基布尔的诗歌本质上是对时间和节日的评论，《继承人》中的重大事件都发生在圣诞节、复活节、耶稣升天节和米迦勒节。

《继承人》中对艺术和自然的描述，类似于基布尔的诗歌和诗学，构成了小说中最重要的章节。在此，夏洛特·杨格为维多利亚的文化辩论做出了贡献。盖伊是一个潜在的拜伦式英雄，他的激情被他的宗教原则所约束。他既实现了华兹华斯精神主义与自然的和谐，又实现了维多利亚时期的家庭幸福，这一幸福本身就充满了浪漫的吸引力。杨格最著名和最受好评的成就之一，就是她让盖伊尽职负责，恪守自己，既兴奋又浪漫。小说赋予他们骑士英雄主义的光环，又保留了维多利亚时期的家庭背景。杨格去世后不久，埃塞尔·罗马尼斯（Ethel Romanes）认为，杨格拥有“非凡的天赋，能将最无聊的情景、最常见的职业，描绘得活灵活现，这不仅仅是出于兴趣，或温和的讽刺，而是源于浪漫的爱情”。[①] 她是“第一个敢于将宗教生活融入正常生活的叙事者”。[②]

杨格的小说源于玛丽安·戴森的想法，玛丽安曾想写两个人物的故事，“本质上是悔悟和自我满足”[③]。通过盖伊的谦逊和菲利普自以为是的对比，在19世纪50年代，杨格批评了那享誉世界、统辖维多利亚时期的世俗标准。菲利普自鸣得意且爱管闲事，但是其个人品质中的坚定意志和智力，结合他强健、有吸引力的体格，他对小说中的每个人都有影响力。菲利普是一位绅士典范，能够调整谈话，和任何听众互动。[④] 他对于埃德蒙斯通和基尔科兰不

---

① Ethel Romanes, *Charlotte Mary Yonge: An Appreciation*, London: Mowbray, 1908, p. 178.

② Romanes, *Charlotte Mary Yonge: An Appreciation*, p. 4.

③ Coleridge, *Charlotte Mary Yonge: Her Life and Letters*, p. 162.

④ Yonge, *The Heir of Redclyffe*, p. 85.

可或缺，多才多艺，家庭关系良好。关键时刻表现出高尚的品格，例如：在父亲死后，他为了他的姐妹，牺牲了自己的大学事业。然而，埃塞尔·罗马尼斯敏锐地指出，“在马修·阿诺德先生辨识庸俗主义之前，菲利普是一种完美的世俗之人”[1]。他对《亚瑟之死》（*Le Morte D' Arthur*）一书不屑一顾，而盖伊对此大加赞赏。因为盖伊的母亲出身于低劣的社会阶层，菲利普对盖伊的音乐能力充满怀疑。他还暗示说，盖伊的阅读能力不能理解巴特勒的《宗教类比》，阿诺德对此书满怀崇敬，对牛津运动的神学理论有重要影响。菲利普未曾阅读太多巴特勒的作品。[2] 菲利普实则是约翰·亨利·纽曼在《大学的理念》（*The Idea of a University*，1873）中描绘的，是一位世俗绅士，这是高度文明和自由教育的结果，但是缺乏神之恩典，难以成就真正的基督徒。他对音乐缺乏感情，这使得他铁石心肠，且相信个人判断。他将浪漫主义的负面影响，强调自我，未曾真正体验宗教等融为一体。他是世俗智者，世人眼中的成功人士。但其父在去世前，指出了他失败的关键原因。“除去被父亲的死讯，召唤回家的那次，他不记得最后一次回家是何时了。他带着一整套的奖品和信件回来，站在一边，希望表达满足之情。他的父亲把手放在他的奖杯上和书籍上，严肃地说，‘我期望给菲利普，只是有一颗谦卑之心。’”[3]

菲利普的失败反映在世俗、自信的妹妹玛格丽特·亨利（Margaret Henley）之中。这位女性反映了杨格对于女性世俗主义的批判。在文学圈内，她趣味浅薄，在圣·米尔德里德的疗养地，她把自己认定为文化的仲裁者：“事实上，她是这个地方的女主角——读书俱乐部的经理、慈善委员会的主席和社会的重要人物，给予文学团体排他性，使之拥有特权。”[4] 处于制高点，她批评伊丽莎白·韦尔伍德，伊丽莎白是一位圣洁的牛津运动女学者，她致力于建立妇女团体。玛格丽特和菲利普代表了世俗、精于算计、有时尚意识的资产阶级，在卡莱尔这些牛津运动者和非正统的先知看来，注重物质，忽视

① Romanes，*Charlotte Mary Yonge*：*An Appreciation*，p. 67.
② Yonge，*The Heir of Redclyffe*，p. 144.
③ Ibid.，p. 521.
④ Ibid.，p. 210.

精神。当然，在很多方面，菲利普是令人钦佩之人，但是由于他缺乏他父亲所遵从的谦逊，过于依赖个人判断，受到利己主义驱使。

对杨格而言，如果恰当运用，科学和文学都能够服务于基督教真理。亨利博士（Dr Henley）是一位时尚的医生，其妻玛格丽特（Margaret）有诸多业余爱好。民众一般将科学和文化视为个人爱好，与人类的精神层面联系不多。这些人物代表着大学内和神学无关的两种不同课程。其中一种是纽曼在《大学的理念》中定义的：牛津运动的柏拉图的哲学愿景——团结所有人。玛格丽特所体现的是华兹华斯和基布尔批评的那种腐败的文学品味；而盖伊展现华兹华斯遁入乡村，在浅薄社会中寻求抚慰的类型，“这里的风景对他来说，就像是朋友和伴侣”。[①]

在菲利普和盖伊之间文化比照的重要参考，就是拜伦的诗歌。对于基布尔而言，拜伦“由于诸多恶习，玷污了他辉煌的权力，这些恶习都是不可谅解的，更不用说一个伟大的诗人会有这些恶习”。[②] 基布尔赞赏拜伦“热情和诗意”的诗歌天赋，哀叹他未能成为“一个牧师和译者，去解释隐藏在大自然的奥秘”。然而，拜伦展示了个人扭曲的性格，基布尔则将此归咎于“心态失衡”。[③] 另一个牛津运动诗人，艾萨克·威廉斯写道：“（拜伦的）诗集让我伤心多年，他的无神论隐藏在美丽的诗句和精致的情感之中。”[④] 拜伦在《雷德克莱夫的继承人》中出现了两次。在早期的时候，盖伊还在塑造、磨炼个人性格，菲利普警告他不要让拜伦控制他：“对于过于兴奋的头脑，这是有害的。”[⑤] 后来，盖伊言述他从未读过拜伦的《恰尔德·哈罗尔德游记》。菲利普被激怒了，因为盖伊评述，他的警告只提到了“拜伦反常的激情，而不是他所描绘的风景”。[⑥] 盖伊展示了他是基布尔的真正弟子，他说：“除《圣经》

---

① Yonge, *The Heir of Redclyffe*, p. 246.

② Keble, *Keble's Lectures on Poetry 1832 – 1841*, Vol. 1, p. 258.

③ Ibid., p. 339.

④ Isaac Williams, *The Autobiography of Isaac Williams*, London: Longmans, Green, 1892, p. 7.

⑤ Yonge, *The Heir of Redclyffe*, p. 87.

⑥ Ibid., p. 399.

以外，我不愿意接受这个男人阐释自然的说法。”[1] 他解释说，如果一个人听到过多解读自然的错误方式，那么他就难以倾听自己的声音。盖伊认为自然是一本书，它可以揭示道德真理和上帝意志。为了强调这一点，叙事者回忆盖伊之前对菲利普的愤怒，并得出结论，盖伊自己并没有意识到：“如果他一直以想象力、仇恨和恶意，来思考复仇，那么谁能告诉他，他与激情发生可怕的冲突时，他的掌控权在何处?”[2] 这是《雷德克莱夫的继承人》中最明显的文学批评，这将盖伊的阅读、对自然的体验，以及他走向神圣的历程，清晰地联系起来。

盖伊自己也写诗，他的诗歌富有诗意，极有价值。盖伊和艾米以各种方式，诗意地生活在文学作品和自然书籍之中，“这些就是上帝存在的圣礼”。盖伊和艾米坠入爱河：“(艾米) 一直在和盖伊在一起。读书，赏析音乐、玫瑰和植物学，还有在阳台上散步！上个复活节假期，他们在晚上研究星星，早晨在温室里逗留，看护天竺葵，在教室的钢琴伴奏中，一起唱歌；在长时间的散步中，他们总是成对地在一起。”[3] 盖伊和艾米的婚礼伴随着自然意象，预示着盖伊的死亡和精神胜利。当这对夫妇离开时，艾米“被一长串的金链花吓了一惊，黄色花朵低垂着，带着沉沉的露水，这样，花碰着她的帽子，晶莹的水滴落在她的膝盖上”。“为什么，艾米，花朵都在为你的失去而哭泣呢!”这幅田园挽歌的图片，预示了一个事实——盖伊不会从他的婚礼返回。之后，退去的风暴，彩虹跨越天际，这代表着上帝的圣约和神圣的恩典，昭示着盖伊的神圣死亡。[4]

在小说的前半部分，埃德蒙斯通的孩子和朋友玩一种叫作“定义”的猜谜游戏。盖伊认为幸福是“来自明亮的世界的光芒，刹那黯然失色或消失无踪”。[5] 此定义汲取了华兹华斯的精华，有着超验体验。盖伊的精神追求，看

---

① Yonge, *The Heir of Redclyffe*, p. 399.

② Ibid., p. 399.

③ Ibid., pp. 175 - 176.

④ Ibid., p. 389.

⑤ Ibid., p. 41.

待世界的视角更为光明。凯瑟琳·桑德巴赫·达斯特罗姆在《继承人》中发现其原型，并指出，盖伊总是与青春、春天和太阳联系在一起。[①] 在盖伊的精神朝圣之旅中，最严重的危机发生在第16章，他收到了菲利普的来信，指控他赌博。盖伊极其愤怒，决定挑战菲利普，戳穿他的谎言。

之后，盖伊看到了落日，此景象演化为宗教幻想，他感受到，“在他生命的二十年里，善良的天使离他很近……那崇高、神圣的力量，让他头脑中升起了一轮红日，他听到了这些话语：‘生气却不要犯罪；不可含怒到日落。’”（《以弗所书》，4：26）[②] 在经历了巨大的内心斗争后，盖伊通过祈祷和体验基督的苦难，宽恕了菲利普。之后，小说继续使用阳光的意象。在盖伊照顾菲利普，安然度过高烧后，他告诉艾米，“当我遭遇海难时，在灾难时刻，第一缕阳光振奋了我”。盖伊的死亡也发生在太阳升起之时，“光线从开着的窗户照进来，照在床头。但他看到的是‘另一个黎明’”[③]。纵观这些意象，杨格认为，盖伊的善良，可以比照耶稣升天，盖伊也告知自己，“在心里和思想上提升自己，和他同在”[④]。

就像华兹华斯和基布尔，盖伊深爱着自己的家。他的家坐落在雷德克莱夫海湾附近的崎岖山壁上，四周环绕大海。在《雷德克莱夫的继承人》中，此地有着一种强烈的浪漫情结，强调着过去与现在的连续性。尽管斯塔赫斯特（Stylehurst）的名字颇有含义，与阿奇迪肯·默维尔（Archdeacon Morville）的美德紧紧联系，而他幸存的孩子却没有这些美德。在盖伊回撤到雷德克莱夫之后，他的美德逐渐彰显。有这样一种说法，如果盖伊和菲利普在斯塔赫斯特见面，他们可能会更早且更容易地达成和解。在那里菲利普状态最好，“在他的情感中，他的童年故乡，孕育着他最根深蒂固的情感”。[⑤] 在斯塔赫斯特教区的教堂内，周日的圣餐仪式上，盖伊发怒后，又成功地控制自

① Catherine Sandbach - Dahlström, *Be Good Sweet Maid: Charlotte Yonge's Domestic Fiction: A Study in Dogmatic Purpose and Fictional Form*, Stockholm: Alm quist and Wiksell, 1984, p. 35.

② Yonge, *The Heir of Redclyffe*, p. 225.

③ Ibid., p. 468.

④ Ibid., p. 372.

⑤ Ibid., p. 519.

己。他认可“宽恕与和平”，与华兹华斯的理念紧密相关，也与古老乡村墓地的田园宁静密切相连。此章节让人联想到华兹华斯的《远游》（*The Excursion*，1814）的第6卷，涉及乡村教堂的描述。与田园牧歌的背景，或与圣公会的牛津据点相比，圣·米尔德里德（St. Mildred）体现了现代性的精神：“圣·米尔德里德是一个时尚的避暑胜地，它有着优质的矿泉水，也有亨利博士的美誉，为人们带来了高度的繁荣。它矗立在壮丽山峦的脚下，这里的新月和别墅，洁白而灵巧，在高耸的紫色山峰映衬下，显得甚为渺小。”① 圣·米尔德里德就像《德伯家的苔丝》中的桑德伯恩（Sandbourne），“这是一个时髦的海滨胜地”，在“广大的爱敦荒原”这一古老景观下映衬下，涌现出来。②

19世纪文学中经常会出现的话题，就是世俗之爱，话题重点则是情爱或浪漫爱情和上帝之爱。这在文学之疑问中的常见主题，通常由不正当的爱情而引起，同时伴随着信仰之丧失。从弗鲁德的臭名昭著的《信仰之死》、杰拉尔丁·尤斯布里（Geraldine Jewsbury）的《佐伊》（*Zoe*）一书中，读者会发现一些例子。再往前追溯，乔治·桑（George Sand）的歌剧《莱利亚》（*Lélia*）中也能发现同样的例证。阿诺德的诗歌，特罗洛普的《伯特伦》，以及乔治·艾略特的《亚当·比德》也有着同样的主题，在托马斯·哈代的小说中出现了深刻的嘲讽和悲剧的讽刺。

夏洛特·杨格对于浪漫爱情的描述，对于现代读者而言会引发疑问，缘由是她尊崇权威，尤其是尊重父母的权威，这也让维多利亚时期的读者们深受困扰。很明显，她不能为了基督教而放弃父母。她坚持认为，浪漫的爱情，无论高尚与否，如果它不遵从上帝的意识，都是盲目崇拜。对杨格而言，这是一种道德责任意识。这是从劳拉和艾米·埃德蒙斯通的对比中提出的。查尔斯·埃德蒙斯通参考了彼得拉克（Petrarch）的作品，意识到了劳拉之所以

---

① Yonge, *The Heir of Redclyffe*, pp. 209－210.

② ［英］托马斯·哈代：《德伯家的苔丝》，张谷若译，人民文学出版社1984年版，第545页。

选这个名字是有原因的。[①] 劳拉对菲利普的崇拜之情溢于言表，更显出了她那盲目崇拜的本质："与劳拉在一起的时间是怎样的？其他的人都在笑着，在她的周围谈话，但是她似乎也消失在那一束光芒中了。"[②] 不久后，劳拉的表姐伊夫琳（Eveleen）在一次访谈中，分析了劳拉在家中的行为："劳拉给出一个理性的评论，伊夫琳比以往任何时候都欣赏她；她知道有些评论来自于菲利普，还有一些是源于他的建议。她将所有的敬意都献给了他，这是一份对他的致敬，因为他影响了她的一生。"[③]

与之形成鲜明对比的是，艾米的爱是忠实的。在她和盖伊和解之后，她立刻冲过去告诉了她的母亲。作为维多利亚时期的"房中天使"的代表，她帮助盖伊在精神上获得进步，使他们的爱情以更高层次的爱融合在一起："直到那时他才明白他自己的感受，并意识她是他梦寐以求的人。艾米是霍尼韦尔真正珍惜的人。他苛刻地控制自己的冲动，他没有将个人感情视作是凡人的幻想，他要从更高层次的事物中脱身出来，他要与之斗争。他认为她是一个向导和警卫，她的爱将要帮助他，安慰他，鼓励他。"[④] 盖伊使用"抚慰"描述艾米，她是一位骑士般的女英雄。她的全名是阿玛贝尔（Amabel），就像"盖伊"一样，在杨格在她《基督教姓名史》一书中讨论过此名。杨格指出，这个名字的意思是"可爱"，来源于法语词"Aimable"，源于拉丁语。[⑤]

在夏洛特·杨格的世界里，上帝之爱与自然、家庭之爱密切相关。就像《暴风雨》中第二章描述的，盖伊年轻的风度和热情的魅力，预示着他将会逐渐改变他的性格："如果病态的精神能拥有一所好居所，美好的事物将居于其中。"[⑥] 在杨格的笔下，画家谢恩这一次要角色上展现了她的艺术追求，这一角色的原型是一位高级的教堂艺术家威廉·戴斯（William Dyce）。[⑦] 谢恩先生

---

① Yonge, *The Heir of Redclyffe*, p. 104.

② Ibid., p. 121.

③ Ibid., p. 143.

④ Ibid., p. 187.

⑤ Charlotte Mary Yonge, *History of Christian Names*, London: Macmillan, 1884, pp. 181 – 182.

⑥ Yonge, *The Heir of Redclyffe*, p. 15.

⑦ Ibid., p. 607.

给盖拉哈爵士画了一幅盖伊的画像，以维多利亚中期的男爵为蓝本，他是神圣的中世纪浪漫骑士，正在追寻着圣杯。在维多利亚时期家庭小说所描绘的世俗世界中，杨格能够看到类似于上帝的仁慈和爱的之类的感情，从而翱翔于天堂，并通过暗示、暗指和类比来展现牛津精神的整体性。她的成果就是结合意象和经历，辅之以浪漫主义，契合于个人阶层和时代的日常生活之中，这就是基布尔的著名表述，“日常琐事，共同任务”。[①] 正如戴维·布朗奈尔（David Brownell）所指出的，“在杨格的世界中，基督徒的生活从来都不是简单的，因为她对现实世界的把握，总是隐藏着她的宗教情感，即使是在最庄严的时刻，她也拒绝将生活中的细节理想化。”[②] 世界对于杨格而言，是一个危险的地方。然而，杨格展示了一个被爱和神圣而转化的世界。读者可以在牛津运动中看到两种截然不同的倾向：简朴、苦修的爱德华·蒲赛；以及约翰·基布尔的华兹华斯派神学，体现在自然之世界中，这些思想在杨格的最杰出的作品《继承人》中，有着最为直观的文学体现。

三 结语

在夏洛特·杨格漫长的写作生涯中，她完成了多部小说，吸引了各个阶层的读者。其中，《三色堇》和《雏菊》也是杨格重要的代表作。杨格的成功来自她的能力，诸多评论家承认，她善良迷人又有趣。从内战时期到她个人所处的时代，《雷德克莱夫的继承人》获得了巨大成功。与此同时，这本书也陷入19世纪50年代的宗教和文化的纷繁争议之中。

然而，评论家认为，杨格并非维多利亚时期的代表小说家。原因在于她的文学才华。利维斯则认为，她鲜明的基督教写作目的，是否意味着贬低了她小说的文学价值？“基督教小说”的标签难道是悖论吗？《继承人》一书成功地融合了中产阶级家庭的生活细节和诸多浪漫元素，然而杨格的视野也有

① Keble, “Advertisement”, p. 4.

② David Brownell, “The Two Worlds of Charlotte Yonge”, *The Worlds of Victorian Fiction*, ed. Jerome H. Buckley, Ma: Harvard University Press, 1975, p. 169.

着诸多的局限性。如前所述，她对于父母权威的崇拜，阻碍了她探索父母之命和上帝旨意的潜在冲突，她笔下的善良人物皆服从父母。此外，杨格笔下的人物往往在童年时代或成年之时，就开始面临罪恶和诱惑，但对于罪恶的描述又欠缺深入。远远不及陀思妥耶夫斯基（Dostoevsky）对于罪恶的深刻认识，也并不同情无家可归之人。对于杨格的认知，首先她是一位淑女，她的基督教，无论真诚、深刻与否，都无法跨越阶级划分。她钦佩那些为穷人布道的牧师，但她的小说深刻地表现出基督教的基本教义，即一切源于基督的自我奉献。约瑟夫·贝克有力地证实了这一观点，他认为杨格的宗教“不是神秘主义，而是普通教民的极端阶段”。[①] 另外，杨格为牛津运动所做出的奉献，远超其他牛津小说家的宣传小说。时至今日，普通读者也深受其影响。也许，就像一些虔诚的基督教徒，对那些与杨格有共同信仰的人而言，它极具吸引力。不可否认的是，杨格的浪漫神学小说《雷德克莱夫的继承人》，是维多利亚文学的重要成就，也是一部重要的基督教小说。

① Joseph Ellis Baker, *The Novel and the Oxford Movement*, New York: Russell and Russell, 1965, p. 111.

第四章　福音主义：从勃朗特到艾略特

1855年10月，乔治·艾略特在《威斯敏斯特评论》（*Westminster Review*）上发表了一篇名为《福音派教导：卡明博士》（"Evangelical Teaching：Dr Cumming"）的文章。这一举动清楚地表明：她已经和曾经笃信的福音主义渐行渐远。艾略特在文章中，对约翰·卡明（John Cumming）博士前后矛盾、辞藻华丽的诡辩进行了批判。卡明博士是一位福音派作家兼牧师，他与艾略特一直各执己见，争论不休。艾略特斥责他为了使个人论点更具说服力，采用粗鲁、流俗的手法为基督教信仰辩护，甚至错误、夸张地讽刺对手的智慧。显然，艾略特的观点尖锐深刻，她故意模仿自己所厌恶和诟病的文体和句式安排，实则暗指卡明博士正是福音教导的典型代表，阐明了福音主义的教导脱离历史事实，传播的只是卡明博士的个人臆断。艾略特在文章的结尾处极力证明，卡明博士正是福音教导的化身：

> 我们又发现了卡明博士作品的一大特点，他的作品中充斥着扭曲的道德观。但这种扭曲的道德观不仅仅存在于卡明博士的作品中，那些与他信仰同一套教条的福音派信徒，同样也认同这种扭曲的道德观。但是，接受这套信仰体系的人，由于个性不同，信仰程度也不同，正如不同的人对同样食物的喜好程度也不相同。卡明博士身上的某些特质，使得他的教导显露出强烈扭曲的道德观。①

---

① G. Eliot，"Evangelical Teaching：Dr Cumming"，*Westminster Review*，No. 16，Oct. 1855，p. 457.

艾略特认为卡明博士是一位刚愎自用的福音教派徒，并相信他并非个例。换言之，艾略特认为福音主义中的教条思想是与生俱来的，并非某个福音派教徒的自身缺陷。

在《全面反对：维多利亚小说中的异端》（*Everywhere Spoken Against: Dissent in the Victorian Novel*）一书中，着重论证了19世纪文学与宗教异端（包括福音教派异端）密切相关的关系研究。在此书中，瓦伦丁·坎宁安极具说服力地指出，与同时代的作家如查尔斯·狄更斯和安东尼·特罗洛普相比，艾略特更赞成生活和实践的多样性。尽管艾略特在小说《亚当·比德》和《米德尔马契》中，聚焦于福音派教徒思想上和情感上的挣扎，表达了对作品人物的同情。然而，不可否认的是：艾略特对卡明博士等人的蔑视和否认，导致了民众对19世纪中期文学和文化中福音主义的普遍误解，正如读者所曾经相信的：狄更斯和特罗洛普作品的讽刺手法苍白无力一样。产生如此误解的根本原因则在于，评论家认为，发展到19世纪中期的福音主义，其文化力量过于狭隘，局限性大，已经落伍于时代。甚至在菲利普·戴维斯（Philip Davis）的《牛津英国文学史：1830—1880》（*The Oxford English Literature History*, viii, 1830—1880）中，对于宗教章节也表明了类似观点："到19世纪30年代中期，福音主义已经沦为教条主义的受害者，但也正是教条主义铸就了其最初的成功。"[①] 到19世纪30年代中期，福音主义已经落伍，约翰·亨利·纽曼和约翰·罗斯金等维多利亚时期的作家，由于认识到福音主义在思想和文化上的弊端，最终舍弃了自己所接受的福音主义教育，恰恰是最好的证据。19世纪的作家，如安东尼·特罗洛普，塞缪尔·巴特勒（Samuel Butler, 1835—1902）和乔治·艾略特等，都曾在文章中表述不会改变宗教信仰；然而之后的这些记录福音主义之堕落的作品，都意图挑起争论，只是巧妙隐藏或被忽略了。伊丽莎白·杰伊（Elisabeth Jay）指出："从19世纪50年代回溯，艾略特倾向于支持纽曼的观点，相信19世纪30年代中期是福音主义运

① P. Davis, *The Oxford English Literary History*, *viii*, *1830 - 1880*: *The Victorians*, Oxford: Oxford University Press, 2002, p. 105.

动（Evangelical Movement）的分水岭。”之后，她继续研究并发现：“纽曼、艾略特和巴特勒对福音主义运动的判断相互交织，异曲同工，体现了公正客观的态度，应该以一种健康的怀疑主义态度，来看待这些评判。”① 以怀疑主义的眼光，研究这些作家笔下的福音教派的历史，广泛查证19世纪中期发行的宗教材料，更能深刻理解福音主义的多样性和长远影响。19世纪30年代之后，福音教派教徒仍然是一支文化主力军，本章将着力探讨他们在文学和社会方面的影响、斗争及交流所带来的意义。首先，本章将讨论何谓福音教派教徒，其次，探讨福音主义如何与周围的文化相互影响。本章摘录了多位19世纪作家的素材，对于查尔斯·狄更斯和威尔基·柯林斯的小说作品，进行重点解读，用以支撑论证思路。狄更斯和柯林斯曾致力于探索——福音派教徒为何将个人奉为谨遵《圣经》教义启示的人，并且揭露了福音派教徒的此种认知所存在的问题。同时在此时期，《圣经》作为文化权威的文本，受到广泛质疑，具体到对《圣经》的阐释和《圣经》与其他文化的联系的疑问，将福音派处处倚赖《圣经》这一饱受争议的做法，推上了风口浪尖。福音派教徒为了证明所传播信仰的权威性，越来越依靠滔滔不绝的布道，宗教奋兴运动及劝人改宗，这些都在本章中一一详述。本章在结尾部分讨论两个议题：引诱和审判，此两种议题与福音派教徒冥思苦想的两大问题——男女性别和地狱思考的议题密切相关。

第一节　福音派教徒

“福音教派”一词起源于18世纪中期，意指重拾对个人宗教体验和基督教福音传播的兴趣。一些历史学家指出，福音派教徒认为，福音教派是从宗教改革运动时期，甚至在早期宗教时期，就已经产生并延续下来的。从多方

① E. Jay, *Faith and Doubt in Victorian Britain*, Basingstoke: Macmillan, 1986, p. 8.

面来看，福音派教徒坚信，他们传播的才是正统的基督教精神。玛格丽特·奥利芬特（Margaret Oliphant）在为爱德华·欧文（Edward Irving，1792—1834）创作的传记中，紧紧扣住了这种沁入骨髓的自傲。爱德华·欧文本人饱受争议，他对耶稣复活和灵恩体验不断上涨的兴趣，使他最终与福音派主流分道扬镳。奥利芬特描述了欧文于 1826 年，在伦敦宣道会（London Missionary Society）布道的情况，他的布道招致巨大不满。奥利芬特写道："这是欧文与他的福音教派兄弟分道扬镳的起点，他的做法激怒了这个规模庞大、积极活跃、影响深远，且坚称自己为'宗教世界'的组织。他曾略带讽刺地提起'宗教世界'这一称号。"① 福音教派自诩为"宗教世界"，看起来自恃高傲，排挤那些非正统的基督教宗派组织，但同时又显示出其兼容并蓄之特点。福音主义实则代表着一场运动，而非一支宗教派别。其支持者往往持不同的宗教理论和政治主张：根据所拥护的宗教理论，以加尔文教派和阿米尼乌斯教徒为代表。加尔文派认为上帝拥有最终审判权，相信只有被上帝选中的人，才能获得救赎；而阿米尼乌斯派强调人具有自由意志，相信人人都可以得到救赎。而根据政治主张，则可以分为持不同政见的英国国教徒和异端教徒。19 世纪的矛盾冲突，正是源于教派内部关于不同宗教理论和政治主张的争端，这激发了大批学者的研究兴趣。但是，在研究过程中，如果过分注重争论本身，便容易一叶障目，进而忽略福音主义凌驾于一切分歧之上的特性。

福音派教徒参差不齐，成员组织结构不明确，使读者在如何定义和理解这场运动方面显得不知所措。最显著的问题是，一些学者倾向于将文学作品中的极端案例，奉为福音派教徒的典型代表，例如威尔基·柯林斯《月亮宝石》中的克拉克小姐（Miss Clack）小姐。相比福音运动中的代表人物，克拉克小姐这类人物的评价更容易盖棺论定。评论家们在谈到 19 世纪福音主义运动时，倾向于依靠文献中获得普遍认可的观点，这种观念本身无可厚非，也难以避免。但如果只是一味挖掘极端个例，而对普遍的本质问题避而不谈，

① M. Oliphant, *The Life of Edward Irving*, London: Hurst and Blackett, 1862), i, p. 202.

却也是难以令人信服。令人遗憾的是，要摆脱这一窘况也绝非易事。无论是研究历史上的福音派教徒，还是文学作品中的福音派代表，皆困难重重。事实上，如果研究对象不是威廉·威尔伯福斯，汉娜·摩尔和莎芙茨博瑞勋爵（Lord Shaftsbury）等声名大振的福音派人物，大多时候，难以判断其是否是一名福音派教徒。同时，很多历史作品是由透彻理解福音主义、甚至反对福音主义的作家所撰写，更增加了对其内容和思想进一步研究的难度。目之所及，颇有用途的资料是唐纳德·刘易斯（Donald Lewis）编撰的两卷《布莱克威尔福音传记字典》（*The Blackwell Dictionary of Evangelical Biography*，1730—1860），但即使是这部极具价值的参考文献，也忽略了对 19 世纪民众思想和生活造成重大影响的大量福音派教徒。字典开篇，刘易斯概述了他的筛选标准，其采用的方法之复杂，令人震惊。刘易斯也不得不承认，1860 年之后，福音派教徒与非福音派教徒间的界限越发模糊不清，难以区分。

大多数研究福音主义的学术著作，包括刘易斯的作品在内，为了区分福音教徒，都将信仰作为判断标准，但这种标准未能被长期采用。当然，将某些信仰作为鉴别福音主义的根本准则，容易导致对这些信仰的解释过于主观。此外，福音主义明确标榜实用性，威廉·威尔伯福斯的著作《从实用性观点看待基督徒中盛行的宗教体系》（*A Practical View of the Prevailing Religious System of Professed Christian*，1797）就是最好的证明。因此，分别研究福音主义中的信仰和实践，几乎是不可能的，而且希望通过既定的框架，有条不紊地探究福音主义的尝试，也是徒劳无功。尽管如此，信仰的确可以作为建设性参考。杰伊断定，福音主义是一成不变的，有人对此提出质疑；但是，某些教义的确是福音主义中不可分割的一部分。① 最近，研究福音主义的作品，常常援引戴维·贝宾顿的作品《现代英国的福音教派》（*Evangelical in Modern Britain*）中的福音主义信仰概述，书中提到四大主要福音主义信仰：决志主义（Conversionism），相信《福音书》可以改变人的生活；圣经主义（Biblicism），认为《圣经》是上帝启示的主要来源，应给予高度重视并谨遵其中的

① Jay, *Faith and Doubt in Victorian Britain*, p. 1.

教义；积极行动主义（Activism），致力于传播《福音书》；十字架中心主义（Crucicentrism），强调耶稣自我牺牲，被钉死在十字架上，为人类赎罪。①

如果读者了解了贝宾顿提出的“四大主要信仰”，就不会对19世纪初期福音派教徒齐心协力，采取一系列行动，变革自身文化的举动而感到震惊。其中当属“克拉朋联盟”（the Clapham Sect）的声名远扬，它由一群颇具影响力且心系社会的英国国教徒组成，致力于废除奴隶制。除此之外，1799年成立的伦敦圣教书会（Religious Tract Society）和1835年成立的伦敦布道团（the London City Mission）所记录的作品中，也记载了福音派教徒的积极行动主义，以及对教徒获得救赎的关注。福音派教徒热衷于结社，促进福音书传播。但是，狄更斯在《荒凉山庄》中，毫不留情地批判讽刺了这种现象。小说表面上指责杰利比太太（Mrs Jellyby）花着家里的钱，出国传教，实际上却批判福音派组织引人入歧途。福音派组织通过福音主义沆瀣一气，却在解决现实社会经济问题上一事无成。但是，或许狄更斯只是为掩盖其行文中流露的保守思想，而将福音主义当作了替罪羊。尽管《荒凉山庄》的立场表面上公正无私，但从小说中可以看出，埃丝特（Esther）的言谈举止都流露出她更热爱自己的国家。埃丝特声称：“将大都市抛诸脑后，望着绿意盎然的乡村美景，令人心旷神怡”②，可见其并不看好飞速发展的城市。读者一旦发现埃丝特偏爱墨守成规的国内乡村生活，抵触瞬息万变、难以掌控的都市生活，就需要重新审视——她对于杰利比太太所作所为的负面评价。小说如此记叙道：“杰利比太太整个傍晚坐在一窝废纸堆中，喝着咖啡，时不时地对女儿发号施令。”③ 显然，“坐在一窝废纸堆里”，是一种典型的本国定式思维的体现，而“整个傍晚”和“时不时发号施令”中对时间的特写，也传达出她对于井然有序、按部就班的生活的渴望。因此，埃丝特对福音派教徒所作所为的评价，不单单是由于个人保守，而拒绝承认伦敦迫在眉睫、一触即发的社会问题，

① Bebbington, *Evangelicalism in Modern Britain*, p. 2 – 3.

② ［英］查尔斯·狄更斯：《荒凉山庄》，黄邦杰、陈少衡、张自谋译，上海译文出版社1980年版，第60页。

③ 同上书，第41页。

更是因为她感受到福音教徒的活动，已经威胁到希望维持现状的保守派人士。

许多志在发起社会变革而成立的福音教派团体组织，将爱赛特厅（Exeter Hall）作为集会的中心。爱赛特厅位于伦敦斯特兰德（Strand），于1831年3月29日正式开放，是为福音派教徒建造的大型集会场所。它虽因作为福音教派的集会中心，而落得臭名昭著，却是福音派的标识。F. 霍里·奥霍姆斯（F. Morell Holmes）写到爱赛特厅的历史时，也采用了“宗教世界”这一被欧文所诟病的词语，以此来阐释福音主义。他写道：

> 如果说，在爱赛特厅开放之前，“宗教世界”是一个徒有其名或默默无闻的组织，那么爱赛特厅的建立，诚然标志着“宗教世界”历史上一个新纪元的开始。
>
> 的确，许多虔诚的信徒终其一生致力于自己的工作，但是他们往往局限于为自己所属的教会工作……形形色色的宗教团体遍地林立，但在“宗教世界”出现之前，他们从未如现在这般理直气壮。而且直到爱赛特厅开放后，宗教的付出和慈善热情，才找到了归宿并被冠以名号，“宗教世界”这一称号使其区别于其他宗教建筑。那时，当提到爱赛特厅，便是一种外在的标识和象征，是宗教慈善组织及其工作的象征和丰碑。①

爱赛特厅的作用之一，就是让福音派教徒不断认清自我。讽刺的是，同一时期，即19世纪30—40年代，一些学者认为福音派教徒之所以渐渐认清自我，是由于福音主义的衰败。紧接着，1843年，爱赛特厅举行了一次重要会议，提议由福音教新教团体中的基督徒和牧师，组成基督教徒联盟（Christian Union），促进福音教派的统一，并且与集会场所现存的宗教派别区别开来。于是，1846年，福音教派联盟（Evangelical Alliance）成立。一时间，抗议之声此起彼伏，尤其在奴隶制问题和对福音教派奴隶主的态度上，呈现出

① F. Morell Holmes, *Exeter Hall and its Associations*, London: Hodder & Stoughton, 1881, pp. 29 - 30.

截然不同的态度。最终，在国内组织的支持下，成立全球福音教派联盟的想法付之东流。戴维·希尔博（David Hilborn）和伊恩·兰德尔（Ian Randall）坚持认为，英国福音教派联盟成立的初衷，是为了实现福音教派的统一，他们援引《基督教联盟文集》（*Essays on Union*，1845）证明此观点。尽管此书公开表明，福音主义的宗旨是实现福音教派的统一，并且旁征博引努力证明，英国福音教派联盟的成立具有积极意义。但是，书中更多地分析了对抗福音主义的不利因素，其中罗马天主教的兴起不可小觑。19 世纪 30 年代起，牛津运动者和福音派教徒开始互相争夺对英国国教的控制权。1844 年，英国政府向位于爱尔兰梅努斯（Maynooth）的一座天主教神学院提供额外资金，顿时争议不断，引起了反天主教的歧视。《基督教联盟散文集》中的种种证据表明，福音派联盟的兴起，正是为了反对天主教教义，但是，兰德尔和希尔博却对此避而不谈。福音派教徒之所以成为福音派教徒，是因为他们一致反对某些教派，这点与其他教派的教徒相同。随着反对天主教的热情日益高涨，他们的自我意识也逐渐增强。《基督教联盟散文集》的作者之一拉尔夫·沃德罗（Ralph Wardlaw）在察觉天主主教的威胁后，认为其等同于反耶稣。而另一位作者教士 J. A. 詹姆斯（J. A. James）也鞭策道：

> 因此，我们呼吁所有福音派新教教徒：难道此刻还不能万众一心吗？难道现在的处境，还不能使你们团结一致吗？携起手来，在爱与友谊的见证下结盟，凝聚成一个神圣的联盟。去奋斗，去保卫，去迎战——一个旨在将你们彻底摧毁的组织。尽管它也许势不可当，称霸全球，尽管他可能推翻福音教派，尽管它会在它所及之处，播散荒唐恶毒的迷信言论。①

在其中，詹姆斯毫不掩饰地表达了个人的思考。其实，他的做法并不罕见。在《福音派的基督教世界》（*Evangelical Christendom*）早期刊登的作品中，也明确表达过类似的情感，《福音派的基督教世界》是福音教派联盟于

① T. Chalmers et al.，*Essays on Christian Union*，London：Hamilton，Adams and Co.，1845，p. 163.

1847年创办的一份期刊，显然，从其期刊名（Christendom，天主教认可并广泛使用此词）来看，它似乎并不阻挠福音教徒投靠罗马天主教会。

时光荏苒，19世纪的福音派开始关注广义教派（the Broad Church）的发展壮大。“广义教派”指从理论上来讲，能够自由选择信仰的人，他们对基本教义的遵守不如其他教派严格，总体上来说，他们容易接受新兴批判性思维。虽然广义教派教徒认为对待新思想，应持兼容并包的态度，福音派教徒却认为，他们与“理性主义”走得太近。当“浪漫主义”和“理性主义”冲击着在全世界深受认同的福音主义的传统与智慧时，福音派对两者持敌视态度实属意料之中。杰伊在《福音教派和牛津运动》（*The Evangelical and Oxford Movement*）中写道：“福音派引以为傲的是：他们能用简单易懂的方法，向民众传播福音主义。这种吸引普罗大众的方式，与牛津运动者倡导的在艰苦奋斗中寻觅真理大相径庭。”① 约翰·罗斯金和乔治·艾略特等作家，正是察觉到福音主义中的反智识主义思想，才决定脱离这一套漏洞百出的信仰体系。但从艾略特批判卡明博士的文章来看，很难判断她是在控诉反智识主义，还是以居高临下的姿态，批判一切面向普通大众的作品。

尽管从整体上来说，福音派的反智识主义倾向显而易见，但若以偏概全宣称福音派教徒都是反智识主义的，便是大错特错。为了探究福音派教徒缘何诋毁智识，贝宾顿指出，福音主义运动中有一批坚持常识认识论的福音派教徒，比如苏格兰哲学家托马斯·雷德（Thomas Reid）曾说道：“暂且不论休谟的怀疑论，具有常识判断的哲学理念坚信，某些信仰理应被视为基本的公理。”② 在托马斯·查尔默斯（Thomas Chalmers）和詹姆斯·麦克什（James McCosh）等思想家看来，常识判断的哲学体系提供了一套万全之策，可以用以应对当代文化发起的种种挑战。而另一些不善言辞的福音派教徒则发现，常识哲学居然把一些幼稚无知、显而易见的反智识观点反

---

① E. Jay, *The Evangelical and Oxford Movements*, p. 16.

② T. Cuneo and R. van Woudenberg (eds.), *The Cambridge Companion to Thomas Reid*. Cambridge: Cambridge University Press, 2004.

而合法化了。

第二节　福音教派的文化参与

福音派教徒深受政治、地理、宗教信仰等不同因素的影响，对待文化的态度迥然不同。其中最关键的神学因素，就是福音教派对“人类原罪”的广为人知的重视和强调。事实上，童年时期的夏洛蒂·勃朗特和查尔斯·狄更斯，都亲身体验过福音主义强调的“人类堕落”的高谈阔论。之后，夏洛蒂·勃朗特在其自传体小说《简·爱》，以及查尔斯·狄更斯在《大卫·科波菲尔》中都暗示了这些经历。于是，在两人的小说中，都创作出麦德逊小姐（Murdstone）和勃洛克赫斯特牧师这两位极具讽刺性的福音主义的代表人物。透过两个人物形象，两位作家勾勒出一个朴素清苦、怒气冲天的教派。大卫·科波菲尔回忆起他坐在教堂里，听麦德逊小姐讲那些“可怜的罪人”，以及麦德逊小姐令人战栗的话语，她的态度近乎冷酷，甚至流露出一丝丝的享受。① 小说中的麦德逊小姐是一个典型的极端宗教分子。至1850年，极端加尔文主义者对福音教徒思想的影响，已经被大大削弱。但是，加尔文主义提倡的“全人类的堕落”，依然得到福音派教徒的广泛认同，其影响力贯穿整个世纪。从福音派倡导的“救世军”中关于信仰的只字片语，都能找到“全人类堕落”这一宗教极端观点的影子。“救世军”成立于1878年，是阿米尼乌斯派的神学派别之一，属于卫理公会的一个分支。他们的第五大信仰：就是人类堕落的恶果——人人皆为罪人，完全堕落；上帝愤怒，这是人类应得的惩罚。福音主义中的个人主义倾向表明，最初“完全的堕落”只针对个人的罪过，后来才延伸为整个社会的腐败堕落。最终，许多福音派教徒相信，应该远离社会的邪恶，避免世俗的堕落影响。夏洛蒂·勃朗特通过《简·爱》，

① ［英］查尔斯·狄更斯：《大卫·科波菲尔》，第57页。

将由此而导致的文化裂痕，展现得淋漓尽致。在小说中，勃洛克赫斯特牧师认为简是恶魔的化身，并劝告其他学生避免受到简的影响，告诫她们：“你们都得小心防着她；你们都得避免学她的样；必要的话，还要避免和她在一起，不许她参加你们的游戏。不许她和你们说话。”①

但是，简对自诩为福音派教徒的勃洛克赫斯特牧师成见颇深，简对他的评价也是个人的一已之见。从本质上来看，福音派教徒相信，人类背负的原罪，实则是建立在笃信的信仰基础之上——相信人类可以通过信仰耶稣，而获得救赎。而在勃洛克赫斯特牧师的言语中，流露出简·爱毫无救赎的半点希望，这应该是夏洛蒂的故意为之，借此批判某些福音派教徒扭曲传播《福音书》教义。因此，《简·爱》只是针对福音派的某些主张，而并非批判福音派本身。同时，对于勃洛克赫斯特牧师的另一种理解则是：勃朗特的意图在于——通过展示勃洛克赫斯特牧师的荒谬话语和行为，反衬出简·爱拒绝荒谬的宗教理念，依靠自己，赢得个人独立的强烈愿望。但是，《简·爱》的叙事者是简，她对勃洛克赫斯特牧师的夸张描述，只是为了掩饰其拒绝服从权威的叛逆表现，也是不想承认个人认识的局限性，这种理解在小说中也能找到证据。小说有一幕，简回忆孩童时期，拒绝接受勃洛克赫斯特牧师的信仰指示，同时提到她拒绝接受圣·约翰·里夫斯（St John Rivers）宣扬的神学思想。并指出：“每次提到这几点，听上去都像是宣判要遭劫一样。”② 简的描述，很难将圣·约翰的布道与传播福音联系起来；更令人难以置信的是：正是这福音，激励着圣·约翰到国外传教。因此，简对圣·约翰布道的消极解读，或许是她无法接受福音派教徒的某些信仰，不相信救赎是上帝赐予的恩典。值得注意的是，简在讲述自身经历时，明显在夸耀个人的生存能力和成功历程。如果读者注意到简对个人能力和潜质的信心，也许就能理解，她之所以不假思索地否定他人的宗教体验，或许是她自身缺乏类似经历。因此她解释道：“我肯定，尽管圣·约翰·里夫斯先生生活纯洁、为人耿直、虔诚

① ［英］夏洛蒂·勃朗特：《简·爱》，第81页。

② 同上书，第461页。

热情，他还是没找到无法理解的那种上帝的安宁。我想，他跟我一样地没有找到。”①

自相矛盾的是，随着福音派教徒越发相信救赎的可能，专注于感化他人，改造他人，转信福音，福音派教徒越来越渴望与不信教民众划清界限。随着宗教影响力的融合，使人们更加难以区分 19 世纪中期的福音派教徒。在日常生活中，福音派教徒努力践行自身信仰，积极投身文化、社会和政治活动中。他们越是成功，教众越难以辨清他们的特别之处。乐于追踪福音派教徒足迹的人们，总是发现福音派教徒遍布维多利亚社会的各个角落。博伊德·希尔顿（Boyd Hilton）曾指出：“虽然评论家们注意到福音派在传播自身文化方面的失败尝试，但从经济著作中充满赎罪感的语言里，可以看出福音主义对 19 世纪英国经济扩张的巨大贡献。”② 事实上，冲突往往比融合更引人注目。威尔基·柯林斯在《月亮宝石》中，描写了一次损失惨重的福音派文化传播运动。在小说中，克拉克小姐认为，《家中的蛇》（*The Serpent at Home*）一书的发表无疑是英勇之举：“无名氏的名著：《家中恶魔》。这本书上说到处都有恶魔在守着我们。书里有这么几章，例如，《发刷里的魔鬼》，《镜子后面的魔鬼》，《茶桌下面的魔鬼》——以及诸如此类的章目。”③ 这段文字的滑稽之处不在于其忽视“不信教”读者的感受，而在于其令人失望的构思和矫揉造作的语言。

许多评论家十分关注在《月亮宝石》中的帝国主义，即国外扩张的态度，而小说中克拉克太太逢人就传播福音的做法，显然是作者有意为之。福音派教徒在国外传教时，也遇到了“如何区分基督教福音和文化偏见”等在国内传教中亟待解决的问题。一些地区蓄意将福音教义与英国文明结合并加以利用，安娜·约翰斯顿（Anna Johnston）指出：“英国公众发现，在帝国主义的扩张历史中，利用传教士改变当地人的信仰，有利于进行‘礼貌’扩张”；

---

① ［英］夏洛蒂·勃朗特：《简·爱》，第 461 页。

② B. Hilton, *The Age of Atonement* , Oxford: Clarendon Press, 1988, p. 29.

③ ［英］威尔基·柯林斯：《月亮宝石》，徐汝椿等译，上海译文出版社 1980 年版，第 173 页。

“同时，运用道德寓言掩盖帝国主义侵略，更能有效地管理殖民地”。[1] 此外，福音派教徒将基督教福音与其文化活动相结合，更多的是因为他们不得不借助于文化活动，来诠释宗教信仰。但从克拉克小姐的叙述中可以看出，福音派教徒与其他文化的交融并不尽如人意。尽管莉莉安·纳德（Lillian Nayder）在《不平等友谊：查尔斯·狄更斯、威尔基·柯林斯等维多利亚作家》（*Unequal Friendship*：*Charles Dickens*，*Wilkie Collins*，*and Victorian Authorship*）中指出，《月亮宝石》作为一本小说，与狄更斯的小说相比，毫无争议的是突出描写了帝国主义的罪行。但克拉克小姐在提及婆罗门教徒（Brahmins），就是那些绑架她心目中的基督教英雄哥弗雷·埃布尔怀特（Godfrey Alblewhite），暴露出严重的文化偏见。她叙述道：“这几个不露面的坏蛋就不知用什么话交谈了几句。话音里分明露出又失望又愤怒的神气。”[2] 克拉克小姐将文化差异重新定义为野蛮无知与修养良好的差异，尽管她希望教化这群异教徒，却难以再对他们报以尊重的态度，而哥弗雷的茫然无措，使克拉克小姐更加坚信自己的想法。

第三节　解读上帝启示之人

纳德在解读《月亮宝石》时，还注意到婆罗门教徒如何对待神秘事件。对比而言，小说人物盖布里尔·贝特里奇（Gabriel Betteredge）在解读文本方面，缺乏精湛的评论技巧；其评论的一大特点，就是认为借助《鲁滨逊漂流记》（*Robinson Crusoe*）可以化解一切问题，于是大肆引用。[3] 比起《圣经》，贝特里奇更钟情于从小说作品中寻求上帝的启示，再加上他对《圣经》理解

---

① Anna Johnston, *Missionary Writing and Empire*, *1800 – 1860*, Cambridge: Cambridge University Press, 2003, p. 13.

② ［英］威尔基·柯林斯：《月亮宝石》，第154页。

③ 同上书，第155页。

不够透彻，这让人联想到19世纪挑战《圣经》地位，以及质疑《圣经》诠释的热潮。对于忠实信仰《圣经》的福音派教徒来说，对《圣经》的质疑使他们深受困扰。在1867年发行的小册子《福音教派的本质》（*Evangelical Religion：What it is and What it is not*）中，牧师J. C. 莱尔（J. C. Ryle）坚称："福音教派的最大特点是绝对崇拜《圣经》，将其作为唯一的行为准则并严格遵守，视其为检验真理的唯一试金石，以及解决争端的唯一判断标准。"① 小说《月亮宝石》通过克拉克小姐，提出了对这一信条的质疑。克拉克小姐相信《圣经》是最具权威性的"上帝之言"（Word of God），但她在传播福音时，也会借助其他文本。当小册子无人问津时，克拉克小姐就使用简短的信函，借此介绍"所有我最珍贵的文章"。② 克拉克小姐不仅喜欢以其他文本代替《圣经》，而且故意把这些文本隐藏，以引起她姑妈的兴趣。这些行为不得不令人怀疑《圣经》的权威性。

要深入解读《月亮宝石》中对《圣经》地位和《圣经》诠释的担忧，则必须考虑到1860年出版的《随笔与评论》（*Essays and Review*）的影响。《随笔与评论》收录了七位杰出神学家的作品，旨在向英国读者介绍德国高等考证（German Higher Criticism）中的真知灼见。在1860年以前，采用高等批判性思维来阅读《圣经》已经成为主流。例如，乔治·艾略特曾于1846年翻译了施特劳斯的《耶稣传》（*Life of Jesus*），但是《随笔与评论》对福音派教徒的意识觉醒功不可没，其引发的反响更甚于查尔斯·达尔文（Charles Darwin，1809—1882）于1859发表的《物种起源》（*The Origin of Species*）。德国高等批判坚持以怀疑与批判的方式阅读《圣经》，认为"上帝之语存在于《圣经》之中"（Word of God is in the Bible），而不是福音派教徒所理解的"上帝之语即为《圣经》"（Word of God is the Bible）。③ 许多福音派出版物，都认识到这

① J. C. Ryle，"Evangelical Religion：What it is，and What it is not"，*Truths for the Times*，London：William Hunt and Company，1867，p. 138.

② ［英］威尔基·柯林斯：《月亮宝石》，第223页。

③ Adelphos，"Modern Spurious Revivals"，*The Revival*：*An Advocate of Evangelical Truth*，No. 14，Feb. 1866，p. 72.

种观念转换带来的严重后果，其中《基督教评论员》（*The Christian Observer*）驳斥道："如果《圣经》尽是虚妄之言，为何能如此深入人心?"[①] 同时《随笔与评论》主张，以对待其他书籍的态度来诠释《圣经》，这一思想弥漫在整个 60 年代。1865 年，为了响应广义教派迪恩·斯坦利（Dean Stanley）提出的神学理论，有人在《福音派的基督教世界》中发表了一篇文章，抱怨《圣经》地位的实质性转变："尽管新的神学家经常称颂《圣经》是一座文学丰碑，赞美其与众不同；但是他们却习惯性地忽略了争议的本质，即：《圣经》是否仅仅用来与上帝对话和沟通。"[②]

克拉克小姐越是试图清晰地解读《圣经》，越是暴露出她对《圣经》解读的焦虑。她送给韦林德太太（Lady Verinder）一些小册子，紧接着补充道："我去把那基本善书拿来给您……您看看好吗?"[③] 克拉克小姐解读《圣经》的努力表明，解读者对《圣经》的诠释与解读者自身的理解关系密切，这与福音派的主流思想相矛盾。福音派主流称："《圣经》具有自我阐释功能，《圣经》是来自上帝的启示，这两大真理毋庸置疑。如果上帝的启示需要借助他人之口传达，就一无是处。"[④] 因此，克拉克小姐难以抑制地阐释《圣经》的冲动，实际上削弱了《圣经》的自我诠释的功能。《月亮宝石》采用多视角叙事结构来解释证据，而不是让证据自我证明，因此，使得文本的不确定性在所难免。

随着以小说为代表的虚构类文学的蓬勃发展，对《圣经》权威性的质疑，逐渐变得愈加复杂。长久以来，福音派教徒对文学持怀疑态度，尽管这种情况在 19 世纪中期有所缓解。其表现为一些家庭开始阅读基督教经典读物，如班扬的《天路历程》和约翰·弥尔顿的《失乐园》等。同时，老一辈福音派

---

① Anon, "Theodore Parker and the Oxford Essayists", *The Christian Observer*, No. 60, July 1860, p. 485.

② Anon, "The Defects of Broad Church Theology", *Evangelical Christendom*, No. 6, May 1865, p. 216.

③ ［英］威尔基·柯林斯：《月亮宝石》，第 166 页。

④ Anon, "Unity of Creed: The Union of the Christian Church", *The Revival: An Advocate of Evangelical Truth*, No. 15, 1866, p. 1.

作家汉娜·摩尔和舍伍德夫人（Mrs Sherwood）的作品也受到追捧，许多福音派期刊也大量发表宗教小说。但是，质疑之声依旧不绝于耳。1860 年《基督教评论员》发表了托马斯·鲍德勒（Thomas Bowdler）的一篇评论《家中读莎翁：不对原文画蛇添足，只省略不宜在家庭阅读中出现之词》（*The Family Shakespeare*：*in which nothing is added to the original text*，*but those words and expressions are omitted which cannot with propriety be read in a family*），评论写道："莎士比亚值得基督教家庭阅读吗？《基督教评论员》应该写下只言片语，宣传这位伟大的悲剧诗人吗？我们必须承认，我们尚未能够提供精确的答案。但是如果莎士比亚成为必读书目，这篇评论，唯有这篇评论，一定要摆在基督教家庭的餐桌上。"① 随着小说兴起以及渐受尊重，福音派教徒愈加强调什么书该读，什么书不该读。尽管小说的发行量自 19 世纪初期急剧上升。但是，直到狄更斯采用连载和期刊形式发表小说，大大降低了小说的发行成本，才得以拓展小说在中产阶级中的市场，使其渐渐成为主流读物。小说的需求量激增，逐渐撼动了《圣经》的卓越地位；同时，新思潮的涌现使《圣经》围绕的光环渐渐失色。结果，福音派教徒越来越担心人们的阅读趋向。1864 年 12 月《福音杂志》（*The Evangelical Magazine*）上发表了一篇文章，如此诘问读者："你在阅读哪一类书籍？目前我们阅读的文学作品中，哪一部不是加快个人的生活……？"文章继续道："如果我们少读一些其它的……尤其是忽略上帝箴言，忽略群书之冠的文字，我们难免就不会担心灵魂的呆滞和堕落。"②

1863 年，两本福音派期刊正面交锋：一方为《善言》（*Good Words*），由苏格兰温和派福音教徒诺曼·麦克劳德（Norman Macleod）主办；另一方为《记录》（*The Record*），是同时期的极端派福音教徒的主流期刊。这两本刊物，标志着福音派内部对于小说和读者的阅读趋向的争论达到高潮。《善言》于

① Anon, "Review of Thomas Bowdler's The Family Shakespeare; in which nothing is added to the original text, but those words and expressions are omitted which cannot with propriety be read in a family", *The Christian Observer*, No. 60, May 1860, p. 360.

② Anon, "Cleaving to the Dust", *The Evangelical Magazine*, No. 6, Dec. 1864, p. 792.

1860年由亚历山大·斯特雅汉（Alexander Strahan）创办，力图达到中产阶级广泛阅读的杂志——《闲暇时光》（*The Leisure Time*）的规模，同时瞄准宗教和世俗市场，并视萨克雷（Thackery）的《康希尔》（*Cornhill*）为竞争对手。对诺曼·麦克劳德而言，汲取游记、布道、奇情小说等各类文章中的材料，借此进行传教，是经过深思熟虑的，“对于《善言》，我有一个目标，一个严肃而庄重的目标。在我的部长生涯中，这是一个独特的部门，我感受到使命的召唤，因而成立了它，并且受益匪浅，我希望能有所收获，并将这种收获分享给所有人”。① 麦克劳德不仅乐于收录玛格丽特·奥利芬特，亨利·伍德夫人（Mrs Henry Wood）和安东尼·特罗洛普的小说，也囊括了非福音派神学家迪恩·斯坦利的作品，并因此引发轩然大波。麦克劳德的期刊文体形式多样，内容五花八门，作者信仰迥异不同。终于在1863年4月，《记录》对这本杂乱无章的期刊进行了批判：“要化解精密的诡辩术实属不易，同样要找到脱离真理的起始点也困难重重。”②

维多利亚时期，不仅小说，其他文本的销量也呈逐年增长的趋势。大量涌现的作品或昙花一现，或循环发行。在这种情况下，被福音教派奉若经典、内容亘古不变的《圣经》，也被大量印刷发行。19世纪，由英国及海外圣经社团（British and Foreign Bible Society）全权经手或部分负责的在全世界发行的《圣经》数量，超过了250万册。但是，相比不计其数的小册子，期刊和其他宗教宣传材料，《圣经》的数量则显得微不足道。“做一个谨遵《圣经》启示的人，意义是什么?”这个难题一直困扰着福音派教徒，其中一些人为了逃避这个问题，一味强调坚持其基本教义。19世纪80年代，福音教派联盟意识到，保守的福音派神学观点正在衰退，必须集全国之力，以此捍卫福音书中的真理。经过1887年与“贬低的争执”（Down-grade Controversy）的往来；次年，查尔斯·司布真（Charles Spurgeon）举

① D. Macleod, *Memoir of Norman Macleod*, 2 vols, London: Daldy, Isbister and Co., 1876, ii, p. 110.

② Anon, *Good Words*: *The Theology of its Editor and of Some of its Contributors*, London: The Record Offices, 1863, p. 2.

行的伦教集会意义非凡。《宝剑和铲子》（*The Sword and the Trowel*），是由司布真主持的规模最大、最具影响力的，由教会创办的杂志。1887年，此杂志刊登了一系列文章，争论道："理性主义会对福音主义真理造成严重威胁，届时福音派教徒以及自由之人，都将面临迅速堕落的危险。"[①] 但是，其他福音派教徒更愿意用更加开放的文本以传播他们的信仰。同时，在不断印刷发行的小说中，作家们也通过高超的写作技巧，含蓄地表达福音派提倡的原罪、忏悔和改宗等主题思想。

认为讲述不同于《圣经》故事的小说，就会撼动《圣经》的地位；或断定《圣经》湮没于空前庞大的文学市场中，都有些偏执。其根本问题在于《圣经》的解读方法已然受到挑战。目前发展至现当代，评论家往往认为，《圣经》具有多元性和多义性，但19世纪的福音派教徒却笃信，《圣经》具有高度统一性。在维多利亚时期，从多角度解读《圣经》思想的小说作品备受欢迎，这引发了对主流圣经诠释学的质疑。经常阅读小说的福音派教徒，开始对《圣经》故事提出不同见解。理论上，提出不同见解，符合福音教派提倡的个体解读而非教会诠释，但实际上它们却撼动了福音派赖以存在的根基——福音书传播的是唯一、简洁、毫无争议的真理。

希利斯·米勒指出，小说致力于向读者提供多角度解读的文本，典型的代表小说则首推狄更斯的《荒凉山庄》：

> 《荒凉山庄》向读者呈现出一个满目疮痍、腐朽衰败、行将消亡的社会。它对社会病态的原因提出了深刻的见解。认为社会病态的根源，在于崇拜虚无的权威，将臆想错认为现实，凭直觉行事，利用个人或集体的观点，以此同化他人。同时，小说也努力展现自我阐释的意义。无法个人自我阐释的小说便称不上小说。为了体现其可读性，小说往往利用

---

① I. Randall and D. Hilborn, *One Body in Christ*: *The History and Significance of the Evangelical Alliance*, Carlisle: Paternoster Press, 2001, p. 114.

矛盾冲突，向读者体现其丰富的内涵。[①]

虽然米勒的理论表明，他在阅读《荒凉山庄》时，并未联系小说的历史背景，但他称："《荒凉山庄》是一部关于如何解读文本的作品。"这一评价表明，不仅可以从多个角度阐释文本，而且也暗示，福音派教徒对待《圣经》的态度，和文化发展有着千丝万缕的关系。[②]

米勒近期发表了一篇文章，重谈他最初阅读《荒凉山庄》的感受。米勒指出，狄更斯在小说中使用了大量的暗喻，并辅以多处具体实例（包括口语和书面语），来加以证明："例如，读者经常会发现，法律文件是写在羊皮纸上的，弗莱特太太（Miss Flite）的鸟的名字也蕴含深意。德罗克太太（Lady Dedlock）的信总是写在纸上；关键时刻，巴克特（Bucket）不知从身上何处掏出'小包裹'。"[③] 米勒又指出，祖父斯摩韦德（Grandfather Smallweed）交给约翰·詹迪思（John Jarndyce）的第二份遗嘱，同样也有暗示："一张斑斑点点的褪了色的纸，外面大半烧成焦黄色，边上还烧掉了一点。"[④] 米勒根据这些证据，研究如何进一步来正确理解文本。如果《荒凉山庄》暗示了世俗的堕落，其描写的公众言行（即米勒在其文中提到的"决定瞬间"），对世界毫无积极影响。若是如此，此论断又与狄更斯利用小说，进行社会变革的主张背道而驰。事实上，文字能否对世界产生积极影响，这个问题一直困扰着狄更斯，亦困扰着福音派教徒，福音派布道的作用也一直备受质疑。人们逐渐意识到，一方面，福音派声称《圣经》可以经由教徒来自我阐释，但要获得真知，却必须借助教会的帮助，这明显是自相矛盾的。因此，福音派教徒不得不绞尽脑汁捍卫其布道的权威性。

---

① J. Hillis Miller, "Introduction", C. Dickens, *Bleak House*, Harmondsworth: Penguin Classics, 1971, pp. 33－34.

② Miller, "Introduction", p. 11.

③ J. Hillis Miller, "Moments of Decision in *Bleak House*", ed. J. Jordan, *The Cambridge Companion to Charles Dickens*, Cambridge: Cambridge University Press, 2001, pp. 54－55.

④ ［英］查尔斯·狄更斯：《荒凉山庄》，第1073页。

第四节　布道传教、奋兴运动与宗教皈依

事实上，《荒凉山庄》通过描写钱德班德先生（Mr Chadband）夸夸其谈的布道，对福音派布道提出质疑。小说不仅直接诟病他的布道，如其中一处写道："攻击他的人说，他能够废话连篇地讲下去，要讲多少时候就讲多少时候。"① 而且使用一系列工业词汇描绘他，以此暗中谴责他。文中写道：钱德班德看上去，就像是打了火车润滑油。他的招牌动作是扬起烟斗，侧面烘托他机械的布道过程。读者和小说中其他人物乔，往往感到钱德班德先生的布道不知所云，只注重布道的过程而非内容的丰富性。小说如此写道：

> 钱德班德先生布道时有个习惯，就是爱把眼光牢牢地盯住一个会众，同时对着他选中的这个会众滔滔不绝地阐述他那番道理；这个会众应该明白，钱德班德先生希望他受到感动，不时发出愤懑、痛苦、惊愕已经内心感动的其他声音，这些声音一旦引起邻座上老太太的共鸣，便会在一群情感容易冲动的罪人中间陆续得到反响，像玩罚东西游戏似的，此呼彼应。这些类似国会中欢呼的声音，会使钱德班德先生听了以后兴高采烈。②

小说此处着重描写了布道过程而非布道内容，暗示了钱德班德的布道空洞无物。他片刻不歇的布道，似乎是为了拖延下结论的时间，一旦给出结论，就会给教民留下反思和质疑的时间和余地。

事实上，并非只有狄更斯一位作家，将福音主义视为空洞无物的花言巧语。艾略特在《米德尔马契》中，通过最富戏剧性的一幕——布尔斯特罗特

① ［英］查尔斯·狄更斯：《荒凉山庄》，第353页。
② 同上书，第463页。

(Bulstrode) 宣称不得不背弃他的信仰，表达了相同的观点。而当特洛罗普在《瑞秋·雷》(*Rachel Ray*, 1863) 中，描写了福音派教徒的伪善后，《善言》便断然拒绝发表他的这部小说。19 世纪 60 年代，柯林斯在他发表的两部小说《阿马代尔》(*Armadale*, 1864 -6) 和《月亮宝石》中，进一步表现了福音主义的伪善。在《阿马代尔》结尾处，穆斯塔法 (Mustapha) 之所以邀请佩德格里夫特·森尼尔 (Pedgrit Senior) 去参加布道，正是因为老奥尔德肖太太 (Mother Oldershaw) 的雄辩才能。他略带讽刺地说道："我保证，安息日傍晚他们不会再出现在舞台上了，不过他们一定会一直活跃在讲道坛上。来看看我们时代的最后一位新人，在安息日的表演吧。"穆斯塔法故意将"最后"和"最新"并列，表明福音主义已经落伍于时代，而且错误地依靠表演，来寻求发展。参加布道的太太们的装束，也反映出福音派的布道缺乏真实性。佩德格里夫特·森尼尔生性多疑，却对老奥尔德肖太太的口才钦佩有加，这也令人怀疑。佩德格里夫特·森尼尔赞美道："从来没有听到过，如此具有说服力的演讲。"① 他的赞美未提及布道的内容，反而强调对其的印象，显示出支撑福音派布道的并非其信仰宗旨，而是一系列的表演。

尽管福音派教徒一再声称，理解《圣经》不应掺杂他人的解读，但他们却以解读并传播《圣经》中的思想闻名于世。这正是《月亮宝石》的一大主题，小说中哥弗雷·阿尔伯怀特并非如克拉克小姐口中那般，因其布道时的嗓音和福音教徒的风度令人神魂颠倒；他只是一个思想空洞，内心虚伪的福音派雄辩家。哥弗雷口中的虔诚，不过是出于本能的表演。而他在爱赛特厅的成功表演，使他声望渐涨。哥弗雷第一次进入读者的视野，见证于柯林斯的笔下：

> 他是一位响当当的公众人物。最后一次去伦敦，我的情人给了我两大招待——第一，带我到剧院观看一位风靡一时的舞女的表演；第二，便是带我到爱赛特厅，聆听哥弗雷先生的布道。舞女在恢弘的伴奏下翩

① W. Collins, *Armadale*, ed. J. Sutherland, Harmondsworth: Penguin Books, 1995, p. 674.

翩起舞，而那位先生带着一块手帕，一杯水，便开始了自己的布道。第一场表演，人们随之起舞，第二场则是滔滔不绝的雄辩。①

《月亮宝石》中的其他场景，也表现出福音主义陷入了空洞无物的泥淖。克拉克小姐被哥弗雷的布道轻而易举地打动，更彰显出这点，“他道歉时，笑容温柔平和，让人难以抗拒。他的音调抑扬顿挫，更是增添了难以言喻的魅力”②。

《月亮宝石》中提到爱赛特厅时，将这座建筑物作为福音派的重要象征。爱赛特厅不单单是19世纪福音派教徒的集会地点，正如一位评论家所说：“它是一座供基督教新教徒表演的大剧院。”③ 牧师犹如演员，因在爱赛特厅的舞台上活力四射而备受赞扬。如果他们能让蜂拥而至的听众，留下深刻印象，便能载誉而归。所谓五月集会（May Meeting），即是宗教组织和慈善团体在爱赛特厅举行的年度公众集会。W. M. 麦克多内尔（W. M. McDonald）如此评价五月集会，“所有来到这个‘宗教世界’的团体和组织都满怀期待。每一个教派，每一个团体，都竭尽所能，在这个大舞台上展现自己的虔诚”④。虽然爱赛特厅并不是帮助牧师成名的唯一平台，但是它却体现了福音教派，对大型活动和引人注目的宗教经历的依赖。在奋兴运动中，福音派也喜欢举行集会，强调在集会过程中，人们感知上帝的存在，获得强大的宗教体验，坚定自己的信仰。从18世纪至19世纪，在福音主义兴起的过程中，约翰·卫斯理和乔治·怀特菲尔德等人极力宣扬信仰复兴，虽然由此引发的一系列奋兴运动或是早夭或饱受诟病，却让福音主义再次焕发活力。瓦伦丁·坎宁安解释道，“据J. 埃德温·奥尔（J. Edwin Orr）称，1859年的爱尔兰奋兴运动，是福音派的第二次奋兴运动，这次奋兴运动与18世纪的觉醒运动针锋相对”。“这个时代属于司布真，属于救世军，属于穆迪与山奇（Moody and Sankey），

① ［英］威尔基·柯林斯：《月亮宝石》，第49页。

② 同上书，第200页。

③ W. M. McDonnell, *Exeter Hall: A Theological Romance*, Boston: Colby & Rich Publishers, 1885, p. 3.

④ McDonnell, *Exeter Hall: A Theological Romance*, p. 3.

属于传教团，属于莎芙茨博瑞勋爵。约翰·查普曼（John Chapman）等无神论者沦为被攻击的对象，实属意料之中。显然，这场奋兴运动盲目无知、感情用事，可谓毫无理智可言。”①

19 世纪 60 年代，也许因为查普曼的批评对福音派教徒产生了潜移默化的影响，他们也加入抨击奇情小说（the sensation novel）的大军中。奇情小说诞生于 19 世纪 60 年代之前，之后也曾蓬勃发展；但在 19 世纪 60 年代，一些福音派评论家对奇情小说发起了恶毒的攻击，认为其不宜阅读，使得奇情小说臭名昭著。结合奋兴运动对奇情小说的评论以及福音派对这些评论的反应，再反观福音派期刊中对奇情小说的抨击，如《基督教评论员》曾告诫道：“奇情文学作品才是真正的魔鬼”，读者茅塞顿开。② 表面上，福音派认为奇情小说伤风败俗，是真正的魔鬼。事实上，奇情小说叙事保守，反面人物通常下场悲惨——或被杀、或毁容、或被羁押，而福音派作品也倾向采用奇情小说的写作技巧，所以称奇情小说伤风败俗，显然站不住脚。反观《基督教评论员》中批判奇情小说的文章，皆千篇一律，均以“奇情小说写作手法并非百害而无一益”开头。在提到美国奋兴运动的起源时，文章指出：“我们禁不住思考——难道一切奇情小说的写作手法，都应该和布道坛绝缘吗？难道平淡无奇的陈词滥调，令人难以忍受的重复论调，能够和这种令人印象深刻、动人心弦的绝妙手法相媲美吗？”③ 上述论证表明，从整体趋向来看，福音派逐渐认可奇情小说；并且意识到，福音派有必要改变布道方式，而借此引发的焦虑，才是福音派抵制奇情小说的真正原因。同样，奋兴运动也面临同样的困境。

福音派教徒不惜笔墨，向人们讲述上帝掌控着人类的生活，细致入微地讲解人们荡涤原罪的过程中，期间骇人听闻的经历。奇情小说与福音派布道的不同点在于目的不同，但这微小的区别也是模棱两可的，一方面，许多奇

① Cunningham, *Everywhere Spoken Against*, p. 34.

② Anon, “Sensational Literature”, *The Christian Observer*, No. 65, Nov. 1865, p. 810.

③ Ibid., p. 810.

情小说在结尾部分都严守传统道德准则，另一方面，一些小说描写了已经皈依福音教派的教徒，之后再次负罪，例如《米德尔马契》中的布尔斯特罗。更重要的是，致使个人负罪或洗涤原罪的因素，往往大同小异。造成这两种情况的因素，除去性格使然，还有其他原因，比如强大的说服话语、社会压力和个人的艰难处境。同时，文中人物的情感跌宕起伏、各种不确定性，也是人物决心改变的地方。在《伊斯特·琳妮》（*East Lynne*，1860－1）中，伊莎贝尔在痛苦愤怒、泪如雨下的情况下，做出了一个罪孽深重的决定——离开她的丈夫。她无时无刻不提醒自己是个罪人，积郁成疾。最终，她发现自己身处困境，无法自拔，此时，弗朗西斯·里维森爵士（Sir Francis Levison）又算得上什么呢！她临终前内心愧疚、满怀焦虑，不停地祈求原谅："'对你的爱意抹杀了我'，她一遍又一遍地忏悔，就像发烧时的呓语，'自从我犯下罪行，我的内心从未安宁，离开你……原谅我，原谅我吧！我罪孽深重，我已经受到应有的惩罚，甚至更重。临死之前，还要面对如此漫长难熬的痛苦。'"①《奥德利夫人的秘密》（*Lady Audley's Secret*）中的奥德利太太和《阿马代尔》中的莉迪亚格·威尔特（Lydia Gwilt），这些奇情小说中的人物，也困扰着福音派教徒，并非因为她们曾犯下罪行，而是诱使她们犯下罪行的情感和环境因素，与福音派规劝教徒皈依福音教派的因素，具有很多的相似性。

1859年，厄尔斯特奋兴运动（Ulster Revival）提倡的类似于命运论的思想，以及19世纪60年代关于奇情小说的争议，使得福音教徒越发陷入困境之中。许多评论家敲响警钟，警惕奇情小说我行我素、冲击读者的思想。福音派强调自我忏悔，这就意味着，要求人们抵制一切削弱个人意志的尝试；但是厄尔斯特奋兴运动倡导的肉身显现，又与情感操纵密切相关。令人讽刺的是，福音派在如何布道上的矛盾立场，在狄更斯等奇情小说家的作品中也有所反映。狄更斯能够通过其作品控制读者，比如，利用连载的形式为小说留下悬念；同时，他还对奋兴运动中的上帝的肉身显现的思想进行了批判。

① E. Wood, *East Lynne*, ed. A. Maunder, Peterborough, Ontario: Broadview, 2002, pp. 322, 350, 680.

例如，《双城记》（*A Tale of Two Cities*，1859）中克郎邱太太（Mrs Cruncher）“沉重地跌倒”这一动作。为了回应对厄尔斯特复兴运动的抨击，福音派联盟委托其牧师、心理学教授、贝尔法斯特（Belfast）皇后大学（Queen's College）的詹姆斯·麦克什博士发文辩护，文章于1859年10月在《福音派的基督教世界》上发表。麦克什回击道：“经验丰富的医生告诉我：‘哦，我在行医过程中见到过许多类似的身体现象，它们与宗教毫无关联。’”麦克什避重就轻，并没有直接谈到上帝的肉身显现，并且强调复兴运动依赖的是精神力量而不是肢体动作。麦克什声称，信仰复兴的真正意义在于：“日常生活和行为的焕然一新”，这一点完全合情合理。但有一点，麦克什却无法避而不谈，即在某些情况下，情感操纵可能导致上帝的肉身显现。这在有意无意中，暴露出福音派教徒为何有时歇斯底里、强词夺理地宣称，转换叙事与奇情小说完全是两码事。①

第五节　堕落妇女与审判

一些小说致力于刻画那些虔诚的人们，描述他们如何与罪恶作斗争，以此质疑福音派弘扬的皈依教派能获得强大力量的说法。在小说《巴塞特寺院》中，斯洛普先生面对已婚的希尔格诺拉·内诺里（Siagnora Neroni）太太时，却无力抗拒而自甘堕落，“斯洛普先生情不自禁，他知道自己的所作所为大错特错……他知道他的行为违背了一贯的做人原则……但正如之前提到过的，他已经无法自拔。在他的人生中，激情第一次成为最大的错误”。② 原文一再提到斯洛普先生的无助。之后，当写到他无法抵制诱惑时，文中又如此描述：

---

① J. McCosh, "The Ulster Revival and its Physiological Accidents", *Evangelical Christendom*, No. 13, Oct. 1859, p. 371.

② Trollope, *Barchester Towers*, p. 270.

“他无法拒绝。”[①] 这种描写，对福音派宣扬的十字架力量又是一大挑战。艾略特的《米德尔马契》亦是如出一辙，她深思熟虑地刻画出一位福音派教徒布尔斯特罗德，而他却不能至死不渝地坚持自己的信仰。小说中的叙事者如此评价布尔斯特罗德：“相比坚持自己的宗教信仰，他更希望自己的欲望得到满足。渐渐地，他告诉自己，满足个人欲望与坚持宗教信仰并不冲突。”尽管叙事者对布尔斯特罗德抱有同情，并且试图为他的伪善辩护，因为：“他只是欲望比理论上的信念更强烈，因而逐渐构成了他的想法，把满足他的欲望跟那些信念天衣无缝地统一起来。”[②] 由此可见，19 世纪末和 20 世纪初的凯斯维克运动（Keswick Movement）对福音派来说势在必行，这场运动提倡在日常生活和行为方面，要做一个圣洁之人，并且要寻求让自己变得圣洁的方法。

福音派认为，为了抵制诱惑，妇女不应该抛头露面的观点，由此招致不少负面评价。在影响力巨大的《家族财富》（*Family Fortune*）中，莱奥诺·戴维多夫（Leonord Davidoff）和凯瑟琳·霍尔（Catherine Hall）花费大量篇幅，评论福音派神学对文化的影响；同时讨论了福音派在“针对男性和女性各自的信仰和行为的准则”等方面，影响巨大。[③] 福音派神学思想的核心，就是女人应该闭门不出，安居家中。然而，戴维多夫和霍尔反驳道，“福音派教徒的中心观点即为：女性必须依赖他人，女性如果迈出家门，脱离家庭的保护，极易犯下罪行”。[④] 福音派教徒似乎极力致力于钻研《新约》中的某些字眼，而这些字眼从字面上来看，均认为妇女处于从属地位。同时，家庭对福音派教徒来说至关重要，只有在丈夫的帮助下，妻子才能抵制诱惑。这些观点并不新鲜，弥尔顿在《失乐园》中也表达了相似的观点，在改写《创世记》（Genesis）的传说时，他认为夏娃软弱、易受诱惑，因为亚当未在夏娃身边，她才会被撒旦的花言巧语蒙骗。这种贬低妇女的观点，汉娜·摩尔等举足轻重的福音派作家，却对此推崇备至。

---

① Trollope, *Barchester Towers*, p. 279.

② ［英］乔治·爱略特：《米德尔马契》，项星耀译，人民文学出版社 1987 年版，第 586 页。

③ Davidoff and Hall, *Family Fortunes*, p. 74.

④ Ibid., p. 114.

需要强调的是，不能以过分简单化的文化或宗教体系，来阐释福音派这一神学思想和家中父权地位同时出现的原因。即使承认福音派的神学思想有欠深思，但还是需要进一步解读，正如凯瑟琳·格列道在介绍《对妇女的根本解读：选集（1800—1850）》（*Radical Writing on Women, 1800 - 1850: An Anthology*）中所写：

> 为了刻画女性应当具备的基本品格：慈爱、关怀和德行，福音派文学作品不仅让女性接触社区事务，参与慈善活动，还自相矛盾地倡导妇女在家中作为母亲的权力。这种思想体系极其复杂，但毫无疑问，福音派坚持强调妇女的价值和意义，使得文学作品开始青睐具有积极影响力的女性。①

"救世军之母"卜·凯瑟琳（Catherine Booth）和救世军所做的工作，有力地支撑了格列道的论点，即福音派对家庭的重视，很大程度上削弱了其提倡的男女各占不同领域的神学思想。救世军有别于其他大多数宗派，他们崇拜自己的女性创始人，鼓励女性布讲福音；而根据传统，布讲福音是男性的特权。帕米拉·沃克（Pamela Walker）赞美卜·凯瑟琳道："她是新兴女性基督徒的典范，她创造了女性牧师职位。作为一名福音传教士，她成就非凡，推动制定救世军的平等政策，鼓励万千妇女加入救世军，在救世军的庇护下进行布道。"②虽然卜·凯瑟琳的例子，只能算是个案，难以改变福音派对妇女的歧视——卜·凯瑟琳因为鼓励妇女布讲福音，而受到福音派同胞的强烈攻击。但是至少可以证明，福音主义有能力容纳、甚至鼓励妇女解放。

1885 年，救世军和 W. T. 史泰德（W. T. Stead）联手揭露使儿童和年轻妇女沦为娼妓的危险因素。救世军中的一员，帮助史泰德从妓院带来一名儿童。于是史泰德开始撰写他的轰动性新闻调查，并在《帕尔摩报》（*Pall Mall*

---

① K. Gleadle ed., *Radical Writing on Women, 1800 - 1850: An Anthology*, Basingstoke: Palgrave, 2002, p. 13.

② P. J. Walker, *Pulling the Devil's Kingdom Down: The Salvation Army in Victorian Britain*, Berkeley: University of California Press, 2001, pp. 8 - 9.

Gazette）上连载，希望引起社会关注。结果，其做法对约瑟芬·巴特勒（Josephine Butler）领导的运动起到了一定帮助。约瑟芬·巴特勒是一名杰出的福音派教徒，致力于争取女性在法定年龄，也就是16岁之前得到抚养照顾。尽管约瑟芬的壮举，表明女性福音派教徒的社会影响力；但是也从另一个角度表明，福音主义永远坚信，女性更容易犯罪，因此需要额外的法律保护。在评价上一代人时，萨利·米切尔（Sally Mitchell）特意收集了19世纪60年代，体现大众对女性和诱惑看法的福音派用词："一名堕落的妇女，绝无可能再享受正常人的生活。女性的灵魂是如此纯洁高尚，以至于又如此纤细脆弱、如此需要保护。因此女性比男性面临更大的危险。"①

直到19世纪后期，从托马斯·哈代的作品《德伯家的苔丝》中，依然可以发现女性堕落的暗示、及其与福音教派的紧密联系。哈代笔下的苔丝是悲剧的化身，而苔丝自身带有犯罪的倾向，加上天意弄人，她被一步一步推向深渊。叙事者对小说中主要的福音派代表人物——牧师克莱尔（Reverend Claire）充满了同情与尊敬，称他为"福音教徒中的福音教徒"。但是其实克莱尔已经落伍于他所处的时代，而且他的影响力，从两方面加重了苔丝所受的苦难。② 首先，他无法回答儿子安吉尔·克莱尔（Angel Claire）的疑问。因此在很大程度上，使得安吉尔无法原谅苔丝的罪过。只要沾上罪恶的污名，个人便无法再优雅地生活。于是安吉尔离开，"他拼命挣扎，想要在他所处的现状之中前进。总得有点承前启后的动作才成啊，可是做什么呢？"③ 其次，亚历克·德伯（Alex d' Urberville）在聆听牧师克莱尔的布道后，逐渐改变思想。但是亚历克·德伯从克莱尔的布道中，总是寻得只言片语，为自己的个人行为脱罪，认为他对苔丝的自私欲求是合情合理的。亚历克·德伯自我开脱道：

① S. Mitchell, *The Fallen Angel: Chastity, Class and Women's Reading, 1835 – 1880*, Bowling Green, Oh.: Bowling Green University Popular Press, 1981, p. x.

② ［英］托马斯·哈代：《德伯家的苔丝》，第239页。

③ 同上书，第473页。

> 我自问，难道我真的是一名“堕落之徒”，在远离这个世界的污秽后，再次被卷入其中，最终落得更惨的下场？……再次看见她的双眸，她的红唇之前，我是一个意志坚定的男人。自从夏娃……苔丝，还有谁如你这般诱人，你的红唇如此令人抓狂。你这该死的巴比伦女巫，当再次遇见你，我更加无法自已。①

在小说中，无论安吉尔还是亚历克，都深受福音派最后审判的影响。尽管小说并没有针对这一信仰，进行连贯合理的论证。但是依然可以辨析，在19世纪福音派的思想体系中，最后审判的宗教影响巨大。

福音派为了强调救赎的力量以及获得救赎的必要性，其方法之一，就是绘声绘色、细致入微地描绘地狱的凶险。福音派的宣传册和布道，总是督促犯罪之人进行忏悔，避免堕入地狱，万劫不复。但是，这种对地狱的生动刻画，未能打动所有民众。19世纪中期，唯一神论中的普救说（universalism）也不断影响着人们对来世的看法。1853年，国王大学教授F. D. 莫里斯出版的《神学随笔》（*Theological Essays*）中，公开对“地狱”提出质疑。对于地狱的真实情况，莫里斯的立场模棱两可。但是他主动质疑，地狱为何能使人类与上帝隔离如此之久，并调侃了普救论，惹来不少非议。国王大学的福音派教徒最终迫使莫里斯辞职，但风暴并未平息。牧师H. B. 威尔逊（H. B. Wilson）在《随笔与评论》中，也对地狱永无止境的惩罚提出质疑，随后，科伦索主教（Bishop Colenso）在其书《罗马人书释义》（*Commentary on Roman*，1861）中，也表达了同样的疑问。如果说最初关于地狱的争议，对福音派教徒而言是无关痛痒，那么之后发生的事情，便触碰了底线。1867年，福音派联盟的高级官员兼联合创始人，托马斯·罗森·伯克斯（Thomas Rawson Birks）发表了《神的善的胜利》（*Victory of Divine Goodness*，1867），其中对地狱做出了新的解释，引来一些福音派联盟内部人士的攻击，最后被迫辞职。兰德尔和希尔博在撰写的福音教派联盟历史中曾提到，伯克斯提出

---

① ［英］托马斯·哈代：《德伯家的苔丝》，第402页。

了获得救赎的其他办法——认为只要尽力补偿，“堕落之人”在来世，即使不能享受上帝的所有恩赐，但也能获得一星半点。从某种程度上来说，伯克斯的立场与福音教派联盟公开支持的信仰是一致的：“他确实相信没有宗教信仰的人，死后会堕入一个不同于天堂的永恒国度，而不是就此消失无踪。即使这个国度不能使人升入天堂，但也能减轻人所承受的痛苦。”①

随着时代进步，福音派教徒不再坚信——人死后会承受永无休止的折磨，而且所有的作家都尽量避免在小说结尾处，以天谴来惩罚犯罪之人。但是，关于地狱和报应的用词从未消失，“尽管神学家对一些重要词汇和信条争论不休，但对这一话题持自由态度，或希望彻底颠覆这一观点的主流小说家和诗人，渐渐发现——与地狱相关的语言，是一系列的回应，以此体现当下的灵魂体验”。② 作家们对地狱相关用语的重新解读，不禁让人思考——19 世纪末的世俗化本质是什么？已经达到何种程度？对于此议题的思考，将会在下一章节深入探讨。如今，对“地狱”的信仰并未完全遗忘，而是在不断地重新解读，这让读者重新思考，为何福音派教徒对《圣经》的信仰一如既往。为了解释伯克斯的矛盾立场，杰弗利·罗威尔分析了 1846 年，在美国福音派代表团的要求下，在普救说和灵魂毁灭言论（annihilationist）逐渐蔓延的严峻挑战下，福音派如何实现了扩大传播自身信仰，并且在原有信仰的基础上，增加了“永无止境的惩罚”这一条。但是伯克斯的事例说明，如果仅仅依靠教条的宗教信仰，来维护福音派的正统神学思想是难以实现的。③ 福音主义的大批拥护者也表示，福音主义可以有多重解读，而不是一种孤立的思想。渐渐地，福音派教徒也开始承认这一事实。艾略特在批评卡明博士——关于文字使用严谨性上反复无常的立场时，艾略特着重指出，福音派在《圣经》诠释学中存在的问题。艾略特指责道，“当提及福音派信仰的‘永无止境的惩罚’

---

① Randall and Hilborn, *One Body in Christ*, p. 122.

② M. Wheeler, *Heaven, Hell and the Victorians*, Cambridge: Cambridge University Press, 1994, p. 196.

③ G. Rowell, *Hell and the Victorians: A Study of the Nineteenth – Century Theological Controversies Concerning Eternal Punishment and the Future Life*, Oxford: Clarendon Press, 1974, p. 127.

时，他为了将自己的偏见表达得淋漓尽致，便开始忘记用词的严谨态度”①。艾略特的评价不失公允，福音派教徒对《圣经》的理解的确各有不同，甚至充满矛盾，因此削弱了福音派一维性的批判，而这才是艾略特反对卡明博士的关键所在。尽管福音派教徒有时并未察觉自己能够从多角度诠释《圣经》，但是一场小小的运动，竟然能对整个19世纪造成如此广泛、深刻的影响，可见，多角度、全方面诠释《圣经》的影响功不可没。

第六节 “情感的学问”——乔治·艾略特的人文宗教

一 引言

玛丽·安·埃文斯（Mary Ann Evans）演化为乔治·艾略特的逸事，实则是维多利亚时期关于信仰迷失最知名的故事。早期的19岁年轻姑娘玛丽·安是一名狂热的福音派教徒，这一点可以从她与友人、与老师玛丽亚·刘易斯（Maria Lewis）的书信中获知。作为一名虔诚的新教徒，她认为，牛津运动中的天主教倾向，实则是拉拢旧敌。不可否认的是，她的道德观源自她的宗教信仰。在1839年3月16日的信件中，她讨论了阅读小说对于虔诚的福音派教徒而言，显然并不赞同：

> 我承认：在此件事情上，对于罪犯伤害本人一事，我心怀不满，因此并不是一个公正的陪审员。由于他们玷污了我的心灵，使我患上精神疾病。我年幼之时，就对周遭之事不甚满意。我一直生活在自己创造的世界里，没有同伴，但自得其乐，沉浸在自己的冥想和想象的场景中，我正是其中的女主角。构思着这些人物小说实则是乌托邦幻想。早些时候，我通过阅

① George Eliot, “Dr Cumming”, p. 456.

读满足欲望，自然也利用其中的材料，来建构我的空中城堡。[①]

在写给玛丽亚·刘易斯的三年信件中，可见玛丽·安·埃文斯对于圣经诠释学已经相当熟悉，尤其是查尔斯·亨内尔（Charles Hennell）的《关于基督教起源的调查》（*Inquiry Concerning the Origin of Christianity*，1838），这部作品似乎导致她从 1842 年 1 月 2 日之后，就拒绝和其父一起去教堂。[②] 亨内尔的调查起因于他的妹妹卡洛琳（Caroline）与查尔斯·布雷（Charles Bray）的一桩婚姻。玛丽·安和父亲于 1841 年搬到了城市郊区后，进入了布雷在考文垂（Coventry）的社交圈。根据布雷的怀疑论，查尔斯·亨内尔开始着手从《圣经》中，搜寻有关基督教神圣起源的证据。他逐渐得出这样的结论："关于基督的生活，以及他传播宗教的真实记录，并没有背离自然法则，没有比人类动机和情感要求更多，这些受到宗教起源的时代和国度的特殊环境所影响。"[③] 他的理性研究方法和人类进步的自由乐观主义相依相随。虽然他抵制一切关于《圣经》给人以启迪的观点，但他试图消除宗教性质的疑虑："精神进步可能最终要求，此种叙述应该被置于浪漫史而非历史之中……当（宗教情感）被视为事实时，荒谬和矛盾就会存在其中。"[④] 如果视福音书是富有想象力的浪漫史，那么乔治·艾略特的小说可以被视为另一类浪漫史，与基督教和《圣经》有所联系，试图通过"人类能控制的动机和感情"来激发想象力，并且对"时代和国家这样的特殊环境"格外关注，即对人物生活的社会和文化背景极为重视。纵观她的小说，如《激进分子菲利克斯·霍尔特》（*Felix Holt*，*The Radical*，1866）中所写，她认为："没有谁的私生活，能够独立于更为广泛的大众生活。"[⑤]

---

① Eliot，*The George Eliot Letters*，Vol. 1，p. 22.

② Rosemary Ashton，*George Eliot*：*A Life*，London：Penguin，1996，p. 36.

③ Charles C. Hennell，*An Inquiry Concerning the Origin of Christianity*，London：T. Allman，1841，p. iv.

④ Hennell，*An Inquiry Concerning the Origin of Christianity*，p. 322.

⑤ George Eliot，*Felix Holt*，*The Radical*，ed. Fred C. Thomson，Oxford：Oxford University Press，1988，p. 43.

1844 年，玛丽·安·埃文斯着手翻译施特劳斯的《耶稣传，克里斯提·比尔贝特》（*Das Leben Jesu*，*kritisch bearbeitet*，1835）第四版，开始了她的学术生涯。她的翻译于 1846 年以《审慎考究下的耶稣平生》来匿名出版，共三卷。她继续从事这一工作，撰写关于圣经批判的评论。这些评论成为其学术文集中的一部分，完成于 1851 年到 1856 年。在此期间，她翻译了路德维格·费尔巴哈的《基督教的本质》（*The Essence of Christianity*，1854），作者署名为“玛丽·安·埃文斯”。

乔治·艾略特的小说，主要围绕神学议题以及维多利亚时期的小说而展开。大量评论家对其小说和《圣经》评判的关系，即小说与哲学思想的关系，做了相当深入的研究。本章讨论的重点，即艾略特与基督教关系的本质，因为她在小说中所呈现的观点，似乎与个人文章和信件的观点不尽相同。

在艾略特的早期小说中，她对于神学的态度和阿诺德类似，即：明确反对基督教体制宗教中的教条主义。她不像自由派神学家和施特劳斯，她没有将教堂视为道德使命的寓所，能够经受科学之考察。重要的是，除了《丹尼尔的半生缘》，艾略特所有的小说情节都发生在过去，至少早于她生活年代的一代人。诺普玛切（Knoepflmacher）敏锐地观察到：“乔治·艾略特的人文主义主张——基督教的‘本质’思想可以依存于‘人类共同体的理念’之中，但它却未能给她提供一个真实的载体，来承载这种积极的、实证主义者的道德观。”[①]《弗洛斯河上的磨坊》的悲剧正是这一失败导致的产物。在艾略特的后续三部小说，《罗慕拉》、《激进分子菲利克斯·霍尔特》以及《米德尔马契》中，最永恒的载体似乎是具有母性光辉的女性，她们拥有基督教圣母（Christian Madonna）、维多利亚时期“家庭天使”，以及实证主义（Comtean）笔下激励人心的女性特点。艺术在《罗慕拉》中非常重要，而在另外两部小说中，政治尤为重要。后两部小说都提出了选举改革的问题，《米德尔马契》展现的是乌托邦社会的思想，但是罗慕拉、埃丝特和多萝西娅，这三位维多

① U. C. Knoepflmacher，*Religious Humanism and the Victorian Novel*：*George Eliot*，*Walter Pater*，*and Samuel Butler*，Princeton：Princeton University Press，1965，pp. 60 – 61.

利亚时期女性，主导了小说的结局。在这样的背景下，乔治·艾略特在《丹尼尔的半生缘》中的犹太主义以及末底改（Mordecai）的远见卓识，尤为重要。笔者重点关注艾略特的《亚当·比德》的宗教意义，即：艾略特充分展示了维多利亚时期的世俗福音，大胆重写《圣经》。

彼得·C. 霍奇森（Peter C. Hodgson）在《真实下的神秘》（*The Mystery Beneath the Real*，2000）中，对乔治·艾略特的小说进行了神学层面的解读。霍奇森反对诺普玛切和罗斯玛丽·阿什顿（Rosemary Ashton）等学者对艾略特人文主义层面的解读，认为人们过分强调她和费尔巴哈的密切关系。笔者认为此观点有效。尽管艾略特摒弃了福音教派，但她依然是“一位宗教思想家”。[①] 霍奇森明确表示，他是作为一名神学家、而不是文学评论家在写作。当然，霍奇森也低估了她违背基督教的程度。同时，他也忽略了艾略特与其神学观点相矛盾的文学论据。

在写给出版商约翰·布莱克伍德（John Blackwood）的信函中，艾略特的丈夫乔治·亨利·刘易斯描述了乔治·艾略特的小说《牧师生活小景》（*Scenes of Clerical Life*，1858），这部作品将“涵盖故事和插图，用于解说25年前我国神职人员的真实生活；但是仅限于人的层面，但并不涉及神学层面”。[②] 刘易斯将此系列与“丰富好辩的教义性宗教故事”做了区分，把它们比作哥德史密斯和奥斯汀。艾略特所写的三个故事中，每一个都包含如下道理，即人的同情心比教条式的训导更重要，且强调牧师和教民之间既存的联系。对于平凡的阿莫斯·巴顿（Amos Barton）来说，其妻的去世，战胜了谢普顿人的吹毛求疵：“他最近的麻烦事儿，唤起了他们极大的同情。通常来说，这是爱的源泉。”[③] 梅纳德·吉尔菲（Maynard Gilfil）的爱情故事发生在遥远的过去，尽管梅纳德·吉尔菲的性格古怪，但他对人类的爱，是他与教

① Peter C. Hodgson, *The Mystery beneath the Real*: *Theology in the Fiction of George Eliot*, Minneapolis: Fortress, 2000, p. ix,

② Eliot, *The George Eliot Letters*, Vol. 2, p. 269.

③ George Eliot, *Scenes of Clerical Life*, ed. Thomas A. Noble, Oxford: Oxford University Press, 1988, p. 62.

民友好关系的源泉。在《珍妮特的忏悔》一章中，叙述者分析了福音主义的到来对米尔比镇的影响，描述了谆谆教诲的结果，这些教诲“有责任观，承认要为一些超越自我满足感的事情而活”。[①] 特拉扬先生（Mr Tryan）说服民众，把一名基督徒从死亡的边缘救起，因此，此故事的构架与专注宗教辩论的福音派小说极为相似，但乔治·艾略特在表现个人宗教信仰时，却消除了神话色彩，保留了人文元素，这一点在《亚当·比德》中更为明显。另外在小说中，艾略特也没有忽略牧师生活的神学层面。

尽管她对牧师的生活很感兴趣，但鉴于她所结交的朋友和她所持的观点，乔治·艾略特不会特别同情约翰·亨利·纽曼。然而，在1864年，艾略特诚挚的道德理想主义引发了如下回应：

> 我一直在读纽曼的《自我辩护》，这本书引人入胜，以至于我想一口气读完。我不知道他和金斯利之间的关系是否能激起你的兴趣，或者你是否和我看法一致。我对金斯利的傲慢、粗鲁无礼和狂妄，以及智力上的无能感到愤怒。《生命之歌》给予生命以启示：无论形式上和自己有多么不同，然而在需求和重荷上实则相似，意指精神层面的需求和压力。[②]

就此读者可以明晰，艾略特在精神生活的外在形式和真实“本质”之间的区别。这一区别对于理解费尔巴哈的基督教的人性化层面至关重要，同样也是艾略特小说的核心，尤其体现在《亚当·比德》和《织工马南》（*Silas Marner*，1861）中。对她来说，纽曼的教条主义信仰和对罗马天主教的忠诚是次要的，不过是“形式”问题；重要的是精神生活的内在体验，这才是“需求和重荷”的本质。换言之，就像她在《亚当·比德》中反复强调的人类的痛苦和人类的怜悯。对她来说，《生命之歌》是对生命的启示，这一说法适用于她的每一部小说。在小说展现人类生活时，她试图揭示人类生活之苦

---

① George Eliot, *Scenes of Clerical Life*, ed. Thomas A. Noble, Oxford: Oxford University Press, 1988, p. 228.

② Eliot, *The George Eliot Letters*, Vol. 4, pp. 158 – 159.

难的真相。对于基督徒而言，这是人文主义的本质，这在四福音书中描述基督生活时，有着权威记载。

二 《亚当·比德》中的人文宗教

在《亚当·比德》中，乔治·艾略特的自我意识表现得远比在《牧师生活小景》中强烈，她以个人方法展现出主人公的生命精神意义。普遍认为，《亚当·比德》的叙述者是男性；在小说出版之时，“乔治·艾略特”的身份为谜，书的署名是小说男主人公的名字，而不是女性名字。笔者的关注焦点则是木匠亚当·比德。从象征意义而言，他既是亚当又是基督，所以亚当·比德用以象征人类之体验。同时，这部小说可以被解读为阐述精神“需求和重荷”的故事，也是艾略特在纽曼的《生命之歌》中对应的男女生活展示。在《亚当·比德》中，有不少女性人物的隐晦故事，尤其是海蒂·索雷尔（Hetty Sorrel）逃跑的那一章。重点在于：艾略特构思的是一个代表性的人类神话，亚当·比德正是神话的核心人物。笔者认为，这部小说可以解读为比德的精神传记和世俗圣经，因而赋予这部传记普遍的潜在意义。

桑德拉·吉尔伯特和苏珊·古芭的“伪装、掩饰”（camouflage）的概念，最早运用于《阁楼里的疯女人》中，后来延伸到艾略特对《亚当·比德》的宗教信仰展示中。尽管艾略特的后期作品持不可知论，但她的小说描述背景为60年前，英国圣公会教徒和卫理公会教徒的生活，让基督教读者认为她也持有同种信仰。这些人物的精神生活，隐藏在“同情”的细节里，即展现于卫理公会派教徒和英国国教教徒的描绘中。黛娜·莫里斯“圣经式”的话语，是一种非凡的创造，表现了她认可神圣文本的中心地位。小说中的诸多场景，都展示了“宗教情感”是人类情感另一种形式的爱恋和同情：“相信眼前的奇迹，相信转瞬之间的皈依，相信在梦里或幻象里得到的启示。他们抽签，信手翻开《圣经》寻找神的指引，对《圣经》常常作望文生义的解释。他们的这种解释绝不是权威的注疏专家所能认可的。”① 艾略特提出一个类比，将卫

① ［英］乔治·艾略特：《亚当·比德》，张毕来译，贵州人民出版社1987年版，第42页。

理公会教义比拟为人文主义的观点："生得并不漂亮的茉莉，她储藏的东西本来就很少，却省下一些半生的腌猪肉，拿去给邻居的孩子们'医惊风症'。她这腌猪肉也许是一剂可怜可笑的无效的药。但是，引起她这种慷慨行为的邻里之爱却是一种德行。它日益发扬光大，直到今天尚未消失。"[①] 这表明小说中大多数人物所信仰的超自然宗教，在具体生活时或许于事无补；然而，宗教体现的方式却理应受到尊敬，因为这体现并孕育了人类的善良。

在艾略特同时代的理查德·辛普森（Richard Simpson）的一篇杰出评论中，对艾略特掩饰个人真实宗教观点的方式，给出了绝妙的结论。自由主义天主教教徒辛普森指出，首先，艾略特翻译了施特劳斯和费尔巴哈的作品，其思想深受这些作家的影响；另外，对于艾略特而言，实证主义的宗教必须建立在基督教的基础上："它必须表现为内在物质，它曾经作为胚芽存在于基督教的外壳内，当死去的外壳脱落，它将呈现出纯净的成熟。"[②] 最后，辛普森总结了思考的核心内容，并评论道，"施特劳斯和费尔巴哈的无神论的人道主义，成为所有盛行宗教的中心，这是一个极大的胜利"。[③]

乔治·艾略特实则是一位华兹华斯式的小说家，这是一个重要的常识。在她 20 岁生日之时，她写信给玛丽亚·刘易斯，说自己"沉溺于"购买华兹华斯的全套作品，共六卷。《亚当·比德》是艾略特向作家沃尔特·司各特爵士（Sir Walter Scott）的致敬，与司各特的《威弗利》（*Waverley*）一样，《亚当·比德》的故事发生在过去的 60 年，将小说的情节设定在 1799 年，正好是华兹华斯的《抒情歌谣集》出版的第二年。这一事件，使得艾略特让亚塔尔·邓尼桑（Arthur Donnithorne）这一人物，出现在小说中。《亚当·比德》的题词，则出自华兹华斯的诗歌《远游》的第六篇：

这样你们就有了

---

① ［英］乔治·艾略特：《亚当·比德》，张毕来译，贵州人民出版社 1987 年版，第 42 页。

② Richard Simpson, "George Eliot's Novels", *Home and Foreign Review* 3 (October 1863): 522 - 49. *George Eliot: The Critical Heritage*, ed. David Carroll, London: Routledge, 1971, p. 224.

③ Ibid., p. 225.

眼前清晰的图像
即大自然不显眼的林下灌丛
以及阴凉处盛开的花朵。
当我谈到鸥群中突然转向
或者跌倒的那些只能形单影只
因为它们的过失或错误，这时有些
比亲切的原谅更重要的东西可能会出现。(651 –8 行)①

对于现实主义美学的核心原则之一，乔治·艾略特与拉斐尔前派兄弟会（Pre – raphaelite Brotherhood）有着一致的看法，即在建立模仿现实的过程中，“清晰意象”至关重要，这也给现实注入了道德理想主义。她在一篇去德文郡（Devon）的伊尔弗勒科姆（Ilfracombe）的旅行日记中，明确地表达了这一观点。此行的目的在于和乔治·亨利·刘易斯一起研究自然历史。她表述道：“在游览伊尔弗勒科姆之前，我从未如此期待了解事物的名字。这一期待，是我内心日益强烈地想要逃脱一切模糊性和不准确性，进入生动独特的思想光明的一部分。”② 这一表述有着科学实证主义的性质：当华兹华斯试图表现模糊的经历时，对此，艾略特远超华兹华斯，因为在她幻想时，总是表现得模糊而朦胧。艾略特对可证实、可量化的事物的强调，使她对牛津运动发起人缘起华兹华斯派生的诗学原则，而心存疑虑。在《远足》的第六篇开篇，华兹华斯赞颂了国家和教会，其方式与牛津运动发起人的赞颂方式是相同的：

——向英格兰致敬！并配上
一个称呼以表虔诚，
为她的教堂的精神结构所做；
建立在真理之上；通过流血牺牲

① William Wordsworth, *Poetical Works*, ed. Thomas Hutchinson and Ernest de Selincourt, London: Oxford University Press, 1936, p. 661.

② Eliot, *The George Eliot Letters*, Vol. 2, p. 251.

得以巩固；由智慧之手养育
用圣洁的美，用有序的壮丽，
大方并且不受责难。[①]（6－12行）

此外，《亚当·比德》中的题词，实则是一位牧师致隐居者的演讲词，其中涉及乡村爱情、竞争和悲剧，与小说中的人物故事非常相像。不同的是，牧师所致敬的是一位超验之神，他存在于超越时间的世界里。评论家认为，《亚当·比德》为时间所困，无论是钟表上的时间，农耕时节，教会年，还是妊娠期。所有这些关于时间叠加，产生了如此印象，即：只有在全能叙事者的叙事中，才可知60年前故事的细枝末节。另一方面，在《远足》中，一则座右铭提及了时间超越的存在："明辨的凡人！你是否在为时间的永恒主人和和平而效劳，这将由你决定！"在《亚当·比德》的世俗世界里，这样的形象往往以人类作为参考，例如在第一章中，亚当歌唱托马斯·肯（Tomas Ken）的清晨赞美诗：

你一切谈话呀，必须诚恳，
你的良心要像中午一般清明。
因为上帝那无所不见的眼睛正审视着
你的隐蔽的思想、你的工作、你的生活情景。[②]

其中"上帝那无所不见的眼睛"，似乎所指对乡村社区的监视，因为最终所有人物的秘密，他们的非法会面、藏匿的珠宝，以及隐瞒的怀孕消息，都人尽皆知。另一个拥有全知视角的人物是叙述者，他的想象力无异于"一位享有特权的不速之客"[③]，把读者带进小说描述过的家庭内部。华兹华斯《远足》中的乡村社区，反映了他对现代理性世界的反抗，他的牧师全心全意地

① William Wordsworth, *Poetical Works*, p. 660.
② ［英］乔治·艾略特：《亚当·比德》，第11页。
③ 同上书，第82页。

信任上帝，认为“人类生活，处处神秘”。[①] 乔治·艾略特从《远足》的第六篇获取的她的题词，但她对“清晰的意象”的信仰，实则是以历史替换神话，人类情感替换超自然信仰。《亚当·比德》的叙述者也表示，人类存在诸多的神秘之物，艾略特则暗示：人类的知识和智慧占据了华兹华斯留给上帝的位置。

众所周知，《圣经》与其他书籍不同，基督获得上帝启示是独一无二的事件。每个基督徒的任务就是模仿基督，并自我神圣化，此过程难以在人类生活中完成。然而，维多利亚时期小说中的人性化的象征主义，与世俗生活相关。因此，他们引入了道成肉身的概念，A. S. 拜厄特（A. S. Byatt）敏锐地注意到，此概念使得小说形式逐渐理论化。作为一名作家，艾略特致力于探究——如何将小说中的人物和道德理想联系起来。

把亚当·比德作为人文宗教的典型人物之前，分析此人物的原型人物，即《珍妮特的忏悔》（“Janet’s Repentance”）中的牧师埃德加·特拉扬（Edgar Tryan），对读者的理解大有裨益。埃德加和珍妮特类似，但与耶稣不同，他有罪行需要忏悔。当他来到米尔比镇（Milby），成为一个英雄人物，其无私奉献的行为，使得女性为之倾心，在社区里成为救世主，很快成功地融入米尔比镇。丈夫的虐待行径升级后，珍妮特身陷困境，寻求埃德加的帮助时，叙述者阐释了有着仁爱之心和灵魂的埃德加，对于善良圣洁的珍妮特的影响。此处，艾略特借鉴了“道成肉身”的学说，专注于表现神爱世人的思想，并将此具体化到个人。之后，埃德加病魔缠身，珍妮特则感受到，与埃德加的相遇，正如基督徒与基督的相遇。“即使他对自己的影响和指导时间不长，她也心存感激——感激能够和他在一起，日常的交流，让她对他的印象越来越深刻，这对生命只剩最后几个月的他来说，意义重大。”[②] 对珍妮特和埃德加·特拉扬来说，“神的存在”转变为爱人的存在。特拉扬死后，珍妮特和收养的孩子，以母爱和珍贵的回忆而活。之后，乔治·艾略特在一封信件中，

① Wordsworth, *Poetical Works*, pp. 562 – 563.

② Eliot, *Scenes of Clerical Life*, p. 298.

凝练地总结了这一转变："旧的宗教会说：上帝保佑我们！由于新的宗教缺乏此种信仰，所以它更多教化我们的是：彼此帮助。"①

分析乔治·艾略特对道成肉身的改革，有利于研究她在1866年的信件，这封信是为了回复——实证主义者弗雷德里克·哈里森（Frederic Harrison）写给她的一封长信，他曾在信中就《激进分子菲利克斯·霍尔特》情节中的复杂的法律层面，给予了她一些建议。哈里森曾向艾略特提议：她的任务是写一部文学作品，在这部文学作品中，"尽管形式上是我们熟悉的生活，但孔德（Auguste Comte，1798—1857）的世界的主要特征，可以在小说中以其正常的关系进行描绘"。② 艾略特的回信既深刻又委婉，是关于美学教学本质的著名论述，在其中，也关乎文学作品人物的典型性与耶稣·基督的关系：

> 你抛给我一个大难题，尽管它没有像压在我身上一样压在你身上，但我想你也知道它的难度，我一次次地费尽周折想要让一些概念彻底具象化，就好像它们一开始只是与我进行身体上的接触，而不是精神上的交流。我认为审美教学是最高级别的教学，因为它以最复杂的方式应对生活。但若放弃纯粹的审美——如果降格到介于图画和图表中的任何一点，都将成为所有教学中最令人不快的。公开的乌托邦不会让人不快，因为人们认为他们拥有科学的、解释性的特性：他们没有妄求影响情感，或者说，如果他们的确妄求影响情感，也不能那么做。③（4：300）。

这里的关键点在于：艾略特寻求"让一些概念彻底具象化"，以便他们"在一开始展露的是血肉，而不是精神"。珍妮特·登普斯特就是通过这样的方式，接受埃德加·特拉扬的教育。哈代的《无名的裘德》则有所不同，尽管哈代努力让某些占有支配地位的思想在生活中具象化，思想则完全被肉体的欲望所颠覆。

---

① Eliot, *The George Eliot Letters*, Vol. 2, p. 82.

② Ibid., p. 287.

③ Ibid., p. 300.

乔治·艾略特对基督教的批判性理解，尤其是她对《圣经》故事的怀疑态度，是她进行学术研究的独特方式。富兰克林女士（Ms. Franklin）是玛丽·安·埃文斯当年所在学校的经营者，她曾推荐过一位浸理会牧师，这位牧师试图反驳艾略特的怀疑论，对于艾略特博览的基督教书目，却难以反驳。[①] 在写第一部小说之前，艾略特就是一位知识分子。从开始写小说起，她就意识到——她所积极专注的思想必须具象化。在与弗雷德里克·哈里森交流的背景下，尽管她的思想没有包括孔德关于人文宗教的教条，但囊括了他实证主义哲学的基本原理，“就好像他们首先真是给我的是肉体，而非灵魂”。因此，维多利亚时期展示出审美特征（即“人文”）取代基督教教义的独特事件。按照马修·阿诺德的说法，即诗歌取代了宗教。在艾略特看来，艺术作品不应该公开说教，它不像“公开的乌托邦”一样，属于政治哲学的范畴，而不是艺术的范畴。在其福音派教徒的早期，艾略特曾以贬低的口吻，用“乌托邦”来指代幻想的世界，这表现了她对现实世界的不满，同时也表现了她对神之意志的反抗。现在，她将乌托邦幻想，视为改善世界现状的部分努力，此世界是能够经科学证实的物质世界。然而，对于小说，要想在情感上发挥影响，从而在改造世界的过程中发挥作用，那么它所包含的思想就必须被隐藏、被保密，并在真实可信、有血有肉的人物中具象化。

在《模仿说》（*Mimesis*，1953）中，埃里希·奥尔巴赫（Erich Auerbach）将西方文学中的现实主义思潮追溯至《圣经》文本。在研究乔治·艾略特小说的美学时，读者发现：她的现实主义是她取代基督教神学的一个思考层面。在《亚当·比德》第17章关于现实主义的话题中，她对一幅荷兰现实主义画作的评述，充分体现了这一观点：“我不想看这些天使，也不想看那些先知预言家以及英勇战士等等。我宁可看一个平凡的老妇人，她正忙着修整花盆或者正寂寞地吃着午饭。这时候，由于穿过浓密的绿叶而变得很柔和的正午的阳光，照在她那头巾式女帽上，照着她的纺车的边缘，照着她的石瓶，照着她那些普普通通的不值钱的东西。这些东西，在她看来，乃是她生活中贵重

① Ashton，*George Eliot*：*A Life*，p. 46.

的必需品。”①

此章节将老妪的画作，置于一系列英勇壮阔、鼓舞人心的画作之中，在粗鄙和简陋中，发现了同样的神性。正午阳光的出现，进一步表明理想化的视角，仿佛现实主义画家或作家，言说隐藏于场景中的真正神性。在寻常世事中发现精神价值，让艾略特置身于19世纪的传统之中，这一传统从华兹华斯一直延续到詹姆斯·乔伊斯（James Joyce）的顿悟（epiphanies）。艾略特强调常人生活的尊严性，她的现实主义的本质，实则采纳了基督教教义——人类是按照上帝意象而创造的学说。

亚当·比德的名字，取自世间第一人亚当和一位撒克逊修道士，基督替前者赎罪，后者撰写了英国早期教会史。因此，他是个凡人且有罪，是典型的杰出的英国人。他也是一个模范工匠，第一次是出现在木器工厂，这与耶稣·基督（第二个亚当）产生了直接的联系。同时又将亚当表现为与阿博特·参孙（Abbot Samson）类似的卡莱尔式的男主人公，参孙是托马斯·卡莱尔的《过去和现在》（*Past and Present*）中的中世纪的修道士。不必言及《亚当·比德》中木匠厂的背景，其首章现实主义与象征主义的交融，实则对应着约翰·艾佛雷特·米莱（John Everett Millais）的画作《父母家中的基督》（*Christ in the House of His Parents*, 1849—1850）。亚当作为木匠的职业，使他成为一位重要人物，他有机会接任他的主管，也有机会接触到形形色色的当地贵族。因为其职业特性，他在艾拉斯托尼（Hayslope）及其附近，有着广泛的社会活动。正如一位英国自然历史学家所言，“那些年代，佃农和体面可敬的手艺工人之间还没有明显严谨的社会等级区别。无论在家里的火炉边也好，在酒店的桌子上也好，常常可以看见他们一起喝麦酒。佃农觉得自己有钱，自以为在教区事务上是颇有斤两的人物，因此，在谈吐上他们虽然分明处于劣势，由于有这种潜在感觉的支持，倒也差不到哪里去”。② 在介绍亚当的个人精神历程之初，他是一个刻板又喜欢批判的人。他的弱点是对海蒂·索雷

① ［英］乔治·艾略特：《亚当·比德》，第213页。

② 同上书，第115页。

尔的女性魅力过于感性。在苹果树下的时候，他认为海蒂正在向他示爱。因此，亚当在伊甸园里受到诱惑的“陈年往事”再次上演。他并没有意识到她已堕落，误入黑暗的森林，此情景是经典的情色故事，而并非《圣经》故事。出于不同原因，亚当和海蒂都了解十字架的真理，即所有人类终有一天会承受十字架之苦；尽管方式不同，但他们都在伊甸园里，禁锢在自傲与利己主义之中。海蒂相信亚瑟（Arthur）爱她，并将娶她为妻，“她从来没有想一想，她这样做，亚当将来也会是个可怜虫，有一天，亚当也要像她今天这样受苦”。① 关于亚当，他陷于个人的正直中，欺骗自己，认为海蒂会爱他，带给他幸福。亚当并未意识到，海蒂和亚瑟在森林里发生的故事，如预期的场景一样——亚当和赛斯扛着他们做好的棺材走过乡村：“这真是一张搭配得很奇怪的图画：一方面是夏天清晨里新鲜的青春气息，带着它那伊甸园似的和平和美丽；另一方面是身穿褪色工装的弟兄二人的强壮气力，而他们的肩上却扛着一口长棺材。”②

如此，罪恶将死亡带入了田园风光，棺材预示着比德的溺亡，此情景是第一个痛苦与死亡的意象。尽管亚当后悔对父亲态度强硬，然而他却未反悔；表现为他对亚瑟也同样地横眉冷对。亚当并未从父亲死亡的遗憾中忏悔，反而一味地责怪亚瑟。而他和海蒂的相遇，最终也是悲剧一场，他也必遭痛苦。

在生日宴会上，亚当社交“兴浓”，没过多久，便看到海蒂和亚瑟在树林里亲吻，这成为他痛苦的源头。当亚当正在研究一种“一棵很奇怪的大山毛榉”③ 时，他的生命一分为二，山毛榉正是他遭受痛苦的知识树。普遍而言，小说的重点是亚当经受痛苦后的性格变化，但在一段时间内，重点又转向了海蒂。之后，当她意识到自己的错误，并向黛娜坦白后，她就从小说中消失了。叙事视角的转变，在短时间内显著地加深了读者对海蒂这一人物的兴趣，同时彰显了小说的复杂性，符合亚当的代表性地位。小说并未抹去海蒂与亚

---

① ［英］乔治·艾略特：《亚当·比德》，第269页。

② 同上书，第58页。

③ 同上书，第364页。

当的截然不同的命运这一事实；此外，还应注意，叙述者将小说中所有人物的痛苦都融合到街边十字架的意象之中，“那么一个大痛苦的肖像”源于他对欧洲之旅的回忆。[①] 强调人类生命与自然生命的不同步。这一观点在小说前一部分就已有所暗示：在两兄弟抬着棺材，走过田园风光的构图奇妙而混杂的图画中。也在叙述者的评论之中：“因为，没有一个钟头没有快乐和失望产生，每天早晨的光亮都替智慧和爱情增加新的力量，但也替孤独带来新的烦恼。我们的人数那么多，各人的命运又那么不同，在我们生活处于危机的时候，造化反而狠着心肠对待我们，这有什么奇怪呢?”[②]

对于十字架的描写，出现在描述海蒂的经历的开头，实则是提醒读者，人类苦难可能降临在美好的田园风光之中。因此也告诉读者，不应将艾拉斯托尼（Hayslope）视为田园风光或伊甸园：“这样的事儿，有时就隐藏在阳光灿烂的田野里，隐藏在群花怒放的果树园后面。如果你在一个小丛林后面什么地方一站，那里的一条清溪的淙淙的流水声就跟一个绝望的人儿的哭泣声混在一起传到你耳朵里来。非怪人类的宗教信仰里有那么多的悲哀，非怪人类需要一位受苦受难的上帝。”[③]

这里，叙述者对基督教伪装虔诚的描述，其论述与《远足》中牧师的话语相似——牧师对埋葬在“山间教堂墓地”教民的命运说教。然而，在人类经验和自然世界的独特性上，华兹华斯和艾略特的主张不同。艾略特的叙事性评论表明：她更像费尔巴哈，在人类存在的客观条件下，宗教史学家对于钉在十字架上的上帝，不断追溯这一意象的心理学起源。

海蒂经历过一次类似于耶稣降生的绝境，即在分娩前，她在一间紧靠羊圈的破房子里度过了一个晚上，这段情节没有直接讲述。与圣母玛利亚不同，她孤身一人，具有讽刺意味的是，像屠杀无辜者一样，她也导致了孩子的死亡。对于海蒂经历的直接叙述，则以她的孤寂行程而告结束。此后，叙事视

① ［英］乔治·艾略特：《亚当·比德》，第453页。

② 同上书，第359页。

③ 同上书，第454页。

角返回艾拉斯托尼的亚当。

乔治·艾略特采用了一系列神圣的类型学意象（typological images），来表现亚当在斯多尼顿（Stoniton）接受审判的经历。面对亚瑟所造成的不可扭转的局面，亚当无能为力，只好忍受痛苦。这次经历之后，亚当如同重生，变成另一个人，叙述者评述道，“难以言说的深沉的痛苦，也不妨称之为一种洗礼或一种新生或走入新境地的一个开始”[①]。除了洗礼，同时对于《最后的晚餐》（Last Supper）有了新的理解，亚当和巴特尔·梅西在“石东尼登的一条萧条的街道上的一个二层楼房间”享用着面包和红酒。[②] 这一餐以费尔巴哈的方式，向人类描绘了圣餐的本质意义，也是亚当重生前的最后晚餐。此时，他能够面对自己的苦难。而亚当意识到，黛娜取代海蒂成为他的爱人，他重新发现自己依然具有爱的能力。此幕的类型学意义更为清晰，莉丝贝描绘《圣经》插图“天使坐在从坟墓上滚下来的一块大石头上”，来展示其深意。第六章描述了丰收晚宴，同样以模糊的宗教意象开篇——美丽的落日中，亚当身处其中，觉得自己是走进了一座庄严堂皇的庙宇。

《亚当·比德》的结局通常被认为是改编的结果，根据艾略特的“《亚当·比德》的历史”，亚当与黛娜的婚姻出自乔治·亨利·刘易斯的建议，因为之前的设计并不符合维多利亚时期的幸福结局。无论艾略特的最初计划和结构如何，这场婚姻都是基督教世俗化进程中必不可少的一部分。而当读者第一次看到黛娜时，她就像一个神圣的处女，为上帝而独自生活。

斯蒂芬·普里科特对于“两个睡椅”的章节，针对黛娜和海蒂之间的不同，做出敏锐的分析，认为海蒂和黛娜都被禁锢在个人的臆想中。海蒂看着镜子里的自己，沉浸在浪漫的幻想中，在她的幻想中，她嫁给亚瑟，成为了一位夫人；而黛娜坐在窗前，与超自然之人进行交流，她将这些超自然人士视为自然的化身。在小说开篇，叙述者就她对神的存在的感知力，提出一种合理解释：她所努力寻找并依赖的神之指引的事实，是一种智力、技巧与共

① ［英］乔治·艾略特：《亚当·比德》，第535页。

② 同上书，第527页。

鸣的结合，“难道不是都同意把突然而来的念头和崇高的冲动称为灵感吗?”①描述黛娜时，她有着拉斐尔前派的吸引力和精神的甜美，这一特征使她成为德国浪漫主义文学作品中美丽灵魂（*schöne Seele*）的版本。

在“一报还一报”（*Measure for Measure*）一章中，伊莎贝拉（Isabella）与黛娜之间有着有趣的互文关系。像伊莎贝拉一样，黛娜认为，她被召唤过着祈祷和侍奉的独身生活。在小说中，乔治·艾略特通过描写有着宗教信仰的年轻女性的结婚生子，以此来构建故事情节。此处，她遵循了费尔巴哈对修道士生活的分析，费尔巴哈认为，其信仰和生活符合正统基督教信仰的逻辑；但是，如果正统信仰被认为是一种幻觉，那么修道士遵循的就是一种受蛊惑的生活方式。黛娜被超验信仰和超自然之神而禁锢，在尘世中，尽管她披着英国国教的礼服，但她与亚当的婚姻却代表接受了人文宗教。费尔巴哈认为，考虑到“基督教之本质的重要目的，便在于脱离世界，脱离物质，脱离类生活。并且，在僧侣生活中，这个目的以感性的方式来实现自己……属天的生活成了真理，属地的生活就成了谎言；幻想成了一切，现实就成了无”。②

费尔巴哈认为，“非世俗的、超自然的生活，本质上也是无婚的生活”。③《亚当·比德》的结论表明：黛娜在世俗之爱与神圣之爱之间，做出选择；在过去的宗教信仰与未来的人文主义之间，做出抉择。乔治·艾略特曾经评论过，黛娜与亚当的婚姻是“智力进步”的例子。在此方面，可将艾略特和查尔斯·金斯利进行对比：他们都相信人类进步，且婚姻具有深刻的精神意义。然而，《亚当·比德》的结论表明：黛娜与亚当结婚中，她付出了代价，失去了自主权和公开身份。艾略特在《米德尔马契》中，进一步详细地探讨了未经深思熟虑的婚姻后果。

亚当的兄弟赛斯（Seth）对黛娜的表白早于亚当。赛斯用卫理公会派的

---

① ［英］乔治·艾略特：《亚当·比德》，第135页。

② ［德］费尔巴哈：《基督教的本质》，荣震华译，商务印书馆1984年版，第218页。

③ 同上书，第222页。

圣歌，三番两次表达他的多情，进而激发了宗教进程世俗化的主题。在第一个事件中，他向黛娜袒露心声：他不由自主地将圣歌语言用到她身上，“她是我灵魂的光亮的晨星，又是我的红日，初升在天边”。[①] 瓦伦丁·坎宁安则认为，对虔诚的卫理公会派教徒来说，以世俗的爱取代基督的爱，是对神明的大不敬，因此，这种替换并不现实。在维多利亚的小说之中，总能发现以情爱代替上帝之爱，或者将两者混合。

当亚当向黛娜求婚时，她感觉自己对亚当的爱，正在取代个人对上帝的爱。同时，她必须在亚当——新型的基督，和受苦的上帝这一传统形象之间做出选择。她告知亚当：“听了你这些话，我非常感动。你想我哪能不感动！但是，现在有一个很大的恐惧正在袭击我。情形好像是这样：你把手向我伸来，向我招呼，要我到你身边去过安逸日子，要我去享受自己的愉快生活。但是，那‘万苦之人’，耶稣，他又站在那里望着我，用手指着那些犯罪的人那些受苦的人那些落难的人。”[②] 她把她的困境，描绘为“财主与拉撒路”（“Dives and Lazarus”）的另一版本。这个寓言暗指小说中“一个大型海湾”的意象，存在于海蒂的命运与“光亮的火炉；家中的温暖和家人说说笑笑的声音”之间。[③] 在黛娜的困境中，海湾介于基督教和人文宗教之间。女性评论家曾经指出：这个问题的复杂之处在于，对黛娜而言，比起亚当的妻子，她个人作为一名卫理公会派传教士的身份，让她拥有了更多的自主权和言论自由。而在结语中，她不再传教，而是像亚当的母亲一样，只是默然等待。

亚当向黛娜告白之前，黛娜想回到斯坦尼斯郡（Stonyshire）的山冈中，那是穷人聚集的地方。她告诉波伊泽女士（Mrs Poyser）：“我觉得有一种力量吸引我，要我回到那些山坳里去。在那里，我把福音带给有罪的人，带给孤独的人。”波伊泽女士的回应则是一句愤怒的“你觉得！是的”[④]。波伊泽女士与进步知识分子玛丽安·埃文斯（Marian Evans）持相同观点，认为宗教无

① ［英］乔治·艾略特：《亚当·比德》，第40页。
② 同上书，第645页。
③ 同上书，第481页。
④ 同上书，第600页。

关感觉，个人体验必须经受理性的考验。瓦伦丁·坎宁安则认为，艾略特在《福音派教导：卡明博士》中，对于情感和宗教做了异常尖刻的评论，文章写道："据此，我们认为，相应地，宗教教派将情感置于智力之上，认为他们个人直接受灵感的指引，而不是个人才能而自发努力。相应地，他们远离了理性主义——他们对于真相的感知模糊又困顿。"①

当亚当去雪域附近与黛娜见面，看她是否愿意嫁给他时，他在山顶等着她，与摩西见到上帝有着类型学上的共鸣。事实上，在她尚未见到他之前，"她已经习惯了把印象当作纯粹的精神忠告，以至于她不去寻找任何有形有声的陪伴"。② 然而，在类型学的象征主义看来，亚当的言述表明：对黛娜来说，世俗婚约将取代上帝的直接召唤。自此以后，那个饱受苦难、学会去爱的亚当将取代基督，即那个被钉在十字架上受苦受难的上帝。艾略特的旨意在于，对于宗教和伦理的清晰感知，是整个文明发展的一部分。

简要地综述亚当·比德的宗教经历，有助于澄清艾略特在小说中所呈现的人文宗教的意义。亚当的宗教是理性、严苛道德和虔诚情感的混合体，这是他保守性情的产物，他也受制于英国国教的规则和礼拜仪式；同时也保留了一些农民的迷信思想。亚当的宗教与黛娜和赛斯的不同，不涉及教条主张，也不亲近超自然的启示。他不赞成艾拉斯托尼教区长欧文（Irwine）的继任者——莱德先生（Mr. Ryde）的教义核心。亚当曾就卫理公会教义和赛斯展开争论，为了博工友一乐，亚当宣讲了卡莱尔的"卡莱尔式的家常布道"，进一步反映了他的信仰和价值观：

> 教堂里可以学习的东西多着呢。况且天下还有非精神的东西，要晓得，在这个世界里，咱们除了福音书而外，还得有点别的。例如那些运河，那些渠道，还有那些挖煤机，还有克朗福河上的弈克雷特氏磨坊。我以为一个人除了念福音书而外，还得学一点别的本领，自己制造些实

---

① George Eliot, *Selected Critical Writings*, ed. Rosemary Ashton, Oxford: Oxford University Press, 1992, p. 145.

② Eliot, *Selected Critical Writings*, p. 532.

用东西。如果一味去听宣教士传道，你就会以为人生在世可以无所事事，只消闭上眼睛去考察内心活动就行了。我也知道，一个人必须从心里敬爱上帝。《圣经》吗，那就是上帝的教训。但是，《圣经》里说些什么呢？它说：上帝所以把神灵放进造房子的工匠身上，是要他去从事精细的雕刻，做那些必须有好手艺才做得成的东西。我是这样看的：神灵到处存在，无论在什么东西里边；也无论在什么时候，礼拜天也好，其余的六天也好，天天都有它。[①]

在小说的另一处，亚当以马修·阿诺德的口吻告知叙事者："使人去做好事的，并非这些概念而是感情。"[②] 他也像阿诺德一样，把英国国教的礼拜仪式，当作诗歌来表达他的情感："亚当怀着一腔悔恨思慕顺从合而为一的思想感情，教堂礼拜倒的确是他所能找到的一条最好的表达渠道。做教堂礼拜的时候，有时是恳切的求救呼声；有时是虔诚皈依的赞美叫喊，唱着循环的圣歌祷告，以大家熟悉的抑扬顿挫的调子。"[③] 在《智力的进步》（*Progress of the Intellect*，1850）中，罗伯特·威廉·麦凯（Robert William Mackay）写道：知识不仅关乎道德，而且我们"最终会发现它是关乎宗教的"。[④] 在《亚当·比德》中，这种说法的反面表述似乎也是正确的。在小说的结尾，亚当对黛娜说："感情其实也是一种知识。"[⑤] 叙事者表明，知识不仅仅是积极的、理性的、确凿的真理；还有一种学问，实则是关于心灵和情感，就像亚当·比德与教会之间的阿诺德式的关系。也许是因为他信奉英国国教，才会有如此立场——因为英国国教将宗教情感寄托于社区传统和许可之间。黛娜通过与亚当的婚姻，进入了艾拉斯托尼社区。她也走进了一个传统的家庭结构，这意味着她的自由就此结束。然而，对于1859年的女作家乔治·艾略特而言，这部小说代替了教区教堂里的布道或午后的礼拜仪式。进而言之，在小说结尾

① ［英］乔治·艾略特，《亚当·比德》，第7页。
② 同上书，第217页。
③ 同上书，第241页。
④ Eliot, *Selected Critical Writings*, p. 36.
⑤ ［英］乔治·艾略特，《亚当·比德》，第645页。

处，黛娜停止了传教，而玛丽·安·埃文斯则成长为一名小说家，通过她对于乌托邦的美学构想，传播了人文宗教中的仁爱和怜悯之情。

研究《亚当·比德》时，需要明晰乔治·艾略特作为圣经评论的译者和传播者的学术生涯，以及19世纪前期神学范围内《圣经》的高等考证的广阔背景。这一时期，宗教真理更倾向于主观情感，而非客观事实的分析。正如《亚当·比德》中所表明的：卫理公会的精神受到德国虔信主义（Pietism）的影响，这也是弗里德里希·施莱尔马赫神学的一个特点。即使对约翰·亨利·纽曼而言，宗教信仰是融合混杂的产物，而不是明确证据的产物。因为乔治·艾略特研究了《圣经》批判的相关作品，并剖析了卡明博士的布道。因此，在某种程度而言，任何没有经科学验证的宗教教义都是错误的，而文明的进步是正面知识不断累积的结果。然而，施莱尔马赫让感情成为基督教教义学的基础。对他而言，"在各种表述中，虔诚仍然是感情状态"，并且教义的主张"完全出于对宗教自我意识的直接阐述，进行合乎逻辑且有序的思考"①。

作为消退《圣经》神话色彩的学者，施特劳斯和费尔巴哈比施莱尔马赫更进一步，从根本上打破了基督教诠释学传统和基督教的虔诚。费尔巴哈的立场直截了当，即在崇拜上帝的过程中，人类将自己的最高形象具体化："上帝作为道德上的完美存在，只不过是实现了的思想，履行了的道德法规。人的道德本性，这些都被假定为是绝对的。"② 在《基督教的本质》中，费尔巴哈的目标是将哲学和宗教彻底地人性化，这样人类就可以脚踏实地，毫无错误意识地掌控个人命运。因此，人们常说，弗洛伊德（Freud）和马克思（Marx）实则是步入费尔巴哈的后尘。对于费尔巴哈而言，这种迷惑源于文法的误解："现在，主语是什么完全取决于主语的属性；也就是说，谓语是真正的主语；同时也证明——如果神的谓语具有人性的属性，那么这些谓词的主

---

① Friedrich Schleiermacher, *The Christian Faith*, 2 vols, ed. H. R. Mackintosh and J. S. Stewart, New York: Harper, 1963. Vol. 1, p. 81.

② ［德］费尔巴哈：《基督教的本质》，第30页。

语也具有人性。”①

事实上，很难以归纳性的总结来评论施特劳斯。他的巨著《耶稣传》影响力巨大，部分原因是其面面俱到的风格。这部作品详细分析了福音故事中的所有元素，一再表明不仅某些事件毫无超自然的基础，而且根本没有可证实的历史根源，不过是哲学基本真理的神话式表达。施特劳斯以科学实证主义者的标准，来衡量和考察历史。同时他认为，其批判性的分析作品完整地保留了福音书的真正意义。和费尔巴哈一样，他声称个人的关注焦点是辨识基督教的“本质”。对于施特劳斯而言，这一本质存在于神话意义里，比起费尔巴哈的人文色彩，其书保留了更多的传统教义。根据施特劳斯的说法，“基督超自然的诞生，他的奇事，他的复活和升天，仍是永恒的真理，一切对其历史真实性的怀疑都毫无意义”。② 在《耶稣传》第四版的最后一章（艾略特翻译的一章）的关键部分，施特劳斯提到了一个至今仍然热议的议题，即“批判和思辨神学与教会的关系”。他谈论到，对于秉持《福音书》的“大部分是神话”的“批判神学家”而言，有四种选择。对于施特劳斯来说，前三个选择不能令人满意。第一个选择，试图将教会提升到思辨神学家的观点，“对于教会来说，所有那些神学家的推理结论所依赖的前提都是欠缺的”，所以这个选择将会失败。神学家的第二种选择是，就教会所持的盛行的基督教的观念，与教会进行对话，这一选择有可能使他们成为伪君子。神学家的第三个选择是放弃牧师管理。还存在第四种选择的可能性，即“在他向教会演讲期间，神学家将遵循盛行的理念，但是他利用一切机会，展示他们的精神意义。对他来说，这是唯一的真理。因此，需要秉承教会意识的原始思想的决心，尽管此结果可能被认为是一个无止境的进步”。③

在整个讨论过程中，施特劳斯信奉的理性主义方法，意味着神学家的观点始终是正确的。他的第四个选择的逻辑结果，会使得教会存在基础受到破

① ［德］费尔巴哈：《基督教的本质》，第 15 页。

② David Friedrich Strauss, *The Life of Jesus Critically Examined*. Translated from the 4th German, ed. by George Eliot (1846), ed. Peter C. Hodgson, Philadelphia: Fortress, 1972, preface.

③ Strauss, *The Life of Jesus Critically Examined*, pp. 781 – 784.

坏，最终施特劳斯和费尔巴哈并无较大区别。施莱尔马赫对于神学家的困境，以及支离破碎的忠诚的描述，实则比施特劳斯所想的更为严重。时至今日，教会虔诚派和批判性圣经学者的结论也不一致。因此，需要考量他们的不同目的和忠诚度。圣经学者关注的是一门批判性学科的方法论和完整性，而这一学科已形成理性分析的标准，一方面，信徒则关心他们宗教经验的是否完整，这是由教会传统和《圣经》文本来调和的，这两者在某种意义上都声称具有神圣的权威。这种经验的完整性不能受制于专业神学家，以免他们根据他们目前认为最准确的理论进行修改。另一方面，神学，尤其是圣公会神学，一直都将理性考验作为其真理。因此，施特劳斯对《耶稣传》的谨慎结论，仍然是基督教生活和思想的必要组成部分。

马修·阿诺德对同样困境的解决方法，和宗教现代主义者类似。他认为宗教教条在不符合实证主义标准的情况下，必须弃之；但他想要保留教会的制度结构和礼拜仪式。最重要的是，他想传授给读者，如何诗意地阅读《圣经》。阿诺德把宗教定义为情感色彩的道德原则，这能够阐释《亚当·比德》的道德行为，“使人去做好事的，并非这些概念而是感情”。[1] 同样，亚当对宗教情感的记述，更像是美学的感动：“心灵里有些东西是不断发展的。有时候感情突然袭来，好似一阵狂风吹进心里……这就是我们不能用‘做这’‘做那’来概括的东西。也就因此，我也能够跟一个您认为最地道的卫斯理宗教徒一同长久生活下去。”[2] 亚当正如《圣保罗和新教》（*St. Paul and Protestantism*）的阿诺德，反对把这些情感转换为精准科学：“宗教信仰，除了教义概念之外，还有一点别的东西。”[3] 理查德·辛普森准确地阐明了艾略特的神学立场，“对她而言，教义只是情感的代名词”。[4] 类似的，查尔斯·亨内尔将基督教视为“一种包含高尚思想和情感的系统”，它不是基于“大约两千年前事件的不确凿证据”，而是基于“一个更清晰、更简单和触手可及的证据，

① ［英］乔治·艾略特，《亚当·比德》，第217页。

② 同上书，第218页。

③ 同上书，第219页。

④ Simpson，“George Eliot's Novels”，p. 247.

即：人类思想本身的内容和情感”。①

马修·阿诺德和艾略特的宗教观点的相似性，表明《亚当·比德》中对于基督教的激进批判，比艾略特的散文减少很多。在艾略特的宗教观点中，也有类似的歧义，被详细记录在她和不同通信者的信件中。在此期间，她摒弃了对体制宗教的强烈敌意，而在早期，她对于体制宗教的敌意导致了她和家人的“圣战”，信仰渐失。1859 年 12 月 6 日，她给日内瓦的朋友弗朗索瓦·德·阿尔伯丁·德雷德（François ' Albert – Durade）写了一封信，表达出一种类似阿诺德的不可知论，观点比她在期刊中发表的任何文章都更为鲜明：

> 我在日内瓦时，我还没有丧失敌对态度，这种敌对意味着放弃一切信仰。我非常难过，处在一种与自己命运冲突、反抗的状态。十年体验让内心的自我发生巨大变化：对于一切信仰，我都不再怀有敌意；在这些信仰中，人类的痛苦和人类对纯洁的渴求都不言自明。相反，对于它主导所有争论的倾向，我表示同情。我尚未回归教条基督教，即：接受任何教条，视为教义，并接受超人类的不可见启示，但是我在其中看到了宗教情感的最高级表达，这种情感可以在人类历史上找到体现；同时，对于不同年龄的诚挚基督徒的内心世界，我都抱有极大的兴趣。十年前，我反驳了许多事情，现在却觉得自己当时太无知，道德敏感狭隘，难以自信地表达反对意见。过去在诸多方面，我曾经喜欢表述思想差异，现在却喜欢体会情感的和谐。②

再一方面，艾略特写信给罗马天主教倾向的芭芭拉·博迪肯（Barbara Bodichon）。在信中强调：在宗教信仰中保留思想的认同，这是她不可知论的本质：

> 至于“形式和仪式”，我并不感到遗憾，如果他们能在他们身上找到

① Hennell, *An Inquiry Concerning the Origin of Christianity*, p. viii.

② Eliot, *The George Eliot Letters*, Vol. 3, pp. 230 – 231.

> 安慰的话，任何人都应该向他们寻求安慰。出于好感，我自己很喜欢他们。比起天主教或任何其他的教会所呈现的，我更相信更高可能性的结果，那些有精力等待和忍耐的人，注定不会接受他们的灵魂、智力，以及情感所不能敬重的规则。最高级的“召唤和拣选”就是不用鸦片，而是用良知和锐利的忍耐力，熬过所有的痛苦。①

《亚当·比德》在语调和情感上，更接近于艾略特的第一篇信件，兴趣体现在人物的内心精神生活，人物则表现为：对于铁石心肠的海蒂，基督教的教化对她没有产生任何影响，以及极度虔诚的黛娜和落伍的英国现代国教徒亚当。理查德·辛普森指责实证主义者，他们把道德建立在谎言的基础之上，尽管他欣赏艾略特的艺术，并认为，“她的道德规范的正面影响，要比她无神论的负面邪恶更为重要”。② 之后他准确地指出，许多读者并未认识到，隐藏在艾略特小说表面下的真正观点。

在艾略特的早期小说中，她比辛普森更为慈爱，特别是在《亚当·比德》中。艾略特难以想象她对基督教的感情认同和理性的拒绝态度，而所造成的僵局。辛普森在1863年认为：实证主义者始终“对没有受过教育或过去几代受过教育的正统观点，表示由衷地同情”。③ 然而，维多利亚时期的历史背景，对宗教心存疑虑的维多利亚教民而言，帮助不大，因为教民在寻找令人笃信的信条。艾略特在《罗慕拉》、《激进分子菲利克斯·霍尔特》和《米德尔马契》中，其中的女主人公都在探索人生。每个人在经受伤痛经历之后，找到对婚姻和家庭的责任心。罗慕拉的游船之旅和《弗洛斯河上的磨坊》中麦琪的旅行，实则如出一辙。不同的是，主人公罗慕拉从佛罗伦萨的现实世界，游离到神话世界中，结局是幸福的。多萝西娅在经历灵魂的迷茫后，迎来的是人道主义的觉醒和政治家之妻的平凡生活。然而，在艾略特的评论中，特别是对罗伯特·威廉·麦凯和W. E. H. 莱基（W. E. H. Lecky）的评论中可

---

① Eliot, *The George Eliot Letters*, Vol. 3, p. 366.

② Simpson, “George Eliot's Novels”, pp. 249 – 250.

③ Ibid., p. 225.

见，进步的信念，会促使她寻求对未来的深远信念。如下，笔者转向讨论《丹尼尔的半生缘》，在这部作品中，艾略特以独特的视角，重新审视了宗教问题。

三　《丹尼尔的半生缘》中的人文宗教

评论家对于《丹尼尔的半生缘》的讨论，表现为两方面：是否代表了艾略特小说宗教叙事的重大转变，或者犹太教成为人类宗教的最新意象？在艾略特的早期小说中，她把埃德加·特拉扬或黛娜·莫里斯这样的基督教牧师，当作人类怜悯之情的典范；而在《费利克斯·霍尔特》、《米德尔马契》和《丹尼尔的半生缘》中，她展现了一群数量上减少、却更重要的牧师。在艾略特后期的小说中，政治和艺术承担了早期由教会和宗教人物所发挥的作用。诺普玛切认为《丹尼尔的半生缘》是艾略特的新起点。在这部小说中，她"从条件性转移到绝对性"[①]。他认为，在《丹尼尔的半生缘》中，艾略特对文化的精神影响持怀疑态度，除非它"本质上是一种宗教形式"，是"一种精神力量，须在国家层面和国际权威之中，具有一定地位"。另一方面，埃丽诺·谢弗（Elinor Shaffer）则对《丹尼尔的半生缘》有着出色的分析，她认为小说处理的是同样的微妙复杂的问题，能够联系其早期作品："它充满宗教思想，然而本质上是世俗和现代的。据此，她可以将宗教基础与最前沿的意识相结合。"[②] 从这一点看，《丹尼尔的半生缘》是乔治·艾略特建构"生活实验"[③] 的巅峰作品。

艾略特的传记作家和评论家们，常常经常引用 F. W. H. 迈尔斯（F. W. H. Myers）讲述艾略特在剑桥访学的著名逸事。在谈话的过程中，她认为上帝的想法不可思议，永生的概念难以置信，"打破了她的惯例"；然而，责任的概念是"多么得专横和绝对"。迈尔斯在他们离别后补充说，他"凝视

① Knoepflmacher, *Religious Humanism and the Victorian Novel*, p. 121.

② E. S. Shaffer, "*Kubla Khan*" *and* "*The Fall of Jerusalem*": *The Mythological School in Biblical Criticism and Secular Literature* 1770 – 1880, Cambridge: Cambridge University Press, 1975, p. 244.

③ Eliot, *The George Eliot Letters*, Vol. 6, p. 216.

着，就像耶路撒冷的提图斯（Titus），在空荡荡的座位和大厅里，在无人视为神圣的圣殿中，只有上帝的孤独的天堂”。[①] 尽管这段逸事被诸多评论家怀疑，但它概括了维多利亚时期信仰丧失的强烈感受，这正是它常被引用的原因。但笔者与诺普玛切的观点一致，认为《丹尼尔的半生缘》有其独特之处。在这部小说中，宗教信仰没有像早期小说，受限于去神话色彩的叙事性评论。乔治·艾略特为自己的时代书写了一部《圣经》史诗，意指生活中的神殿可能比她想象得更为神圣。

《丹尼尔的半生缘》是艾略特唯一采用现在时的小说，在读者群中引发强烈反响。维多利亚时期的一些评论家被小说中末底改的话语激怒，同时也被丹尼尔发现、接受个人的犹太遗产而愤怒。而其他读者的反应相对更加积极，这部小说在英格兰的犹太教社区广受好评。时至今日，亨利·詹姆斯对于此部作品的评论——《〈丹尼尔的半生缘〉：一次对话》（“Daniel Deronda：A Conversation”），依旧吸引着正反辩论两方的注意，罗斯玛丽·阿什顿对乔治·艾略特运用犹太主义持负面评论。最近，随着犹太复国主义（Zionism）在20世纪的发展和重视，对于这部小说中的犹太复国主义争论逐渐增多。鉴于小说更多强调的是沟通，以及对于殖民主义和帝国主义的批判，笔者认为艾略特的主题并未在于揭发帝国主义的阴谋。在某种程度上，艾略特的写作意图在于重新评价和重视犹太主义。《丹尼尔的半生缘》中犹太主义的价值体现在：它本身就是一种古老的宗教传统，保留了基督教所逐渐流失的活力；另一方面体现出英国非犹太社会所需的精神复兴。

《丹尼尔的半生缘》包含“犹太人”和“非犹太人”两部分。因为丹尼尔在格温多伦（Gwendolen）的故事中占据了重要地位，所以区分两部分并不容易。戴维·卡罗尔（David Carroll）指出：这部作品包含两种不同的类型学——格朗库尔（Grandcourt）的社会类型学和部分犹太人以《圣经》为精神

---

① F. W. H. Myers，*Wordsworth*，London：Macmillan，1899，pp. 333 – 334.

支柱的类型学。[①] 评论家基于卡罗尔的分析，认为在《丹尼尔的半生缘》中，对于基督教是讽刺的，而末底改则认为，犹太教的作用是精神交流的“通道”。艾略特将英格兰的统治阶级描绘成精神上一无所有的人，热衷于暴政和肆无忌惮的赌博。他们的精神萎靡状态与马修·阿诺德的《文化与无政府主义》相似，而艾略特使用了诸如“更好的自我”[②] 或“怎么喜欢怎么来”这样的阿诺德式短语。然而，从根本上说，她重新定义了阿诺德的犹太思想，使得犹太文化和诠释学传统成为其史诗思想的源泉。如此，希腊主义被归入扩展的犹太主义之中。

基督教是帝国主义国家的国教，且试图改变犹太人，却不知这两种宗教实则同宗。艾略特在之前的作品中明确指出过，此文章以泰奥弗拉斯托斯（Theophrastus）的角色撰写的，题目为《现代的玫瑰！玫瑰！玫瑰!》（“The Modern Hep！Hep！Hep!”，1879），暗指十字军东征攻击犹太人所喊的口号。文章结尾处，她写道：“以前，福音派寻求在‘复兴犹太教’中实现预言。如今，先知的阐释已不再流行。流行的做法则是基督教坚持否认其起源，这在宗谱并未持续成长，不过是现代观念的空想反应。”[③] 对格温德伦而言，任何形式的精神生活都是陌生的，“这背离格温德伦的观点，他认为德隆达的生活，可能是由犹太人的历史命运决定的，就像他是他可以骑着飞黄腾达的马上升到空中，像闪烁的星星，从地平线消失”。[④] 看到她的牧师叔叔时，她难以理解个人的文化精神根源的原因，似乎不足为奇。加斯科因（Gascoigne）先生娴熟地将基督教和世俗情感结合在一起，并以对宗教的狂热之情，来崇拜贵族。他认为，格朗库尔对格温德伦的追求，“是在广泛接受民族和教会基

---

① David Carroll, *George Eliot and the Conflict of Interpretations*: *A Reading of the Novels*, Cambridge: Cambridge University Press, 1992, p. 291.

② George Eliot, *Daniel Deronda*, ed. Graham Handley, Oxford: Oxford University Press, 1988, p. 223.

③ George Eliot, “The Modern Hep! Hep! Hep!”, *The Impressions of Theophrastus Such*, ed. D. J. Enright. London: Dent, 1995, p. 154.

④ Eliot, *Daniel Deronda*, p. 467.

础上的竞赛”。[1] 更加讽刺的是，一篇研究基督教现状的文章，采用了广受欢迎的牛津运动小说的形式，前修道院已变成乡村村舍，所指雨果·马林杰（Hugo Mallinger）爵士的家。在一连串哥特式的奇思怪想中，雨果爵士想象着本笃会（Benedictines）的幽灵回到以前的食堂，即他现在的餐厅。不信教的现代年轻女性格温德伦回应道：“跟随祖先和教士非常不错，但是他们应该知道他们的地位并保持低调。”[2] 如今，修道院教堂的唱诗班已经变成了雨果爵士的马厩。

《丹尼尔的半生缘》中的高潮，集中在男主人公和母亲团聚，并了解到个人的神秘身世。然而，丹尼尔在这次团聚中却非常失望，因为他自己必须在宗教遗产和世俗爱情，以及母亲代表的艺术实现之间，做出选择。他的母亲是歌手阿尔卡利亚斯（Alcharisi）：“从德隆达的内心而言，那是一个残酷的时刻：其过程不过是一段令人失望的朝圣之旅，圣地也不再是神圣的象征。”[3] 消退神圣的圣殿意象，是艾略特对早期小说神圣思想的否认。小说试图超越文化和自我发展的突破，使得许多读者感到困惑。相比丹尼尔与米拉（Mirah）的传统婚姻，女性主义者更加同情丹尼尔的母亲和自我实现的愿望。

犹太教在《丹尼尔的半生缘》中，取代了基督教，成为伦理、文化和宗教灵感的来源，逆转了对《圣经》和历史类型学的解读。犹太教不但没有被基督教取代，反而赢得了更加广阔的未来。对于犹太人来说，这不仅意味着民族可能复兴，也意味着伴随人类知识和理解的进步，犹太教将更加发展开放。此外，艾略特敏锐地意识到犹太人遭受的苦难史，以及在之前历史中对基督教理想的背叛。在《现代的玫瑰！玫瑰！玫瑰!》中，她提到“把基督的名字作为复仇精神象征的人”。[4]《丹尼尔的半生缘》第42章的题词，引用了犹太历史学家利奥波德·祖尼兹（Leopold Zunz）的名言：“如果苦难有等级，

---

① Eliot, *Daniel Deronda*, p. 118.

② Ibid., p. 350.

③ Ibid., p. 566.

④ Eliot, “The Modern Hep! Hep! Hep!”, p. 144.

以色列则优先于所有国家。"[1] 在同一章中，犹太教在现代世界中的作用，成为工人俱乐部的辩题。末底改谈道："如果我们把心灵理解为种族与家庭以忠诚的爱紧密联系的核心情感、对将我们动物之躯提升进入宗教的身体的尊敬、对穷人、弱者以及为我们戴上轭的愚蠢生物施以仁慈的温柔，那么以色列就是人类之心。"[2] 同样，在《现代的玫瑰！玫瑰！玫瑰!》中，艾略特强调了犹太人的群居生活："人类行为的连接是情感，珍贵的人类之子拥有希伯来名，以色列名，和犹太名，感受着他与荣耀和悲伤的亲密关系，以及国家大家庭的退步和革新。"

因为犹太教有着广阔的未来，所以艾略特珍视犹太教，这一点在《丹尼尔的半生缘》中表现明显。丹尼尔知晓远古的精神源泉仍在流动，阻止革新现代英格兰的生活是令人发笑的玩世不恭和轻浮行为。丹尼尔和末底改的相遇，堪比《圣经》式的相遇：

> 如果他了解几个世纪前发生在罗马，希腊，小亚细亚，巴勒斯坦，开罗的这件事情，那么对于那些像他一样，不满意平淡的生活、希望建立一些友谊并获得一些能因工作成效而激发他的热情的特别任务的人来说，这个事件应该给那个遥远的人留下深刻的印象，这对他来说十分自然，那个人的衣服和行动就会作为年龄的一部分出现在他的想象里，它主要是通过其严重的影响让我们熟知的。他为什么要为自己激动的心情而感到羞愧呢？他只不过为了一顿饭精心穿衣，戴了一条白色领带，并且生活在那些可能会嘲笑他在这件事上有良心的人当中，而且太把自己当回事儿。圈子里缺少严肃情感的怪物为了智慧而经过这里？[3]

与此同时，丹尼尔理性地反思了他与末底改的经历，以一种更加怀疑的眼光看待它。然而，通过情感和经验的融合，他发现了犹太血统的外部约束

---

① Eliot, "The Modern Hep! Hep! Hep!", p. 441.

② Ibid., p. 453.

③ Ibid., p. 434.

力，他接受了命运的安排。以类型学而言，他实则扮演着救世主的角色。但艾略特表示：犹太教提出的一个不同点是，在现实中，道成肉身的化身会随时出现。在基督教历史上，关键时刻被救赎，每个人都有一次珍贵体验，“我们的渴望与行为完全合二为一，我们所看到的就是我们理想的善行”。[①] 此外，末底改解释道：施玛篇（*Shemah*）中所认同的神性统一是“人类最终的统一”。因此，犹太教提出了关于道德的普世精神，以及“因为分崩离析而被嘲弄的国家，提供给人类一个约束理论”[②] 来表达其个人概念，这是丹尼尔祖父的主要思想之一。它成为艾略特调和她小说不同线索的表现。丹尼尔欣然接受了他的犹太血统，预见了他致力恢复犹太国民生活的未来。他娶了米拉（Mirah），这是服务于结局的婚姻。然而，他对格温德伦有决定性的精神影响，格温德伦是一名基督徒，也是“以希伯来宗教为主”[③] 的教徒。同时，形式独立的犹太教需要一个中心，希冀在现代世界里生活更为充实。同时，在与英国基督徒的交流中，犹太教可以提供复兴英国精神生活的方法。

犹太教为乔治·艾略特提供了一个精神层面的意象，因为它既是民族身份，也是宗教。无论这种信仰如何脆弱，艾略特都可以轻而易举地将一个宗教的信仰投射到另一种宗教上，而她却无意皈依于此宗教信仰。对艾略特而言，其意义在于：犹太教成为英国宗教生活需要改革的意象。艾略特认为，犹太传统的特点是对话和逻辑。丹尼尔·德隆达接受了父辈的信仰，忠诚于这一传统，但他不会向约瑟夫·卡罗尼索斯（Joseph Kalonymos）承诺：会以同样的方式来信奉，并告知他，“我们的父辈改变了他们的信仰，并且向其他种族学习”。[④] 卡罗尼索斯回答说：“你要争辩，你要向前看，你是丹尼尔·卡里西（Daniel Charisi）的孙子。”[⑤]

自《丹尼尔的半生缘》首次出版之后，小说中的犹太教主题就引发了诸

---

① Eliot, *Daniel Deronda*, p. 640.

② Ibid., p. 628.

③ Ibid., p. 316.

④ Ibid., p. 620.

⑤ Ibid..

多争论。一位基督教神学家写道：丹尼尔·德隆达和他的创作者乔治·艾略特，在犹太教中找寻到“一个真正的道德和宗教社区，这个社区依靠内部多样性和争辩性得以繁荣，对整个人类负有特殊使命。他笃信出现在每个人面前的神秘上帝，上帝通过生活，给予人类多种多样的渠道。这种社区是终极的、难以理解的、难以命名的。在此，万物得以统一”。[1]《丹尼尔的半生缘》的结尾引用了弥尔顿的《力士参孙》（*Samson Agonistes*，1671）对于末底改之死的评论，尤其适用于本部小说的主旨。小说结尾处，刻画了与非利士人奋战的犹太英雄，是按照犹太经文而写成，这则故事的作者正是声名远扬的基督教诗人——弥尔顿。

① Hodgson，*The Mystery beneath the Real*：*Theology in the Fiction of George Eliot*，p. 138.

第五章　宗教世俗化：从狄更斯到哈代

致力于宗教研究的社会学家史蒂夫·布鲁斯（Steve Bruce），在《上帝已死：西方宗教世俗化》（*God is Dead*：*Secularization in the West*）一书中写道，“现代化给宗教带来了种种困难”。[①] 书名引用了弗雷德里克·尼采（Frederick Nietzsche，1844—1900）广受争议的名言，布鲁斯从一开始就表明了态度。他认为，从20世纪初开始，现代化给基督教带来了难以承受的冲击。之后他在书中详述，现代化是以何种方式对宗教施加影响的。虽然布鲁斯在开始，就自信满满地提出了世俗化这一论题；然而在随后的论证过程中，某些论点则稍显底气不足，不经意道出，该理论在过去二十年一直遭到评论家非难的事实。罗德尼·斯塔克（Rodney Stark）和威廉·班布里奇（William Bainbridge）在《宗教的未来：世俗化、复兴和崇拜》（*The Future of Religion*：*Secularization, Revival and Cult Formation*）一书中声称，借助信徒的狂热崇拜和派别繁多等有利因素，宗教或许可以在现代化大潮中，重获新生。在二人表达了对宗教世俗论的否定态度之后，各界学者也开始疑虑：无可避免的信仰衰败的趋势，在19世纪下半叶愈演愈烈的说法的正确性。历史学家认为，显然，维多利亚末期的民众没有他们的前辈虔诚，社会学家也对数据的可靠性表示质疑，而文学评论家们则逐渐对19世纪下半叶的超自然主题文学作品，产生了浓厚的兴趣。

① Steve Bruce，*God is Dead*：*Secularization in the West*，Oxford：Blackwell Publishers，2002，p. 2.

然而，上述对宗教世俗化趋势的微小悖逆，也终究难以抵挡时代的潮流。亚历克斯·欧文（Alex Owen）在他的权威著作《魔法之所：英国神秘主义与当代文化》（*The Place of Enchantment*：*British Occultism and the Culture of the Modern*）中写道，“虽然宗教世俗化理论饱受争议，关于非宗教（世俗）一词的定义也尚不明确，但理性一直都是现代社会文化的核心特点”。① 欧文透过对神秘学的审视，试图重构人类精神世界与现代化关系的理解，并辩驳了宗教会随着现代化的到来，逐渐消失的设想。欧文的做法，有效地纠正了维多利亚时期的宗教编年史学家，为宗教世俗化趋势所提供的直接或间接的证据，涉及乔治·艾略特、马修·阿诺德和塞缪尔·巴特勒等作家。现代化变革了社会进程，对宗教的地位构成了威胁，这点毋庸置疑。然而，这并不意味着现代化扰乱了基督教时代，导致宗教影响力与日俱减。历史上每每发生重大的文化变革，基督教就会做出相应的调整，伴随现代化的进程，基督教也必须采取相应的行动。与其把必然发生的历史趋势，不分青红皂白地怪罪在世俗化理论，如若及时思考未来发展方向，告知世人基督教极力与世界共同变革的行为，才是明智之举。这样，不仅在宗教衰微趋势中，发掘基督教依存的潜在影响力，还能驳斥世俗化理论所认为的——宗教在现代世界中毫无容身之所的观点。

同维多利亚时期的其他著名作家一样，查尔斯·狄更斯也翻译了不少基督教著作，重现并阐释了他承袭的基督教教义。评论家们认为，狄更斯的作品中世俗的内容多于宗教教义，实则是一种错误的分歧理解。若将狄更斯定位成宗教作家，读者不免会想到狄更斯作品中世俗的部分。与19世纪中期的其他作品不同，阅读狄更斯的作品，需要充分考虑其作品中的宗教背景和宗教类型，如此，才能欣赏到狄更斯作品中同时融合世俗和宗教的绝妙之处。珍妮特·拉森（Janet Larson）在《狄更斯和破碎的经文》（*Dickens and the Broken Scripture*）一书中表示，狄更斯在他的作品中援引《圣经》，并进行了

① Alex Owen, *The Place of Enchantment*, p. 10.

修改，明确地表现出了狄更斯模棱两可的立场。① 虽然最明显的证据，体现在狄更斯为孩子们创作的《耶稣的故事》中，但在他的其他作品中，还可以觅得蛛丝马迹。狄更斯喜爱在作品中引用《圣经》，但是宗教小说《圣诞颂歌》是个例外。在小说中，鬼魂马利（Marley）的超自然介入，促使斯克鲁奇（Scrooge）寻找圣诞节的真正含义。在故事最后，原本圣诞节故事中与神学有关的细节，则被一首新的颂歌所代替，阐述了《福音书》中慈悲为怀和爱人如己的教义。在《福音书》中，圣光代表耶稣，狄更斯特意在小说中引用这一意象。比如，斯克鲁奇曾试图熄灭从暗流中涌出的一束光，最后失败了。“智者”（Wise Men）的形象只是简单提及了一下，引领斯克鲁奇的也是鬼魂马利，也不是上帝。另外，整部作品似乎没有兴趣探寻“神圣的名称和来源”。②

根据世俗化理论的标准来看，《圣诞颂歌》这类作品，似乎是19世纪中期之后，宗教地位衰败的间接证据。然而，这种仅以个例来代表全局的研究思路有待商榷。先撇开历史事件的复杂性，19世纪40年代，宗教与人们的生活密不可分。狄更斯的这部小说，没有直接引用任何与神学相关的内容，现在要让21世纪的评论家重现当时的读者对此事的解读，确实强人所难。但无论读者的看法如何，要彻底理解这部作品，需要更多的神学知识。在小说中，斯克鲁奇之所以良心发现，停止对工人的剥削，是因为那天是一年当中最特殊的日子——圣诞节，特殊性根植于宗教中。更何况，在某种程度上，福音书与教堂的理念是一致的，如果确实把这部作品解读为——狄更斯刻意避免圣诞故事中的神学内涵，然而毋庸置疑的是，作品本身的世俗性也是依照宗教而存在的。确实，狄更斯没有提及圣诞故事中的神学内容，但宗教思想却又在小说中随处可见。故事开篇，叙述者就不断强调马利已死，实则承认了来世的存在。第二段又多次出现了“sole”（唯一的）这一单词，显然别有深意。

---

① J. L. Larson, *Dickens and the Broken Scripture*, Athens. Ga.: University of Georgia Press, 1985.

② ［英］查尔斯·狄更斯：《圣诞颂歌》，吴钧陶、郭少波等译，浙江文艺出版社2001年版，第105页。

虽然《圣诞颂歌》一再量化宗教中的超自然内容，但是，其中的神学因素依旧阴魂不散。毋庸置疑的是，维多利亚时期文化发展中的物质（唯物）主义，在狄更斯的作品中都以宗教收场。本章将要探讨的是——19 世纪中后期物质（唯物）主义哲学对宗教思想的影响。自启蒙运动开始，唯物主义的影响力逐渐加大。科学的社会地位与日俱增，在其忠实拥护者，如赫胥黎（Thomas Huxley，1825—1895）的激烈辩论下，公众熟悉了许多唯物主义词汇。结果，唯物主义开始阻滞宗教。唯物主义所构成的危险，主要源于前辈们对神学的有限认识，这一点在威廉·佩利的自然神学中有所体现。神学没能说清现实作为中介的本质，给了解释未解现象的唯物主义以可乘之机。鬼魂故事是唯物主义时常涉及的范围，也是狄更斯在圣诞系列备受推崇的原因。虽然该类型的超自然现象，受到既定科学事实的影响，许多鬼怪故事还是试图在科学的环境下，解释未知事物，占据宗教信仰未能解决的灰色区域。此外，唯物主义也质疑了现代世界中，超自然存在的可能性。乔治·艾略特的《丹尼尔的半生缘》屈从于唯物主义方法论，重回超然主题。研究 19 世纪宗教的评论家们，注意到作家对于超然存在的回避现象，解答了神学普及性和社会福音崛起的原因，该内容将在下一章进行详述。其中的核心人物有 F. D. 莫里斯，19 世纪 50 年代末期，他与亨利·曼索尔的辩论，使得“曼索尔成为 19 世纪最后一位对超然神学做出卓越贡献的人”。① 莫里斯的基督教社会主义与费尔巴哈拥护的世俗人文宗教不同，虽然有诸多不足之处，但始终是以清晰的神学视野作为依据。在进一步探寻基督教社会主义的哲学之后，本章将审视 19 世纪福音主义对新的城市文明造成的影响，在诸多方面，城市是本章节阐述的主题，而且提供了一个理想焦点，尤其是它能丰富读者对宗教和世俗的理解。无论是无神论者或有神论者，都把城市看作世俗化的象征；城市生活中总会有先知出现，而先知往往是正教、异端和不信教人群口诛笔伐的对象。本章的最后一部分将以 19 世纪末的渎神者、无神论者和自由思想家为中心，探讨各界人士争夺宗教最终解释权的现象。

① Davis，*The Oxford English Literary History*，p. 141.

第一节　唯物主义

事实上，所有关于19世纪宗教和世俗化理论的文字叙述，都让人们意识到了查尔斯·达尔文所编著的《进化论》的重要性。夸大进化论对文化的长期影响力似乎难以定论，但对基督教的短期冲击还是不容小觑的。自此书出版以后，《进化论》引起的争议也逐渐被简化。许多宗教领军人物积极响应了这部作品，其他人则相对漠不关心。在研究了大部分19世纪60年代之后的福音周刊之后，发现主要威胁《圣经》地位和权威的不是《进化论》，而是《随笔与评论》。此外，批判进化论的基督徒立场也往往不一，有的甚至相互对立。因此，不可妄下定论，声称进化论将科学和宗教割裂开来，未免有些武断。况且，18世纪和19世纪的许多前沿科学家都是忠实的信徒。艾琳·法伊芙（Aileen Fyfe）在《科学与救赎：维多利亚时期英国的福音大众科学》（*Science and Salvation*：*Evangelical Popular Science Publishing in Victorian Britain*）一书中解释道，19世纪中期，诸如伦敦圣教书会这类组织，在推崇科学行动中发挥了重要作用。因此，达尔文的著作对宗教世俗化做出了什么“贡献”呢？认为达尔文是世俗化的罪魁祸首的人们，想必会提出达尔文对威廉·佩利作品着迷的这一论据。佩利的《自然神学》（*Natural Theology*）于1802年出版，其中，手表和自然的类比最为著名：手表复杂的运作机制是由制表匠人设计的，而自然世界的复杂运作也应由造物者之手。由此，人们可以推断出，世界是由上帝创造的。但是，斯蒂芬·普里科特在《叙事、宗教和科学：原教旨主义或讽刺：1700到1999年》（*Narrative*，*Religion and Science*：*Fundamentalism versus Irony*，1700—1999）一书中提醒人们，佩利“关于手表的类比，最先由英国科学家罗伯特·波义耳（Robert Boyle）提出，后因法国哲学家莱布尼兹（Leibniz）而得名，再由与佩利同时代的皮埃尔·拉普拉斯

(Pierre Laplace) 进一步发展"[①]。佩利再次提出这一设想，延续了自然神学的传统。自然神学在英国，从约翰·洛克那个时代就开始流行了。自然神学的中心焦点就是以理性看待自然，从中参透上帝的真谛。达尔文并没有打破这一传统，而是进一步延续了自然神学的理念。从他的一些个人习作中可以看到，早期达尔文的思想深受佩利影响。《进化论》加上望远镜，达尔文实则是沿用了自然神学的方法论。普里基说道："达尔文开始编写《进化论》的时候，就已经吸收了佩利的观点，《自然神学》的结构和内容成为他精神储备的一部分。"[②] 然而，自然神学的方法论究竟通向何方，对此达尔文与佩利观点相异。众多教堂都没能抵挡住伊曼努尔·康德对自然神学的批判，而那些反对自然神学的教派（尤其是加尔文派），也没能构建另一个能够顾及自然媒介的宗教体系。这意味着，盛行的基督信仰是建立在"缝隙中的上帝"（a - god - of - the - gaps）这一基础之上，上帝被用来囊括宇宙间一切神秘事物。19世纪下半叶，科技革命逐渐壮大，需要上帝填补的缝隙也迅速减少。到了现当代，不知上帝是否还有容身之所。

用科学唯物主义方法论，来替代基于自然神学或其他神学的宗教，在这一方面，赫胥黎比达尔文更有发言权。人们把赫胥黎戏称为"达尔文的斗牛犬"（Darwin's bulldog），无疑忽视了他对科学专业化和文化地位的上升而做出的贡献。[③] 在他最具代表性的小品文——《论生命的物质基础》（"On the Physical Basis of Life"）中，赫胥黎提出他的哲学构想——反对以宗教和超自然来解释不寻常现象。他认为，唯一合理的解释是寓于物质之中的，如果能使用"唯物主义术语则更佳，因为唯物主义术语能够将思绪和宇宙万象联系在一起，予人启发，以此发现物质状态的本质和伴随思绪而来的种种，这些我们都能或多或少地感知到。若是使用贫乏的唯心主义术语，得到的只会是

---

① S. Prickett, *Narrative, Religion and Science: Fundamentalism versus Irony*, 1700 - 1999, Cambridge: Cambridge University Press, 2002, p. 76.

② Ibid., p. 79.

③ A. Desmond, *Huxley: From Devil's Disciple to Evolution's High Priest*, Harmondsworth: Penguin Books, 1997.

模糊而混乱的概念”。[①] 为了避免有人把对物质的依赖，归于先验唯心主义哲学，赫胥黎借助了休谟的怀疑主义，声称他的论调是基于假设之上的，而非绝对真理。然而，赫胥黎终生只认定物质的正确性，即使理论上他不承认自己的立场，但在生活中，他也是一位名副其实的唯物主义者。

赫胥黎在《论生命的物质基础》中所表达的观点，被恐怖小说《鬼出没》（*The Haunted and the Haunters*，1859）抢先一步而表述。作者爱德华·布尔沃·利顿借叙述者之口，表达了自己对超自然现象的看法：

> 我在世界各地见过各种各样不可思议的现象，说出来怕是没有人会相信；就是相信，也会把它们归咎于超自然。我认为，超自然都是无稽之谈，不过是我们人类迄今为止，还一无所知的存在而已。所以，如果一个鬼魂飘在我面前，我不会说：“原来超自然是真的啊”；我会说：“幽灵的存在虽与常识相悖，但在大自然之下，一切皆有可能。”[②]

在唯物主义的范畴内，来谈及超自然现象，可见以超自然来理解宗教的劣势。虽然人们认为19世纪鬼故事的流行，影响了科学的积极作用。但是，如果仔细分析他们对这种影响的定义，就会得到截然相反的答案。谢丽丹·拉·法奴（Sheridan Le Fanu）创作的《绿茶》（“The Green Tea”），于1869年在《一年到头》（*All the Year Round*）初次发表，此后又作为《神秘的镜子》（*In a Glass Darkly*，1872）的开篇故事而再版。文中对超自然事物的描述如下，“至少（幻影猴子）的干扰是相当可怕的。你可能会问，一个默不作声又没有实体的幻影，怎么会有这么大的影响力？是这样的，每次我冥思祈祷，它就会出现在我面前，然后离我越来越近，越来越近”。[③] 这几句话的用词揭露了这样的事实：超自然现象不仅可以具体化（幻影猴子）、被量化（至

---

① T. H. Huxley, “On The Physical Basis of Life”, *Collected Essays*. I, London: Macmillan and Co., 1894, p. 164.

② E. Bulwer Lytton, “The Haunted and the Haunters”, *Blackwood's Edinburgh Magazine*, 86 (Aug. 1859), pp. 230–231.

③ S. Le Fanu, *A Glass Darkly*, ed. R. Tracy, Oxford: Oxford World's Classics, 1993, p. 30.

少），而且这种无法解释的现象，是以时间（每次）和空间（在我面前，然后离我越来越近）——这两种基础的科学理念来诠释的。

在众多试图以科学的框架，来重新定位超自然的小说中，乔治·艾略特的《撩起的面纱》（*The Lifted Veil*，1859）描述得颇为出色。主人公拉蒂默（Latimer）不仅拥有读心术，还能预见未来，但这些超能力在面对柏莎时（Bertha），却无能为力。于拉蒂默而言，柏莎是他“沉闷乏味的知识荒漠中的神秘绿洲”。[①] 拉蒂默娶了柏莎之后，声称他已清楚她的全部，然而之后，柏莎对新来的女仆阿切尔太太（Mrs. Archer）似乎图谋不轨，一切又变得迷雾重重。在故事的最后，拉蒂默的好友查尔斯·慕尼叶（Charles Meunier）从阿切尔太太的尸体中，提取出了毒液，最终真相大白。慕尼叶提议，把自己的血输给阿切尔，看看她能不能起死回生。[②] 于是两人把阿切尔太太所在的房间，改造成了一个实验室。试验开始前，柏莎被赶出了房间，她随即派两名女侍在外盯梢，但被拉蒂默识破：

> 她们进来的时候，慕尼叶已经把阿切尔脖颈处的动脉切开，放在枕头上。我把她们拦下，让她们保持一定距离，在外面候着。我说：“医生正在做手术呢，是死是活也不清楚。”接下来的20分钟里，我全部注意力都放在了慕尼叶和他所做的试验上。一开始，我负责输血，后来给阿切尔太太做人工呼吸。之后慕尼叶接手，我便有空见证起死回生的奇妙过程。阿切尔太太的胸脯开始起伏，呼吸渐渐变得明显，眼睑微微颤动，我好像看到了灵魂又回到了她的身体里。[③]

从诸多方面来看，最后这一幕的高潮，似乎比真相本身更让人扰乱心神。不仅仅因为女性的私密空间遭到了侵犯，而且阿切尔太太的起死回生，更意味着人类的死亡竟然败给了一场实验性质的手术。

---

① G. Eliot, *The Lifted Veil and Brother Jacob*, ed. S. Shuttleworth, Harmondsworth: Penguin Classics, 2001, p. 18.

② Ibid., p. 38.

③ Ibid., p. 41.

超自然故事和唯物主义的框架保持一致，实则是对媒介的重视。纵观19世纪中期，鬼怪故事都以闹鬼的房子或其他实体为媒介，与超自然生物接轨。很多小说都像谢丽丹·拉·法奴的《奥古尔街的忧虑》（*An Account of Some Strange Disturbances in an Old House in Aungier Street*，1853）中的主人公一样，虽然意识到了以“纸笔和墨水”为“媒介”的限制，他们还是孜孜不倦地以此来表达。[①] 在许多故事开头，都会设置一位隐含读者，这位隐含读者也是表现超自然现象的中介，预期的怀疑也是构成鬼故事的一部分，没有这位隐含读者，此类鬼故事就不会成立。通过维持超自然故事的起源的矛盾观点，许多鬼怪故事强调读者的中介角色。在这一方面，它们的中心观点与勃朗宁的戏剧独白《灵媒斯拉吉》（*Mr Sludge, the Medium*，1864）中的斯拉吉（Sludge）先生的观点一致。斯拉吉坚称，参加降神会的那些人串通起来，给超自然构建了一个合理性存在：与会者看见自己想看见的超自然生物。斯拉吉甚至认为，这种想法和以上帝来解释历史事件的行为，一样的愚蠢：

> 敬爱的先生们，当你们惊奇地凝望着上帝
> 不妨回溯历史，看看不凡的过去
> 尔虞我诈、争权夺谋之后，
> 王权依存，这真是奇迹啊，
> 这些都是——噢，你却告诉我，先生
> 上帝的仁慈啊！（927－32）

虽然斯拉吉注意到，所有信仰似乎皆有超自然的介导性质，无论是以降神（seances）或是宗教的形式。但是，他从来没有否认，超自然生物指代某方面现实的可能性。他玩世不恭、自以为是的态度，或许很难让读者心平气和地接受他的观点，但这首诗的重点是提醒读者，超自然信仰是如何起到中介作用，而不是完全地否定超自然。

① S. Le Fanu, “An Account of Some Strange Disturbances in an Old House in Aungier Street”, *Dublin University Magazine*, No. 42, Dec. 1853, p. 721.

在艾略特的最后一部小说《丹尼尔的半生缘》中，媒介也是重点探讨的议题。一方面，这部小说舍弃了艾略特早期小说中对科学的兴趣，如《米德尔马契》；另一方面，丹尼尔对于先知领域的喜爱，已经超过了对“文化僵硬的剖析——其目的只是将宇宙转变为诸多问题的答案”。丹尼尔的这一观点，深植于艾略特对唯物主义的复杂理解中。① 艾略特借助末底改来提醒读者，先知的职责是物质的、有机的，而不是非物质、无媒介的代名词。“神圣的理性之光，在身体内外变得越来越强烈是一种什么感受？”对于这个问题，末底改回答道，“你能看到越来越多隐含的纽带，这些纽带将变化连接，并成为依附的成长”。② 鉴于末底改将他对预言的理解，融入唯物主义范畴，因此艾略特放弃了基督教的先知，转而选择犹太人先知的做法，显得尤其重要，由此丹尼尔可以避免对于“文化僵硬的剖析”。杰弗里·哈特曼认为，门徒保罗将精神和文字一分为二，以此重新解读犹太戒律，厘清希伯来《圣经》与基督教的关系，之后被早期教会之父奥古斯丁重新阐释，并坚称：“基督教从过于形式主义的犹太教仪式和戒律解放出来，也从对于《旧约》锱铢必较的阐释中解放。基督教的自由和灵性，与犹太教的奴役是截然不同的，也就是：犹太教的奴役来源于对《旧约》戒律和仪式的字面解读，期间还掺杂着些许世俗之气。”③ 哈特曼在散文《亡魂之字》（“The Letter as Revenant”）的后半部分，探讨了自由和灵性的局限性，并揭露了基督教对犹太教传统的误读。哈特曼或许低估了将唯物主义思想与基督神学历史相结合的重要意义，但毋庸置疑的是，将精神置于物质之上的观念，在福音教派中确实盛极一时，但这也是艾略特所抵制的。哈特曼认为，犹太教思想中囊括的物质性，比基督教宣称的具有更多的自由阐释空间，这一观点在《丹尼尔的半生缘》中得到了证实。先知带来的希望和活力，需要物质世界的维持，而先知也是物质世界与精神世界的媒介。此观点由末底改的如下自白而阐述：

---

① Eliot, *Daniel Deronda* , p. 308.

② Ibid. , p. 451.

③ G. Hartman, *Scars of the Spirit*: *The Struggle Against Inauthenticity*, Basingstoke: Palgrave, 2002, p. 109.

任凭我的身体遭受贫穷，任凭我的双手变成劳作者的双手，我无怨无悔；我只求让我的灵魂成为纪念的庙宇，在那儿，知识的珍宝进入，内部的圣殿充盈着希望。我清楚自己的抉择意味着什么。他们说："他吃精神食粮就饱了。"我不否认这点，因为世界在精神中诞生，精神是世界的食粮。我以最接近世界的方式看世界，精神将使世界焕然新生。这不是疯言疯语，我可不会拿同伴的性命开玩笑。①

第二节　无所不在的神学和社会福音的崛起

博伊德·希尔顿在《赎罪时代》（*The Age of Atonement*）中，论述了19世纪的神学思想——从赎罪时代到道成肉身时代的过渡。赎罪的说法主要盛行于19世纪上半叶，该教条带有悲观色彩，认为世界是堕落的，人类需要通过救赎来逃避地狱的审判。而道成肉身的理念于19世纪下半叶形成，相比前者，对现世的态度更加乐观，认为社会通过转型可以变成人间天堂。希尔顿的这部作品，以极长的篇幅来描写19世纪中期的神学转型，但他并不是持此观点的唯一作家。他写道："到1870年，英国国教教徒普遍认为，宗教转型已经开始，从耶稣一生得到启示的基督教，也终于一改当初福音教条所宣扬的永久惩罚。"② 关于维多利亚时期神学自我意识态度的转变，希尔顿说道："'致命一击'（coup de grace）一词，是高派教会教徒在《世界之光：对宗教道成肉身的系列研究》（*Lux Mundi*：*A Series of Studies in the Religion of the Incarnation*，1889）提出的概念。"③

希尔顿对福音教派的关注，使他更倾向于使用属于"赎罪"和"道成肉

① Eliot，*Daniel Deronda*，p. 426.

② B. Hilton，*The Age of Atonement*，Oxford：Clarendon Press，1988，p. 5.

③ B. Hilton，*Lux Mundi*：*A Series of Studies in the Religion of the Incarnation*，London：John Murray，1889.

身”等宗教词汇，而别的评论家会用其他的词汇，来表达他们对宗教转型的看法。比如，菲利普·戴维斯选择使用神学家奥布里·摩尔（Aubrey Moore）的专用术语。摩尔认为，“整个19世纪对上帝角色的定夺中，一直摇摆不定。有人认为上帝是超然的存在，他作为创世者，与世隔绝；有人则认为上帝无所不在，与创造物在一起。此外，19世纪下半叶不是堕落的年代，而是道成肉身的年代，随后进化论的出现，更说明了上帝是无所不在的”。[①] 虽然这个结论存在把“无所不在”和“超然存在”完全割裂的风险，因为本质上，二者共同贯穿了基督教的历史，但它与当时流行的哲学理论是息息相关的（即唯物主义的发展和黑格尔的影响）；而且，它能帮助观者从19世纪50年代的角度，思考F. D. 莫里斯和亨利·曼索尔关于神学的分歧。

1858年，曼塞尔在名为《宗教思想的局限性》（*The Limits of Religious Thought*）一书中，记录了自己在哈佛做的一次演讲。演讲的开篇，曼塞尔让听众先思考教条主义和理性主义的不同，再定位传统神学对神之启示和理性的区分。虽然曼塞尔明白理性对于哲学思想的重要性，但他与康德一样，认为知识的本质是综合且有限的。因此，曼塞尔将所有以人类理性为基础的神学理论，都拒之门外；并且独尊启示为唯一接近上帝的方法。为了阐述上帝超越一切有限的理性思想的观点，曼塞尔将门徒保罗在《歌林多书》（Corinthians）中提及的“人类知识的有限性”[②] 和黑格尔“逻辑概念即绝对的神圣概念”[③] 的观点区分开来。曼塞尔反对黑格尔的泛神论，在《宗教思想的局限性》的第二篇演讲稿中，就充分反映了他对基督超然存在的偏好，“要构建一个独立于启示论、优于启示论的科学神学体系，人类的理性还差得很远，甚至连八字都还没有一撇呢”。[④]

曼塞尔认为，“只要可行，就应当把用于祈祷和赞美上帝的言辞，和哲学

---

① Davis, *The Oxford English Literary History*, p. 139.

② H. Mansel, *The Limits of Religious Thought*, Oxford: John Murray, 1858, pp. 29 - 30.

③ Mansel, *The Limits of Religious Thought*, p. 30.

④ Ibid., p. 61.

的相关词汇区分开来”。[1] 莫里斯在《什么是启示?》(*What is Revelation*?, 1859)中,详述了对曼塞尔这一观点的反对。莫里斯的批判不仅直接,而且范围广泛,难怪曼塞尔在《细察莫里斯牧师在1858年演讲中的责难》(*An Examination of the Rev. F. D. Maurice's Strictures on the Bampton Lectures of 1858*, 1859)一书中,回应了莫里斯。莫里斯反对的核心在于:曼塞尔对神秘事物和上帝启示说的过分强调与重视。莫里斯认为,过分追求神秘事物,有悖于《新约》的核心思想。而且,曼塞尔的神学理论会招致过度死板的教条主义,导致与当代思想的严重脱节。教会认为曼塞尔的诸多论述,破坏了基督教的传统角色。相反,莫里斯却认为曼塞尔构建了一个不同的宗教辩解——坚持上帝的思想完全不同于人类,傲慢地凌驾于一切批判之上。结果是,个人信条超越了普遍真理,与基督教的信仰相对立。在克劳德·韦尔奇(Claude Welch)向莫里斯解释“事物的根源在于‘现实’,而非‘教条’时”,[2] 韦尔奇就看出,莫里斯欲图避开任何形式的神学抽象概念。两位神学家最大的分歧,在于他们对《圣经》的不同解读。莫里斯批判曼塞尔对《圣经》神圣权威的维护,而曼塞尔坚持,“对《圣经》,要么全盘接受,要么敬而远之。结果就是,许多毫无保留地信仰《圣经》的人,把《圣经》放在书架上,毫无芥蒂地接收;对《圣经》的部分章节心存疑虑的人,把《圣经》丢在一旁”。[3] 莫里斯没有把《圣经》放置在神坛上,也并未无休止地争论其权威,而是鼓励人们阅读《圣经》故事,再结合个人经历,理解故事的含义。

> 我喜欢《圣经》的语言风格。它没有缩进自己的角落,不谙世事;它经得起形形色色、不同年龄的人形而上学的质疑。同时,我认为,最好的语言能够径直走入人们的心里,无论是穷人还是富人,因为它不是

---

① Mansel, *The Limits of Religious Thought*, p. 65.

② C. Welch, *Protestant Thought in the Nineteenth Century*, *1799 - 1870*, New Haven: Yale University Press, 1972, p. 255.

③ F. D. Maurice, *Sequel to the Inquiry. What is Revelation*?, Cambridge: Macmillan and Co., 1860, p. 279.

肤浅、偶然的，而是深刻、普遍适用的。①

评论家注意到，要想把莫里斯归类为某类神学，极其困难，他的思想本质与社会公平紧密相连。的确，莫里斯最为人所知的贡献，是他参与了基督教社会主义的建立，即著名的社会福音。社会福音的支持者，大都赞赏他对于社会问题和不平等现象的关注。在《维多利亚时期的基督教社会主义者》（*The Victorian Christian Socialists*，1987）的开篇，爱德华·诺曼（Edward Norman）就把曾做出卓越贡献的早期基督教社会主义者单独划分开来，如莫里斯、查尔斯·金斯利、托马斯·休斯（Thomas Hughes）和 J. M. 勒德洛（J. M. Ludlow）等。诺曼认为，他们的教义同人民宪章主义以及 19 世纪后期的社会主义不同。诺曼写道，基督教社会主义者在减少贫穷、解决社会问题方面，并不是孤军奋战；而且，他们“敢于思考政治结构改革、社会对人的束缚等问题，构想未来从既定的奴役中解放出来的人性”②。许多基督教社会主义的重要组织，都是在 19 世纪后期涌现的。例如，圣马太福音公会（the Guild of St Matthew）于 1877 年成立，基督教社会联盟（the Christian Social Union）在 1889 年组建，基督教社会主义联盟（the Christian Socialist League）于 1894 年建成。然而，最接近社会福音宗旨的神学基础，则是由莫里斯建立并由金斯利的小说进一步普及的。③

基督教社会主义者对基督教愿景的构想，一直以来都是评论家们攻击的对象，并对此有充分的理由。唐纳德·E. 霍尔（Donald E. Hall）称，“虽然基督教社会主义持续时间并不长，其中一些重要成员，也是由于有权有势的基督徒身份，而为人熟知；同时，我们也应对基督教社会主义是否是一场彻底的失败，而进行探讨”。④ 否定基督教社会主义的一方，认为该主义不仅理

① Maurice, *Sequel to the Inquiry. What is Revelation*?, p. 15.

② E. Norman, *The Victorian Christian Socialists*, Cambridge: Cambridge University Press, 1987, p. 2.

③ Ibid., p. 36.

④ D. E. Hall, “On the Making and Unmaking of Monsters: Christian Socialism. Muscular Christianity and the Metaphorization of Class Conflict”, ed. D. E. Hall, *Muscular Christianity: Embodying the Victorian Age*, Cambridge: Cambridge University Press, 1994, p. 63.

论不完善，对待事物的态度更与激进无缘。在分析这一控诉之前，我们不妨先看看他们对莫里斯和金斯利是如何评价的。反对方认为，莫里斯和金斯利思想上趋向保守主义，社会现状也并不像他们所承诺的那般，有多大改变。这点不难理解，因为他们在登山宝训（Sermon on the Mount）中对美德的推崇（如顺从、自我牺牲和宽仁之心），似乎默许了社会不公平的存在。而且，莫里斯对“家庭伦理不仅属于社会道德的一部分；并且是谈论社会道德时，首先应该着手的问题”[①] 这一观点的表述，也不如马克思和恩格斯激进。霍尔在研读1848年出版的基督教社会主义周刊《政治为人民》（*Politics for the People*）后，他发现，莫里斯及其同僚在使用暗喻时，皆偏于保守：“基督教社会主义者和强势的基督教徒们，都将语言当作工具，用于回绝不恰当或观点相悖的请求。”霍尔对基督教社会主义的解读，可谓精准、有说服力。霍尔的结论是，“词语若是肉体，它们便是士兵身体的一部分”[②]，准确揭露了基督教社会主义者的文章用词，都偏保守的现象，却也无意之中言中了下一代社会福音教徒的激进主义。例如，救世军的创建者威廉和卜凯瑟琳的独裁主义倾向，就体现在准军事的革命行动中。[③] 许多下一代的作家，如《约书亚·戴维森，基督教和共产主义》（*Joshua Davidson*, *Christian and Communist*, 1872）的作者伊莱莎·琳恩·林顿（Eliza Lynn Linton）在对《圣经》所号召的社会改革构想这方面，远远比裁缝兼诗人奥尔顿·洛克（Alton Locke）激进得多。

虽然很多激进的基督教社会主义，和金斯利如此保守的英国国教教徒对比，彰显后者并没有坚守基督教。激进派对于主要问题——物质世界本质上是否世俗这一问题，也未提供确切答案。而且，并不是所有人都确信社会福音，是否还属于福音范畴。保守的福音出版物，时常谴责广义教派对基督教教义的曲解。关心穷人物质需求的福音教派，比如救世军，也担心宣扬的福音和社会需求之间的关系。费尔巴哈在《基督教的本质》中，详细探讨了

① F. D. Maurice, *Social Morality*, London: Macmillan and Co., 1869, pp. 13, 39.

② Hall, “On the Making and Unmaking of Monsters”, p. 64.

③ Ibid..

《圣诞颂歌》中充分体现的宗教危机，即宗教最后是否会沦为无神论。费尔巴哈认为，上帝的人格是所有理想人性的典范投影，“上帝的人格性是手段，人借以使他自己的本质之规定及表象成为另一个存在者、一个外于他的存在者之规定及表象。上帝的人格性，本身不外乎就是人之被异化了的、被对象化了的人格性”。[①] 但费尔巴哈并未将无神论看作宗教的对立面，而是将其看作欣赏宗教本质的方式，即人性方法。

费尔巴哈关于人性宗教的想法，最先由乔治·艾略特在她的小说《织工马南》中进一步探讨。艾略特在作品中首次翻译了《基督教的本质》的内容。小说中，塞拉斯和《圣经》中的角色约伯（Job）类似，经历诸多苦难，促使他开始质疑个人信仰。其中一段文字，不断描述单词失去最初意思之后，所剩下的含义。多利（Dolly）说道：“我在教堂里听到的，从来就不很听得懂，只是零零碎碎地听懂了一点，但是，我知道那都是些好话。”[②] 艾略特用约伯的故事，来代替费尔巴哈思想中的基督教的相关内容。《约伯记》中，上帝以旋风的形式出现，回答了约伯经历且困惑的问题；塞拉斯则遇到了一个叫埃皮（Eppie）的小孩，唤起了“他内心的同情心”，让他有了新的希望和目标。小说的后半部分没有使用宗教性语言，人类友谊代替了上帝，来回应塞拉斯的绝望。塞拉斯原来的信仰与瑞福洛村（Ravcloc）的信仰格格不入，故事的叙述者进而解释道：“他对于浸礼和上教堂并没有什么明确的概念，只知道多利说过，这样做对这孩子有好处。他本来一直躲开别人，过着越来越偏狭的孤立生活，现在这样一来，随着岁月递增，这孩子已在他和别人的生活之间建立起一道道新的联系。”[③]

欧文·查德威克在《19 世纪欧洲思想的世俗化》（*The Secularization of the European Mind in the Nineteenth Century*）中，强烈反对为了历史文化的叙事便利，忽略社会历史现实的做法。这警醒人们，虽然艾略特对宗教中人性的探

① ［德］费尔巴哈：《基督教的本质》，第 296 页。

② ［英］乔治·艾略特：《织工马南》，曹庸译，上海译文出版社 1995 年版，第 195 页。

③ 同上书，第 170 页。

索富有影响力，但只有极少数维多利亚民众赞同费尔巴哈的观点。卡拉姆·布朗（Callum Brown）则认为，基督教对英国文化的影响力，直到20世纪也未曾衰减；同样，历史学家休·麦克劳德（Hugh McLeod）详细记录了19世纪后半叶，宗教对工薪阶级的持久影响力。同时，费尔巴哈提出“如何理解基督教的本质”的疑问，也令维多利亚时期的民众绞尽脑汁。文化阶段性的巨大变革，促使人们重新思考——他们的信仰本质是什么，以及个人信仰同自我发现有何关联。当然，这些问题都十分复杂，即使费尔巴哈将问题简化后，都觉得量化和物化信仰的本质异常困难。《基督教的本质》一书中，每一章节在回答“基督教的本质为何”这一问题时，都得出了稍稍不同的结果。读者因而意识到，每个描述基督教的叙事，都蕴含了多层含义。这正是费尔巴哈在定义个人和传统基督教的关系时，感到困惑的原因。在《基督教的本质》（与《圣诞颂歌》同年出版，1854年由艾略特翻译）的序言中，字里行间都可以看到，费尔巴哈困惑于：这部作品究竟是“对历史哲学的仔细分析”，还是“对基督教之谜的解答”。①

基督教的历史本质，决定了它绝不能用几个公式来概括。因此在论证19世纪宗教及其世俗化时，都要注意基督教的多变性。在概括个人的信仰时，很难判断是世俗或宗教，往往两者掺杂其中，社会福音也是如此。宗教不需要凭借上帝的超然存在，来确保其本质；因此，以物质需求来解读信仰，或许会使得现实主义者对上帝的看法轰然倒塌，但这并不是唯一结果。道成肉身派的教义明确指出，基督教就是在物质世界的环境中，来思索超自然。同时，莫里斯的社会福音主张，虽然存在瑕疵，但也探讨了超自然存在的可能性。与其他评论家不同，莫里斯在基督教传统中寻找答案。伯纳德·里尔顿（Bernard Reardon）评论道：“莫里斯一直将自己视作社会改革派，人们也一直是这样铭记他的；但这只是他神学研究的一方面，是其基本理念的冰山一

① ［德］费尔巴哈：《基督教的本质》，第301页。

角而已。”[①] 爱德华·诺曼对社会改革主义赞赏有加，他认为：正是因为对物质世界的关注，基督教社会主义能够“领悟到当时环境的终极意义和道德教训，成为那个时代的先知”。[②]

第三节 城市的先知

19世纪之后，城市崛起。宗教评论家们都开始论证，城镇化之后的社会，精神力量尚余多少影响力。在宗教世俗化的支持者看来，城市发展是宗教影响力下降的主要原因。但他们所提供的数据中，很难辨清多少和基督教相关。尤其19世纪下半叶，基督教徒认为教堂没能深入城市中，城市成为世俗之地。持有此理论的著名评论家当属威廉·布斯（William Booth），他在《最黑暗的英国及其出路》（*In Darkest England and the Way Out*，1890）中，借用亨利·莫顿·史丹利（Henry Morton Stanley）描述戴维·利文斯顿（David Livingstone）到非洲传教时的比喻，转而形容伦敦之境界。尽管布斯狭隘的福音信仰，并未让他积极地看待城市中的宗教问题。他对城市的猛烈抨击，与其说是一种愤世嫉俗的修辞手法，毋宁说是固性思维方式的产物。这种想赢得关注的做法，很难以谨慎、不偏不倚的态度来评判。在《最黑暗的英国及其出路》的开篇，布斯持有这种论调，坚称自己描写的城市是真切的。布斯将看到的景象，比作但丁诗篇中的地狱，“睁开双目、心在流血，行走于蹒跚文明中的人，无须诗人的臆想，来告诉何为恐惧”。[③] 布斯对城市的描述并不客观，正如约瑟夫·麦克劳克林（Joseph McLaughlin）所评论的，布斯将现代城

① B. M. G. Reardon, *Religious Thought in the Victorian Age: A Survey from Coleridge to Gore*, London: Longman, 1980, p. 166.

② Norman, *The Victorian Christian Socialists*, p. 182.

③ W. Booth, *In Darkest England and the Way Out*, London: International Headquarters of The Salvation Army, 1890, p. 13.

市中的苦难，归咎于那些从乡村移居的农民，这一偏见决定了他对城市景象的描述。①

布斯对城市的看法，传承于其他19世纪描述城市的福音评论家。19世纪初期，远比布斯谨慎的托马斯·查尔默斯，就曾做出如下的消极评论：

> 毋庸置疑的是，本应用于建造教堂的空间，人们用来建造城市里的住所。教堂对人们业已堕落的习性已经无能为力，除非听到教堂的钟声，他们会继续用污秽世俗的满足，填满他们剩下的日子，放纵于杂乱无序之中。②

福音评论家们和其他基督教评论家对城市抱有悲观的看法，已经由来已久，原因也较为复杂。大约在1800年，伦敦发展迅猛，人口超过100万，成为第一座现代化城市。因此，评论家们对城市化都“情有独钟”。至于为什么城市总是站在宗教信仰的对立面，就不得而知了。部分评论家认为，宗教对城市的反感可以追溯到《圣经》之中，《圣经》对城市充斥着一种敌对情绪。格莱厄姆·沃德（Graham Ward）却声称，《圣经》编纂者们的态度也是模棱两可的：

> 《圣经》里，一系列神话、事实、希望和历史，都围绕着城市展开。怀有乌托邦梦想的城市建造者们，希望把自己的领土建立成天堂，却又担心位于“高塔之巅、城墙之上”（《以赛亚书》，2：12）的上帝，对他们实施惩罚。希望与恐惧交织，渗透到每一个以天堂为原型的城市故事之中。③

除了复杂的《圣经》故事所蕴含的意思，城市的象征意义——人类成就

① J. McLaughlin, *Writing the Urban Jungle: Reading Empire in London from Doyle to Eliot*, Charlottesville, Va.: University Press of Virginia, 2000, p. 98.

② T. Chalmers, *The Christian and Civic Economy of Large Towns*, ii, Glasgow: Chalmers & Collins, 1823, pp. 2 – 3.

③ G. Ward, *Cities of God*, London: Routledge. 2000, p. 33.

的缩影，教徒们结合新教，不断强调人类的罪孽深重，或许能够解释 19 世纪评论家们对城市所持的悲观态度。此外，一些评论家指出，对那些需要金钱支持，期望完成国外传教的宗教组织而言，夸大城市的异教特性，与他们的利益一致。比如《最黑暗的英国及其出路》中的慷慨陈词，就是为了让读者注意到——生活在城市水深火热中的穷人，并给予他们金钱上的帮助。当然，这不是为了否认布斯的记录事实，而是为了提醒读者应当阅读 19 世纪的人们对城市的描述，无论是基督教徒、无神论者，抑或是中间者。

阅读诸如布斯这样情绪化作者的作品，使得读者对于城市得出夸张结论，缺少对细节的理解，容易以偏概全。民众经常关注的问题是，传教成功与否，随着城市的快速发展，维多利亚时期的人们，迫切地需要一个发展的测量标准。随着 19 世纪对测量和量化的需求加大，以这种成功还是失败、发展还是后退的标准，来分析宗教模式。这种需求主要源于社会科学的出现，以及米歇尔·福柯对维多利亚时期的学者们的警告。卡拉姆·布朗指出，19 世纪的基督徒们对量化很是痴迷："从 19 世纪 40 年代到 19 世纪 50 年代，教徒们变得同其他人一样，对统计学十分痴迷。"① 1851 年的人口普查轰动一时，更是加深了人们对数据的迷恋。然而对于数据是否准确的言论也随处可见，原因是 1851 年的普查缺乏对比，而且依据出席教堂的人数来分析宗教状况，虽然便捷，但却有限和片面。

尽管量化维多利亚时期的宗教状况，对于当时文化学家和分析学家，并不总是有效的。但是数据统计，在建设 19 世纪城市生活方面，确实起到了重要作用。乔治·齐美尔（George Simmel）在《大都市和精神生活》（"The Metropolis and Mental Life"，1903）中的观察，可谓一针见血："大都市的广度之大、深度之深，让准时性、可算性和准确度，变成大都市的一部分……这些特点使生活变得丰富多彩，将一直占主导位置的感性排挤出去。感性使生活依靠内在塑造，理性则通过观察外在世界，得出普遍适用

① Brown，*The Death of Christian Britain*，p. 25.

的系统化结论。”① 人们试图让城市有序化，却总是因其错综复杂的本质和内在的社会关系，而屡屡受挫，导致个人碎片式的经历和系统化的社会之间，产生了隔阂。这也是维多利亚时期的作家，常常在无序的伦敦和华丽辞藻堆砌而成的城市之间，徘徊不定的原因。在一篇名为《圣城之我见：狄更斯与艾略特心中的伦敦》（“And I saw the Holy City：London Prophecies in Charles Dickens and George Eliot”）的文章中，艾琳娜·佩特洛娃（Elena Petrova）探讨了狄更斯和艾略特在对伦敦描述的小说中，如何定位基督神话传说的问题，这种神话传统最早可以追溯到奥古斯丁的《上帝之城》（*City of God*）和约翰的《启示录》（Book of Revelation）。② 狄更斯和艾略特借助这些神话，以不同的方式，预言了城市的复兴；而之后的作家们就没有如此乐观了。阿德里·普尔（Adrian Poole）在《语境中的吉辛》（*Gissing in Context*）里说道：“后来的维多利亚时期作家与狄更斯最大的不同，就在于他们没有那么多的信心，来迎接每一个被上帝祝福的早晨。”③

在乔治·吉辛《地下世界》（*The Nether World*，1889）的想象世界里，伦敦距离巴比伦更近，而离着新耶路撒冷（New Jerusalem）更远。这部小说的主角不是牧师，而是拒绝正统宗教的工人阶层。小说旨在强调穷人凄楚的生活状况，并未因上帝的神力有任何改变。因此，史蒂芬·基尔（Stephen Gill）在介绍此书的哈佛世界名著的版本时，评论道：“在这部小说里，基督教几乎不见踪影。19 世纪末，许多牧师试图让基督教在工人阶层中重振雄风。在牧师们的影响下，陆续建立了几所大学。然而就连这点贡献，这本书里也只字未提。”④ 事实上，这本书也并非如基尔所说的那般“不近基督”。基督组织

① G. Simmel，“The Metropolis and Mental Life”，*Simmel on Culture：Selected Writings*，ed. D. Frisby and M. Featherstone，London：Sage Publications. 1997，pp. 177 – 178.

② E. Petrova，“‘And I saw the Holy City’：London Prophecies in Charles Dickens and George Eliot”，*Literary London：Interdisciplinary Studies in the Representation of London*，No. 2，2004.

③ A. Poole，*Gissing in Context*，Basingstoke：Macmillan，1975，p. 38.

④ S. Gill，“Introduction to G. Gissing”，*The Nether World*，ed. S. Gill，Oxford：Oxford World's Classics，1992，p. xv.

为伦敦工人阶级所做的努力，虽然只在文中描写“救世军”[1] 时，顺带提及一下。但简·斯诺登（Jane Snowdon）说道，他们的努力让她既困惑又赞赏。她虽对它没有偏见，却也未曾料到，这奇迹会萦绕心头。在读者看来，让简萦绕心头的——正是宗教的衰落，但“奇迹”一词，则让人感到复兴宗教的必要与迫切。宗教未能解答人们日常生活中的困惑和问题，“教堂钟声敲响，人们可以听到远方乐土传来的福音。只是，需要丰富的想象力，伴着缥缈的赞歌，才能抚慰深陷苦痛的人们呀”。[2] 作者在小说开篇，就再三强调，宗教已不能再给现世民众以安抚：“简的痛苦，不仅在恐惧之声里，它掩藏在她依稀记得的破碎的祷告词中。”[3]

《地下世界》让读者一睹宗教世俗化的踪影，在麦克·斯诺登（Michael Snowdon）从福音书中的摘录中，宗教的世俗化更加明显。一开始，伦敦地下世界的黑暗与基督教体系有关，之后神秘的麦克·斯诺登登场。小说不断寄希望于末世论的复兴，仅仅是为了重回苦难之中。小说标题“地下世界”，就暗指了基督教中的“地狱”，那是毫无希望的绝望之地。宗教用语开始较为含蓄，之后随处可见，自基督教的先知疯狂杰克（Mad Jack）出现之后，就更为直白。在小说的结尾，疯狂杰克告知群众，他从天使那儿听到的消息：“你们的人生被诅咒了，你们身处的世界是地狱！而且无处可逃。”[4] 无论是描述罪恶和天谴，抑或是末日中的地狱和审判，疯狂杰克的语言都是激昂愤慨的。从他的措辞及出现在小说中的高潮来看，这段话是讲述给整个社会听的。疯狂麦克的态度——从赞美到批判，都与个人意志无关，克里斯汀·赫特尔（Kirsten Hertel）对此评论道：

> 虽然疯狂麦克的出场似乎有些偶然，对情节也并无太多影响，但他咏诵的赞歌和他的独白，会让读者想起古希腊悲剧里的唱诗班——主要

---

① Gissing, *The Nether World*, p. 152.

② Ibid., p. 120.

③ Ibid., p. 7.

④ Ibid., p. 345.

供创作者表达自己的观点。因此，疯狂麦克就是作者的喉舌。小说的结尾，疯狂麦克的梦可以理解为，作者对迈向二十世纪的首都伦敦以及高度发达国家的政治社会状况的失望之情。①

若做进一步分析，疯狂麦克表达出作者不敢直接承认的现实。换而言之，疯狂麦克不只是被人嘲笑的基督教的残余，他在剧中已经预示了小说之后的走向。在此之前，作者一直以居高临下的态度，对工人阶层的本性品头论足，并且怀揣着他们会有幸福未来的虚妄希望。

疯狂杰克并不是19世纪的唯一的城市先知，他和威廉·布斯以及卜凯瑟琳，虽然对酒精的看法迥异，但依然十分相似。三人都喜欢使用末日论的语言，来描述城市的生活经历。W. T. 史泰德曾求助布斯，帮忙出版《现代巴比伦的少女祭品》（*The Maiden Tribute of Modern Babylon*）。这本书于1885年写成，主要揭露了童妓问题。之后他又替威廉·布斯幕后撰写《最黑暗的英国》（*In Darkest England*）。在他看来，敢于公开表达自己的观点，恰恰是他们的迷人之处。在1900年出版的卡洛琳自传中，史泰德这样写道："全心全意的热忱，十足的真挚，炽热的义愤，振奋得好似小号嘹亮的声音……她的话语中，闪耀着希伯来先知狂怒的神圣光芒。"② 史泰德对大众先知的溢美，部分可归因于他为人民发声的意向，在同名作品《W. T. 史泰德》中也可觅得他的抱负，该书主要介绍了另一位基督教先知——克里斯托夫·斯马特。他因在公共场合祈祷而被送入了疯人院。史泰德在书中写到斯马特的怪异行为："斯马特坚称，他是和他的朋友一同祈祷的。而且，无论是小男孩的讥笑，还是往来行人的异样眼光，都无法阻挡他当街跪下，倾吐祷告词。"史泰德对斯马特的描述，实则和吉辛在《地下世界》中对疯狂杰克的描写，十分相似。③

---

① K. Hertel，"In Darkest London：George Gissing's *The Nether World* as Urban Novel"，*The Gissing Journal*，Vol. 40，No. 1，2004，p. 32.

② W. T. Stead，*Mrs Booth of the Salvation Army*，London：James Nisbet & Co. Ltd.，1900，pp. 200 - 201.

③ W. F. Stead，"Introduction to C. Smart，*Rejoice in the Lamb*：*A Song from Bedlam*"，London：Jonathan Cape，1939，p. 27.

以宗教世俗化理论，来解读19世纪末期基督教先知归来的现象，事实上十分困难。在《奇怪现象：从达尔文到德里达的基督教背理》（*Queer Fish：Christian Unreason from Darwin to Derrida*）一书中，约翰·莎德（John Schad）认为，基督教从群众中产生，到最后成为少数人的宗教，是有积极意义的。如果主流文化同基督教缠绕在一起，基督教就不再激进，甚至落得保守资产阶级的名声。① 如果莎德的观点正确，也就是说，基督教的边缘化结果，使之具有颠覆性和对未来的前瞻性，那么疯狂杰克和两位布斯，不该仅仅被视为边缘化的人物。先知一直处于主流的边缘，如果把他们视为宗教死亡的标志，则忽视了他们具有让宗教重获新生的能力。城市先知的作用，就是打破同时代的文化和谐、一致，传递一种激进的信息。19世纪末的基督教先知们，通过扮演这一角色，打破了私人化的信仰概念，"宣扬福音是不断争论的一部分，这种争论也塑造了公共教义"。②

第四节　宗教、现代化与公共领域

基督先知在城市再次登场绝不是偶然。要理解其中原因，需要认识现代化对大众生活的重大影响。尤尔根·哈贝马斯（Jurgen Habermas）认为，现代化打破了公共领域，在城市尤为明显。公共领域的丧失令哈贝马斯唏嘘不已。虽然评论家指出了公共领域的限制，社会组织之间的联系也不断涌现，城市对公众生活造成的影响，还是没有引起足够的重视。比如，朱迪丝·沃克维兹（Judith Walkowitz）在《城市中可怕的快乐》（*City of Dreadful Delight*）中如此评论道："这座城市（19世纪80年代的伦敦）充斥着可怕的快乐，变

① J. Schad, *Queer Fish: Christian Unreason from Darwin to Derrida*, Brighton: Sussex Academic Press, 2004, p. 107.

② L. Newbigin, *Truth to Tell: The Gospel as Public Truth*, Mich.: William B. Eerdmans Publishing Company, 1991, p. 64.

得炙手可热。这里有新的商业空间，有新的新闻报道，各种公共事务和改革行动蔚为奇观，激励各式社会角色在公共领域发挥创造力，表达自己的所思所想。”① 与此同时，人们或许没有意识到城市碎片式生活的本质，实则妨碍了新一批社会角色所需的公共领域的形成。这在《地下世界》的第十一章中，表现得尤为明显。在描述人们聚集到克拉肯韦尔·格林区（Clerkenwell Green）互相交换想法时，此章这样写道：“从三位一体的教义，到蔬菜还是牛肉的问题；从新马尔塞斯主义（Neo - Malthusianism），到对于强制接种疫苗的抱怨，没有一个是现代主义抛砖引玉给大众的主题，却遭到了不少非议。”② 表面上，这段话预示了沃尔特·本雅明（Walter Benjamin，1892—1940）在他著名评论《机械复制时代的艺术作品》（“The Work of Art in the Mechanical Age of Reproduction”）中的思想，并将城市现代化赞为民主的中坚力量。但若仔细审视，再融入这部强调城市工作乏味的小说背景中阅读，就会发现，这段话不仅揭露了复杂思想是如何遭到打压，还预示了公众对话的崩塌。在上述引文中，读者明白：“大型组织分裂成不计其数的小组织，举行半私人对话。”③ 当每个人试图为个人特性，在普遍关系中找到属于自己的位置时，在现代化的力量影响下，个人思想和公共领域都破碎不堪，个人声音变得微乎其微。尽管基督教三位一体理论，提供了一个处理个体同普遍关系的模板；然而，吉辛描述的场景，却将三位一体的理想类型贬抑为半私人化的无关联事项。段落的结尾处是对这些对话的描述，叙述者着重强调了公共领域的死亡和现代城市的空洞，并评论道：“人群的上方飘浮着难闻的烟圈味。”④

把宗教私人化的破坏归咎于现代城市的发展是欠妥的。在 19 世纪末期，自改革和现代化运动之后，新的城市环境形成了迅速加快的轨迹，如马克

① J. Walkowitz, *City of Dreadful Delight: Narratives of Sexual Danger in Late - Victorian London*, London: Virago Press, 1992, p. 18.

② Gissing, *The Nether World*, p. 181.

③ Ibid. .

④ Ibid. , p. 182.

斯·韦伯（Max Weber，1864—1920）在《新教伦理与资本主义精神》（*The Protestant Ethic and the Spirit of Capitalism*，1930）中谈论到，这两场运动有诸多相似之处。无疑诸多宗教评论家将城市的发展，归之为基督教影响力下降的罪魁祸首，然而大都市林立并不总是鼓励宗教世俗化。城市夸大了现代社会的个人化趋势，揭示了早已萌芽的隔离进程。许多城市小说中都有无名氏、被遗忘的人和孤立的闲步者，这种趋势下，急需宗教来重建人们的信仰。城市里的生活暴露出个人化的信仰被孤立的危险。因此，塑造疯狂杰克等预言者的角色是十分必要的，他们或许可以引导人们重新找到心灵的平静之所。疯狂杰克所传递的信息，大多是有文化隔阂的，他只有谈及地狱时，人们才会听得进去，其余的都被当作无稽之谈．尽管如此，这些信息代表了基督教在公共领域的重生，人们再次听到了基督教与众不同的话语。[①]

在某种程度上而言，疯狂杰克对信仰的公开宣扬，是早期宗教活动的延续。18 世纪到 19 世纪的转折点，见证了不少传教组织的诞生，比如英国浸信会（Baptist Missionary Society，1792）、伦敦传教会（London Missionary Society，1795）、英国海外传道会（Church Missionary Society，1799）等。此外，19 世纪之后，福音教激进主义通过大批慈善宗教组织，来阐明自己的教义，其中大部分都以城市为中心。事实上，按照世俗化理论的标准来看，早在基督教衰落之前，基督教就开始采取传播教义的策略。整个 19 世纪，基督教千方百计将自己对福音的见解，渗透到主流文化之中，其中包括教育改革、慈善事业和政治行动等。布斯在《最黑暗的英国》中阐述社会变革的前景时，就列举了一个传教事例；另一个典型例子是不信奉国教的基督徒，对牙买加总督爱德华·约翰·艾尔（Edward John Eyre）的控诉，艾尔在 1865 年实施了军事管制，武装镇压本地居民。[②] 基督教融入社会政治的事例，不应当被视为世俗化的征兆；相反，这些例子显示了基督教将自己的信仰，融入文化的程

---

① Gissing, *The Nether World*, p. 337.

② T. Larsen, *Contested Christianity: The Political and Social Contexts of Victorian Theology*, Waco. Tex.: Baylor University Press, 2004, p. 12.

度。然而，虽然基督教的传教策略是国教深思熟虑的结果，也要面对屈从其他文化压力的风险，甚至最终自身销声匿迹。直到罗伯特·路易斯·史蒂文森（Robert Louis Stevenson）的作品《化身博士的奇案》（*The Strange Case of Dr Jekyll and Mr Hyde*，1886）面世，宗教已经被视为资本主义的虚饰，难以区分杰基尔的个人品德和人格分裂的另一个自我。

疯狂杰克这样的角色，是替代那些已经迷失、不再有前瞻性的民众替代品而存在的。疯狂杰克粗野、刺耳的嗓音，不仅让那些世俗化理论者们感到不安，他们无法解释杰克所拥有的洞悉力，同时还扰乱了基督教的幻梦，他们为了追求文化上的体面，忽视了地下世界的残酷现实。体面的基督教不再体面或有效的最好例子，就体现在吉辛的小说之中。当潘尼洛夫（Pennyloaf）路过疯狂杰克，走进他酗酒的母亲家中，所见如下：

> 五张彩色卡片是那些决心戒酒之人的签名，每一张卡纸上都签着“玛利亚·坎蒂”（Maria Candy）的名字。值得注意的是，随着日期的推移，名字的笔迹变得愈发潦草。没错，玛利亚·坎蒂已经发过五次誓，要在上帝的帮助下戒酒……然而事实上，上帝的帮助也敌不过格林太太（Mrs. Green）开的那家啤酒店……①

接着，作者给出了结论：“向上帝求助的坎蒂女士，和以社会文明力量支撑的格林太太之间的对抗，真是太不公平了。”② 就像这部小说里的戒酒行动一样，基督教的教义以一种无用却体面的方式传播，反而失去了其力量和独特性。讽刺的是，碎片化的城市揭示了这一趋势，推动了基督教去寻找新的重生方法，找回预言的声音。在吉辛的小说中，疯狂杰克和其他基督徒一样，不再有改变现实的能力，也不能提供解决方法。但是，疯狂杰克努力发出异于公众的独特声音，时时诊断着社会病症；而其他基督徒却随波逐流，偃旗息鼓，无人倾听。

---

① Gissing, *The Nether World*, pp. 75 – 76.

② Ibid., p. 76.

第五节　自由思想、亵渎上帝和宗教重生

19世纪末期，在现代化面前，国教地位难保，开始渐渐衰落。本质上，基督教的衰落不代表宗教的衰落，因为先知有重现的空间，但依然对宗教有很大的影响。宗教衰弱转变的结果，使得艾略特和赫胥黎等异议者，从英国国教地位的下降中获利，优势立显。文学家钟爱教堂的钟声，作为一种意象来传达这一信息。《地下世界》中有一段关于教堂钟声的生动描写："教堂的钟声，是所有盘绕在伦敦上空的声音中，最为压抑的声响。此时，我和朋友们听到钟声响起时，说明已将近11点钟，可是却没有一个人到教堂做礼拜。"[①] 透过这一幕，读者可以知晓，国教依存，钟声的神圣却不再。吉辛小说中的工人阶级，此前是否经历过宗教的黄金时期尚不可知，可知的是在19世纪末期的文化变革之时，凡是想复兴宗教的，皆是不得已而为之。曾经悦耳的教堂钟声，如今被各种嘈杂的声响（包括先知的声音）所代替。《到了禧年》（*In The Year of Jubilee*，1894）一书中，随处可见这种声响："在坎伯维尔格林区（Camberwell Green），这些声音同热闹的人流掺杂在一起，其中有出租车和公共巴士发出的咔嗒声，还有电车铃的叮当声。"[②] 现代声音的出现，媒体意识的觉醒成为必然。因而在《到了禧年》中，各种声音和竞相吸引人们的广告喧嚷，盖过了宗教指引的默然微弱的声音。艾达·皮奇（Ada Peachey）不听丈夫的告诫，她的丈夫就觉得，"只有约翰·诺克斯才能让她听进去"。[③] 因此，在吉辛小说中，广告是一重要主题，广告的存在挑战了为神圣权威发声的先知的地位。

---

① Gissing，*The Nether World*，p. 319.

② G. Gissing，*In the Year of Jubilee* ，ed. J. Halperin，London：The Hogarth Press，1987，p. 60.

③ Ibid. ，p. 244.

了解19世纪末期，先知重现时的物质条件是十分关键的。其中，小说中对民众接受先知声音的描写表露了先知的神圣地位渐逝。有各种声音与先知竞争，难以判断谁是真正的基督教先知。根据定义，先知是异端的，而且19世纪下半叶英国国教的衰落，抹去了教会权威的最后余存。之前，新教是依据教会权威，来决定应该聆听哪位先知之语。先知同异议者类似，探寻正统和异端之间模糊又渗透的界限。19世纪下半叶的自由思想者们，则延伸了这一界限，将异端教义同无神论思想囊括其中。最著名的非宗教先知当属弗雷德里克·尼采，他在《快乐的科学》（*The Gay Science*，1882）中宣称上帝已死。在尼采之前，有一批世俗化理论者重读宗教语言，试图从中找出基督教的盲目和对人民的压迫。当时一些知名的自由思想家，包括查尔斯·布拉德洛（Charles Bradlaugh）、G. W. 富特（G. W. Foote）和安妮·贝赞特（Annie Besant）等人，他（她）们以先知自称，利用言语的修辞，宣扬世人应当知晓的非宗教教义。在推崇世俗化理论这方面，乔斯·马什认为富特和布斯所做的努力，有趣且有启发性："街边谈话和聚会，都是救世军成员教给世俗主义者的技巧，这些技巧也运用在广告和商业中……对公共空间和宣传产生了焦虑感。"①

另一位将自己标榜为先知的自由思想者，是诗人詹姆斯·汤姆森（James Thomson）。如若威廉·布莱克所认为的——诗人皆为新先知的观点是正确的，那么汤姆森的《暗夜之城》（*The City of Dreadful Night*，1874）就可以理解为——是《最黑暗的英国》世俗化的先行诗歌。贝尔·阿姆斯特朗（Isobel Armstrong）对汤姆森的这部作品，发表了独特的见解：

> 这首诗中尼采的投影，是为了解构西方基督教的象征性语言。其目的不是破坏这些象征，而是为了宣称，这些语言和意向，只能用于概括和经验截然相反的系统化记叙。汤姆森的认识论的黑暗史诗严格定义了术语，比如第一首诗中的"梦想""真实"和"希望"。当城市居民意识

① Marsh，*Word Crimes*，p. 163.

到了广阔、压抑的安静中的潜在声音，自从“隐藏的生命睡着”之后，被掩盖、压低，逐渐变得模糊不清，热情的震动、“遥远的呢喃、怜悯和奚落之语”，是虽生犹死的语言，而不是真正的死亡之语。布拉德洛认为有神论的术语不准确、有误导性，而且基督教的语言自相矛盾，没有实际经验基础。这就是为何城市声音模糊不清。引用无神论就是为了改变象征的含义，抹杀其日常独特性。①

在汤姆森的诗中，以地狱般的语言，来描述教堂钟声，表述基督教的绝望。汤姆森没用无神论的语言，来替代基督教的语言，而是“褪去谎言的衣裳，展现出古老的真相”②。《暗夜之城》是雅克·德里达《修补匠》（*bricoleur*）思想的延续，他认为变革作家们只能重新书写，别无他选。③ 世俗主义者将重新解读宗教，思虑宗教在现代中的位置。现代化的涌入及其对权威的不信任，推动了改写的进程，为自由思想家们创造了机遇和挑战。下一章将会介绍，改写理念的流动性和广泛性，阐明了安妮·贝赞特这些出众的自由思想家，徘徊于基督教、无神论和通神学之间的原因。

虽然改写的想法中蕴含着连续性，但忽略19世纪末期宗教和世俗的断裂是错误的。在《词罪》中，乔斯·马什的重点是对于亵渎上帝的警告。马什假设，“当一个准则被褪下历史的外衣，被简化，将亵渎上帝的行为——定性为触犯禁忌的历史一去不复返时，这条准则不再具有学习价值”。由此，马什展示了对渎神的指控——主要表现为对下流语言的叱责，以及通过语言撼动既定权威。④《词罪》第六章着重探讨了哈代的《无名的裘德》，这部作品被早期评论家视为渎神之作。马什注意到，“歇斯底里的和声中，实则暗藏深意，渎神是哈代小说主题和意指的最后绝唱”。⑤ 她又写道：“哈代为裘德精

---

① I. Armstrong, *Victorian Poetry*, *Poetry. Poetics and Politics* , London: Routledge, 1993, p. 469.

② J. Thomson, *The City of Dreadful Night and Other Poems*, London: Reeves and Turner, 1888, p. 2.

③ Jacques Derrida, “Structure, Sign and Play in the Discourse of the Human Sciences”, *Writing and Difference*, trans. A. Bass, London: Routledge, 2003.

④ Marsh, *Word Crimes*, p. 7.

⑤ Ibid. , p. 269.

心安排了一系列亵神的场景，而且不加任何评价。裘德翻阅史册，援引传统宗教术语和犯罪语言，引发亵渎之感，反抗文学传统。”[①] 哈代的小说中，通篇都有对神圣之言的滑稽模仿。一开始，淑·布莱德赫（Sue Bridehead）买的两个异教小雕像，就奠定了这部小说与《约伯记》的不同的逆反结局，让读者看不到希望。裘德一开始对名为基督寺（Christminster）的小镇充满憧憬，后来却发现——这里并不是他和家人的容身之所，而小说套用的则是耶稣诞生的场景。淑的孩子死后，学院教堂里传出的风琴声，同她的悲伤遥相呼应，教堂演奏的是圣歌第七十三首：“上帝实在恩待以色列那些清心的人。”[②] 在小说的结尾，裘德去世，哈代再一次模仿《约伯记》中关于礼拜仪式的篇章。马什评论道：“对于裘德的咏唱，实为模仿《圣经》文本，也是渎神的象征。此时，外面的人群沉浸在节日之中，观看划船比赛，这一幕反差之大，颇有反教堂的意味。”[③]

解读《无名的裘德》中渎神之意，并不只有一种方法。哈代的这部小说意在改写宗教，马什认为，“这种改写是‘好战’世俗分子的工作”。[④] 之前，淑和裘德的工作是抄写教堂的十诫。后来两人被解雇的描述，并不像马什认为的——对《圣经》文本的不屑一顾。相反，通过《无名的裘德》，读者可以感受到，淑和裘德的工作，是一种接近《圣经》本质的途径。裘德接受修缮十诫的合约之后，次日他便回到了教堂，书中这样写道：“他看到包工头的伙计说的话不假。那个《十诫》的匾额威严地凌驾于基督教的圣器之上。”[⑤] 哈代承认了《新约》作者对于《摩西律法》的改写，暗示着小说中对宗教的改写，正是基督传统的重写的延续。重要的是，当淑和裘德逃去梅尔切斯特时，淑问裘德：“你让我为你另外编一本《新约全书》好吧，就像在基督寺时我给自己编的那本一样?”[⑥] 淑想要重写《圣经》的行为，在某些读者看来是

① Marsh, *Word Crimes*, p. 270.

② ［英］托马斯·哈代：《无名的裘德》，刘荣跃译，上海译文出版社 2007 年版，第 326 页。

③ Marsh, *Word Crimes*, p. 276.

④ Ibid., p. 277.

⑤ ［英］托马斯·哈代：《无名的裘德》，第 290 页。

⑥ 同上书，第 142 页。

渎神行为。但她又解释道，她的做法是为了能自由地解读圣文。在淑看来，将所有的《使徒书信》和福音书按时间顺序编撰，规整为一本本手册，总比把《圣经》裱起来，恭为圣物要好。淑情绪激动地说道："那我就不再说什么了，只说人们没有权利去篡改《圣经》！"①

淑编著《圣经》的行为，究竟是否为新教或异教中的诠释《圣经》传统的延续，正是哈代小说中的亵渎上帝的主题本旨，读者仁者见仁、智者见智。虽然小说中的渎神行文，对于描述文化分裂十分有效，但是读者不能以马什描述的世俗主义，来独断地阅读这部小说。而且书中的渎神情节，也并非记录了世俗主义拥护者所展示的宗教衰落。19 世纪末期的基督教确实被改写，是为了应对现代化引起的文化变革。但是，正如狄更斯改写《圣诞颂歌》里的圣诞故事一样，其结果究竟是宗教还是世俗，很难回答，而且可能永远都难以定论。

第六节　托马斯·哈代的伪福音书

昏昏欲睡的午后
我们站在镶板的长椅前，
唱着单调的泰特和布雷迪颂歌
这是"新剑桥"的曲调。
我们看着榆树，我们望着白嘴鸦，
微风轻拂，
在我们看书的时候，
像树一样摇摆。
这些都是那些没有头脑的人！

① ［英］托马斯·哈代：《无名的裘德》，第 142 页。

虽然我没有意识到
我通过对事物的细致思考获得了真相
我们站在那里歌唱，歌唱。

托马斯·哈代《在梅斯托克的午后祷告》

在维多利亚晚期基督教与文学关系的研究中，托马斯·哈代、沃尔特·佩特和玛丽·奥古斯塔·沃德（Mary Augusta Ward，1851—1920）最具代表性。在他们每个人身上，都可以看到一些宗教问题的影子，这些问题是由丁尼生、达尔文、马修·阿诺德，以及《随笔和评论集》（*Essay and Reviews*）的众多作者所关注和提出的。他们每个人都与基督教神学关系密切：哈代和佩特都曾考虑在英国国教担任神职，年轻的玛丽·奥古斯塔·沃德居住在牛津，位于神学辩论的中心，这些辩论激发了维多利亚时期知识分子们的极大兴趣。他们都认为《圣经》自由诠释学理所应当，而这种思想对于出生于19世纪初的作家是难以想象的。此外，哈代的每部作品都蕴含着强烈的怀疑主义，尤其在谈及基督教来世和神迹元素的部分。在哈代的《卡斯特桥市长》（*The Mayor of Casterbridge*，1886）中，伊丽莎白·简·亨查德（Elizabeth - Jean Henchard）是最接近作者价值观的人物，她直接告诉她的继父，“我不怎么相信，如今还有什么奇迹”①，其实影射了马修·阿诺德。这种缺乏信念的倾向，最终导致罗伯特·埃尔斯米尔放弃了生命。

三位作家当中，托马斯·哈代的创作历程最为漫长。由于居住和教育原因，他早年并不了解其他地区自由神学的发展状况。事实上，他生活在福音教派和牛津运动者的共同影响之下，另外他与浸信会也有着千丝万缕的联系。这在诸多文献中都有记载，广泛接受的论著是蒂莫西·汉兹（Timothy Hands）的《托马斯·哈代：分心的牧师?》（*Thomas Hardy：Distracted Preacher?*，1989），在其中详细记述了哈代的宗教生活，直到哈代在1865年信仰迷失。众多关于哈代的研究论著，着重于哈代的宗教信仰，以及影响他小说和诗歌

① ［英］托马斯·哈代：《卡斯特桥市长》，第306页。

创作的宗教观念。本章重点关注哈代晚期的两部著名作品——《德伯家的苔丝》和《无名的裘德》。这两部作品与他早期的小说相比，哈代的宗教焦虑更加明显。由于这两部小说都广泛运用了《圣经》典故，小说中的主人公与基督皆有联系，在某种程度上伪装成福音故事，称之为哈代的"伪福音书"，哈代对教条主义的基督教进行了讽刺性的批判。

巴里·奎尔斯（Barry Qualls）在个人论著《维多利亚小说中世俗的朝圣者》（*The Secular Pilgrims of Victorian Fiction*，1982）中，并未对哈代进行详细讨论，他把哈代视为传统惯例的"死亡地"，他也在研究这种传统。奎尔斯如此评论哈代："他并没有质疑民众是否了解上帝、自然或神物，或人类与他们的关系；他知道人类根本无法实现这些梦想。"① 奎尔斯认为，哈代从根本上破坏了《圣经》传统，在《德伯家的苔丝》和《无名的裘德》中，他很大程度上模仿了艾略特这样的小说家——在一个上帝缺席的世界里，试图改写《圣经》主题和基督教的伦理模式。尽管如此，哈代对类型学和自由主义神学的批判，使用了广泛的基督教符号和《圣经》典故，这些因素同样也具有信仰的力量。因此，哈代的小说并不像奎尔斯所暗示的那般世俗。根据汉兹的研究，哈代的14部小说中共包含了超过600个《圣经》典故，其中最多的是在《德伯家的苔丝》中，使用87处。② 马琳·斯普林格（Marlene Springer）指出，在《苔丝》的一个段落中——介绍克莱尔（Clare）先生的宗教立场，包含了14个不同的典故。③ 兰斯·巴特勒（Lance Butler）写道："可以断言，他写作时使用基督教象征物是带有讽刺意味的，但他使用得太多了（并且在他的小说生涯中，他的使用在不断增加），在这点上，我们必须怀疑他的模仿

---

① Barry V. Qualls, *The Secular Pilgrims of Victorian Fiction*: *The Novel as Book of Life*, Cambridge: Cambridge University Press, 1982, p. 192.

② Timothy Hands, *Thomas Hardy*: *Distracted Preacher? Hardy's Religious Biography and Its Influence on His Novels*, New York: St Martin's, 1989, p. 38.

③ Marlene Springer, *Hardy's Use of Allusio*, Lawrence: University Press of Kansas, 1983, pp. 129 – 130.

是一种恭维。”①

哈代、佩特和沃德的小说与一些早期现代主义作家的作品，如亨利·詹姆斯和约瑟夫·康拉德（Joseph Conrad，1857—1924）等有很大不同。前者关注神学问题，他们有一种基本的宗教世界观，而詹姆斯和康拉德，虽然他们有时会提出形而上学的问题或使用宗教主题，不过从根本上讲，他们是世俗的怀疑作家。

20世纪初期的作家中，劳伦斯（D. H. Lawrence）追随哈代，即使他使用了《圣经》主题和基督徒概念，但并未体现出基督教正统观念的连续性。在研究过程中，基督教的正统观念是基本参考点。在某种程度上，基督徒劳伦斯从激进的反传统中汲取养分，它与国教教义有很大的不同。从任何神学观点来看，英国国教教义都是维多利亚宗教和作家研究的共同遗产，是维多利亚时期的主流意识和思想。

切斯特顿在评论中认为，哈代是“一个和乡村白痴斤斤计较、鄙夷他们的乡村无神论者”②。其实托马斯·哈代与基督教的矛盾关系远不止于此。哈代的诗歌最能体现出他对基督教的复杂态度，其中一些是绝望、暗淡、愤世嫉俗的尖锐批判。笔者将《梅斯托克下午的祷告》（1850）作为本章题词，最能体现哈代对基督教的矛盾态度，且贯穿了他的一生。其中重要的一点就是知识分子对基督教的排斥，原因在于：基督教的超自然主张与理性和科学相悖。因此，“下午的祷告”的演讲者会记得赞美诗和祈祷，看似是痴迷与怀念，但仍被描述为“愚蠢的……情感宣泄”。③ 其次，哈代强调基督教的伦理观点，谴责体制宗教缺乏慈爱，这种观点也是含蓄的。第三，哈代对英国国教有着强烈的感情，将其视作一个文化和社会机构。在《在梅斯托克下午的祷告》中，教堂如同榆树和白嘴鸦，是乡村风景的一部分；祷告者的颂歌也

① Lance St. John Butler，“‘Unless the World Is to Perish’：Hardy and Christian Discourse”，*Victorian Doubt：Literary and Cultural Discourses*，Hemel Hempstead：Harvester，1990，p. 188.

② G. K. Chesterton，*The Victorian Age in Literature*，London：Thornton Butterworth，1913，p. 143.

③ Thomas Hardy，*The Complete Poems of Thomas Hardy*，ed. James Gibson，London：Macmillan，1976，p. 429.

是“和声的”，这意味着整个社区凝聚在一起。因此，哈代陷入了自相矛盾的尴尬处境、处处矛盾。哈代作为英国作家，在读者中广受欢迎，其中的重要原因在于：他的小说滔滔不绝地叙述了一个分裂的感性世界，细腻地描绘了思想和社会变革的情感代价。他的小说人物深入感受着这些分裂的矛盾，尤其体现在他们的情爱生活之中，娓娓道来，令人信服。

一　托马斯·哈代的拉奥迪奇亚主义

贾恩·杰德热哲斯基（Jan Jedrzejewski）在《托马斯·哈代和教会》（*Thomas Hardy and the Church*，1996）一书中，翔实记录了哈代信仰的演变。首先是哈代青年时代的信仰，之后他质疑基督教的超自然神力，发展到“以怜悯和博爱之名，直言不讳且尖锐的批判整个基督教”的中期阶段，最后是“认识到基督教在人类社会生活中，作为伦理价值的重要性”。[①] 然而，即便在此发展过程中，哈代的态度也甚少直截了当。读者用他的一部小说名字来形容哈代，那是他不甚出名但最具启示性的小说《冷漠的人》（*A Laodicean*，1881）。这个标题是指《启示录》（3：15），圣·约翰（St. John）被告知写信给拉奥迪奇教会，“我知道你的作品，既不冷漠也不热烈：我愿意你不冷不热”。这段经文是布道文的一部分，在其中，浸礼会牧师伍德维尔（Woodwell）谴责宝拉·鲍尔（Paula Power），在最后一刻对浸礼教的拒绝。[②] 迈克尔·米尔盖特（Michael Millgate）恰当地使用了“拉奥迪奇亚主义”（Laodiceanism）的概念，对托马斯·哈代的矛盾本质进行了评论。米尔盖特评论哈代，“不愿接受绝对或坚定的立场”，他“坚持临时性的观点”，其原因在于：“对哈代而言，情感至少要和才智一样强大、有说服力。”[③] 然而，他却不愿把情感当作宗教信仰的替代物。对哈代而言，无论信仰能否满足情感需要，它首先要通过才智测试。如若未能达成，则称之为自由主义基督徒。

---

① Jan Jedrzejewski，*Thomas Hardy and the Church*，Basingstoke：Macmillan，1996，p. 5.

② Thomas Hardy，*A Laodicean*，*or The Castle of the De Stancys*：*A Story of Today*，ed. Jane Gatewood，Oxford：Oxford University Press，1991，p. 18.

③ Michael Millgate，*Thomas Hardy*：*A Biography*，New York：Random House，1982，p. 220.

托马斯·哈代的早期宗教信仰，是在阿瑟·雪莉（Arthur Shirley）牧师的引导下，在斯廷斯福德（Stinsford）教区逐渐形成。雪莉的工作，使他目睹了一位牛津运动牧师，逐渐改变了教区的传统。1856 年，16 岁的哈代批判一位教堂建筑师。1859 年离家出走后，他“被福音教派吸引，不过后来，他一直不愿承认此事”。[①] 作为一个年轻人，他似乎受到格勒姆质疑洗礼重生的影响，因为他对婴儿洗礼的问题，做过一项特别研究。[②] 在《冷漠的人》中，通过萨默赛特（Somerset）和伍德维尔的辩论，可以看出哈代对于洗礼的研究证据。《托马斯·哈代的生活和工作》（*The Life and Work of Thomas Hardy*）是哈代以第三人称写成的自传，以其妻之名发表了两卷（1928、1930），哈代描述了生活中如何接受神圣秩序：

> 有了把诗歌和教堂结合起来的想法，这是他长期以来的一种倾向。他给剑桥的一位朋友写信，信中是关于这所大学入学考试的详情，对他而言进行晚期古典阅读极为容易。他知道无法为自己争取到薪资，维持他的任期，父亲会借给他钱，他的想法是在乡村作助理牧师形成的。此想法之后告吹，是因为做起来比想象困难多了。进行一些神学研究后，几乎不能站在荣耀一边。所以他将这个神奇计划付之一炬，不久之后，他开始着手思考正统教义。[③]

尚未有文献详细记录哈代信仰渐失的过程，正如蒂莫西·汉兹所言，很难确认“他笃信到何种程度”。[④] 19 世纪 60 年代中期，哈代经历过一些信仰危机，或者宗教信仰的滑坡。在《生活和工作》中，哈代意识到“在（神学）考试中，他发现自己被束缚了”，[⑤] 发现自己不适合神职工作。在熟读

---

① Hands, *Thomas Hardy: Distracted Preacher?* p. 11.

② Jedrzejewski, *Thomas Hardy and the Church*, pp. 9 – 11.

③ Thomas Hardy, *The Life and Work of Thomas Hardy*, ed. Michael Millgate, London: Macmillan, 1984, pp. 52 – 53.

④ Hands, *Thomas Hardy: Distracted Preacher?* p. 29.

⑤ Hardy, *The Life and Work of Thomas Hardy*, p. 53.

1860 年出版的《随笔和评论集》，以及达尔文 1861 年出版的《物种起源》后，他的不可知论迅速萌发。哈代在《生活和工作》中说："作为一名年轻人，他是最早支持《物种起源》的一批人。"① 他虽然受到众多不可知论者的影响，不过"他从未完全丧失宗教充满想象力的立场"。②

在哈代的小说中，主人公在童年和青年时代，未对福音教派或牛津运动表示出过多兴趣。两次宗教运动都将教堂描述为乡村社区的中心，认为宗教在很大程度上是出于本能和无意识。《苔丝》中的福音主义，以及《裘德》中的牛津主义，意在说明基督教义不仅不能促进基督教真理的发展，反而成为"现代主义之痛"，侵蚀了社区的确定性。在《绿树荫下》（*Under the Greenwood Tree*，1872），农村地区的传统宗教最引人注目，其中有乡村唱诗班和改革派的对立，由梅博德先生（Mr. Maybold）提出来的。在哈代的小说中，能够看到受到本能驱使的生命，接近自然的生命和异教生活等，实则都指向类似的精神，即哈代的理想内涵。哈代反对城市和工业社会对于个人生活的侵蚀，反对基督教中否认生命的律法。这种论点可以从哈代的田园小说中得到佐证，尤其是《远离尘器》，但他的后期小说，此观点不再鲜明。夏洛特·博尼卡（Charlotte Bonica）对此有过论证，认为哈代的小说表现出"人与自然间深刻的道德间断性"③。她记录了哈代自然代表中普遍的性欲，并暗示性欲具有破坏性和不可预知的力量，这使他们难以自然地生活。雪莉·丝塔芙（Shirley Stave）试图从女权主义的角度，来复兴哈代的异教思想，她将哈代的作品以二元主义的形式来展示："最初的世界曾经同样重视农业，它是自然的、没有宗教信仰的、非父系社会的和充满神话故事，而威胁它的世界则是流行文化、发展基督教、父权社会和历史性。"④ 对于哈代而言，无论是基督教还是异教，都不是可行选择。他与同时代的知识分子有所不同，他怀疑在

---

① Handy, *The Life and Work of Thomas Hardy*, p. 158.

② Millgate, *Thomas Hardy*: *A Biography*, p. 91.

③ Charlotte Bonica, "Nature and Paganism in Hardy's *Tess of the Urbervilles*", *Elh* 49 (1982), p. 859.

④ Shirley A. Stave, *The Decline of the Goddess*: *Nature*, *Culture and Women in Hardy's Fiction*, Westport: Greenwood, 1995, p. 2.

维多利亚时期的社会里，宗教能否会被异化为自由主义基督教或文化所替代，同时代的马修·阿诺德在个人评论和宗教著作中，支持这种观点。

在很多方面，马修·阿诺德和哈代的对立是有益的。两个人都相信在现代社会中，受过教育的人具有科学的世界观，传统的基督教思想逐渐被大众所弃。两人在宗教仪式和宗教语言方面都非常保守，特别是哈代对英国教堂的建筑风格极为关注。哈代在1865年7月2日《生活和工作》中的描述，可以看出哈代对正统神学的尤为排斥。他对于纽曼的《自我辩护》的感受如下，“因为贺拉斯·摩尔（Horace Moule）很喜欢他，自己也产生了一种被他说服的强烈愿望。风格迷人，逻辑人性化，他不仅基于三段论还基于收敛概率。只有一个缺点，这也是致命的灾难，他的精妙推理缺少第一个环节，就因此而轻率地下结论。可怜的纽曼！他对启示和传统的温柔孩子气的信仰，一定能使他成为极具魅力的人物”。① 缺失的第一个环节是对超自然力量的敬仰，纽曼认为它是自然存在的。哈代和乔治·艾略特一样，认为这种信仰是人类的情感、需求和欲望的一种投射。正如他在《还乡》（*The Return of the Native*，1878）中所写：“人类总是努力不去作出一个辱没造世主的假设，总是犹豫着，不想去接受一个比他们的道德水准更低的主宰权力。”②

在某种程度上，哈代与阿诺德关于“时代精神”（Zeitgeist）的理解相同，“时代精神”代表着某个特定时代的文化产物，决定了那个时代的信仰，或者至少是同时代的典型代表的产物。例如在某些时期，大家认为宗教信仰理应存在，而其他时刻，如若反之，那“信仰之海”就会于地球海岸退去。尽管阿诺德和哈代有明显的相同点，他们的差别也依旧巨大。阿诺德十分关心信仰危机的恶果，不过相对来说，他还是乐观的。他认为自己“在两个世界之间徘徊，一个是死亡之地，/ 另一个是难以诞生之境”。③ 作为一名评论家，注定要死在荒野之地，难以进入应许之地。他相信新世界将会诞生，其他人

---

① Hardy, *The Life and Work of Thomas Hardy*, pp. 50 – 51.

② ［英］托马斯·哈代：《还乡》，孙予译，上海译文出版社2006年版，第419页。

③ Hardy, *The Complete Poems of Thomas Hardy*, p. 259.

将会进入那个应许之地。哈代认为，人类的欲望和智慧之间，存在可悲的脱节。他提倡性方面的诚实和自由，认识到人类的心灵和理智完全不同，人类的理性无法适应欲望的变化。

阿诺德的目标是重建基督教，在其宗教著作中表现尤为明显。这种构想成为《文学与教条》以及姊妹篇《上帝和圣经》（*God and the Bible*）的基础。在两部作品中，除了基督教所有的教条式的主张，阿诺德通过揭示它的自然真理，努力提供给基督教一个可验证和“实验性”的基石。哈代不支持这种试图使宗教现代化的尝试，他不止一次提出这样的建议——建立一个完全消退神学色彩的教会是很好的选择。哈代在1885年写给约翰·莫利（John Morley）的信中，他设想教会发展为“非教条、非神学的机构，可以推动建立……道德生活”①。

哈代反对阿诺德重建基督教的原因有二。其一，作为比阿诺德更彻底的理性主义者，他认为，《文学和教条》中对基督教的再思考是不真诚的理性行为，试图相信个人主观臆测的客观性，另外，哈代对保守传统的热爱也是部分原因。他认为面对这样的事实会更好：上帝已死和部分丰富遗产已丧失，对上帝的信仰需要铭记；而不是根植在重新构建的神学中，来拯救传统文化。在《生活和工作》中，关于现代文学的伪善，哈代如此回应阿诺德：“当教条以拘泥于细节来寻求平衡时，就像马修·阿诺德先生那样，则是非常糟糕的情况。”② 同样，在写给实证主义者弗雷德里克·哈里森的信中，哈代注意到：“我认为，讽刺是一种坏习惯，但新基督徒（或者不论任何人）是这样的，如莫利所言，‘在教条主义的最后高潮中，皆为真与假的混合’。同时，这是一个非常诱人的游戏——我是指‘罗伯特·埃尔斯米尔’一派。”③

马修·阿诺德努力重建宗教，使之为人接受，同时还主张对知识文化的追求，使其成为一种替代品或必要补充。在他的作品中，宗教与文化之间的

① Thomas Hardy, *The Collected Letters of Thomas Hardy*, ed. Richard Little Purdy and Michael Millgate, Vol. 1, Oxford: Clarendon, 1978 – 1988, p. 136.

② Hardy, *The Life and Work of Thomas Hardy*, p. 224.

③ Hardy, *The Collected Letters of Thomas Hardy*, Vol. 1, p. 176.

关系不甚清晰，其代表性思想体现在《文化与无政府主义》中。阿诺德的文化理想包括培养批判精神，在阿诺德看来，人类希望以和谐方式，发展他们的精神需求。但是英国人，尤其是非国教教徒，倾向于“为了宗教，牺牲其他的一切”。[①] 因此，文化或精神的提高皆囊括宗教，并比宗教范围更广。在这次宗教类型的转变中，阿诺德发展了一种文化观念，即文化的目的是“使理性和上帝意志无处不在”![②]

显然，阿诺德是典型的都市文学知识分子，因此，在哈代的小说中，对阿诺德经历的记录和评价与其本人有一定出入。作为研究英国南部乡村地区，即威塞克斯（Wessex）生活的历史学家，哈代很清楚，这种农村社区的自然生活正在消失，而未来取决于他后期小说中那些自我意识的人物，他们追求的是阿诺德式的文化。然而，这并不意味着哈代与阿诺德有相同的理想。比阿诺德更深刻的是，哈代有两个截然不同的世界，在田园小说中，伴随着旧世界的消亡，珍贵事物也在消失，他有着令人难忘的描述。在其他部分，哈代直接代表了现代精神文化。在《冷漠的人》中的“今日故事”部分，读者第一次看到宝拉·鲍尔拒绝接受洗礼，宣告了她对宗教教条的反叛意识和拒绝姿态。她日渐对斯特西城堡（Stancy Castle）历史产生兴趣，那是她父亲购买的老房子，痴迷于中世纪的历史研究。在小说的结尾，大火烧毁了斯特西城堡，乔治·萨默赛特告诉她，可以从中世纪的痴迷中走出来，她引用阿诺德《异教和中世纪的宗教情感》（“Pagan and Medieval Religious Sentiment”）来回应：“成为‘现代精神’的完美代表？……既不能代表感官和理解力，也难以代表心灵和想象力。一个优秀作家所称的‘有想象力的理性’为何物？”[③] 这是哈代对于阿诺德的文化理想最为积极的态度。哈代在《苔丝》和《裘德》中，对此理想进行了评价，他并不认可文化能够取代宗教。

在哈代的小说中，两方面议题与神学联系密切，即：运用《圣经》典故，

---

① Arnold, *The Complete Prose Works of Matthew Arnold*, Vol. 5, p. 238.

② Ibid., p. 91.

③ Hardy, *The Life and Work of Thomas Hardy*, p. 431.

以及小说中情爱和宗教的关系。在小说《苔丝》和《裘德》里面，这两个主题至为关键。但是，在研究哈代的这两部伟大作品之前，笔者首先介绍他的另外两部作品：《卡斯特桥市长》和《塔中情人》，这两部成功的小说，为哈代的后期作品提供了极佳的过渡。

《卡斯特桥市长》处处可见《圣经》结构和《圣经》典故，创造了一个表面有序的世界——自然和人类生活皆体现了《圣经》中潜在的神圣秩序。然而，小说中主要人物的思想和行为，却经常与此模式产生冲突。迈克尔·亨查德提议卖掉苏珊（Susan）和孩子，"我也带着我的家什，走我自己的路。这和《圣经》的故事一样，简单明了"。[①] 任何研究过《圣经》的人都知道，《圣经》历史远非如此简单，而亨查德仿照《圣经》故事的行为，被反复描述，其影响也随之变得复杂和多样。但是这些很难说明《卡斯特桥市长》即为特殊的基督教小说。正如弗莱所言，真正的类型学造就了喜剧和浪漫的类型。而《卡斯特桥市长》似乎更具讽刺效果和悲剧色彩。这个故事在一个朦胧世界展开，余晖照亮，终是熄灭，就像月光下的《午夜教堂》（"A Cathedral Facade at Midnight"）的雕像。之后迈克尔·亨查德思量自杀，但他被神谕所阻止。他让去问询伊丽莎白-简（Elizabeth-Jane）——这也是让维多利亚民众疑惑的问题："伊丽莎白，你觉得神谕还起作用吗？"她的回答代表着疑虑者的视角："伊丽莎白，你怎么想的，现在还会出现奇迹吗？……我不怎么相信，如今还有什么奇迹。"[②] 在《塔中情人》中，哈代对格伦·欧文（Glen Irvin）谈到"高亢的激情和高大的教堂"，其态度类似特罗洛普和乔治·艾略特，不过他更强调欲望的作用和难以实现的结果，分析了性爱和精神生活的相互影响。哈代和专注于情欲的宗教小说家不同，他认为情爱和精神世界之间没有连续性。通过强调信仰、性欲和科学的困难，他再次对马修·阿诺德的信仰提出怀疑——阿诺德认为文化能为自我冲动带来和谐。在序言中，哈代把《塔中情人》描述为"构建精妙的罗曼史"，试图在"茫茫

① ［英］托马斯·哈代：《卡斯特桥市长》，第9页。

② 同上书，第306页。

宇宙的宏大背景中，展示两个微不足道的生命的情感历史，向读者传达比照：作为个体，越微小的东西对他们的影响越大”。[①] 为了写这本小说，哈代还搜集了一些科学知识，比如描述科学家斯维森（Swithin）的生活、对宇宙星体的研究。哈代以讽刺的《圣经》语言进行阐述，更多关注于“微小的生命”，读者对韦兰（Welland）的居民生活更有兴趣。这正是一种暗示，与研究星空的科学知识相比，最终人类的性吸引力更重要，因为天堂对人类的命运漠不关心。薇薇特（Viviette）和斯维森的“爱情”是偶然、随意的，由人类文化决定的。这呼应了哈代对于克拉肖（Crashaw）的引言，挚爱作为内心的统治者，最终取代了上帝、行星或恒星。

蒂莫西·汉兹认为，薇薇特·康斯坦丁（Viviette Constantine）是哈代笔下的“虔诚者”，她“认可正统的宗教信仰和宗教活动”。[②] 在圣灰星期三（Ash Wednesday），她是教区为数不多去教堂的人，哥哥把她称为“教会活动的灵丹妙药”[③]。然而，在《伯特伦》中，乔治·伯特伦因为爱上卡洛琳·沃丁顿，而改变了宗教信仰，薇薇特注意到斯维森有一张“早期基督徒的脸”[④]，她以忧郁的喜悦，思考着他的死亡：“如果他死了，她可能没有太多罪恶，把他看作是亲爱的逝者；而他的复活则是一种让人感到困惑和沮丧的喜悦。”[⑤] 令薇薇特沮丧的是，她不仅是有夫之妇，而且社会地位比斯维森更高，即使她丈夫去世后，对她而言，与斯维森的婚姻也很难门当户对。哈代再次以基督教的意象来描绘薇薇特的窘境。就像《一报还一报》（*Measure for Measure*）中的安吉洛大人（Lord Angelo）一样，康斯坦丁夫人难以在教堂集中精力祈祷：“天堂只有她的空话，她的创造物听到的不是她的原话。”[⑥] 薇薇特与斯维森在塔底幽会的灌木丛，被描述得怪诞有趣，“用顽皮的爪子挠着

① Thomas Hardy, *Two on a Tower*, ed. Suleiman M. Ahmad, Oxford: Oxford University Press, 1993, p. 3.

② Hands, *Thomas Hardy: Distracted Preacher?* p. 55.

③ Hardy, *Two on a Tower*, p. 204.

④ Ibid., p. 29.

⑤ Ibid., p. 75.

⑥ Ibid., p. 50.

柱子，如同在圣安东尼的诱惑中的人一样顽强”。[①] 叙事者清晰地分析了薇薇特在爱欲激情和牛津信仰之间的转换：

> 从康斯坦丁夫人的气质看，是一位情人或虔诚者，她在这两个情况下优雅地转换，任何人知晓这种情况，也不会谴责她的矛盾之处。情感使她陷入困境，转身逃跑或抓住宗教工具来逃避——只有情感有所归依，才能奏效。只有传统习俗在保护她的陷入困境的良心，毕竟爱欲已被引燃。[②]

很明显，这段描述阐明了宗教情感的根源是性，进一步暗示了薇薇特的虔诚不过是她性欲的替代品，使得个人的性爱渴望与社会公认的道德达成一致。

综合而言，薇薇特对斯维森的感情是她“心灵成长”的源泉，却难以阻止个人的悲惨命运。薇薇特第二段不愉快的婚姻，是和官方教会道德不相容的结果。首先是赫姆斯代尔（Helmsdale）主教的表现，以及薇薇特表现的忘我的慈善之心。波林（Pauline）认为，她从旧的天命走上了新的安排，从律法走向慈爱。布朗特（Blount）先生的去世解决了她的困境，她看着刻在教堂墙上的“十诫”（Ten Commandments），“律法的对面，似是命运的另 种安排，泪水模糊了视线”。[③] 她望着墙上的戒律，虔诚的泪水模糊了双眼，她可以自由地去爱。而墙壁上的严厉戒律，似乎不适用于眼前的生活。

之后，此段情节的意义浮出水面。由于布朗特先生仍然在世，薇薇特明白她与斯维森的婚姻是不合法的，她还得知一份附有奇怪条约的遗产，如果斯维森与她结婚，将丧失那份遗产。她疑惑是否应该成为他的合法妻子，来挽救个人声誉：“作为一个主观诚实的女人，她在家开始了慈善事业。毫无疑问，她应该这样做。拯救自己是旧约教义，在新约中也并未反对。是否有些

---

① Hardy, *Two on a Tower*, p. 60.

② Ibid., p. 141.

③ Ibid., p. 79.

行为，超越了自我保护，现在把它付诸实践，不是一件很妙的事情吗?”[①] 为了斯维森的利益，为了能使他出国深造，薇薇特决定牺牲个人幸福。讽刺的是，尽管她下定决心，但她对斯维森的激情依旧。在他们的最后一次会面中，她屈服于“与他的第一次巫山云雨的激情”，[②] 意外怀孕了。这使她与主教的婚姻陷入绝望，主教认为薇薇特是一个“贤明的女人”，能够“从悲伤中感知到真正的庇护”，“她并不是一个轻视上天礼物的人”。[③] 这场婚姻由路易斯·格兰维尔（Louis Glanville）安排，在滑稽的场景中，他参观了梅尔彻斯特（Melchester）附近的大教堂，“如同滚木球场平整，深得白嘴鸦的喜爱，它们栖息于榆树的高处，威胁着那些粗心的凝视者，给他们带来晦气”。[④] 这些描绘不仅不敬且滑稽，是对《巴塞特寺院》的拙劣模仿。普遍而言，薇薇特和主教赫姆斯代尔的婚姻极不体面。《圣詹姆斯公报》（*St. James Gazette*）评论道，薇薇特和主教的婚姻“在某些方面，是针对教会的有计划的无端侮辱”。[⑤] 哈代在他1895年的前言中，回复欠缺真诚，认为“主教完完全全是一位绅士”[⑥]。

三年后，斯维森返回英国，对薇薇特激情不再，“不过他相信，薇薇特此举纯粹出于仁慈。或许薇薇特‘寻求的并不是她自己的’仁慈，因此，他没有退缩，愿与她的仁慈打交道——也许从长远来看，这是一种比爱情更为珍贵的情感”。[⑦] 他意识到，薇薇特的虔诚宗教信仰已经彻底改变了她，成为真正忘我之人。讽刺的是，在斯维森吐露心声时，哈代却让薇薇特在喜悦中离世。薇薇特承载了“追寻不属于个人的爱”的作用。她过世后，叙事者讽刺道，“主教遭报应了”，[⑧] 他代表着严苛律法，谴责旁人，毫无宽恕。这一严

① Hardy, *Two on a Tower*, p. 229.

② Ibid., p. 238.

③ Ibid., p. 261.

④ Ibid., p. 254.

⑤ Suleiman M. Ahmad, “Introduction”, Thomas Hardy, *Two on a Tower*, p. xxi.

⑥ Hardy, *Two on a Tower*, p. 3.

⑦ Ibid., p. 280.

⑧ Ibid., p. 281.

酷的结尾预示着《德伯家的苔丝》更为震撼的结局。之后，斯维森被年轻有活力的塔比塞·拉克（Tabitha Lark）吸引，可以看出，他很快忘却了这次情感经历，进一步强化了薇薇特的悲惨命运——激情和教会都让她失望至极。事实上，在哈代的小说中，攀爬爱的阶梯很是危险，它的横档甚为脆弱，难以提供通往天堂的牢固路径。

二　"唉，可怜的神学！"——《德伯家的苔丝》

普遍而言，评论家对《苔丝》的标准解读是：教会利用社会力量和社会阶级的不同因素，建立起伪善的道德双重标准，摧毁了安吉尔和苔丝的"纯洁"爱情。在最近的评论中，雪莉·丝塔芙认为，"古老的异教徒世界观，被一种新的基督教认知方式击垮了"。[①] 然而，在苔丝需要帮助时，大自然和基督教都让她失望了。在对自然的处理中，哈代否认了乐观的浪漫主义——它把自然看作是现代世界中的慰藉之源，也拒绝了圣礼主义，它将自然之浪漫与基督教的启示录信仰相结合。后者可以在约翰·基布尔写给霍普金斯的诗歌中找寻到踪迹，也体现在夏洛特·玛丽·扬的《雷德克莱夫的继承人》之中，这部小说蕴含了丰富的牛津运动教义。无论是《苔丝》的叙事者，还是其中的各色人物，都与 M. H. 艾布拉姆斯所称的"自然的超自然主义"（natural supernaturalism）保持距离。在评论苔丝和亲戚们的生活环境，她们在"德贝菲尔德的房子里，得过且过地"长大，叙述者有些离题，"那位说过'自然的神圣计划'那句话的诗人，近来大家都认为，他不但诗歌清新、飘洒，而且思想也深刻、可信，不过也许有人想知道，他这句话，是根据什么说的"。[②] 最后的短语来自华兹华斯的《写于早春的诗》（"Lines Written in Early Spring"），彰显了浪漫主义诗人赋予大自然仁慈的观点。

当安吉尔经历糟糕的蜜月，离开苔丝时，想到了勃朗宁的《皮帕走过了》（*Pippa Passes*，1841）中的歌词，"就把一句旧诗，按照自己的意思特地改了

---

① Stave, *The Decline of the Goddess*, p. 109.

② ［英］托马斯·哈代：《德伯家的苔丝》，第 39—40 页。

一下，在嘴里念到：‘上帝不在九重天，世间无一事完善’。”[①] 显然，哈代并不认可歌曲中的自大的自然神学，以及诗歌《皮帕走过了》。哈代在写给埃蒙德·戈斯（Edmund Gosse）的信中，对勃朗宁有过评价：“我活得越久，就越觉得勃朗宁笔下的人物，似乎是19世纪的文学之谜。一个沾沾自喜的基督徒、乐观主义者、持有异议的杂货店老板，站在中立角度，怎么能在内心找到一个地方，而那个人又是预言家和试探者?”[②] 华兹华斯在关键之处，再次被引用。苔丝听到姊妹们唱着关于天堂的赞美诗，想到自己不相信天命，所以她必须成为他们的倚靠：“因为对于苔丝，也和对于其他千千万万的人一样，那位诗人歌咏的——我们下世为人，并非完全裸体赤身/却带来了一片荣耀光辉，缭绕如云!”[③]

然后在小说的大幅篇章中，叙述者和主人公都认同这一观点——大自然对人类的努力漠不关心或怀有敌意。夏洛特·博尼卡如此评论《苔丝》，在这部小说中，和大自然相关的章节都采用了性隐喻，“在哈代看来，这是非常重要的，他坚信自然力量和人类生命，汇集于人类的性冲动之中”。[④] 不论是出自个人看法，抑或是达尔文的观点，哈代注意到这种冲动，常常使人痛并快乐着。大自然根本对人类的意识漠不关心。

此章最后探讨哈代对于浪漫主义自然顿悟的戏谑模仿，这一段发生在亚历克·德伯从特兰里奇（Trantridge）劳工中，拯救了苔丝之后。劳工的粗鄙和暴力，似乎对抗着伤感和浪漫的哈代式“异教信仰”。苔丝被亚历克带走后，她的命运相比在劳工中遭受的苦难，后者更为悲惨。

> 这些过惯露天生活的儿女们，即使喝酒过量，也不至于永久受害。那时候他们都已经走上地里的小路了。他们往前走的时候，月光把一片闪烁的露水，映成一圈一圈半透明的亮光，围着每人头部的影子，跟着

---

① ［英］托马斯·哈代：《德伯家的苔丝》，第377页。

② Hardy, *The Collected Letters of Thomas Hardy*, Vol. 1, p. 216.

③ ［英］托马斯·哈代：《德伯家的苔丝》，第521页。

④ Bonica, “Nature and Paganism in Hardy's *Tess of the Urbervilles*”, p. 859.

他们往前。每一个人只能看见自己的圆光，无论他们的头怎样的东倒西歪，粗陋鄙俗，圆光却始终不离头部的影子。反倒老跟着他们，一刻也不放松，把他们弄得非常美丽；等到后来，好像这种左右乱晃的光景，成了圆光固有的动作，他们喘的气，也成了夜间雾气的一部分。而景物的精神，月光的精神，大自然的精神，也好像协调和谐地和酒的精神，氤氲成混沌一气。①

这段精彩的文字诙谐地减少了超自然主义的神秘光环，在光学效应中，夜雾和微醉人物结合，自然精神和酒神精神的结合。哈代常常以戏谑的手法，来模仿超自然，减少神行，注入欢乐和喧闹。每个人只能看到自己的光环，表明在浪漫自然神秘主义中，有其自恋性。对于丁尼生《悼念》（*In Memoriam*，1850）中的第 67 首诗，哈代的评论极具讽刺意味，诗中的演说者在夜晚凝视着哈勒姆（Hallam）的坟墓，似乎看到它被神谕所改变：

每当月光洒到我床上，
我知道在你的安息之地。
映着西部那大片的涟漪，
有一道光辉正照上了墙。

你那块云石闪耀在黑暗里，
这时银泽慢慢地挪啊挪。
挪过你姓名的每个字母，
挪过你生卒的年份、日期。

苔丝之后受到的侵害，就发生在如上引述之后，小说从滑稽、喜乐的顿悟转变成一场悲剧，而大自然无法向苔丝伸出援助之手：“昏暗和寂静，统治了四周围各处。他们头上，有围场里从上古一直长到现在的橡树和水松，树

① ［英］托马斯·哈代：《德伯家的苔丝》，第 105 页。

上栖着轻柔的鸟儿，打那夜最后的一个盹，他们周围，有蹦跳的大小野兔，偷偷地往来。但是应该有人要问：哪儿是保护苔丝的天使呢？哪儿是她一心信仰、护庇世人的上帝呢？”[①] 显然，大自然不是守护天使，胆小怕事的动物不会去帮助她。同样基督教的守护天使也没能出现。在小说的后半部分，安吉尔·克莱尔显然也不是苔丝的守护者。

读者极易忽略《德伯家的苔丝》和《无名的裘德》的相似之处，因为读者很容易记住前者丰富的乡村意象，以及后者城市中烦恼的生活场景。然而，尽管有些评论家认为苔丝是一名异教徒或自然女神，哈代有时也这样认为，不过在另一层面，她是一个非常现代的年轻女性：“作妈的有的是就要不再流行的迷信、妈妈经、土语和口传歌曲这堆破烂儿，作女儿的却是在大大地改进了的《新教育法典》之下，跟着国家训练出来的教师，受过普及的国民教育的；所以她们娘儿俩，按照一般的了解来说，相差足有二百年。她们俩在一块的时候，仿佛是詹姆士时代和维多利亚时期，杂凑在一起。”[②] 苔丝曾希望在学校里当一名教师，但是她母亲的计划，阻碍了她的理想。当她遇到安吉尔时，“她是用自己家乡话里的字眼，多少再加上一点达到了小学六级所学来的字眼，把这段心情，这段差不多可以说是属于这个时代的心情——现代的痛苦，表达出来”。[③] 苔丝和《无名的裘德》中的淑·布莱德赫有着较多的共同之处。

在这部聚焦“现代主义之痛”的小说中，哈代把《苔丝》中的正统基督教，置于最木讷、最恶毒的境地。他对基督教的批判，比早期小说更加尖锐。苔丝天生对宗教敏感，她经常用基督教意象和类比来表达情感。当德伯夫人把手放在家禽身上时，她想起了坚信礼；她给死去的孩子洗礼；第二次离开家时，她吟唱了《万物颂》（“Benedicite”）。从某种程度而言，这里的每件事都极具讽刺意味。在苔丝唱完《万物颂》后，叙事者评论道：“本来这种半不

---

① ［英］托马斯·哈代：《德伯家的苔丝》，第112页。
② 同上书，第38页。
③ 同上书，第188页。

自觉的高声狂吟，多半是用一神教作背景而表现的拜物心理。”[①] 最终，苔丝接受了安吉尔·克莱尔的人文宗教信仰。后来她告诉亚历克·德伯，没有宗教教条，也能获得“纯洁爱人的宗教”[②]。弗雷德里克·哈里森认为，这本小说“就像一个实证主义的布道寓言”[③]。虽然哈代可能会认同实证主义者对基督教的批判，不过实证主义信条中固有的乌托邦的理想化，他没有那么乐观。最终，安吉尔的信仰变得和他父亲的信仰一样有害。此外，哈代并没有放弃基督教，他对福音派的批判，是以基督教价值观之名进行的。哈代在《苔丝》的序言中，对“纯洁”进行了辩护，也是对女主人公的维护，认为那些反对这部小说的读者，实则“忽略了大自然的意义，还有它包含的美学原则，以及立足于基督教的精神解读”。[④]

在对克莱尔先生的描述中，托马斯·哈代淋漓尽致地展现出其福音派牧师的形象。他是“福音派教徒中的教徒，一名保守主义者”，他还是一个“连自己都认为是很极端的人”。[⑤] 哈代对克莱尔先生的批判，体现于给朋友爱德华·克洛德（Edward Clodd）的信件之中：“一个人活的越长，受那种可怕的、教条的教会主义——所谓的基督教（实际上是保罗主义加上偶像崇拜）的影响就越大。这种影响体现在道德和真正的宗教上：基督的真正教义几乎没有任何共同之处。”[⑥] 在关于克莱尔先生信仰的演讲中，哈代提到了“教条教会主义”的影响。然而，这个问题很复杂，事实上，克莱尔先生比他的儿子安吉尔更仁慈宽厚，安吉尔的理性使他难以接受父亲的神学理论，他认为那是“供奉上帝来赎罪”。[⑦] 虽然克莱尔先生和克莱尔夫人支持唯信仰论的神学思想，但当他们出现时，哈代还是小心翼翼地展示他们的慈善行为。他们的两个长子则非常缺乏这种美德，朋友梅茜·羌特（Mercy Chant）同样没有

① ［英］托马斯·哈代：《德伯家的苔丝》，第 159 页。
② 同上书，第 483 页。
③ Hardy, *The Collected Letters of Thomas Hardy*, Vol. 1, p. 251.
④ Ibid., pp. 4 – 5.
⑤ Hardy, *The Life and Work of Thomas Hardy*, pp. 160 – 161.
⑥ Hardy, *The Collected Letters of Thomas Hardy*, Vol. 2, p. 143.
⑦ ［英］托马斯·哈代：《德伯家的苔丝》，第 175 页。

这种美德，他们阻止了苔丝和公婆的接触。苔丝长途跋涉的唯一的结果就是，她的靴子被当成是骗子丢掉的物件。在回去的路上，她再逢亚历克·德伯。安吉尔的父亲告诉他，他努力让亚历克·德伯悔过自新，希望“将来也许有那么一天，我对他说的话，会像种子一般，在他心里发出芽儿来，开花结果，也说不定”。[①] 在此之前，有一实例，克莱尔先生的播种茁壮成长，但并不令人鼓舞。之后苔丝离开亚历克·德伯，回到家中，苔丝再也回不到之前的伊甸园般的生活。她被愧疚感折磨得体无完肤，并且“她已经知道了，凡是有甜美的鸟歌唱的地方，也都有毒蛇嘶嘶地叫”。[②] 在路上，苔丝遇到一位标语画师，他受到克莱尔的启发，打算在乡村里遍布《圣经》标语。叙事者从文明教养的角度，看出此举已与时代精神不合拍：“这种教义，从前有过一个时期，也曾对人类有过贡献，现在这种办法，只是那样宗教荒诞离奇的最后一幕罢了。也许有人看见这些恶心、丑怪的胡涂乱抹，会大声喊道：‘唉哟哟，可怜的神学。’”[③] 此章节清晰地表达了哈代的观点，作为教条化宗教的基督教，属于过去的时代。“可怜的神学”，正如哈代的《生活和工作》中“可怜的纽曼”一样，表达了叙事者的悲叹和怜悯，神学从时代的信仰堕落成狂热的激情，成为没有受过教育的标语画师的营生，这些文字并不能满足苔丝的精神需求。

就像那个画师的制作标语，亚历克的布道也是克莱尔先生“用心良苦话语”的结果。《圣经》上那些庄严语句，从他那张嘴里讲出来，苔丝听来只感到“只觉得那种不伦不类、非驴非马的情况，都令人觉得毛骨悚然”。[④] 叙述者将其描述为“改头换面”，“饱含的色欲之气”变成了“虔诚之心”，“狂暴放纵的火气”变成了“传道雄辩的光彩”。[⑤] 原本可以改变一个人本质的信条，在亚历克身上并不适用。他的面目已经“扭天别地，丧失本性”。[⑥] 这次

---

① ［英］托马斯·哈代：《德伯家的苔丝》，第254页。
② 同上书，第115页。
③ 同上书，第121—122页。
④ 同上书，第448页。
⑤ 同上。
⑥ 同上。

会面加深了苔丝的感受——她的过去和现在紧紧联系在了一起，她将永远难以摆脱德伯。事实证明，他的皈依就像安吉尔的爱，一样的短暂。哈代认为亚历克的狂热布道，源于一种强烈的暴力品质，这种品质也决定了他对苔丝所做的一切。因此，虽说他改头换面，但当她再次出现，他仍难以抵制内心的欲望。苔丝认为，“我对你（亚历克）的觉悟可不敢信”。[①] 而亚历克指责苔丝用魅力蛊惑他，让他束手无策。亚历克与安吉尔信仰截然不同，不过在此，他们联系在一起，亚历克同样难以接受苔丝内心的人性之善。福音派和新派基督教徒都对苔丝很矛盾，责备她：“同时她心里头又重新起了一种时常感触到的凄怆悲伤情绪，觉得自己这样一个人，却天生长了这样一副丽质，她寄迹其中，总是有些这样也不是，那样也不对。”[②] 因此，苔丝常常自我谴责，表现为基督教的忏悔。戴维·德拉如认为，哈代通过安吉尔·克莱尔，攻击了自由主义基督教。事实上汉弗莱·沃德夫人于1888年2月出版的《罗伯特·埃尔斯米尔》（*Robert Elsmere*），对于塑造安吉尔这一人物形象，起到了决定性作用。[③] 在小说的泰波塞斯牛奶场部分，“集会”作为一种爱的宗教，开始取代福音教派的“摇摇欲坠的基督教崇拜”。对安吉尔来说，苔丝魅力非凡，她的身体极具吸引力：“在他看来，她的脸太可爱了。但是那上面，却一点儿也没有虚无缥缈、离群遗世的情态，而全都是实在的生气，实在的温暖，实在的血肉。”[④] 正是启示或皈依的时刻：“却已经发生了一件事，给他们两个把宇宙的中心都改换了，……一层厚幕一下揭开了；在他们两个人以后要走的道路上，出现了一番新天地——至于这番新天地为时是长是短，是久是暂，要看以后的情况而定。”[⑤]

之后当安吉尔抛弃苔丝，她以一种宗教皈依的情感描述了两人的爱情，她认为，他们的爱是一种信仰转变，旧的自我消逝，新的“生命”开始：“自

---

① ［英］托马斯·哈代：《德伯家的苔丝》，第454页。

② 同上书》，第454页。

③ David J. DeLaura, “‘The Ache of Modernism’ in Hardy's Later Novels”, *ELH*, No. 34, 1967, pp. 385 – 386.

④ ［英］托马斯·哈代：《德伯家的苔丝》，第228页。

⑤ 同上书，第231页。

从我遇见你以后，我的过去又算得了什么呢？我的过去已经完全消灭了。我又变成了另一个女人了，又从你那里得到一个新生命了。”① 而苔丝和安吉尔的清晨会面，亦处处可见明显的宗教意象。

在小说中，爱的信仰使爱人神圣化，特别是苔丝眼中的安吉尔。他的名字和优越的社会地位，都会引起两人之间的不平等，在某些情况下，哈代使用虔诚的宗教语言，来描述苔丝对安吉尔的感情。安吉尔的个人情欲也与自由主义神学纠结，虽然他宣称自己已从教条中解放，不过他保留了正统基督教的道德教义，而未能获得悯天怜人的宽恕能力。因此，当苔丝告知她之前的真相后，他对苔丝的崇高幻想完全破灭。他的父母们严格奉行福音主义，不过他们对待苔丝比安吉尔仁慈得多：“他们两个，一遇到最坏的情况，恻隐之心就一发而不可制，但是未曾陷入绝境的人们微妙的精神苦恼，却难以引起他们的关切或者注意。”② 另一方面，安吉尔已经不能正常思考，只会谴责苔丝；他不再对她流露真情，也不原谅她的“罪孽”。哈代强调了安吉尔的爱的精神本质，暗示他不再对苔丝“实在的血肉”有所留恋。他的爱被描述为“轻灵得太过分了”。③ 苔丝感到震惊，“看到他有那种意志，一定要把粗鄙的感情，化为精妙的感情，把有形的实体，化为无形的想象，把肉欲化为性灵”。④

苔丝和薇薇特·康斯坦丁的情形类似，性爱是否认自我的源头：“他招她，她不恼；他无论怎么样待她，她都一点儿也不往坏的方面想。现在很可以说，她就是耶稣的门徒所教的那种爱的化身，又回到这种自私自利的现代世界里来了。”⑤ 在这一点上，哈代引用圣·保罗的事例，来展现基督徒的真正的无私奉献。安吉尔的残酷理智，使他对苔丝的美德视而不见，对苔丝高高在上。然而对苔丝的冷酷的禁欲主义，自己并未坚守。不久，他就恳求伊

① ［英］托马斯·哈代：《德伯家的苔丝》，第 492 页。
② 同上书，第 443 页。
③ 同上书，第 228、363 页。
④ 同上书，第 365 页。
⑤ 同上书，第 359 页。

茨·修特（Izz Huett）陪他去巴西。

从某种程度而言，《苔丝》是一部异教福音书，是《圣经》的否定版本，展示了基督教失败的慈善事业。苔丝就像异教的牺牲品，最终在祭坛上等待死亡。希利斯·米勒指出，这部小说处处可见误读阐释的实例。[①] 通过叙事者的陈述和评论，诸多描述都被赋予宗教色彩：公牛听到《圣诞颂歌》，就认为到了平安夜；叙事者反复强调，苔丝对安吉尔的爱，把安吉尔奉若神明；亚历克无力抵制对苔丝的欲望，并归咎于苔丝，认为她是狐狸精，一个“你这个是亲爱而又是冤孽的巴比伦女巫”。[②] 这些例子都与哈代模仿类型学叙述相关。米勒认为，《苔丝》没有原点，结构重复，赋予了苔丝的行为“与她的意图疏远的意义”。[③] 这种象征论的重复，其结果是相反的。象征论是对传统的阐释，被牛津运动者赋予了新的生命。而哈代的戏仿来自《圣经》典故——人类的堕落和耶稣·基督的生平。

《德伯家的苔丝》中有很多关于亚当、夏娃和伊甸园的象征典故，意在强调苔丝生活在一个堕落的世界。每当她似乎获得某种救赎时，就会再次被抛弃，堕落轮回，永无尽头，难以解脱。之前苔丝就告知弟弟亚伯拉罕，他们生活在一个“枯萎”的世界。第一次离家的德伯庄园之旅，不过是虚假天堂的堕落游历。第二次从家中离开，也不过是之前堕落的重蹈覆辙——因为“她已经知道了，凡是有甜美的鸟歌唱的地方，也都有毒蛇嘶嘶地叫。她的人生观，也因为那一番教训，完全改变了”。[④]泰波塞斯奶牛场如同纯洁的伊甸园，但是苔丝再次遇到恶魔亚历克，被迫离开。文中好几处运用“堕落”的典故，赋予了苔丝“基督”的意象。有一处，她戴着一顶隐喻性的“荆棘之冠”。[⑤]

在她离开泰波塞斯之前，也有公鸡啼叫的恶兆，预示着安吉尔对她的背

---

① J. Hillis Miller, *Fiction and Repetition*: *Seven English Novels*, Ma: Harvard University Press, 1982, p. 143.

② ［英］托马斯·哈代：《德伯家的苔丝》，第473页。

③ Miller, *Fiction and Repetition*, p. 141.

④ ［英］托马斯·哈代：《德伯家的苔丝》，第115页。

⑤ 同上书，第225页。

叛与彼得背叛耶稣。哈代一直认为，苔丝和基督一样，是善良道德的。哈代在前言中所称，“根据基督教最优秀的一面，对于精神的阐释”，苔丝是纯洁的。[①] 然而，如果苔丝代表基督的意象，而她的牺牲“他们却没心去看它”。[②] 苔丝就像薇薇特，其结局与其说是一种救赎，不如说是扭曲的讽刺。在小说后半部分，她没有复活的迹象，亚历克·德伯对她的旧情复燃，认为苔丝是夏娃，他告诉她，“我很有一番决心，不过你那两只眼睛和你那两片嘴唇儿——太厉害了；真的，自从夏娃以来，再没有人有过你那样迷人的嘴唇儿!”[③] 对于安吉尔而言，欲望重复，另一种苔丝复活。苔丝想让安吉尔和妹妹结婚，苔丝说，“马勒村一带的人，时常有跟他们的小姨子结婚的”。[④] 而安吉尔知晓，这种婚姻是不合法的。

另一个关于基督生平的典故是出埃及记，在《苔丝》中以流浪形式彰显，却平添讽刺意义。因为在苔丝的生活中，她的“朝圣之旅”并未把她带到真正的“应许之地”。小说中还有很多引用、模仿《圣经》的旧约典故。苔丝的弟弟名叫亚伯拉罕；在安吉尔把挤奶女工们抱过水塘的时候，伊茨·修特引用了《传道书》中的一段，但安吉尔更喜欢《创世记》，说他抱“三个利亚，都为的是一个拉结呀”。[⑤] 苔丝的各种流浪生活，被看作是朝圣之旅的凄凉版本，在她一次人生最低谷，一家人携带所有家当，寻找一个新家。哈代把每年天使报喜节（Old Lady - Day）前夕的移居，比作“出埃及记”：“这些农田工人，总觉得自己住的地方是埃及，总老远看着别的地方是福地，到了他们搬到那个福地住下以后，那个福地自己就依次变成了埃及了。因此他们年年搬动，老没有安停的时候。”[⑥] 哈代认为，一切都在漫无目的地改变，埃及和应许之地不断地转换，正如安吉尔从爱人变成背叛者，亚历克从诱奸者转变为传教士。苔丝又一次被冠名为基督，试图把她一家从奴役中拯救出来，

---

① ［英］托马斯·哈代：《德伯家的苔丝》，第 5 页。
② 同上书，第 567 页。
③ 同上书，第 473 页。
④ 同上书，第 571 页。
⑤ 同上书，第 219 页。
⑥ 同上书，第 513 页。

要达到目的，她只能把自己卖给魔鬼。她没有回头路可走，没有圣城，没有天父，只有远眺温顿塞斯特和温顿塞斯特监狱上的黑旗。

在《德伯家的苔丝》中，哈代似乎暗示只有基督可以拯救世人，但他描绘了一个基督缺席的世界，一个典型的荒芜之地。克莱尔先生试图播种福音的种子，结果是亚历克·德伯再次出现，对基督进行拙劣的模仿。作为基督教的替代品，安吉尔·克莱尔的阿诺德式的希腊主义和新基督教思想，摧毁了人们通过人类之爱，拯救苔丝的希望。如果了解现代主义之痛，读者就会明晰，大奶牛场山谷（the Valley of the Great Dairies）的田园牧歌世界不复存在。哈代对各种扭曲变形的基督教进行抨击，似乎表明：真正的福音真理是存在的，但是小说中的福音则是负面的。也在告知读者，它在现代世界的化身也是不存在的。即使有类似情形，哈代在下一部小说中，也会对福音主义进行彻底的审判。

三 “肉体与精神的殊死斗争”——《无名的裘德》

在《无名的裘德》的后半部分，裘德拜访了淑，那时淑已经嫁给了菲洛特桑，他不谙世故地问她，是否知道“关于《新约全书》有一些非正统的著作，你知道有没有可读性很好的版本呢?”[①] 她推荐并告知他，“《尼可狄摩司福音书》很不错……这部福音外传和那些真正的福音书很相像，还全都分成节、句的形式，就像是四《福音书》的作者之一在梦中读着一般”。[②]

在《苔丝》和《裘德》中，哈代都运用《圣经》典故，尤其是对基督生平的影射，使其小说在某个层面而言，成为典范的反叙事异教福音书。因此，与其说哈代是乡村无神论者，不如说他是一个维多利亚时期的马吉安（Marcion），体现了对基督教彻底的怀疑。就像公元2世纪的异教徒，有一套个人教规准则。马吉安认为，基督教福音完全是《爱之福音》（*Gospel of Love*），是不包含律法的。《福音书》事实上是经文经典，包含圣·保罗书信，以及校

---

① ［英］托马斯·哈代：《无名的裘德》，第193页。

② 同上书，第193页。

订的《路加福音》(*Luke's gospel*),这促使天主教建立了正统教规。

据说,哈代对《爱之福音》的看法与马吉安相同。他在《塔中情人》、《德伯家的苔丝》和《无名的裘德》中,多次谈到圣·保罗的爱的颂歌。约翰·巴特勒(John Butler)对哈代与乔治·艾略特、马修·阿诺德、玛丽·奥古斯塔·沃德比较后,认为哈代和其他人一样,似乎想从19世纪的教会残骸中,打捞出一些宗教“真相”:“哈代的宗教信仰可归结为《哥多林前书》的第13章,以及对基督的痴迷,但那并不是百无一用的。”[①] 在《裘德》的铭文中,“字句叫人死”,言指这部小说与法律难以调和的矛盾,无论是教会讲道还是国家婚姻法,都体现了这点。然而,许多评论家指出,若不考虑“圣灵所赐的生命”,哈代暗示,裘德的世界是字句中的世界。在那里,信仰是一种错觉。

在第一版《裘德》的前言中,哈代说这部小说主题是“肉体与精神之间的殊死斗争”。这场战争,肉体注定要获胜,精神不过虚幻而已。肉体的代表是阿拉贝娜·唐(Arabella Donn),她是一个追求私利的物质主义者,她粗野的性行为,对待猪的方式,屠宰工作和喝酒,都充分说明她代表了肉体。知识分子淑·布莱德赫则代表精神,尽管她坚持异教理论,最终还皈依了自我否定和无趣的基督教。基督教陷于极端思想之间,是阴森绝望的存在主义的代表,既无安慰,也无笃信。《无名的裘德》的基督教,似乎毫无可取之处,不过是亚历克·德伯的“改头换面”的另一版本,或是那些虚伪的赞美诗作者,对虔诚写作的物质回报感到失望。阿诺德式的非教条主义宗教和文化生活,也被证明空洞无物。不论个人坚持何种信念,肉体和精神都互不相让,除非人能像达尔文理论中的动物,仅仅追求物质利益。《无名的裘德》的神学中心论点是哈代对牛津运动和教条主义教堂,以及宗教替代品,即阿诺德式的文化类型的典型批判。

雷蒙德·查普曼认为,哈代认定牛津运动的第二阶段[不再引领宗教潮流后,通常被称为“皮由兹运动”(Puseyism)],并不值得肯定。查普曼表

① John Butler, “‘Unless the World Is to Perish’: Hardy and Christian Discourse”, p. 203.

示，哈代将盎格鲁—天主教（Anglo – Catholic）复兴视为“一种错误的复古主义，它不去重新探索过去的隐秘根源，反而破坏了大家熟悉的东西”。[①] 在《无名的裘德》中，读者不难发现哈代对基督教的憎恶，尤其是对英国国教的反感。在小说的前半部分，哈代描绘了玛丽格林（Marygreen）的村庄，他评论道：“尤其是原先的教堂——木制角塔，屋脊奇特，形如驼背——也已被拆除，要么打碎成铺路石堆在小路旁，要么被附近的人家用来垒猪圈墙、庭院里的石头座、栅栏护石和花坛里的假山。取而代之的是在另一块土地上修起了一座高大新奇、让英国人觉得陌生的现代哥特式教堂；它是由某个一天之内就从伦敦来而复去的史迹毁灭者建造起来的。”[②] 不久后，农场主特劳特汉姆（Troutham）把裘德揍了一顿，因为裘德没有驱鸟，这个农场主“为了证明他对上帝和人类的爱心”，当初修建这座教堂时还捐了大笔的钱呢。[③] 因此，中世纪复兴是古老教会衰败的主要原因。在玛丽格林的严峻背景中，这种复兴并没有促进基督教慈善事业的发展。哈代坦言，他曾以哥特复兴之名，对一些古代教堂建筑进行了破坏。关于玛丽格林的校长，读者知之甚少，这说明他并没有太多的田园关怀。在菲洛特桑离开的那天，他没有送行，悄悄避开，“他这人不喜欢见到变动的场面”。[④]

在小说中，教会要么缺席，要么在裘德和其他人物面临重大危机时，完全束手无策。哈代最尖刻的一个讽刺是，裘德和淑在经历孩子的谋杀后，听到附近学院教堂的管风琴声，演奏《诗篇》第 73 章赞美诗：“上帝实在恩待以色列那些清心的人。”[⑤] 之后教会无法面对裘德和淑的绝望，通过对盎格鲁天主教的仪式主义就能管窥，裘德听到“他们是两个观点不同的牧师，在争论着祈祷的问题”。[⑥] 最后，基督教似乎只关注教义和仪式，裘德和淑几近被

① Raymond Chapman, “‘Arguing about the Eastward Position’: Thomas Hardy and Puseyism”, *Nineteenth – Century Literature*, No. 42, 1987 – 1988, p. 280.

② ［英］托马斯·哈代：《无名的裘德》，第 5 页。

③ 同上书，第 10 页。

④ 同上书，第 3 页。

⑤ 同上书，第 326 页。

⑥ 同上书，第 327 页。

忧郁吞没，教会却漠不关心。而最终淑皈依基督教，确实令读者费解，感到不近人情。

在《无名的裘德》中，哈代采纳了滑稽的类型学，基于基督教的阅读方式，但却否定它的正确性。主人公的名字是一个显而易见的起点。圣·裘德是对犹大（Judas）的委婉说法，他不是背叛基督的门徒，而是另有其人，约翰福音第14章22节“犹大，不”，他被认为是无望事业的守护神。裘德的名字，连同他家族世袭婚姻的不幸，似乎注定了他的悲剧人生。裘德的职业生涯被看作是对《圣经》故事的负面概括，和《苔丝》一样，《裘德》也可被看作是悲观类型学小说。裘德向后退去，而不是向前迈进，得到又失去他的“耶路撒冷”，周而复始；裘德如同约伯，哀叹个人不幸。在小说开头，裘德在离开菲洛特桑后，又被农场主特劳特汉姆赶走，在经历第一次不幸后，他扮演的是约伯的角色：“他在猪圈附近的一垛稻草上躺了下来。”①

这是《裘德》中涉及猪的第一幅画面。故事循环，先是娶了养猪人的女儿阿拉贝娜，裘德哀叹淑被“玷污了”。当听到悼念活动中的欢呼，他念诵起约伯诅咒自己出生的段落。其间他两次进入圣城基督寺，“她会对我十分满意的”。② 然而在一幅暗示骷髅（Calvary）的画面中，看到他的孩子们吊死在那里，圣城变成毁灭之城。耶路撒冷不过是一种教学模式，“由最佳推测画出的地图”。③ 菲洛特桑被沙斯托的学校免职之后，发生了一场暴乱，暴乱中，一张巴勒斯坦（Palestine）地图变成了攻击教堂看守的武器。之后，基督寺成为商品。首先在红衣主教学院，裘德和淑把基督寺造成了模型；然后当裘德不能外出时，为了赚钱，他开始制作基督寺的糕点。

裘德爬上梯子，第一次看到了基督寺。从那个角度看，这座城市“要么是直接所见，要么是在这奇特的天气里呈现出的影子”。④ 然后“又笼罩在薄

---

① ［英］托马斯·哈代：《无名的裘德》，第12页。
② 同上书，第30页。
③ 同上书，第97页。
④ 同上书，第15页。

雾里。前面的一片景色变得幽暗起来，周围的东西个个显得奇形怪状”。[①] 他把基督寺想象成新的耶路撒冷，叙述者认为，裘德的梦想比起《启示录》作者的梦想来，“画家的成分多，而珠宝商的成分少”。[②] 城市的夜晚景象则是：

> 但他看到的并非一排排灯光，如他先前在某种程度上期望的那样。他一盏灯也看不清，那地方上空只有一片光辉或一团白晃晃的烟雾，后面是黑暗的天空，使那里的亮光和城市仿佛只有一英里远左右。
>
> 他不知道老师到底在那片光辉里的什么地点——老师现在与玛丽格林的任何人都没有了联系；在这儿的人看来他似乎已不在人世。但裘德在那片光里好像看见了菲洛特桑正在悠闲地散步，像尼布甲尼撒王的火窑里的人一样。
>
> 他听说过微风以每小时 10 英里的速度行进，此时他又想起了这事。他面向东北方，张开嘴唇吸着风儿，好像它是甜甜的美酒一般。
>
> “你呀，”他充满爱抚地对着和风说，“一两个小时前还在基督寺城里，沿街飘行，吹动风标，轻抚菲洛特桑的面容，让他呼吸；现在你就到了这儿，让我呼吸——你这同样的风呀”。
>
> 突然什么东西随风向他飘来——是来自那个地方的信息——似乎来自住在那儿的某个灵魂。那一定是钟声，是城市的声音，轻柔悦耳，正对他说：“我们在这儿很快乐啊！”[③]

“菲洛特桑正在悠闲地散步，像尼布甲尼撒王的火窑里的人一样”——这样的场景与教师平淡无奇的生活格格不入，但它传达了裘德对基督寺的想象，此处以《圣经》意象来表述，体现了丰富的想象力。清风轻抚菲洛特桑面庞的场景，滑稽可笑，但又充满了想象力。哈代的语言颇有情欲意味，裘德对基督寺的强烈渴望中，有一种类似于性欲的欲望。当他对马车夫谈到那座城

---

① ［英］托马斯·哈代：《无名的裘德》，第 15 页。

② 同上。

③ 同上书，第 16 页。

市时，“犹如一个青年男子提到他的情人那样，为再次提到它的名字感到害臊”。[①] 另外，微风颇具浪漫幻想，在华兹华斯的《序曲》的开篇，有“和煦的微风”；对牛津运动者而言，这是圣灵（Holy Spirit）意象的表征。那美妙、诱惑的声音，构成了这座知识和文化之城的幻梦。对垂死的裘德而言，梦想难以实现，不过是痛苦的回忆。

在《裘德》中，哈代对教会的批判也体现在另外两个重要方面——婚姻和性方面的教条。在这部小说中，性欲不是宗教情感的来源，反而陷入和宗教的致命斗争中。首先，裘德的性欲打乱了他成为学者的计划。他迷恋阿拉贝娜，出于脸面，娶了她：“至关重要的是他对阿拉贝娜的看法，而不是她本人如何，他有时简洁地对自己说。”[②] 哈代辛辣地讽刺道，这对夫妇在婚姻誓言中说，“他们保证永不改变过去几周来的信念、感情和追求”[③]。

在经历短暂的婚姻挫折后，裘德设法去了基督寺。在那里，他进入大教堂，宛如基督进入教堂一样。但此时，对淑的性爱浪漫幻想再次浮现，裘德又一次犯错，他混淆了情爱欲望和精神追求。淑是一个被美化的人物，并不是因为她的虔诚信仰，而是因为他对她感觉：

> 此时他对那边那个姑娘开始充满着无比的温情；那和美的音乐声在她身边荡漾，同时又飘进了他耳里，一想到这他就高兴。她大概经常来这个神圣的地方，又由于职业和习惯的原因，她一定将整个身心都投入到了宗教事业上，对它怀着深厚的情感——她无疑与他有很多的共同之处。他是一个敏感而孤独的青年人，此刻意识到他终于为自己的思想找到了寄托，而这寄托，无论在社会方面还是在精神方面，都可能给他带来益处，因此这意识就像黑门的甘露一样滋润着他。他在整个礼拜中，一直处在欣喜若狂的气氛之中。
>
> 但有些人会对他说，那种狂喜的气氛可以说是从加利利，也可以说

① ［英］托马斯·哈代：《无名的裘德》，第17页。
② 同上书，第48页。
③ 同上。

是直接由塞浦路斯吹来的，虽然他不愿这样想。[①]

至此，就像安吉尔对苔丝一样，淑成了裘德的上帝。第二部分结束时，淑成为裘德的精神慰藉者，但这个安慰者拒绝了他。第三部分的题词来自萨福（Sappho）的一首诗："新郎啊，因为世上再没有像她这样的姑娘！"[②]

这段经典的情色段落，掩饰了上一章中她的精神象征。实际上，从看到她的照片的那一刻，淑就和他的基督寺之梦纠缠在一起。在梅尔彻斯特，当淑走进裘德的房间时，裘德感到"几乎就是一位天神"。[③] 淑的精神灵性和阿拉贝娜的物质本性对比鲜明：

> 他看着他爱的人眼前这个样子：在他那充满温柔的心里，她可是他所有过的最可爱、最无私的同伴；她大多生活在生动的想象之中，是一个如此缥缈的生物，以致都可以看得见她的灵魂在她的肢体上颤抖着。这时他就打心眼里为自己的粗俗行为感到害臊——竟花了那么多时间和阿拉贝娜待在一起。把自己最近生活中的事硬塞进她心里，这显得有些粗鲁和不道德，因为她是一个虚幻的人，有时似乎根本不可能做任何一个普通男人的妻子。[④]

在哈代的笔下，苔丝是血肉之躯的化身，她为此感到羞愧；淑是"轻灵缥缈的"，不属于这个世界，让裘德感到惭愧。淑立志拥有一种孔德式的"美丽的灵魂"，因为她的目标是"鼓励某个男人心怀崇高的目标"。[⑤] 从某种意义上说，在裘德的身上，淑实现了这个目标，因为她激励他拥有了她的信仰。在淑践行基督教仪式之时，实则影射了裘德对于希腊精神的皈依。当淑决定回到菲洛特桑身边时，哈代再次引用《哥林多前书》的第13章，她说："你

---

① ［英］托马斯·哈代：《无名的裘德》，第83页。
② 同上书，第117页。
③ 同上书，第135页。
④ 同上书，第177页。
⑤ 同上书，第143页。

对我真是太宽宏大量、赤胆忠心了，谁也比不上，裘德！你在世间的失败——假如你失败了的话——仍然应该受到尊敬，而不应该受到责备。请记住，人类中最优秀、最伟大的人都或多或少怀着私心。忠诚者总是要失败的。‘爱不求自己的益处’。”[①] 在她信奉的神学中，她的话语无疑是正确的。世间的成功并不总是、甚至通常不是慈爱的结果。然而此章的立场，以及小说的悲惨结局，戈茨（Goetz）描述为，“这是对早期英国小说圆满结局的怪诞戏仿”。[②] 戈茨暗示，在神灵褪去的世界中，福音之爱并非生活指南。没有神灵，只有字句，正如裘德最后见到淑所言，“字句叫人死”。[③]

就小说人物安吉尔·克莱尔对哈代而言，实则体现的是马修·阿诺德的宗教观点。在《裘德》中，哈代更为关注的是阿诺德式的文化。在《无名的裘德》的序言中，哈代认为这部小说是“宏图未展的悲剧”，是文化失败的悲剧，难以实现阿诺德所代表的文化承诺。当然，部分原因是裘德并未认真解读阿诺德；但是，阿诺德开出的药方也有问题。对阿诺德而言，文化运作在某种意义上是宗教的。《文化和无政府主义》的主旨采纳了牛津运动领袖的思想——包括阿诺德的教父约翰·基布尔，父亲托马斯·阿诺德（Thomas Arnold）和拉格比公学（Rugby School）的精髓，特别是约翰·亨利·纽曼的思想。马修·阿诺德认为文化在完善的过程中，与神圣化相似：“在我们的最佳自我中，我们是统一的、客观的、和谐的……这正是文化的完美发展。”[④] 阿诺德的语言特色，使得 J. 多佛·威尔森（J. Dover Wilson）在 1932 年对《文化和无政府主义》的介绍中，把它称为“一本深刻的宗教书籍”[⑤]。对纽曼而言，文化是次要的，他在《大学的理念》中，关于自由教育的辩护中，坚持认为，混淆文化和宗教是很危险的错误。另一方面，阿诺德则以一种不合逻

---

① ［英］托马斯·哈代：《无名的裘德》，第 350 页。

② William R. Goetz, “The Felicity and Infelicity of Marriage in *Jude the Obscure*”, *Nineteenth - Century Fiction*, No. 38, 1983 - 1984, p. 191.

③ ［英］托马斯·哈代：《无名的裘德》，第 376 页。

④ Arnold, *The Complete Prose Works of Matthew Arnold*, Vol 5, p. 134 - 135.

⑤ J. Dover Wilson, “Editor's Introduction”, Matthew Arnold, *Culture and Anarchy*: *An Essay in Political and Social Criticism*, Cambridge: Cambridge University Press, 1932, p. xii.

辑的、表面的、乐观的个人观点，认为文化可以提供一种内在生命和精神戒律，完全胜任宗教工作，对抗社会的无政府主义。

无论是《文化和无政府主义》的阿诺德，还是《大学的理想》的纽曼，他们的主要敌人都是功利主义，这种主义强调教育的实用性，忽略自由教育的绅士理想，提升自我修养的理念。裘德与他们的观点一致，他相信古典学习的价值，并通过自律和学习，培养阿诺德表述的最佳自我，那种自我能够使得任何社会阶层的成员克服缺陷。裘德属于平民，这个庞大的工人阶级有一种倾向，像阿诺德所担心的，可能会流向无政府主义。裘德也具有阿诺德分析的工人阶级的"轻浮一面"，过度喜爱啤酒。① 裘德寻求最佳自我，但他在追求完美的过程中不断受挫，多次被平凡自我出卖。

裘德眼中的基督寺是一座圣城，为他全方面提供宗教思想和源泉，满足他对学习的热爱和对文化的渴望。但朝圣者裘德在朝拜这座梦想之城时，描述则是模棱两可。第二部分的题词，强调裘德的错觉感受——痴心妄想地认为到达了真正的圣所。真实的基督寺更像是一所迷宫，而不是圣·约翰的圣城，也并非马修·阿诺德在《评论集》（*Essay in Criticism*，1865）前言中描述的美丽城市。即使裘德被悠久的历史气息和情感所包围，他仍觉得"十分孤独寂寞"②，在追求和谐的过程中，使他与别人隔绝开来。尽管裘德听到各种不同的声音中，也有阿诺德；不过他并未考虑到牛津是"宁静的"。因为"在这个世纪里，人们如此激烈地追求知识，而她却没受到任何摧残"。③ 叙事者指出，他也不记得阿诺德的"他后来在哀叹基督寺时把它说成是'事业无望之乡'"。④ 裘德在追求自我完善的过程中，将遭受整个世纪思想斗争的蹂躏。他的朝圣之旅，把他带入了毫无目的的循环，远离基督寺之后，最终重返死亡。

到达基督寺的第一个夜晚，裘德幻听的声音中，有吉本（Gibbon）和两

---

① Arnold, *The Complete Prose Works of Matthew Arnold*, Vol. 5, p. 145.

② ［英］托马斯·哈代：《无名的裘德》，第69页。

③ 同上书，第71页。

④ 同上。

位牛津运动领袖。他的人生舞台卷入一场没有结果的战斗，余生都参与其中。吉本是“那个狡猾的作家，他写出过不朽的论基督教的篇章”[①]，淑和丰特奥维小姐（Miss Fontover）住在一起的时候，她在睡前阅读了吉本的作品，关于朱利安（Julian）与基督教决裂的一章。另外，裘德在努力模仿早期基督徒的贞洁行为时，叙事者戏谑地引用了吉本的作品。同时裘德也听到“可怜的纽曼”的声音，哈代在《生活与工作》中，基于同样的因由，促使他去评论纽曼。紧接着，他引用基布尔的《基督教年纪》：“为什么我们要昏厥，怕孤独的生活/既然上帝要我们都孤独地死去?”[②] 这些诗句彰显了裘德的孤独感，对于哈代和阿诺德来说，这种孤独感是“现代主义之痛”的一部分。然而，对于基布尔来说，这种彻底的隔离促使了与上帝的交流：

> 如若心中充满同情
> 想人之所想，以爱报爱，
> 所有来到世间的凡人都会说谎，
> 未能听信那些纯粹的直白。[③]

裘德在基督寺里的孤立感是可以预见的，因为他总是被大学围墙拒之门外。裘德在“内心经常充满肉与灵的斗争”[④]，很少感受到精神的存在。他寻求基布尔所指的“极度的同情”，而别人心中亦有隔阂，他很难获得神或人的垂爱。

裘德对基督寺的幻想破灭之后，淑对他说：“当那些学院建立的时候，基督寺正是需要你这样的人；你有求知的热情，可是你没有金钱、机会或朋友。”[⑤] 显然，社会不公平使穷人不能像富人那样，很容易地理解阿诺德的文

① ［英］托马斯·哈代：《无名的裘德》，第72页。
② 同上。
③ John Keble, *The Christian Year*, *Lyra Innocentium and Other Poems*, London: Oxford University Press, 1914, p. 144.
④ ［英］托马斯·哈代：《无名的裘德》，第183页。
⑤ 同上书，第141页。

化观点。小说中有一个有趣的讽刺，基督寺幽灵约翰·基布尔，和教子马修·阿诺德相比，对牛津运动有一个更激进的社会愿景。在大学对华兹华斯授予荣誉学位之际，基布尔在大学发表演讲，并致辞："中世纪大学理念以贫穷和学习为中心，在唯物主义革新中，那种理念受到致命的摧残。"① 真正的基督教已经开拓了这所大学，但裘德所在的基督寺，则被那些想要维持社会现状的人所控制。只有通过社会变革，像裘德这样的人，才有机会通过教育改变自己。因此，阿诺德对文化自身运转的视角有致命缺陷，因为它强调个人生活方式要遵从宗教教条，但在当时的社会制度背景下，并未见得有效改变。

《裘德》第六章"重返基督寺"中强调，在现有的社会制度下，工人阶层的文化理想难以实现。裘德在庆典日对众人的演讲中，把自己描述为"我处在一片杂乱无章的信条之中，在黑暗里摸索着——依照本能而不是依照榜样行事"②。在小说的结尾，基督寺变得异常阴险和邪恶，裘德一家变成滑稽的"神圣家庭"，却难以找到住处。时光老人（Father Time）认为那些学院是监狱，因为处处高墙环绕，他们嘲笑裘德宏图未展，文化梦想破灭，讥讽基布尔愿景的失败，有着社会包容性的大学理想梦破灭了。淑坐在租来的昏暗房间里，"'石棺学院'的外墙——寂静、黯淡、无窗——把它四个世纪以来的阴郁、偏执和衰败气息，一股脑儿倾注进了她住的这个小房间里"③。裘德等死时，只希望别人能在他失败的地方，取得成功，留下一丝希望之光，希望社会变革能使裘德的悲剧不再重演："但假如有机会，我觉得我能够做成一件事。我能够积累思想，然后再把它们传播给别人。不知道那些学院的创始人想到过我这样的人没有——我这个除了有那点本领就一无是处的家伙？……我听说，不久以后像我那样穷得没法的学生将有更好的机会念书

① Stephen Prickett, "The Social Conscience of the Oxford Movement: A Reappraisal", *From Oxford to the People: Reconsidering Newman and the Oxford Movement*, ed. Paul Vaiss, Leominster: Gracewing, 1996, p. 88.

② ［英］托马斯·哈代：《无名的裘德》，第 317 页。

③ 同上书，第 322 页。

了。"[1] 然而，这个机会能否让其他人克服肉体与精神的斗争，则须另议。

读者对《无名的裘德》的接受程度，依照情况而定，这是壮志未酬的悲剧，或是关于性和婚姻的并不下流的小说。蒂勒尔（R. Y. Tyrrell）在《双周论坛》（*Fortnightly Review*）曾称，"这本书充满了性"。[2] 汉尼根（D. F. Hannigan）在《威斯敏斯特评论》中，从精神层面上评论这部小说："对于这个雄心破灭的故事，只有那些真正有同情心的人才会施以赞赏。而不幸的是，在我们生活的时代，几乎人人只关心物质上的成功。"[3]《伦敦新闻画报》（*Illustrated London News*）也从哲学视角予以评论："这就是他对基本事物的领悟。在故事中，三条生命的悲剧似乎让世界为之含悲，而从天堂招来的只有讽刺。"[4] 对裘德而言，基督寺既不是雅典，也不是耶路撒冷：他的文化梦和他为上帝服务的梦想通通破灭。阿拉贝娜幸存下来，之所以如此，是因为她毫无道德感、极其功利，这使她很好地适应了这个物质世界。淑活了下来，状态不佳，看起来"显得老了很多岁"。[5] 尽管埃德林夫人（Edilin）虔诚祈祷，不过看起来她难以获得平静。裘德死了，他的所有愿望皆为败落。如果世界就像小说中所展示的那般缺乏精神，那么淑完全误入歧途，而阿拉贝娜和维尔贝特医生才是应该效仿的典型人物。《裘德》最终无奈地展示出，如果根据福音教义来生活，对现实生活毫无益处。但是，令人讽刺的是，哈代依据福音教条，来评判这个世界，最终却发现——社会被宗教教条所统治，然而却难寻神之踪迹。

---

① ［英］托马斯·哈代：《无名的裘德》，第 388 页。

② R. G. Cox, *Thomas Hardy*: *The Critical Heritage*, New York: Barnes and Noble, 1970, p. 293.

③ Ibid., pp. 272 – 273.

④ Ibid., p. 274.

⑤ ［英］托马斯·哈代：《无名的裘德》，第 398 页。

第六章　天主教义与神秘主义：从于斯曼到切斯特顿

19世纪末期，颓废派（the Decadents）作家于斯曼决定皈依天主教，令世人诧异不已。他在1892年皈依天主教之前，以及之后写作生涯中的“天主教阶段”，都在作品中表现出对天主教的浓厚兴趣。埃里斯·汉森（Ellis Hanson）在仔细研读《颓废与天主教》（*Decadence and Catholicism*）后指出：“事实上，《反乎常理》（*Against Nature*）和《吸血邻里》（*The Damned*），都采用了基督教转换叙事的手法，并且同他皈依后的作品一样，从学术研究的角度论述了神秘主义、圣餐仪式以及教堂建筑。”[①]《反乎常理》并未直接涉及天主教教义，而且小说采用的转换叙事手法具有局限性。汉森继续分析道：“《反乎常理》结尾处那段激情澎湃的祷告，并非宣告德·爱森特（Des Esseintes）不再犹豫不定，而只是循环叙事中毫无结果的重复申诉，不断变换用词，为了表达同种异乎寻常的情感。”[②]汉森一方面指出，于斯曼的文章结尾并未给出清晰的宗教解决办法，另一方面，也分析了于斯曼如何通过其作品，展现出19世纪末期，天主教在文坛中复杂而严峻的处境。主人公德·爱森特未能从天主教教义中，找到心灵问题和精神探索的答案：小说结尾也完全可

① E. Hanson, *Decadence and Catholicism*, Cambridge. Mass.: Harvard University Press, 1997, p. 110.

② Ibid., p. 133.

以继续采用天主教的语言，但却以一种无果而终、绝望至极的方式结尾。尽管汉森透彻地分析了小说的循环叙事手法，却忽略了德·爱森特宗教用语的转变或发展。正是这种转变，吸引了于斯曼等众多作家，于19世纪末期皈依了天主教。

在《反乎常理》的开头，叙事者淋漓尽致地描述了德·爱森特的牧师做派，着眼于爱森特的古怪行为和高人一等的优越感：

> 他异想天开地改装出一处巍峨的大厅，用来接待为他送货上门的小贩。小贩们得列队进入，找准自己的位置，位置按教堂的座位模式安排，小贩们肩并肩排成一排。然后，他走上预先放置的小讲台，开始为小贩们布讲时髦风尚，神态如教皇颁布通谕一般，告诫鞋匠和裁缝如若违背他下达的“告诫状”和“诏书”，未按尺寸进行裁剪，就会被罚款。①

于斯曼的法语原著，从用词和意象上，都让读者联想到天主教的宗教传统。但是，上述布道场景实则与新教、而非天主教更为相似。新教的教会观念，尤其是非国教新的教会，更为强调上帝启示会在教会的集会和布道时显现，也将通过集会的教堂建筑而显现。天主教教堂与新教教堂也不同，在天主教教堂中，讲道坛只是普通点缀；而在新教教堂中，则置于中心位置。在小说的开头，德·爱森特采用的福音派布道方法，很快被更加神秘莫测的传教方法所取代。德·爱森特不喜欢平铺直叙、简单直接、激情洋溢的布道方式，他更喜欢采用一种新式的传教方法，这种方法使他在处理复杂而微妙的宗教思想时，更加游刃有余。于斯曼通过德·爱森特，影射了同时代的教徒们，如何寻找新式传教方法，传达出他们灵魂的躁动不安。德·爱森特认为，过分简单化的语言无法足够地传达宗教思想，但他并未因此对宗教全盘否定。相反，他越来越钦佩某些作家，这些作家都认为，涉及上帝和人类精神层面的语言都是晦涩难懂的：“他赞扬波德莱尔（Baudelaire），因为其致力于‘言

---

① J. K. Huysmans, *Against Nature*, ed. R. Baldick, Harmondsworth: Penguin Classics, 1959, pp. 26 – 27.

说不可言说之物’，创作关于‘灵魂秘密’的诗歌；他钦佩厄内斯特·哈罗（Ernest Hello），因为其承认‘伟大之事物并非言语可传达’；他仰慕保罗·魏尔兰（Paul Verlaine），因其能在暮色来临之际低声吐露秘语，只有他懂得如何揭示关于灵魂渴望的秘密，某些思想只能由他低声吐露；某些忏悔只能由他低声诉说。那声音如此轻柔温和，夹杂着几分迟疑不决，听到这些秘语的人，也不能确定他们是否真的听到了。”① 尽管《反乎常理》并未处处说明这些作者的写作手法的独特性，小说不断使用一些神秘莫测的语言，这些语言融合着天主教独特的诗韵与凄美感。他（德·爱森特）在面对这些语言时宛如孩童，每一个毛孔都在贪婪地吮吸这些语言的要义。② 从这个角度而言，德·爱森特要领先奥斯卡·王尔德的天主教思想，王尔德深受于斯曼影响，最终皈依天主教。和于斯曼一样，在王尔德看来，现代生活缺乏精深奥义、丰富隐喻和奇思妙想，于是他决定摒弃原有的新教思想，转而信奉天主教，因为天主教能够传达一种“无法言喻的爱”。③

许多评论家曾心存疑虑，读者是否过分重视于斯曼、王尔德及与其志同道合的信奉天主教义的作家。某些评论家认为，颓废派倡导的天主教只是作秀，而某些评论家则忽略了这种天主教义的宗教思想，认为它只是一种涉及爱欲、唯美主义和象征主义的知识和文化的综合体。本章旨在证明，对于颓废派天主教义的诸多诽谤，大多来自布莱姆·斯托克所著的《德拉库拉》中带有偏见的反天主教思想。一直以来，英国的反天主教人士，都喜欢引用《德拉库拉》中的夸张手法，讽刺天主教的信仰，以此蒙蔽新教读者，让他们无法领会天主教思想中丰富多彩、精微奥妙、思维活跃的部分。这些在迈克尔·菲尔德［伊迪斯·库伯（Edith Cooper）和凯瑟琳·布莱德利（Katherine Bradley）的共用笔名］的诗歌中表现突出，迈克尔的诗歌形式新奇、非同寻常，内容强调了天主教神学的重要性。要理解天主教神学对文学与文化发展

---

① Huysmans, *Against Nature*, pp. 148, 191, 159, 186.

② Ibid., p. 93.

③ ［英］奥斯卡·王尔德：《自深深处》，朱纯深译，译林出版社2008年版，第145页。

的重要贡献，不需要刻意凸显其特殊性，也不必强调天主教神学与众不同，神圣不可侵犯。事实上，评论家们经常忽视天主教神学思想，以及其作为宗教思想的本质。此外，认真研究同时期的宗教，能够了解天主教对出版业的贡献。之后探讨的还有天主教的神学宗旨：自然论和创世论。第一次梵蒂冈会议（Vatican Ⅰ）和托马斯·阿奎纳的神学思想重新受到重视，天主教作家受到唯美主义的启发，再次对自然进行诠释，许多作家倾向于把自然比作一本书。本章将介绍另外两位天主教作家：艾丽斯·梅内尔和奥斯卡·王尔德。王尔德在《道连·格雷的画像》（*The Picture of Dorian Gray*，1891）中，强调要从不同角度，解读圣礼仪式的公共性质。尽管通过阐释圣礼神学思想，能够勉强理解19世纪末期林林总总、背道而驰的思想体系；但要解释折中主义、异端邪说及神秘主义，依旧困难重重，本章末尾也会对上述内容进行探讨。在仔细研究这一时期广为流行的神秘观点，尤其是神智学（Theosophy）后，结尾部分将会根据梅内尔对神秘主义和宗教的划分标准，分析对比两位声名显赫的作家叶芝（W. B. Yeats，1865—1939）和切斯特顿，以及作品中对待神权的态度。

第一节　天主教义与艺术创作

从布莱姆·斯托克（Bram Stoker，1847—1912）的《德拉库拉》就能够读出，19世纪末期英国新教徒对待天主教的典型态度。当凡·赫尔辛（Van Helsing）教授带领一小队人马到达不死之身露西·韦斯拉（Lucy Westenra）的墓穴，试图摧毁她时，小说通过约翰·西沃德（John Seward）博士的日记，讲述了事件经过。日记记载道：

> 凡·赫尔辛受人委托，目标明确。首先，他从包里掏出大量圆片状的薄饼，薄饼被裹在一块白色的餐巾里。接着，他又抓出两把发白的东

西，有点像生面团，又有点儿像油灰。他把圆薄饼捏碎，用两只手揉成团。然后，他把这团东西搓成条状，贴在墓室中门与门锁的缝隙里。我对此满腹狐疑，于是靠近他，问他这是在做什么。亚瑟（Arthur）和昆西（Quincey）也凑过来，同样充满好奇。

他回答道："我正在封闭墓穴，这样吸血鬼就不能躲进去。"

"这就是你刚刚放那个东西的原因吗？"昆西追问道："天哪，这就像一场游戏。"

"是的。"

"你用的到底是什么？"亚瑟接过话来。凡·赫尔辛举起帽子毕恭毕敬地回答道："宿主（The Host.），这是我从阿姆斯特丹（Amsterdam）带来的。我有一张赎罪券（Indulgence）。"他的回答让我们又震惊又怀疑……①

莫德·埃尔曼（Maud Ellmann）在编辑《德拉库拉》的注解中指出，西沃德对于赫尔辛操纵基督教传统的能力，感到震惊。赎罪券免除负罪之人的功能，显然不该如此使用。而宿主，即耶稣的尸体（传说耶稣死后，身体化为圣餐中的薄饼），也不该被凡·赫尔辛如此操纵利用。但是，联想到西沃德及其同伴，对待宗教显灵和超自然现象的怀疑态度，以及西沃德讽刺宗教狂病人时的尖酸刻薄，可以认定——西沃德及其同伴恐惧的，正是贯穿这一幕的天主教传统本身。小说中，斯托克自始至终将天主教神学思想与迷信、恐怖事件和魔鬼联系在一起。显然，斯托克希望将西沃德对天主教的痛恨和嫌恶，深深传递给新教读者。小说中凡·赫尔辛使用的宗教方法是外来迷信，天主教神学仅仅被当作"一种游戏规则"，可以随心所欲地循环解读、重复使用。从凡·赫尔辛拥有改变物质的能力，也可以看出，小说试图层层剥去天主教信仰本质中的迷信和超自然因素。文中重新定义了"mass"一词的意义，最初指天主教圣餐中的物品，而小说中"mass"却指能被凡·赫尔辛完美操

① B. Stoker, *Dracula*, ed. M. Ellmann, Oxford: Oxford World's Classics, 1998, pp. 209 – 210.

纵的普通物质。

《德拉库拉》绝不是唯一一部将天主教义与迷信混为一谈的书籍。维克多·莎吉（Victor Sage）在《传统新教中的恐怖小说》（*Horror Fiction in the Protestant Tradition*）中指出，哥特式小说自18世纪兴起，新教便不断表露出对天主教的恐惧和焦虑，在某种程度上，也解释了哥特式小说为何在19世纪的英国读者中广受欢迎。正如法国大革命对于英国的警示，掀起了英国18世纪末期长期反对天主教的热潮。苏珊·格里芬（Susan Griffin）指出：爱尔兰人民大举潜入英格兰，以及接踵而至的1845年美国土豆作物歉收等事件，使得哥特式小说再次在19世纪风靡盛行。[①] 产生这些偏见的种种原因，最终指向一点，即英国已经将天主教想象为对民族认同的威胁；而新教已经获得英国国民的普遍认同。再加上，民众普遍认为，新教传教的团体活动，与接受上帝启示的大英帝国的文明扩张是志同道合的，所以天主教被视为对帝国伟业的威胁，这就解释了——德拉库拉带来的迷信天主教复兴，被认为是“反向殖民化（reverse colonization）”。[②] 德拉库拉伯爵故意模仿以赛亚的口吻，对乔纳森·哈克（Jonathan Harker）这个典型的英国人说道：“我们与你们行事不同，对你来说，这一切都很陌生吧。”借此彻底划清了迷信的天主教与理性的新教之间的界限。[③] 哈克讲述自己在特兰西瓦尼亚（Transylvania）看见耶稣受难十字像的感受，指出新教和天主教对圣餐的理解迥然不同。新教认为圣餐只是一个象征性的仪式，用以纪念耶稣牺牲自己在十字架上受难，天主教则认为耶稣的血和肉会在圣餐仪式上显灵，化作圣餐中的酒水和薄饼：“真是奇怪，虽然有人告诉我，应该反对圣餐仪式，说这只是一场盲目的偶像崇拜，但当我孤身一人，身陷困境时，它竟能予以我帮助。这仪式本身就至关重要，

---

① S. M. Griffin, *Anti-Catholicism and Nineteenth-Century Fiction*, Cambridge: Cambridge University Press, 2004. 3. T. Woodman, *Faithful Fictions: The Catholic Novel in British Literature*, Milton Keynes: Open University Press, 1991, p. 5.

② S. Arata, “The Occidental Tourist: Dracula and the Anxiety of Reverse Colonization”, *Victorian Studies*, 33 (1990), pp. 621-645.

③ Stoker, *Dracula*, p. 21.

或者说，它是一种传递同情与安慰的有形媒介。”①

19 世纪末期，随着科学的进步，一些未解之谜得以破解，新教备感压力，而与天主教相关的迷信，更被看作倒行逆施。如果德拉库拉伯爵代表旧天主教精神，那么凡·赫尔辛及其同伴则完完全全是现代化的，他们对迷信持不同看法，后者能够以专业手法、协同合作及科学手段，共同操纵迷信。天主教本身固有的迷信色彩使其格格不入，因而许多人视其为歪门邪道。再者，19 世纪英国哲学思想中的理性思潮，倾向于避开复杂的大陆认识论（continental epistemology），而支持一些不言而喻、自然存在的道理。于是，大蒜和赎罪券等一切与神秘事物相关的象征物品，被视为对公众智慧的威胁，当作非正常之物，最终被排斥。当时社会公开表示，天主教义宣扬迷信，这是一种未开化的，心怀不轨、不可理喻的表现。因此在 19 世纪末期，读者就不难理解，许多人认为天主教徒走上邪魔外道；也不难理解，有人将天主教对待“变质”（transubstantiation）的态度当作吸血主义（vampirism），宣称耶稣会会士的伦理道德和决疑论违反直觉、弄虚作假，甚至将天主教解读为“一种行为做作的宗教”。②

19 世纪末期对天主教的批判性解读中，掺杂了太多的新教误解，其中最令人困扰的就是——宣称天主教是弄虚作假的表演性宗教，而表演则往往意味着虚伪。例如 19 世纪末期诸多学者争论道，是否应该认真对待王尔德及其同僚所倡导的天主教。许多人认为，颓废派提倡的天主教义只是装腔作势，掩盖其沉迷于光怪陆离的事实，这种教义并不是真诚的信仰。从某种程度上来讲，由于王尔德的宗教声明晦涩难懂，产生上述观点实属情有可原。王尔德对宗教的解读极其复杂，充满矛盾，甚至有时会表露出弃绝宗教的思想。希拉里·弗雷泽（Hilary Fraser）在《美与信仰：维多利亚文学中的美学与宗教》（*Beauty and Belief: Aesthetics and Religion in Victorian Literature*）写道：

---

① S. Arata, *The Occidental Tourist: Dracula and the Anxiety of Reverse Colonization*, Victorian Studies, 33 (1990), p. 28.

② Griffin, *Anti – Catholicism and Nineteenth – Century Fiction*, p. 5.

"王尔德对宗教的态度飘忽不定，很难定论。有人批判他是骗子，有人赞美他是能够与耶稣难分伯仲之人。"① 弗雷泽对这一难题的解答，立足于王尔德对天主教和古希腊文化的同时支持，据说这两种思想主宰了他大部分的生活，并使他走向两个极端。她的解读意义重大，而且她敏锐地捕捉到了一个关键因素——那就是19世纪末期，各种思潮的相互融合。但弗雷泽自己也承认，这不是理解王尔德在宗教上一直举棋不定的唯一途径。如下讨论中，笔者将借助美学理论的解读，继续对王尔德进行讨论，拓展读者对天主教的理解，解析不能因为天主教信仰体系中固有的特点和表演性质，就因此判定其为故弄玄虚的宗教。

没有哪种宗教体系是毫无矛盾的，无论多么虔诚的教徒，无法一直做到知行合一。当然，一些19世纪的福音派教徒坚持认为，宗教问题都是泾渭分明的——要么矫揉造作，要么直通本质；而宗教信仰要么弄虚作假，要么真诚坦荡。先不论此说法如何难以令人理解，讽刺的是，当今众多学术研究依然采用这套僵化、教条的思维模式。在谈论到颓废派的天主教义时，不是赞美其诚挚，便是抨击其虚伪。于王尔德而言，他渐渐发现：总体而言，宗教的神学思想都是纷繁复杂的，天主教尤甚。天主教具备象征主义提倡的开放本质，是一套千变万化、富有张力的宗教信仰体系，值得人们真诚崇拜。王尔德在写给阿尔弗雷德·道格拉斯（Alfred Douglas）勋爵的信《自深深处》（*De Profundis*）中，也承认天主教带有夸张性。我们并没有因为书信中一些富于表演性质的语言，就否定王尔德的忏悔，认为他的忏悔矫揉造作；相反，应该试图通过阅读这些忏悔之词，挖掘出一个真正的王尔德。王尔德称"宗教帮不了忙"，② 但他并未停止通过宗教获得忏悔。他在信中表示，他一直备受煎熬，也未因此放弃道成肉身的理论，来解释他所遭受的磨难。尽管王尔德在信中严厉地抨击教会，并控诉："教士们，还有那些用警句却不带智慧的

① H. Fraser, *Beauty and Belief: Aesthetics and Religion in Victorian Literature*, Cambridge: Cambridge University Press, 1986, p. 209.

② ［英］奥斯卡·王尔德：《自深深处》，第84页。

人们”，但他也在信件中反思和忏悔。[①] 在信中，王尔德对宗教态度的转变，并不意味着他要改变信仰，所以信中他并未承认天主教充满虚伪，应受唾弃。事实上，这封信只是反对天主教传统中的教条思想，王尔德和其他通读宗教史的作家，一直致力于反抗这些教条思想。通过这封信，王尔德得以倾吐一直萦绕在他心中的矛盾情感。在信的结尾处，他向道格拉斯倾诉：“关于人和事，说出来的一切已让我厌烦。艺术之奥妙、生命之奥妙、自然之奥妙——这就是我在找寻的。”[②]

19 世纪末期，于斯曼和王尔德并非唯一意识到天主教神学发端的两位作家。迈克尔·菲尔德也敏锐地捕捉到神学创作对艺术形式和创作的深刻影响。在《女同性恋三位一体主义：犬儒天主教义》（“Lesbian Trinitarianism，Canine Catholicism”）一章中，弗雷德里克·罗登（Frederick Roden）集中研究了迈克尔·菲尔德的性暗示诗歌中，关于身体、本体与三位一体思想的融合交叉，并指出：“菲尔德喜欢借助圣餐仪式和天主教故事等天主教传统，表达他们对彼此的渴望。”[③] 尽管罗登的评价有力地表现出，他已经觉察到天主教圣餐主义和三位一体论在迈克·菲尔德诗歌中的应用，但罗登的用语却有失妥当，“读者稍不留意，就会将其理解为对天主教神学思想的贬低，认为罗登将天主教神学思想，当作传达与神学毫无关联的欲望的次要工具。随后，罗登又指出布莱德利（Bradley）将耶稣女性化，倾心于玛丽（Mary）。因此他宣称，带有父权性质的上帝是无性别的。这种说法更容易让人注意到，布莱德利的聪明才智及她对父权地位的上帝的反抗，反而忽视了天主教神学思想的潜在作用”。[④] 迈克尔·菲尔德等人从广博的基督教传统中，发掘的一系列神学思想，尤其从他们仔细研读的基督教神秘主义作家的作品中汲取的神学思想，对其思想体系的形成，帮助巨大。当然，迈克尔·菲尔德等人神学思想的形成，还受到早期文化背景和时代环境的影响，但不能因此否定宗教影

---

① ［英］奥斯卡·王尔德：《自深深处》，第 154 页。

② 同上书，第 144 页。

③ F. Roden, *Same - Sex Desire in Victorian Religious Culture*, Basingstoke: Palgrave, 2002, p. 198.

④ Ibid., p. 210.

响的主要作用。尽管埃里斯·汉森等19世纪末期的作家们，认为神学思想影响居于次要地位，但还是将其视为写作中的重要思想。因此，汉森极力强调道："颓废派是热情洋溢的教会历史的研究学者。在他们的作品中，神学家高深莫测的辩论、对神秘主义的狂热追求以及信仰的升华等基督教写作所必备的要素一应俱全。关于殉道和圣徒传记的内容，是引发轰动的关键所在。"①

在迈克·菲尔德的诗歌中，最突出的神学思想是基督教义中的三位一体，三位一体认为圣父（Father），圣子（Son），圣灵（Holy Spirit）统一于一体，相互关联、相互融合。菲尔德认为，三位一体并非唯一神教徒所认定，是希腊哲学强加于基督教义中模棱两可的数学公式；神秘莫测的三位一体教义完全是基督教的思维模式，是基督教关于生物（包括人类和非人类）之间的爱与相互联系的思考。评论家们已经开始关注菲尔德诗歌中的三位一体思想的应用，利用三位一体理念，解读凯瑟琳（Katherine）、伊蒂丝（Edith）和她们的狗狗维姆·周（Whym Chow）间神圣且永恒的爱。例如，诗歌《维姆·周》（Whym Chow）就运用了三位一体的用语，将狗描述成"我永恒的归属"，"我存在的意义"。② 菲尔德不仅利用三位一体，构造且升华其私人关系，而且借助三位一体思想，理解当时形而上学思想的变化。19世纪后半叶，受希腊文化元素的影响，西方文化开始相信生活是一面镜子，以此反映完美无瑕、永恒不变的艺术；但通过生活这面镜子，反映的艺术并不完美。柏拉图在著名的洞穴理论中就曾指出，现实世界是对神圣世界不完美的复制模仿。正是由于这种希腊思潮对基督教传统的广泛影响，弗雷德里克·尼采进而对宗教进行了大肆抨击。尼采并不是19世纪唯一质疑基督教形而上学思想的学者，沃尔特·佩特研究出一套新的思想体系，他认为唯美主义是：艺术是表达现实世界运转轨道的必要形式。菲尔德从三位一体论中，掌握了一套能够解释万物变迁的思维方法，使其不至于思维混乱。菲尔德在诗歌《新与旧》（"Old and New"）的第一节，就致力于探索如何用三位一体论解释形而上学：

① Hanson, *Decadence and Catholicism*, p. 6.

② M. Field, *Wild Honey from Various Thyme*, London: T. Fisher Unwin, 1908, p. 165.

那时，尘世之上，
上帝对人类的主宰一如既往，
圣三神共显神通。

在启示被赐予凡人之前：
伊利亚听到了风声，火语，
接着，一片静寂，
圣三神正栖息在这宛如惊雷的沉默中。①

诗歌反对人类只以线性思维理解事物，上帝将《圣经》作为礼物，赠予人类，通过《圣经》，给予他们循序渐进的启示——认为上帝的一举一动都与其创造的生物息息相关，且所有的启示都来自上帝本人。如此，菲尔德便构建了一套三位一体的理念，用以解释上帝无时无刻、与人同在；并且通过其活动，影响人们的生活。接着，菲尔德研究了“道成肉身”，理解耶稣化为血肉之躯，其凡胎与上帝之间的联系。三位一体论使得菲尔德规避了陈旧的“静态不变论”，以此理解形而上学思想，成为探索千变万化、想象力丰富的艺术作品的神学思想源泉。

第二节　自然之书与神圣宇宙

认识到神学思想对艺术创作的重要影响，能够更好地理解另一位 19 世纪末期的诗人兼作家艾丽斯·梅内尔的作品，理解作品中的包罗万象的世事，兼具整体和谐的效果。梅内尔认为，神圣宇宙中的既定秩序正是上帝存在的

① M. Field, *The Wattlefold: Unpublished Poems by Michael Field*, Oxford: Basil Blackwell, 1930, p. 79.

证明。基于这种思想，她广泛地运用象征主义，并与自身宗教信仰融为一体。尽管基督教的所有宗派中，皆有关于神圣宇宙的说法，但只有天主教神学思想对此最为重视。一方面，由于天主教义中采用了大量象征主义手法；另一方面，天主教义不像新教教义强调“堕落”，天主教义十分重视上帝的创世秩序，喜欢在自然界中寻找上帝的启示。天主教义对创世秩序的重视，以及对圣礼仪式的浓厚兴趣，为19世纪末期举行的第一次梵蒂冈会议（the first Vatican Council）注入了鲜活动力，并且使托马斯·阿奎纳的作品再次受人青睐。教皇庇乌九世（Pius Ⅸ）1868年举办的第一次梵蒂冈会议，于1869年至1870年在罗马举行。会议之初本打算讨论更多议题，但由于1870年7月法国和普鲁士爆发战争，议题范围大幅缩减，因此，只是解决了部分问题。第一次梵蒂冈会议不仅公开支持教皇无误论，而且重新修订了有关信仰的宪法《天主之子》（“Dei Filius”），其中抨击了当时的物质主义和无神论，花费大量篇幅解释上帝是创世者；同时解释启示、信仰以及信仰与理性之间的关系。当讨论到理性与信仰时，大会不可避免地提到中世纪神学家托马斯·阿奎纳。阿奎纳创作了大量关于理性与信仰的作品，并且致力于证明从语言和创作中，能够获得上帝的启示。维多利亚时期的民众对中世纪兴趣浓厚，但对阿奎纳等中世纪人物的研究只是冰山一角，而颓废派阅读了大量中世纪各类神学家和先贤的著作。19世纪末期，随着教皇里奥十三世（Pope Leo XIII）强行通过通谕《永恒圣父》（*Aeterni Patris*，1879），天主教思想家及神学院越来越重视阿奎纳，托马斯主义（Thomism）因此再次受到推崇。里奥十三世号召学生阅读阿奎纳的著作，因此中世纪的神学家也逐渐支持天主教大学。

要准确定义托马斯神学对19世纪末期英国天主教义的影响，难度颇大。但艾丽斯·梅内尔的作品，明显受到阿奎纳神学思想的影响。梅内尔是19世纪90年代的文学名家，王尔德曾称赞她为“掌管风格的女判官”。[①] 梅内尔的作品涉及面广，直至1922年逝世，她的创作包括诗歌、新闻及散文。但其在19世纪90年代的作品中，所采用的文学印象主义（literary Impressionism）最

① ［英］奥斯卡·王尔德：《自深深处》，第65页。

值得人们重新关注。尽管切斯特顿等思想家认为印象主义接近于幻象，指出印象主义与阿奎纳大胆的存在假设背道而驰，但其他天主教思想家却从积极正面的角度评价印象主义，并努力调和印象主义与其神学思想的矛盾。梅内尔正是后者之一，19世纪90年代，她利用印象主义进行了诸多创作。更重要的是，她鼓励其他作家去认识印象主义对于文学的重要性。19世纪大部分时间，人们认为艺术就是模仿。维多利亚中期，现实主义小说独领风骚。19世纪70到80年代，随着自然主义萌芽，现实主义小说的地位得到极大的巩固。但是19世纪末期，随着唯美主义兴起，印象主义提倡的艺术的主体性逐渐获得认同，人们开始质疑具有模仿性的现实主义。早期关于文学真正目的的观点受到挑战，最典型的事例是：王尔德在《道连·格雷的画像》的序言中，强烈反对艺术附属于自然这一广为认可的观点。尽管梅内尔认为，具有模仿性的现实主义不足之处颇多，但是她并未像王尔德一样颠覆传统观点，且支持生活模仿艺术。同时，梅内尔从艺术和自然的影响力来看待两者的关系，拒绝抹杀两者之间的差异，认为两者不分伯仲。

梅内尔通过《地之灵和其他散文集》（*The Spirit of Place and Other Essays*，1899）中一篇名为《雨》（“Rain”）的散文，阐述了其对艺术的理解。对“雨”这一自然现象，她冥思苦想后，总结道：“自然界中再没有什么，能够如此迅速逃脱人类毫无准备的双眼。”① 这种说法透露出她作为印象主义中的观察者对主观世界的浓厚兴趣。但她同时认为，自然的奥秘是人类认知所无法企及的，作家和艺术家能够在这个世界充分挥洒自己的想象力，却无法削弱艺术的不可预见性。

《雨》中令人耳目一新的是：梅内尔结合自身见解，重新将自然比作一部书。尽管新教改革后（Reformed Protestantism）的加尔文主义强调整个世界都是堕落、充满罪恶的，认为自然不会传达任何上帝的启示，但是大多数英国新教徒仍然相信，自然是一部不言而喻、具有自我诠释功能的书，虽然这部书远远没有《圣经》重要，却在配合《圣经》传达上帝的启示。然而，将自

① A. Meynell, *The Spirit of Place and Other Essays*, London: John Lane, 1899, p. 77.

然作为获得上帝启示的备用渠道，认为可以像阅读《圣经》一样读懂自然，也是颇具争议的，“一方面，它容易让人认为，物质世界是对上帝的不完美的反映；另一方面恰恰相反，它通过提倡自然主义的自然神论，舍本逐末，颠覆了《圣经》传达特别启示的地位。如此，正如唯一神主义章节中所讨论的观点，上帝的作用逐渐被忽视，而不再是必不可少的”。作为一名天主教徒，梅内尔并不担心亵渎《圣经》，而是努力摆脱上述困境，她用充满活力的文字描述了自然之书，既为读者提供了丰富的信息，也使读者能够各抒己见：

> 眼前的世界，镌刻着我们迟疑忧虑的符号和文字，我们的耳朵听到远处樵夫砍柴的声音，眼睛不断重复闪现樵夫砍柴的画面。阳光的照射模糊了画面，鸟儿拍打翅膀的声音突然将其打断，感觉就像到手的俘虏却逃脱了。自然处处充满急促而微妙之感，阵雨会将它们冲刷，阳光会将它们驱散，阴影会将它们遮掩，距离则使它们遥不可及，只留下朦朦胧胧的画面，而这些画面正是我们的艺术。艺术的神秘与美丽的主要来源不是我们的眼睛捕捉到的画面，而自然闪现于我们沉思的眼目之中。①

梅内尔谨慎地强调自然的运动，并指出人类的认知活动是世界基本的相互联系的中的一环：“用她的话来说，就是被‘镌刻’或‘撰写’在现实世界中的‘符号’和‘文字’。”她认为自然会回应关注它的“沉思的双眼”，显然有意应用了动态圣经诠释学。梅内尔通过更换保罗（Paul）的玻璃窗户（《哥多林前书》1，13）——保罗称他通过玻璃窗户，看到阴沉的雨，梅内尔则以发展、流畅的解读方式，来认识宇宙。菲尔德的三位一体的形而上学理念，认为世界上的一切在本质上都是互相关联的。这种对自然世界的有机解读，不仅邀请读者参与其中，而且指出上帝一直存在于自然界，主宰着自然界。

神学上的圣餐主义相信，上帝会在物质世界显灵，而不仅仅是物质世界

---

① Meynell, *The Spirit of Place and Other Essays*, p. 78.

映照出上帝的影子。在梅内尔看来，神学上的圣餐主义和“道成肉身”论如出一辙。在诗歌《赐予我们一个婴孩》（“Unto us a Son is Given”）中，梅内尔如此开头：“赐予而非借与，一旦赐予便不会收回。”[①] 在节制（abstinence）时期，也就是基督教传统中复活节主日（Easter Sunday）前的禁食时期，梅内尔精心挑选“借与”（lent）一词，表明“道成肉身”对神学思想起源帮助极大，而不像新教主义所认为的——“道成肉身”与耶稣被钉死在十字架上息息相关。在强调“道成肉身”的前提下，梅内尔继续完成吉拉德·曼利·霍普金斯的研究。在希拉里·弗雷泽看来，霍普金斯想利用“道成肉身”的观点，解释“圣餐主义中对自然看法而引发的问题，在他看来，圣餐主义中的自然似乎并不属于基督教理念中的自然”[②]。梅内尔和霍普金斯认为耶稣长期在自然界显灵，所以相关文本应以基督教的动态圣经诠释学进行解读。梅内尔认为：“艺术与自然既有距离，也互为补充、彼此联系，但绝不能混为一谈。”所以，梅内尔的艺术事业往往与社会活动息息相关，重视天主教的社会参与，这些都在她的新闻工作中表现显著。[③] 梅内尔还认为，神学的开放性也包括意识并认清语言的力量，此观点与阿奎纳的观点相似。阿奎纳在打开《神学大全》（*Summa Theologica*，1265—1274）时，都会提醒自己描写上帝的语言虽然有限，却蕴藏着无限的力量。同时期接受新教思想的作家，则对出版业发展忧心不已：吉辛在《旧街》（*Old Grub Street*，1891）中斥责商业出版不讲道义，而玛丽·科莱丽（Marie Corelli）则在《撒旦的悲伤》（*The Sorrows of Satan*，1895）中将出版业比作魔鬼，梅内尔的天主教创作却能在此时异军突起，着实令人震惊。19 世纪末期，约翰·亨利·纽曼悲观地预测，长此以往，英国文学终究会完全沦为新教文学；但艾丽斯·梅内尔和她的丈夫威尔弗雷德（Wilfred）却积极领导天主教文学出版的复兴。另一位著名天主教作家切斯特顿，也定期在《旁观者》（*the Spectator*）、《帕尔摩报》（*Pall*

---

① A. Meynell, *The Poems of Alice Meynell*: *Complete Edition*, London: Oxford University Press, 1940.

② Fraser, *Beauty and Belief*: *Aesthetics and Religion in Victorian Literature*, p. 69.

③ A. Meynell, “Pathos”, *The Rhythm of Life and Other Essays*, London: Elkin Matthews and John Lane, 1893, p. 47.

Mall Gazette)、《伦敦新闻画报》(*Illustrated London*) 等主流报纸和杂志上发表文章，支持天主教文学出版的复兴。梅内尔和丈夫还主编了《欢乐英国》(*Merry England*)：“这是一片值得天主教青年才俊深深扎根的沃土，他们在此能得到全面发展。康文翠·帕特莫 (Coventry Patmore)，奥布瑞·德·维尔 (Aubrey de Ville) 等著名天主教作家给予大力支持。其他提供帮助的人，还包括凯瑟琳·泰南 (Katherine Tynan)，弗朗西斯·汤普森 (Francis Thompson)，莱昂内尔·约翰逊 (Lionel Johnson) 及希莱尔·贝洛克 (Hilaire Belloc) 等。”① 20 世纪初期，梅内尔及“康沃沃德书店”(Sheed and Ward) 和“伯恩斯和奥茨”(Burns and Oates) 等天主教新闻媒体进行的出版活动，巩固了天主教作家在文学市场上的地位，这些活动为格雷厄姆·格林 (Graham Greene)、伊芙琳·沃、穆丽尔·斯帕克 (Muriel Spark) 等下一代天主教作家铺平了道路。

梅内尔相信，书面语言在传递宗教信仰方面作用巨大，因此，她发表了大量关于语言文字的主张。尽管在一篇名为《袖珍词汇》(“Pocket Vocabularies”) 的散文中，梅内尔曾批评：“此前，一些作家绞尽脑汁，搜寻充满美与生机的字眼，组成词语，反而使其失去原有的生机，变得枯燥无味。”而且她也关注到与她同时代的作家，热衷于寻找鲜活的词汇，却最终被使用得毫无生机，但她一直坚信文字是可以终结死亡与闭塞的。② 梅内尔与其新教前辈及同时代的人不同，她认为语言是独立的，虽说语言与作家关系密切，但作家并不能完全操纵语言。在散文《泰然自若》(“Composure”) 中，梅内尔提到作家与文字之间，真正意义上的和谐：“作家应该注意到：每一种语言与作家之间是互动的，语言能够真实地反映作家的感触，清晰地表达作家的意图。”③ 梅内尔认为生活中万事万物都是相互关联的，所以她坚信语言的力量，相信语言能够传达上帝的启示，尽管这种传递不够完美，但也并未扭曲。梅内尔

① A. K. Tuell, *Mrs. Meynell and Her Literary Generation*, New York: E. P. Dutton and Company, 1925, p. 68.

② Meynell, “Pocket Vocabularies”, *The Rhythm of Life*, pp. 41 – 42.

③ Meynell, “Composure”, *The Rhythm of Life*, p. 55.

对语言的看法极为重要，安娜·图尔（Anne Tuell）指出："将语言当作思想的外衣，就如将建筑与建筑学割离，两者都是由来已久的谬误。"真正的诗人必须理解诗歌中的肉身之道（incarnate word），即"一种生机盎然的表达方法，在这类表达方法中，音步、遣词、停顿、押韵、措辞都是经过深思熟虑、直通本质的，而非偶得的"。[①]

梅内尔与同时期颓废派天主教徒在关于圣餐主义语言的公开范围的问题上，各执己见。在梅内尔看来，"道成肉身"的信条意味着——无论新闻还是诗歌，甚至所有文学作品中的宗教意象，都是众所周知的指称。这样一来，便不难理解她的出版事业为何如此高产，也不难理解她在《荣誉的意义》（"The Point of Honor"）中为何称："印象主义局限于诚实地记录主观印象的提法中。"[②] 梅内尔批评一些同时期的作家，利用印象主义的朦胧模糊之感，佯装他们找到了"值得聆听的文字——不，完全不值得聆听——仅仅是一些词不达意的用法"。[③] 欧内斯特·道森（Ernest Dowson）和奥斯卡·王尔德所理解的圣餐仪式，与梅内尔的理解不同，他们认为圣餐主义是私密的，只能通过沉默和秘语传达。道森在其短诗《离别辞》（"A Valediction"）中，透露出他不相信上帝的启示，能够被公开解读："语言是如此虚弱，当爱是如此强烈，还是让沉默来说话吧。"[④] 沉默确实为一种交流方法，一种极具私密的方法。这种说法虽说表面上看起来无可争议，但当同样的思想在道森动人心魄的诗歌《天主降福》（"Benedictio Domini"）中表达出来时，引发了一系列的神学问题。

> 在外面，那街头的躁响，
> 那伦敦的市声烦躁，
> 扰了那无垢的人群，

---

① Tuell, *Mrs. Meynell and Her Literary Generation*, p. 181.

② Meynell, "The Point of Honour", *The Rhythm of Life*, p. 51.

③ Ibid. , p. 53.

④ E. Dowson, *Verses*, London: Leonard Smithers, 1896, p. 98.

他们正在沉沉地祈祷。

灰黯的教堂中，正人群寂寂：
在那幽细的熏香里，
忽然有银钟响动，
他们如受咒般鞠下了头儿。

灰黯的教堂中，唯圣坛矗立，
装扮如新娘，灯火又明辉；
有老年教士，手儿在颤抖，
慰藉人们陷落的困境。

这儿是沉静，但外边街上的人群，
正将世间短促的途程化成火样；
至善又万全的祈祷啊！
何时才能停止烦忧与欲望？①

在此，教会的“沉沉地祈祷”远比“伦敦的市声烦躁”更加意味深长，且教会传达的不言而喻的上帝启示是美好的，但是，这种启示不能在公众场合进行解读。诗歌中，有两节开头描述教会一片黑暗，处于阴影中的礼拜者心中缺少光明。诗歌最后一节提到“奇怪的沉默”，表明教会传递的启示，本身就是私密的。但是，无论是文化落伍的神父还是闪耀圣光的圣坛，都有能力驱散弥漫着的黑暗，让普罗大众体会到神的启示。

王尔德和道森一样，试图理解圣餐语言的神圣性的普遍说法。《道连·格雷的画像》便是最好的例证，在其中，注入了大量“圣餐主义神学”的秘

---

① E. Dowson, *Verses*, London: Leonard Smithers, 1896, p. 100.

密。[1] 亨利勋爵思索道："灵魂中存在着动物性，肉体中有瞬时的灵性……谁能说得出何处是肉体冲动的终点？"[2] 同样地，格雷认为宗教解读应该是个人的主观事宜："可是眼前是一个看得见的道德堕落的象征"，"也会向他展示他的灵魂"。[3] 当巴兹尔·霍尔沃德（Basil Hallward）提出展览道连的画像时，他立即感到一股恐惧之情油然而生，"难道要向世人展示他的秘密？人们会对他的隐私目瞪口呆"。[4] 担心自己的秘密被公之于众，道连心中弥漫着驱之不散的恐惧。但此书一经出版，就有读者发现作者采用了一种神秘的、间接的、极其含蓄的道德寓言的叙事手法，表明道连的恐惧是毫无必要的。尽管书中一直向读者传达公开忏悔的可能性，但是在文章的最后，道连对这一怪异想法的嘲笑，表达了忏悔只能是一种个人行为。道连最终死于封闭的房间内，读者读到他死前的深思和悲惨的死亡经历，但文章结尾部分却含糊不清，并没有像史蒂文森的《化身博士的奇案》，明确支持公开忏悔。在《道连·格雷的画像》中，不断提到忏悔，却拒绝承认忏悔的公开性，小说重塑了广为人知的基督教圣餐礼。同时，从小说第十一章，读者得知格雷对罗马天主教兴趣浓厚，书中描写了一个隐秘的私人忏悔室："他走出教堂的时候，总要惊奇地看一眼那些着黑衣服的忏悔者，希望自己也坐在暗影里，倾听善男信女们隔着陈旧的栅栏诉说自己生活中的故事。"[5] 格雷认为语言可以传递宗教信息，但是极其隐秘，这种思想也反映在巴兹尔的沉思中。巴兹尔在认识到格雷的艺术创作手法后，自言道："我的本意不是恭维，这是一种表白。现在我表白了以后，我似乎失去了某种东西。也许一个人永远不该把自己的崇拜用语言表达出来。"[6]

---

① Roden, *Same-Sex Desire in Victorian Religious Culture*, p. 141.

② ［英］奥斯卡·王尔德：《道连·格雷的画像》，黄源深译，人民文学出版社 2004 年版，第 49 页。

③ 同上书，第 80、89 页。

④ 同上书，第 94 页。

⑤ 同上书，第 110 页。

⑥ 同上书，第 97-98 页。

第三节　神秘主义与宗教思想

如果关于自然和艺术的神圣用语，其本质是私密的，就很难为其下一个清晰的定义。最终，19 世纪末期，当一些作家对唯物主义哲学幻灭，重新回归宗教与精神生活之后，他们的信仰兼收并蓄，包含内容之广泛，奥义之深刻，是基督教信仰望尘莫及的。19 世纪末期的通神论运动（Theosophical Movement），最能体现这股重新燃起的对神秘精神世界的向往之情。通神论运动由极具号召力的海伦·彼得罗瓦·布拉瓦茨基（Helene Petrovna Blavatsky），于 1875 年发起。神智学汲取了东方宗教思想中的唯灵论，提倡在进一步研究宗教教学的同时，专注神秘事物，挖掘隐藏的知识。19 世纪 80 年代末，神智学中的折中主义在安妮·贝赞特改信神智学的过程中也有所体现。在改变信仰前，贝赞特是杰出的自由思想家，大力提倡社会主义。改变信仰后，她靠自己强大的说服力传播神智学，最终接替布拉瓦茨基担任运动的领袖。贝赞特撰写了大量阐释神智学的书籍和小册子，其中《神秘主义》（*Mysticism*, 1912）描述了通神论运动中意义广泛、含义模糊的精神术语：“神智学建立在重新确认每一种现存宗教的神秘主义的基础上，旨在寻找意识中的神秘状态以及神秘意识的价值。在一个学者辈出的重要时代，神智学重新强调从精神世界的直接体验中，获取知识的优先性。”①

神智学对研究 19 世纪末期神秘主义的复兴，提供了一个切入点。从瑞德·哈格德（Rider Haggard）到玛丽·科莱丽等作家的作品中，都能找到神智学的痕迹。卡洛琳·伯德特（Caroline Burdett）在一篇评论瑞德·哈格德的散文中，提到《艾莎归来》（*Ayesha: The Return of She*, 1905）中西藏游的重要象征意义，并进一步分析道：

---

① A. Besant, *Mysticism*, Madras: The Theosophist Office, 1912, p. 6.

> 声名狼藉的海伦·彼得罗瓦·布拉瓦茨基以及19世纪80年代阿尔弗雷·森尼特（Alfred Sinnet），他们出版了两部颇具影响力的著作《玄奇世界》（*The Occult World*）和《密宗佛教》（*Esoteric Buddhism*），从中可以看出：西藏作为神秘哲学和神秘传统的中心，其重要性可见一斑。上述作品不仅陈述了神智学的宗旨，而且记录了森尼特与布拉瓦茨基夫人的关系，以及布拉瓦茨基夫人与之沟通的“主们”的关系。①

伯德特继续分析道：“像神智学一样，哈格德的小说鼓励研究宗教比较学，大胆挑战‘基督教教义的卓异主义（exceptionalism）’，并且总结出，真理存在于宗教的混合体中。”② 科莱利的作品中也偏爱宗教折中主义，而且广受读者的好评。这些事实证明，并非只有特定的一类作家对神秘的精神世界感兴趣。科莱利的两部作品：通篇围绕神秘事物的《两个世界的故事》（*A Romance of Two World*，1886）和探讨转世论的《阿德斯》（*Ardath*，1889），都表达了不同的精神体验。但是他的三部曲：《大盗芭芭拉》（*Barabbas*，1893）、《撒旦的悲伤》（*The Sorrows of Satan*，1895）和《基督徒主人》（*The Master Christian*，1900），才是其重归基督教叙事手法的代表作。这三本书轻松突破了正统神学思想的限制，而且对教会权威进行大肆抨击。普林斯·里曼斯（*Prince Rimanez*）是《撒旦的悲伤》中魔鬼的化身，普林斯来到伦敦时，他的所见所闻充分展现了作者个人的偏见：“许多神职人员用他们的伪善和虚伪，用他们肉欲和谎言，正尽其所能地将宗教摧毁。”③ 尽管科莱利的作品主要针对罗马天主教，但是1901年1月，一位英国圣公会评论员在《教会评论季刊》（*The Church Quarterly Review*）针对科莱利的作品批评道：“有必要严厉打击对教会的诽谤中伤，尽管教会并非完美无瑕，但教会一直在给予人类祝福而非诅咒。”④

---

① C. Burdett, “Romance, Reincarnation and Rider Haggard”, *The Victorian Supernatural*, p. 220.

② Ibid., p. 228.

③ M. Corelli, *The Sorrows of Satan*, ed. P. Keating, Oxford: Oxford World's Classics, 1998, p. 57.

④ Anon, “The Theological Works of Marie Corelli”, *The Church Quarterly Review*. 51 (Jan. 1901), p. 379.

贝赞特和科莱利都多次在作品中攻击罗马天主教。安娜·泰勒（Anne Tyler）在为贝赞特作传时，认为贝赞特的神智学写作的确弥漫着对基督教会的厌恶，但这是她早期受到无神论思想和英国国家世俗主义团体（National Secular Society）思想影响的残余。泰勒指出："贝赞特有时强迫自己遵守神智学的中心教义——所有的宗教应该受到同等尊重，但并不是次次都能成功。"① 贝赞特在多部作品的结尾，对纯真信仰以及受天主教会影响的堕落信仰进行了区分，天主教义经常被当作反面教材，彰显出神智学的兼容并蓄。例如，贝赞特在《时代精神》（*The Spirit of the Age*，1908）中控诉道："罗马天主教组织庞大，无可匹敌，但这庞大的组织却不断寻找所有违背其既定规则的学者，并将他们一一碾压。这涉及面极广的恶劣行径滋养了她的高傲自负，使其公然反抗现代世界，在其所坚持的中世纪神学思想和现代思潮之间筑起一道堤坝。"② 此处的中世纪神学思想，是指第一次梵蒂冈会议后罗马天主教神学的指导思想，而"堤坝"这一比喻，强调了贝赞特对罗马天主教中根深蒂固的帝国主义思想的关注；贝赞特在其他方面也有意无意地刻画了她所反对的宗教帝国主义。贝赞特在《神智学与基督教学》（*Theosophy and Christianity*，1914）中写道，神智学是宗教争端的仲裁者："如今宗教领域硝烟四起，各大教会，各种口号，各种宗派，乱作一团。如果神智学派作为参战派别加入这场战争，必定势不可挡。但这古老高贵的智慧宗教（Wisdom Religion）在这场战争中，将会作为和平的使者而非参战方，作为调停人而非竞争者。"③

贝赞特关于普世宗教（universal religion）的说法表明，神智学并未能一一甄别不同宗教体系的差异："事实上，一些世纪末神秘精神活动的思想与基督教信仰极为吻合。"一些接受基督教正统思想的作家也经常指出这点，例如，艾丽斯·梅内尔在介绍艾德琳·凯什摩尔（Adeline Cashmore）的《幻象之峰：英国神秘诗歌》（*The Mount of Vision：A Book of English Mystical Verse*，

① A. Taylor，*Annie Besant：A Biography*，Oxford：Oxford University Press，1992，p. 263.

② A. Besant，*The Spirit of the Age*，Madras：Theosophist Office. 1908，p. 12.

③ A. Besant，*Theosophy and Christianity*，Madras：The Theosophical Publishing House，1914，p. 4.

1910）时，区分了宗教与神秘主义的区别：

> 我用“宗教语言”而非“神秘语言”，不是因为两者完全对等，而是前者更为安全。如果不计代价地轻易使用或舍弃神秘主义，都是不恰当的。不久之前，动机和题材皆为神秘主义的小说刚刚兴起。幻象易于产生，获得神的启示或其他的极端思想，如“生命的统一”，却需要圣人花费半个世纪的时间，经受自我征服或自甘堕落的历练，在圣人自身看来，这些代价微不足道；在其他人看来是出于对知识的强烈渴望。但人们往往只记住了最终收获的思想，却忽略了获得这些思想的历程。①

尽管梅内尔尽量避免在宗教和神秘主义之间，划分一条绝对的界线，但她却提醒人们，不要将于斯曼皈依天主教和贝赞特改信神智学混为一谈，不能认为两者的精神表达可以互换。尽管梅内尔的界定方法具有局限性，但是她使用的术语却值得认真研究。切斯特顿在阅读维尔拉·梅内尔（Viola Meynell）为其母亲所著的回忆录后，评论道：“梅内尔在词语的选用上总是一丝不苟。不过，她的选词标准简单明了：鲜活的词语保留，陈旧的则舍弃。”②梅内尔意识到，19世纪末期重新燃起的对精神世界的兴趣只能兴盛一时，最终会被人们厌弃。例如，在《反乎常理》中，德·爱森特很快厌倦了一些天主教作家。所以她不断鞭策读者们，要反复思考“宗教”与“神秘主义”的本质，梅内尔喜欢使用“宗教”（religion）一词，因为“宗教”代表着行为准则、牺牲付出和坚定信仰，她希望借此改变19世纪末期信仰此消彼长、更迭过快的问题。梅内尔认识到，与她同时代的民众喜欢随机从广泛的信仰体系中，挑选自己需要的信仰，杂糅于一体，满足个人需求，这表明现代消费主义（modern consumerism）已经渐渐入侵宗教领域。梅内尔使用“喋喋不休”（chatter）一词，表明她日常的神秘主义研究单调乏味，偶尔伴随着与灵

① A. Meynell，“Introduction”，*The Mount of Vision：A Book of English Mystical Verse*，London：Chapman and Hall Limited，1910，p. x.

② G. K. Chesterton，*A Handful of Authors*，London：Sheed and Ward，1953，pp. 175－176.

魂的交谈。显然，“喋喋不休”与德·爱森特钟爱的低语的、升华的、无法言传的语言截然不同。

切斯特顿赞成梅内尔的观点，认为“宗教”和“神秘主义”并不能等价互换。切斯特顿认为：天主教承认物质世界的价值；同时也坚持认为，物质世界与创造物质世界的上帝是紧密相关的。而神秘主义通过否定创世者与创世之举的区别，贬低物质世界，认为物质世界只是一层假象，揭开这层假象便能看到真正的实体。切斯特顿在其自传章节中，记叙了他于19世纪末期在比德福德公园中（Bedford Park）才思涌动的经历。他借助这次经历，对叶芝提倡的精神活动加以区别，同时批判道：“叶芝对我影响深刻，这种影响分为两方面，犹如磁铁的正负两极是完全相反的。”① 一方面，切斯特顿钦佩叶芝身处单调乏味、阴郁枯燥的现代物质世界，却能写出《认识精灵的人》（“the Man Who Knew Fairies”）这样安宁祥和的作品，叶芝是如此令人心醉神迷……他是首位认为仙女与理性站在同一战线的理性主义者。另一方面，切斯特顿指出：“叶芝在一次得益于游历于仙女和农夫的经历之后，越来越痴迷神秘主义，痴迷于寻找古老宗教思想中斯芬克斯的秘密。”尽管切斯特顿咄咄逼人、夸大其词，但其见解着实深刻：“叶芝寻找‘斯芬克斯秘密’的渴望，促使他加入不同的神秘组织。例如，19世纪末期，他曾同时加入神秘教派密宗（the Esoteric Section）、神智协会（Theosophical Society）以及金色黎明（the Golden Dawn）的赫尔墨斯修道会（the Hermetic Order）。同时，他还坚持不懈地通过实践和调查，竭力证实神秘事件。”② 叶芝不曾放弃对精神世界的探索。自1914年之后，他渐渐沉迷于伊曼纽·斯韦登伯格的作品中，并在后半生，耗费大量精力撰写《幻象》（*A Vision*，1925，1937）一书，据说此书是他在无意识的状态下完成的，书中概括介绍了神秘哲学的历史。叶芝对神秘主义的理解，已经远远脱离基督教核心思想中的有神论信仰。

罗伊·弗罗斯特（Roy Froster）认为：对叶芝而言，神秘主义具有多种用

---

① G. K. Chesterton，*Autobiography*，Sevenoaks：Fisher Press，1992，p. 143.

② Chesterton，*Autobiography*，pp. 147，150.

途。弗罗斯特猜测："叶芝在比德福德公园中对于日常生活的挣扎困惑，可以在金色黎明营造的世界中得到补偿，这意味着——存在某个回应并接受叶芝伟大想象力的世界。"[①] 读者赞成将神秘主义、神秘事件和想象结合在一起，来解读叶芝，因为叶芝曾承认："他诗歌中的隐喻是魔力所赐。"[②] 叶芝诗歌中的象征主义，以及涉及宗教的广泛性，几乎无法从他的思想中凝练出一套哲学体系。但是，叶芝的写作中明显带有接近泛神论的神秘理想主义，且否认上帝与世界的差异。叶芝在一篇评论著名唯心主义哲学家乔治·伯克利（George Berkeley）的散文中指出："从斯宾诺沙到黑格尔（Hegel），他们领导的哲学运动是知识分子最伟大的杰作。"[③] 从日常所见到仙女国度和超自然现象，一切存在的事物都是普世思想的显灵。对于这种思想，黑格尔从绝对精神（Absolute Spirit）的角度予以解读，而叶芝则以想象的角度给予更为灵活的阐释。叶芝在他的散文《魔法》（"Magic"，1901）结尾处，清楚地表达了他对这一观点的看法。他坚持认为："当然，无论冒何种风险，我们都必须高声呐喊：遵照'伟大的头脑'（the Great Mind）或'伟大的记忆'（the Great Memory）的冲动和想法，其中的想象力能找到重塑世界的方法。"[④] 在撰写《魔法》时，叶芝深思熟虑，找到另一种可能性："在'伟大头脑'的背后，还有一位至高无上的巫师或巫师代理人，他们才是我们想象力的源泉。"[⑤] 但之后，切斯特顿指出，叶芝自己也越来越不相信——在想象活动的背后还有一位巫师在操纵。在切斯特顿和其他重视圣餐礼的神学家看来，叶芝并不认为象征是上帝显灵的迹象；相反，象征本身就是神圣的，神秘的象征符号能够引发无限的联想。叶芝在其散文《诗歌中的象征主义》（"The Symbolism of Poetry"，1900）中解释道：

---

① R. F. Foster, *W. B. Yeats: A Life*, i, *The Apprentice Mage, 1865 – 1914*, Oxford: Oxford University Press, 1997, p. 106.

② Foster, *W. B. Yeats: A Life*, p. 106.

③ W. B. Yeats, "Bishop Berkeley", *Essays and Introductions*, London: Macmillan and Co. Ltd., 1961, p. 396.

④ Yeats, "Magic", *Essays and Introductions*, p. 52.

⑤ Ibid..

> 一切声音、颜色、形式，或因为它们天生的力量，或因为它们引发的长远联想，都能激发朦朦胧胧却又精确清晰的情感。或者，我更喜欢说，它们能使无形的力量降临到我们身上，在我们的心中留下足迹，而我们将这心间的足迹称作情感。当声音、颜色、形式踏着曼妙的步子完美地融于一体，声音还在，颜色还在，形式依旧还在，但它们确实已经融为一体，并且激发一种情感，一种带有它们各自特色的情感。这种关系存在于每一份艺术作品的各个组成部分中，无论是史诗还是歌谣，这种艺术越是完美无瑕，其中融入了数量更为庞大、种类更为多样的元素，由此激发的情感也越强大，这情感正是上帝赐予我们的力量。①

最终，叶芝通过象征主义，清晰地阐释了他的信仰——万事万物统一于一体，这个统一体中没有上帝与世界的区别，上帝存在于万事万物中。

切斯特顿对叶芝的批评提醒读者，切不可将19世纪末期对神秘主义和天主教义的热爱混为一谈。切斯特顿也许“更喜欢‘凯尔特的暮光’（the Celtic Twilight），而非‘物质主义的子夜’（the materialistic midnight）”；但是切斯特顿反对叶芝隐晦的泛神论思想，支持天主教义中对创世者与被创造者的区别。② 切斯特顿的小说《梦魇星期四》（*The Man who was Thursday*：*A Nightmare*，1908），有力地解释了这两种不同观点的区别。这是一部超现实主义小说，反映了切斯特顿于19世纪80年代末与悲观主义斗争的历程，他内心充满反抗的冲动，渴望驱散这噩梦，摆脱这梦魇。小说中，盖布里尔·西蒙（Gabriel Syme）逐渐领会到世界并没有那么糟糕，并不是人人合谋反对他。西蒙这种逐渐增长的意识，在他遇到一位上帝般的人物桑德（Sunday），而达到高潮，这让他觉得世界依然存在着上帝之力。但一个注入上帝之力的世界，并不等同于由上帝创造或掌控的世界。切斯特顿为了阐释桑德这个沉默的怪物（pantomime ogre）……实则代表了被亵渎的上帝，在小说中添加了如下注

① Yeats，“The Symbolism of Poetry”，*Essays and Introductions*，pp. 156 – 157.

② Chesterton，*Autobiography*，p. 152.

解："整部小说的关键之处，在于一些事物的梦魇，这并非他们的本来面目，他们又似乎是90年代的悲观主义青年。这怪物虽然看起来面目凶恶，却隐藏着浓烈的爱意；虽然这种爱，无论从宗教还是反宗教的立场上来看，都不及上帝之爱，更像是泛神论者表达的自然之爱，这种泛神论主义就是要摆脱悲观的思想意识。"① 切斯特顿在这部小说和他的自传中，都将泛神论作为迈向唯一神论（theism）的垫脚石。然而，泛神论与唯一神论不同，前者不支持创世论，因此读者不会感激作家的存在。虽然，相比物质主义，切斯特顿更支持泛神论，但是不能因此而忽视他对两者的敌对态度。切斯特顿在《信奉正教》（*Orthodoxy*，1908）中，首次表达了这种反对态度，他在书中提到安妮·贝赞特的观点："世界上只有一种宗教"，并且仔细研究了她提到的"能赢得所有人支持、思想深刻透彻的宗教"。② 切斯特顿将贝赞特的神秘主义与佛教思想相联系，进一步分析了基督教信仰中的矛盾：

> 正是此刻，佛教融入现代泛神论，融入现代人的内心。正是此刻，基督教融入人性，支持自由和博爱。爱是具有个性化的，所以爱是割裂的。基督教值得为此高兴，因为上帝已经将宇宙打破，散落成小碎片，因为他们是具有生命力的小碎片……这就是佛教与基督教之间的鸿沟。在佛教徒和神智论者看来，个性代表人类的堕落，而基督徒认为这是上帝的旨意，是他创世的想法。神智论者的世界观要求人类珍爱这个世界，因为他们已经置身其中。但基督教的神学宗旨认为，正因为人们已经被驱逐出去，所以他们可以爱这个世界……任何将宇宙与生者割裂的哲学，都不会讨得上帝欢心。但是正统的基督教思想认为，这种上帝和人类的分离是神圣的，因为这是永恒的。③

切斯特顿如此来做出区分，从另一个角度解读了基督教神学。基督教神

---

① Chesterton, *Autobiography*, p. 99.

② G. K. Chesterton, *Orthodoxy*, London: John Lane, 1927, p. 242.

③ Ibid., pp. 243 – 244.

学既承认物质世界的特殊性，但也拒绝窄化宗教关注的范围，只是局限于对精神世界的探索。更重要的是，基督教神学认为宇宙故意分裂成细小的、具有生命力的碎片，这是上帝的意愿，是神圣的，这种观点激发了读者的进一步研究——探索漫长的19世纪中关于宗教和文学的多重争论和矛盾。

第四节　奥斯卡·王尔德的宗教审美观

在维多利亚时期的后半夜，晚年的马修·阿诺德高度赞赏了文学中的诗歌，认为诗歌正如道德箴言，所有的宗教、道德和美学，都能融合在诗歌中。阿诺德剔除了宗教的教条部分，将其归类为一种精神状态，文森特·巴克利（Vincent Buckley）将这种状态描述为“一种神圣情感，对道德情感产生积极的影响”。[①] 然而，针对阿诺德赋予诗歌以宗教特质的论断，文学家对此持有不同批判观点，他们认为这实际上含混了诗歌和宗教的定义。T. S. 艾略特（T. S. Eliot，1888—1965）认为阿诺德对诗歌的“定义模糊……而且阿诺德利用文学或文化，篡夺了宗教的地位”。[②]

事实上，阿诺德的宗教观较为复杂，他不仅赞同罗斯金的观点——“宗教即道德”，也同意王尔德的观点——“宗教即艺术”。在阿诺德的宗教观中，实则发展出一种较为复杂的视角，他认为：希伯来文化应该让步于希腊文化。T. S. 艾略特认为，阿诺德的观点为王尔德的美学观扫清了障碍。当然，在王尔德的作品中，其中表述的神学和信仰，文学地位转化为一种彻底的审美宗教，一种为艺术而生、崇尚艺术的宗教，究其原因，则是希腊思想文化的介入、回归以及和基督教神学思想的融合。希腊思想理论和思潮的复兴，促进

① Vincent Buckley, *Poetry and Morality: Studies on the Criticism of Matthew Arnold, T. S. Eliot, and F. R. Leavis*. London: Chatto & Windus, pp. 27 – 28.

② T. S. Eliot, “Arnold and Pater”, *Selected Essays*, Faber & Faber, 1972, p. 434.

了维多利亚后期宗教审美理论的发展。而本章也应和了导言中的介绍，维多利亚末期的宗教，实则是两希文化的交融，希腊思想转化为文化审美形式，开始融入以个人宗教为趋势的基督教之中。

一　审美主义：奥斯卡·王尔德

阿诺德于1888年逝世，同年他的侄女——汉弗莱·沃德夫人出版了《罗伯特·埃尔斯米尔》一书。这本书极受欢迎，前半部分讲述了一位英国国教牧师逐渐怀疑基督教历史，放弃其神职等级，最终成为一神论者。之后在伦敦东区传教布道，摒弃教条，专注于信仰、伦理和慈善。阿诺德在去世前曾读过这本书，很喜欢小说的前半部分。[①] 不少评论家发现罗伯特·埃尔斯米尔的宗教观和阿诺德极为相似。在王尔德的《谎言的衰朽》（*The Decay of Lying*，1891）中，主人公西里尔（Cyril）将《罗伯特·埃尔斯米尔》描述为"阿诺德的《文学与教条》的文学残留"。[②] 莱昂内尔·特里林（Lionel Trilling）的评价则更为精确：

> 埃尔斯米尔生活在阿诺德的理性世界中。当时宗教的热浪席卷英国，也触动了阿诺德，他在其中推波助澜。总而言之，埃尔斯米尔的目的和阿诺德一样——通过毁灭教条来保持信仰，最终伦理学兴起，兄弟会盛行。[③]

从王尔德对马修·阿诺德的评论，以及小说主人公对宗教历史的评论中可以看出，王尔德实则赞同阿诺德的宗教立场。

在《谎言的衰朽》中，王尔德仅在西里尔和薇薇安（Vivian）的对话中提及了《罗伯特·埃尔斯米尔》。王尔德认为，从审美角度来看，《罗伯特·埃尔斯米尔》是一部粗制滥造的小说；但是在其他方面却表明，他认为埃尔

---

① Lionel Trilling, *Matthew Arnold*, London: Unwin, 1939, p. 315.

② Oscar Wilde, *Complete Works of Oscar Wilde*, ed. Vyvyan Holland, London: Collins, 1966, p. 975.

③ Trilling, *Matthew Arnold*, p. 316.

斯米尔（或阿诺德）的困境和精神挣扎不仅没有解决，甚至从本质上就误入歧途。王尔德认为，如果从宗教史入手，“试图证明宗教的真实性之后，宗教就已死亡。科学是对宗教死亡的记录”。[①] 在《谎言的衰朽》中，薇薇安悲叹道，“英国教会中的常识发展……是向现实主义低级意识形态的一次屈辱让步”。[②]

事实上，在维多利亚后期，王尔德和佩特在个人作品中，发展了基督教的审美思潮。评论家认为，从纽曼到阿诺德之后，他们在 19 世纪的宗教派系中，占据了一席之地。由于佩特和王尔德都反对启蒙他们的传统宗教，后期并未赞同他们早期敬重的作家，王尔德则对此表述为警句——“人人必杀之所爱”，因此需要谨慎思考先辈们带来的影响。

1874 年王尔德在伦敦与罗斯金相识，自此，两人之间产生了深厚的师徒情谊。1888 年，王尔德在信中对罗斯金写道：

> 在牛津大学的时光中，印象最深的回忆就是与您一起漫步谈心，从您那里我懂得了什么是美。还有什么比这更有价值呢？您集先知之渊博、牧师之虔诚以及诗人之浪漫于一身。上帝赐予您无与伦比的口才，您的文章展现给我们如火的热情和美妙的乐感，失聪者也能聆听，失明者亦能目睹。[③]

王尔德在接受罗斯金影响的同时，他也阅读了佩特的《文艺复兴史研究》(*Studies in the History of the Renaissance*)，这本书被他奉为“金册”。在某些方面，罗斯金和佩特对年轻的王尔德的影响是互补的，但是在其他方面却背道而驰。罗斯金和佩特都曾写过有关浪漫传统的审美批评，不过佩特还是一位希腊文化研究者。他认定基督教和传统教会在文艺复兴时期有着完美的融合，而罗斯金则认为异教文化对中世纪纯洁的基督教进行了灾难性的荼毒。他们

---

① Wilde, *Complete Works of Oscar Wilde*, p. 1205.

② Ibid., p. 990.

③ Oscar Wilde, *The Letters of Oscar Wilde*, ed. Rupert Hart - Davis, Rupert Hart - Davis, 1962, p. 218.

三人对古希腊文化的观点相同，但是王尔德和佩特更倾向于拥护希腊文化，即阿诺德主张的传统。

二　基督教与希腊文化的融合

1888 年，阿诺德离世，罗斯金也只剩下最后十年的时光，当时他已患上了精神病，王尔德开始正式出版著作。1891 年王尔德遇见了阿尔弗雷德·道格拉斯勋爵，当时他已经出版了《社会主义中人的灵魂》（*The Soul of Man Under Socialism*，1891）、《道连·格雷的画像》，以及两部短篇小说集。在《文化与无政府主义》出版 25 年后，社会和政治风气发生了极大的变化。正如雷蒙德·威廉姆斯（Raymond Williams）所说，尽管维多利亚女王还有 20 年的统治时期，但是“用以形容维多利亚时期特征的词语于 19 世纪 80 年代形成，而如今的语调显然发生了变化”。①

王尔德生活在更为理性的维多利亚后期，事实上，王尔德的审美、宗教以及道德理念都起源于达尔文在科学领域的发现。虽然罗斯金不愿意认可达尔文的影响，但是当时社会已经向进化论妥协，并且极大地影响了维多利亚时期的思潮。在宗教思想领域中，达尔文挑战了《圣经》的基要主义者。进化论的主旨就是随机变异、物竞天择的进化机制，这违反了设计论证的本质和理念。

王尔德所代表的颓废派浪漫主义，是罗斯金和阿诺德代表的“道德派”浪漫主义的对立派。两种浪漫主义都是在柯勒律治关于神性的创造性想象的分支发展，“所有人类感知的生存力量和主要媒介，在无限的我是永恒创造的有限头脑中的重现”。② 鉴于罗斯金和阿诺德，实际上是纽曼和基布尔在柯勒律治的想象力和超越权威的结合中，最终创建了道德化审美，而王尔德以我为基础，在了解自我的神性权威的基础上，又创建了一个彻底的审美主义。

---

① Raymond Williams, *Culture and Society*, *1780 – 1950*, Penguin, 1961, p. 165.

② S. T. Coleridge, *Biographia Literaria*, Vol. 1, ed. James Engell and W. Jackson Bate, 2 vols, Routledge & Kegan Paul, 1983, p. 304.

正如阿诺德和纽曼一样，王尔德寻求调解希腊主义和浪漫主义的方法。王尔德在《英国文艺复兴的艺术》（*The English Renaissance of Art*）中写道，“正是从希腊主义的统一中，在其雄浑的表现力中……通过浪漫精神那充满激情的对美的沉着把握，激发了19世纪的英国的艺术气息”。对王尔德而言，基督本身就是浪漫主义和希腊主义统一的绝佳范例。在《自深深处》中，王尔德讲述了自己计划撰写“基督是生活中浪漫主义先辈”的文章。① 但是，王尔德认为基督教首先是个人主义的支持者，他在《社会主义中人的灵魂》中总结道，“新的个人主义就是新的希腊主义”。②

王尔德对文艺复兴的痴迷，源于对当时希腊主义和基督教融合的欣赏。在早期意大利宗教绘画中，王尔德发现了有趣的文艺复兴寓言：

> 身着中世纪服装的士兵看守着基督的坟茔，这是早期意大利画家绘画的潮流。而这种绘画作品是所有真正艺术中不合潮流的部分，对我们来说就像一则寓言故事，因为在中世纪想要保卫被埋葬的进步精神是徒劳的。当希腊精神的曙光出现时，坟墓中空无一人，仅剩下一旁守坟人的衣物，人性在死者中崛起。③

王尔德喜欢希腊和基督教融合的每一事例。王尔德写道，“一想到艺术中失传的古希腊合唱，最终在做弥撒时保存了下来，喜乐和敬畏之情油然而生。”这个现实因素使读者理解了王尔德作品中的宗教审美的融入。

王尔德对待基督教的“异己”态度，使其宗教观模糊不清。他对天主教的皈依是虚伪还是真诚？在王尔德的作品中，其诙谐讽刺的语气，揶揄淫乱之徒，以及对天主教的亵渎，使此问题更加扑朔迷离。事实上，很难断定王尔德对宗教的真诚程度，换言之：王尔德在宗教信仰和艺术审美中犹豫不决，希望融合基督教和希腊主义。王尔德曾经痴迷于罗马天主教，承认自己是基

---

① Wilde, *Complete Works of Oscar Wilde*, p. 931.

② Ibid., p. 1104.

③ Ibid., pp. 1147 – 1148.

督教徒，但又被希腊精神深深吸引。王尔德曾多次表示，想亲眼去看看罗马。然而遗憾的是，由于要支付俱乐部的会费，王尔德放弃了首次拜访罗马的机会，“我很遗憾地告诉你，我将不能在复活节去朝拜圣城；我已入选圣史蒂芬俱乐部，并且一次性付42英镑的会费，对我来说是一大笔钱”。[①] 之后，当他最终筹得朝拜罗马的费用后，遗憾的是，却在途中被导师马哈菲（Mahaffey）带到了希腊。

事实上，选择希伯来或希腊，这种疑惑不仅只是萦绕于他的学生时代。王尔德出狱后，再次动身去意大利，朝拜罗马和教皇。他给罗伯特·罗斯（Robert Ross）的信中写道：“很高兴我们又可以再次一起启程了，这次我一定要成为一名天主教徒。”[②] 由于王尔德个人生活的丑闻，他在罗马天主教和鸡奸行为之间饱受折磨，他在困苦中吐露，“我的未来或在修道院，或在咖啡馆。我也尝试过普通的家庭生活，但却搞得一团糟”。[③]

事实上，王尔德在牛津大学尚未毕业时，天主教对他而言，或许就是形式而言。在同学间，改变信仰转信罗马天主教是符合潮流的，因为当时至少有六个牛津大学的朋友皈依天主教。王尔德似乎也想依偎在天主教的温床里……房间里贴满了教皇和红衣主教曼宁（Cardinal Manning）的照片。[④] 但到1878年，他似乎不再迷恋天主教，醉心于史文朋（Swinburne）类型的希腊主义。从他之后的生活方式中，很难相信他是一个虔诚的基督徒。王尔德热衷于将神圣虔诚与亵渎行为混为一谈，在写给罗斯的一封信中，他曾经如此评价一位朋友的三人姘居行为：“其成员都不睡觉，姑娘睡在中间，体验‘中介生活’的快感与不安全感。”[⑤]

无论王尔德年轻时如何荒诞不经，但是在其后期，王尔德宣称，由于父母的压力，才使得他无法皈依于罗马天主教。在他弥留之际，王尔德说道：

① Wilde, *The Letters of Oscar Wilde*, March 1877, pp. 31 - 33.
② Ibid., p. 819.
③ Ibid., p. 828.
④ Ibid., p. 14.
⑤ Ibid., p. 831.

“我有很多违背伦常的行为，都是因为我父亲不允许我成为天主教徒而导致的……教堂艺术性的一面，本可以治愈我性欲颠倒的病症。”①

据说，在他从狱中释放后，他曾悲痛地抽噎，恳求进行宗教静修，但是却被农业街耶稣会（the Jesuit House in Farm Street）礼貌地拒绝了。尽管他曾与罗斯谈话，消除他的怀疑，表明自己已经非常虔诚，但是后来罗斯遗憾地表示，自己没有更积极地帮助王尔德，这似乎是合乎情理的。② 甚至王尔德在临终之时改变信仰的行为，都让人难以相信，因为人们仍然怀疑他的神志是否清醒。③

总而言之，王尔德对宗教的态度较为模糊。王尔德的一位朋友，将其与基督相比。王尔德对天主教和希腊主义的双重忠诚和热爱，导致他一生都处于极端的边缘。王尔德的早期诗歌明显表明，他苦苦挣扎于基督教和希腊主义。王尔德对天主教的热爱，激发他创作了许多诗歌，如《圣米·尼亚托》（*San Miniato*）和《未访的罗马》（*Rome Unvisited*），这些诗歌都证实了王尔德对宗教的虔诚和热爱。

基督徒和希腊人之间结合，无论是存在冲突还是业已和解，都是王尔德后期作品的特征。在《社会主义中人的灵魂》一书中，王尔德将罗斯金式的基督社会主义与佩特式的人格扩张结合起来。希伯来人和希腊人的两股力量在《道连·格雷的画像》中演变成悲剧式的对立，这表现在主人公的两个对立的导师——巴兹尔·霍尔沃德和亨利·沃顿勋爵身上。而在《莎乐美》中，在施洗者约翰（Jokanaan）和莎乐美（Salome）身上，再一次展现出——基督教的高尚道德和异教徒沉迷于希腊色欲的对立。

赫斯基·皮尔森（Hesketh Peason）写道，王尔德“经常以童话的形式讲话，以故事的形式思考和教学”。④ 在他出版的文集中，王尔德将美学融合到传统的童话之中。在《少年国王》（*The Young King*）中，王子在行加冕礼时，

---

① H. Montgomery Hyde, *Oscar Wilde*, Methuen, 1977, p. 470.

② Ibid., p. 458.

③ Ibid., p. 477.

④ Hesketh Pearson, *The Life of Oscar Wilde*, London: Penguin Classics, 1946, pp. 136, 217.

不肯穿上华丽的衣物和珠宝来过分装饰自己；但向基督祷告时，他穿戴上华丽的礼服和珠宝。在《渔人和他的灵魂》（*The Fisherman and His Soul*）中，主人公出卖灵魂，换取人鱼的爱。之后，他的灵魂用无数的金银财宝引诱他陷入罪中。《星孩》（*The Star－child*）的主人公因为高傲和目中无人，遭到惩罚，被剥夺了美貌。但是当他可怜穷人、丑陋之人以及生病的乞丐时，他又重获美貌和财富。王尔德后期的作品《散文诗集》（*Poems in Prose*），尤其是《艺术家》（*The Artist*）、《先生》（*The Master*）、《裁判所》（*The House of Judgement*）和《行善者》（*The Doer of Good*）这些作品越发引人深思，这些诗歌从经济角度出发，将基督教故事和基督道德融合，引发了全新、深刻的阐释。当王尔德告知叶芝，在自己众多的童话故事中，《行善者》表达出了“可怕的美丽”。随后，叶芝在自传中阐释了王尔德的这段表述：

> 基督教从白色平原走到紫色城市。走在第一道街上，他听到头顶有呜咽声，看到一个年轻男子醉倒在窗台上。他问：“为什么你要在酩酊大醉中浪费你的灵魂？”年轻人回答道：“主啊，我本是麻风病人，你将我治好了，我还能干什么呢？”再往城里没走多久，他看到一个年轻男子跟随着一个娼妓，然后他问道：“你为什么要让你的灵魂堕入声色淫逸中呢？”年轻男子回答道：“主啊，我本是盲人，是你治好了我，除此之外，我还能干什么呢？”最后，在城市的中心，基督看到一个老人蹲在地上哭泣，当基督问他为什么哭泣时，老人回答道：“主啊，我本是垂死之人，你又赋予了我生命，可是除了哭泣我还能干什么？”①

叶芝被《行善者》深深地打动。事实上，王尔德的许多童话故事都预言着王尔德的生活悲剧和未解决的难题。但是，部分读者为王尔德曲解基督故事、基督道德以及基督本人而愤慨。读者可能主要不满于王尔德的个人行径，以及对王尔德在狱中写给道格拉斯勋爵的信件（后来收录于《自深深处》书

① W. B. Yeats, *Autobiographies*, London: Macmillan, 1955, p. 286.

信集中出版)。不同读者对此书信集持有不同的看法，有些人相信王尔德是虔诚的基督徒，有些人反之。比钦牧师（the Rev. H. C. Beeching）在威斯敏斯特教堂（Westminster Abbey）内，曾公然抨击王尔德的这部书信集，认为它是“魔鬼的教条”。然而惊奇的是，《自深深处》书信集在同年出版发行后，又再版了五次。

对《自深深处》进行审慎的审查后，读者对王尔德的身份——究竟是颓废骗子，还是基督救世主的形象，依然矛盾重重。不可否认，基督教对王尔德的审美和精神的吸引力，来自对基督道成肉身的共鸣感悟。

三　王尔德——模仿基督?

遗憾的是，王尔德在去世之前，世人只见他的放荡挥霍之徒的行径，却未见其皈依为天主教徒的虔诚举止。王尔德在个人自传《自深深处》中，着墨谈论了个人的宗教忏悔。

在本书中，王尔德认为，自己遭受诽谤而入狱的经历堪比基督。对王尔德而言，基督超越了任何形式的苦难。王尔德在《自深深处》中表达了对基督的认同感，此书影响深远，传播广泛。王尔德在临终之际，写下了这部影响深远的巨作，他在书中嘲弄式地揭露了维多利亚时期的“诚挚”。[1] 在这部作品中，王尔德阐释了宗教和审美体验之间的关系问题，区分了上帝的“无限存在”和艺术家的创造性的“存在”，许多同时代学者尚未辨清两者的区别。

事实上，不仅王尔德自己，其他著名学者如乔伊斯·哈特·克莱恩（Hart Crane，1899—1932）、奈特（G. Wilson Knight，1897—1985）等，都认为他是维多利亚社会的替罪羊。在书中，王尔德清晰地对比了基督遭受的背叛和个人的悲剧历史：

> 他与同伴们共进那顿小小的晚餐，其中一人已经将他索价卖掉。月

① Wilde, *The Letters of Oscar Wilde*, p. 225.

光中，橄榄园里静悄悄，痛苦弥漫。那假意朋友走上前，以吻暴露他的身份。那个还信着他的朋友，他像倚靠磐石一样，本想倚重这朋友，建起一所供世人避难的房子，在黎明鸡叫前不认他。他本人孑然一身的孤独，那样的温良谦恭，那样的逆来顺受。与此同时，还有那一幕幕情境：如大祭司怒撕衣服，巡抚要水、无济于事地想洗去使他成为历史罪人的义人之血。那悲怆的加冕典礼，是有史以来最奇妙的场景——将这无辜之人在他母亲和他所爱的信徒面前，钉上十字架；兵丁为分他的衣服拈阄赌博……①

“小小的晚餐”和“假意朋友”正是王尔德自身所处的环境，他面对的法官就是“传统宗教的大祭司”。为了便于识别，基督从始至终都被描述为一个艺术家，就像王尔德经常描述自己一样：

　　我们可以从基督身上，看出人格与完美的紧密结合，这结合形成了传统与浪漫的实质区别，使基督成为现实中浪漫主义运动的先驱者。但从本质而言，他和艺术家一样，都是基于一种如火般强烈的想象力。②

王尔德发展了基督的综合人格，在他身上找寻相似之处。基督有“如火般强烈的想象力”，事实上，他使想象力神圣化。“基督是至高无上的个人主义者”，而且还是“历史上第一位个人主义者”。③ 根据王尔德的个人阐释，基督又成为率性的浪漫主义者。他是“生机勃勃的浪漫主义的中心”。④ 王尔德还认为，基督是“天下仁爱之人的魁首”。⑤

作为人类罪恶的替罪羊和独立个体的诗人，王尔德与基督十分相似——正如基督既是人类罪行的受难者，同时也是人类的救赎者一样，而对于王尔

① Wilde, *Complete Works of Oscar Wilde*, p. 924.
② Ibid., p. 922.
③ Ibid., p. 925.
④ Ibid., p. 929.
⑤ Ibid., p. 925.

德而言，耶稣既是艺术家也是艺术品，“他的整个生命都是最美好的诗歌。‘怜悯与恐惧’而言，倾所有古希腊悲剧，也望其项背”。[1]

王尔德认为基督是忧患之子。他认为，忧患是人类最极端的感情，“同时也是所有伟大艺术的预示和检验”。[2] 从如上的论述而言，可见王尔德是一位模仿基督个人人格的崇拜者，但是在其自传作品《自深深处》中，也看见王尔德直面真实自己的迷茫和困惑，“一个人的灵魂是不可知的”，“最后的神秘是自己”，并呐喊着，“谁能算出个人灵魂的轨道”？[3]

这是否意味着王尔德并未解决自我的焦虑问题，他的所有自由的言论都陷入了维多利亚时期传统的桎梏之中？对于王尔德而言，他认为基督是一件艺术品，且根据基督自身的形象创造了基督。在王尔德看来，宗教和审美的体验是密切相关的，贯穿和体现这种体验的，显然是艺术。于此，思维模式经历过完整周期。牛津主义运动者于 19 世纪 30 年代发起了牛津运动，旨在探索历史基督教的审美维度，终于在 19 世纪 90 年代以艺术审美角度下的宗教为终点，落下了帷幕。

四　结语

叶芝在《库勒和巴里利》（*Coole Park and Ballylee*，1931）中写道，“我们是最后的浪漫主义者”，事实上笔者所讨论的所有作家，都继承了浪漫主义者蕴含的艺术和宗教思想。[4] 研究中所讨论的浪漫主义的继承形式多种多样，主要关注华兹华斯和柯勒律治传承给维多利亚作家的主要遗产。笔者在前几章，研究了华兹华斯和柯勒律治思想的初期阶段，他们思想的激荡时刻，反映在他们的诗歌和宗教之中，体现于他们对个人主义的向往和权威权力的反抗中，这种思潮横跨于整个维多利亚时期。随着时间推移，社会越发民主，而维多利亚时期的宗教则走向了个人化和世俗化。

---

① Wilde，*Complete Works of Oscar Wilde*，p. 924.

② Ibid.，p. 920.

③ Ibid.，p. 934.

④ Graham Hough，*The Last Romantics*，p. 35.

从原则上而言，牛津运动的作家们在运动之初的写作中，反抗一切对教会神圣权力的威胁。因此，他们倾向于轻描淡写或将华兹华斯神话创作中的世俗倾向演变为基督教，而忽视柯勒律治的想象推测。然而，基督教的正统派并没有否定浪漫主义的思想关键。恰恰相反，柯勒律治关于语言象征性的理论，以及康德对于认识论和感性的认知，使得纽曼和霍普金斯采纳更为诚挚和理性的严谨态度。不过，罗斯金和阿诺德却采纳了教会的包容立场，他们赋予艺术和文化以道德和宗教的色彩，从而延续了柯勒律治捍卫基督教和贵族价值的主张。然而，如此做法，过分简约，且规避了主观主义和感知本质的认识论问题。在19世纪八九十年代，在佩特和王尔德的作品中，宗教被视为艺术品，基督的形象也被视作个人神话，实现了浪漫主义遗产中基督教世俗化和人格化内涵的完整含义。

柯勒律治的创造性想象的神圣信仰，在维多利亚时期发展成两种传统，一种强调宗教和道德经验之间的相互关系，另一种则赋予艺术以宗教色彩。19世纪末期，第二种传统将浪漫主义的审美倾向演变为象征主义。1899年，在王尔德去世的前一年，亚瑟·西蒙斯（Arthur Symons）庆祝了艺术新纪元的出现：

> 一切的努力使得文学具有精神意义，来规避陈旧的虚华辞藻的束缚，规避外部事物的腐朽束缚……神秘事物不再可怕，因为只有将未知海洋视为空虚的人，才会畏惧这些神秘事物。①

在反抗外来事物、反抗虚华辞藻、反抗唯物主义传统中；在等待彰显事物灵魂的象征符号中，文学负载重负，踯躅前行，终究会获得自由，发出真正的声音。在实现这种自由的过程中，文学肩负宗教的重担。因为迄今为止，只有宗教能够和读者进行亲密且庄严的对话，而文学兼有神圣宗教仪式的义务和责任。

① Arthur Symons, *The Symbolist Movement in Literature*, Dutton, 1958, p. 5.

西蒙斯的象征主义，指明了佩特和王尔德数年来追求的唯美主义方向。叶芝是这种“浪漫唯美主义”的巅峰人物，佩特则是现代性思想代表的第一人。王尔德亦是如此，他向生活的神秘创造力敞开灵魂，从中探寻个人的人文主义神话：

> 我嘲笑普罗提诺的思想，
> 公然对柏拉图大嚷，
> 死亡与生命并不存在，
> 直到人类组合起全部，
> 用他的苦难的灵魂制造出各种零件，
> 对，太阳月亮星星，一切。
> 再给这加上一条，即死后我们站起，
> 做梦，如此创造
> 出来超越月亮的乐园。①

叶芝通过现象性经验框架中，提出想象力的概念，解决了柯勒律治对同一性、创造力和超验意识之间的关系问题。但是在叶芝和象征主义者的周围，一种不同的传统注入了现代主义中，这种传统体现了康拉德的理念，也可以说它产生于罗斯金的教化审美之中。康拉德认同罗斯金艺术具有道德教化的主张，并且相信艺术家的任务就是“让你看到”②。康拉德的《黑暗的心》（*Heart of Darkness*）于1899年出版，同年西蒙斯的《象征主义文学运动》（*The Symbolist Movement in Literature*）出版，但是后者却毫无前者的乐观主义精神。到1899年，曾经坚持不懈地追逐过罗斯金的地质学家们，提出了一个异乎寻常的确定性，即物质世界不再具有道德或意义。返回康拉德的存在主义者，其旅途上的主人公是为了寻找个人身份。但是最后找寻到的人类身份，

---

① Harold Bloom, *The Ringers in the Tower*: *Studies in Romantic Tradition*, University of Chicago Press, 1971, p. 58.

② Ford Maddox Ford, *Joseph Conrad*: *A Personal Remembrance*, Duckworth, 1924, p. 167.

却是堕落的黑暗之心，引人深思。这部小说中的宇宙论的悲观情绪影响深远。书中传递了一种信息，即现代人类没有上帝的眷顾，只是孤独地存在于这个世界上。这是宇宙隔离论的毁灭性观念，与叶芝的神话主题的宗教观念形成了强烈对比。

而艾略特则实践着“各种领域的空想尝试”，包括艺术、哲学、宗教、伦理和文学等，构成了维多利亚时期思想家的研究思路。然而，现代主义的自身矛盾却脱离了对哲学主题的探讨尝试，冰冷的诗句“库尔兹先生——他死了”，标志着艾略特人文主义的结束，而他的“不真实的城市”居住着“空心人”，构成了现代性的核心思想——精神上的空虚，足以与康拉德的理念相媲美。不过，艾略特从未在荒原上游荡。他否认了康拉德的绝望伦理观，艾略特的后期作品表明，他相信人类通过艺术能够得到救赎。

在其后的文学批评中，艾略特探讨了文学创作批评与基督教伦理之间的关系。他在《宗教与文学》(*Religion and Literature*) 中宣称，“文学批评应该从一个明确的伦理和神学观点入手”。[①] 在《追随异教神祇》(*After Strange Gods*，1933) 一书中，艾略特补充了“传统”的定义——由“正统宗教”和基督教伦理和精神构成。[②] 艾略特作为英国国教高教会派的批评家，他将纽曼对天主教的忠诚和阿诺德对批评的专注融为一体，将维多利亚时期的宗教审美传统带入到 20 世纪。[③]

然而，《追随异教神祇》的副标题是“现代异端邪说入门”(*A Primer of Modern Heresy*)，其序言中开篇为“Le monde modeme avilit”，即“现代世界每况愈下”。“在诸多作家中，基督教受到排斥……是惯常规则而非例外”，我们生活在这个没有信仰的时代，亵渎神明的行为已经习以为常。[④] 人们已经明白，在漫长的 19 世纪，基督教的力量正在逐渐减弱，给文化留下了可乘之机，艺术开始接管宗教的财产和功能，文化逐步填补这些空缺。当今对基督

① Eliot, *Selected Essays*, p. 388.

② Eliot, *After Strange Gods: A Primer of Modern Heresy*, Faber & Faber, 1933, p. 21.

③ Buckley, *Poetry and Morality*, p. 69.

④ Eliot, *After Strange Gods*, pp. 11, 38, 51 – 52.

教的信奉更为脆弱之时，在祭坛上颂扬审美主义的倾向更加明显。正如汤姆·乌尔夫（Tom Wolfe）在《艺术社会心理学》（*The Social Psychology of the Arts*）的演讲所言，“今天，艺术……是受教育阶层的宗教。”① 如今富人们都资助艺术而非教会，他们的名字被刻在剧院房间的画板上，而非教堂专用的厢席上，商人、馆长和艺术家都变成了现代“艺术知识分子”。1983 年，纽约的大都会艺术博物馆举办了梵蒂冈艺术展，乌尔夫对该艺术展开幕的描述，大量罗马天主教神职人员出席该艺术展览，与曼哈顿的艺术知识分子混在一起，而一位困惑的纽约艺术商询问另一位艺术商，“这些令人难以置信的人到底是谁?”② 可见，在 20 世纪的思想文化潮流之中，宗教逐渐褪色，艺术登堂入室，成为新的“精英宗教”。

① Buckley, *Poetry and Morality*, p. 131.

② Tom Wolfe, "Tom Wolfe on Art: An Elitist Religion", *The Weekend Australian*, 20 - 21 October, 1984.

第七章　基督教传统下维多利亚时期的文学特性

长期以来，宗教一直是研究维多利亚文化的重要因素。诸多文学批评家认为，宗教是维多利亚时期的“主要内容”。[①] 而作为宗教载体的维多利亚时期的文学，则引发了有关宗教的大型辩论，除去典型的小说和诗歌等文学作品外，其他文本如宗教祈祷词、祷告文、教堂圣诗和音乐等，皆蕴含着大量的宗教典故和《圣经》引文，从美学和敬虔角度而言，这些文学文本皆体现着维多利亚的时代信仰。学者们主要采用两种方法，来研究宗教与文学之间的关系：一种是批评家在文学作品中梳理宗教教义、引文或宗教教义的发展轨迹；另一种是判断影响文学作品塑造方式的宗教思想和教义。大多数批评家认为，他们的研究是双向的，试图在宗教和文学之间找到一种互惠的关系，这正是他们想要表达的观点。这种互惠关系在维多利亚时期尤为显著：例如，牛津运动发起人约翰·基布尔、约翰·亨利·纽曼和艾萨克·威廉姆斯，他们将维多利亚时期的文学作品与诗学相结合，制定了保留原则；克里斯蒂娜·罗塞蒂和霍普金斯，从诗歌和韵律角度探索了保留原则，同时也把这一原则当作神学思想和信仰。[②] 维多利亚时期的作家们创作并记录了 19 世纪的

---

① T. Wright, “The Victorians”, eds. A. Hass, D. Jasper, and E. Jay, *The Oxford Handbook of Literature and Theology*, Oxford: Oxford University Press, 2009, p. 148.

② E. Mason, “Christina Rossetti and the Doctrine of Reserve”, *Journal of Victorian Culture*, 7, No. 2 (2002), pp. 196 – 219.

牧师和神学家的布道和忏悔作品，同时作家作品中的信徒和信条也构成了许多小说的虚构内容。从夏洛特·杨格笔下的英国天主教徒，乔治·艾略特书中的富有同情心的卫理公会教徒，查尔斯·狄更斯小说里歇斯底里的福音派教徒，直到夏洛蒂·勃朗特作品中恶毒的天主教徒，小说中的信仰立场，转变为玛格丽特·梅森（Margate Maison）所言述的神学“讲坛、忏悔室和战场”。① 评论家一般笼统地将这些解读方法描述为新历史主义和文化形式主义。

学者们对于维多利亚时期的历史和文化解读，探索出阐释文学作品的方法——将宗教教义、宗教践行和礼拜仪式综合考虑，考量维多利亚的文学作品。虽然这种方式对于阅读维多利亚时期的“宗教”写作至关重要，但同时也要考虑到阐释作家们的书写宗教体验之时的局限性。

对宗教和维多利亚文学的研究，实则遵循了三十年来日趋形成的文学研究方法论。乔治·兰道和希拉里·弗雷泽在 20 世纪 80 年代的开创性研究，激起了学者和读者对一个领域的广泛兴趣。在之前的政治和理论领域中，宗教和文学的关系研究，曾被认为是循规蹈矩、毫无前途。然而，两位学者的努力，激发了性别角度的一系列宗教研究，关于基督教和维多利亚男子气概的关系研究亦蓬勃发展。文学批评家开始对宗教作为维多利亚时期的一种文化现象产生浓厚兴趣，致力于宗教和 19 世纪文学的关系研究。迈克尔·惠勒、伊丽莎白·杰伊、戴维·阿斯珀和特里·赖特三位评论家，对此领域的蓬勃发展影响较大，三人都参与了《文学与神学》（*Journal Literature and Theology*）杂志的创立。苏珊·泽卡、朱莉·梅尔尼克（Julie Melnyk）、卡罗琳·奥尔顿（Carolyn Oulton）和裘德·尼克松（Jude Nixon）关于宗教和文学的著作，则推动了交叉学科的兴起与发展。同时，一系列研究论著采用了跨学科研究的方法论，如新型历史主义和文化形式主义等，反映了宗教在文学研究中的重要地位。批评家们逐渐认识到，在商讨维多利亚时期压抑人性发展的意识形态中，基督教并不能够一概而论，真实情况实则复杂纷乱，维多

① M. Maison, *Search Your Soul, Eustace: Victorian Religious Novels*, London: Sheed and Ward, 1961, p. 5.

利亚时期的民众将宗教视为提升智力和净化情感的领域。例如，克里斯蒂娜·弗格森（Christine Ferguson）在讨论“唯灵论”时指出，维多利亚时期教民谈论的“鬼魂”，“对于皈依者”而言，灵魂世界是绝对真实的，灵魂世界的存在，为地球生命的组成和过程赋予了意义，同时也以此来评定和衡量逝去的人们。①

这种观点的关键性在于考虑到精神因素，使得和宗教密切联系的伦理、道德和情感融入其中。伊格尔顿是宗教和文学的“皈依者”，他回忆道，“长期以来，文化理论家认为道德是一个尴尬议题，所以一直在回避。此议题似乎是说教的、无历史根据的、死板的和粗鄙的。严厉的理论家也认为这是不合理、不科学的”。② 阿斯珀对此评论道，伊格尔顿对该领域的总结，引发了读者对批评者否认宗教研究的关注，因为这句话是“关于信仰，而非关于思考”。③ 然而，哲学和文学的研究中现象学（phenomenology）的复兴，大大消除了“思考”和“信仰”之间的分歧。同时，对文学作品、信件、日记、回忆录和笔记的研究，展现了维多利亚作家们的信仰立场，这种研究影响深远，意义非凡，对于作家的基督教信仰立场的研究，不再认为是谬论。威廉·布莱克、夏洛特·杨格、霍普金斯、艾略特、哈代、王尔德和切斯特顿被认为是维多利亚时期最具代表性的基督教思想家；另外一些作家如夏洛蒂·勃朗特，成为理解（恪守教规）和反对信仰（反天主教）的代表性人物。对于宗教密切关注、并且参与到宗教写作的作家，也包括安妮·勃朗特和罗伯特·勃朗宁等，他们出版了许多富有宗教意义丰富的作品。同时也包括之前被忽视的诸多作家——如弗雷德里克·威廉·费伯、多拉·格林维尔（Dora Greenwell）、阿德莱德·安妮·普科特、威廉·巴恩斯（William Barnes）、查尔斯·坦尼森·图纳（Charles Tennyson Turner）等。对作家的宗教研究，主

---

① C. Ferguson，“Recent Studies in Nineteenth - Century Spiritualism”，*Literature Compass*，No. 9，2012，p. 435.

② Eagleton，*After Theory*，p. 140.

③ D. Jasper，“Interdisciplinarity in Impossible Times：Studying Religion through Literature and the Arts”，ed. H. Walton，*Literature and Theology*：*New Interdisciplinary Spaces*，Farnham：Ashgate，2011，p. 8.

要依据他们的个人信仰以及之后的皈依教派，凭此来进行文学历史研究。文学历史学家查阅了大量的周记、布道、赞美诗、礼仪、祈祷和布道等原始资料，帮助现代读者理解并厘清——从高教会派分离出来的低教会派、从福音派教徒分离出来的卫理公会教徒、从贵格会分离出来的长老会教派以及从罗马天主教徒分离出来的牛津运动者。此项研究追溯到维多利亚时期作家所处的改革时刻，找寻宗教史实，展示出基督徒在不同时期的个人信仰。

在维多利亚时期的宗教体验中，焦点在于文学是如何激发宗教，以及如何通过文学解读宗教。基督教教派声称是最“文学”的宗教，牛津运动的诗歌内涵与宗教真理相一致，因此它最有可能成为最“文学”的宗教。牛津运动的主要代表人物——约翰·基布尔、约翰·亨利·纽曼、蒲赛和艾查克·威廉姆斯皆为诗人，还有437位传教士和牛津学者，他们的集体神学体现于宗教小册子和杂论之中。尽管这些小册子的受众群体有限，但从这场运动中诞生的诗歌，正如斯蒂芬·普里科特所评论的，是“有史以来最成功的英文作品”，仅次于莎士比亚，《基督教年纪》于1827年出版后，每年至少卖出1万册。[①] 基布尔在有关诗歌的演讲中，阐释了威廉·华兹华斯诗歌的抒情理论，为罗塞蒂、格林维尔、费伯和霍普金斯的宗教诗学夯实了基石，也为重新引入国教仪式和宗教典礼奠定了美学基础。这些神学思想是建立在排斥罗马美学的基础之上的，基布尔在其关于“国家叛教”（“National Apostasy”，1833）的讲道中，强烈谴责《天主教徒解禁法》，进而发动了牛津运动。在讲道中，基布尔庆祝“使徒教会”，宣称教会权威是从耶稣到使徒、再到主教的圣礼传承，而非罗马教皇思想。虽然基布尔和纽曼都依靠教义论证，将维多利亚的英国国教视为早期基督教的继承者，但国教地位则是通过吸收华兹华斯和柯勒律治的诗学礼仪和精神而巩固。对于纽曼而言，传统主义是一种内在感受，或者是“灵魂”，像精神的无声运动。上帝通过诗歌媒介，通过“克制原则”（reserve），表述不可言说的真理。[②] “克制原则”认为，上帝的圣经律法只对笃

① Prickett，“Tractarian Poetry”，p. 279.

② Newman，*Apologia Pro Vita Sua*，p. 100.

信者可现，祷告书和《圣经》通过寓言和隐喻等修辞，传递着宗教真理。基布尔认为，诗歌实现了此目的：它是“语言表述的间接表达，恰当地表达了无法抗拒的情感，委婉传递信仰。”[①] 这是一种精英主义：牛津运动依赖韵律，对《圣经》和礼拜仪式进行编译，要求信徒用心阅读和倾听，从而达到教育的目的。“克制”的表达方式也使许多女性作家，如杨格、罗塞蒂和格林维尔等，以保留和温和的方式，认真思考和书写神学。

牛津运动于19世纪中叶演变成英国的“盎格鲁-天主教”。随后，它开始通过装饰、图像等传播虔诚信仰，并向英国最贫穷地区传教。维多利亚时期著名的宗教运动，除了牛津运动，还当属福音教派的运动。福音派运动溯源于18世纪，是一种复兴主义运动，与牛津运动一致，其使命是理解并传播源于早期教会的“福音”或信仰。由于许多教派不完全赞同《三十九条信纲》（如加尔文主义者，阿米尼乌斯派教徒和一些卫理公会教徒），福音派主义者违反了公认教义，这一点使得福音派教徒臭名昭著。然而，大多数福音派信徒都承认笃信主义（相信通过笃信福音改变生活），《圣经》（相信作为上帝的启示），十字架赎罪观（相信基督在十字架上的赎罪牺牲）和激进主义（在社会和政治中制定福音）。[②] 最后一项激发了教徒对于奴役、贫困、儿童剥削和妇女权利等社会问题的政治责任感，启示了狄更斯、汉娜·莫尔、乔治·艾略特、威尔基·柯林斯、玛格丽特·奥列芬特、亨利·伍德夫人和安东尼·特罗洛普等作家的想象力，虽然狄更斯夸张地演绎了福音主义狂热分了的极端手段，以《荒凉山庄》的杰利比太太为代表，罗斯金和艾略特也批判了维多利亚社会的狂热的反智主义，但是，托马斯·雷德却称赞福音主义为教民提供了一套基本、简单的信仰。福音派的某些教义给评论者带来了诸多困扰：例如，狄更斯的《大卫·科波菲尔》和勃朗特的《简·爱》对人类心性罪恶的主张进行了批判。同时福音派主张将《圣经》提升至真理地位，亦引发了与德国高等批判的争论，这一高等批判主要研究《圣经》仪式和圣

---

① Keble, “Life of Sir Walter Scott”, p. 6.

② Bebbington, *Evangelicalism in Modern Britain*, pp. 2-3.

经诠释学。与此同时，由于致力于传播《圣经》和帝国主义，福音派激发了阅读体验，由此延伸到词语的理解。例如，见证福音见证由强烈情感控制，这种情感强度实则来源于煽情小说，而非戏剧表演。此时期创作的相关《圣经》寓言、奇迹、诗歌和祷告，正如艾查克·瓦茨和罗伯特·洛斯（Robert Lowth）在18世纪创作的赞美诗，充满激情和想象力。

19世纪末期的宗教文学，创新性显著。在维多利亚时期的诗歌和宗教作品中，克斯特莉·布莱尔（Kirstie Blair）探讨了诗歌对当时礼拜的影响，且认为诗人的辩论也会影响宗教体验。苏珊·科隆（Susan Colon）认为维多利亚时期的文学作品，如狄更斯和杨格的故事和寓言，构成了对于传统文化和道德准则的挑战。查尔斯·拉波特（Charles LaPorte）则探讨了高等批判对布朗宁夫人、丁尼生和克拉夫等诗歌创作的影响。同时福音派极力保护教派信仰免受审美和精神的影响，避免像对手罗马天主教会一样，成为文化运动的牺牲品。福音派、圣公会和牛津运动散布的反天主教的陈词滥调，使得天主教成为王尔德早期作品笔下的堕落宗教。天主教对维多利亚文化美学和神学的影响，显然是不容置疑的。天主教强调的圣礼主义和三位一体观念，对天主教徒考文垂·帕特莫尔、迈克尔·菲尔德、艾丽斯·梅内尔、切斯特顿和王尔德的影响，功不可没。对许多天主教徒而言，天主教信仰使他们免受物质化、技术化和科学化的影响：例如罗马教廷（1869—1870）明确赋予了"神秘"的新含义，如"天使"、"复活"、"扬升"和"圣餐"，将教民的注意力转移到非物质上。天主教徒也热衷于将个人与神秘主义区分开来，如海伦·彼得罗瓦·布拉瓦茨基倡导的神智学运动，而布拉瓦茨基的传人安妮·贝赞特，和作家哈格德，将神智学与藏传佛教和神秘哲学相融合。这种融合掩盖了佛教和印度教传统的独特性。许多西方作家、哲学家和神学家也将达摩佛学误认为泛神论、虚无主义和之后的存在主义。而丁尼生通过对孔子、《古兰经》、印度教和佛教的研究，他则坦言：他将一直关注并了解"世界上伟大的宗教——基督教"，而不是威胁基督教。① 显

---

① Kirstie Blair, *Form and Faith in Victorian Poetry and Religion*, Oxford: Clarendon Press, 2012, pp. 189 – 196.

然，最终获得维多利亚作家们认可的宗教，依然是基督教。

维多利亚文学作品中的宗教信仰，作家们以某种方式让读者相信宗教、良善或道德法则，在文学作品中，道德观提升至首要位置，基督教的影响居于首位。同时笔者也相信，研究基督教和维多利亚文学，其意义在于——维多利亚时期的文学作品不仅明晰地描绘出这个时代的基督教信仰、教派纷争和教会实况，而且理解教民在这个宗教浸润的时代中的敬虔信仰和宗教体验，对于个人和社会所产生的政治影响。维多利亚时期的民众，通过文学这种媒介，不断地讨论宗教与“真实体验”的关系，并在阅读了理解文学作品中，进一步凸显出个人和社会的同情、关怀和关注。维多利亚时期的文学作品中的宗教性，彰显出其本质的经典特征——基督教传统指导下的道德主旨。而究其原因，则在于维多利亚时代的主导意识形态为基督教传统。阿诺德认为宗教精髓在于恒久不变的精神，而非僵硬落伍的教条；宗教的首要任务是取其精华，去其糟粕。此观念类似于卡莱尔的衣服哲学，卡莱尔认为，宗教随时代改变，如同衣服，展示不同的风貌，但人的本质依旧。两人作为维多利亚时期的著名学者，对于宗教的观点是一致的，即：重视宗教的内在精神，摒弃外在教条。因此，在科学和物质主义思潮冲击传统宗教的19世纪，维多利亚作家们对于基督教的诸多阐释和思考，为神学思考注入了新的意义和影响力，开启了宗教延续的契机。维多利亚文学主题内容为家庭天使、慈祥的父亲、家庭的神圣性、工作的美德和性教育的道德化等，这些皆为宗教浸润的结果。维多利亚作家对于宗教的反思，主要是批评宗教教条的僵硬和腐朽而导致的道德虚伪和僵化。作家们对于宗教的批判思考，预示着20世纪宗教和文学的转型：传统体制宗教的退场，个人自由宗教的入场。对于现当代的读者而言，在自由阅读维多利亚作家的文学作品的同时，可以深入感受到文学作品中的思想和背景，理解维多利亚文学所隐含的信仰精神和宗教体验。

中英文参考文献

Ashton, Rosemarry, *George Eliot: A Life*, London: Penguin, 1996.

Baker, Joseph E. , *The Novel and the Oxford Movement*, New York: Russell and Russell, 1965.

Baker, Frank, *William Grimshaw: 1708 – 1763*. London: The Epworth Press, 1963.

Balleine, George R. , *A History of the Evangelical Party in the Church of England*. London: Church Book Room Press, 1908.

Barbauld, Anna L. , *Devotional Pieces, Compiled from the Psalms and the Book of Job: to Which are Prefixed. Thoughts on the Devotional Taste, on Sects, and on Establishments*, London: J. Johnson, 1775.

——. *Pastoral Lessons and Parental Conversations, intended as a Companion to Hymns in Prose*, London: Darton and Harvey, 1803.

——. *Remarks on Mr Gilbert Wakefield's Enquiry into the Expediency and Propriety of Public or Social Worship*. London: Gale Ecco, Print Editions, 1792.

Barker, Juliet, *Wordsworth: A Life*, London: Viking, 2000.

Battiscombe, Georgina. *Charlotte Mary Yonge: The Story of an Uneventful Life*, London: Constable, 1943.

Bebbington, David W. , *Evangelicalism in Modern Britain, A History from the* 1730*s to the* 1980*s*. London: Routledge, 1988.

Bentley, James, *Ritualism and Politics in Victorian Britain*, Oxford: Oxford University Press, 1978.

Besant, Annie, *Theosophy and Christianity*, Madras: The Theosophical Publishing House, 1914.

——. *Mysticism*, Madras: The Theosophist Office, 1912.

——. *The Spirit of the Age*, Madras: Theosophist Office, 1908.

Black, Anthony, *Political Thought in Europe 1250 – 1450*, Cambridge: Cambridge University Press, 1992.

Blain, Virginia, *Caroline Bowles Southey, 1786 – 1854: The Making of Woman Writer*, Aldershot: Ashgate, 1998.

Blair, Kirstie, *Form and Faith in Victorian Poetry and Religion*. Oxford: Clarendon Press, 2012.

Blom, Margaret H. , *Charlotte Bronte*, MA: Twayne Publishers, 1977.

Blomfield, Charles J. , *A Charge to the Clergy of London*, J. Bentley, *Ritualism and Politics in Victorian Britain: The Attempt to Legislate for Belief*, Oxford: Oxford University Press, 1978.

Bloom, Harold, *The Ringers in the Tower: Studies in Romantic Tradition*, University of Chicago Press, 1971.

Bolam, C. G. et al. , *The English Presbyterians: From Elizabethan Puritanism to Modern Unitarianism*, London: Allen and Unwin, 1968.

—— and Jeremy Goring, *The English Presbyterians*, London: George Allen & Unwin, 1968.

Bonica, Charlotte, "Nature and Paganism in Hardy's*Tess of the d' Urbervilles*", *Elh*. vol. 49, Number 4, 1982.

Booth, William, *In Darkest England and the Way Out*, London: International Headquarters of The Salvation Army, 1890.

Bradstock, Andrew, Sean Gill, Anne Hogan, and Sue Morgan, eds, *Masculinity and Spirituality in Victorian Culture*, New York: St, Martin's Press, 2000.

Brewer, John, "English Radicalism in the age of George III", ed. J. G. A. Pocock, *Three British Revolutions:* 1641, 1688, 1776, Princeton: Princeton University Press, 1980.

Brown, Callum G, *The Death of Christian Britain: understanding secularisation*, British: Routledge, 2009.

Brownell, David, "The Two Worlds of Charlotte Yonge", *The Worlds of Victorian Fiction*, ed. Jerome H. Buckley, Ma: Harvard University Press, 1975.

Browning, Elizabeth B., *Aurora Leigh*, New York: W. W. Norton, 1996.

Bruce, Steve, *God is Dead: Secularization in the West*, Oxford: Blackwell Publishers, 2002.

Buckley, Vincent, *Poetry and Morality: Studies on the Criticism of Matthew Arnold, T. S. Eliot, and F. R. Leavis*, London: Chatto & Windus, 1959.

——. *Poetry and Morality*. London: Chatto & Windus, 1959.

Burdett, Carolyn, "Romance, Reincarnation and Rider Haggard", *The Victorian Supernatural*. Eds. Nicola Bown, Pamela Thurschwell, and Carolyn Burdett, Cambridge: Cambridge University Press, 2004.

Burke, Edmund, *Reflections on the Revolution in France, and on the proceedings in certain societies in London relative to that event, in a letter intended to have been sent to a gentleman in Paris, Edmund Burke: On Taste, On the Sublime and Beautiful, Reflections on the French Revolution, A Letter to a Noble Lord*, ed. Charles W. Eliot, New York: P. F. Collier, 1909.

——. *Reflections on the Revolution in France*. New York: Arlington House, 1965.

Burrows, Henry W., *The Half – Century of Christ Church, Albany Street, St. Pancras*. Montana: Kessinger Publishing, 1887.

Burrows, K. C., "Some Remembered Strain: Methodism and the Anti – Hymns of Emily Bronte?" *West Virginia University Philological Papers*, 24(1977).

Butler, Lance St John"' Unless the World Is to Perish' : Hardy and Christian Discourse", *Victorian Doubt: Literary and Cultural Discourses*, Hemel Hempstead: Harvester, 1990.

Cantalupo, Catherine Musello, "Christina Rossetti: The Devotional Poet and the Rejection of Romantic Nature", D. A. Kent, *The Achievement of Christina Rossetti*. Ithaca, NY, and London: Cornell University Press, 1987.

Carpenter, M. , "On the Death of Mrs Hemans", *Voices of the Spirit and Spirit Pictures, Felicia Hemans: Selected Poems, Prose and Letters*, ed. G. Kelly, Peterborough. Ontario: Broadview Press, 2002.

Carpenter, Mary W. , *George Eliot and the Landscape of Time: Narrative Form and Protestant Apocalyptic History*, Chapel Hill: University of North Carolina Press, 1986.

Carroll, David, *George Eliot and the Conflict of Interpretations: A Reading of the Novels*, Cambridge: Cambridge University Press, 1992.

Chadwick, Owen, *The Mind of the Oxford Movement*, London: Adam and Charles Black, 1960.

——. The *Victorian Church, Vol* 2. *Part One* 1829 – 1859. *Part Two* 1860 – 1901. London: scm, 1971.

Chalmers, Thomas, *The Christian and Civic Economy of Large Towns*. ii. Glasgow: Chalmers & Collins, 1823.

——. etal. , *Essays on Christian Union*, London: Hamilton, Adams and Co. , 1845.

Chapman, Raymond, "' Arguing about the Eastward Position' : Thomas Hardy and Puseyism", *Nineteenth – Century Literature* 42(1987 – 88).

Chesterton, Gilbert K. , *A Handful of Authors*, London: Sheed and Ward, 1953.

——. Autobiography. San Francisco: Ignatius Press, 1936.

——. Orthodoxy. Sioux Falls: NuVision Publications, LLC, 1908.

——. *The Victorian Age in Literature*, London: Thornton Butterworth, 1913.

Clare, John, *John Clare: A Critical Edition of the Major Works*, ed. E. Robinson and D. Powell, Oxford: Oxford University Press, 1984.

Clery, E. J. , "Introduction", in Ann Radcliffe, *The Italian or the Confessional of the Black Penitents: A Romance*, ed. F. Garber, Oxford: Oxford University Press, 1998.

Coleridge, Christabel, *Charlotte Mary Yonge: Her Life and Letters*, London: Mac – millan, 1903.

Coleridge, John T. , *Memoir of the Rev. John Keble*, Oxford and London: James Parker, 1869.

Coleridge, Samuel T. , "*Lectures* 1795 *On Politics and Religion*", *The Collected Works of Samuel Taylor Coleridge*, ed. K. Coburn, 16 vols, Princeton: Princeton University Press, 1971.

——. *Collected Letters*, Oxford: Oxford University Press, 2002.

——. *Table Talk, recorded by Henry Nelson Coleridge and John Taylor Coleridge*, ed. Carl Woodring, London: Routledge, 1990.

——*The Collected Letters of Samuel Taylor Coleridge*, ed. E. L. Griggs, 6 vols, Oxford: Oxford University Press, 1956.

——. The *Friend*, ed. B. E. Rooke, 2 vols. London: Routledge, 1969.

Colley, Linda, *Britons: Forging the Nation,* 1707 – 1837, London: Yale University Press, 1994.

——. Britons: *Forging the Nation,* 1707 – 1837, New Haven: Yale University Press, 1992.

Collins, Wilkie, *Armadale*, Ed. J. Sutherland. Harmondsworth: Penguin Books, 1995.

—— and Charles Dickens, "Doctor Dulcamara, M. P. ", *Household Words* (18 December 1858). Charles Dickens, *Charles Dickens' Uncollected Writings from Household Words* 1850 – 1859, 2vols. Ed. Harry Stone, Vol 2. Bloomington and London: Indiana University Press, 1968.

Conybeare, W. J. , "Church Parties", *The Edinburgh Review*, 98 (1853) J. S. Reed. *Glorious Battle: The Cultural Politics of Victorian Anglo - Catholicism*. Nashville, Tenn: Vanderbilt University Press, 1996.

Cooper, Andrew M. , "Blake and Madness: The World Turned Inside Out", *ELH*. Vol. 57, 1990.

Corelli, Marie, *The Sorrows of Satan*. Ed. p Keating, Oxford: Oxford World's Classics, 1998.

Cox, R. G. , *Thomas Hardy: The Critical Heritage*, New York: Barnes and Noble, 1970.

Cruse, Army, *The Victorians and Their Books*, London: George Allen and Unwin, 1935.

Culler, Jonathan, "Comparative Literature and the Pieties", *Profession*, 1986.

Cuneo, Terence and R. van Woudenberg(eds.), *The Cambridge Companion to Thomas Reid*, Cambridge: Cambridge University Press, 2004.

Cunningham, Valentine, *Everywhere Spoken Against*, Oxford: Oxford University Press, 1975.

——. *Everywhere Spoken Against: Dissent in the Victorian Novel*, Oxford: Clarendon Press, 1975.

Cupples, Cynthia, "Pious Ladies and Methodist Madams: Sex and Gender in Anti - Methodist Writings of Eighteenth - Century England", *Critical Matrix*, 5 (1990).

Davidoff, Leonore and Catherine Hall, *Family Fortunes: Men and Women of the English Middle Class*, 1780 - 1850, London: Hutchinson, 1987.

Davies, Adrian, *The Quakers in English Society* 1655 - 1725, Oxford: Clarendon Press, 2000.

Davies, Charles Maurice, *Philip Paternoster: A Tractarian Love Story by an Ex -*

Puseyite, 2 vols, London: Richard Bentley, 1858.

Davies, Horton, *Worship and Theology in England: From Watts to Wesley to Martineau* 1690 – 1900, Cambridge: W. B. Erdmans, 1996.

Davis, Philip, *The Oxford English Literary History, viii,* 1830 – 1880*: The Victorians,* Oxford: Oxford University Press, 2002.

Delaura, David J. , *Hebrew and Hellene in Victorian England: Newman, Arnold, Pater,* Austin, Tex. : University of Texas Press, 1969.

Dennis, Barbara, *Charlotte Yonge(1823 – 1901): Novelist of the Oxford Movement: A Literature of Victorian Culture and Society,* Lewiston: Edwin Mellen, 1992.

Dennis, John, "The Advancement and Reformation of Modern Poetry", Eds. A. Ashfield and P. de Bolla. *The Sublime: A Reader in British Eighteenth – Century Aesthetic Theory,* Cambridge: Cambridge University Press, 1996.

——. "The Grounds of Criticism in Poetry", Ashfield and de Bolla eds, *Sublime.*

Dent, Shirley, "William Blake was a confused failure but a great humanist", *New Humanist*, Vol, 122 No, 6, Nov/Dec 2007.

Derrida, Jacques, "Faith and Knowledge: The Two Sources of ' Religion' at the Limits of Reason Alone", Religion*: Cultural Memory in the Present*, ed. Jacques Derrida and Gianni Vattimo, California: Stanford University Press, 1998.

Desmond, Adrian J. , *Huxley: From Devil's Disciple to Evolution's High Priest*, Harmondsworth: Penguin Books. 1997.

Dickens, Charles, *A Christmas Carol*, in *Christmas Books*. ed. E. Farjeon, Oxford: Oxford Illustrated Dickens, 1994.

Disraeli, Benjamin, *Tancred or The New Crusade,* London: Longmans, 1878.

Downes, Margaret J. , "Benediction of Metaphor at Colonus: William Blake and the Vision of the Ancients", *Colby Quarterly*, Vol. 27. No. 3, September 1991.

Dowson, Ernest, *Verses*, London: Leonard Smithers, 1896.

Drew, Samuel, *The Life of Thomas Coke,* London: Thomas Cordeux, 1817.

Dreyer, Frederick, "A ' Religious Society under Heaven' : John Wesley and the Identity of Methodism", *Journal of British Studies*, vol. 25, 1986.

Eagleton, Terry, *After Theory*, New York: Basic Books, 2003.

Earl of Shaftesbury, "On Enthusiasm", *Characteristics of Men, Manners, Opinions, Times, etc*, I. Kramnick ed. , *The Portable Enlightenment Reader*, London: Penguin, 1995.

Eliot, George, "Evangelical Teaching: Dr Cumming", *Westminster Review*, 16 (Oct, 1855).

——. "The Modern Hep! Hep! Hep!" George Eliot, *The Impressions of Theophrastus Such*, ed. D. J. Enright. London: Dent, 1995.

——. "Worldliness and Otherworldliness", *Westminster Review*, 67(Jan, 1857).

——. *Daniel Deronda*, ed. G. Handley, Oxford: Oxford World's Classics. 1988.

——. Daniel *Deronda*, Edited by Graham Handley, Oxford: Oxford University Press, 1988.

——. *Felix Holt, The Radical*, ed. Fred C. Thomson, Oxford: Oxford University Press, 1988.

——. *Scenes of Clerical Life*, ed. Thomas A, Noble, Oxford: Oxford University Press, 1988.

——. *Selected Critical Writings*, Edited by Rosemary Ashton, Oxford: Oxford University Press, 1992.

——. *Silas Marner*, ed. D. Carroll, Harmondsworth: Penguin Classics. 1996.

——. *The George Eliot Letters*, ed. Gordon S. Haight, 9vols, New Haven: Yale University Press, 1954.

——. *The Lifted Veil and Brother Jacob*, ed. S. Shuttleworth, Harmondsworth: Penguin Classics, 2001.

Eliot, T. S. , "Arnold and Pater", *Selected Essays*, London: Faber & Faber, 1972.

——. *After Strange Gods: A Primer of Modern Heresy*, London: Faber & Faber,

1933.

Ellis, Edwin J., *The Real Blake: A Portrait Biography*, Oregon: University Press of the Pacific, 2005.

Emerson, Ralph W., "Nature", *Ralph Waldo Emerson: Selected Essays*, ed. Larzer Ziff, London: Penguin, 1982.

Engelhardt, Carol Marie, "The Paradigmatic Angel in the House: The Virgin Mary and Victorian Anglicans," *Women of Faith in Victorian Culture*, London: Palgrave Macmillan, 1998.

Estlin, John P., *Familiar Lectures on Moral Philosophy*, 2 vols, London: Longman, Hurst, Rees, Orne, and Brown, 1818.

Fanu, S. Le., "An Account of Some Strange Disturbances in an Old House in Aungier Street", *Dublin University Magazine*. 42(Dec. 1853).

Farrell, Michael, *Blake and the Methodists*, Oxford: University of Oxford, 2010.

Ferguson, Christine, "Recent Studies in Nineteenth – Century Spiritualism", *Literature Compass*, 9(2012), p. 435.

Feuerbach, Ludwig, *The Essence of Christianity*, London: John Chapman, 1854.

——. *The Essence of Christianity*, 2nd edn. (1843), trans. M. Evans, London: John Chapman, 1854.

Fanu, S. Le, "An Account of Some Strange Disturbances in an Old House in Aungier Street", *Dublin University Magazine*. 42(Dec. 1853).

Farrell, Michael, *Blake and the Methodists*, Oxford: University of Oxford, 2010.

Ferguson, Christine, "Recent Studies in Nineteenth – Century Spiritualism", *Literature Compass*, 9(2012), p. 435.

Feuerbach, Ludwig, *The Essence of Christianity*, London: John Chapman, 1854.

——. *The Essence of Christianity*, 2nd edn. (1843), trans. M. Evans. London: John Chapman, 1854.

Howard, John D., *Internal Poetics: Poetic Structure in Blake's Lambeth Prophe-

cies, Rutherford: Farleigh Dickinson UP, 1984.

Hutton, Richard Holt, "Ethical and Dogmatic Fiction: Miss Yonge", *National Review* 12(1861).

—— "The Author of Heartsease and Modern Schools of Fiction", *Prospective Review* 10(November 1854).

Huxley, Thomas H., "Joseph Priestley", *Science and Education: Essays by Thomas H, Huxley*, London: Macmillan and Co., 1899.

——. "On the Physical Basis of Life", *Collected Essays*. I. London: Macmillan and Co. 1894.

Huysmans, J. K. Huysmans, Against Nature, *Against Nature*. Ed. R. Baldick. Harmondsworth: Penguin Classics, 1959.

Hyde, H., Montgomery. *Oscar Wilde*, London: Eyre Methuen, 1976.

James, Henry, *Essays on Literature, American Writers, English Writers*, Vol 1, NewYork: Library of America, 1984.

Janowitz, Anne, "Amiable and radical sociability: Anna Barbauld's 'free familiar conversation'", Eds. G. Russell and C. Tuite, *Romantic Sociability: Social Networks and Literary Culture in Britain 1770 – 1840*, Cambridge: Cambridge University Press, 2002.

Jasper, D., "Interdisciplinarity in Impossible Times: Studying Religion through Literature and the Arts", Ed. H. Walton. *Literature and Theology: New Interdisciplinary Spaces*. Farnham: Ashgate, 2011.

Jay, Elizabeth, *Faith and Doubt in Victorian Britain*, Basingstoke: Macmillan, 1986.

——*The Evangelical and Oxford Movements*, Cambridge: Cambridge University Press, 1983.

Jedrzejewski, Jan, *Thomas Hardy and the Church*, Basingstoke: Macmillan. 1996.

Jenkins, Ruth Y. , *Reclaiming Myths of Power: Women Writers and the Victorian Spiritual Crisis,* Lewisburg, Pennsylvania: Bucknell University Press, 1995.

Johnson, Dale A. , *Women in English Religion, 1700 – 1925*, New York: Edwin Mellen Press, 1983.

Johnson, Mary L. and John E. Grant eds. , *Blake's Poetry and Designs,* New York: Norton & Company, Inc. , 1979.

Johnston, Anna, *Missionary Writing and Empire, 1800 – 1860*, Cambridge: Cambridge University Press, 2003.

Jones, M. G. , *Hannah More,* Cambridge: Cambridge University Press, 1952.

Kant, Immanuel, "An Answer to the question ' What is Enlightenment?' ", *Kant's Political Writings*, ed. H. Reiss, trans, H. B. Nisbet, Cambridge: Cambridge University Press, 1996.

Keble, John, "Advertisement", *The Christian Year: Thoughts in Verse for the Sundaysand Holydays Throughout the Yea, vi,* London: Frederick Warne.

——. *"Life of Sir Walter Scott", British Critic(*1838*), Keble, Occasional Papers and Reviews,* Oxford and London: James Parker and Co. , 1877.

——. *Keble's Lectures on Poetry 1832 – 1841*, Vol. 1, Oxford: Clarendon Press, 1912.

——. *Lectures on Poetry* 1832 – 1841. Trans. E. K. Francis, 2 vols, Oxford: Clarendon Press, 1912.

——. *The Christian Year. Lyra Innocentium and Other Poems,* London: Oxford University Press, 1914.

Knoepflmacher, U. C. , *Religious Humanism and the Victorian Novel: George Eliot, Walter Pater, and Samuel Butler,* Princeton: Princeton University Press, 1965.

Knox, R. A. , *Enthusiasm: A Chapter in the History of Religion,* Oxford: Clarendon Press, 1950.

Kontje, Todd, *The German Bildungsroman: History of a National Genre*, Columbia,

South Carolina: Camden House, 1993.

Krueger, Christine L. , *The Reader's Repentance: Women Preachers, Women Writers, and Nineteenth – Century Social Discourse,* Chicago: The University of Chicago Press, 1992.

Lamb, Charles, "A Quaker's Meeting", *Essays of Elia*, London: Nabu Press, 2010.

Landow, George P. , *William Holman Hunt and Typological Symbolism,* New Haven: Yale University Press, 1979.

——. *Victorian Types, Victorian Shadows: Biblical Typology in Victorian Literature, Art and Thought,* London: Routledge, 1980.

Langford, Paul, *A Polite and Commercial People: England 1727 – 1783*, Oxford: Oxford University Press, 1989.

Larsen, T. , *Contested Christianity: The Political and Social Contexts of Victorian Theology*, Tex. : Baylor University Press. 2004.

Larson, Janet L. , *Dickens and the Broken Scripture,* Ga. : University of Georgia Press, 1985.

Laura, David J. , "' The Ache of Modernism' in Hardy's Later Novels", *ELH*. vol. 34, Number 6, 1967.

Le Fanu, Joseph, *A Glass Darkly*. Ed. R. Tracy, Oxford: Oxford World's Classics, 1993.

Feuerbach, Ludwig, *The Essence of Christianity*, Translated by George Eliot. New York: Harper and Row, 1957.

Field, Michael, *The Wattlefold: Unpublished Poems by Michael Field*, Oxford: Basil Blackwell, 1930.

——. *Wild Honey from Various Thyme,* London: T. Fisher Unwin, 1908.

Ford, Ford Maddox, *Joseph Conrad: A Personal Remembrance,* Florida: Ford. Press, 1924.

Foster, Roy F. *W. B.* , *Yeats: A Life*, i, *The Apprentice Mage. 1865 – 1914,* Oxford: Oxford University Press, 1997.

Foucault, Michel, *The History of Sexuality: An Introduction*, trans. R. Hurley, London: Penguin, 1990.

Fraser, Hilary, *Beauty and Belief: Aesthetics and Religion in Victorian Literature*, Cambridge: Cambridge University Press, 1986.

Friedlander, Edward, "William Blake's Milton: Meaning and Madness", undergraduate thesis, Brown University, 1973.

Gaskell, Elizabeth, *The Letters of Mrs. Gaskell*, Manchester: Manchester University Press, 1966.

Galvin, Rachel, "William Blake: Visions and Verses", *Humanities*, May (June) 2004.

Gill, Stephen, "Introduction to G. Gissing, "*The Nether World*, ed. S. Gill, Oxford: Oxford World's Classics, 1992.

Gissing, George, *In the Year of Jubilee*, ed. J. Halperin, London: The Hogarth Press, 1987.

Gladstone, W., "The Church of England and Ritualism", *Contemporary Review*, 24(1874).

Gleadle, Kathryn, ed. *Radical Writing on Women, 1800 – 1850: An Anthology*, Basingstoke: Palgrave, 2002.

——. The *Early Feminists: Radical Unitarians and the Emergence of the Women's Rights Movement* 1831 – 1851, Basingstoke: Macmillan, 1995.

Goetz, William R., "The Felicity and Infelicity of Marriage in *Jude the Obscure*", *Nineteenth – Century Fiction* 38(1983 – 84).

Godwin, William, *Memoirs of the Author of A Vindication of the Rights of Woman*. Leavis, Frank R. and Queenie D. Leavis, *Dickens: The Novelist*. London: Chatto & Windus, 1970.

Leavis, Queenie D., "Charlotte Yonge and' Christian Discrimination' ", *The No-*

vel of Religious Controversy, Vol 3. Ed. G. Singh. Cambridge: Cambridge University Press, 1989.

Liddon, Henry P. , *Life of Edward Bouverie Pusey*. Ed. Rev. J. O. Johnston and the Rev. R. J. Wilson, 4 vol, London: Longmans and Co. , 1893.

Lineham, Peter, "The Protestant' Sects' , "*Nineteenth – Century English Religious Traditions: Retrospect and Prospect*, ed. D. G. Paz, Westport, Connecticut: Greenwood Press, 1995.

Linton, W. J. , *James Watson: A Memoir*, New York: A. M. Kelley, 1971.

Littledale, Richard F. , "The First Report of the Ritual Commission", ed. O. Shipley, *The Church and the World: Essays on Questions of the Day in* 1868, London: Longmans, Green, Reader and Dyer, 1868.

Lytton, E. Bulwer, "The Haunted and the Haunters", *Blackwood's Edinburgh Magazine*. vol. 86, Aug. 1859.

Macleod, Donald, *Memoir of Norman Macleod*, London: Daldy, Isbister and Co, 1876.

Maison, Margaret, *Search Your Soul, Eustace: Victorian Religious Novels*, London: Sheed and Ward, 1961.

Mansel, Henry, *The Limits of Religious Thought*, Oxford: John Murray, 1858.

Martineau, James, "Preface", *Hymns for the Christian Church and Home*, London: John Greenwell, 1840.

Mason, Emma, "Some god of wild enthusiast's dreams: Methodist Enthusiasm and the Poetry of Emily Bronte", *Victorian Literature and Culture*. vol. 31, Number 1, 2003.

——. "Christina Rossetti and the Doctrine of Reserve", *Journal of Victorian Culture*. vol. 7, Number 2, 2002.

Maurice, Frederick D. , *Sequel to the Inquiry. What is Revelation?* Cambridge: Macmillan and Co, 1860.

——. *Social Morality*. London: Macmillan and Co. , 1869.

Maynard, John, Victorian Discourses on Sexuality and Religion, *Theology & Sexuality*, 1994(1).

McCalman, Iain, *Radical Underworld: Prophets, Revolutionaries, and Pornographers in London* 1795 – 1840, Oxford: Clarendon Press, 1988.

McCosh, James, "The Ulster Revival and its Physiological Accidents", *Evangelical Christendom*, 13(1 Oct. , 1859).

McDonnell, William M. , *Exeter Hall: A Theological Romance*, Boston: Colby & Rich Publishers, 1885.

McLaughlin, Joseph, *Writing the Urban Jungle: Reading Empire in London from Doyle to Eliot*, Charlottesville, Va. : University Press of Virginia, 2000.

Mee, Jon, *Romanticism, Enthusiasm and Regulation: Poetics and the Policing of Culture in the Romantic Period*, Oxford: Oxford University Press, 2003.

Mellor, Anne Kostelanetz, *Blake's Human Form Divine*, Berkeley: U of California P, 1974.

Paz, D. G. , "Introduction", *Nineteenth – Century English Religious Traditions: Retrospect and Prospect*. Westport, Connecticut: Greenwood Press, 1995.

Pearson, Hesketh, *The Life of Oscar Wilde*, London: Penguin Classics, 1946.

Perry, Seamus ed. , *Coleridge's Notebooks: A Selection*, Oxford: Oxford University Press, 2002.

Petrova, Elena, "' And I saw the Holy City' : London Prophecies in Charles Dickens and George Eliot", *Literary London: Interdisciplinary Studies in the Representation of London*. vol. 2, Number 2, 2004.

Poole, Adrian, *Gissing in Context*, Basingstoke: Macmillan, 1975.

Price, Richard, *A Sermon, Delivered to a Congregation of Protestant Dissenters, at Hackney, on the* 10*th of February last*, London, 1779.

Prickett, Stephen, "Keble's Crewian Oration", Ed. K. Blair, *John Keble and his*

Contexts, London: AMS, 2004.

——. "The Social Conscience of the Oxford Movement: A Reappraisal", *From Oxford to the People: Reconsidering Newman and the Oxford Movement*. Ed. Paul Vaiss. Gracewing: 1996.

——. "Tractarian Poetry", Eds. R. Cronin, A. Chapman, and A. H, Harrison, *A Companion to Victorian Poetry*, Oxford: Blackwell, 2002.

——. *Narrative, Religion and Science: Fundamentalism versus Irony*, 1700 – 1999, Cambridge: Cambridge University Press, 2002.

——. *Romanticism and Religion: The Tradition of Coleridge and Wordsworth in the Victorian Church*, Cambridge: Cambridge University Press, 1976.

Priestley, Joseph, *An Examination of Dr Reid's Inquiry into the Human Mind on the Principles of Common Sense, Dr Beattie's Essay on the Nature and Immutability of Truth, and Dr Oswald's Appeal to Common Sense in Behalf of Religion*, London: J. Johnson, 1774.

——. *Autobiography of Joseph Priestley, Contains Memoirs of Dr Joseph Priestley*, Bath: Adams and Dart, 1970.

——. *The doctrine of philosophic necessity illustrated an appendix to the Disquisitions relating to matter and spirit, To which is added an answer to the Letters on materialism and on Hartley's Theory of the mind*. London, 1782.

——. *Theological and Miscellaneous Works*. Ed. John Towill Rutt, 25 vols. London: George Smallfield, 1817.

Procter, Adelaide A. , *Religion versus Empire: British Protestant Missionaries and Overseas Expansion*, 1700 – 1914, Manchester: Manchester University Press, 2004.

Punshon, John, *Portrait in Grey: A Short History of the Quakers*, London: QHS, 1986.

Qualls, Barry V. , The *Secular Pilgrims of Victorian Fiction: The Novel as Book of Life*, Cambridge: Cambridge University Press, 1982.

Raine, Kathleen, *The Human Face of God: William Blake and the Book of Job*, New York: Thames and Hudson, 1982.

Randall, Ian and David Hilborn, *One Body in Christ: The History and Significance of the Evangelical Alliance*, Carlisle: Paternoster Press, 2001.

Reardon, Bernard M. G. , *Religious Thought in the Victorian Age: A Survey from Coleridge to Gore*, London: Longman. 1980.

Rivers, Isabel, *Reason, Grace and Sentiment: A Study of the Language of Religion and Ethics in England 1660 – 1780*, i. *Whichcote to Wesley*, Cambridge: Cambridge University Press, 1991.

Rix, Robert, *William Blake and the Cultures of Radical Christianity*, Burlington: Ashgate Publishing Company, 2007.

Robert, J. , "St Paul's Gifts to Blake's Aesthetic: ' O Human Imagination, O Divine Body' ", The Glass, 15(2003).

Roden, Frederick S. , *Same – Sex Desire in Victorian Religious Culture*, Basingstoke: Palgrave, 2002.

Roe, Nicholas, *Wordsworth and Coleridge: The Radical Years*, Oxford: Clarendon Press, 1988.

Romanes, Ethel, *Charlotte Mary Yonge: An Appreciation*, London: Mowbray, 1908.

Rosenblum, Dolores, "Christina Rossetti and Poetic Sequence", Kent, *Achievement of Christina Rossetti*, London: Cornell University Press, 1987.

Rossetti, Christina, *Christina Rossetti: A Literary Biography*. London: Pimlico, 1995.

——. *Christina Rossetti: The Complete Poems*. Ed. R. W. Crump and B. S. Flowers, London: Penguin, 2001.

——. *The Complete Poems*. London: Penguin Classics, 2001.

——. *The Face of the Deep*. London: S. P. C. K. , 1892.

Rowell, Geoffrey, *Hell and the Victorians: A Study of the Nineteenth – Century*

Theological Controversies Concerning Eternal Punishment and the Future Life, Oxford: Clarendon Press, 1974.

——. *The Vision Glorious: Themes and Personalities of the Catholic Revival in Anglicanism*, Oxford: Oxford University Press, 1983.

Rowland, Christopher C. , *Radical Christianity: A Reading of Recovery*, Oxford: Polity Press, 1988.

Ruskin, John. *Praeterita*. Oxford: Oxford University Press, 1989.

Ryle, John C. , "Evangelical Religion: What it is, and What it is not", *Truths for the Times*, London: William Hunt and Company, 1867.

Said, Edward, *Culture and Imperialism*, NewYork: Knopf, 1995.

Sandbach - Dahlström, Catherine, *Be Good Sweet Maid: Charlotte Yonge's Domestic Fiction: A Study in Dogmatic Purpose and Fictional Form*, Stockholm: Alm quist and Wiksell, 1984.

Schad, John, *Queer Fish: Christian Unreason from Darwin to Derrida*, Brighton: Sussex Academic Press, 2004.

Scheinberg, Cynthia, *Women's Poetry and Religion in Victorian England: Jewish Identity and Christian Culture*. Cambridge: Cambridge University Press, 2002.

Schleiermacher, Friedrich, *On Religion: Speeches to its Cultured Despisers*, trans. and ed. R. Crouter. Cambridge: Cambridge University Press, 2003.

——. *The Christian Faith*, 2 vols, Edited by H. R. Mackintosh and J. S. Stewart. New York: Harper, 1963.

Schofield, Robert E. , *The Enlightenment of Joseph Priestley: A Study of his Life and Work from* 1733 *to* 1773, University Park. Pa. : Pennsylvania State University Press, 1997.

Seed, J. , "Gentlemen Dissenters: The Social and Political Meanings of Rational Dissent in the 1770s and 1780s", *The Historical Journal*, 28: 2(1985).

Showalter, Elaine, *A Literature of Their Own: British Women Novelists from Brontë to Lessing*, Princeton: Princeton University Press, 1977.

Simmel, Georg, "The Metropolis and Mental Life"(1903), *Simmel on Culture: Selected Writings*. Ed. D. Frisby and M. Featherstone, London: Sage Publications, 1997.

Simpson, Richard, "George Eliot's Novels", *Home and Foreign Review* 3(October 1863). *George Eliot: The Critical Heritage*. Ed. David Carroll, London: Routledge, 1971.

Smith, Adam, *The Theory of Moral Sentiments*. Ed. Knud Haakonssen, Cambridge: Cambridge University Press, 2002.

Springer, Marlene, *Hardy's Use of Allusion*, Lawrence: University Press of Kansas, 1983.

Stanley, Arthur Penrhyn, *Sinai and Palestine in Connection with Their History*, London: John Murray, 1858.

Stave, Shirley A., *The Decline of the Goddess: Nature, Culture and Women in Hardy's Fiction*, Westport. Ct: Greenwood, 1995.

Stead, W. T., *Mrs Booth of the Salvation Army*, London: James Nisbet & Co. Ltd., 1900.

Stead, William F. "Introduction to C. Smart". *Rejoice in the Lamb: A Song from Bedlam*, London: Jonathan Cape, 1939.

Stoker, Bram, *Dracula*. Ed. M. Ellmann, Oxford: Oxford World's Classics, 1998.

Strauss, David F., *The Life of Jesus Critically Examined*. Translated from the 4th German ed. by George Eliot (1846). Ed. Peter C. Hodgson, Philadelphia: Fortress, 1972.

Sturrock, June, *"Heaven and Home": Charlotte M., Yonge's Domestic Fiction and the Victorian Debate Over Women*, Victoria: University of Victoria English Literary Studies, 1995.

Symons, Arthur, *The Symbolist Movement in Literature*, Dutton, 1958.

Taylor, Anne, *Annie Besant*, Oxford: Oxford University Press, 2004.

Taylor, Barbara, *Mary Wollstonecraft and the Feminist Imagination*, Cambridge:

Cambridge University Press, 2003.

Taylor, Dennis, "The Need for a Religious Literary Criticism", *Seeing into the Life of Things: Essays on Literature and Religious Experience*. Ed. John L. Mahoney, New York: Fordham University Press, 1998.

Tennyson, G. B., *Victorian Devotional Poetry: The Tractarian Mode*, Cambridge, Mass.: Harvard University Press, 1981.

Thompson, E. P., *Witness Against the Beast: William Blake and Moral Law*, Cambridge: Cambridge University Press, 1993.

Thureau – Dangin, Paul, *The English Catholic Revival in the Nineteenth – Century*, 2 vols, New York: E. P. Dutton and Co., 1914.

Trilling, Lionel, *Matthew Arnold*, New York: W. W. Norton & Co., 1939.

Trollope, Anthony, *An Autobiography*. Ed. Michael Sadleir and Frederick Page, Oxford: Oxford University Press, 1980.

——. *Barchester Towers*. Ed. John Sutherland, Oxford: Oxford University Press, 1998.

——. *Clergymen of the Church of England*, Leicester: Leicester University Press, 1974.

——. *The Bertrams*, Oxford: Oxford University Press, 1991.

Tucker, Susie, *Enthusiasm: A Study of Semantic Change*, Cambridge: Cambridge University Press, 1972.

Tuell, Anne K., *Mrs. Meynell and Her Literary Generation*, New York: E. P. Dutton and Company, 1925.

Turner, Frank., *Contesting Cultural Authority: Essays in Victorian Intellectual Life*. Cambridge: Cambridge University Press, 1993.

Vattimo, Gianni, "The Trace of the Trace", *Religion: Cultural Memory in the Present*. Ed. Jacques Derrida and Gianni Vattimo, California: Stanford University Press, 1998.

Vines, Timothy, "An Analysis of William Blake's Songs of Innocence and of Experience as a Response to the Collapse of Values", *Cross – Sections*: Vol, I 2005.

Wakefield, Gilbert, "The Duty and Character of a National Soldier", *Sermons*. London, 1790.

——. *A General Reply to the Arguments Against the Enquiry into Public Worship*. London, 1792.

Walker, P. J., *Pulling the Devil's Kingdom Down: The Salvation Army in Victorian Britain*, Berkeley: University of California Press, 2001.

Walkowitz, Judith R., *City of Dreadful Delight: Narratives of Sexual Danger in Late – Victorian London*, London: Virago Press, 1992.

Walsh, Walter, *The Secret History of the Oxford Movement*, London: Swan Sonnenschein and Co., 1898.

Ward, Graham, *Cities of God*, London: Routledge, 2000.

Ward, Mary A., *A Writer's Recollections* 1856 – 1900, London: W. Collins Sons and Co, Ltd., 1918.

Ward, Mary H., *Robert Elsmere*. Oxford: Oxford University Press, 1987.

Ward, William R., *Religion and Society in England 1790 – 1850*, London: B. T. Batsford, 1972.

Watson, J. R., *The English Hymn: A Critical and Historical Study*, Oxford: Clarendon Press, 1997.

——. *The Poetry of Gerard Manley Hopkins*, London: Penguin, 1987.

Watts, Isaac, "Rational Defence of the Gospel", *The Works of the Rev. Isaac Watts D*, Ed. E. Parsons, 7 vols, Leeds: Edward Bains, 1800.

——. *The Doctrine of the Passions Explained and Improved*, London: J. Buckland and T. Longman, 1770.

Welch, Claud, *Protestant Thought in the Nineteenth Century, 1799 – 1870*. New Haven: Yale University Press, 1972.

Wells – Cole, Catherine, "Angry Yonge Men: Anger and Masculinity in the Novels of Charlotte M. Yonge", *Masculinity and Spirituality in Victorian Culture.* Ed. Andrew Bradstock et al. London: Palgrave Macmillan, 1998.

Wesley, Charles, "And can it be, that I should gain?"*A Collection of Psalms and Hymns,* London: W. Strahan, 1744.

——. *Hymns for those that Seek, and those that have Redemption in The Blood of Jesus Christ.* Bristol: Felix Farley, 1747.

Wesley, John, *The Works of John Wesley*, iii, *Sermons III:* 71 – 114. Ed. A. C. Outler, 26 vols, Oxford: Clarendon Press, 1986.

Wesley, S. Jr. *John, Wesley's First Hymn – Book: A Collection of Psalms and Hymns.* Ed. F. Baker and G. W. Williams, Charleston. SC: Dalcho Historical Society, 1964.

Wheeler, Michael, *Heaven, Hell and the Victorians,* Cambridge: Cambridge University Press, 1994.

——*Ruskin's God,* Cambridge: Cambridge University Press, 1999.

White, Daniel E. , "Anna Barbauld and Dissenting Devotion: Extempore, Particular, Experimental", *Enlightenment, Gender and Religion Colloquium,* London: University of London, 2004.

White, Hayden, *Tropics of Discourse: Essays in Cultural Criticism*, Baltimore: The Johns Hopkins University Press, 1978.

White, Norman, *Hopkins: A Literary Biography*, Oxford: Clarendon Press, 1992.

Wilde, Oscar, *Complete Works of Oscar Wilde*, Ed. Vyvyan Holland, Collins, 1966.

——. *The Letters of Oscar Wilde*, Ed. London: Rupert Hart – Davis Ltd, 1962.

Williams, Isaac, *The Altar: Or, Meditations in Verse on the Great Christian Sacrifice,* London: James Burns, 1847.

——*The Autobiography of Isaac Williams,* London: Longmans, Green, 1892.

Williams, Raymond, *Culture and Society,* 1780 – 1950, London: Penguin, 1961.

Wilson, J. , "Was Margaret a Christian?" *The Eclectic Review*, 12(1842).

Wolfe, Tom, "Tom Wolfe on Art: An Elitist Religion", *The Weekend Australian*, 20 – 1 October 1984.

Wood, Ellen, *East Lynne*. Ed. A. Maunder. Peterborough. Ontario: Broadview, 2002.

Wordsworth, William, *Poetical Works*. Ed. Thomas Hutchinson and Ernest de Selincourt, London: Oxford University Press, 1936.

——. *Poetical Works*, Edited by Thomas Hutchinson and Ernest de Selincourt, London: Oxford University Press, 1936.

——. *The Prelude*. Ed. J. Wordsworth, M. H. Abrams, and S. Gill, London: W. W. Norton, 1979.

——. *Wordsworth: Poems*. Ed. J. O. Hayden, 2 vols, London: Penguin, 1977.

Wright, M. T. , "The Victorians". Ed. A. Hass, D. Jasper, and E. Jay. *The Oxford Handbook of Literature and Theology*, Oxford: Oxford University Press, 2009.

Yates, Nigel, *Buildings, Faith and Worship: The Liturgical Arrangement of Anglican Churches* 1600 – 1900, Oxford: Clarendon Press, 1991.

Yeats, William B. , *Autobiographies*, London: Macmillan, 1955.

——. *Essays and Introductions*, London: Macmillan and Co. Ltd. , 1961.

Yonge, Charlotte M. , *Cameos from English History from Rollo to Edward* Ⅱ. London: Macmillan, 1868.

——. *Conversations on the Catechism*, London: Mozley, 1859 – 1863.

——. *History of Christian Names*, London: Macmillan, 1884.

——. *Musings over the "Christian Year" and "Lyra Innocentium", Together with a Few Gleanings of Recollections of the Rev, John Keble, Gathered by Several Friend*, Oxford and London: James Parker, 1872.

——. *The Heir of Redclyffe*, ed. Barbara Dennis, Oxford: Oxford University Press, 1997.

Young, Edward, *The Complaint: or Night Thoughts on Life, Death, and Immortality*, London: George Bell, 1906.

Zemka, Sue, *Victorian Testaments: The Bible, Christology, and Literary Authority in Early – Nineteenth – Century British Culture*, California: Stanford University Press, 1997.

二 中文文献

［英］艾米莉·勃朗特:《呼啸山庄》,《勃朗特两姐妹全集》，宋兆霖译，河北教育出版社 1996 年版。

［英］奥斯卡·王尔德:《自深深处》，朱纯深译，译林出版社 2008 年版。

——《道连·格雷的画像》，黄源深译，人民文学出版社 2004 年版。

［英］布莱克:《布莱克诗集》，张炽恒译，上海三联书店 1999 年版。

［英］查尔斯·狄更斯:《大卫·科波菲尔》，张俊萍译，百花洲文艺出版社 2014 年版。

——《荒凉山庄》，黄邦杰、陈少衡、张自谋译，上海译文出版社 1980 年版。

［英］查尔斯·兰姆:《兰姆书信精粹》，谭少茹译，江苏教育出版社 2006 年版。

［德］费尔巴哈:《基督教的本质》，荣震华译，商务印书馆 1984 年版。

［英］盖斯凯尔夫人:《妻子与女儿》，秭佩、逢珍译，上海译文出版社 1998 年版。

［英］乔治·艾略特:《米德尔马契》，项星耀译，人民文学出版社 1987 年版。

——《织工马南》，曹庸译，上海译文出版社 1995 年版。

［英］乔治·艾略特:《弗洛斯河上的磨坊》，祝庆英、郑淑贞、方乐颜译，上海译文出版社 2008 年版。

——《亚当·比德》，张毕来译，贵州人民出版社 1987 年版。

［英］托马斯·哈代：《德伯家的苔丝》，张谷若译，人民文学出版社 1984 年版。

——《还乡》，孙予译，上海译文出版社 2006 年版。

——《卡斯特桥市长》，张玲、张扬译，人民文学出版社 2004 年版。

——《无名的裘德》，刘荣跃译，上海译文出版社 2007 年版。

——《无名的裘德》，张谷若译，人民文学出版社 1995 年版。

——《远离尘嚣》，陈亦君、曾胡译，花山文艺出版社 1982 年版。

［英］威尔基·柯林斯：《月亮宝石》，徐汝椿等译，上海译文出版社 1980 年版。

［英］威廉·布莱克：《天真与经验之歌》，杨苡译，译林出版社 2004 年版。

［英］威廉·华兹华斯：《抒情歌谣集》序言，曹葆华译，选自《十九世纪英国诗人论诗》，刘若端编，人民文学出版社 1984 年版。

［英］夏洛蒂·勃朗特：《谢莉》，《勃朗特两姐妹全集》，徐望藩、邱顺林译，河北教育出版社 1996 年版。

——《简·爱》，《勃朗特两姐妹全集》，宋兆霖译，河北教育出版社 1996 年版。

［英］伊丽莎白·盖斯凯尔：《南方与北方》，柯艾略译，现代出版社 2018 年版。

《圣经》，中国基督教协会出版，爱德印刷有限公司 1998 年版。